Laura und das Orakel der Silbernen Sphinx

Peter Freund ist als Producer in der Film- und Fernsehbranche tätig und hat unter Pseudonym mehrere Bücher zu Kinofilmen veröffentlicht. Er ist verheiratet, hat mittlerweile erwachsene Kinder und lebt in Berlin.

Peter Freund

Laura und das Orakel der Silbernen Sphinx

Mit Illustrationen von
Tina Dreher

CARLSEN

Von Peter Freund außerdem im Carlsen Verlag lieferbar:
Laura und das Geheimnis von Aventerra
Laura und das Siegel der Sieben Monde

Veröffentlicht im Carlsen Verlag
November 2009
Mit freundlicher Genehmigung des Ehrenwirth Verlages

Umschlagbild: Eva Schöffmann-Davidov
Umschlaggestaltung: formlabor
Corporate Design Taschenbuch: Dörte Dosse
Druck und Bindung: Westermann Druck, Zwickau GmbH
ISBN 978-3-551-35823-3
Printed in Germany

Für Yannik
und Nicole

»Stecke dein Schwert weg; denn alle, die zum Schwert greifen, werden durch das Schwert umkommen.«

MATTHÄUS, 26.52

Kapitel 1 Eine schreckliche Botschaft

Die Nacht neigte sich dem Ende zu auf dem ältesten der alten Planeten. Noch immer leuchteten das Gelb des Goldmonds und das helle Blau des Menschensterns über dem Tal der Zeiten und auch das Siegel der Sieben Monde kündete weithin sichtbar von seiner magischen Kraft. Laura Leander aber hatte keinen Blick für das wundersame Glitzern der Gestirne, die den Himmel von Aventerra zierten wie von großzügiger Hand verstreute Diamanten. Schulterlanges Blondhaar umspielte das hübsche Gesicht des Mädchens, während es dem Hüter des Lichts furchtlos den Kelch der Erleuchtung entgegenhielt.

Elysion saß auf dem Rücken eines prächtigen Schimmels. Der unendliche Lauf der Welten hatte tiefe Spuren in seinem Antlitz hinterlassen. Der sanfte Hauch des Windes, der durch den Talkessel wehte, ließ seine weißen Haupthaare flattern und fing sich in dem ergrauten Bart, der dem Greis bis auf die Brust reichte. Der Hüter des Lichts lächelte, während er das aus purem Gold gefertigte Gefäß aus Lauras Händen nahm. In seinen blauen Augen spiegelte sich alles Wissen der Zeiten.

»Dir gebührt unser aller Dank, Laura«, sprach er mit überraschend sanfter Stimme. »Es war gewiss nicht einfach, den Kelch zu finden und ihn zu uns nach Aventerra zu bringen.«

Das Mädchen lächelte verlegen. Laura wusste nicht so recht, was sie antworten sollte. »Ähm«, räusperte sie sich. »Das … das ist richtig. Aber ich hatte ja Hilfe. Es gab immer jemanden, der mich unterstützt hat. Die anderen Wächter und natürlich auch meine Freunde.«

»Ich weiß.« Das ehrwürdige Gesicht des Alten hatte einen ernsten Ausdruck angenommen. »Auch wenn wir Krieger des Lichts, die wir auf Aventerra zu Hause sind, uns nicht in die Geschehnisse auf dem Menschenstern einmischen, so bleibt uns doch nichts von dem verborgen, was dort geschieht. Und so wissen wir, dass es dort noch immer viele Aufrechte gibt, die sich für das Gute einsetzen und nach besten Kräften dafür streiten. Auch wenn es stets weniger werden.«

Laura war, als werde der Mann im schlichten weißen Gewand von Wehmut überwältigt, bevor er fortfuhr: »Und dennoch, trotz all der Hilfe konntest du nur erfolgreich sein, weil du an dich selbst geglaubt hast – und an die Kraft des Lichts. Nur deshalb bist du vor der großen Aufgabe nicht zurückgeschreckt, die das Schicksal dir aufgebürdet hat. Dabei hast du erst den geringsten Teil deiner Aufgabe erfüllt und bist noch lange nicht am Ende deines Weges angelangt.«

Stimmt, dachte Laura bekümmert. Papa wird immer noch in der Dunklen Festung gefangen gehalten. Wenn wir ihn nicht schnellstmöglich aus Borborons Kerker befreien, dann hat der Schwarze Fürst ihn vielleicht längst getötet, wenn wir dort eintreffen.

Und das wäre entsetzlich!

Da erhob Elysion erneut die Stimme. »Sorge dich nicht, Laura«, sagte er beruhigend. »Wir werden alles in unserer Macht Stehende tun, um deinen Vater von seinen schrecklichen Qualen zu erlösen.«

Laura war, als mache ihr Herz einen Sprung. »Heißt das, dass wir aufbrechen und zur Dunklen Festung reiten, um ihn zu befreien?«

Elysion schüttelte den Kopf. »Nein, das heißt es nicht.«

Laura ließ voller Enttäuschung den Kopf hängen, was dem Hüter des Lichts nicht entging.

Rasch fügte er hinzu: »Ich weiß, was du fühlst. Aber dennoch dürfen wir nichts überstürzen. Wir müssen mit Umsicht und Bedacht ans Werk gehen. Einen Plan zu seiner Befreiung zu schmieden braucht Zeit. Habe ich Recht, Paravain?«

Er wandte sich an den Anführer seiner Leibgarde, der in einer strahlend weißen Rüstung auf dem Schimmel neben ihm saß. »Ihr sagt es, Herr«, antwortete der junge Ritter. »Es wird nicht einfach sein, unsere Feinde zu übertölpeln. Ihre Zahl ist gewaltig und ihre Entschlossenheit ungebrochen, so dass es fast unmöglich sein wird, in Borborons Feste einzudringen.« Damit wandte Paravain sich um und spähte zu der Hügelkette, die das Tal der Zeiten nach Süden hin begrenzte.

Laura folgte seinem Blick. Auf dem Hügelkamm hatte sich das Heer der Dunklen Mächte aufgereiht. Wie drohende Schatten zeichneten sich die Umrisse der Krieger und Streitrosse im diffusen Licht der Dämmerung gegen den Himmel ab. Die Streiter des Bösen starrten hinunter in das Tal, wo der Schwarze Fürst nahe der magischen Pforte auf einem Rappen saß und die kleine Gruppe um Laura aus hasserfüllten Glutaugen beobachtete. Dicht neben ihm zügelte die Schwarzmagierin Syrin ihr Pferd. Ihre bleiche Fratze war von wilder Wut verzerrt.

Laura wusste sehr wohl, dass es sich bei diesen Heerscharen nur um einen Bruchteil der gewaltigen Streitmacht Borborons handelte, der seit Anbeginn der Zeiten mit den Kriegern des Lichts im Kampf lag und Elysion nach dem Leben trachtete, um dem Ewigen Nichts zur Herrschaft zu verhelfen. Und Laura wusste auch, was ein Sieg des Dunklen Herrschers bedeuten würde: Alles Leben würde vernichtet und damit das Ende der Welten besiegelt werden.

Das Mädchen schluckte. Einen Moment zögerte es, dem

bangen Gefühl, das sich seiner bemächtigt hatte, Ausdruck zu verleihen. Dann aber wagte Laura es doch. »Verzeiht mir … die Frage, Herr, aber … können wir überhaupt etwas ausrichten gegen einen derart übermächtigen Gegner?«

»Natürlich.« Elysion lächelte, als wolle er Laura Mut machen. »Schließlich stehen uns Streiter zur Seite, die an Tapferkeit nicht zu übertreffen sind.«

Laura blickte zu den Reihen der Weißen Ritter, die auf den nördlichen Hügeln aufgezogen waren. Auch ihre Zahl war gewaltig, obwohl sie bei weitem nicht an die von Borborons Heer heranreichte.

»Zu Verzagtheit besteht kein Anlass«, fuhr der Hüter des Lichts fort. »Du weißt doch: Wer auf die Kraft des Lichts vertraut, dem kann alles gelingen. Es gibt mächtige Waffen im Kampf gegen das Böse, die selbst den stärksten Gegner zu besiegen vermögen. Es kostet zwar Mühe, sich in ihren Besitz zu bringen, doch wer schließlich über sie verfügt, dem werden sie eine unschätzbare Hilfe sein – auch dir, Laura. Kehre also getrost zurück auf den Menschenstern und nutze die Zeit bis zum nächsten Sonnenfest, um deine besonderen Fähigkeiten weiter zu stärken. Denn du wirst noch zahlreiche Prüfungen bestehen müssen, die dein ganzes Können und all deinen Mut erfordern.«

»Aber wie, Herr? Wie …?«, begann das Mädchen, als der Hüter des Lichts ihm das Wort abschnitt.

»Geh, Laura!«, befahl er mit einer Stimme, die keinen Widerspruch duldete. »Die Sonne wird bald am Firmament erscheinen und damit wird die Pforte sich auflösen, durch die du zurück auf den Menschenstern gelangen kannst. Nichts aber wäre schlimmer für dich, als zwischen den Welten verloren zu sein. Wenn du also zur Mittsommernacht wieder zu uns zurückkehren willst …«

In diesem Moment zerriss ein aufgeregtes Wiehern die gespannte Stille, die sich über das Reich der Mythen gesenkt hatte. Es war Sturmwind, Lauras Schimmel.

Elysion stockte und sein Antlitz wurde fahl.

Besorgt drehte Laura sich nach ihrem Hengst um, der ein paar Schritte von ihr entfernt stand. Sturmwind scharrte unruhig mit den Vorderhufen. Rasch trat sie zu ihm und nahm ihn am Zügel. »Ho, Alter, ho«, flüsterte sie beruhigend. »Was hast du denn plötzlich?«

Im gleichen Augenblick meinte sie von Ferne ein Rauschen zu vernehmen, das sich wie das Schlagen gewaltiger Flügel anhörte. Ein Anflug von Sorge verschattete die Züge des Ritters Paravain. Auch die junge Heilerin Morwena auf dem Schimmel neben ihm, die die beiden so ungleichen Männer ins Tal der Zeiten begleitet hatte, wirkte plötzlich bekümmert. Sie spähte gleich ihrem Begleiter hoch zum Himmel, an dessen östlichem Saum schon das erste Grau des Morgens dämmerte.

»Wonach haltet Ihr Ausschau?«, fragte Laura alarmiert.

Der junge Ritter wollte schon antworten, als sich die Konturen eines gewaltigen Drachen am Himmel abzeichneten. Er hatte zwei Köpfe und kam rasend schnell näher.

»Geh, Laura!«, schrie der Hüter des Lichts ihr zu. »Kehre zurück zum Menschenstern, bevor es zu spät ist!« Und dann …

Was ist denn los, Laura? Träumst du schon wieder – oder warum antwortest du mir nicht?«

Laura zuckte wie elektrisiert zusammen und riss die Augen auf. »Ähm«, stammelte sie verwirrt und musterte das vor ihr stehende fremde Wesen mit abwesendem Blick.

Wer war das?

Und wo war sie überhaupt?

Für einen Moment hatte Laura keinen blassen Schimmer, was um sie herum vor sich ging. Erst als Kaja Löwenstein, ihre Freundin und Banknachbarin, sie unter dem Tisch anstieß, lichtete sich der Schleier vor ihren Augen und ihr wurde klar, dass sie sich nicht mehr auf Aventerra, sondern in ihrem Klassenzimmer auf Burg Ravenstein befand. Durch die großen Fenster war der kopfsteingepflasterte Innenhof des efeubewachsenen Gebäudegevierts zu sehen, aus dem wie von weit her Vogelgezwitscher an ihr Ohr drang. Die Stufen der großen Freitreppe, die zum Eingangsportal hinaufführten, schimmerten grau in der Frühlingssonne. Auch die beiden geflügelten Steinlöwen am Fuße der Stufen und die mächtige, in der Gestalt eines Riesen gehaltene Granitsäule, die das Vordach trug, funkelten im Morgenlicht.

Da fiel es Laura wieder ein: Natürlich, es war Dienstag, kurz nach acht, und auf dem Stundenplan stand Geschichte. Und das kahlköpfige ältere Männchen, das sich vor ihr aufgebaut hatte, war niemand anders als Dr. Schneider-Ruff, der Geschichtslehrer der 7b. Besser bekannt als Schnuffelpuff, wie er wegen seines nervösen Ticks, unentwegt geräuschvoll durch die Nase hochzuziehen, von den Schülern nur genannt wurde.

»Ärrggss, vrrrhhhmmm, rrrotz!«, schnuffelte Schnuffelpuff und musterte die immer noch verwirrte Schülerin durchdringend. »Also, Laura – ich hab dich was gefragt, nicht wahr?«

»Ähm – was gefragt?«, entgegnete Laura gedehnt. Sie hatte keine Ahnung, was Schnuffelpuff wollte. Nach wie vor stand sie ganz unter dem Eindruck des Traums, der seit dem Ostarafest immer wiederkehrte. Seit dem Tag, an dem sie auf dem Rücken von Sturmwind durch die magische Pforte nach Aventerra geritten war, um dem Hüter des Lichts den Kelch der Erleuchtung zu überbringen. Dabei lag ihr Ausflug in die Welt der Mythen, um deren Existenz die wenigsten Menschen wussten, schon einige Wochen zurück und war zudem nur kurz gewesen. Nach irdischen Maßstäben hatte er kaum länger als eine halbe Stunde gedauert. Laura jedoch waren die Minuten, die sie auf dem Schwestergestirn der Erde verbracht hatte, wie eine halbe Ewigkeit erschienen. Kein Wunder also, dass ihr die aufregenden Erlebnisse im Tal der Zeiten immer wieder in den Sinn kamen. Wie aus heiterem Himmel und ohne ihr Zutun schweiften ihre Gedanken ab und die damaligen Ereignisse standen wieder so deutlich vor ihrem geistigen Auge, als würden sie sich soeben abspielen.

Das heisere Flüstern ihrer Freundin Kaja verwehte die Erinnerung endgültig. Laura drehte sich zur Seite und blickte ihre Tischnachbarin fragend an.

»Er hat gefragt, ob *du* die Geschichte diesmal vorlesen möchtest«, zischte das rothaarige Pummelchen. »Du weißt schon – die vom Drachentöter!« Dazu verzog sie das sommersprossige Gesicht, als wolle sie ihr bedeuten, bloß Ja zu sagen.

»Ähm.« Laura wandte sich wieder an den Lehrer. »Wa... warum eigentlich nicht.«

»Na, also – geht doch! Ärrggss, vrrrhhhmmm, rrrotz!« Schnuffelpuff lächelte verklemmt und kniff nervös die Schweinsäuglein hinter seiner altmodischen Brille zusammen. »Dann lass uns bitte nicht länger warten.« Mit wachsender Ungeduld hielt Schnuffelpuff ihr ein dickes Buch mit abgegriffenem Schutzumschlag hin. »Deine Mitschüler sind bestimmt schon mehr als gespannt.«

Laura nahm das Buch und erhob sich. Während der Lehrer sich auf ihren Stuhl setzte – Kaja erwiderte sein Lächeln eher gequält –, ging sie zum Pult und nahm dahinter Platz.

Ihre Mitschüler, sieben Mädchen und sieben Jungen, grinsten sie erwartungsvoll an. Selbst der Klassenstreber und Oberschleimer Pickel-Paule schien sich auf die alte Story zu freuen, die nicht auf dem offiziellen Lehrplan stand. Schnuffelpuff hatte offensichtlich einen Narren daran gefressen und pflegte sie trotzdem in jeder siebten Klasse abzuhandeln, wie Laura wusste. Zusammen mit Kaja wiederholte sie nämlich diese

Stufe und kam deshalb nun zum zweiten Mal in den Genuss der aufregenden Geschichte.

Laura legte das Buch gerade auf das Pult, als Ronnie Riedel aus der dritten Bankreihe stänkerte: »Jetzt mach schon, du lahmarschige Tussi!«

Das Mädchen verengte die Augen zu schmalen Schlitzen und blickte den Jungen mit der roten Stoppelfrisur genervt an. Ronnie war Lauras Intimfeind. Er konnte sie nicht leiden, weil die 7b sie zu Beginn des Schuljahres an seiner Stelle zur Klassensprecherin gewählt hatte.

»Und pass bloß auf, dass du die Stuchbaben nicht wervechselst«, ließ sich der Fettwanst neben Ronnie vernehmen und prustete los. Sein Lachen erinnerte an das Wiehern eines tollwütigen Esels. Max Stinkefurz war Ronnies bester Kumpel und ihm fast willenlos ergeben. Weshalb er auch versuchte, Ronnie im Stänkern noch zu überbieten. Laura fand das ebenso wenig witzig wie seine jüngste Angewohnheit, die Anfangsbuchstaben von zusammengesetzten Wörtern zu verdrehen. Dieser uralte Gag war doch mehr als out!

»Ruhe jetzt!«, herrschte Schnuffelpuff die beiden an, obwohl er alles andere als ein strenger Pauker war.

Ein schillernder Regenbogen spannte sich über den Himmel von Aventerra. Er leuchtete so prächtig, als wolle er Zeugnis geben von der Kraft des Lichts. Alarik bemerkte ihn dennoch nicht. Der blonde Junge im braunen Ledergewand starrte gebannt auf die Heilerin, die regungslos in der schummrigen Höhle saß, und wagte kaum zu atmen. Im Hintergrund brannte ein kleines Feuer. Der Schein der Flammen ließ geisterhafte Schatten wie eine Meute irrwitziger Nachtschratzen über die zerklüfteten Felswände tanzen. Rauchwolken drifteten durch die enge Felsenkammer, und obwohl der

Junge ganz in der Nähe des Eingangs saß und ihm ständig ein frischer Lufthauch um die Nase wehte, konnte er den Geruch der würzigen Kräuter wahrnehmen, mit dem der Rauch geschwängert war. Er kratzte ihn im Hals und reizte seine Lunge, so dass er gegen ein Würgen ankämpfen musste.

Morwena dagegen schien der beißende Qualm nichts auszumachen. Die Augen der Heilerin waren geschlossen. Wie versteinert saß sie in ihrer schlichten weißen Tunika vor einer schmalen Felsspalte im Höhlenboden, aus der gelblicher Dampf aufstieg. Er verströmte einen leichten Schwefelgestank, vermischt mit einem anderen Geruch, der Alarik unbekannt war.

Die Gedanken des Knappen schweiften ab. Wenn nur Alienor hier wäre!, kam es ihm in den Sinn. Meine Schwester wüsste diesen Geruch bestimmt zu deuten! In welche der vielen Regionen Aventerras mag es sie verschlagen haben? Ob ich sie jemals wiedersehen werde? Ob Alienor überhaupt noch am Leben ist?

Ein plötzliches Geräusch riss Alarik aus den quälenden Gedanken: ein Wimmern wie von einem verängstigten Tier. Er straffte sich, reckte den Kopf und spähte mit zusammengekniffenen Augen zu Morwena. Stammten diese herzzerreißenden Laute von ihr?

Tatsächlich – erneut stöhnte die Heilerin auf. Kaum wahrnehmbar zunächst, dann immer deutlicher, wiegte sie den Oberkörper hin und her. Schneller und schneller wurde der Rhythmus ihrer Bewegungen. Dabei reckte sie den Kopf, als lausche sie einer unhörbaren, sich steigernden Melodie, während die Töne, die aus ihrem Mund drangen, immer lauter wurden.

Alarik war ratlos. Es drängte ihn, der Heilerin zu Hilfe zu kommen. Aber hatte Morwena ihm nicht ausdrücklich eingeschärft, sie unter keinen Umständen zu stören, solange sie sich in der Orakelhöhle befanden? Und hatte er nicht geschworen, sich streng an ihre Anweisung zu halten?

Allerdings hatte die Heilkundige ihm auch keine andere Wahl gelassen. Hätte er ihr den Eid verweigert, wäre Morwena allein von der Gralsburg Hellunyat zu der Felsenkammer aufgebrochen, die in einem versteckten Seitental der Dusterklamm lag.

Seit Anbeginn der Zeiten suchten die Heilerinnen von Hellunyat Rat bei den Wissenden Dämpfen. Tief aus dem Bauch von Aventerra stiegen die Schwaden durch eine schmale Felsspalte empor, um denjenigen, die ihre Botschaft zu entschlüsseln wussten, ihr geheimes Wissen zu offenbaren. Alarik selbst hatte die junge Frau gebeten die Orakelhöhle aufzusuchen. Er wollte endlich Gewissheit über das Schicksal seiner Schwester Alienor bekommen.

Alariks Herr, der Weiße Ritter Paravain, und Morwena vermuteten zwar, dass sich das Mädchen in der Dunklen Festung aufhielt, der Trutzburg des Schwarzen Fürsten. Aber Alarik konnte das nicht glauben. Wer begab sich schon freiwillig in die Hand von Borboron und teilte das Los der Kindersklaven, die der Dunkle Herrscher unerbittlich zu qualvoller Arbeit antreiben ließ?

Niemand! Und seine kleine Schwester schon gar nicht! Auch wenn Alienor erst zwölf Jahre zählte und damit zwei Sommer jünger war als er, war sie weder töricht noch lebensmüde.

Gut – Pfeilschwinge, der Bote des Lichts und Wächter der magischen Pforte, der auf seinen mächtigen Adlerschwingen pfeilgeschwind den Äther zu durchmessen pflegte, hatte Alienor zuletzt in der Begleitung eines Levators ausgemacht und beobachtet, wie sie an Bord seines Luftfloßes in Richtung Dunkler Festung durch den Wind dahingetrieben war. Aber diese unsteten Luftnomaden waren schließlich dafür bekannt, dass sie meist ziellos unterwegs waren, sich mal hierhin, mal dorthin bewegten, wo immer der Wind sie auch hinführen mochte. Bestimmt hatte das Luftfloß bald wieder eine andere Richtung eingeschlagen und nicht die Dunkle Festung angesteuert, mochten Morwena und Paravain auch noch so sehr davon überzeugt sein. Dennoch: Ein Rest Ungewissheit hatte mit jedem Tag mehr an Alarik genagt und sich gleich einem ekligen Wurm in sein Bewusstsein gefressen, bis er es schließlich nicht mehr ausgehalten und Morwena zum Besuch der Orakelhöhle überredet hatte.

Das Wimmern der Heilerin war in einen lang anhaltenden Laut übergegangen. Die Züge ihres anmutigen Gesichtes verzerrten sich immer stärker und erstarrten zu einer Fratze der Qual. Ihr schmächtiger Körper bebte so heftig, als werde er von schweren Krämpfen geschüttelt.

Dem Knappen wurde ganz bang ums Herz. Mit lähmendem Entsetzen beobachtete er die junge Frau, die mit einem Mal ein spitzes »Neeiinn!« hervorstieß, sich aufbäumte und dann wie ein von Schnitterhand gekappter Halm zu Boden stürzte, wo sie leblos liegen blieb.

Alarik konnte nicht länger an sich halten. Seinem Versprechen zum Trotz sprang er auf, eilte zu der Heilerin und beugte sich über sie.

Sie atmete, den Mächten des Lichts sei Dank!

Vorsichtig griff der Junge an ihre Schulter und rüttelte daran. »Morwena? Bitte, Morwena – was ist mit Euch geschehen?«

Keine Antwort.

Erneut schüttelte er den steifen Körper. »Morwena?«

Endlich löste sich die Starre, die Heilerin röchelte und schlug unvermittelt die Augen auf. Totenbleich starrte sie Alarik an, als habe sie ihn noch nie zuvor gesehen.

»Morwena?« Der Knappe schluckte. »Was habt Ihr denn?«

Mühsam rappelte die Seherin sich auf und ihre Pupillen verengten sich. Sie wandte sich zum Eingang und blickte für einen Moment in eine unbestimmte Ferne, als verberge sich dort die Antwort auf Alariks Frage. Schließlich drehte sie sich wieder zu dem Jungen. »Es ist ... so entsetzlich«, flüsterte sie, »sie ist in ... in allergrößter Gefahr.«

Alarik spürte einen Stich ins Herz. »Aber ... Was ist geschehen? Nun sagt schon, was ist mit Alienor?«

Morwenas Gesichtszüge entgleisten. Verwundert musterte sie den Jungen. »Alienor?«

»Natürlich Alienor – von wem war denn sonst die Rede?«

Wie in Trance schüttelte die Heilerin den Kopf. »Ich meine nicht deine Schwester, sondern dieses Erdengeschöpf ... dieses Mädchen. Die Kelchträgerin.«

»Ihr meint ... Laura? Das Mädchen auf dem Menschenstern?« Alariks Stimme klang heiser.

»Genau!« Die Heilerin nickte heftig. »Genau sie meine ich. Ich glaube, sie ...«

»Ja? So sagt doch endlich!«

»Wenn ich die Botschaft der Wissenden Dämpfe richtig deute, dann schwebt Laura in allergrößter Gefahr!«

Alarik schaute die junge Frau verwirrt an. »Und warum?«, fragte er ungläubig.

»Wenn ich das nur wüsste, Alarik! Die Botschaft der Dämpfe ist nicht immer leicht zu entschlüsseln. Ich konnte nur verstehen, dass sie schon bald einer schweren Prüfung ausgesetzt sein wird. Einer Prüfung, die noch niemand überlebt hat!«

Mit einem Ruck griff Morwena nach dem Jungen und krallte ihre Finger so fest in seine Schulter, dass er vor Schmerz aufstöhnte. »Hast du mich verstanden, Alarik?« Morwenas Lider zuckten wie im Fieberwahn. »Noch niemand hat die Prüfung überlebt, die Laura Leander bevorsteht!«

Kapitel 2 Der Drachentöter

Laura lächelte verkniffen und schlug die alte Schwarte an der Stelle auf, die durch ein Lesebändchen markiert war. Sie räusperte sich und begann vorzulesen: »›Die Legende von Sigbert, dem Drachentöter. Aufgezeichnet nach einer wahren Begebenheit.

Als die Zeit noch jung war, wurde Drachenthal, ein unbedeutender Flecken in deutschen Landen, von einem schrecklichen Drachen heimgesucht. Das Untier stand im Dienste einer mächtigen Zauberin und hörte auf den Namen Niflin. Es hauste in einer finsteren Höhle, die am Fuße des Drachenfelsens gelegen war, einer schroffen Gesteinsformation ganz in der Nähe des Ortes. Niflin gehörte zu den wegen des spitzen Horns auf ihrer Nase allseits gefürchteten Horndrachen, den gefährlichsten Vertretern ihrer Art. Sie waren berüchtigt wegen ihrer besonderen Verschlagenheit und galten zudem als schier unbesiegbar.

Der Lindwurm forderte von den Bewohnern von Drachenthal Tribut, wenn er sie verschonen solle. In abgrundtiefer Bosheit verlangte er aber nicht nur eine horrende Zahl von Goldmünzen, sondern auch eine hübsche Jungfrau. Bei einer Weigerung drohte er mit Tod und Verwüstung. Die braven Bürger wollten sich den Forderungen des Ungeheuers nicht beugen, doch all ihre Versuche, ihm den Garaus zu machen, schlugen fehl. Die jungen Recken, die gegen Niflin zu Felde zogen, wurden allesamt von ihm verschlungen. Nur die blanken Knochen blieben von ihnen übrig und bleichten vor dem

Eingang seiner Höhle vor sich hin. Und so kam es, dass jedes Jahr aufs Neue eine junge Frau durch das Los dazu bestimmt werden musste, sich dem Drachen darzubieten – womit das Schicksal der Unglücklichen besiegelt war.

So lebte also Drachenthal seit endlosen Zeiten in Angst und Schrecken. Das Leid der Bewohner war groß, und die Väter und Mütter, die eine Tochter zu betrauern hatten, konnten gar nicht all die Tränen weinen, die sie um ihre unglücklichen Kinder vergießen wollten.

Eines Tages jedoch begab es sich, dass ein junger Ritter mit Namen Sigbert vor den Toren der Stadt auftauchte. Der Recke, dessen Rüstung strahlender war als das Licht, zog einsam durch die Lande, um seinen Heldenmut zu beweisen. Sein Weg von Abenteuer zu Abenteuer führte ihn auch vor die Burg des Grafen von Drachenthal, wo er Unterkunft für die Nacht begehrte. Theophil von Drachenthal wurde gerühmt ob seiner Herzensgüte, und so gewährte er dem kühnen Jüngling bereitwillig Gastfreundschaft unter seinem Dach. Theophil bot Sigbert nicht nur ein Nachtlager an, wie es Brauch war unter guten Christenmenschen, sondern lud ihn auch an seine üppig gedeckte Tafel ein, damit der Gast seinen Hunger stillen und seinen Durst löschen konnte.

Beim gemeinsamen Nachtmahl aber gewahrte der junge Ritter des Grafen Tochter Hilda und schon war es um ihn geschehen: Sigbert entflammte in unsterblicher Liebe zu der hübschen Maid – und auch ihr Herz brannte sofort für den unerschrockenen Recken. Die Liebe der beiden jungen Menschenkinder stand jedoch unter einem denkbar unglücklichen Stern, denn es war keine andere als Hilda, die das Los zum nächsten Opfer für Niflin bestimmt hatte.

Als Sigbert davon erfuhr, legte er einen heiligen Eid ab: Er schwor, nicht eher zu ruhen und zu rasten, bis er das Untier zur Strecke gebracht hatte. Die holde Maid wollte ihn zurückhalten, fürchtete sie doch um sein Leben. ‚Ich bewundere Euren Wagemut, hochedler Sigbert, aber ich bitte Euch von Eurem Vorhaben abzulassen!', flehte sie händeringend. ‚Wenn Ihr bei dem Kampf den Tod findet, wie soll ich dann ohne Euch leben?'

‚Und wie soll ich leben, wenn Ihr in den Tod gehen müsstet?', entgegnete Sigbert mit sanftem Lächeln. ‚Nichts ist mir kostbarer als Euer Leben – und so will ich es retten, selbst wenn ich mein eigenes verwirken sollte.'

Hilda wusste nichts mehr zu erwidern, so sehr rührten die Worte des kühnen Recken ihr Herz.

Der junge Ritter aber trat zu ihr, schaute ihr in die Augen und verlor sich in dem tiefen Blau, das klarer war als der klarste Bergsee. ‚Seid getrost, holde Hilda', sagte er mit Zuversicht in der Stimme, ‚mir wird schon nichts geschehen. Vertraut auf die Kraft, die mich leitet' – damit deutete er auf das Schwert an seiner Seite, das heller glänzte als die Sonne – ‚so wie ich auf die Kraft meines Schwertes Glanz vertraue, das mich noch nie im Stich gelassen hat. Glaubt, so wie ich glaube – und ich werde den Drachen in den Staub zwingen!'

Am nächsten Morgen, kaum dass die Sonne sich über den Horizont erhoben hatte, sattelte Sigbert seinen treuen Schimmel Granir, verabschiedete sich von dem Grafen und seiner Tochter und machte sich auf den Weg zum Drachenfelsen.

Das Untier erwartete ihn bereits vor dem Eingang seiner Höhle. Niflin scharrte in den Knochen, die vor seiner Behausung aufgetürmt waren. Als er erkannte, dass der Ritter in der strahlend weißen Rüstung andere Absichten hegte, als einen Beutel mit Goldmünzen und eine Jungfrau zu überbringen, geriet er in Raserei. Sein Gebrüll war bis in die Gassen von Drachenthal zu vernehmen, und die Lohe, die dabei aus seinem riesigen Maul schoss, war so heiß, dass die umstehenden Felsen beinahe wie Butter in der Sonne zerschmolzen.

Obwohl Sigbert in seinem ganzen Leben noch nie ein derart schreckliches Ungeheuer zu Gesicht bekommen hatte, ließ er sich von Niflin nicht einschüchtern. Unerschrocken stellte er sich dem Lindwurm zum Kampf. Er griff zu seinem Speer, um ihn dem Untier in den Schlund zu schleudern, als er die vielen Lanzen seiner unglücklichen Vorgänger gewahrte, die zerbrochen auf dem Boden verstreut lagen. Augenblicklich griff der in allerlei Kämpfen erprobte Sigbert zu einer anderen Kriegslist: Geschützt von seinem Schild, das Zwergriesen in grauer Vorzeit geschmiedet hatten, wich er den fauchenden Feuerstößen aus, mit denen der Drache ihm nach dem Leben trachtete. Behände sprang er bald zur einen, bald zur anderen Seite, so dass Niflin fast schwindlig wurde bei dem Versuch, den Recken im Auge zu behalten. Die Deckung der zahlreich in der Schlucht verstreuten Felsbrocken nutzend, arbeitete der Ritter sich immer näher an das Untier heran.

Der Drache jedoch schien zu merken, was Sigbert im Schilde führte. Oder war es seine Herrin, die mächtige Zauberin, die ihm den Gedanken eingab? Niflin jedenfalls stellte das Feuerspeien ein und ließ stattdessen schwefeligen Qualm aus seinen Nüstern steigen. Der stank entsetzlich nach Pestilenz und Tod. Kaum waberte die gelbe Wolke um Sigberts Haupt, als er auch schon, wie vom Blitz gefällt, umstürzte und reglos liegen blieb.‹«

»Nä, ne?« Franziska Turinis ungläubige Stimme unterbrach die atemlose Stille, die sich über die 7b gelegt hatte. »Das glaub ich jetzt einfach nicht!«

»Genau!«, pflichtete Magda Schneider ihr bei. Laura vermeinte Empörung im Gesicht der hochgewachsenen Blonden zu erkennen. »Warum zum Geier heißt der Typ dann Drachentöter?«

Lächelnd blickte Laura in die ungläubigen Mienen ihrer Mitschüler. »Wartet es einfach ab. Die Geschichte ist doch längst noch nicht zu Ende!«, erklärte sie und nahm das Buch wieder auf.

»›Als Niflin den in den Staub gestreckten Helden gewahrte, löste sich ein zufriedenes Grunzen aus seinem Schlund. Er verzog das Maul, so dass es den Anschein hatte, als lächele er. Dieser elende Wicht!, zuckte es durch sein winziges Drachenhirn. Wie töricht von ihm, mich herauszufordern! Glaubte er wirklich, mich besiegen zu können? Dann schüttelte der Lindwurm das furchterregende Haupt. Niemand konnte ihn besiegen, nicht einmal mit einem noch so mächtigen Schwert. Und niemand konnte seiner Herrin etwas anhaben, unter deren Schutz er stand.

Schwerfällig tappte der Drache auf den Ritter zu, der wie tot vor ihm lag. Alles Leben schien aus ihm gewichen. Wie alle Vertreter seiner Art pflegte auch Niflin seine Opfer zu beschnüffeln, bevor er sie verschlang. Das, was es roch, schien dem Untier zu behagen. Es hob den Kopf, reckte ihn weit in die Höhe und ließ ein lautes Triumphgeschrei erschallen, das einem mächtigen Donner gleich weithin über die Lande grollte.

Genau darauf aber hatte Sigbert nur gewartet. Schließlich wusste er nur zu gut um die Gefährlichkeit des Pest-Atems. Aus diesem Grunde hatte er auch sofort die Luft angehalten und sich geschwind zu Boden fallen lassen. Nun aber, da Niflin ihn nicht weiter beachtete, schlug der Recke die Augen auf, rollte sich geschwind wie ein Luchs unter den mächtigen Leib des Ungeheuers und trieb ihm das Schwert bis ans Heft in die Brust. Sogleich schoss ihm das heiße Drachenblut wie eine rote Springflut entgegen, und da wusste Sigbert, dass er das Untier mitten ins Herz getroffen hatte.

Niflin brüllte auf, dass die Felsen ringsum erzitterten. In seinem Schrei schwang die Gewissheit des nahen Endes mit. Doch noch wollte das Untier sich nicht geschlagen geben. Es hatte ganz den Anschein, als wolle es seinen Gegner mit in den unausweichlichen Tod nehmen. Der Lindwurm wälzte sich herum und schnappte mit seinen messerscharfen Zähnen nach dem kühnen Ritter.

Doch auch darauf war der Recke vorbereitet. Schneller als ein Falke den Äther durchmisst, zog er Glanz aus der Brust des Drachen und parierte dessen Angriff mit gewaltigen Hieben. Ein wilder Kampf entspann sich, wie es desgleichen noch nicht gegeben hatte. Mal neigte die Gunst des Sieges sich dem einen, mal dem anderen zu, bis Sigbert schließlich das spitze Horn abschlug, das Niflins Nase zierte – womit er ihn mitten in seinen Lebensnerv traf. Den Hörnern verdanken die Horndrachen nämlich nicht nur ihren Namen. Sie sind auch der Sitz der bösen Kräfte, die den Ungeheuern besondere Gefährlichkeit verleihen. Seines lebensnotwendigen Antriebs beraubt, stürzte Niflin vor seiner Höhle in den Staub. Ein letztes Mal noch hob er die Flügel, doch mehr als ein mattes Flattern brachte er nicht mehr zu Stande, bevor er mit einem Röcheln verendete. Sein mächtiger Leib erstarrte in der folgenden Nacht zu Stein, genau mit dem mitternächtlichen Glockenschlag. Noch heute sind seine Überreste zu sehen, auch wenn die Zeit und die Unbilden der Witterung dafür gesorgt haben, dass seine Konturen nur noch zu erahnen sind. Der Drachentöter Sigbert aber säuberte sich und sein Schwert an einer nahen Quelle, die fortan Blutbronn genannt wurde. Bevor er sich den Goldschatz holte, den Niflin in seiner Höhle gehortet hatte, griff er sich das abgeschlagene Horn des Drachen. Kaum steckte es in seiner Tasche, da stellte Sigbert zu seiner Verwunderung fest, dass ihm ungeahnte Kräfte zugewachsen waren. Als er einen Felsbrocken, der schwerer wog als zwanzig Männer, mit der Stiefelspitze berührte, flog der in hohem Bogen davon. Zur Probe riss der Ritter noch einen Baum aus, und obwohl dessen Stamm so dick war, dass fünf Recken ihn nicht hätten umfassen können, kostete es ihn nicht die geringste Anstrengung. Sigbert schmunzelte, ahnte er doch, dass er dank des Drachenhorns von nun an so gut wie unbezwingbar sein würde.

Bewehrt mit dem Schatz und dem wundersamen Horn, kehrte er glücklich zur Burg des Grafen zurück. Aus lauter Dankbarkeit gab ihm Theophil von Drachenthal seine Tochter Hilda zur Frau. Unter dem Jubel der von Niflin erlösten Bevölkerung feierten die beiden schon am nächsten Tage Vermählung. Ihre Ehe ward glücklich und von Gott gesegnet und begründete ein edles Herrschergeschlecht. Sigbert und Hilda aber lebten zufrieden bis ans Ende ihrer Tage.

Das Schicksal des sagenhaften Schwertes Glanz jedoch verlor sich ebenso im Nebel der Geschichte wie das des zaubermächtigen Drachenhorns.‹«

Laura atmete auf – geschafft!

Sie schlug das dicke Buch zu und schaute die Klasse abwartend an. Die meisten ihrer Mitschüler schienen ganz gebannt von der Erzählung. Ihre Augen leuchteten und die Wangen waren gerötet. Schon wollte sie sich erheben, als etwas völlig Unerwartetes geschah.

»Echt cool!«, rief Philipp Boddin und fing an zu klatschen. Ausgerechnet der supercoole Mr Cool! Und die anderen taten es ihm gleich. Selbst Max Stinkefurz patschte einige Male in seine Fettfinger. »Wirklich, Laura – Luperseistung!«, grunzte er, so breit wie verlegen grinsend.

»Sehr schön, Laura!«, lobte auch Schnuffelpuff und erhob sich vom Stuhl.

»Danke«, murmelte das Mädchen, schüttelte verlegen die blonde Haarmähne, um dann hastig zu seinem Platz zurückzugehen. Als Laura an Philipp vorbeikam, erhaschte sie seinen Blick. Darin stand ehrliche Bewunderung, und ein freundliches Lächeln lag auf seinen wohlgeformten Lippen.

Laura merkte, wie ihr das Blut in die Wangen schoss. Rasch senkte sie den Kopf. *Oh, Mist!* Hoffentlich bekam keiner mit, dass sie rot wurde. Zumal es keinerlei Grund dafür gab. Als ob sie sich aus Philipps Bewunderung etwas machen würde! Einfach albern, so was anzunehmen! Ihre Knie zitterten ein wenig, als sie sich setzte.

Kaja beugte sich zu ihr herüber und grinste sie breit an. »Hast du es auch bemerkt?«

»Bemerkt?« Obwohl Laura ahnte, worauf die Freundin anspielte, gab sie sich unwissend. »Was soll ich denn bemerkt haben?«

»Na – wie er dich angeguckt hat!«

»Angeguckt? Wen meinst du denn?«

»Oh, nö, Laura!« Empört blies Kaja die Wangen auf. »Jetzt tu nicht so naiv! Philipp mein ich natürlich. Mr Cool – wen denn sonst?«

Lauras Gesicht brannte plötzlich wie Feuer.

Hilfe!

Ihre Wangen leuchteten mittlerweile bestimmt so rot wie eine Rotlichtbirne!

»Während du vorgelesen hast, hat er dich die ganze Zeit angestarrt, als wärst du nicht von dieser Welt. Und seine Augen, die haben richtig verträumt ausgesehen. Voll süß!«

»Blödsinn!« Laura schoss Kaja finstere Blicke zu.

»Wenn ich's dir doch sage! Und als du zu deinem Platz zurü–« Das Pummelchen brach plötzlich ab, musterte Laura mit weit geöffnetem Mund – und grinste dann breit. »Oh, nö, Laura – du bist ja ganz rot! Im ganzen Gesicht! Sag bloß, du bist verkn–«

»Quatsch!«, fiel Laura ihr wütend ins Wort. »Mir ist nur furchtbar warm, das ist alles!«

»Warm? Soso.« Kaja legte die Stirn in Falten. »Ist ja interessant.«

»Interessant?« Laura hatte keine Ahnung, was die Freundin meinte. »Wieso das denn?«

»Na ja«, antwortete Kaja gedehnt. »Vor dem Frühstück hast du dich noch beklagt, dass es für die Jahreszeit heute ausgesprochen kühl ist. Und jetzt plötzlich ist dir furchtbar warm. Das ist doch eigenartig, findest du nicht?«

»Nee.« Laura blinzelte genervt, als sie plötzlich bemerkte, dass Philipp sie versonnen ansah. Sie wandte sich abrupt ab, als habe er sie bei etwas Verbotenem ertappt, und fühlte noch im gleichen Moment, dass ihr neuerlich das Blut in die Wangen schoss. Panik stieg in ihr hoch. Verstohlen blickte sie sich um. Zum Glück schenkte ihr keiner der Mitschüler auch nur die geringste Aufmerksamkeit. Selbst Philipp hatte sich wieder weggedreht. Nur in Kajas sommersprossigem Gesicht war ein breites Grinsen zu entdecken. Doch Laura tat so, als bemerke sie das nicht, und schaute zur Tafel, wo der Geschichtslehrer stand.

»Es freut mich, dass euch diese Legende so gut gefallen hat«, sagte Schnuffelpuff und griff sich ein Stück Kreide. »Für die schriftliche Hausarbeit habe ich aber ein anderes Thema gewählt. Damit niemand behaupten kann, er habe die Fragestellung nicht richtig verstanden, schreibe ich sie lieber auf.« Er drehte sich um. Die Kreide quietschte über die Tafel, während er jedes einzelne Wort laut mitsprach: »›Die Bedeutung der Sphinx in der ägyptischen und griechischen Mythologie und ihre Relevanz für unser heutiges Leben‹. Ihr habt zwei Wochen Zeit, aber dafür erwarte ich auch eine umfassende Darstellung!«

»Oh, nö!«, stöhnte Kaja leise vor sich hin und verdrehte die Augen, während Magda Schneiders aufgebrachtes »Was soll denn der Quatsch, zum Geier?« deutlich aus dem allgemeinen Gemurmel herauszuhören war.

Laura dagegen starrte wie abwesend vor sich hin. Als Schnuffelpuff das Hausarbeitsthema genannt hatte, waren wie aus dem Nichts drei Worte durch ihren Kopf gehallt: ›die Silberne Sphinx‹ – und sie hatte nicht die geringste Ahnung, warum.

Plötzlich fror Laura ganz entsetzlich.

Gespannte Stille hatte sich über den Thronsaal der Gralsburg von Aventerra gesenkt. Nur das leise Knistern des Holzfeuers im großen Kamin war zu hören. Auf dem Thronsessel dicht davor saß der Hüter des Lichts. Er schien in trübe Gedanken versunken zu sein, während Morwena, die auf einem Schemel neben dem Thron Platz genommen hatte, ihn bekümmert beobachtete.

Ritter Paravain, der erste der dreizehn Weißen Ritter, schritt unruhig in dem geräumigen Saal auf und ab, durch dessen hohe Fenster die Strahlen der tief stehenden Nachmittagssonne fluteten. Vom Hof der Gralsburg her drangen gedämpfte Laute herein: das Wiehern von Pferden und das Geklirre der Schwerter, mit denen die Ritter die Knappen in der Fechtkunst unterrichteten, die Rufe der Mägde und Knechte und das Hämmern der Schmiede. All das jedoch hörte der Weiße Ritter nicht, der nun mit ernster Miene vor die junge Frau im weißen Gewand hintrat.

»Nicht dass ich deine Worte in Zweifel ziehen möchte, Morwena, aber hast du die Orakelhöhle nicht deshalb aufgesucht, um mehr über das Schicksal von Alienor herauszufinden?«

»Ja, schon.«

»Und hast du uns nicht immer wieder erklärt, dass die Botschaft der Wissenden Dämpfe vielfach verschlüsselt und deshalb auf unterschiedlichste Weise zu deuten sei?«

»Auch das ist richtig.«

Der junge Ritter nickte bekümmert. »Wieso bist du dir dann so sicher, dass ihre Botschaft nicht Alienor, sondern diesem Mädchen auf dem Menschenstern galt? Woher nimmst du die Gewissheit, dass diese Laura wirklich in großer Gefahr schwebt?«

»Weil ...«

»Weil Morwena eine vorzügliche Heilerin ist«, sagte Elysion mit eindringlicher Stimme, »und weil sie sich wie keine

Zweite darauf versteht, die Botschaft der Orakelhöhle auszulegen. Was sie oft genug unter Beweis gestellt hat – habe ich nicht Recht, Paravain?« Der Hüter des Lichts erhob sich und ging bedächtigen Schrittes auf den Ritter zu.

Paravain blieb stumm und senkte den Blick.

Elysion legte dem Befehlshaber seiner Leibwache die Hand auf die Schulter. »Wir haben keinen Grund, an ihrer Aussage zu zweifeln. Zumal auch das Zeichen, das wir alle gesehen haben, in die gleiche Richtung deutet.«

»Das Zeichen?« Paravain schaute den greisen Mann überrascht an. »Meint Ihr ... den Drachen, Herr?«

»Genau!«

»Dann habe ich mich also doch nicht getäuscht?«, warf Morwena nachdenklich ein.

Ein Ausdruck der Verwunderung legte sich auf Elysions faltiges Gesicht. »Inwiefern?«, fragte er.

»Damals in der Ostaranacht, als dieser zweiköpfige Flugdrache urplötzlich über dem Tal der Zeiten aufgetaucht ist, schien es mir, als wäret Ihr ziemlich erschrocken.«

Elysion nickte versonnen. »Stimmt. Weil ich mich schlagartig daran erinnert habe, welche Bedeutung man dem Auftauchen eines Drachen mit zwei Köpfen seit Anbeginn der Zeiten beimisst.«

»Ach!« Paravain machte eine abwertende Geste. »Das ist nichts weiter als törichter Aberglaube!«

»Du irrst dich, junger Freund.« Bedächtig wiegte der Hüter des Lichts das Haupt. »Zweiköpfige Drachen sind äußerst selten. Deshalb werden sie schon seit alters her als ein sicheres Zeichen dafür angesehen, dass jemand aus unseren Reihen den Tod finden wird. Und viel häufiger, als mir lieb war, habe ich erleben müssen, dass sich diese Prophezeiung bewahrheitet hat.«

Morwena blickte den Ritter an. »Ich glaube, Elysion hat

Recht«, sagte sie sanft. »Nach der alten Überlieferung taucht ein solcher Drache immer nur dann auf, wenn ein herausragender Vertreter des Lichts mit dem Tode bedroht ist – was im Einklang stünde mit der Botschaft der Wissenden Dämpfe.«

Paravain antwortete nicht. Der Gedanke, dass Laura in tödlicher Gefahr schwebte, ängstigte ihn so, dass sich alles in seinem Inneren dagegen sträubte, ihn zuzulassen. Doch nun kam er wohl nicht länger umhin, ihn endlich zu akzeptieren.

»Laura ist ihrem Alter weit voraus«, erklärte der Hüter des Lichts. »Sie hat den Dunklen nicht nur den Kelch entrissen und ihn zu uns zurückgebracht, sondern ist darüber hinaus auch noch allen teuflischen Fallen entkommen, die unsere Gegenspieler ihr gestellt haben.«

Der Ritter schwieg beharrlich und musterte seinen Herrn mit unstetem Blick.

»Allerdings ist sie immer noch eine Elevin«, fuhr Elysion fort. »Die besonderen Kräfte, die in ihr schlummern, sind noch längst nicht zur vollen Entfaltung gebracht worden. Wahrscheinlich ist Laura zu weit Größerem fähig, als wir alle vermuten, und wird dereinst zu einer herausragenden Streiterin des Lichts heranreifen – falls sie nicht vom rechten Weg abweicht.«

»Dann hat Morwena die Botschaft der Wissenden Dämpfe also richtig gedeutet?« In Paravains Frage schwang eine stille Hoffnung auf Widerspruch mit.

»Ich habe nicht die geringsten Zweifel daran«, antwortete Elysion ungewöhnlich ernst. »Schon damals, als dieser Drache ausgerechnet während der kurzen Zeit erschienen ist, die Laura bei uns weilte, sind dunkle Ahnungen in mir aufgestiegen. Und durch die Botschaft, die die Wissenden Dämpfe Morwena übermittelt haben, sind sie nur noch verstärkt worden.«

Mit gequälter Miene wandte Paravain sich ab, schritt zum Fenster und blickte hinaus, bevor er sich wieder dem Hüter des Lichts zuwandte. »Und dennoch: Wie sollen die Dämpfe denn um dieses Mädchen wissen? Es wohnt doch auf dem Menschenstern und ist nicht in unserer Welt zu Hause.«

Der Hüter des Lichts war offensichtlich nahe daran, die Geduld zu verlieren. Der Unmut trieb ihm die Röte ins Gesicht. »Jedes Geschöpf auf Aventerra weiß, dass das Schicksal des Menschensterns untrennbar mit unserer Welt verknüpft ist. Und so gelten diese Orakelbotschaften für uns ebenso wie für die Bewohner unseres Schwestergestirns. Außerdem weißt du doch, dass Laura in der Mittsommernacht wieder nach Aventerra zurückkommen wird, um ihren Vater aus den Klauen Borborons zu befreien. Wir haben ihr fest versprochen, sie dabei nach besten Kräften zu unterstützen – oder solltest du auch das schon vergessen haben, Paravain?«

»Nein«, antwortete der Ritter kleinlaut. »Natürlich nicht.«

»Dann bin ich ja beruhigt!« Obwohl Sarkasmus Elysion für gewöhnlich völlig fremd war, schwang er nun unverhohlen in seinen Worten mit. Es schien dem Herrscher gar nicht zu behagen, dass ausgerechnet der Anführer der Weißen Garde seine Worte in Zweifel zog.

Morwena trat an den jungen Mann heran, griff nach seiner Hand, drückte sie zärtlich und lächelte ihn besänftigend an. Ohne ihn loszulassen, wandte sie sich an den Hüter des Lichts. »Habt Ihr eine Vermutung, wie diese Prüfung aussehen könnte, der Laura sich stellen muss, Herr?«

»Nein, nicht im Geringsten.« Für eine Weile blickte Elysion schweigend durchs Fenster hinaus auf die Ebene von Calderan, die sich von der südlichen Mauer der Gralsburg bis weit zum Horizont erstreckte, wo sie von den schroff aufragenden Drachenbergen begrenzt wurde. Fast schien es, als wolle er in den sich darüber auftürmenden Wolken nach einer Antwort suchen.

Alle versanken in grüblerisches Schweigen, bis der Hüter des Lichts seine jungen Gefolgsleute mit ernster Miene anblickte. »Wie immer Lauras Prüfung auch ausfallen mag, so will ich wenigstens für sie hoffen, dass sie nicht ausgerechnet das Orakel der Silbernen Sphinx lösen muss. Denn das hat in der Tat noch niemand geschafft.«

Paravain und Morwena sahen sich erschrocken an.

»Ihr wisst beide, wie sehr ich auf die Kraft des Lichts vertraue«, fuhr Elysion feierlich fort. »Aber genauso sehr hoffe ich, dass Laura diese Prüfung erspart bleibt. Denn damit wäre selbst dieses mutige Mädchen dem Untergang geweiht.«

Ja?« Dr. Quintus Schwartz blickte vom Schreibtisch auf und starrte genervt auf die Bürotür, die nach dem zaghaften Klopfen vorsichtig aufschwang.

Eine ältliche Frau mit käsigem Spitzmausgesicht lugte durch den Türspalt. »Frau Taxus ist da, Herr Konrektor«, piepste Frau Prise-Stein zaghaft. »Sie behauptet –«

»Aber ja doch!«, antwortete der schwarzhaarige Mann ungehalten. »Nur herein mit ihr.«

Er hatte die Worte kaum ausgesprochen, als Rebekka Taxus sich auch schon an der Sekretärin vorbei ins Direktorenbüro drängte. Dabei schaute sie das blasse Mausgesicht von oben herab an. »Ssehen Ssie? Ich hab Ihnen doch gleich gessagt, dasss Quintusss … äh … Herr Dr. Schwartz mich ssprechen will!«

Die Angesprochene zog sich sichtlich beleidigt zurück. Dass die Tür lauter als nötig ins Schloss fiel, nötigte dem Mann hinter dem Schreibtisch nur ein amüsiertes Lächeln ab.

»Weiber!«, murmelte er kaum hörbar vor sich hin, um sich dann an die Frau in Pink zu wenden, die unaufgefordert auf dem Stuhl vor dem Schreibtisch Platz nahm. »Sieht mir nicht danach aus, als würdet ihr beiden noch Busenfreundinnen werden, die Prise-Stein und du?«

»Isst doch auch wahr!« In ihrer Wut verzischte Rebekka Taxus die S-Laute noch stärker als sonst. »Nur weil ssie sseit Jahren die Tippsse von Direktor Morgensstern isst, ssteht ess ihr noch lange nicht zu, ssich aufzuführen, alss ssei ssie der Höllenhund Zerberuss höchsstperssönlich!«

»Vorsicht!« Für einen kurzen Moment glühten die Augen des Mannes rot auf. »Wir können schließlich nicht wissen, wozu wir die noch brauchen.«

»Jaja, isst ja gut«, lispelte Pinky unwirsch und schaute ihren Kollegen dann fragend an. »Warum hasst du mich hergebeten?«

»Weil die Große Meisterin neue Aufträge für uns hat, deshalb!« Der stellvertretende Direktor erhob sich und kam hinter dem schweren Eichenschreibtisch hervor. Ein Lächeln huschte über seine wohlgeformten Gesichtszüge, deren Solariumbräune ein Hauch zu tief war.

»Tatssächlich?« Die Taxus runzelte die Stirn und musterte ihn durchdringend. »Ich hoffe, ssie lässst ssich endlich etwass gegen diessess Gör einfallen. Wie mir scheint, beherrscht Laura Leander ihre bessonderen Fähigkeiten mit jedem Tag bessser! Wenn dass sso weitergeht, können wir schon bald nichtss mehr gegen ssie aussrichten!«

»Warum so pessimistisch, meine Liebe?« Quintus Schwartz lächelte mit schmalen Lippen, als mache er sich über die Komplizin lustig. »Nur weil sie den Kelch der Erleuchtung nach Aventerra zurückgebracht hat, ist sie noch längst nicht unbesiegbar.«

»Wenn du dich da bloßs nicht täuschsst, Quintuss! Schließslich hat ssie auch all unsseren Verssuchen getrotzt, ssie mit Hilfe unsserer Geschöpfe auss dem Weg zu räumen. Alless, wass wir bisslang gegen ssie eingefädelt haben, war letztendlich erfolgloss.«

»Als ob ich das nicht wüsste!« Ein Seufzer entrang sich der

Kehle des Mannes, während er einen Stuhl zu sich heranzog und gegenüber seiner Besucherin Platz nahm. »Wir haben sie einfach unterschätzt!«

»Wass ein unverzeihlicher Fehler war!«, ereiferte sich die Frau. »Schließslich wisssen wir sspätesstenss sseit Laurass Geburt, dasss ssie im Zeichen der Dreizehn geboren isst und desshalb über ganz bessondere Kräfte verfügt. Und dasss ssie diesse viel schneller und bessser beherrscht alss gedacht, hätte unss auch nicht überraschen dürfen.«

»Du hast ja Recht.« Dr. Schwartz versuchte die Frau zu beschwichtigen. »Aber diesmal wird Laura Leander uns bestimmt nicht in die Quere kommen!«

»Ah, ja?« Rebekka Taxus klang wenig überzeugt. »Und wass macht dich da sso ssicher?«

»Die Aktion, die wir von langer Hand vorbereitet haben, kommt nun langsam ins Rollen. Ein Rädchen greift ins andere und alles läuft wie geplant. Keiner unserer Feinde ahnt auch nur im Geringsten, was wir im Schilde führen. Zudem haben wir unschätzbare Unterstützung: Die Große Meisterin wird uns helfen dieses kostbare Schwert zu finden – und Laura endlich auszuschalten.«

»Und? Wass hat ssich dass herrische Weib denn aussgedacht?« Die Mathematiklehrerin atmete schwer. »Jetzt ssag schon, Quintuss! Wass ssollen wir tun?«

Als Quintus Schwartz ihr den Auftrag dargelegt hatte, grinste er Pinky an und legte ihr die Hand auf die Schulter. »Verstehst du jetzt, warum dieses Gör mir kaum noch Sorgen bereitet?«

»Aber natürlich, Quintuss!« Ein irres Leuchten stand in Rebekkas Augen und wieder schienen sich Vipern auf ihrem Haupt zu winden. »Du hasst Recht. Niemand widerssteht der Großsen Meissterin – und desshalb wird Laura Leander ihrem Schickssal diessmal nicht entgehen!«

Kapitel 3 Eine schlimme Vorahnung

Kaja schien kurz vorm Explodieren. »Das ist nicht fair, Laura.« Mit finsterer Miene pustete sie die Wangen auf, während sie versuchte mit der in Richtung Speisesaal hastenden Freundin Schritt zu halten. »Du hast wirklich keinen Grund, sauer auf mich zu sein!«

»Nein?«

Kaja schüttelte den Kopf, worauf Laura ein bitteres Lachen hören ließ. »Und dass du den ganzen Vormittag nur Blödsinn erzählst, ist das vielleicht kein Grund?«

»Aber wieso denn?« Kajas Stimme klang weinerlich. Das Mädchen blieb stehen und schaute Laura beinahe flehentlich an. »Du bist wirklich rot geworden, als ich dir erzählt habe, dass Mr Cool dich ganz verträumt angesehen hat. Und deshalb hab ich gedacht –«

»Das Denken sollest du besser bleibenlassen«, fiel Laura ihr harsch ins Wort. »Kommt eh nur Unsinn dabei raus.« Damit drehte sie sich um, stürmte um die Ecke – und stieß recht unsanft mit einer Lehrerin zusammen.

Rebekka Taxus.

Ausgerechnet Pinky!

»Verdammt!« Wie eine wütende Kobra zischte die ganz in Pink gekleidete Frau ihre Schülerin an. »Kannsst du nicht aufpasssen oder hasst du deine ssieben Ssinne wieder mal nicht beissammen, Laura Leander?«

Für die Dauer eines Wimpernschlags hatte Laura den Eindruck, als kringele sich anstelle der geflochtenen Rastazöpfe ein Dutzend kleiner Schlangen um den Kopf der Mathelehrerin. Unwillkürlich zuckte sie zurück, aber da war die Vision auch schon wieder vorbei. »E… E… Entschuldigung, Frau Taxus«, stammelte sie rasch. »Ich … ähm … ich habe Ihnen hoffentlich nicht wehgetan?« Schon rechnete sie mit einer wütenden Schimpftirade, als sich das Gesicht der Lehrerin zu Lauras Verwunderung plötzlich entspannte.

»Isst doch halb sso wild«, lispelte sie und bemühte sich um ein Lächeln, das einem schleimigen Versicherungsvertreter alle Ehre gemacht hätte. »Sso wass kann schon mal passsieren. War doch besstimmt keine Abssicht, oder?«

»N… n… nein«, stotterte Laura verwirrt. »Natürlich nicht.«

»Na alsso.« Immer noch dieses falsche Lächeln im Gesicht, musterte Pinky das Mädchen aus schmalen Augen. Ihr Blick hatte die Schärfe eines Skalpells.

Doch Laura war auf der Hut und ließ sich von Rebekkas geheuchelter Freundlichkeit nicht täuschen. So gut es ging, schirmte sie ihr Bewusstsein vor der Dunklen ab, damit diese ihre Gedanken nicht lesen konnte.

Verdammtes Gör, dachte Rebekka Taxus. Lauras Abwehrkünste werden immer perfekter. So schnell gibt die ihre Gedanken nicht mehr preis! Dennoch war der Lehrerin die Enttäuschung über den misslungenen Versuch nicht im Geringsten anzumerken. Im Gegenteil: Sie strahlte Laura freundlich an und stolzierte erhobenen Hauptes davon. Ihre Stilettos, deren Farbe perfekt mit der ihres engen Kostüms harmonierte, klackten geräuschvoll über die steinernen Fliesen.

Verwundert sah Laura der Lehrerin nach. Eigenartig, dachte sie. Warum ist die plötzlich so scheißfreundlich zu mir?

Da stimmt doch was nicht!

Der Hospitalgarten von Hellunyat lag im warmen Licht der Mittagssonne. Hohe Feldsteinmauern schirmten ihn gegen den hektischen Betrieb ab, der in den anderen Teilen der mächtigen Gralsburg herrschte. Nur gedämpfte Laute drangen an Morwenas Ohren, während sie durch die Reihen der Beete mit den Pflanzen und Kräutern schritt, aus denen sie Arzneien, Salben und Tinkturen zur Pflege der Kranken gewann. Vor den rot blühenden Blutdisteln blieb sie stehen. Die Heilerin setzte den Blütenextrakt der Disteln, deren angestammte Heimat die Feuchtgebiete rund um den See der Roten Tränen war, vorwiegend zur Reinigung schlechten Blutes ein. Und ein Aufguss der getrockneten Pflanze, vermischt mit Güldenkraut und Wunderwicken, wirkte vorzüglich bei vielerlei Frauenleiden.

Morwena kniete vor dem Beet nieder und holte eine kleine Sichel aus dem Weidenkorb, den sie mit sich führte. Darauf bedacht, sich an den spitzen Stacheln nicht zu verletzen, schnitt sie einige der hochstieligen Blutdisteln ab. Sie war so konzentriert bei der Sache, dass sie gar nicht bemerkte, dass Paravain sich ihr näherte. Erst als er unmittelbar hinter ihr stand und sein Schatten auf das Beet fiel, fuhr sie mit einem erstickten Aufschrei hoch. »Meine Güte, Paravain! Hast du mich erschreckt!« Anklagend hielt sie ihm den Zeigefinger entgegen, über den einige Blutstropfen perlten. »Und gestochen hab ich mich auch!«

»Welch böses Unglück«, entgegnete der Ritter mit gequältem Lächeln. »Hoffentlich wird man ihn dir nicht abnehmen müssen!«

»Du Nichtsnutz!«, schalt ihn die Heilerin, steckte dann den Finger kurz in den Mund, bevor sie den jungen Mann mit einem Kuss auf die Lippen begrüßte. Erst da bemerkte sie den Ernst in seinen Augen. Morwena trat einen Schritt zurück und sah ihn besorgt an. »Was ist los, Paravain? Was bedrückt dich?«

Paravain ließ sich auf der Steinbank nieder, die unweit inmitten eines Rosenspaliers stand. Die prächtigen Blüten, um die Bienen und Hummeln summten, erfüllten die Luft mit süßem Duft. Der Ritter zog die Heilerin am Arm, so dass Morwena nicht umhinkonnte, sich zu ihm zu setzen. »Ich habe das dumpfe Gefühl, dass Elysion uns irgendetwas verschweigt«, sagte er.

Die Heilerin, die sich zärtlich an seine Seite geschmiegt hatte, hob die Augenbrauen. »Warum sollte er so etwas tun?«

»Keine Ahnung.« Der Ritter zuckte mit den Schultern. »Vielleicht will er uns nicht damit belasten. Oder das Geheimnis ist so ungeheuerlich, dass er nicht wagt es vor uns offenzulegen. Er fürchtet vielleicht, dass wir es nicht verkraften!«

Morwenas Stirn unter dem kastanienbraunen Haar legte sich in Falten. »Und was bringt dich auf diesen Gedanken?«

»Sein Verhalten. Elysion ist in der letzten Zeit so verändert.« Mit der Stiefelspitze zeichnete Paravain einen Kreis in den Kieselbelag auf dem Boden. »Seit dieser doppelköpfige Drache am Himmel über dem Tal der Zeiten aufgetaucht ist, ist er nicht mehr der Alte.«

»Was durchaus verständlich ist.« Die junge Frau lächelte sanft. »Er ist der Hüter des Lichts und trägt Verantwortung für unser aller Wohlergehen. Deshalb nimmt er die alte Prophezeiung ernst und sorgt sich, dass einer aus unseren Reihen ums Leben kommen könnte.«

»Ich weiß!« Paravain holte aus und kickte einen dunklen Kiesel davon. »Aber das ist es nicht alleine. Er wirkt seltsam bedrückt seit diesem Tag – oder sollte dir das nicht aufgefallen sein?«

»Schon. Schließlich bringe ich Elysion jeden Morgen und Abend seinen Kräutertee. Und es stimmt: An manchen Tagen wirkt er in der Tat abwesend. Als sinne er über ein Problem nach, für das er keine Lösung kennt.«

»Und daran kann nicht nur dieser Drache schuld sein. Weißt du, was ich glaube, Morwena?«

Die junge Frau schüttelte verneinend den Kopf.

Der Ritter schluckte. »Ich vermute, es hat mit Hellenglanz zu tun.«

»Mit dem Schwert des Lichts?« Ungläubig schüttelte die junge Frau den Kopf. »Das ist doch Unsinn, Paravain! Hellenglanz ist das Gegenstück zu Pestilenz, dem schwarzmagischen Schwert von Borboron. Deshalb wird es im Labyrinth der Gralsburg verwahrt. Seit Anbeginn der Zeiten schon, ebenso wie der Kelch der Erleuchtung.«

Der Ritter erhob sich und trat dicht an die junge Frau heran. »Hast du das Schwert schon einmal gesehen?«

»Natürlich nicht!« Morwena schaute den blonden Mann verwundert an. »Nur Elysion hat Zutritt zum Labyrinth! Und Luminian, der es bewacht, trägt dafür Sorge, dass das auch so bleibt.«

»Trotzdem ist es Borboron und seiner Schwarzen Garde damals gelungen, den Kelch daraus zu entwenden. Und wer sagt denn, dass sie –?«

»Niemals!«, fuhr die junge Frau entsetzt dazwischen. »Du willst doch damit nicht andeuten, dass sie das Schwert des Lichts ebenfalls in ihre Gewalt gebracht haben könnten?«

»Warum denn nicht?« Der Ritter lächelte gequält. »Vielleicht haben sie es auch auf dem Menschenstern versteckt, um es unserem Zugriff zu entziehen, und warten nur auf den richtigen Moment, um es zurückzubringen und uns anzugreifen. Und das hätte verheerende Folgen für uns: Der vereinten Macht von Hellenglanz und Pestilenz wären wir niemals gewachsen!«

Morwena begann zu zittern, bemühte sich aber um eine ruhige Stimme. »Das alles, das … das ist doch weiter nichts als reine Spekulation!«

»Ich bin mir da nicht so sicher.« Paravain legte ihr die Hände auf die Schultern und zog sie zärtlich zu sich heran.

»Überleg doch: Es muss einen Grund dafür geben, dass Borboron vor der Wintersonnenwende gewagt hat, uns nur in der Begleitung von ein paar Männern seiner Schwarzen Garde anzugreifen.«

Die junge Frau schien immer noch nicht überzeugt.

»Früher hat der Schwarze Fürst uns stets nur mit geballter Streitmacht attackiert. Weil er wusste, dass wir mit Hellenglanz die einzige Waffe besitzen, die ihn persönlich vernichten kann.«

Die Augen der Heilerin wurden groß. »Und deshalb –«

»– vermute ich«, fiel der Ritter ihr ins Wort, »dass sich das Schwert des Lichts längst in den Händen unserer Feinde befindet, wenn auch nicht hier auf Aventerra. Elysion scheint das zu wissen und zu ahnen, dass sie es bald wieder zurückbringen wollen. Was das Schlimmste wäre, was uns widerfahren könnte – und gleichzeitig sein seltsames Verhalten erklären würde.«

Morwena wirkte völlig verängstigt. »Was sollen wir nur tun, Paravain?«

»Wir müssen uns endlich Gewissheit verschaffen.« Die Gesichtszüge des Ritters strafften sich. »Und deshalb …«

»Ja?«, fragte die Heilerin bang. Ihre beklommene Miene allerdings verriet, dass sie die Antwort bereits ahnte.

»Deshalb werde ich heute Nacht versuchen in das Labyrinth der Gralsburg zu gelangen, um mich dort umzusehen.«

»Oh, nein!« Morwena schlug die Hände vor die Augen. »Das kannst du nicht machen. Das ist viel zu gefährlich!«

»Keine Angst! Mir wird nichts passieren. Und schon gar nicht, wenn du mithilfst!«

Erstaunt blickte die junge Frau den Ritter an. Doch ehe sie ihn fragen konnte, wie, zog er sie zu sich heran und küsste sie, als sei es der letzte Kuss seines Lebens.

Sphinxe?« Lukas blickte von seinem Computer auf und sah Kaja mit einem derart angewiderten Gesichtsausdruck an, als habe sie ihn aufgefordert ein Kakerlakenbad zu nehmen. »Du machst deinem spärlichen IQ mal wieder alle Ehre, du Spar-Kiu. Das heißt Sphingen, nicht Sphinxe!«

»Oh, nö!«, schnaufte das Pummelchen nur perplex. Kaja reagierte schon gar nicht mehr auf das böse Schimpfwort von Lukas, da er es ständig im Munde führte. Sie schüttelte die roten Korkenzieherlocken. »Wie soll ein normaler Mensch denn so was wissen?«

Worauf Lukas nur ein vieldeutiges Grinsen zeigte.

Laura warf dem Bruder einen grimmigen Blick zu. »Jetzt spiel dich bloß nicht so auf, Mister Superhirn«, fuhr sie ihn an. »Wenn wir den ganzen Tag nur dicke Bücher wälzen oder vor dem Computer hocken würden wie du, müssten wir dich bestimmt nicht bitten uns bei Schnuffelpuffs Hausarbeit zu helfen.«

»Warum tut ihr es dann nicht?« Lukas klang eingeschnappt. »Es hält euch doch keiner davon ab, oder?«

»Spar dir deine Sprüche!« Eine unausgesprochene Drohung lag in Lauras Blick. »Sag uns lieber, ob du uns helfen kannst oder nicht?«

Für einen kurzen Moment hatte es den Anschein, als sei Lukas eingeschnappt. Dann aber schob er die große Professorenbrille von der Nasenspitze zurück und blinzelte Laura und Kaja mit verschmitztem Grinsen an. »Natürlich weiß ich über Sphingen bestens Bescheid. Sie sind praktisch mein Spezialgebiet – oder was habt ihr denn gedacht, ihr Spar-Kius?«

Laura überhörte den unverhohlenen Spott. »Das trifft sich ja gut«, sagte sie trocken und ließ sich auf das Bett des Bruders nieder. Lukas angeranzter Talisman lag darauf, der Tennisball, mit dem Boris Becker bei seinem ersten Wimbledon-Sieg angeblich den Matchball verwandelt hatte. Vor vielen Jahren hatte Marius Leander, der Vater von Laura und Lukas, ihn seinem Sohn geschenkt. Dieser hütete ihn wie eine kostbare Reliquie und spielte außerdem fast ununterbrochen damit herum. Während Laura den Filzball ergriff und ihn in typischer Lukas-Manier in die Luft warf, sah sie den Bruder gespannt an. »Dann schieß mal los!«

Kaja ließ sich neben Laura aufs Bett plumpsen und stieß die Freundin dabei so ungeschickt an, dass dieser der Boris-Becker-Wimbledon-Matchball-Ball aus der Hand fiel und auf den Boden ploppte. »Uups«, entschuldigte sich das Pummelchen und wollte schon aufspringen, um den Ball aufzuheben. Aber da hielt Laura sie zurück.

»Warte!«, sagte sie. Dann atmete sie tief durch, verengte die Augen und nahm die Filzkugel ins Visier. Alle Gedanken und ihre gesamte Energie konzentrierte sie auf den Ball, den sie einzig und allein durch die Kraft ihres Geistes bewegen wollte. Ihr Blick wurde ganz entrückt, während sie ihm ihren Willen aufzuzwingen versuchte. Füge dich mir, befahl sie ihm im Stillen. Unterwerfe dich der Kraft des Lichts!

Und tatsächlich: Der Tennisball begann zu ruckeln, unmerklich erst, dann immer heftiger, und löste sich dann vom Boden, um wie ein Mini-Ufo in Lauras ausgestreckte Hand zu schweben.

»Bravo!« Kaja klatschte in die Hände. »Du wirst ja immer besser.«

Lukas dagegen schaute die Schwester grimmig an. »Nachdem du uns so eindrucksvoll deine telekinetischen Fähigkeiten demonstriert hast«, sagte er genervt, »kann ich nun hoffentlich anfangen. Oder wolltest du zuvor noch deine Talente im Gedankenlesen und Traumreisen unter Beweis stellen?«

Grinsend schüttelte Laura den Kopf – sie freute sich diebisch, wenn sie den Bruder auf die Palme brachte! –, und so richtete sich der Junge auf seinem Schreibtischstuhl auf und hob zu einem seiner gefürchteten Vorträge an.

Laura konnte es für gewöhnlich nicht ausstehen, wenn Lukas den neunmalklugen Professor herauskehrte. Deshalb hatte sie auch gezögert, ihn um Hilfe bei der Hausarbeit anzugehen. Die Aussicht, in der Bibliothek stundenlang dicke Lexika und Nachschlagewerke wälzen zu müssen, um sich die benötigten Informationen selbst zu besorgen, hatte sie dann aber doch abgeschreckt und veranlasst, mit Kaja den Bruder aufzusuchen und ihn um Rat zu fragen. Dass sie nun eine gelehrte Vorlesung über sich ergehen lassen mussten, war nur eine gerechte Strafe für die eigene Bequemlichkeit.

»Wie allgemein bekannt sein dürfte«, begann Lukas, »handelt es sich bei der oder dem Sphinx um ein Fabelwe–«

»Wie jetzt?«, unterbrach da Kaja schon und rümpfte die Nase. »Heißt das nun *die* oder *der* Sphinx?«

Lukas zog die Augenbrauen hoch. »Wenn du dich bitte gedulden würdest, bis ich dir das in angemessener Weise erläutere!«, sagte er leicht gereizt, um dann in überheblichem Ton fortzufahren: »… um ein Fabeltier, das in der Regel als ein Mischwesen mit Menschenkopf und Löwenkörper dargestellt wird. Die ursprüngliche Heimat des Sphinx ist das alte Ägypten, wo das Löwe-Mensch-Wesen als Abbild des Königs oder Pharaos galt, weshalb der ägyptische Sphinx auch stets männlich ist.« Er sah Kaja eindringlich an. »Kapiert?«

»Ja, klar«, nuschelte die Rothaarige. »Ist doch nicht so schwer zu verstehen, oder?« Damit griff sie in die Hosentasche und holte einen Schokoriegel hervor. Mit Überschallgeschwindigkeit fetzte sie die Verpackung auf und stopfte sich die Schokolade in den Mund.

»Den wohl beeindruckendsten und bekanntesten Sphinx findet man bei den Pyramiden von Gizeh«, fuhr Lukas fort, »und so ist es wohl kaum verwunderlich, dass sich darum viele Legenden ranken. So war zum Beispiel bereits in der Antike der Historiker Diodor von Sizilien –«

»Hey!«, unterbrach Laura verstimmt. »*Sooo* genau wollten wir das auch wieder nicht wissen!«

»– Diodor von Sizilien davon überzeugt«, fuhr der blonde Junge ungerührt fort, »dass dort der Ursprung der Götter und die Quelle allen Wissens verborgen sein müsse. Aus unserer Zeit wiederum stammen Vermutungen, wonach unter dem Sphinx geheime Schriften versteckt seien, in denen man Antworten auf sämtliche Fragen zur Entstehung der Welt und die wahre Geschichte der Menschheit finden könne.«

Gespannt beugte Kaja sich vor. »Aber entdeckt hat man diese Schriften nicht?«

»Nein.« Lukas schüttelte den Kopf. »Bis jetzt leider nicht.«

»Was wohl kaum verwunderlich sein dürfte«, kommentierte Laura spitz.

Der Bruder warf ihr einen erstaunten Blick zu. »Wie meinst du das?«

»Ganz einfach – sonst wären sie ja keine geheimen Schriften mehr«, antwortete Laura spöttisch.

Kaja kicherte vergnügt vor sich hin.

Lukas jedoch schien das gar nicht witzig zu finden. »Haha«, knurrte er verstimmt, dozierte dann aber doch weiter: »Im Laufe der Jahrhunderte gelangte der Sphinx über Syrien und Phönizien schließlich nach Griechenland. Auf dieser langen Reise verwandelte er sich in ein geflügeltes Fabelwesen und erhielt nicht nur zwei große, weit ausgebreitete Flügel, sondern auch einen weiblichen Oberkörper und einen Frauenkopf – womit er sein Geschlecht wechselte und weiblich wurde.«

»Das heißt also, dass man in Ägypten *der* und in Griechenland *die* Sphinx sagt, richtig?«, wollte Kaja wissen.

»Richtig!« Lukas grinste hämisch. »Na also, geht doch! Für einen Spar-Kiu wie dich ist das gar keine so schlechte Leistung.«

Dieser Lukas!

Laura schnaufte ungehalten. Er konnte es einfach nicht lassen, sich aufzuspielen!

Lukas ließ sich davon nicht stören. »Die berühmteste Sphinx saß nahe der Stadt Theben auf dem Berge Phikion und stellte jedem Passanten ein Rätsel: ›Was geht am Morgen auf vier, am Mittag auf zwei und am Abend auf drei Beinen?‹ Wer falsch antwortete, wurde von ihr erwürgt und verschlungen. Weiß eine von euch zufällig, wie die Lösung lautet?« Er grinste die Mädchen von oben herab an und es war ihm anzusehen, dass er keine Antwort erwartete.

Kaja schürzte die Lippen und schien angestrengt nachzudenken, zuckte dann jedoch nur ratlos mit den Schultern. »Oh, nö«, sagte sie. »Da komm ich nie drauf!«

»Und du, Laura?«

Die Angesprochene schoss dem Bruder giftige Blicke zu.

Was Lukas nur noch breiter grinsen ließ.

Laura merkte, wie es in ihr zu brodeln und zu gären begann. Was bildete der Kerl sich bloß ein! Dennoch versuchte sie sich den Ärger nicht anmerken zu lassen. »Ich weiß die Lösung auch nicht«, sagte sie scheinbar gleichmütig. »Aber ich bin sicher, dass du sie uns gleich verraten wirst.«

»Natürlich!« Lukas war nun ganz in seinem Element. »Aber vorher –«

Ein lautes Klopfen an der Zimmertür unterbrach den Jungen. Als er öffnete, stand Attila Morduk davor. Attila war der Hausmeister von Burg Ravenstein. Mit seiner kräftigen, gedrungenen Gestalt und seinen mächtigen Pranken erinnerte er Laura stets an Shrek, das Kuschelmonster aus dem gleichnamigen Film. Sein kahler Schädel, der fast so rund war wie eine Bowling-Kugel, glänzte wie frisch poliert. Die Andeutung eines Lächelns ließ sein für gewöhnlich überaus grimmiges Gesicht nun etwas freundlicher erscheinen.

»Was gibt's denn?«, fragte Lukas überrascht.

»Darf ich erst mal reinkommen?« Noch bevor der Junge antworten konnte, trat der massige Mann ins Zimmer und bewegte sich mit wiegendem Seemannsgang auf Laura zu. Dabei hatte er zeit seines nun schon hundertsechsundvierzigjährigen Lebens noch niemals die Planken eines Schiffes betreten. »Ich hab Besuch für euch«, sagte er mit so verschwörerischer Stimme, als verkünde er ein Staatsgeheimnis.

»Besuch?« Laura staunte. »Wer will uns denn besuchen?«

»Eine Frau«, antwortete der Hausmeister, der nun wieder genauso bärbeißig aussah wie der finstere Anführer einer Hells-Angels-Gang. »Eigentlich wollte sie zu Marius.«

»Zu unserem Vater?« Während Laura einen verwunderten Blick mit dem Bruder wechselte, nickte Attila eifrig.

»Und was will sie von ihm?«, fragte Lukas.

»Keine Ahnung!« Attila hob ratlos die endlos langen Arme. »Sie behauptet, Marius von früher zu kennen.«

»Hast du ihr denn nicht gesagt, was mit Papa geschehen ist?«

»Nein. Das wollte ich lieber euch überlassen.« Er blickte erst Lukas, dann Laura an. »Oder soll ich sie etwa wieder wegschicken?«

Abermals wechselten die Geschwister einen Blick. Dann nickten sie rasch. »Nein, nein, ist schon gut.«

Attila watschelte zur Tür und öffnete sie. »Wenn ich bitten dürfte, Gnädigste?« Dazu verbeugte er sich und machte eine einladende Geste wie ein Kavalier aus einem Musketier-Film.

Die Besucherin, die offensichtlich im Flur gewartet hatte, trat in das Zimmer und sah die Freunde neugierig an. Der Hausmeister gab Kaja einen verstohlenen Wink. Ausnahmsweise verstand sie sofort, was er andeuten wollte. Sie zog sich mit ihm zurück.

Während Morduk die Tür hinter sich schloss, musterte Laura die Frau. Sie war vielleicht Mitte dreißig und mittelgroß, trug olivgrüne Cargo-Hosen und ein verwaschenes Sweatshirt unter einem dunkelgrünen Kapuzenparka. Obwohl sie recht schlank war, machte sie den Eindruck, als könne sie kräftig zupacken und scheue körperliche Arbeit nicht. An ihren schweren Trekkingschuhen waren Spuren von Lehm zu erkennen. Laura hatte die Frau noch nie zuvor gesehen.

Was konnte sie nur von ihnen wollen?

»Ich nehme an, du bist Lukas?«, fragte die Besucherin, an den Jungen gewandt, und blickte ihn durch die Gläser ihrer modischen Hornbrille freundlich an.

»Äh … ja, ja, das –«

Noch bevor Lukas mit seiner Antwort zu Ende war, machte die Frau einen Schritt auf Laura zu. »Und du musst Laura sein, nicht wahr? Du hast die gleichen blonden Haare wie Anna, und auch die Grübchen am Kinn sind unverkennbar von ihr.«

Laura runzelte die Stirn. »Woher kennen Sie unsere Mutter? Und was wollen Sie eigentlich von uns?«

»Ach, ich Schussel«, sagte die Frau kopfschüttelnd und strich sich mit der rechten Hand durch das streichholzkurze Haar, das in einem sanften Braunton schimmerte. »Verzeiht, dass ich hier einfach so reinplatze, ohne mich richtig vorzustellen: Ich heiße Rika Reval und habe euren Vater vor vielen Jahren an der Uni kennengelernt.«

»Ach«, sagte Laura. »Dann sind sie also auch Lehrerin?«

»Nein.« Mit sanftem Lächeln schüttelte Rika den Kopf. »Ich habe Archäologie studiert und nicht Germanistik und Literatur wie Marius. Seit gut zwei Wochen habe ich hier ganz in der Nähe zu tun, in Drachenthal, um genauer zu sein, und da dachte ich, es wäre höchste Zeit, meinen alten Freund und Studienkollegen endlich einmal wiederzusehen.«

Dazu müssen wir ihn erst mal aus der Dunklen Festung befreien!, schoss es Laura durch den Kopf. Aber das geht diese Rika doch nichts an.

Was sie bloß von Papa will?

Kapitel 4 ❧ Ein überraschender Besuch

Marius Leander wusste nicht mehr genau, seit wann er in diesem verdreckten Loch im tiefsten Verlies der Dunklen Festung gefangen gehalten wurde. War es jetzt ein Jahr her, dass er von den Schwarzen Rittern nach Aventerra entführt worden war?

Oder eineinhalb?

Oder vielleicht noch länger?

Marius hatte nicht die geringste Ahnung. Durch die vielen Tage, die er in der Todesstarre verbracht und bei völlig klarem Bewusstsein wie zu Stein erstarrt auf seiner grob gezimmerten Pritsche gelegen hatte, war sein Zeitgefühl verloren gegangen. Es kam ihm so vor, als währe sein Gefangenendasein schon ewig, und nur der Gedanke an seine Kinder bewahrte ihn davor, die Hoffnung auf Rettung endgültig aufzugeben.

Laura und Lukas.

Wie es ihnen wohl ging?

Ob sie noch an ihn dachten?

Oder hatten sie ihn vielleicht schon vergessen?

Noch im gleichen Moment verwarf Marius den Gedanken. Niemals würden sie ihn vergessen! Niemals würden sie aufhören auf seine Rückkehr zu hoffen, auch wenn die völlig unmöglich erschien.

Als dumpfe Schritte aus der Ferne heranhallten, richtete Marius Leander sich auf dem verrotteten Strohsack auf, der ihm als Schlaflager diente, und spähte mit angehaltenem Atem zum schmalen Gang jenseits des armdicken Gitters, das die Vorderseite seiner Zelle bildete.

War das der Schwarze Fürst?

Oder diese bleiche Frau im smaragdgrünen Gewand, die ihm das Rad der Zeit entwendet hatte und es nun um ihren Schlangenhals trug?

Oder war es der schreckliche Fhurhur, der ihn aufs Neue foltern wollte?

Auch die beiden Gefängniswärter – ein großer, schmaler und ein kleiner mit zotteligem Haar, auf deren Stirn jeweils ein zusätzliches Auge prangte –, die an einem Holztischchen vor seinem Verlies hockten und ihn nicht aus den drei Augen ließen, spähten gespannt in den Gang.

Als Marius erkannte, dass es sich nur um einen der Schwarzen Ritter handelte, atmete er erleichtert auf. Am Kinn des Mannes spross ein dünnes Ziegenbärtchen. Auf einen Wink des Besuchers hin sperrte der größere der Trioktiden die Gittertür auf. Der Ritter schlüpfte in die nur durch eine Fackel beleuchtete Zelle. »Mitkommen!«, blaffte er den Gefangenen an.

Noch bevor Marius reagieren konnte, verpasste er ihm einen groben Tritt. »Jetzt mach schon! Borboron will dich sehen, und der kann es gar nicht leiden, wenn man ihn warten lässt!«

Ächzend rappelte Marius sich auf und humpelte auf die Zellentüre zu. Unter den bloßen Füßen spürte er Dreck und den Kot der Ratten und Mäuse, die ihm in den Nächten Gesellschaft leisteten. Doch all das störte ihn längst nicht mehr.

Borboron!, hämmerte es ihm durch den Kopf. Was kann der Schwarze Fürst von mir wollen?

Seit er sich in der Gewalt des Dunklen Herrschers befand, war dies das erste Mal, dass dieser ihn zu sich befahl – und Marius Leander schwante nichts Gutes.

Rika Reval starrte Laura aus großen Augen an. »Tot?«, fragte sie ungläubig. »Anna ist tot?«

Laura nickte. »Ja.« Die Traurigkeit in ihrer Stimme war unüberhörbar. »Es sind jetzt fast genau acht Jahre vergangen, seit Mama ums Leben gekommen ist.«

Die junge Frau, die auf dem Stuhl vor Lukas' Schreibtisch Platz genommen hatte, schüttelte fassungslos den Kopf. »Wie schrecklich«, sagte sie und sah die nebeneinander auf dem Bett sitzenden Geschwister mitleidig an. »Tut mir leid für euch, aber das hab ich nicht gewusst.«

Laura rang sich ein Lächeln ab. »Schon gut.«

»Und wie … Ich meine, wie ist das denn passiert?«

»Es war ein Unfall«, antwortete Laura. »Mama und ich waren mit dem Auto unterwegs, als plötzlich zwei schwarze Hunde auf die Fahrbahn liefen. Wahrscheinlich wollte sie ihnen ausweichen, und dabei muss sie die Gewalt über den Wagen verloren haben. Jedenfalls sind wir von der Straße abgekommen und in einem See gelandet. An Einzelheiten kann ich mich allerdings nicht mehr erinnern. Nur, dass Mama mir irgendwie aus dem Auto rausgeholfen hat und ich auf das Ufer zugeschwommen bin. Alles andere weiß ich nicht mehr.«

»Mein Gott, wie schrecklich!«, wiederholte die Frau mit der Hornbrille und blickte die Geschwister unverwandt an. »Das muss ja ganz fürchterlich für euch gewesen sein.«

Lukas nickte gequält. »Schon okay«, sagte er tonlos. »Wir haben uns damit abgefunden.«

Laura spürte ein heißes Brennen in ihrem Inneren. Sie wollte etwas sagen, brachte aber keinen Ton heraus.

»Euer Vater ist also seit einem Jahr verschwunden?«, fuhr Rika da auch schon fort. »Und niemand weiß, wo er sich befindet?«

»Doch, doch«, hob Lukas gerade an, als Laura ihn anstieß. Es war nicht nötig, dass Rika alles erfuhr. Zum einen kannten sie sie ja überhaupt nicht und zum anderen würde sie ihnen ohnehin nicht glauben.

Natürlich nicht!

Kein Außenstehender würde diese fantastische Geschichte glauben!

Sie warf dem Bruder einen warnenden Blick zu und sagte rasch: »Genau so ist es. Er ist jetzt schon fast eineinhalb Jahre weg. Es war kurz vor dem vorletzten Weihnachtsfest. Seitdem fehlt jede Spur von ihm und keiner weiß, was mit ihm geschehen ist.«

Natürlich wusste Laura besser als jeder andere, dass das nicht stimmte. Schließlich hatte sie selbst herausgefunden, dass Marius Leander von den Kriegern der Dunklen Mächte nach Aventerra verschleppt worden war und dort gefangen gehalten wurde. Seitdem musste er im Kerker der Dunklen Festung schlimmste Qualen erdulden. Aber das alles ging diese Rika doch nichts an!

»Ähm«, sagte Laura. »Wollten Sie … ähm … Papa nur so besuchen oder gab es dafür einen besonderen Grund?«

»Nun ja.« Rika dehnte die Worte, als sei sie sich nicht sicher, was sie den Geschwistern sagen sollte. »Natürlich hatte ich mich auf das Wiedersehen mit Marius gefreut, aber eigentlich wollte ich ihn um einen Rat bitten.«

»Einen Rat?«, wiederholte Laura verwundert. »In welcher Sache denn?«

Wieder legte sich ein verlegenes Lächeln auf das Gesicht der jungen Frau. »Dazu muss ich etwas weiter ausholen. Ich habe ja schon erwähnt, dass ich Archäologin bin. In den letzten Jahren habe ich vornehmlich im Vorderen Orient geforscht. Vor ein paar Monaten bin ich dort auf etwas gestoßen, das euren Vater bestimmt auch interessiert hätte.«

»Sind Sie sicher?« Laura musterte Rika nachdenklich.

»Sehr sogar!«, antwortete die Archäologin, die das steigende Misstrauen der Geschwister entweder nicht spürte oder es schlichtweg ignorierte. »Euer Vater war nämlich der Einzige, der während unserer Studienzeit Interesse für meine Theorien gezeigt hat. Seit meiner Entdeckung in diesem Archiv bin ich fest davon überzeugt, sie endlich auch beweisen zu können.«

»Worum geht es denn bei Ihren Theorien?«, wollte Lukas wissen, offenbar neugierig geworden.

»Um Sigbert, den Drachentöter«, antwortete Rika mit einem schmalen Lächeln.

»Ach so.« Enttäuschung machte sich breit auf Lukas' Gesicht. Offensichtlich hatte er Aufregenderes erwartet.

»Ihr kennt die Geschichte?«, fragte die Frau mit der Hornbrille.

»Ja, klar.« Laura lächelte gequält. »Hier in der Gegend und besonders in unserem Internat kennt doch jeder dieses olle Märchen.«

Rika lächelte. »Es ist kein Märchen.«

Laura kniff die Augen zusammen. »Was?«, fragte sie verwundert. »Sie wollen doch nicht etwa behaupten, dass die Geschichte wahr ist?«

»Doch – genau das will ich!« Rika erhob sich von ihrem Stuhl. »Ich bin mir sogar sicher, dass ich schon bald beweisen kann, dass dieser Sigbert wirklich gelebt hat. Und mehr noch: Ich bin fest davon überzeugt, dass es sich bei dem Drachentöter um das reale Vorbild für den sagenhaften Nibelungenhelden Siegfried von Xanten gehandelt hat!«

Albin Ellerking grinste über das breite Knubbelnasengesicht. Seine tiefgrünen Augen funkelten, während er die verrostete Klappe öffnete. Wie gut, dass er diesen alten Kamin entdeckt hatte! Seit dem Einbau der Zentralheizung ragte er funktionslos aus dem roten Ziegeldach der Burg. Nur Attila Morduk war es zu verdanken, dass er rein zufällig herausgefunden hatte, wie überaus nützlich dieser alte Schlot war. Ausgerechnet dem Hausmeister, den er hasste wie die Pest! Weil Morduk einer der Wächter war und auf der Seite des Lichts stand. Und nun hatte ausgerechnet dieser verfluchte Kerl ihm vor einigen Wochen einen unschätzbaren Trumpf in die Hand gespielt!

Ellerking hatte Kletterrosen pflanzen wollen und Rankspaliere benötigt. Obwohl er den Hausmeister auf den Tod nicht ausstehen konnte, hatte er den bärbeißigen Kerl gefragt, ob irgendwo auf dem weitläufigen Anwesen noch ungebrauchte Rankhilfen zu finden seien. Und tatsächlich, Morduk hatte ihn darauf hingewiesen, dass sich noch Spaliere auf dem Speicher befänden. So hatte der Gärtner sich umgehend auf den Dachboden begeben, den er schon seit mindestens zwanzig Jahren nicht mehr betreten hatte.

Die Spaliere waren schnell gefunden. Ellerking packte sie unter den Arm und wollte sich bereits wieder die Stiege hinunterbegeben, als er plötzlich gedämpfte Stimmen hörte – die Stimmen zweier Schüler. Sie schienen direkt aus dem Kamin zu kommen. Verwundert blieb Albin stehen, näherte sich dem gemauerten Vorsprung des Schornsteins, hielt sein Spitzohr an die alten Backsteine und lauschte. Sekunden später schon wurde ihm klar, dass er sich nicht getäuscht hatte: Er konnte die Unterhaltung der Jungen jetzt deutlich verstehen.

Wort für Wort.

Den einen erkannte er auf Anhieb: Es war Lukas Leander. Den anderen jedoch konnte er nicht genau identifizieren. Der Stimmlage nach musste es sich allerdings um einen älteren Zögling des Internats handeln. Die beiden unterhielten sich über irgendwelche obskuren mathematischen Probleme, die für Ellerking einem Buch mit sieben Siegeln gleichkamen.

Der Kamin führte wohl an einer Wand von Lukas' Zimmer entlang. Offensichtlich hatte man beim Einbau der Heizung das Loch für das Ofenrohr nicht zugemauert, sondern lediglich mit einer dünnen Abdeckung versehen, so dass jeder Laut aus dem Zimmer in den Schlot drang. Der Schornsteinschacht verstärkte die Geräusche offenbar wie ein Schalltrichter, so dass sie selbst im Speicher noch deutlich zu hören waren. Besonders dann, wenn man die eiserne Klappe öffnete, die dem Kaminkehrer zum Reinigen diente.

Seit dieser zufälligen Entdeckung schlich sich der Gärtner jedes Mal auf den Speicher, wenn er wissen wollte, was bei Lukas vor sich ging. Noch niemand hatte ihn bei seiner heimlichen Lauscherei entdeckt. Schade nur, dass Lauras Zimmer nicht auch an einen alten Schornstein grenzte!

Zum Glück hatte Albin Ellerking mitbekommen, dass der Hausmeister die unbekannte Besucherin zum Zimmer von Lukas führte, wo auch Laura sich aufhielt. Und so hatte er nicht einen Augenblick gezögert, den Speicher aufzusuchen.

Mit leichtem Ächzen ging Ellerking in die Knie – er war erst vierundvierzig Jahre, fühlte sich aber manchmal trotzdem wie ein alter Mann! – und hielt das gespitzte Nachtalbenohr an die Öffnung. Sein Grinsen wurde noch breiter: Er konnte nun jedes Wort verstehen, das bei Lukas gesprochen wurde.

Diese Tölpel!

Sie ahnten nicht im Geringsten, dass sie belauscht wurden. Aber sie standen auf der Seite des Lichts, und gegen Feinde war jedes Mittel erlaubt! Und wie hatte Quintus Schwartz erst gestern noch gemahnt: »Jedes Mitgefühl mit unseren Gegenspielern ist unangebracht und bringt unsere Mission nur unnötig in Gefahr!«

Und so schloss der Nachtalb die Augen und lauschte angestrengt, damit ihm kein einziges Wort entging.

Laura zwinkerte ihrem Bruder zu, bevor sie sich wieder an Rika Reval wandte. »Sie wollen also tatsächlich behaupten, dass Sigbert, der Drachentöter, identisch mit dem sagenhaften Siegfried aus dem Nibelungenlied ist?«

»Nicht ganz.« Wieder lächelte die Archäologin ihr scheues Lächeln. »Ich behaupte nur, dass dieser Sigbert das reale Vorbild für ihn abgegeben haben könnte.«

Laura zog eine Schnute. »Und wo ist der Unterschied?«

»Ganz einfach: Wie bei allen großen Sagen handelt es sich auch beim Nibelungenlied um die freie Nacherzählung historischer Ereignisse. Über die Jahrhunderte hinweg sind sie zunächst mündlich überliefert worden, bis sie schließlich aufgeschrieben wurden. Jeder Erzähler in jeder Generation hat sie nach eigenem Gutdünken ausgeschmückt, hat eigene Gedanken hinzugefügt oder weggelassen, was ihm nicht wichtig erschien. Auf diese Weise haben sich nicht nur die Geschehnisse, sondern natürlich auch die handelnden Personen, die Helden und die Schurken immer mehr von ihren realen Vorbildern entfernt, bis sie mit ihnen kaum mehr etwas gemeinsam hatten. Was übrigens nicht nur für das Nibelungenlied gilt, sondern auch für andere Mythen wie die Artussage oder die Gralslegende.«

»Und trotzdem besitzen sie alle einen wahren Kern?«, fragte Laura überrascht.

»Klaromaro«, sagte Lukas daraufhin.

Unwillkürlich schüttelte das Mädchen den Kopf. Aus welchen Worten hatte er diesen komischen Begriff bloß wieder gebildet? Oder handelte es sich um eine absolute Neuschöpfung?

»Was haben Sie in diesem verfallenen Archiv denn entdeckt?« Lukas' blaue Augen glänzten wissbegierig. Er schien nun tatsächlich Feuer gefangen zu haben.

»Sagen wir mal so«, hob Rika bedächtig an. »Mein Fund dort hat die Vermutungen nur bestärkt, die ich schon seit langem hege. Angefangen hat das Ganze nämlich bereits vor vielen Jahren an der Uni. Schon damals bin ich in alten Pergamenten auf Hinweise gestoßen, die mich auf diese Idee gebracht haben. Und es war euer Vater, der mich ermutigt hat, in der Sache weiterzuforschen.«

»Papa?« Verwunderung stand in Lauras Gesicht geschrieben.

»Ja.« Die Archäologin lächelte vor sich hin. »Jedenfalls war euer Vater der Einzige, der meine Hypothese ernst genommen hat. Was wiederum an seiner Urgroßmutter lag.«

Laura sah die junge Frau ungläubig an. »Sie meinen doch nicht etwa … Muhme Martha?«

»Doch, genau die!«, entgegnete Rika.

Ihr Vater hatte Laura und ihrem Bruder häufig von seiner Urgroßmutter erzählt, die er nie persönlich kennengelernt hatte, sondern nur vom Hörensagen kannte. Diese Martha hatte sich zeit ihres Lebens sehr intensiv mit alten Sagen und Legenden beschäftigt. Aber das war jetzt schon so lange her, dass es einer halben Ewigkeit gleichkam. Die Muhme war nämlich bereits in den Vierzigerjahren des letzten Jahrhunderts gestorben.

»Was hatte denn Papas Urgroßmutter mit diesem Drachentöter oder gar mit Siegfried von Xanten zu tun?«, fragte Lukas, dem Lauras nachdenkliches Schweigen zu lang geworden war.

»Nun – als ich Marius von meiner Vermutung berichtet habe, glaubte er sich zu erinnern, dass diese Martha der gleichen Überzeugung gewesen sei. Mehr noch: Sie habe auch behauptet, dass sein Schwert hier irgendwo in der Gegend versteckt sein müsse. Das Dumme war nur –«

»Ja?« Lauras Wangen waren rot vor Aufregung.

»Dass Marius nicht wusste, wie sie zu dieser Meinung gelangt war und ob es am Ende sogar einen Beweis dafür gab. Er hat mir zwar versprochen, bei Gelegenheit nach entsprechenden Unterlagen zu suchen, aber dann haben wir uns aus den Augen verloren« – Rika zuckte bedauernd mit den Schultern – »so dass ich nie erfahren habe, ob er fündig geworden ist.« Fragend blickte sie die Geschwister an. »Ob diese Martha irgendetwas hinterlassen hat, Papiere, Dokumente oder sonst was, könnt ihr mir wahrscheinlich auch nicht sagen?«

»Tut mir leid.« Wieder konnte Laura nur mit den Schultern zucken. »Nicht dass ich wüsste. Und Papa hat auch nie was erwähnt.«

Auch Lukas hatte keine Ahnung. Seine Neugier war aber längst noch nicht gestillt. »Auch wenn wir Ihnen nicht weiterhelfen können: Würden Sie uns trotzdem verraten, was in dem Dokument stand, das Sie gefunden haben?«

»Ja, natürlich.« Offenbar war es die Erinnerung, die Rika ein versonnenes Lächeln ins Gesicht zauberte. »Mein Team und ich sind den Spuren der Tempelritter gefolgt. Ihr wisst vielleicht, dass dieser Ritterorden bei den Kreuzzügen –«

»Ja, klar«, fiel Laura ihr ins Wort, während Lukas nur vieldeutig grinste. »Wir haben uns im letzten Jahr mit den Tempelrittern beschäftigen müssen, und zwar mehr, als uns lieb war.«

»Umso besser!« Rika nickte zufrieden. »Dann kann ich mir weitere Ausführungen dazu ja sparen. Jedenfalls entdeckte ich in der Nähe von Akkon – die Stadt war damals ein Hauptstützpunkt der Kreuzfahrer – die Ruinen eines Vorpostens der Tempelritter. Nur die Grundmauern standen noch und Reste der Unterkellerung. In einem fast verfallenen Raum bin ich auf ein paar alte Pergamente gestoßen. Sie waren in Tonkrügen versteckt, was sie wohl vor der Zerstörung bewahrt hat. Die meisten allerdings haben keinerlei neue Erkenntnisse über die geheimnisumwitterte Organisation gebracht. Ihr wisst sicherlich, dass sich zahlreiche Mythen und Legenden um die Tempelritter ranken.«

»Stimmt!« Lukas konnte nun doch nicht mehr an sich halten. Er musste sein Wissen unbedingt anbringen. »Sie sollen im Besitz des Heiligen Grals gewesen sein und auch den Tempelschatz von Jerusalem gehütet haben.«

»Genau.« Die Archäologin nickte ihm bestätigend zu. »Zumindest vermutet man das. Wie gesagt: Die meisten der Pergamente waren nicht weiter interessant. Eines aber, das hatte es wirklich in sich.«

»Und warum?« Laura rückte unwillkürlich näher an die junge Frau heran, damit sie auch nicht eines ihrer Worte verpasste.

»Nun … weil es mich schlagartig wieder zu Sigbert zurückgebracht hat.«

»Wieso das denn?«

»Weil darin ein Ritter erwähnt wird, dessen Rüstung strahlender war als das Licht. Und sein Schwert glänzte heller als die Sonne.«

»Aber …« Staunen nistete sich ein in Lauras Gesicht. »Genauso wird Sigbert in der alten Legende doch auch beschrieben.«

»Du sagst es! Jetzt verstehst du bestimmt auch, warum dieses Pergament so überaus bedeutsam ist. Aber es kommt noch besser: Darin heißt es nämlich weiter, dass der Ritter aus dem Heiligen Land hinaus in die Welt gezogen sei, um diese von einem schrecklichen Drachen zu erlösen. Er wollte nicht eher rasten und ruhen, bis das Untier in den Staub gezwungen wäre, selbst wenn es ihn das Leben kosten sollte. Durch seine Heldentat werde er bis über den Tod hinaus unvergesslich und damit unsterblich werden.«

»Aber das gibt's doch nicht!« Völlig perplex schüttelte Laura den Kopf. »Das hört sich doch fast so an, als wäre niemand anders als dieser Sigbert damit gemeint.«

»Ganz meine Meinung. Deshalb habe ich auch umgehend wieder angefangen, nach dem Drachentöter zu forschen. Und da ich endlich etwas in der Hand hatte, was meine Hypothesen untermauerte, habe ich auch einen Mäzen gefunden, der bereit war, die Ausgrabungsarbeiten auf dem Gelände der Drachenthaler Burgruine zu finanzieren. Der Legende nach soll Sigbert dort ja seinen Lebensabend verbracht haben.«

»Und?«, meldete sich Lukas zu Wort, der hibbelig auf dem Bett hin- und herrutschte. »Haben Sie etwas entdeckt?«

»Ja!« Rikas Augen strahlten. Dann sah sie sich nach allen Seiten um, als wolle sie sich versichern, dass sie von niemandem belauscht wurde. »Doch bevor ich es euch verrate, müsst ihr mir versprechen, es ganz allein für euch zu behalten. Der Konkurrenzkampf unter uns Archäologen ist groß und ich möchte verhindern, dass mir jemand zuvorkommt, bevor ich einen endgültigen Beweis in Händen halte.«

»Natürlich!«, sagte Laura mit kokettem Augenaufschlag. »Ehrenwort!«

»Ist doch logosibel.« Lukas hob die rechte Hand zum Schwur. »Versteht sich von selbst.«

»Also gut«, sagte Rika gerade, als ein plötzliches Geräusch sie abbrechen ließ. Erschrocken richtete sie die Augen zur Decke. Offensichtlich vermutete sie, dass der Laut von dort gekommen war. »Was war das?«

»Keine Ahnung.« Laura blickte ebenfalls beunruhigt nach oben.

»Ach, bestimmt nichts von Bedeutung.« Lukas winkte ab. »Da oben ist der Speicher. Wahrscheinlich nur eine Maus. Soll dort eine ganze Menge davon geben – das behauptet zumindest Attila.«

»Ach so.« Obwohl Rika Reval beruhigt schien, senkte sie die Stimme. Sie beugte sich vor, damit die Geschwister sie trotz ihres Flüsterns deutlich verstehen konnten. »Also – auf einem Acker in der Nähe der Ruine bin ich auf etwas höchst Interessantes gestoßen: auf das Bruchstück einer mächtigen Schwertklinge!«

»Nein!« Lukas' Augen wurden groß.

»Doch!« Rikas Wangen begannen zu glühen. »Ich vermute,

dass es sich um ein Teil von Glanz, Sigberts Schwert, handelt. Jetzt muss ich nur noch den Rest davon finden. Dieses Schwert wird in den alten Überlieferungen ziemlich genau beschrieben – und wenn ich es tatsächlich entdecken sollte und es mit diesen Beschreibungen übereinstimmt, käme das einer archäologischen Sensation gleich. Endlich wäre der Beweis erbracht, dass der Drachentöter Sigbert tatsächlich existiert hat und in der Tat das Vorbild für Siegfried von Xanten gewesen sein könnte!«

Die Große Meisterin war von schlanker Gestalt und trug ein eng anliegendes smaragdgrünes Gewand, das aus Schlangenleder gefertigt zu sein schien. Schatten zuckten wie Irrlichter über das fahle Gesicht der schwarzhaarigen Frau, während sie sich in dem Kellergewölbe umsah, das von blakenden Fackeln in schummriges Licht getaucht wurde. Vier verrostete Ritterrüstungen lagen auf den Steinfliesen. Wurmstichige Knochen ragten aus den Arm- und Beinscharnieren hervor. Aus den offenen Helmen grinsten bleiche Schädel. Zwischen ihnen war eine Stoffpuppe auf dem Boden ausgestreckt. Die mit groben Strichen aufgemalten Augenhöhlen und der grinsende Mund ließen auch ihren Kopf wie den eines Skeletts aussehen. Die Köpfe nach innen und die Füße nach außen gerichtet, bildeten die seltsamen Figuren einen gespenstischen Strahlenstern auf dem verschmutzten Boden.

Mit fiebrigen Augen, die denen einer Schlange glichen, wandte sich die Große Meisterin an Quintus Schwartz und Pinky Taxus, die im Schatten neben der Mauer standen und sie beklommen beobachteten. »Habt ihr alles genauso gemacht, wie ich es euch befohlen habe?«

»Aber natürlich, Herrin.« Der Lehrer verbeugte sich tief.

»Und was ist mit dir?«, herrschte sie Rebekka Taxus an. »Hast du meine Anweisungen ebenfalls ausgeführt?«

»Sselbsstverrsständlich!«, antwortete Pinky rasch und verbeugte sich nun auch. In ihrem Inneren aber brodelte es. Was bildet sich diese Hexe bloß ein, dass sie glaubt, uns ständig Befehle erteilen zu können?, dachte Rebekka, der schon bei dem Gedanken an ihren ekelhaften Auftrag der Mageninhalt erneut hochkam. Die pechartige Masse, die sie aus dem letzten Winkel des tiefsten Burgkellers hatte holen müssen, hatte so entsetzlich gestunken, dass der Lehrerin hundeübel geworden war.

Einfach widerlich!

Aber nicht genug damit: Sie hatte auch noch den Bauch der Stoffpuppe damit füllen müssen, bis der fast geplatzt war. Aber gut! Wenn die Große Meisterin das so wollte, sollte sie ihren Willen haben! Widerspruch war ohnehin sinnlos, es sei denn, man war lebensmüde.

Verstohlen schielte Rebekka zu der unheimlichen Frau, die gerade die liegenden Gestalten umkreiste und ein schwarzes Pulver auf den Boden rieseln ließ. Fragend blickte Pinky ihren Kollegen an, doch Schwartz zuckte nur ratlos mit den Schultern.

Nachdem die Große Meisterin die rätselhafte Prozedur beendet hatte, wandte sie sich erneut an die Lehrer. »Seid ihr bereit?«

Die beiden nickten ergeben.

Die Herrin wandte sich um, legte den Kopf in den Nacken und reckte die Krallenhände empor.

Quintus und Pinky folgten ihrem Beispiel.

Nach einigen Momenten des Schweigens glühten die Reptilienaugen der Großen Meisterin auf wie Schwefel. Sie bewegte die Lippen. *»Ashtarar!«* Ihre Stimme klang so schaurig, dass selbst die haarigen Spinnen, die in dem gruftartigen Gewölbe ihre Netze spannten, die Flucht ergriffen. *»Ashtarar! Ashtarar!«*

Zischend entzündete sich das Pulver auf dem Boden. Flammen schossen empor und formten einen hell lodernden Ring aus Feuer, der fast bis zur Decke reichte.

Unwillkürlich wichen die Lehrer zurück. Die Hände immer noch erhoben, lauschten sie dem monotonen Gesang, den die Große Meisterin nun anstimmte. Er währte kaum eine Minute. Im gleichen Moment, in dem er abbrach, erstarben auch die Flammen.

Einen Moment konnte Rebekka Taxus nichts mehr sehen, bis sich ihre Augen wieder an das Zwielicht gewöhnt hatten. Allerdings mussten sie ihr einen Streich spielen, denn ihr war, als bewegten die Knochenhände und -füße in den Rüstungen sich. Auch in die Puppe mit dem prall gefüllten Bauch schien Leben gekommen zu sein.

Eine Halluzination, weiter nichts!

Aber dann bemerkte Pinky Taxus, dass ihr Blick sie nicht getrogen hatte – und ein entsetzter Aufschrei entfloh ihrem weit geöffneten Mund.

Laura und Lukas begleiteten Rika Reval bis zu ihrem Auto, das sie auf dem Gästeparkplatz vor der Burg abgestellt hatte.

Bevor die Archäologin die Tür des Geländewagens – es war ein nagelneuer Landrover – öffnete, überreichte sie Laura ihre Visitenkarte. »Prof. Dr. Rika Reval« war darauf zu lesen. Außerdem zwei Telefonnummern, die des Festanschlusses in ihrem Büro und die des Handys. »Nur für den Fall, dass ihr zufällig auf die Dokumente von Muhme Martha stoßen solltet«, sagte sie. Zum Abschied schüttelte sie den Geschwistern die Hände. »Tut mir aufrichtig leid, was mit euren Eltern passiert ist. Und noch etwas: Wenn ihr Lust haben solltet, meinem Team und mir bei den Ausgrabungen mal über die Schulter zu schauen, könnt ihr jederzeit vorbeikommen!«

»Cool.« Laura strahlte und auch Lukas schien sich riesig zu freuen. »Das werden wir sicherlich tun. Ganz bestimmt sogar.«

»Würde mich freuen.« Rika blinzelte ihnen freundlich durch ihre Hornbrille zu. »Ihr findet uns ganz in der Nähe der Burgruine. Na dann bis bald.«

Die junge Frau wollte sich gerade hinter das Lenkrad schwingen, als Lukas sie noch einmal ansprach: »Sie haben diese Schwertspitze nicht rein zufällig dabei? Ich würde mir nämlich gerne mal ansehen, wie so was aussieht.«

Frau Reval schüttelte den Kopf. »Das Fundstück befindet sich gerade im Labor und wird eingehend untersucht. Ich könnte dir höchstens ein Foto zeigen, wenn dir das reicht?«

»Ja – klaromaro!«

Schmunzelnd kramte Rika in den Taschen ihres Parkas herum, holte den Ausdruck eines Digitalfotos hervor und reichte es Lukas. »Hier.«

Der Junge nahm die Abbildung und musterte sie neugierig. Laura warf ebenfalls einen Blick auf das Foto. Neben die abgebrochene Schwertklinge war ein Zollstock gelegt worden, und so war zu erkennen, dass sie gut zwanzig Zentimeter lang und an der Bruchstelle mehr als fünf Zentimeter breit war. Das Schwert musste ziemlich groß gewesen sein. Als leidenschaftliche Fechterin kannte Laura nicht nur die verschiedenen Sportwaffen, sondern auch andere Hieb- und Stichwaffen. Außerdem hatte sie bei ihren verschiedenen Begegnungen mit dem zum Leben erwachten Grausamen Ritter ein ums andere Mal selbst zu einem Schwert greifen müssen.

Mehr noch als die ungewöhnlichen Maße der Schwertspitze allerdings wunderte es das Mädchen, dass sie keinerlei Spuren von Rost aufwies. Zwar war sie mit zahlreichen Lehm- und Erdspuren behaftet, sah darunter jedoch fast makellos aus. Beinahe wie neu. Dabei musste sie doch über Jahrhunderte unter der Erde gelegen haben! »Haben Sie eine Idee, wie alt dieses Schwert sein könnte?«, fragte Laura die Archäologin deshalb.

Rika zog die Stirn kraus. »Nun, bevor der endgültige Laborbefund vorliegt, kann ich das nur schätzen. Aber wenn meine Vermutung zutrifft und dieser Sigbert tatsächlich das historische Vorbild für den Nibelungenhelden Siegfried darstellt, dann müsste das Schwert aus der Zeit vor oder kurz nach dem Beginn des fünften Jahrhunderts unserer Zeitrechnung stammen.«

»Da bin ich aber mal gespannt, was die Untersuchung ergibt«, antwortete Lukas und wollte das Foto zurückgeben, als Laura ihm plötzlich in den Arm fiel.

»Warte mal!« Aufgeregt nahm sie ihm den Print aus der Hand, hielt ihn dicht vors Gesicht und musterte ihn eingehend. »Komisch«, sagte sie dann.

»Was denn?«, wunderte sich Lukas und auch Rika Reval wirkte überrascht.

Laura deutete auf das Foto. »Schaut doch mal – hier, dicht an der Bruchstelle. Da ist doch ein Teil einer Gravur zu sehen.«

Der Junge und die Frau streckten die Köpfe vor und musterten das Foto neugierig. »Stimmt«, sagte Lukas nach einer Weile. »Das könnte vielleicht ein Teil eines Kreises sein.«

»Oder eines Rades mit acht Speichen.« Lauras Augen glänzten vor Erregung. »Ich fass es nicht«, hauchte sie beklommen, »aber das … das ist eindeutig das Rad der Zeit!«

Kapitel 5 ❧ Gurgulius der Allesverschlinger

Die Wächter vor dem Portal des Thronsaals traten zur Seite. Der Schwarze Ritter mit dem Ziegenbart öffnete die eisenbeschlagene Tür und forderte den Gefangenen mit einer herrischen Geste auf einzutreten.

Während das Portal sich hinter Marius schloss, blickte er sich in dem Saal um, den er noch nie zu Gesicht bekommen hatte. Er war riesig.

Obwohl es heller Tag sein musste, herrschte ein dämmriges Licht. Ein halbes Dutzend mächtiger schwarzer Hunde lagerte vor dem steinernen Kamin, in dem ein Holzfeuer flackerte. Kaum eines der Tiere schenkte Marius Beachtung, während er langsam auf den gewaltigen Lehnstuhl an der Stirnseite des Raumes zuschritt.

Borboron lehnte entspannt in seinem Thronsessel aus schwarzem Holz. Das grimmige Haupt mit den roten Glutaugen ruhte an der mit Fell gepolsterten Rückenlehne, direkt unter einem bleichen Pferdeschädel mit Widderhörnern, der die Lehne schmückte. Als er den Näherkommenden gewahrte, straffte er sich und beugte sich vor.

Marius blieb vor dem Herrscher stehen und erwiderte furchtlos dessen herausfordernden Blick.

Ein schmales Lächeln spielte um Borborons Lippen. »Wie ich sehe, erfreust du dich bester Gesundheit.« Die tiefe Stimme schien aus den Schlünden der Hölle zu kommen.

Marius lachte gequält. »Was an Eurer großzügigen Gastfreundschaft liegen muss«, entgegnete er spöttisch, »und an der vorzüglichen Behandlung durch Eure Kerkerknechte!«

Der Schwarze Fürst schien bester Laune zu sein, denn er amüsierte sich nur über die Bemerkung. »Erstaunlich, dass du deinen Humor noch immer nicht verloren hast. Manch anderer an deiner Stelle wäre längst verzweifelt.« Er erhob sich und trat dicht an Marius heran. »Du bist aus ganz besonderem Holz geschnitzt – genau wie deine Tochter.«

Marius bezwang seine Neugier. Was mochte den Dunklen zu dieser Andeutung über Laura bewogen haben?, fragte er sich, blickte Borboron jedoch nur abwartend an.

Der Schwarze Fürst nickte einem blonden Mädchen in einem schlichten weißen Gewand zu, das ein Jahr jünger als Laura sein mochte. »Schenk ihm einen Becher Wasser ein, Alienor«, befahl er.

Die Kleine gehorchte und reichte dem Gefangenen den Trank. Als Marius in ihre blauen Augen blickte, meinte er ein aufmunterndes Blinzeln zu bemerken.

Sollte sie mich kennen?, sinnierte er, während er sich an dem Wasser labte. Und vielleicht sogar auf meiner Seite stehen? Oder ist das auch nur wieder eine üble Finte der Dunklen?

»Sicherlich fragst du dich, warum ich dich habe rufen lassen«, sprach Borboron.

Marius setzte den Becher ab. »Nun«, sagte er bedächtig, »wahrscheinlich wollt Ihr mir den Kelch der Erleuchtung präsentieren.«

Der Schwarze Fürst kniff die Augen zusammen. Die Muskeln seines Kiefers zuckten.

»Noch kurz vor dem Ostarafest habt Ihr ja damit geprahlt, dass meine Tochter ihn Euch übergeben würde«, fuhr Marius fort.

»Pass auf, was du sagst!«, warnte der Tyrann. »Selbst meine Geduld hat Grenzen!«

Marius überlegte einen Augenblick. Wenn Borboron in Zorn geriet, war er zu allem fähig. Seine unberechenbare Wut konnte ihn das Leben kosten. Es wäre nicht klug, ihn weiter zu reizen. Doch wenn schon! Dieser elende Hund sollte nur nicht glauben, dass er ihm Angst einjagen würde! »Aber es ist ganz anders gekommen, nicht wahr?«, fuhr er also fort. »Laura ist Euch und Eurer Helferin ...« – er schaute sich in dem Saal um, konnte aber nirgends eine Spur von der unheimlichen Frau entdecken – »... entkommen und –«

»Schweig, du Wurm!« Borborons Augen glühten feuerrot auf. »Syrin hat sich übertölpeln lassen. Nur deshalb ist dein Balg uns entwischt!« Gleich darauf hatte er sich wieder in der Gewalt. »Aber das wird nicht noch einmal geschehen, das schwöre ich dir.« Das bleiche Gesicht war von Hohn gezeichnet. »Wir werden deiner Tochter eine ganz besondere Überraschung bereiten, wenn sie zur Sommersonnenwende nach Aventerra zurückkommt. Und du hast das große Vergnügen, diese Überraschung jetzt schon kennenzulernen.«

Unwillkürlich zuckte Marius zurück. Was hatten diese Teufel nun wieder ausgeheckt? Mit bangem Herzen beobachtete er, wie der Schwarze Fürst zu einer Tür trat, die offenbar auf einen Balkon hinausführte. »Ist alles bereit?«, fragte er ungeduldig.

»Natürlich, Herr«, antwortete eine Fistelstimme. Marius erkannte sie sofort: Sie gehörte dem Fhurhur, dem unheimlichen Schwarzmagier, der ihn mit Hilfe seines teuflischen Elixiers wiederholt in die Todesstarre gebannt hatte.

»Dann möge das Schauspiel beginnen! Wir wollen unseren Gast nicht länger warten lassen. Folge Er mir!«, befahl Borboron.

»Aber das ist unmöglich, Laura!« Lukas sah seine Schwester kopfschüttelnd an. Die Falte auf seiner Stirn war nun fast so tief wie der Marianengraben. »Bei dieser Gravur kann es sich unmöglich um das Rad der Zeit handeln.«

Laura wusste, warum der Bruder das so vehement ausschloss. Schließlich hatte sie selbst ihm erzählt, dass das stilisierte Rad mit den acht Speichen ein uraltes Zeichen der Wächter darstelle und den ewigen Lauf der Zeiten symbolisiere. Lichtalben hatten zu Anbeginn der Welten zwei derart geformte Amulette aus dem gleichen Gold geschmiedet, aus dem auch der Kelch der Erleuchtung gefertigt war. Sie verliehen ihrem Besitzer unermessliche Macht und halfen bei der Suche nach dem Kelch, sollte er verloren gehen. Eines der Radamulette war für den Hüter des Lichts bestimmt gewesen, das andere aber war vor undenklichen Zeiten auf die Erde gebracht und über die Generationen hinweg stets an einen der Wächter weitergereicht worden, die im Zeichen der Dreizehn geboren waren. Auf diese Weise war es schließlich auch in Lauras Hände gelangt. Allerdings hatte sie sich nur kurz daran erfreuen können, denn unglückliche Umstände hatten dafür gesorgt, dass es sich nun im Besitz der Gestaltwandlerin Syrin befand, der gefährlichsten Verbündeten des Schwarzen Fürsten Borboron.

All das wusste Lukas – und deshalb schloss er aus, dass Sigberts Schwert mit diesem Symbol der Wächter verziert sein könnte. Schließlich hätte das bedeutet, dass auch der Drachentöter ein Wächter war.

»Na ja«, sagte Laura also, um einer fruchtlosen Diskussion aus dem Wege zu gehen, »vielleicht hast du ja Recht.«

Rikas Miene verriet, dass sie keine Ahnung hatte, worauf die Geschwister anspielten. »Ich muss jetzt los«, sagte sie leicht verwirrt. »Sonst macht sich Thomas am Ende noch Sorgen, wo ich bleibe.«

»Thomas?«, fragte Laura.

»Mein Freund und engster Mitarbeiter. Meine rechte Hand, sozusagen. Er wartet in Drachenthal auf mich.« Eilig stieg Rika in den Wagen und startete. Der starke Dieselmotor schnurrte wie eine hungrige Raubkatze. Die junge Frau legte den Gang ein, setzte zurück und bretterte nach einem letzten Winken über die kiesbedeckte Einfahrt davon.

Laura sah ihr nach. »Und ich finde das trotzdem merkwürdig«, murmelte sie vor sich hin. »Sehr sogar.«

»Hast du was gesagt?«

»Ach – schon gut.« Laura winkte ab und machte kehrt, um auf den Torbogen zuzugehen, der neben dem Südturm der Burg in den Innenhof führte. Plötzlich hörte sie ein bedrohliches Knurren. Wie angewurzelt blieb sie stehen und ein eisiger Schauer lief ihr über den Rücken. Denn sie hatte die Laute auf Anhieb erkannt: Sie stammten unverkennbar von Dragan und Drogur, den Doggen der Dunklen Mächte.

Ganz langsam drehte das Mädchen sich zur Seite. Sein Blick fiel auf die beiden Buchsbaumhunde, die jenseits der Einfahrt inmitten des weitläufigen Rasens standen. Für unbedarfte Betrachter waren sie nichts weiter als harmlose Heckengewächse, die der Internatsgärtner kunstvoll in die Form von Doggen geschnitten hatte. Laura aber wusste, dass sich unter der äußeren Form etwas Gefährliches verbarg. Albin Ellerking konnte die Hunde des Nachts zum Leben erwecken. Nur knapp waren Lukas, Kaja und sie vor einigen Monaten den reißenden Bestien entkommen.

Argwöhnisch musterte sie die grünen Skulpturen. Waren sie nicht größer geworden? Und warum blickten die beiden mit einem Male in ihre Richtung, während sie sich doch sonst gegenseitig anstarrten?

Laura wandte sich dem Bruder zu. »Schau doch mal«, hauchte sie beklommen. »Die Doggen!«

Lukas blickte in die angezeigte Richtung. »Was ist damit?«

»Bist du blind? Schau doch genau hin!«

Doch der Bruder zog nur die Brauen hoch. »Also, ich kann nichts Auffälliges erkennen. Wirklich nicht!«

Erneut drehte Laura sich um. Aber da war der Spuk schon wieder vorbei: Die Hunde standen wie gewohnt inmitten des Grüns, die Köpfe unverändert einander zugewandt.

Das Mädchen schluckte. Auch wenn Lukas nichts aufgefallen war – sie hatte das Zeichen ganz deutlich erkannt. Es geht wieder los, schoss es ihr durch den Kopf. Die Dunklen machen mobil und ich muss auf der Hut sein! Im selben Moment stieg Wut in ihr auf. Fast war ihr, als erhebe sich eine Stimme in ihrem Inneren: Hört das denn niemals auf! Warum lässt man mich nicht endlich in Ruhe? Wie soll ich mich auf die Schule und die Zensuren konzentrieren, wenn ich mich dauernd mit anderen Sachen herumschlagen muss!

Lukas musterte sie mit einem merkwürdigen Blick. »Hast du was?«

»Ähm.« Laura zuckte zusammen und riss erschrocken die Augen auf. »Ich? Wieso meinst du?«

In einem Anflug von Resignation winkte Lukas ab. »Schon gut«, sagte er. »Lass uns in den Speisesaal gehen. Es ist Zeit zum Abendessen.«

»Einen Moment bitte.« Laura rührte sich nicht von der Stelle. »Hast du das Handy noch?«

Verwundert runzelte der Junge die Stirn. »Du meinst … das Handy von Kevin Teschner, diesem gemeinen Verräter?«

»Genau das!«

»Natürlich. Warum fragst du?«

»Weil ich mir die Nachricht noch mal anhören möchte.«

Beklommen trat Marius hinaus auf den Balkon, der hoch über dem Innenhof der Dunklen Festung schwebte. Er hatte sich nicht getäuscht: Gekleidet in einen scharlachroten Umhang, dessen Kapuze tief in die Stirn fiel, lehnte der Fhurhur an der Brüstung. In der Hand hielt er ein zerschlissenes Männergewand. Die zahllosen dunkelroten Striemen darauf konnten nur von getrocknetem Blut herrühren.

Alienor war den Männern gefolgt. Beim Anblick des Gewandes stöhnte sie unterdrückt auf. Zum Glück hörte nur Marius, was sie unwillkürlich vor sich hinmurmelte: »Armer Silvan!«

Der Schwarze Fürst trat an das steinerne Balkongeländer und sah in die Tiefe. Mit zufriedenem Grinsen winkte er Marius zu sich heran und befahl ihm, ebenfalls hinunter in den Hof zu blicken.

Bis auf die Männer der Schwarzen Garde war der Innenhof der Festung fast vollständig leer. Die Ritter hatten sich an den Längsseiten aufgereiht und spähten gespannt zu der Tür, die ins Verlies führte. Endlich wurde sie geöffnet und ein Gefangener hinaus ins Freie gestoßen. Zwei Trioktiden führten den Unglücklichen, der bis auf einen Lendenschurz nackt war.

Wieder stöhnte die Kleine neben Marius auf. Als er ihr einen verstohlenen Blick zuwarf, bemerkte er, dass ihre Augen tränenfeucht schimmerten.

Der Schwarze Fürst erteilte dem Fhurhur einen Wink.

Der Schwarzmagier schaute zum von gelblichen Schwefelschwaden überzogenen Himmel und setzte eine kleine Pfeife an den Mund, die offensichtlich aus Weidenholz gefertigt war.

Marius zuckte zusammen, als der schrille Pfiff an sein Ohr drang. Kaum war er verklungen, da war weit in der Ferne ein mächtiges Rauschen zu vernehmen, das sich rasch näherte. Wenig später verdunkelte ein riesiger Schatten das Firmament – und schon traten die Konturen eines gewaltigen Drachen aus den Schwaden hervor und hielten direkt auf den Balkon zu. Die Spannweite der Flügel betrug bestimmt zehn Meter. Sein schlangengleicher Schwanz war mit einem Dorn versehen, sein Leib von grünen Schuppen überzogen.

Als Marius die beiden Hälse und Köpfe des Drachen gewahrte, musste er unwillkürlich an historische Zeichnungen von grauslichen Seeungeheuern denken. Und an Scylla und Charybdis aus der griechischen Mythologie, die Odysseus das Leben so schwer gemacht hatten. Stetig mit den Schwingen schlagend, schwebte das Untier vor dem Balkon in der Luft und reckte die Köpfe dem Fhurhur entgegen.

Borboron zeigte auf das Ungeheuer. »Darf ich vorstellen: Gurgulius der Allesverschlinger. Ist er nicht hübsch?«

Marius antwortete nicht. Er beobachtete mit Abscheu, wie der Fhurhur dem grässlichen Monster das zerschlissene Gewand entgegenhielt. Beide Köpfe des Ungeheuers schnupperten daran – wie Hunde, die Witterung aufnahmen.

»Gurgulius wohnt in den Sümpfen jenseits der Feuerberge«, fuhr Borboron fort. »Die meiste Zeit verbringt er auf ihrem Grund in tiefem Schlaf. Nur alle paar Jahre erwacht er und lässt sich bei uns sehen. Dann aber bringt er Tod und Verderben über die Kreaturen des Lichts, denn nichts, so scheint es, hasst Gurgulius mehr.« Ein Strahlen erhellte das Gesicht des Schwarzen Fürsten. »Leider ist er blind, so dass er sich wahllos auf seine Opfer stürzt. Er verfügt allerdings über einen ausgezeichneten Geruchssinn, und deshalb wird dieses Gewand ihn zu der Beute führen, die wir für ihn erwählt haben.«

Borboron beugte sich über die Brüstung und hob die rechte Hand.

Die Kerkerknechte schienen nur auf das Zeichen gewartet zu haben. Sie ließen den Gefangenen los, schubsten ihn weiter hinaus in den Hof und verschwanden blitzschnell durch die Kerkertür, die sie hinter sich zuwarfen.

Der Fhurhur hielt den Kleiderfetzen ein letztes Mal vor die Drachenköpfe, die mit weit geblähten Nüstern daran schnüffelten, ließ ihn dann unter seinem Umhang verschwinden und warf die Arme in die Höhe. *»Tramixor!«*, rief er dem Drachen zu. *»Tramixor! Tramixor!«*

Gurgulius verstand sofort. Er grunzte, schraubte sich mit flatternden Flügeln hoch und kreiste über der Burg.

Der Gefangene hatte längst begriffen, was ihn erwartete. Er hetzte über den Hof, um Schutz in Eingängen und Nischen zu suchen, wurde von der Schwarzen Garde jedoch immer wieder mit Waffengewalt aus der Deckung getrieben.

Immer noch drehte der doppelköpfige Drache seine Runden, dann aber verharrte er in der Luft, legte die Flügel an und schoss pfeilschnell in die Tiefe.

Obwohl der Gefangene, wie von Furien gehetzt, um sein Leben rannte, gab es für ihn kein Entkommen. Schon war der Drache heran, schlug die spitzen Zähne in den Oberkörper und den rechten Oberschenkel des Opfers und riss es in die Lüfte. Der Mann zappelte wie wild, und seine erbärmlichen Schreie gellten den Zuschauern in den Ohren, während Gurgulius mit ihm auf die schwefligen Wolken zuhielt und darin verschwand.

Wie gelähmt stand Marius da und starrte ihm nach, während Alienor bereits beim Angriff des Ungeheuers in den Thronsaal geflohen war, damit niemand die Tränen bemerkte, die sie um Silvan weinte. Unermüdlich hatte der Waldläufer für die Sache des Lichts gekämpft, und nun hatte er sein Leben verwirkt. Elysion hatte einen seiner tapfersten Getreuen verloren.

Der Schwarze Fürst klopfte dem Schwarzmagier auf die Schulter. »Gut gemacht!«

Der Fhurhur verbeugte sich. »Danke, Herr.« Während er

sich zurückzog, trat Borboron zu dem Gefangenen. »Nun weißt du, was deine Tochter erwartet, wenn sie es wagen sollte, nach Aventerra zurückzukehren! Glaub mir: Gurgulius wird sie nicht entkommen!« Der Schwarze Fürst warf herrisch den Kopf in den Nacken und ließ ein hämisches Gelächter hören.

Aber das war nicht der einzige Grund, warum ein eisiger Schauer über Marius' Rücken lief.

Quintus Schwartz bedachte den Gärtner mit einem zweifelnden Blick. »Und das ist alles, was diese Frau Reval Laura und Lukas erzählt hat?«

»Ja.« Albin Ellerkings dünne, beinahe schon piepsige Stimme sprach seiner kräftigen Statur hohn. Wie zur Beschwörung, dass er nichts als die Wahrheit erzähle, hob er die von öligen Rostspuren befleckten Hände. »Dass sie das Bruchstück eines alten Schwertes gefunden hat. Und dass sie glaubt, dass es sich um das Schwert von einem Sigbert oder Siegfried handelt – weiß der Teufel, warum.«

»Gut!« Die Augen des stellvertretenden Direktors glühten tiefrot auf, bevor die Pupillen wieder das alltägliche Schwarz annahmen. »Sehr gut sogar! Sieht so aus, als könne sie uns tatsächlich zu dem lang gesuchten Schwert führen!«

Während der Gärtner ratlos dreinschaute, grinste Rebekka Taxus ihren Komplizen an. Sie rutschte vom Direktorenschreibtisch, auf dessen Kante sie sich gesetzt hatte, und ging mit schlängelnden Bewegungen auf den Konrektor zu. »Ich will nur hoffen, dasss ssie nicht allzu viel Zeit benötigt!«, zischte sie wie eine Kobra. »Je eher wir ess bessitzen, umsso bessser!«

»Wie kann man nur so versessen sein, Rebekka!« Ein süffisantes Lächeln spielte um die Lippen des Dunklen. »Du scheinst es ja gar nicht mehr abwarten zu können, bis die arme Laura endlich ausgeschaltet ist!«

»Ich mach mir lediglich Ssorgen um dich, Quintuss.« Pinkys Stimme klang ungewöhnlich sanft, während sie sich an den Mann schmiegte. »Du weißst doch, wie überauss gefährlich diessess Gör isst. Wenn die Ssache wieder schiefgeht wie die letzten Male, wird der Chef mehr alss nur ssauer ssein!«

»Dazu wird er diesmal keinen Grund haben!« Als sei ihm die Annäherung der Frau peinlich, löste Quintus Schwartz sich von ihr und begann im Zimmer auf und ab zu gehen. »Niemand von unseren Feinden ahnt doch, was wir im Schilde führen. Und wenn sie irgendwann mal dahinterkommen, dann wird es zu spät sein!« Die Augen in seinem ansehnlichen Gesicht funkelten böse. »Zumal wir auch noch eine hübsche Überraschung für sie parat haben, nicht wahr?«

Wieder leuchteten seine Augen hellrot auf. Dann ließ er ein schallendes Gelächter hören, in das Pinky Taxus zögerlich einfiel.

Albin Ellerking musterte die beiden mit unsteten Blicken. Er fühlte sich offensichtlich nicht wohl in seiner Haut. Als der Konrektor auf ihn zutrat, schreckte er unwillkürlich einen Schritt zurück.

»Keine Angst, mein Lieber.« Schwartz grinste und tätschelte dem Gärtner herablassend die Schulter. »Auch für dich haben wir eine Überraschung.«

»Ei… ei… eine Überraschung?«, piepste Ellerking, bevor er sich suchend im Büro umblickte. »Wo … wo …?«

»In deiner Wohnung natürlich«, unterbrach ihn der Konrektor mit blasierter Miene. »Also, geh nach Hause und schau sie dir an. Sie wird dich freuen, ganz bestimmt sogar!«

Während der Gärtner das Zimmer verließ, wandte der Dunkle sich wieder seiner Komplizin zu, die Ellerking verächtlich hinterherblickte.

»Wenn er die Ssache bloßs nicht wieder verbockt!«, zischte sie böse und erneut kringelten sich Vipern um ihren karminroten Rastaschopf.

»Du machst dir unnötig Sorgen, Rebekka.« Seine Stimme klang fast heiter. »Unser Plan ist narrensicher. Selbst Borboron hätte ihn nicht besser aushecken können. Und da wir zudem auf die Hilfe der Großen Meisterin zählen dürfen, kann wirklich nichts mehr schiefgehen – diesmal nicht«, sagte er, den sicheren Triumph vor Augen. Ein Lächeln spielte um seine wohlgeformten Lippen. »Wenn uns diese verfluchte Laura nicht schon so viele Probleme bereitet hätte, könnte man fast Mitleid haben mit dem Gör!«

Lukas öffnete seinen Kleiderschrank, schob rasch einige Bügel mit Hemden und Jacken zur Seite und löste die Rückwand, hinter der nun eine geräumige Hohlkammer sichtbar wurde. Er kniete nieder und holte ein Handy aus dem Geheimfach, richtete sich wieder auf und drückte es der Schwester keuchend in die Hand. »Hier.«

Laura ließ sich aufs Bett fallen und aktivierte die Mailbox des Handys.

Nur eine einzige Nachricht war darauf gespeichert. Laut Ansage war sie in der Ostaranacht kurz vor Mitternacht eingegangen. Der Anrufer war ein Mann. Er flüsterte, so dass seine Stimme verzerrt klang: »Hallo, Kevin«, sagte er. »Ich bin's.«

Gespannt blickte Laura den Bruder an, der eben neben ihr Platz nahm. »Hast du inzwischen rausgekriegt, wer der Typ ist?«

»Leider nicht.« Lukas schüttelte den Kopf. »Ich hab's über die Rückruf-Funktion versucht, aber da lief nur eine Ansage, dass die Nummer nicht mehr vergeben ist. Wahrscheinli–«

»Pssst!«, unterbrach ihn die Schwester und hob das Mobiltelefon näher an ihr Ohr.

»Es gibt aufregende Nachrichten«, flüsterte der Unbekannte weiter. »Alles deutet darauf hin, dass das lange gesuchte Schwert schon bald gefunden wird! Dann ist der Sieg unser und wir werden endlich triumphieren!« Damit brach die Nachricht ab.

Für einen Moment herrschte Stille. Laura starrte versonnen vor sich hin.

»Also, ehrlich gesagt ...« Der Bruder zögerte, als fürchtete er Lauras Zorn. »Mir ist nicht so recht klar, was an dieser Nachricht so wichtig sein soll, dass du sie unbedingt noch mal hören musstest?«

»Nein?« Das Mädchen rümpfte die Nase. »Und ich dachte, du wärst so superklug?«

»Also, hör mal –«

»Ich wollte mich nur vergewissern, ob dieser Typ tatsächlich von einem Schwert gesprochen hat.«

»Ja, und?« Der Bruder legte die Stirn in Falten. Dann aber schien er zu verstehen, worauf Laura anspielte, denn er machte ein ungläubiges Gesicht. »Du willst doch wohl nicht behaupten, dass er das gleiche Schwert meint, nach dem auch diese Rika sucht?«, fragte er ziemlich fassungslos.

»Bravo!« Laura deutete mit übertriebenen Gesten einen Applaus an. »Du bist ja doch klüger, als ich gedacht habe!«

»Worauf du dich verlassen kannst, du Spar-Kiu«, entgegnete Lukas grimmig. »Und deswegen weiß ich auch, dass dein Gedanke völlig abwegig ist. Um nicht zu sagen: absurd!«

»Und wieso?«

»Überleg doch mal, Laura: Die Archäologin hat mit ihren Ausgrabungen doch erst Wochen *nach* dem Ostarafest begonnen.« Auf Lukas' Stirn wurde eine Falte sichtbar. »Der Anruf auf der Mailbox aber stammt aus der Ostaranacht. Wer auch immer dieser Anrufer gewesen sein mag – er konnte damals doch unmöglich wissen, dass geraume Zeit später Rika hier auftauchen würde, um nach einem Schwert zu suchen –

und dann auch tatsächlich die abgebrochene Spitze davon findet?«

»Ja, schon«, antwortete Laura trotzig. »Aber irgendeine Erklärung wird es dafür bestimmt geben!«

Die Skepsisfalte furchte sich immer tiefer in Lukas' Stirn. »Und welche?«

»Keine Ahnung«, entgegnete Laura schulterzuckend. »Aber du musst doch zugeben, dass die Parallelen höchst merkwürdig sind: Sowohl Rika als auch dem Anrufer geht es um ein lange gesuchtes Schwert!«

»Na und?« Lukas zuckte mit den Schultern. »Ein Zufall wahrscheinlich, weiter nichts.«

»Ein Zufall?« Laura blickte den Bruder derart befremdet an, als habe er behauptet, eins plus eins ergebe drei. »Hab ich dir nicht schon hundert Mal erklärt, dass es keine Zufälle gibt? Nichts auf der Welt geschieht ohne tieferen Sinn, auch wenn wir das auf Anhieb nicht zu erkennen vermögen – und genau deswegen kommt mir die Sache mit dem Schwert ja so verdächtig vor.«

Lukas war nun doch nachdenklich geworden. Laura meinte zu erkennen, dass sein Superhirn fieberhaft arbeitete, aber da schüttelte er zu ihrer Enttäuschung auch schon den Kopf. »Und du musst dich trotzdem irren«, sagte er. »Wozu sollten eure Feinde denn ausgerechnet das Schwert brauchen, das diesem Sigbert oder meinetwegen auch Siegfried gehört hat?«

»Das weiß ich noch nicht«, entgegnete Laura heftig. »Aber ich werd's rausfinden, verlass dich drauf! Zumal da noch was ist, was mir zu denken gibt.«

Lukas schürzte die Lippen. »Da bin ich aber mal gespannt!«

»Ich hab dir doch erzählt, was der Hüter des Lichts mir damals auf Aventerra gesagt hat: ›Es gibt mächtige Waffen im Kampf gegen das Böse, die selbst den stärksten Feind zu besiegen vermögen. Es kostet zwar Mühe, sich in ihren Besitz zu bringen, doch wer schließlich über sie verfügt, dem werden sie eine unschätzbare Hilfe sein.‹ Genauso lauteten seine Worte.«

»Und du meinst …?«

»Genau!« Laura nickte zur Bekräftigung. »Könnte es nicht sein, dass es sich bei diesem Schwert um eine dieser mächtigen Waffen im Kampf gegen das Böse handelt?«

»Jetzt mach aber mal halblang!« Lukas warf ihr einen vorwurfsvollen Blick zu. Sein Gesicht war fast so finster wie das eines Höhlentrolls. »Das ist doch nichts weiter als eine ziemlich vage Hypothese! Genauso gut könntest du behaupten, dass Kaja ab sofort keine Schokolade mehr anrührt und für das strikte Verbot von Süßigkeiten kämpft!«

»Nach allem, was ich erlebt habe, halte ich nichts mehr für ausgeschlossen«, antwortete Laura ernst, konnte sich ein Grinsen aber nicht verkneifen. Eben wollte sie zu einer weiteren Erklärung anheben, als sie das Krächzen vernahm. Ein Krächzen wie von einem riesigen Krähenschwarm.

Es kam rasend schnell näher.

Das Mädchen schnappte nach Luft und blickte mit großen Augen zum Fenster. Waren das etwa *Ellerkings Krähen*?

Aber das war doch nicht möglich! Diese schrecklichen Totenvögel, die im Bann des Gärtners gestanden und die Alte Gruft bewacht hatten, waren doch seit der Wintersonnenwende spurlos verschwunden! Sollten sie mit einem Male und wie aus dem Nichts wieder aufgetaucht sein?

Lukas hatte die schaurigen Vögel wohl auch gehört. Mit verwunderter Miene erhob er sich, trat ans Fenster und zog den Vorhang zur Seite – und da erkannte Laura, dass sie sich nicht getäuscht hatte: Gleich einer stetig durcheinanderwirbelnden dunklen Wolke kreiste ein riesiger Krähenschwarm über der Burg. Es mussten Hunderte von Gefiederten sein, wenn nicht sogar Tausende.

Laura stellte sich neben den Bruder und starrte wie er zum Himmel. »Das sind Ellerkings schwarze Krähen«, flüsterte sie heiser. »Und ich hatte schon gehofft, dass die Hölle sie verschluckt hat.«

»Aber Laura!« Lukas schien alles andere als überzeugt. »Es gibt doch Millionen von Krähen!« Beschwichtigend legte er seiner Schwester den Arm auf die Schulter. »Ich kann ja verstehen, dass du hinter allem ein Geheimnis witterst. Nur solltest du es nicht übertreiben und aus jeder harmlosen Kleinigkeit gleich ein Mysterium machen.«

»Aber kapierst du denn nicht?« Das Mädchen klang fast verzweifelt. »Genauso hat es doch auch angefangen, damals bei meinem Ausritt mit Sturmwind: Wie aus dem Nichts ist mir ein riesiger Krähenschwarm erschienen – und danach war nichts mehr so, wie es früher war. Glaub mir, Lukas: Diese Krähen sind ein böses Zeichen. Eine Ankündigung, dass irgendetwas vor sich geht. Und du kannst sagen, was du willst, aber ich bin mir ganz sicher, dass es mit diesem Schwert zu tun hat!«

Kapitel 6 ❧ Die Große Meisterin

Morwena stellte einen Becher dampfenden Tees auf das Holztischchen neben dem Sessel von Elysion. »Bitte, Herr! Euer Schlaftee. Lasst ihn Euch schmecken.«

»Danke, Morwena.« Absichtslos wanderte Elysions Blick zum Fenster. »Ist es nicht ein wenig früh für den Nachttrunk?«

»Nein, Herr«, antwortete die junge Frau schnell und senkte den Kopf. Dennoch entging dem Hüter des Lichts nicht, dass ein leichtes Rot ihre Wangen färbte. »Ich bringe ihn mit Bedacht eine Stunde früher als sonst.«

»So?« Elysion sah sie fragend an.

»Ja. In den letzten Tagen habt Ihr ständig über schlechten Schlaf geklagt. Deshalb trinkt jetzt eine Tasse und in einer Stunde noch eine, und Ihr werdet sehen, dass Ihr heute in einen tiefen Schlummer fallt wie schon lange nicht mehr.« Morwena lächelte ermunternd, doch es war etwas an ihr, das Elysions Argwohn weckte.

»Dann will ich auf deine Künste vertrauen«, sagte er so beiläufig wie möglich, »und darauf hoffen, dass du Recht behältst.«

»Bestimmt, Herr!« Die Heilerin verneigte sich, eilte auf das große Portal des Thronsaals zu und zog sich zurück.

Nachdenklich schaute Elysion ihr nach. Was hatte sie nur? Hatte sie auch schon Misstrauen geschöpft? Oder hatte Paravain ihr seine Sorgen geklagt? Was nur naheliegend wäre, so vertraut, wie die jungen Leute inzwischen miteinander waren.

Erst vor wenigen Tagen hatte er, der Hüter des Lichts, die Gedanken seines Ersten Ritters gelesen. Seitdem wusste er, dass Paravain den Verdacht hegte, dass der Herrscher seinen Untergebenen etwas verschwieg.

Der alte Mann seufzte. Wie Recht Paravain doch hatte! Natürlich verschwieg er seiner Gefolgschaft etwas, doch das aus gutem Grund, wie er bislang immer geglaubt hatte. Nun aber nagte der Zweifel an Elysion.

Sofort waren diese bedrängenden Erinnerungen wieder da.

An die bitterste Stunde seines Lebens.

An den größten Fehler, den er jemals begangen hatte.

An die Frau, die ihn dazu überredet hatte.

Nie hätte er ihrem Drängen nachgeben dürfen.

Niemals!

Und doch hatte er es getan.

Seitdem quälte er sich mit dem schrecklichen Geheimnis. Selbst seinen engsten Vertrauten hatte er verschwiegen, was er getan hatte. Weil er unter allen Umständen verhindern musste, dass die Feinde davon erfuhren. Denn sonst würde Borboron sofort gegen ihn in den Kampf ziehen und ein blutiges Gemetzel anrichten.

Das Geheimnis konnte über viele Generationen gewahrt werden; nur Luminian, der Wächter des Labyrinths, war eingeweiht. Seit einigen Monden jedoch mehrten sich die Anzeichen, dass der Feind Wind davon bekommen hatte und das Geheimnis keines mehr war. Und seit der doppelköpfige Drache über dem Tal der Zeiten aufgetaucht war, war diese Vermutung zur Gewissheit geworden. Gurgulius der Allesverschlinger hatte sich nämlich auch in jener Nacht gezeigt, in der Elysion dem Drängen der Frau nachgegeben hatte – und da war ihm augenblicklich klar geworden, dass er einen unverzeihlichen Fehler begangen hatte.

Er, der Herrscher, dem so viele Wesen anvertraut waren,

hatte gegen das heiligste Gebot des Lichts verstoßen – und alles deutete darauf hin, dass sich dieser Frevel schon bald rächen sollte. Was ihn jedoch mehr als alles andere bedrückte: Wenn er die Zeichen richtig deutete, dann hatte nicht er selbst, sondern das Menschenkind Laura Leander die Sühneleistung zu erbringen.

Eine Sühne, die ihre Fähigkeiten bei weitem übersteigen würde!

Schon lange sann er nun über eine Möglichkeit nach, das Unvermeidliche doch noch abzuwenden. Und obwohl er das gesamte Wissen der Zeiten hütete, wollte dem Hüter des Lichts keine Lösung einfallen.

Die Krähen, dachte Albin Ellerking verwirrt. Wo kommen diese Krähen denn so plötzlich her? Die Augen zum Himmel gerichtet, vor dem der riesige Schwarm kreiste, stolperte er über den schmalen Weg, der sich gleich einem Kiesbach durch den Park von Ravenstein zu seiner Wohnung schlängelte.

Seine Verwirrung steigerte sich noch, als er die krächzenden Rufe der schwarzen Gesellen verstehen konnte. »Du hast uns gerufen, Herr!«, schienen sie ihm zu bedeuten. »Hier sind wir, um dir treu zu Diensten zu stehen!«

Wie war das nur möglich?

Er hatte sie nicht gerufen, ganz bestimmt nicht. Im Gegenteil: Er hatte sie davongejagt, als er Abschied nehmen musste von Groll, seinem Kater. Seinem getreuen Freund und Begleiter, der ihm so nahe gewesen war, dass er mit der Stimme seines Herrchens zu sprechen vermochte. Die dummen Menschen hatten das als Hexerei angesehen. Dabei war es für Nachtalben wie ihn nur selbstverständlich, dass alle Tiere, die ein enges Band mit ihrem Herrn verknüpfte, sich auch seiner Stimme bedienen konnten, sei es Katze, Hund,

Marder oder Vogel. Die Menschen verstanden das nur nicht. Was sie nicht daran hinderte, sich dünkelhaft über die anderen Wesen zu erheben.

Sollten sie doch!

Bevor Ellerking damals den Leichnam des Katers der Erde anvertraut hatte, hatte er den lärmenden Schwarm der schwarzen Gesellen verscheucht, der über ihnen gekreist war. »Verschwindet, ihr schwarze Brut«, hatte er ihnen voller Bitterkeit befohlen. »Ich habe meinen treuesten Freund verloren und will mit euch nichts mehr zu schaffen haben!«

Die Krähen hatten seinem Befehl augenblicklich Folge geleistet. Und nun waren sie plötzlich wieder da!

Was hatte das nur zu bedeuten?

Das schmucklose Backsteingebäude, ehemals ein Stall, das dem Gärtner als Heim diente, war unter mächtigen Eichen versteckt. In den weit ausladenden Baumkronen fing sich bereits die Dämmerung, was Ellerking gar nicht bemerkte. Gedankenverloren fingerte er den Hausschlüssel aus der Tasche und schloss die Holztür mit der abblätternden Farbe auf, die nach einem neuen Anstrich lechzte.

Albin wollte gerade das Flurlicht einschalten, als er überrascht stehen blieb und die Luft wie ein witterndes Tier einsog. Nachtalben verfügten neben ungemein scharfen Augen über eine äußerst feine Nase. Und die sagte Ellerking, dass irgendetwas nicht stimmte. Dieser schwache, kaum wahrnehmbare Hauch von Schwefel war noch nicht zu riechen gewesen, als er seine Behausung verlassen hatte. Das konnte nur bedeuten, dass in der Zwischenzeit jemand in seine Wohnung eingedrungen war – und sich vielleicht immer noch darin aufhielt! Auch wenn ihm das unerklärlich war: Die Haustüre war doch fest verschlossen gewesen und sämtliche Fenster waren einbruchsicher vergittert. Wie also sollte jemand in seine Wohnung gelangt sein?

Die scharfen Albenaugen glimmten grünlich. Wie gut, dass er einen derben Knüppel aus Eichenholz hinter die Tür gestellt hatte! Für den Fall, dass ein unerwünschter Besucher sich nicht von der Schwelle weisen ließ oder er sich eines Eindringlings erwehren musste so wie vermutlich jetzt.

Vom winzigen Flur der Gärtnerwohnung gingen nur zwei Türen ab: Die eine führte ins Bad und die andere in einen großen Raum, der Ellerking gleichzeitig als Küche, Wohn- und Schlafzimmer diente. Den Knüppel fest umklammert, schlich er auf dieses Zimmer zu. Obwohl seine Füße in groben Lederstiefeln steckten, verursachten sie auf den rohen Holzdielen kaum einen Laut.

Den derben Stock schlagbereit über den Kopf erhoben, trat er rasch in den Wohnraum. Die staubblinden Scheiben in den drei kleinen Fenstern ließen nur wenig Licht herein. Zwielicht füllte die Stube, was Ellerkings Sicht jedoch kaum trübte. In Blitzeseile tasteten seine Augen jeden Winkel ab – und doch konnte er nichts entdecken.

Aber der Schwefelgeruch wurde stärker.

Zögernd ging der Gärtner weiter, vorsichtig die Füße voreinander setzend. Wieder schaute er sich um und wieder konnte er nichts entdecken.

Albin Ellerking lauschte angestrengt – und hörte ein Geräusch hinter sich. Der Gärtner fuhr herum und schrie vor Entsetzen panisch laut auf!

Der Speisesaal von Ravenstein war fast bis auf den letzten Platz gefüllt. Die große Halle mit der hohen Balkendecke und den holzgetäfelten Wänden hallte wider von den fröhlichen Stimmen der Schüler und dem Geklapper der Teller und Bestecke. Links und rechts des Mittelganges reihten sich je zehn lange Tische aneinander. Die Bänke davor boten jeweils einem Dutzend Mädchen und Jungen Platz.

Lauras Tisch, der dritte vom Eingang aus gesehen, stand an der Fensterseite. Wie immer saß sie direkt am Gang. Verstohlen schielte sie zu Philipp Boddin hinüber, der zwei Tische entfernt auf der anderen Seite des Ganges saß. Er trug eine farbig gestreifte Strickmütze, die seine blonden Haare fast vollständig bedeckte. Er sah richtig gut damit aus. Und dann lächelte er ihr auch noch zu!

Oh, Mann!

Alexander Haase, der sich ein Zimmer mit Mr Cool teilte und direkt neben ihm saß, entging Lauras Neugier nicht. Er grinste und schnitt ihr eine Grimasse.

Hastig wandte sie den Blick zu ihrer Freundin. Kaja, die neben ihr saß, war dicht über ihren Teller gebeugt und schaufelte voller Heißhunger eine Gabel Spinat-Lasagne nach der anderen in sich hinein.

»Du brauchst nicht zu schlingen«, mahnte Laura das Pummelchen. »Ist noch genügend da, so dass du bestimmt nicht verhungern wirst. Zumindest nicht in den nächsten Stunden.«

»Weiß wich woch«, antwortete Kaja mit vollen Backen, um die überladene Gabel umgehend wieder zum Mund zu führen. In ihrer Hast verfehlte sie allerdings das Ziel und stieß an ihr Kinn, so dass die ganze Ladung Lasagne nebst fettiger Sahnesauce auf ihre Jeans kleckerte. »Wuups«, mümmelte sie hastig und zog ein Tempo aus der Tasche, um die Bescherung schnell abzuwischen. Ein hässlicher Fleck blieb auf der Hose zurück.

»Kommt davon, wenn man den Rachen nicht vollkriegen kann«, tadelte Magda Schneider kopfschüttelnd. Das hoch aufgeschossene blonde Mädchen gehörte ebenfalls zur Stammbesetzung von Lauras Tisch und saß Kaja gegenüber.

»Gar nicht!«, giftete die Rothaarige zurück, die endlich den Mund leer hatte. »Jemand hat mich angeschubst, sonst wär mir das bestimmt nicht passiert – stimmt's, Lukas?«

»Klaromaro«, antwortete der Junge mit hintersinnigem Grinsen. »Du hättest dir sonst höchstens den ganzen Teller über die Hose gekippt!«

Kaja pustete die Wangen auf. »Du … du … du gemeiner Kerl«, schimpfte sie. »Du bist ja so was von fies!«

Lukas wollte schon nachsetzen, als Laura ihm einen schnellen Blick zuwarf. Auch ohne Worte schien er die Bitte der Schwester zu verstehen: Lass gut sein, Lukas, und hack nicht dauernd auf ihr rum! Seine Lippen blieben jedenfalls geschlossen und er verkniff sich weiteren Spott.

»Hey, zum Geier, auf die beiden hätte ich gerne verzichten können«, meldete sich da Magda zu Wort und schielte angewidert zum Lehrertisch. »Bis jetzt hat es mir nämlich richtig gut geschmeckt!«

Laura hob den Kopf und blickte zur Stirnseite des Speisesaals, wo Quintus Schwartz und Pinky Taxus eben am Tisch der Lehrer Platz nahmen. Das spöttische Lächeln, mit dem sie in die Runde nickten, wirkte richtig provozierend. »Eigenartig«, murmelte Laura vor sich hin, bevor sie sich wieder an die Freunde wandte. »Wieso grinsen die beiden denn wie zwei besoffene Kamele?«

»Weiß wich woch wicht!«, mümmelte Kaja.

»Du vielleicht, Magda?«

»Keine Ahnung. Wahrscheinlich hat Pinky wieder einen brutal schweren Test schreiben lassen, bei dem fast nur Fünfen und Sechsen rausgekommen sind. Bekanntlich freut sie nichts mehr, als uns eins auszuwischen.«

Stimmt!, ging es Laura durch den Kopf. Die Mathe- und Physiklehrerin war berüchtigt für ihre fiesen Tests. Die Aufgaben waren meist so schwer, dass für gewöhnlich selbst die Klassenbesten ihre liebe Not damit hatten. Und ausgerechnet diese verhasste Paukerin war Lauras Mathelehrerin. Kein Wunder also, dass sie immer noch Fünf stand. Was ihr im Jahreszeugnis zum Verhängnis werden konnte, sollte sich ihre Physikzensur wieder verschlechtern.

Da tönte ein Bimmeln durch den Speisesaal: Professor Morgenstern hatte sich von seinem Stuhl erhoben, der als einziger über eine erhöhte Rückenlehne und Armstützen verfügte, und schwang eine Glocke. Die Gespräche der Schüler ebbten ab, bis sie schließlich ganz verstummten. Über zweihundertfünfzig Augenpaare blickten Aurelius Morgenstern gespannt an.

Trotz seines fortgeschrittenen Alters – der Professor musste schon an die siebzig sein – stand er fast kerzengerade da. Die ergraute Haarmähne, die wirr von seinem Haupt abstand, verlieh ihm das Aussehen eines altehrwürdigen Löwen. »Wenn ich für einen Moment um Aufmerksamkeit bitten dürfte«, sprach er mit einer sonoren Stimme, die auch ohne Mikrofon bis in den letzten Winkel des geräumigen Speisesaales zu vernehmen war. »Ich will es kurz machen: Aus verschiedenen Gründen, deren Erläuterung mir die mangelnde Zeit verbietet, sehe ich mich im Augenblick nicht in der Lage, das Amt des Direktors wahrzunehmen. Ich habe deshalb die Leitung des Internats bis auf weiteres dem Kollegen Dr. Schwartz übertragen.«

Unruhe machte sich breit im Saal und an allen Tischen wurde aufgeregtes Gemurmel laut. »Oh, nö!«, stöhnte Kaja. »Was soll denn das, zum Geier!«, schimpfte Magda und Lukas schüttelte nur fassungslos den Kopf. Laura dagegen war alles andere als überrascht, hatte sie doch damit beinahe gerechnet.

Das Lehrerkollegium allerdings wirkte völlig perplex. Mit Ausnahme von Quintus und Taxus natürlich. Auch Miss Mary Morgain und Percy Valiant, die links und rechts vom Direktor saßen, schienen von Morgenstern vorher eingeweiht worden zu sein. Was Laura ebenfalls nicht verwunderte. Schließlich zählten die Englisch- und Französischlehrerin und der Sportlehrer ebenfalls zu den Wächtern und damit wie sie selbst zu den engsten Verbündeten des Direktors, der soeben den Saal verließ.

»Was, zum Geier, ist denn bloß in den Direx gefahren?« Magda Schneider schnitt eine Grimasse, als zweifele sie an Morgensterns Verstand. »Ist der jetzt völlig durchgedreht?«

»Das kann er doch nicht machen!«, ereiferte sich selbst Lukas, der eigentlich bekannt dafür war, selbst in den prekärsten Situationen einen kühlen Kopf zu bewahren. »Damit können Dr. Schwartz und Pinky wieder schalten und walten, wie sie wollen!«

»Lukas hat Recht.« Auch Kaja blickte Laura vorwurfsvoll an. »Er muss doch wissen, dass die beiden das ausnutzen werden, um uns das Leben zur Hölle zu machen! Als hätten wir das nicht oft genug erlebt! Wieso tut Morgenstern so was?«

»Das weiß ich genauso wenig wie ihr«, erklärte Laura. »Aber ich möchte wetten, dass der Professor triftige Gründe dafür hat!«

Albin Ellerking fiel auf die Knie und rutschte näher an die unheimliche Gestalt im Schatten heran. »Verzeiht, Große Meisterin«, wimmerte er mit zum Boden gewandtem Gesicht. »Verzeiht, dass ich Euch nicht gleich erkannt habe.«

Ein grausames Lächeln ging über das bleiche Gesicht der Frau. »Steh auf, du Narr!«, befahl sie. »Niemand verlangt, dass du vor mir im Staube kriechst.«

Der Gärtner erhob sich und wagte doch nicht, in die gelben Reptilienaugen zu schauen, die ihn stechend musterten. Wie es sich angesichts der Großen Meisterin geziemte, hielt er den Kopf demütig gesenkt. »Nie hätte ich zu hoffen gewagt, dass mir jemals die Gnade Eurer Gegenwart zuteilwird«, flüsterte er. »Nie im Leben.«

Gutturale Laute, die wohl ein Lachen darstellen sollten,

kamen aus der Kehle der Besucherin. Der Schein des aufgehenden Mondes ließ ihr pechschwarzes Haar aufschimmern und der schwefelige Geruch, der von ihr ausging, wurde immer stärker. »Dann freu dich gefälligst«, höhnte sie, »und zieh nicht ein Gesicht, als wäre ich die Ausgeburt der Hölle höchstpersönlich – auch wenn ich mich dort bestens auskenne.« Ihr Gesicht verzerrte sich zu einer höhnischen Maske und ihr Lachen jagte dem Gärtner einen kalten Schauer über den Rücken.

»Ich habe dir etwas mitgebracht«, fuhr die Frau fort. »Hier – schau.« Damit holte sie die rechte Hand hinter dem Rücken hervor und streckte dem Gärtner ein Tier entgegen.

Der Anblick entlockte Ellerking ein strahlendes Lächeln. Seine grünen Augen leuchteten in fiebrigem Glanz. »Oh, meine Meisterin«, hauchte er ungläubig, während er die Augen nicht von dem Tier lassen konnte und beide Hände danach ausstreckte. »Wie schön es doch ist! Wunderwunderschön.« Als er es in die Arme nahm, ließ es ein freudiges Schnurren hören, gerade so, als erkenne es den Gärtner wieder. Ellerking fiel erneut auf die Knie, packte die Hand der Frau und führte ihren Handrücken an seine Stirn. »Wie kann ich Euch nur danken, Große Meisterin?«

Mit einer Geste des Widerwillens entzog ihm die Frau rasch die Hand, fasste ihm unters Kinn und zog ihn hoch, bis sie auf gleicher Augenhöhe waren. »Das weißt du ganz genau«, fuhr sie ihn mit schneidender Stimme an.

Winzige Spucketröpfchen trafen Albin Ellerking ins Gesicht. Sie brannten wie Säure und ihm war, als brenne sich auch der schwefelgelbe Blick der Reptilienaugen tief in sein Gehirn. Mit wachsender Unruhe kraulte er das weiche Fell des Tieres.

»Du wirst dieses Gör von nun an nicht mehr aus den Augen lassen!«, fuhr die Frau fort. »Sie ist im Zeichen der Dreizehn geboren – und wie bei allen ihren Vorgängerinnen ist das Wissen um das Geheimnis des Schwertes über die Jahrhunderte auch an sie weitergereicht worden. Zu unserem Glück jedoch hat sie es noch nicht entdeckt und scheint auch nicht das Geringste davon zu ahnen. Sonst hätte sie sich nämlich längst auf die Suche nach Hellenglanz gemacht. Trage also dafür Sorge, dass das auch in Zukunft so bleibt und sie unsere Pläne nicht durchkreuzt. Hast du das verstanden?«

»Na… na… natürlich, Große Meisterin«, stotterte der Nachtalb. »Natürlich habe ich verstanden.«

»Dann sieh zu, dass du deiner Aufgabe auch gerecht wirst!«, befahl die Frau streng. »Solltest du allerdings versagen, dann wird Borboron höchstpersönlich sich deiner annehmen – und diese Begegnung hat bislang noch niemand überlebt!«

»Ich weiß, Große Meisterin, ich weiß«, hauchte Albin Ellerking und verneigte sich so tief, dass sein Rücken einem Katzenbuckel glich. »Ich werde alles in meiner Macht Stehende tun, um mich seiner würdig zu erweisen. Das verspreche ich Euch bei meinem Leben!«

Als der Gärtner sich wieder aufrichtete, blickte er ins Leere. Die unheimliche Gestalt war auf ebenso geheimnisvolle Weise wieder verschwunden, wie sie erschienen war, und nirgendwo im ganzen Zimmer konnte er auch nur die geringste Spur von ihr entdecken. Nur der Schwefelhauch waberte noch durch den Raum.

Die Nacht war über Hellunyat aufgezogen. Tausende von Sternen sprenkelten den wolkenlosen Himmel, an dem hell die beiden Monde Aventerras leuchteten. Die mächtige Gralsburg war in einen silbrigen Schein getaucht.

Paravain jedoch hatte dafür keinen Blick. Als könne er keinen Schlaf finden, schlenderte er scheinbar ziellos über den weitläufigen Innenhof der Burg, über den sich die Stille gesenkt hatte. Nur gedämpfte Laute waren zu hören: stampfende Hufe und mahlende Kiefer aus den Ställen. Das Waffenklirren der Wachleute, die auf den Mauern, Türmen und an den Toren von Hellunyat Dienst taten.

Aufmerksam spähte der Ritter in die Runde, während er sich gemächlich auf den Bergfried zubewegte. Nur keine Hast!, befahl er sich im Stillen. Das würde nur unnötig Aufmerksamkeit erregen!

Endlich hatte er den Eingang zum Turm erreicht. Ein letztes Mal noch blickte er sich nach allen Seiten um: Niemand hatte Verdacht geschöpft und niemand war ihm gefolgt. Hastig schlüpfte er durch die Tür.

Die steinerne Wendeltreppe führte fast endlos in die Tiefe. Nur wenige Fackeln warfen Licht auf die Stufen. Gut, dass er Schuhe aus weichem Büffelleder trug, denn sie machten so gut wie kein Geräusch!

Endlich hatte Paravain den Fuß der Treppe erreicht. Ein langer Gang öffnete sich vor ihm, der in einem kristallenen Blau leuchtete, auch wenn nirgends eine Lichtquelle schimmerte. Vorsichtig schritt der Ritter voran, als wie aus dem Nichts eine schmächtige Gestalt in einer weißen Toga vor ihm auftauchte und ihm den Weg versperrte. »Halt!«

Es war Luminian, der Wächter der Labyrinths. »Keinen Schritt weiter, Paravain!« Ein ergrauter Haarkranz zierte den Schädel des Mannes, der die leblosen Augen in seinem bleigrauen Gesicht starr auf den Ritter gerichtet hielt.

Paravain schluckte. »Woher weißt du, wer ich bin?«

Luminian lächelte. »Nur ein Narr kann diese Frage stellen. – Was willst du?«

Der Ritter senkte beschämt den Kopf, als ihm einfiel, dass der blinde Luminian das nicht sehen konnte.

»Führe mich ins Innere des Labyrinths«, bat er.

Die Züge des Grauen verhärteten sich. »Das ist unmöglich. Nur Elysion darf es betreten!«

»Ich weiß. Und ich würde dich auch nicht darum bitten, wenn es nicht wichtig wäre. Vielleicht sogar lebenswichtig.«

»Ausgeschlossen!«

»Wie du willst«, seufzte der Ritter. »Dann bleibt mir keine andere Wahl.« Seine Hand fuhr zu dem Schwert, das an seiner Seite hing, und schon hielt er die Waffe in der Hand. Die scharfe Klinge leuchtete blau auf im Licht.

Da stockte Paravain der Atem. Auch Luminian hielt nun ein Schwert in der Hand. Wie mochte es nur dahin gekommen sein? Und der Wächter des Labyrinths war plötzlich größer geworden – viel größer. Paravain schien, als rage die vormals schmächtige Gestalt nunmehr in fast doppelter Größe vor ihm auf! Dennoch ließ er sich nicht einschüchtern. »Ein letztes Mal!«, herrschte er den Alten an. »Tritt zur Seite, Luminian!«

»Selbst wenn ich wollte, ich könnte es nicht«, beschied ihn der Graue. »Du musst mich töten, wenn du das Labyrinth betreten willst.«

Paravain schloss die Augen und atmete tief durch – als eine Stimme in seinem Rücken erklang. »Haltet ein, ihr Narren – oder wollt ihr, dass noch mehr Unheil geschieht!« Erschrocken fuhr der Ritter herum – und da sah er den Hüter des Lichts.

Elysions Gesicht glich einem einzigen Vorwurf.

Kapitel 7 ❧ Ein entsetzlicher Traum

Der Schein des Kaminfeuers beleuchtete Morgensterns greises Gesicht. Obwohl es bereits Mitte Mai war, wurde es in den Nächten noch immer empfindlich kalt. Der Professor heizte deshalb des Abends den Kamin an, damit er es in seinem Wohnzimmer, dessen enorme Ausmaße in keinem Verhältnis zu seinem von außen recht bescheidenen Häuschen standen, gemütlich warm hatte. Laura jedoch, die ein gutes Stück von der Feuerstelle entfernt saß, fröstelte ein wenig. Was allerdings weniger an der Raumtemperatur denn an den Ausführungen des Direktors lag.

»Mir passt die Entwicklung auch nicht, das könnt ihr mir glauben«, sagte er, während sein Blick von Miss Mary Morgain zu Percy Valiant wanderte, die neben Laura an dem runden Tisch in der Mitte des Raumes Platz genommen hatten. »Aber die Fakten sind nun einmal so: Der Mord an Pater Dominikus ist für die Polizei noch immer nicht aufgeklärt, und solange der wahre Mörder nicht gefunden ist, stehe ich nach wie vor unter Tatverdacht.«

»Aber das ist blanker Unsinn!«, warf Laura kopfschüttelnd ein. »Es ist doch so gut wie erwiesen, dass Konrad Köpfer den Mönch umgebracht hat.«

Aurelius Morgenstern ließ ein bitteres Lachen hören. »Eben nicht! Hinzu kommt, dass dieser Köpfer immer noch spurlos verschwunden ist, als habe der Erdboden ihn verschluckt.«

»Genauso wird es auch sein!«, ereiferte sich Laura. Sie erhob sich, weil es sie einfach nicht mehr auf dem Stuhl hielt. »Oder habt ihr schon vergessen, dass er ein Wiedergänger ist? Die Untaten, die er begangen hat, treiben ihn im Jenseits um, weshalb er immer wieder in unsere Welt zurückkehren muss. Im Augenblick hat er sich natürlich wieder in seinem Grab verkrochen. Kein Wunder also, dass die Polizei ihn nicht findet!«

Percy konnte seine Zweifel nicht verhehlen. »Dergleischen wirst du einem Kripobeamten, für den niischts als nackte Fakten und Indizien zä'len, wo'l kaum begreifliisch machen können – *n'est-ce pas*, werte *Mademoiselle*?«

Laura antwortete nicht sofort. Natürlich war ihr klar, dass normale Menschen gemeinhin nicht an Wiedergänger oder Untote glaubten. Sie jedoch hatte selbst herausgefunden, dass Konrad Köpfer wohl identisch war mit Kons, dem Henker des Grausamen Ritters Reimar von Ravenstein, den das schlechte Gewissen in der Sphäre zwischen Leben und Tod gefangen hielt. Hilfe suchend blickte sie den Professor an.

»Ich fürchte, Percy hat Recht.« Müdigkeit stand in das blasse Gesicht des alten Mannes geschrieben. »Die Polizei wird uns das niemals abnehmen. Zumal auch nirgendwo Fingerabdrücke von Köpfer gefunden wurden.«

»Was nur ein weiteres Indiz dafür ist, dass es sich tatsächlich um einen Wiedergänger handelt«, murmelte das Mädchen.

»Selbst wenn das hundertmal stimmen sollte, Laura, können wir es der Kripo trotzdem nicht klarmachen. Noch nicht einmal in dem schwarzen Lieferwagen, den Köpfer gefahren hat, haben sie irgendwelche Spuren von ihm entdeckt. Was schlichtweg bedeutet, dass er für die Kripo einfach nicht existiert. Und wenn man die Sache von ihrer Warte betrachtet, dann ist es durchaus verständlich, dass sie die Ermittlungen gegen mich noch nicht eingestellt haben.«

Miss Mary Morgain, die die Unterhaltung bislang schweigend verfolgt hatte, meldete sich nun zu Wort. »Aber deshalb hätten Sie doch nicht das Direktorenamt niederlegen und unseren ärgsten Feinden das Feld überlassen müssen! Das wäre doch nicht nötig gewesen.«

»Doch, Mary, das war es!«, entgegnete der Professor mit ernster Miene. Er erhob sich und trat näher an den Kamin heran. Offenbar fröstelte es ihn, denn er streckte die Arme aus und rieb sich die Hände. »Sicherlich erinnerst du dich noch daran, wie die Presse diese unselige Geschichte ausgeschlachtet hat. Negative Schlagzeilen sind aber genau das, was wir im Moment am allerwenigsten gebrauchen können. Unsere finanzielle Situation ist dramatisch. Es käme also einer Katastrophe gleich, wenn Eltern ihre Kinder aus dem Internat abmelden oder einige unserer Sponsoren uns ihre großzügige Unterstützung entziehen würden. Durch meinen vorübergehenden Amtsverzicht nehme ich der Journaille den Wind aus den Segeln. Ich hoffe, dass wir dadurch relativ glimpflich aus der Geschichte herauskommen.«

»Dafür werden Dr. Schwartz und Frau Taxus uns das Leben zur Hölle machen«, murmelte Laura betroffen. Sie war niedergeschlagen, weil die Argumente des Professors sie nur wenig überzeugt hatten. »Und ganz besonders mir natürlich.«

»Warum denn so pessimistisch?«, erwiderte Aurelius Morgenstern aufmunternd, wandte sich vom Kamin ab und gesellte sich wieder zu den drei Wächtern am Tisch. Er stützte sich auf die Tischplatte, die mit einem mächtigen Rad der Zeit aus dunklen Intarsien geschmückt war, und blickte einen nach dem anderen mit großem Ernst an. »Seit du den Kelch nach Aventerra zurückgebracht hast, haben sie sich doch ziemlich ruhig verhalten. Oder hast du einen Grund zur Klage?« Damit zog er einen Stuhl zu sich heran und nahm darauf Platz.

»Ähm«, stotterte Laura verlegen und zog dann die Schultern hoch. »Eigentlich nicht. Jedenfalls bislang nicht.« Sie machte eine Pause und blickte die am Tisch versammelten Wächter der Reihe nach an.

»Aber?« Aurelius Morgenstern runzelte die Stirn.

»Ich bin mittlerweile fest davon überzeugt, dass sich etwas gegen uns zusammenbraut«, fuhr Laura fort. »Oder gegen mich zumindest.«

Percy Valiant verzog das Gesicht. »Und was soll das sein, wenn iisch fragen darf?«

»Keine Ahnung«, antwortete Laura kleinlaut. »Aber irgendwie spüre ich, dass es viel schlimmer wird als alles, was wir bislang erlebt haben. Die Zeichen waren unübersehbar.«

»Die Zeichen?« Miss Mary musterte sie mit hochgezogenen Brauen.

»Ja«, erklärte Laura. »Ellerkings Krähen sind überraschend aufgetaucht – und auch die schwarzen Doggen haben sich wieder bemerkbar gemacht.«

Die beiden Lehrer wechselten einen verstohlenen Blick. Auch wenn sie sich bemühten, sich ihre Zweifel nicht anmerken zu lassen, konnte Laura ihre Skepsis deutlich erkennen.

Professor Morgenstern war bei Lauras Worten beinahe unmerklich zusammengefahren. Nachdenklich blickte er in die Runde. »Wir sollten Lauras Befürchtungen ernst nehmen. Ahnungen sind häufig nicht weniger bedeutsam als handfeste Hinweise. Seid also auf der Hut in der nächsten Zeit und haltet die Augen offen. Und ganz besonders natürlich du, Laura!«

Das Mädchen blickte den alten Mann dankbar an. Es fühlte Erleichterung in sich aufsteigen. Endlich jemand, der Verständnis hatte und ihr Unbehagen nicht auf die leichte Schulter nahm. Und vielleicht ahnte der Professor ja auch mehr, als er zugeben wollte? Vielleicht gab er sich nach außen hin nur deshalb so gelassen, weil er Laura auf eine neue Probe stellen wollte? Vielleicht stand ihr ja eine ähnlich schwere Aufgabe bevor wie damals, als sie das Geheimnis des Siegels der Sieben Monde hatte lösen müssen? Oder gar eine Prüfung, die noch schwerer war?

Als ahne Percy ihre Gedanken, beugte er sich zu Laura herüber und legte ihr beschwichtigend die Hand auf die Schulter. »Lass diisch niischt von der Angst übermannen, Laura. Schließliisch kannst du jederzeit auf unsere 'ilfe zä'len. Wir ste'en dir zur Seite, wann immer das vonnöten sein wird.«

»Tatsächlich?« Der Unterton in Lauras Frage war schärfer, als sie beabsichtigt hatte. »In der letzten Zeit habe ich dich kaum zu Gesicht bekommen und unsere Fechtstunden sind auch ausgefallen.«

»Das Dilemma ist miir durschaus bewusst.« Percy zeigte eine schuldbewusste Miene. »Aber du weißt doch: Iisch 'abe erstmals die Reschie beim Drachent'aler Drachenstiisch übernommen und die Vorbereitungen auf das Schauspiel verschlingen jede Sekunde meiner freien Zeit.«

»Das hätte dir doch vorher klar sein müssen.« Laura klang immer noch verbittert.

»Wenn Not am Mann ist«, warf Miss Mary ein, »wird Percy alles stehen- und liegenlassen, um dir zu Hilfe zu eilen, stimmt's?«

»Mais oui«, antwortete Percy im Brustton vollster Überzeugung. »Das verste't siisch von selbst!«

»Das werden wir ja sehen.« Laura wandte sich an die junge Lehrerin. »Wie steht es denn mit unserer nächsten Übungsstunde im Gedankenlesen?«, wollte sie wissen. »Bleibt es bei morgen Abend?«

»Oh«, sagte Miss Mary verlegen. Ihre Wangen röteten sich. »Morgen … äh … morgen ist schlecht. Da hab ich einen Auftritt im Club.«

Laura musterte die junge Frau verwundert. Natürlich wusste sie, dass Mary über eine wunderschöne Singstimme verfügte. Deshalb trat sie von Zeit zu Zeit mit Liedern und Balladen aus ihrer schottischen Heimat in einem kleinen Club in Hohenstadt auf. Aber das geschah in der Regel am Wochenende und nicht mitten in der Woche.

»Morgen wird dort ein wichtiger Typ von einer Plattenfirma erwartet«, erklärte Mary Morgain, die Lauras Gedankengänge natürlich verfolgt hatte. »Er möchte vielleicht eine CD von mir veröffentlichen und sich mein Programm deshalb noch mal anhören. Leider hat er nur morgen Zeit.«

Bevor Laura ihre Enttäuschung äußern konnte, richtete Aurelius Morgenstern das Wort an die beiden jungen Lehrer. »Ihr beide seid erwachsen und könnt natürlich tun und lassen, was ihr wollt. Dennoch hoffe ich, dass ihr euch jederzeit der großen Aufgabe bewusst seid, die uns Wächtern auferlegt ist. Bedenkt also gut, was ihr tut, denn es liegt allein an uns, ob das Licht auch weiterhin siegen oder das Ewige Nichts die Herrschaft erringen wird. Dann aber wird alles Leben erlöschen auf unserem Planeten – und natürlich auch auf unserem Schwesterstern Aventerra.« Damit erhob sich Aurelius Morgenstern zum Zeichen, dass die Versammlung beendet war.

Miss Mary und Percy Valiant taten es ihm gleich und wandten sich dem Ausgang zu.

Laura dagegen blieb auf ihrem Platz und blickte den Professor aus großen Augen an. »Wenn Sie erlauben, hätte ich noch eine Frage an Sie. Wie wir wissen, besitzt der Schwarze Fürst Borboron ein schwarzmagisches Schwert: Pestilenz. Da das Gute ohne das Böse nicht existieren kann und umgekehrt, müssten doch auch die Krieger des Lichts über ein machtvolles Schwert verfügen. Oder sollte ich mich da täuschen?«

Aurelius Morgenstern musterte die Schülerin verwundert und auch Miss Mary und Percy machten Anstalten, zum Tisch zurückzukehren. Der Professor jedoch bedeutete ihnen mit einer beiläufigen Geste, sich zu entfernen. »Geht nur. Schließlich habe ich euch die Sache oft genug erklärt.«

Als die beiden sich verabschiedet hatten, wandte Morgenstern sich an Laura. »Wieso fragst du das ausgerechnet jetzt?«, wollte er wissen.

Das Mädchen zögerte einen Moment, berichtete dem Professor dann aber doch von dem nachmittäglichen Besuch der Archäologin. Es vergaß auch nicht, die gespeicherte Nachricht auf der Mailbox zu erwähnen.

Der Direktor begriff augenblicklich, worauf Laura anspielte. »Und du meinst also, die erwähnten Schwerter seien nicht nur identisch, sondern auch von besonderer Bedeutung?«

Laura nickte eifrig. »Genau! Das würde nämlich erklären, warum die Dunklen dahinter her sind!«

»Deine Überlegungen sind gar nicht so abwegig.« Ein anerkennendes Lächeln spielte um die faltigen Lippen des Professors. »Wie ich merke, steht deine Kombinationsgabe der deines Bruders in nichts mehr nach.«

Laura fühlte sich geschmeichelt. Ein warmes Kribbeln durchflutete sie.

»Aber trotzdem liegst du falsch!«, fuhr Morgenstern fort. »Es gibt nämlich nur ein Schwert, das für die Dunklen von großem Nutzen sein könnte – und das ist das Schwert Hellenglanz. In der Tat handelt es sich um das Gegenstück zu Pestilenz, dem Schwert des Schwarzen Fürsten. Und genauso, wie nur Pestilenz Elysion zum Verhängnis werden kann, vermag nur das Schwert des Lichts Borboron zu vernichten. Hellenglanz aber wird schon seit undenklichen Zeiten im Labyrinth der Gralsburg Hellunyat aufbewahrt. Damit es keinem Unwürdigen in die Hände fällt, der sich seiner mächtigen Kräfte aus Eigennutz bedienen könnte.«

Also doch!, schoss es Laura durch den Kopf. *Ich habe doch richtig vermutet.*

Noch im gleichen Augenblick fiel ihr allerdings etwas anderes ein und ihre Wangen wurden blass. »Ähm«, räusperte sie sich. »Und was ist, wenn Borborons Krieger dieses Schwert aus dem Labyrinth geraubt und auf unsere Erde gebracht haben? Genauso, wie sie es mit dem Kelch der Erleuchtung gemacht haben?«

»Wenn Borboron Hellenglanz in seinen Besitz gebracht hätte, wäre ihm niemals eingefallen, es auf die Erde zu bringen! Das Schwert hätte ihm unschätzbare Vorteile im Kampf gegen seine Feinde verschafft, so dass er nicht einmal im Traum daran gedacht hätte, es jemals wieder aus der Hand zu geben.« Der Professor blickte seine Schülerin eindringlich an. »Ist das nicht einsichtig, Laura?«

Das Mädchen schwieg. Natürlich waren die Erklärungen des Professors ebenso logisch wie nachvollziehbar. Und dennoch blieb ein Rest von Zweifel.

Als Laura die Tür des Direktorenhäuschens hinter sich zuzog, wehte ihr ein kalter Nachtwind ins Gesicht. Die Brise kühlte ihr erhitztes Gemüt und mit einem Male spürte auch sie, wie der Schlaf seine lähmenden Finger nach ihr ausstreckte. Sie zog die Kapuze über den Kopf, verkroch sich tiefer in ihre Jacke und beschleunigte den Schritt. In Gedanken bereits in ihrem kuschelig-warmen Bett, eilte sie zwischen den schattenhaften Bäumen und Sträuchern des Parks dahin. Kein Wunder also, dass ihr die dunkle Gestalt entging, die hinter einem Busch auf sie lauerte, um ihr dann in einigem Abstand lautlos zu folgen.

Paravain senkte den Kopf und wartete demütig auf die Strafpredigt von Elysion. Zu seinem Erstaunen blieb sie aus. Der Hüter des Lichts wandte sich vielmehr an Luminian, der wieder seine ursprüngliche Größe angenommen hatte. »Führe uns ins Zentrum des Labyrinths!«, befahl er dem Blinden.

»Wie Ihr verfügt, Herr!« Der Wächter verbeugte sich, drehte sich dann um und ging bedächtigen Schrittes tiefer in den Gang hinein.

Paravain und Elysion folgten ihm. Plötzlich erlosch das blaue Licht und Grabesschwärze senkte sich über sie. Als die Augen des Ritters sich an die Dunkelheit gewöhnt hatten, erkannte er, dass sie sich im Labyrinth befanden. Die Wände der zahllosen Gänge, die sich endlos verzweigten, waren gerundet, als beschrieben sie einen Kreis.

Luminian führte sie unbeirrt voran. Nicht ein Abzweig, an dem er zögerte, nicht eine Gabelung, an der er überlegte. Erstaunt wandte Paravain sich an den Hüter des Lichts. »Was ich nicht verstehe, Herr …?«

Elysion lächelte nur. »Du fragst dich, wie ein Blinder sich hier orientieren kann?«

»Genau!«

»Es sind nicht die Augen, Paravain, die uns das Ziel zeigen«, entgegnete der Hüter des Lichts. »Aber das müsstest du längst wissen. Was wirklich entscheidend ist, kannst du mit ihnen nicht sehen, denn es verbirgt sich meistens hinter der Oberfläche der Dinge. Um das Entscheidende zu erkennen, bedarf es mehr als nur guter Augen. Weshalb auch ein Blinder zu den Sehenden zählen kann und genauso leicht zum Ziel findet wie andere.«

Luminian war stehen geblieben. Aus einer schmalen Öffnung in der Mauer vor ihm drang ein gleißendes Licht. »Wir sind da, Herr«, sagte er und trat zur Seite.

Elysion trat in das Zentrum des Labyrinths und Paravain folgte ihm. Der Raum war kreisrund und erstrahlte in überirdischer Helligkeit. Der Ritter fühlte sich mit einem Male ganz leicht, fast schwerelos. Verwundert blickte er sich um.

In die Bodenfliesen war ein Rad der Zeit eingelassen. Direkt über seinem Zentrum schwebte der Kelch der Erleuchtung in einer Lichtsäule. Die Rubine und Smaragde, mit denen er geschmückt war, leuchteten in allen Farben des Regenbogens, so dass Paravain die Augen kaum abwenden mochte. Dann bemerkte er eine lange, schmale Nische in der Wand, die ebenfalls mit überirdischem Licht geflutet war. Das musste der Platz sein, an dem das Schwert des Lichts aufbewahrt wurde. Allein: Er war leer! Von Hellenglanz war nicht die geringste Spur zu entdecken – die kostbare Waffe war verschwunden!

»Was ist damit geschehen, Herr?«, fragte Paravain erschrocken.

Ein trauriges Lächeln trat auf Elysions Gesicht. »Es ist genau so, wie du vermutet hast: Das Schwert des Lichts befindet sich nicht mehr in der Gralsburg – seit undenklichen Zeiten schon nicht mehr! Als der Menschenstern noch jung war, drohte ihm großes Unheil. Die Mächte des Bösen waren kurz davor, die Übermacht über die Anhänger des Lichts zu gewinnen – und du weißt, was das bedeutet hätte, Paravain. Das Ende der Welten hätte bevorgestanden und die Herrschaft des Ewigen Nichts wäre nicht mehr zu verhindern gewesen.«

Der Ritter schwieg und lauschte begierig der Erzählung seines Herrn.

»In dieser Stunde größter Not entsandten die Wächter eine Abordnung zu mir in die Gralsburg. Inständig baten sie mich, ihnen Hellenglanz zu überlassen, um den Untergang noch abzuwenden.«

Paravain hielt den Atem an. »Und was habt Ihr getan?«

»Du weißt, dass es uns streng verboten ist, uns in die Geschehnisse auf dem Menschenstern einzumischen. Aber die Not und die Verzweiflung der Wächter haben mich so gerührt, dass ich es nicht übers Herz gebracht habe, ihre Bitte abzuschlagen. Und außerdem –«

Elysion brach ab. Sollte er dem Ritter offenbaren, welche Rolle diese Frau dabei gespielt hatte?

Nein, lieber nicht!

»Nach reiflicher Überlegung habe ich ihnen das Schwert des Lichts übergeben.«

Paravain schloss die Augen und stöhnte. »Oh, nein.«

»Natürlich habe ich ihnen aufgetragen, es nur im Dienste unserer Sache einzusetzen und es sofort wieder nach Aventerra zurückzubringen, sobald das Schicksal sich wenden sollte.«

»Und das ist nicht geschehen?«

Elysion deutete auf die Nische in der Wand. »Wie du siehst. Die Verlockungen der Macht, die ihnen das Schwert verliehen hat, waren offensichtlich stärker als das Versprechen, das sie mir gegeben haben.«

»Aber was ist mit Hellenglanz geschehen, Herr? Befindet es sich immer noch auf dem Menschenstern?«

»Das nehme ich an. Obwohl …«

Mit banger Miene musterte der Ritter den greisen Mann. »Ja?«

»Seit unsere Feinde mit Hilfe eines Verräters in das Labyrinth eingedrungen sind, wissen auch sie, dass das Schwert sich nicht mehr in der Gralsburg befindet. Und wenn ich die Zeichen richtig deute, dann haben sie sich bereits auf die Suche danach gemacht, um sich der großen Kräfte zu bedienen, die ihm innewohnen.«

»Oh, nein.« Paravain hob abwehrend die Hände. Alles war genauso, wie er vermutet hatte! »Und unsere Verbündeten, diese Wächter, warum unternehmen sie nichts, um die Dunklen an ihrem schändlichen Tun zu hindern?«

»Weil sie nicht die geringste Ahnung zu haben scheinen, in welch tödlicher Gefahr wir schweben. Offensichtlich ist das Wissen um das Schwert bei ihnen verloren gegangen. Sie glauben wohl noch immer, dass es sich in der Gralsburg befindet. Und da wir keinerlei Möglichkeiten haben, sie eines Besseren zu belehren, werden unsere Feinde ein leichtes Spiel haben.«

»Demnach sind wir verloren?«

»Natürlich nicht! Es besteht immer noch Hoffnung, dass die Wächter herausfinden, was gespielt wird. Dieses Mädchen,

Laura, hat schließlich bislang noch jede Aufgabe gelöst. Diesmal allerdings –«

Elysion brach ab. Sollte er dem Anführer seiner Leibgarde wirklich anvertrauen, was er insgeheim befürchtete? Dass selbst dann, wenn es Laura tatsächlich gelingen sollte, den Dunklen zuvorzukommen und das Schwert des Lichts vor ihnen zu finden, wahrscheinlich noch längst nichts gewonnen war?

Besser nicht!

Manchmal war es klüger, ein Geheimnis zu bewahren, besonders wenn es solch eine Tragweite hatte, dass es nicht leicht zu verkraften war.

Nein, er durfte nicht einmal erwägen, Paravain einzuweihen. In das Geheimnis um das Orakel der Silbernen Sphinx schon gar nicht!

Es war längst nach Mitternacht. Der Mond stand hoch am Himmel über Ravenstein. In dem kleinen Zimmer im dritten Stock war es still. Silbriges Mondlicht flutete durch die Gardinen vor den Fenstern und tauchte den Raum in einen fast magischen Glanz. In der Ferne war eine Turmuhr zu hören und vom Henkerswald her erklang das heisere Bellen eines Fuchses, dem der schaurige Ruf einer Eule antwortete. Aus Kajas Bett kam ein sanftes Schnarchen, das vom leisen Ticken des Weckers auf ihrem Nachttisch untermalt wurde.

Auch Laura schlummerte, ruhig und regelmäßig atmend, friedlich vor sich hin. Einige blonde Strähnen hingen ihr wie ein haariger Vorhang ins Gesicht.

Mit einem Mal leuchtete es hell auf vor einem der Fenster. Kleine Lichtpunkte, die an Glühwürmchen erinnerten, irrten durch das Mondlicht und suchten sich durch die Scheiben und Gardinen hindurch einen Weg in das Zimmer. Schwerelos und ohne jede Hast schwebten sie auf Lauras Bett zu, um schließlich den Kopf des Mädchens zu umkreisen. Fast sah es so aus, als tanzten winzige Lichtelfen einen fröhlichen Ringelreigen.

Nach einiger Zeit regte Laura sich. Unruhig wälzte sie sich auf dem Kissen umher. Ihr Kopf bewegte sich immer schneller und immer stärker. Ihr Atem wurde heftiger und glich schon bald einem angestrengten Keuchen. Die Augenlider zuckten und flatterten. Die Lippen bewegten sich, formten Laute, die zunächst kaum verständlich waren, dann aber immer deutlicher wurden, bis sie schließlich in einen lauten Aufschrei mündeten: »Neeeiiinnn!« Noch im gleich Moment fuhr Laura aus dem Schlaf hoch. Als sie die Augen aufschlug, war ihr, als tanzten kleine Sterne vor ihrem Gesicht. Mit dem nächsten Wimpernschlag jedoch waren sie bereits wieder verschwunden. Verwirrt schaute das Mädchen sich um, als müsse es sich erst darüber klar werden, wo es sich befand. Dazu keuchte es so heftig wie nach einem Hundertmetersprint.

»Was ist denn los, Laura?« Aus dem Bett an der gegenüberliegenden Wand erklang Kajas verschlafene Stimme. »Was hast du denn?« Das Pummelchen hatte sich ebenfalls aufgesetzt, die roten Korkenzieherlocken hingen ihm wirr ins Gesicht. Ungeniert gähnend wie ein schlaftrunkenes Nilpferd, schaute Kaja die Freundin verwundert an.

Laura antwortete nicht sofort. Verwirrt starrte sie vor sich hin, bis sie schließlich den Kopf heftig hin und her schüttelte, als wolle sie sich versichern, dass sie wach war.

»Was ist denn los?«, wiederholte Kaja. »Warum schreist du mitten in der Nacht so laut auf, als seien sämtliche Dämonen der Hölle hinter dir her?«

»Weil … weil ich einen entsetzlichen Traum hatte«, antwortete Laura so leise, dass ihre Stimme fast einem Hauchen gleichkam. »Einen grässlichen Albtraum.«

»Echt?« Kaja zog die Brauen hoch und sah sie mitfühlend an. »Und … was hast du geträumt?«

»Ich … ich befand mich mitten in einem riesigen Dschungel.« Laura zögerte. Ihr Blick ging in die Ferne, als könne sie das im Traum Erlebte dort deutlich sehen. Ihre Stimme wurde fester. »Ich war ganz allein, kein Mensch war weit und breit. Es war dunkel und richtig gruselig und die Bäume und Büsche standen so dicht, dass es fast kein Durchkommen gab.«

Kaja schlang die Arme um die angezogenen Beine, stützte das Kinn auf die Knie und hörte der Freundin aufmerksam zu.

»Unheimliche Laute waren zu hören. Von wilden Tieren und anderen Wesen, die ich nicht kannte. Ich bekam es immer mehr mit der Angst zu tun und konnte trotzdem nicht davonlaufen. Ich musste weiter, einfach weiter, auch wenn ich keine Ahnung hatte, wohin. Ich stand unter einem inneren Zwang, gegen den ich mich nicht wehren konnte. Und dann plötzlich …« – Lauras Augen wurden groß bei der Erinnerung – »… plötzlich schimmerte eine unheimliche Gestalt im Buschwerk auf. Sie war riesengroß und glitzerte silbrig im Mondlicht, und dann …« – Laura blickte Kaja mit bleichem Gesicht an – »… trat ein schreckliches Ungeheuer aus dem Dschungel und hielt direkt auf mich zu.«

Kaja japste unwillkürlich und schlug die Hand vor den Mund. »Ein Ungeheuer? Ein Drache wie Niflin etwa?«

»Nein, Kaja. Es war kein Drache, sondern eine riesengroße Sphinx!«

»Eine Sphinx?«, staunte Kaja. »Eine ägyptische oder eine griechische?«

Trotz des bedrückenden Traumes musste Laura laut lachen. »Eine griechische, glaube ich. Jedenfalls besaß sie den Leib eines riesigen Löwen, auf dessen Rücken sich ein Paar mächtiger Schwingen befand. Der Oberkörper und der Kopf aber waren der einer furchterregenden Kriegerin. Sie war offenbar aus purem Silber gegossen – schien aber trotzdem höchst beweglich und lebendig zu sein. Am unheimlichsten waren ihre Augen. Sie glühten feuerrot wie zwei Rubine!«

»Oh, nö!« Kaja schüttelte sich. Der bloße Gedanke an das schreckliche Wesen jagte ihr sichtlich Schauer über den Rücken. »Das ist ja richtig gruselig!«

»Du sagst es«, hauchte Laura, immer noch zitternd vor Angst, als stehe das Ungeheuer leibhaftig vor ihr. »Aber es wurde noch schlimmer! Die silberne Sphinx öffnete nämlich den Mund und begann zu sprechen: ›Antworte, Laura!‹, herrschte sie mich mit einer schaurigen Stimme an. ›Antworte endlich – oder ich werde dich zerreißen!‹«

Laura schwieg und auch Kaja traute sich nicht zu sprechen. Für einen Moment war es so still in dem kleinen Zimmer, dass wahrscheinlich selbst das Fallen eines Haares zu hören gewesen wäre.

Schließlich konnte Kaja sich nicht mehr beherrschen. »Und weiter?«, fragte sie atemlos.

»Die Sphinx riss den Mund ganz weit auf – und noch im gleichen Augenblick verformten sich ihre Zähne zu einem gefährlichen Raubtiergebiss. Die Zunge schoss aus ihrem Maul, schnell wie ein Pfeil, und verwandelte sich dabei in eine riesige Schlange.«

Kaja wagte nicht mehr zu atmen. »Und dann?«, drängte sie.

»Dann … bin ich zum Glück aufgewacht«, antwortete Laura und atmete auf. Kleine Schweißperlen standen auf ihrer Stirn.

»Oh, nö«, stöhnte Kaja und atmete ebenfalls auf. »Das war ja wirklich ein entsetzlicher Traum.« Rasch schlüpfte sie unter der Decke hervor, wälzte sich von ihrem Bett und watschelte wie eine plattfüßige Ente auf Laura zu, um tröstend die Arme um sie zu schlingen. »Du Ärmste«, sagte sie mitfühlend. »Was für ein scheußliches Erlebnis. Aber zum Glück war es ja nur ein Traum!«

Kapitel 8 ❧ Der Traumspinner

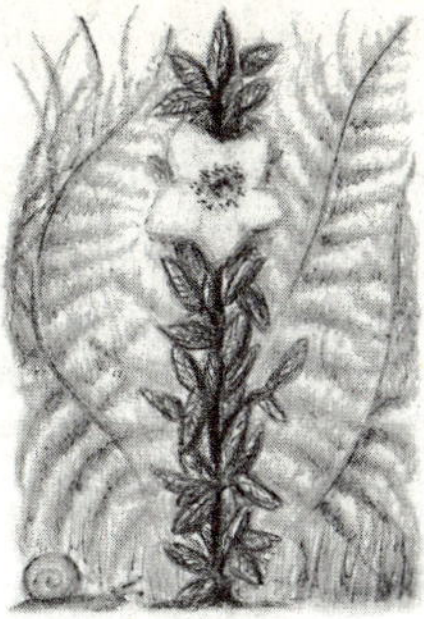

ch versteh dich nicht, Laura!« Trotzig blickte Kaja die Freundin an, während sie lustlos auf dem Parkweg neben ihr hertrottete. »Was soll das denn bringen, wenn wir zur Alten Gruft latschen?«

Bevor Laura antworten konnte, mischte sich Lukas ein. Er hatte sich bereit erklärt, die Freundinnen in den schaurigen Henkerswald zu begleiten. »Ist das denn so schwer zu verstehen, du Spar-Kiu?« Er musterte das Pummelchen mit unverhohlenem Spott. »Oder warum, meinst du, hat Laura dir beim Frühstück erzählt, dass sie gestern Abend die Krähen von Ellerking wieder gesehen hat?«

Kaja blieb stehen und sah ihn verwirrt an. »Ich dachte, ihr wärt euch nicht hundertpro sicher gewesen, ob es die Viecher des Gärtners waren.«

Lukas verdrehte die Augen. »Waren wir ja auch nicht – ich jedenfalls nicht. Deshalb wollen wir ja zur Gruft!«

Kaja schien immer noch nicht zu verstehen, worauf er hinauswollte. »Glaubst du denn, dass sie sich dadrin verstecken?«

»Die Sache ist ganz einfach, Kaja«, antwortete Laura, bevor Lukas sich zu weiteren Beleidigungen hinreißen ließ. »Die Krähen haben damals doch den Eingang zur Alten Gruft bewacht, wie du dich sicherlich erinnerst?«

»Natürlich!« Kaja klang entrüstet. »Ich bin doch nicht doof!«

Lukas sagte nichts. Sein breites Grinsen jedoch war beredt genug. Zum Glück bemerkte Kaja es nicht.

»Eben«, antwortete Laura und schaute den Bruder strafend aus schmalen Augen an, bevor sie fortfuhr: »Wenn es also tatsächlich die Krähen von Ellerking gewesen sind, die ich gestern Abend gesehen habe, dann müssten sie jetzt wieder, getarnt als Mistelbüsche, auf den alten Bäumen in der Nähe der Gruft sitzen, nicht wahr?«

»Ja, klar!«, pflichtete Kaja ihr aufgeregt bei. »Ist doch vollkommen logisch!«

Während Lukas erneut aufstöhnte, schüttelte Laura nur stumm den Kopf.

Diese Kaja!

Einfach unglaublich, wie sie sich innerhalb von Sekunden selbst widersprach, ohne es zu merken!

»Was ich noch fragen wollte«, plauderte Kaja munter drauflos, ohne der pikierten Miene der Freundin Beachtung zu schenken. »Ist es uns Schülern eigentlich immer noch verboten, die Alte Gruft zu betreten?«

»Natürlich!« Lukas sah sie verkniffen an. »Oder hast du gehört, dass die Anordnung, die Dr. Schwartz im letzten Jahr erlassen hat, rückgängig gemacht wurde?«

Ohne ein weiteres Wort legten sie den Rest des Weges bis zum Henkerswald zurück. War es die Aussicht, dieses gespenstische Stück Wald, in dem sie schon so manchen Schrecken erlebt hatten, wieder betreten zu müssen, die sie schweigen ließ? Oder hing nur jeder von ihnen eigenen Gedanken nach?

Bei dem schmalen Pfad, der sich zwischen mächtigen Bäumen hindurch in das Innere des Waldstücks schlängelte, blieben die Freunde stehen. Die alten Eichen, Buchen, Kiefern und Fichten standen in sattem Grün und die Sträucher und Büsche zwischen den dicken Stämmen trugen üppige Knospen und Blüten. Buschwindröschen und Veilchen reckten die zarten Blütenkelche aus dem verrotteten Laub empor. Dennoch verspürte selbst Laura plötzlich ein tiefes Unbehagen. Es war, als gehe eine unsichtbare Drohung von dem Wald aus. Mehr noch – er verbreitete eine Aura von Tod und Verderben, die sich bleischwer auf ihr Gemüt senkte. Als Laura unentschlossen in die Gesichter ihrer Freunde blickte, erkannte sie, dass diese ebenso empfanden.

Kaja war aschfahl geworden. Als erwarte sie, dass hinter jedem Baum und jedem Strauch das nackte Entsetzen lauerte, starrte sie gehetzten Blickes in das Gewucher, das sich vor ihr auftat.

Auch Lukas schien sich nicht wohl in seiner Haut zu fühlen. Seine Lider flatterten unruhig und er wagte kaum zu atmen. Er hatte ganz offensichtlich Angst, auch wenn er das niemals zugegeben hätte.

Eine unwirkliche Stille lag über dem Wäldchen. Nicht ein Laut war zu hören, selbst das fröhliche Gezwitscher der Vögel, das die drei auf dem Weg durch den weitläufigen Park begleitet hatte, war restlos verstummt. Es war, als halte die Stille des Todes den Henkerswald umfangen.

Laura schluckte. »Jetzt kommt schon«, sagte sie tapfer, bemüht, sich die Beklemmung nicht anmerken zu lassen. »Es ist noch früh am Nachmittag und ganz hell – was soll uns also groß passieren?« Zögernd tat sie den ersten Schritt, und zu ihrer Erleichterung folgten Kaja und Lukas ihr auf dem Fuß.

Das Blattwerk war noch ziemlich licht, so dass im Innern des Wäldchens nicht jene Düsternis herrschte, die Laura in unguter Erinnerung war. Und so wurde sie immer unbeschwerter – bis sie von einer jähen Kälte erfasst wurde. Ein Eiseshauch fuhr ihr in die Glieder. Wie angewurzelt blieb Laura stehen, wandte den Blick von dem alten Gemäuer ab, das schon grau durch die Bäume schimmerte, und schaute die Freunde mit banger Miene an. »Spürt ihr es auch?«, flüsterte sie.

»Ja. Es ist genau wie damals vor Weihnachten«, hauchte Kaja kaum hörbar. »Je mehr wir uns der Gruft nähern, desto kälter wird es.«

Lukas jedoch widersprach. »Nein«, sagte er bestimmt. »Es ist noch viel kälter als damals! Und das, obwohl bei unserem ersten Besuch Winter war.«

Laura schluckte. Der Bruder hatte Recht. Eigentlich hätte es viel wärmer sein müssen. Zumal ihr auf dem Weg durch den Park die Luft so angenehm erschienen war, dass sie kurzfristig mit dem Gedanken gespielt hatte, die Jacke auszuziehen. Und jetzt, kaum zehn Minuten später, fror sie so stark, dass sie sich tief darin verkrochen hatte.

Wie war das nur möglich?

Beklommen schielte sie zu der halb verfallenen Grabstätte mit den Bruchsteinmauern. Ob diese Eiseskälte ihnen wieder aus der Alten Gruft entgegenschlug, deren Grabkammer den Sarkophag mit den sterblichen Überresten des Grausamen Ritters Reimar von Ravenstein enthielt? Oder hatte sie diesmal eine andere Ursache? Und wenn ja – welche?

»Kommt«, flüsterte sie. »Gehen wir weiter.«

»Und wenn Albin Ellerking wieder hier auftaucht?«, gab Kaja in kläglichem Ton zu bedenken. »Und uns an Dr. Schwartz oder die Taxus verpetzt?«

»Soll er doch!« Laura bemühte sich, bestimmt und überzeugend zu klingen. Trotzdem hörte ihre Stimme sich eher brüchig an. »Schließlich haben wir nicht die Absicht, die Gruft zu betreten. Wir wollen doch nur nach den Krähen sehen.«

Das Argument überzeugte die Freundin und so steuerten sie zielstrebig auf die unheimliche Grabstätte zu.

Schon aus einiger Entfernung erkannte Laura, dass sie sich geirrt haben musste. Nicht eine einzige Krähe war in den Wipfeln der alten Baumriesen zu sehen, die die Gruft säumten. Nicht ein Mistelbusch wuchs in den mächtigen Kronen – was bedeuten musste, dass es sich bei dem riesigen Schwarm, der am Vorabend über Burg Ravenstein gekreist war, wohl doch nicht um die Viecher gehandelt hatte, die im Banne des Internatsgärtners standen. Es waren wohl nichts weiter als harmlose Saat- und Nebelkrähen gewesen.

»Siehst du?«, meldete sich da auch schon Lukas zu Wort. »Du hast dich getäuscht – aber das habe ich dir ja gleich gesagt!« Dabei blickte er seine Schwester so besserwisserisch an, dass Laura einen Keim des Zorns in sich fühlte.

»Jaja«, brummte sie unwirsch. »Ist ja gut. Du hast halt auch mal Recht!«

»So gut wie immer!«, beharrte Lukas und grinste.

Laura wandte sich ab, um nicht die Beherrschung zu verlieren – und bemerkte eine Vogelscheuche. Sie stand ein paar Meter neben der Gruft, was dem Mädchen reichlich seltsam vorkam. Wozu brauchte man eine Vogelscheuche mitten im Wald? Zumal es sich beim Henkerswald um einen Urwald handelte, in dem die Natur sich selbst überlassen war und niemand etwas anpflanzte. Wozu dann also eine Vogelscheuche? Wen oder was sollte sie schützen?

»Merkwürdig«, flüsterte sie.

»Was denn?« Lukas hatte die Scheuche noch gar nicht entdeckt.

»Na – dieses Ding dort drüben!«, antwortete Laura und deutete auf das Gestell.

»Na und?« Kaja meldete sich zu Wort. »Was soll an einer Vogelscheuche denn merkwürdig sein?«

Lukas verdrehte die Augen und öffnete den Mund – wohl nur, um einen sarkastischen Kommentar von sich zu geben –, als Laura ihm die Hand auf den Unterarm legte und ihm zu schweigen gebot. »Ganz einfach«, antwortete sie an seiner Stelle. »Weil es keinen Sinn macht, eine Vogelscheuche in einem Urwald aufzustellen.«

Unwillkürlich ging Laura auf das Gestell zu. Verwundert bemerkte sie, dass diese Vogelscheuche aus einer lebensgroßen Stoffpuppe bestand, die mit einem dunklen Frack bekleidet war.

Auf dem kugelrunden Kopf der Puppe saß ein Zylinder – auch der war noch so makellos, dass er fast wie neu wirkte! Das Gesicht der Puppe war mit einem schwarzen Stift aufgemalt – und wirkte reichlich gruselig: Es erinnerte an einen Totenschädel.

Oder eine Voodoo-Maske.

Oder beides.

»Uuaahhh!« Kaja schauderte es. »Da kann man ja richtig Angst kriegen.«

»Genau das ist doch der Zweck einer Vogelscheuche«, bemerkte Lukas naseweis. »Damit gefräßige Vögel davon abgeschreckt werden, sich über das frische Saatgut herzumachen!«

»Was du nicht sagst, du Super-Kiu!« Laura gab sich nicht die geringste Mühe, ihre ätzende Ironie zu verbergen. »Was allerdings nur Sinn macht, wenn es tatsächlich Sämereien zu schützen gibt. Warum aber sollte hier jemand etwas aussäen?«

»Stimmt!«, pflichtete Kaja der Freundin bei, trat neben sie und blickte den Jungen triumphierend an. »Wo sie Recht hat, hat sie Recht!«

Lukas zog eine verdrießliche Miene und kratzte sich am Kopf.

»Also gut«, sagte Laura. »Was wir wissen wollten, haben wir erfahren, und deshalb sollten wir schnellstens zurückgehen. Wir haben schließlich noch was vor – nicht wahr, Lukas?«

Lukas ärgerte sich wohl über ihren auffordernden Blick. »Ich weiß«, motzte er. »Meinetwegen hätten wir gar nicht erst hierhergemusst!«

Laura ging auf den versteckten Vorwurf nicht ein. Sie warf der Vogelscheuche einen letzten Blick zu – und hatte plötzlich den Eindruck, als würde diese ihn erwidern.

Aber – das war doch nicht möglich!

Wahrscheinlich nichts weiter als eine Täuschung, versuchte Laura sich zu beruhigen, machte dann kehrt und lief über den schmalen Waldweg davon.

Die Freunde folgten ihr auf dem Fuß – und so bekam keiner von ihnen mit, dass der Frackträger mit einem Mal den rechten Arm bewegte und die Augen mit der Hand beschattete, als wolle er sie vor der Sonne schützen. Die Vogelscheuche sah den Freunden nach, bis sie zwischen den Bäumen verschwunden waren. Dann, mit einer ruckartigen Bewegung, die den Zylinder ins Wanken brachte, drehte sie sich um und nahm den Eingang der Gruft ins Visier, der ihr bedrohlich entgegengähnte. Mit stocksteifem Rücken verneigte sich die Puppe ungelenk, als stehe dort im Dunkel des Ganges jemand, dem sie ihre Ehrerbietung erweisen müsse. Und tatsächlich – in der schwarzen Höhle des Eingangs schimmerten Augen auf. Zwei Reptilienaugen, die schwefelgelb leuchteten.

Das Orakel der Silbernen Sphinx? Gedankenverloren wanderte Alarik durch den großen Innenhof von Hellunyat. Was um alles in der Welt ist nur das Orakel der Silbernen Sphinx? Seit er neulich an der Tür zum Thronsaal die Unterhaltung von Elysion, Paravain und Morwena belauscht hatte, gingen ihm die Worte des Hüters des Lichts nicht mehr aus dem Sinn.

Eigentlich war es ihm ja zuwider, heimlich zu lauschen. Das gehörte sich einfach nicht. Es war denn auch keineswegs Neugier gewesen, die ihn dazu bewogen hatte, diesem ehernen Grundsatz zuwiderzuhandeln, sondern vielmehr die Sorge um Laura. Schwebte sie tatsächlich in so großer Gefahr, wie Morwena den Wissenden Dämpfen zu entnehmen glaubte?

Das, was er aufgeschnappt hatte, war keineswegs beruhigend. Im Gegenteil: Was hatte es mit diesem geheimnisvollen Orakel nur auf sich, das Elysion erwähnt hatte? Warum hatte er noch nie von dieser Silbernen Sphinx gehört? Und was war so schwierig an ihrer Orakelfrage, dass niemand sie zu lösen wusste und alle, die sich daran versuchten, den Tod fanden?

Würde auch Laura daran scheitern?

Der Gedanke versetzte Alarik einen Stich ins Herz. Schließlich hatte er dem Mädchen unendlich viel zu verdanken. Ohne Laura wäre sein unbedachter Ausflug auf den Menschenstern wahrscheinlich weit weniger glimpflich verlaufen. Das Leben dort verlief doch in ganz anderen Bahnen als auf Aventerra, und so war er sich vorgekommen wie in einer feindlichen Welt. Sicher – einige der Wächter hatten sich rührend um ihn gekümmert und ihm seinen Aufenthalt in der fremden Umgebung so angenehm und sicher wie möglich gestaltet. Aber dennoch: Ohne Lauras Hilfe hätte er ihn bestimmt nicht unbeschadet überstanden. Schon das Heimweh hätte ihn umgebracht. Und das hatte einzig und allein Laura zu lindern vermocht.

Alarik seufzte und ließ sich auf einem Hackklotz nieder, der inmitten gespaltener Holzscheite im Schatten eines Schuppens stand. Wenn Elysion und Morwena Recht hatten, dann schwebte Laura in höchster Gefahr. Das Dumme war nur, dass niemand ahnte, worin diese Gefahr bestand – und wo sie dem Mädchen begegnen würde. Auf dem Menschenstern oder auf Aventerra?

Ein kläglicher Laut, der an den eines hungrigen Rehkitzes erinnerte, ließ den Knappen innehalten. Sein Wams aus braunem Büffelleder beulte sich in Höhe des Brustkorbes aus und gleich darauf schlüpfte ein putziges Pelztier aus dem Kragen hervor. Mit seiner spitzen Schnauze und den dunklen Ringen um die schwarzen Knopfaugen ähnelte es einem Waschbären.

»Was ist los, Schmatzfraß?« Alarik sah seinen Swuupie verdutzt an. »Sag bloß, du hast schon wieder Hunger?«

Ein Fiepen, jämmerlicher als zuvor, war die Antwort.

Alarik schnitt dem Swuupie eine Grimasse. »Nun gut, du Vielfraß. Dann wollen wir dir mal was zu fressen suchen.« Noch bevor der Knappe sich erheben konnte, setzte das Tier sich auf seine Schulter, hob die Nase in den Wind und sog witternd die Luft ein. Dann breitete es die Fledermausflügel auf seinem pelzigen Rücken aus, flatterte aufgeregt zu Boden und bewegte sich halb fliegend, halb hüpfend auf eine Kiepe mit Duftäpfeln zu, die ganz in der Nähe an der Mauer eines Vorratsschuppens lehnte. Sein langer buschiger Schwanz, der weiß-braun geringelt war, schwebte wie eine Fahne hinter ihm her.

»Nein, Schmatzfraß, nicht doch!«, rief Alarik ihm noch nach, aber da war es schon zu spät: Der Swuupie hatte bereits eine der rotwangigen Früchte mit seinen krallenbewehrten Vorderpfoten gepackt und flatterte laut keckernd zu seinem Herrn zurück.

»Lass dich bloß nicht von den Mägden erwischen!«, mahnte der Knappe. »Die ziehen dir die Flügel lang.«

Der Swuupie ließ sich durch die Vorhaltungen des Jungen nicht stören. Er machte es sich auf dessen Schulter bequem und fiel gierig über den Apfel her, den er geschickt in den Pfoten drehte. Alarik ließ ihn gewähren. Wieder schweiften seine Gedanken ab. Wenn er Laura doch nur helfen könnte! Doch solange sie sich auf dem Menschenstern befand, war das unmöglich. Nur in den Nächten der vier großen Sonnenfeste vermochte man durch die magische Pforte von der einen in die andere Welt zu gelangen. Und bis zur Mittsommernacht, dem nächsten Sonnenfest, war es noch eine geraume Weile hin. Bis zu dem Zeitpunkt würde nicht einmal Elysion, der das geheime Wissen der Zeiten hütete, Laura helfen können.

Gut – man konnte Pfeilschwinge, den Adler des Lichts, auf

den Menschenstern schicken. Der Wächter der magischen Pforte war das einzige Wesen auf Aventerra, das Raum und Zeit zwischen den Welten überwinden und auf diese Weise jederzeit auf das Schwestergestirn gelangen konnte. Selbst wenn er dort nur wenig auszurichten vermochte, verlieh bereits seine Präsenz den irdischen Wächtern Mut und Zuversicht und zeigte ihnen, dass sie nicht allein waren. Was sich schon mehr als einmal als überaus hilfreich erwiesen hatte.

Und weiter?

Alarik zermarterte sich das Gehirn, wie er Laura warnen könnte, fand allerdings keine brauchbare Lösung. Schon wollte er aufgeben, als ihm die Erleuchtlinge einfielen.

Natürlich! Dass er nicht eher daran gedacht hatte!

Die Freunde hatten die Burg schon fast erreicht, als Laura plötzlich ein klägliches Maunzen hörte. Es schien direkt aus dem mächtigen Kirschlorbeerstrauch zu kommen, der ganz in der Nähe des steinernen Standbilds des Grausamen Ritters am Rande des Kiesweges stand. Laura blieb stehen. »Habt ihr das auch gehört?«

»Was denn?« Kaja zog ein Gesicht wie ein ahnungsloser Kandidat bei einer Quizshow. »Was soll ich denn gehört haben?«

»Na – dieses Miauen«, sagte Laura gerade, als sich die Zweige am Fuße des Busches teilten und ein kleines Tier hervortapste.

Es war ein Kätzchen. Ein putziges Wesen mit schneeweißem Fell und einer kleinen schwarzen Blesse auf der Stirn.

»Oh, wie süß!«, quiekte da Kaja auch schon los. »Ist das niedlich!« Sie beugte sich zu dem Tier hinunter, nahm es auf den Arm und begann es zu streicheln. »Wie weich sein Fell ist! Fast so flauschig wie Wolle!«

»Wahrscheinlich ist es mit Weichspüler gewaschen«, kommentierte Lukas höhnisch. Offensichtlich hielt er wenig von Katzen, denn er machte keinerlei Anstalten, das Tier zu streicheln.

Kaja und Laura taten das dafür umso ausgiebiger. Und dem Kätzchen schien das zu gefallen. Es gab wohlige Schnurrlaute von sich, während es sich regelrecht in Kajas Arme kuschelte.

Laura kraulte das Tierchen gerade am Kopf, als es das Mäulchen öffnete, die rosige Zunge herausstreckte und eifrig am Zeigefinger des Mädchens leckte. Dazu miaute es kläglich. »Hört sich an, als hätte es Hunger«, stellte Laura fest. »Wir sollten ihm was zu fressen besorgen.«

»Oh, ja!« Kaja war sofort Feuer und Flamme. »Wir nehmen es mit auf unser Zimmer und ich besorge Milch aus der Küche.«

»Dann lasst euch bloß nicht erwischen«, brummte Lukas. »Gemäß der Hausordnung des Internats ist das Halten von Haustieren nämlich verboten. Nur in Ausnahmefällen kann es von der Schulleitung nach schriftlichem Antrag gestattet werden!«, fügte er im strengen Ton eines wichtigtuerischen Bürokraten hinzu.

»So 'n Quatsch!« Laura rümpfte die Nase. »Wir wollen die arme Minzi doch nur vorm Verhungern retten. Von Halten war gar nicht die Rede – oder, Kaja?«

»Natürlich nicht!« Das Pummelchen schüttelte den Kopf.

Laura grinste den Bruder an, nickte der Freundin zu und dann strebten die beiden Mädchen mit dem Kätzchen im Arm auf das Burggebäude zu.

Lukas folgte ihnen kopfschüttelnd und warf den Freundinnen missmutige Blicke hinterher. Dass just in diesem Moment eine Gestalt hinter dem Kirschlorbeerbusch hervortrat und den Mädchen ebenfalls nachsah, bemerkte er nicht.

Es war Albin Ellerking. Auf dem Gesicht des Gärtners

stand ein zufriedenes Grinsen. Seine grünen Nachtalbenaugen glitzerten vergnügt. Bevor er sich abwandte und im Park verschwand, winkte er kurz dem Denkmal von Reimar von Ravenstein zu.

Da verzog der Steinerne Ritter auf dem Rücken seines steinernen Pferdes das granitgraue Gesicht und grinste ihn komplizenhaft an.

Minzi – Laura hatte dem Kätzchen spontan diesen Namen verliehen – machte sich derart gierig über die Milch her, als habe sie seit Wochen nichts gefressen. Schon nach kürzester Zeit war der Napf leer geschleckt. Dann setzte Minzi sich schnurrend auf die Hinterbeine, wischte sich mit den Vorderpfoten über Maul und Kopf und putzte sich das Fell.

Kaja konnte den Blick nicht von ihr wenden. Mit glänzenden Augen beobachtete sie das Kätzchen. »Ist sie nicht süß? Ist sie nicht richtig niedlich?«, hauchte sie unablässig und ihre Wangen röteten sich vor Begeisterung. »Können wir Minzi nicht behalten?«, fragte sie und ihre Stimme klang flehentlich.

Laura biss sich auf die Lippen. Natürlich gefiel das Kätzchen auch ihr – sehr gut sogar. Und trotzdem: »Du hast doch gehört, was Lukas gesagt hat«, erklärte sie traurig.

»Wie soll denn jemand mitbekommen, dass Minzi bei uns ist?« Die Augen der Freundin wurden groß. »Sie macht doch mit Sicherheit keinen Lärm – nicht wahr, Minzi?« Damit kraulte sie dem Kätzchen das Fell und entlockte ihm Schnurrlaute.

»Und was ist mit den Stubenkontrollen?«, gab Laura zu bedenken. »Was machen wir denn, wenn Pinky plötzlich hier im Zimmer steht? Dann ist doch der Teufel los!«

»Mann, Laura«, antwortete Kaja gequält und ihre Augen schimmerten verdächtig feucht. »Das muss doch nicht sein, oder? Außerdem können wir Minzi ja abends immer im Schrank verstecken.«

Laura biss sich auf die Unterlippe – der Gedanke wollte ihr gar nicht behagen. Andererseits war Minzi wirklich süß – überaus süß sogar.

Als habe das Kätzchen ihre Gedanken erraten, machte es ein paar tapsige Schritte auf Laura zu und begann ihre Hand zu lecken.

»Bitte, bitte, Laura«, flehte die Freundin. »Sag doch bitte Ja!«

Die Berührung der rosigen Zunge ließ die Haut auf Lauras Handrücken prickeln. Das Gefühl war richtig angenehm. »Ja«, sagte sie da auch schon, worauf Kaja ihr jubelnd um den Hals fiel.

»Super, Laura! Vielen Dank! Und du wirst sehen, dass du diese Entscheidung bestimmt nicht bereuen wirst.«

Womit Kaja sich leider irrte, auch wenn sie das zu diesem Zeitpunkt noch nicht ahnen konnte.

Die Siedlung der Traumspinner lag im ersten Licht des Tages. Seit undenklichen Zeiten schon wohnte das kleine Volk, das sich als einziges in Aventerra auf die Aufzucht und Pflege der Erleuchtlinge verstand, inmitten des Traumwaldes. Unscheinbare Hütten, aus Holz und Laub gefertigt, dienten ihnen als Behausung. Sie waren locker über eine kleine Lichtung verstreut, die von riesigen Bäumen gesäumt wurde. Die Wipfel reckten sich dem Himmel entgegen, als wollten sie die Wolken streicheln. Fröhliches Vogelgezwitscher füllte die Luft, Tautropfen glänzten auf Blättern und Gräsern und schmückten die Wedel riesiger Farne mit glitzernden Perlen.

Wie immer um diese Stunde des Morgens verließ Meister Orplid sein Haus, um nach seinen Schützlingen zu sehen. Der

Frühaufsteher war meist lange vor seiner Gattin und seinen Lehrlingen auf den Beinen. Er bewohnte die größte Hütte der Siedlung, die am Rande der Lichtung gelegen war, und galt als der geschickteste aller Traumspinner. Kein anderer verstand sich so trefflich wie er auf den Umgang mit den schwierigen Erleuchtlingen. Die winzigen Geschöpfe, die aus nichts als reinem Licht bestanden und meist frei und ungebändigt in den Weiten des Traumwaldes umherschwirrten, waren eigenwillig und stur und deshalb schwer zu zähmen. Sie zu einer harmonischen Einheit zusammenzuspinnen, die eine sinnvolle Botschaft ergab, war deshalb eine hohe Kunst, die erst nach einer langwierigen und mühevollen Lehrzeit von mindestens fünf Jahren beherrscht wurde. Orplid beherrschte diese Kunst in Vollendung, und so rissen sich die jungen Traumspinner darum, ihre Ausbildung durch ihn zu erfahren. Dabei galt der Meister als äußerst streng. Er war auf Pünktlichkeit und Disziplin bedacht, und Fleiß war für ihn eine Selbstverständlichkeit. Dennoch brauchte er sich über einen Mangel an Lehrlingen niemals zu beklagen.

Fast hatte es den Anschein, als würde Meister Orplid lediglich durch das gelb-grün gestreifte Gewand zusammengehalten, das trefflich zu der glockenförmigen Mütze passte, die er auf seinem Kopf trug. Wie alle Traumspinner war nämlich auch Orplid ziemlich schmächtig. Selbst als Erwachsene wurden sie kaum größer als ein normaler Jüngling, und da sie über einen sehr zerbrechlichen Körperbau verfügten, wogen sie kaum mehr als ein Kleinkind.

Am Rande der Lichtung ergriff der Traumspinner eine der Strickleitern, die von den Ästen der Bäume baumelten, und stieg gemächlich Sprosse für Sprosse empor. Es dauerte eine Weile, bis er die Wipfelhöhe erreichte, in der die Unterkünfte seiner Erleuchtlinge wie große Vogelnester in den Baumkronen klebten. Die Holzverschläge waren durch Brettersteige und Seilbrücken miteinander verbunden, so dass man nicht erst wieder mühsam auf den Boden hinuntersteigen musste, wenn man sich von einem zum anderen begeben wollte.

Mit angespannter Miene spähte Meister Orplid zum Himmel. Sein schmales Gesicht, das von einer fast durchscheinenden Haut überzogen war, erhellte sich. Keine Wolke trübte den Blick auf die blassblaue Kugel des Menschensterns, der über dem Traumwald stand. Ideale Bedingungen also, um die zusammengesponnenen Erleuchtlinge loszuschicken und den Menschen eine Botschaft zu überbringen. Und genau das hatte Meister Orplid vor. Über lange Wochen hatte er an einer ganz besonderen Botschaft gesponnen. Widrige Umstände – eine geschlossene Wolkendecke, Regen oder gar Sturm – hatten jedoch bisher verhindert, dass er sie auf den Weg bringen konnte. Heute allerdings war es endlich so weit!

Leichten Schrittes tänzelte er zum nächsten Verschlag und öffnete die Tür mit einem fröhlichen »Na, meine Lieben – wie geht es uns denn heu–?« Der gewohnte Gruß erstarb auf seinen Lippen. Die Augen wurden groß wie Kiesel. Unter der transparenten Haut seiner Wangen war das hellgrüne Blut in den Adern zu sehen. »Nein«, stammelte er völlig fassungslos. »Nein – das glaub ich nicht!« Unvermittelt wurde sein Gesicht dunkelgrün vor Zorn. »Na wartet, ihr Nichtsnutze! Ihr sollt Meister Orplid kennenlernen – aber gründlich!« Damit schlug er die Tür hinter sich zu, eilte zurück zur Strickleiter und kletterte mit ungewohnter Hast hinunter.

Kapitel 9 ❧ Der Drache Niflin

Der Drache war riesig. Vom gehörnten Kopf bis zur Schwanzspitze maß er mindestens zwanzig Meter. Schwefliger Dampf quoll aus seinen geblähten Nüstern, die giftgrüne Schuppenhaut glänzte in der schräg stehenden Sonne. Angriffslustig breitete das Ungeheuer die Hautflügel aus, sein heiseres Brüllen ließ Bäume und Büsche erzittern, während es aus dem Schatten der Burgruine auf Laura zustapfte.

Unaufhaltsam rückte es näher.

Laura lief ein eisiger Schauer über den Rücken. Sie schnappte nach Luft und wich unwillkürlich zurück. Angesichts des wütenden Monsters kam sie sich winzig klein vor. Wie ein verschrecktes Kaninchen starrte sie auf das gewaltige Drachenmaul, das sich unter lautem Zischen öffnete und eine Reihe messerscharfer Zähne entblößte. Der tiefe Schlund schimmerte Laura scharlachrot entgegen, als eine hell lodernde Flammenzunge daraus hervorschoss. Reaktionsschnell sprang sie zur Seite, so dass die fauchende Lohe sie verfehlte. Aber schon tat das Ungeheuer einen weiteren Schritt auf sie zu und riss das Maul noch weiter auf, als wolle es sie mit Haut und Haar verschlingen.

»Pass auf, Laura!«, schrie Lukas aufgebracht und auch die Stimme von Percy Valiant gellte jäh durch die nachmittägliche Stille: »'alt! 'alte ein, du Tölpel!« Verärgert zischte er den Drachen an: »Bist du des wilden Wa'nsinns willige Beute geworden? Miisch sollst du angreifen – und niischt die liebreizende *Mademoiselle* 'ier, die uns die E're i'rer Anwesen'eit erweist!«

Da endlich legte sich Lauras Anspannung und ein Lächeln der Erleichterung verzauberte ihr hübsches Gesicht. Das Mädchen pustete sich eine blonde Haarsträhne aus der Stirn und beobachtete den Sportlehrer, der auf das Untier zutrat und vorwurfsvoll in das gähnende Maul blickte.

»*Parbleu,* 'annes«, sprach er in den roten Schlund, »langsam entsage iisch der 'offnung, dass du jemals begreifen wirst, wie man Niffi richtiisch bedient. Dabei enteilt uns die Zeit im Sauseschritt. Uns bleibt doch niischt mehr lange bis zur Premiere!«

Erneut züngelte Feuer aus dem Maul des Ungeheuers, diesmal allerdings nur in Form eines harmlosen Flämmchens, das schon gleich darauf verlosch, gefolgt von einer kläglichen Stimme. »Sorry, Percy! Tut mir leid, aber ich wollte deine Gäste wirklich nicht in Gefahr bringen!«

Während Laura und Lukas sich angrinsten, war ein Zischen zu hören, und der Lindwurm, der soeben die vordere rechte Tatze hob, erstarrte mitten in der Bewegung. Alles Leben wich aus dem Drachen. Das furchterregende Maul sperrangelweit geöffnet, verharrte er völlig reglos im Staub der Freilichtbühne. Sein geschuppter Leib reichte fast bis zum Boden. In seiner Flanke, dicht hinter dem Ansatz des Vorderfußes, wurde eine kleine, kaum wahrnehmbare Luke geöffnet. Der junge Mann, der daraus hervorkroch, erinnerte Laura wegen seiner gedrungenen Statur und der ungebändigt in die Stirn hängenden Haare an den Hobbit Sam aus den »Herr der Ringe«-Filmen. Mit zerknirschter Miene schritt der Rotschopf auf den Sportlehrer zu und hob bedauernd die Arme. »Ich tu mein Bestes, Percy«, sagte er. »Aber die Zeit zum Üben war zu kurz. Das Monstrum hier« – er deutete auf den bewegungslos hinter ihm stehenden Drachen – »ist ziemlich kompliziert zu dirigieren.«

Percys grimmiger Blick machte einem gutmütigen Lächeln Platz. »Schon gut, 'annes!« Er zwinkerte seinem Gegenüber zu. »'offen wir, dass dir bis zur Premiere noch ein Lischt aufge't und du kapierst, wie das Baby 'ier zu steuern ist. Sonst schwant mir Böses!«

Das Grinsen der Geschwister wurde noch breiter.

Von wegen Baby!

Der neue Drache, die viel bewunderte Attraktion der diesjährigen Drachenthaler Festspiele, war mehr als doppelt so groß wie das veraltete Modell, das über viele Jahre hinweg brav seinen Dienst versehen hatte – und ein Wunderwerk der Technik noch dazu. »Niffi«, wie Percy das Ungetüm fast zärtlich nannte, konnte sich nicht nur nahezu lebensecht bewegen, sondern zudem noch Rauch und Feuer spucken. Und die Geräusche, die es von sich gab, klangen so schaurig echt, dass sie Laura durch Mark und Bein gingen. Das Problem war nur, all die hochmodernen und höchst komplizierten Mechanismen, Hydraulik-Pumpen, Schaltkreise und Motoren, mit denen das Untier gespickt war, auch richtig zu bedienen. Und genau damit schlug Hannes Bernthaler, der schon für die Steuerung des alten Drachen zuständig gewesen war, sich seit dem Tag herum, an dem das neue »Baby« geliefert worden war.

»Hey, Hannes«, rief Lukas dem Rotschopf zu. »Erklärst du mir, wie das Teil hier funktioniert?«

»Nun ja«, sagte Hannes gedehnt und kratzte sich unschlüssig am Kopf. Als Percy ihm jedoch aufmunternd zunickte, winkte er den Jungen zu sich heran. »Also gut, von mir aus. Komm schon!«

Rasch verschwanden die beiden im Drachenleib. Das voll computerisierte Kommandopult, das sich darin befand, hatte Laura bereits vor einigen Tagen bewundert. Die unzähligen Schalter, Hebel, Knöpfe und Anzeigegeräte hatten sie an das Cockpit eines Flugzeugs erinnert. Kein Wunder – schließlich wurden alle beweglichen Teile des Untiers damit gesteuert: die kurzen Beine mit den krallenbewehrten Tatzen; der saurierähnliche Kopf und der schier endlose Schwanz; die beiden Flügel auf seinem Rücken; die fast fußballgroßen Augen und das Drachenmaul. Und natürlich auch die Vorrichtungen, die stinkenden Qualm aus den Nasenlöchern steigen oder lodernde Feuerstöße aus dem Maul des Monsters zucken ließen, so dass es einem wandelnden Flammenwerfer glich.

Percy hatte sich in der ersten Reihe der Zuschauerbänke niedergelassen und sich trotz des Hämmerns der Kulissenbauer, die im Hintergrund ein altes Stadttor zimmerten, in ein Textbuch vertieft. Die Vögel in den Bäumen kamen mit ihrem fröhlichen Gezwitscher nicht gegen den Lärm an.

Laura gesellte sich zu ihrem Lehrer und musterte ihn fragend. »Na – hast du alles im Griff?«

»Natürliisch!« Die betont zuversichtliche Miene, die Percy zur Schau stellte, wirkte nicht ganz überzeugend. »Iisch bin mir ganz siischer, dass die diesjä'rige Aufführung zu einem 'ö'epunkt in der ja'r'undertealten 'istorie des Drachenstiischs werden wird.«

Lauras Blick verriet, dass sie Percys Optimismus nicht teilte. Und wie zur Bestätigung tat es einen mächtigen »Rums« in ihrem Rücken – und der Kopf des Drachen plumpste wie ein Stein zu Boden.

»*Doucement! Doucement!* Niischt, dass noch ein Unglück passiert!« Percy sprang erschrocken auf und eilte auf das Modell zu, aus dem soeben Hannes und Lukas krochen, um sich das Malheur mit bleichen Gesichtern anzusehen. Lauras Bruder hob beschwichtigend die Arme. »Ich bin doch nur an einen klitzekleinen Hebel gekommen, weiter nichts!«, erklärte er mit kläglicher Stimme.

Oh! Oh!

Geschieht meinem neunmalklugen Bruder nur recht!

Bestimmt meint er den Steuerhebel, auf den Hannes mich

neulich schon aufmerksam gemacht hat. »Der ist offensichtlich nicht richtig eingestellt. Die kleinste Berührung genügt und der Drachenkopf saust zu Boden«, hatte er gesagt. »Sei bitte vorsichtig, denn der Schädel hat ein Mordsgewicht. Wo der draufdonnert, wächst kein Grashalm mehr.«

Laura grinste stillvergnügt, während sie den Blick über das geräumige Freiluft-Theater schweifen ließ, das in einem Talkessel in unmittelbarer Nähe der Drachenthaler Burgruine gelegen war. Die Überreste des alten Gemäuers und insbesondere des mächtigen Bergfrieds, der gleich einem hohlen Zahn nicht weit hinter den letzten Sitzreihen in die Luft ragte, bildeten eine nahezu perfekte Kulisse für den »Drachenthaler Drachenstich«, der in der Open-Air-Arena aufgeführt wurde. Alljährlich strömten Massen von Besuchern aus allen Teilen des Landes und vereinzelt sogar aus dem Ausland herbei, um die Abenteuer des Drachentöters Sigbert zu erleben. Den Höhepunkt des fast zweistündigen Schauspiels bildete stets der Kampf des unerschrockenen Helden gegen den grässlichen Drachen, und obwohl der Ausgang des Duells feststand, zitterten die Zuschauer jedes Mal aufs Neue um den kühnen Recken, bis er dem wütenden Lindwurm das Schwert ins Herz stieß und dieser endlich in den Staub sank, ein letztes Mal Feuer spuckend und laut röchelnd.

Dieser Zweikampf hatte schon bisher überaus lebensecht gewirkt. Percy jedoch hatte seinen ganzen Ehrgeiz darangesetzt, die Aktionen des Lindwurms noch aufregender und noch spektakulärer zu gestalten. Deshalb hatte er sich nicht nur vehement für die Anschaffung des neuen Drachenmodells eingesetzt, sondern probte auch schon seit Wochen mit den Akteuren des historischen Schauspiels. Und das waren eine ganze Menge! Laura schätzte die Zahl der Drachenthaler Bürger, die in die Rollen von edlen Grafen, ehrbaren Bürgern, fleißigen Handwerkern, braven Bauern, ausgebeuteten

Lehnsmännern, geschundenen Knechten, ruppigen Soldaten und verrohten Landsknechten schlüpften, auf weit mehr als hundert. Sie alle wurden benötigt, um die Legende vom Drachentöter Sigbert so realistisch wie möglich darzubieten.

Lauras Gedanken schweiften ab. Sollte Rika Reval tatsächlich Recht haben? Hatte dieser Sigbert wirklich das Vorbild für den Nibelungenhelden Siegfried abgegeben? Je länger sie darüber nachdachte, desto mehr Parallelen zwischen den Helden fielen ihr ein: Beide hatten ein mächtiges Schwert besessen. Beide hatten damit einen Drachen besiegt. Beide hatten einen von dem Untier gehüteten Schatz geborgen – und beide hatten danach Frauen von edlem Geblüt geheiratet, deren Namen durchaus ähnlich klangen: Kriem*hild* und *Hild*a!

Gedankenverloren stieg Laura die steile Steintreppe empor, die zum oberen Rand der Arena führte, und schlenderte dann auf die Burgruine zu. Aus dem Geschichtsunterricht wusste sie, dass der frühere Stammsitz der Drachenthaler Grafen bereits im 12. Jahrhundert zerstört worden war. Viel war nicht geblieben von der einstmals imposanten Burg. Nur noch das Turmskelett und bröckelnde Reste der dicken Außenmauern zeugten von ihrer stolzen Vergangenheit.

Als Laura durch eine Mauerscharte spähte, entdeckte sie auf dem Flurstück, das sich jenseits der Ruine bis zu einem Wäldchen hinzog, die Grabungsstätte der Archäologen. Sie war knapp dreihundert Meter von der Burg entfernt und schmiegte sich an den Rand des Hains, der sich wie eine grüne Insel aus dem Ackerland erhob. Von ihrer Warte aus konnte Laura jedoch nicht viel mehr als den großen Bauzaun sehen, der das Terrain nicht nur vor neugierigen Blicken schützen, sondern offensichtlich auch ungebetene Besucher fernhalten sollte. Vor dem Eingang stand ein bulliger Mann in dunkler Kleidung. Ein Wachmann, vermutete Laura, auch wenn sie das aus der Entfernung nicht genau erkennen konnte.

In der Hoffnung, von dort einen besseren Überblick zu haben, kletterte das Mädchen auf einen mächtigen Findling, der ganz in ihrer Nähe einen guten Meter aus dem Boden ragte. Doch lediglich die Dächer von drei großen Zelten, die auf dem Gelände standen und dem Archäologenteam offensichtlich als provisorische Arbeits- oder Lagerstätten dienten, tauchten im Blickfeld auf. Ob Rika und ihre Helfer das gesuchte Schwert wohl jemals finden würden?

Plötzlich fielen Laura dunkle Ballen in den Wipfeln der Bäume auf, die das Grabungsfeld auf zwei Seiten säumten. Waren das etwa Mistelbüsche? Es hatte ganz den Anschein, zumindest aus der Ferne. Warum sollten die Bäume auch keine Misteln tragen? Das war doch nichts Ungewöhnliches. Dennoch beschlich Laura ein unbehagliches Gefühl – denn sie fühlte sich sofort wieder an die Krähen erinnert. An Ellerkings Krähen, denen die Schmarotzer mit den weißlichen Beeren als Tarnung gedient hatten.

Hat das was zu bedeuten?, fragte Laura sich. Oder geht meine Fantasie tatsächlich langsam mit mir durch, wie Lukas behauptet?

Gedankenverloren kletterte Laura von dem Stein – und zuckte urplötzlich zusammen. Wie gebannt starrte sie auf den grauen Findling.

Das konnte nicht wahr sein!

Laura blinzelte verwirrt und rieb sich die Augen – und musste doch erkennen, dass sie sich nicht getäuscht hatte: Am untersten Rand des Felsbrockens, knapp über dem Boden, war ein Zeichen eingeritzt, dessen Durchmesser rund fünf Zentimeter betrug: ein Rad der Zeit!

»Ach, hier bist du!«, erklang da eine Stimme in ihrem Rücken.

Laura zuckte zusammen und fuhr mit einem Schreckenslaut herum.

Ihr Bruder stand vor ihr und blickte sie verwirrt an. »Was ist denn los?«, fragte er.

Laura schoss ihm finstere Blicke zu. »Du hast mich beinahe zu Tode erschreckt, das ist los!«

»Sorry, das wollte ich nicht«, antwortete Lukas mit ehrlichem Bedauern. Dennoch konnte er sich eine Belehrung nicht verkneifen: »Warum glotzt du auch diesen dämlichen Stein an, als wäre er das neunte Weltwunder! Was ist denn so interessant daran?«

»Das hier«, sagte das Mädchen und deutete auf den unteren Rand des Findlings. »Das ist so interessant daran!«

Lukas bückte sich, um das Zeichen näher in Augenschein zu nehmen. »Ein Rad der Zeit«, stellte er achselzuckend fest, nachdem er sich wieder aufgerichtet hatte. »Was soll daran so Besonderes sein?«

»Das fragst du noch? Es muss doch einen Grund dafür geben, dass ausgerechnet dieser Stein das Zeichen trägt!«

Lukas runzelte die Stirn. »So schwierig dürfte die Erklärung auch wieder nicht sein«, antwortete er leichthin. »Wie du selbst erzählt hast, hat es zu allen Zeiten Wächter gegeben, und einer von ihnen hat das Rad der Zeit halt in den Findling geritzt.«

»Ja, schon! Fragt sich nur – warum?«

»Keine Ahnung!« Ratlos schob Lukas die Unterlippe vor. »Und ich wüsste auch nicht, warum uns das interessieren sollte. Außerdem …« Gleich einem Oberlehrer hob er den Finger. »Wenn wir bis zum Abendessen wieder in Ravenstein sein wollen, müssen wir schleunigst zur Haltestelle. Der letzte Bus fährt in ein paar Minuten – oder hast du das vergessen, du Spar-Kiu?«

Laura sparte sich eine Erwiderung. Sie begab sich zurück in die Arena, sagte Percy und Hannes, die nun gemeinsam das Textbuch studierten, rasch Adieu und winkte einigen der anderen Darsteller, die sie flüchtig kannte, zum Abschied zu. Dann strebte sie mit Lukas im Schlepptau zum Ausgang.

Sie hatten ihn schon fast erreicht, als Laura aus den Augenwinkeln eine Bewegung wahrzunehmen meinte. Überrascht blieb sie stehen und schaute sich zu dem Drachen um. Hatte Niflin tatsächlich den Kopf gedreht? Das war doch nicht möglich, oder? Vielleicht machte sich Hannes bereits wieder am Steuerpult zu schaffen?

Ein schneller Blick auf die Zuschauerränge jedoch zeigte Laura, dass der Rotschopf immer noch in ein Gespräch mit Percy vertieft war. Erneut blickte sie auf den Drachen, der reglos mitten in der Arena stand und sie aus toten Augen anstarrte. Unwillkürlich zuckte Laura mit den Schultern. Sie musste sich getäuscht haben, eine andere Erklärung gab es nicht.

»Was ist denn los?«, wollte Lukas wissen. »Wir werden noch den Bus verpassen.«

»Ach, nichts«, antwortete Laura und lief weiter, ohne dem Untier weiter Beachtung zu schenken. Und so entging ihr, dass Niflin den Kopf reckte, die kalten Drachenaugen verengte und eine kaum wahrnehmbare Wolke schwefeligen Rauchs sich aus seinen Nüstern kräuselte.

Wie die Orgelpfeifen waren die fünf Traumspinnerlehrlinge am Esstisch in Meister Orplids Hütte aufgereiht. Madame Fantasa, die Gattin des Meisters, stellte eben eine frische Kanne Kräutertee auf den Tisch, als die Eingangstür aufgerissen wurde und der Hausherr hereinstürmte. Zorn stand ihm ins dunkelgrüne Gesicht geschrieben.

»Los, heraus mit der Sprache!«, herrschte er seine Schützlinge an. »Wer von euch war es? Wer hat sich an meinen Erleuchtlingen vergriffen?«

Glitsch, der älteste, machte eine erstauntes Gesicht. »Ich nicht, Meister!«

»Ich auch nicht!«, sagte Glutsch, der zweitälteste.

»Ich erst recht nicht!«, ließ sich Glatsch, der nächste, vernehmen.

Und auch Gletsch, der vierte, bestritt, etwas damit zu tun zu haben. »Ich ganz bestimmt nicht, ehrlich, Meister!«

Nur Somni, der jüngste, schwieg und blickte betreten zu Boden.

Langsam tänzelte Orplid auf ihn zu. »Schau mich an, Somni!«, sagte er barsch.

Der Jüngling, um einiges kleiner als sein Meister, hob den Kopf und sah Orplid in die Augen.

»Warum, Somni? Warum hast du das getan?«

»Weil …« Die Stimme des kleinen Traumspinners war noch zerbrechlicher als seine Gestalt. »Weil ich … es auch mal probieren wollte. Ihr habt es mir doch noch niemals erlau–«

»Es probieren?«, fuhr Meister Orplid dazwischen. »So ist das also!« Fassungslos schüttelte er den Kopf. »Ja, hast du denn nicht gehört, was ich euch immer und immer wieder predige?«

»Natürlich, Meister.«

»Dass wir Traumspinner eine äußerst wertvolle Gabe besitzen, mit der wir verantwortungsvoll umgehen müssen?«

»Ja …«

»Weil nur wir die Fähigkeit haben, den Bewohnern des Menschensterns mit Hilfe der Erleuchtlinge Botschaften im Schlaf zu übermitteln?«

»Gewiss …«

»Und dass diese Träume, wie sie sie nennen, ihnen helfen sollen, zu sich selbst und zu ihrer wahren Bestimmung zu finden?«

»Aber ja doch …«

»Dass diese Träume der unterschiedlichsten Art sind, je nachdem, welche Wirkung wir erzielen wollen?«

»Ich weiß, Meister.«

»Und warum setzt du dann ausgerechnet die schrecklichste aller Botschaften frei?«

Auch Somnis Augen wurden groß und in seinem Gesicht war kaum mehr ein Schimmer von Grün wahrzunehmen, so sehr ängstigte er sich. »Die schrecklichste aller Botschaften?«

»Ja«, stöhnte Meister Orplid nur, bevor er sich kraftlos auf die Bank sinken ließ und die gelb-grüne Haube vom kahlen Schädel zog.

Madame Fantasa eilte sofort herbei und reichte ihm eine Tasse dampfenden Tees, die er dankbar entgegennahm. Nachdem er sich mit einem Schluck gekräftigt hatte, wandte er sich wieder dem jüngsten der Lehrlinge zu. Auch Glitsch, Glutsch, Glatsch und Gletsch, die vier Brüder, sahen den Jüngsten vorwurfsvoll an: Wie konntest du nur, Somni!

»Schon seit Wochen plage ich mich damit ab«, hob Meister Orplid an, »eine ganz besonders furchterregende Botschaft zusammenzuspinnen. Sie ist für einen ganz bestimmten Menschen bestimmt, der nichts als Unheil anrichtet auf dem Menschenstern. Sie soll ihm einen ›Albtraum‹ bescheren, wie die Menschen das nennen. Vielleicht wird er dadurch nicht nur erschreckt, sondern er deutet die Botschaft auch richtig und findet wieder auf den rechten Weg zurück.« Meister Orplid nahm noch einen Schluck Tee, bevor er sich wieder an seine Schützlinge wandte. »Lasst mich hören: Was ist für euch das fürchterlichste Wesen von ganz Aventerra?«

»Die Graumahre«, sagte Glitsch.

»Gurgulius der Allesverschlinger«, antwortete Glutsch.

»Die Schwarzalben in den Feuerbergen«, fand Glatsch.

»Borboron, der Schwarze Fürst«, meinte Gletsch.

Nur Somni zuckte ratlos mit den Schultern.

Der Traumspinnermeister seufzte schwer. »Alle, die ihr genannt habt, sind fürwahr zum Fürchten. Aber es gibt ein Wesen, das noch weit größere Furcht einflößt als sie: die Silberne

Sphinx. Ihr Orakel ist tödlich, denn niemand vermag es zu lösen.«

Die Lehrlinge sahen sich verängstigt an; aus ihren Gesichtern wich das letzte Grün.

»Deswegen«, fuhr Meister Orplid fort, »habe ich die Silberne Sphinx auch ausgewählt, um diesen Menschen zu ängstigen.« Er beugte sich vor, bis seine Nasenspitze fast die von Somni berührte. »Und ausgerechnet die Erleuchtlinge, die ich mühsam zu dieser Schreckensbotschaft zusammengesponnen habe, setzt du frei? Weißt du überhaupt, was du damit angerichtet hast?«

Somni schluckte. »Vielleicht … vielleicht hat sie ja den Richtigen erreicht?«, gab er schüchtern zu bedenken.

»Jetzt hör sich einer diesen Dreistängelhoch an!« Orplids Blick wanderte von einem Lehrling zum anderen. »Schon für den Meister ist es äußerst schwierig, die Erleuchtlinge zielgenau zu dirigieren. Häufig landen sie beim Falschen oder kommen überhaupt nicht an. Der Weg von uns bis zum Menschenstern ist unendlich weit und die Grenze zwischen den Welten ist nicht einfach zu überwinden.«

»Ich weiß«, antwortete Somni kleinlaut.

»Und da meinst ausgerechnet du, der du noch nicht einmal die Grundbegriffe unserer Kunst beherrschst, dass der von dir freigesetzte Albtraum beim Richtigen landet?«

Der kleine Traumspinner wagte nicht mehr zu antworten.

»Ich will nur hoffen, dass die Erleuchtlinge sich verirrt und den Menschenstern nicht erreicht haben«, fuhr Meister Orplid fort. »Sonst hat der Albtraum am Ende noch einen Unschuldigen in Angst und Schrecken versetzt, einen Menschen, der überdies keinerlei Chance hat, die Botschaft richtig zu deuten!«

Laura und Lukas hätten sich gar nicht so beeilen müssen, denn der Bus hatte Verspätung. Lukas schien das nicht weiter zu stören. Er setzte sich in das Wartehäuschen, holte ein Buch aus seinem Rucksack und begann zu lesen. Der Titel war so kompliziert, dass Laura ihn gar nicht begriff. Nur auf Grund der Unterzeile wurde ihr klar, dass es irgendwie mit Quantenphysik zu tun haben musste.

Laura verzog das Gesicht. *Dieser Lukas!* Nicht einmal in seiner Freizeit konnte er seinen Wissenschaftsfimmel ablegen! Nun ja – ihren Segen hatte er. Solange er sich deswegen nicht aufspielte. Allerdings hatte sie die Hoffnung längst aufgegeben, dass er jemals von dieser üblen Angewohnheit lassen würde.

Je länger sich die Warterei hinzog, umso mehr ärgerte sich Laura, dass sie sich von ihrem Bruder davon hatte abhalten lassen, nach Drachenthal zu reiten. Ihr Schimmel brauchte dringend Bewegung. Und das Ende vom Lied war, dass sie nun ewig auf den dämlichen Bus warten musste! *Nie mehr!* Nie mehr werde ich mich von Lukas beschwatzen lassen, schwor sie sich insgeheim. Morgen werde ich garantiert mit Sturmwind ausreiten.

Schließlich tauchte der Bus doch noch auf. Er musste schon einige Jahre auf dem Buckel haben, denn der Motor schnaufte und ächzte wie ein asthmatischer Traktor, bis das altersschwache Gefährt endlich an der Haltestelle angekommen war. Mit quietschenden Bremsen stoppte er genau vor dem Schild mit dem Logo des HDVV, wie die Abkürzung für den »Hohenstadt-Drachenthaler-Verkehrs-Verbund« lautete. Ohne den Blick von seinem Buch zu heben, stieg Lukas hinter seiner Schwester ein.

Der Fahrer trug eine blaue Dienstuniform nebst gleichfarbiger Mütze. Er wollte schon die Türe schließen, als er im Rückspiegel sah, dass ein junger Mann auf dem Gehweg herangehetzt kam. Offensichtlich wollte er auch noch mit. Der Busfahrer erwies sich als vorbildlicher Vertreter seiner Zunft und wartete so lange, bis der späte Fahrgast das Gefährt erreicht hatte.

Der Mann – er mochte auf die dreißig zugehen, das Gesicht unter seinem blonden Wuschelkopf wirkte ungemein sympathisch – bedankte sich denn auch höflich, bevor er im hinteren Drittel des Busses Platz nahm. Entgegen der Fahrtrichtung ließ er sich zwei Sitzreihen vor den Geschwistern nieder und lächelte Laura freundlich an.

Lukas war so in seine Lektüre vertieft, dass er das gar nicht bemerkte. Laura erwiderte das Lächeln des Blonden, lehnte sich im Sitz zurück und sah aus dem Fenster, während der Bus auf Drachenthal zufuhr.

Das Städtchen war recht hübsch, besaß einen gut erhaltenen historischen Stadtkern und unterschied sich auch ansonsten kaum von Hohenstadt, dem Heimatort von Laura und Lukas. Als Internatsschüler verbrachten sie dort allerdings nur wenige Wochenenden und die Ferien, und auch darauf hätten die Geschwister manchmal nur zu gern verzichtet. Seit ihr Vater nicht mehr zu Hause war, zog sie nichts mehr in den Bungalow am Rande von Hohenstadt, der die meiste Zeit allein von ihrer Stiefmutter Sayelle bewohnt wurde.

Sayelle schien keine übermäßige Sehnsucht nach den beiden Kindern zu haben. Jedenfalls bekamen Laura und Lukas sie in letzter Zeit kaum mehr zu Gesicht. Ihr Kontakt beschränkte sich vornehmlich auf gelegentliche und noch dazu wortkarge Telefonate. Im Augenblick war Sayelle wieder einmal beruflich unterwegs. Die Journalistin begleitete im Auftrag der »ZEITUNG« – sie leitete das Businessressort des renommierten Blattes – eine hochrangige Wirtschaftsdelegation in den Nahen Osten. Was bedeutete, dass Laura und Lukas vierzehn Tage ihre Ruhe haben würden.

Welch ein Glück!

Der Bus hielt soeben am Bertrun-Tor, einem stattlichen,

recht gut erhaltenen Stadttor aus dem Mittelalter, an das die Reste der Stadtmauer grenzten. Laura erinnerte sich vage, dass es nach einer Adeligen benannt war, die anno Tobak eine wichtige Rolle in Drachenthal gespielt hatte. Die genaueren Lebensumstände dieser Bertrun waren ihr allerdings unbekannt. Das Drachenmuseum, das in den Räumlichkeiten des alten Gemäuers untergebracht war, kannte sie dafür umso besser. Schließlich war es von niemand anderem als von der legendären Muhme Martha gegründet worden, der Urgroßmutter ihres Vaters. Marius hatte das Museum denn auch des Öfteren mit seinen Kindern besucht. Es dokumentierte nicht nur die Historie des Drachenstichs, sondern illustrierte auch die Geschichte der näheren und weiteren Umgebung mittels diverser Exponate. Muhme Martha war eine nahezu fanatische Heimatforscherin gewesen und hatte alles zusammengetragen, was ihr unter die Finger kam. Ihre Sammlung war schließlich so umfangreich geworden, dass sie den Grundstock für das Drachenthaler Museum bildete. »Sie konnte einfach nichts wegwerfen«, hatte Marius erklärt. »Aber wie das so ist: Was für manche Menschen zu einer Plage wird, hat sich für das Museum als wahrer Segen erwiesen.«

Wie ein Blitz aus heiterem Himmel flog Laura eine Idee an. Aufgeregt stieß sie den Bruder in die Seite. »Hey – Lukas!«

»Ja?«, murmelte der Junge knapp, ohne sich von seinem Buch abzuwenden.

»Hat diese Archäologin gestern nicht behauptet, dass Papa nach den Aufzeichnungen seiner Muhme suchen wollte?«

»Und?« Noch immer starrte Lukas wie gebannt auf die eng bedruckten Seiten.

»Wäre es nicht denkbar, dass sich diese immer noch in dem Museum befinden? Angeblich hat sie doch alles aufgehoben!«

»Und weiter?«, brummte Lukas ungeduldig.

»Überleg doch mal: Muhme Martha hat doch bestimmt

nicht ohne Grund behauptet, dass Sigbert das Vorbild für Siegfried gewesen ist und dass sein Schwert sich noch in unserer Gegend befindet. Vermutlich hat sie irgendwelche Dokumente entdeckt, die sie auf diese Idee gebracht haben. Und wenn das tatsächlich so war, dann befinden sich die vielleicht immer noch im Drachenmuseum!«

»Und wenn schon.« Lukas bequemte sich nun tatsächlich seine Schwester anzublicken. »Was hätten wir davon?«

Laura schnaufte genervt und deutete auf das Buch in seiner Hand. »Diese Quantendingsbums da scheinen dir allmählich das Gehirn zu vernebeln!«

»So 'n Quatsch!«

»Natürlich! Sonst würdest du dich doch daran erinnern, was Rika gesagt hat: dass solche Dokumente überaus hilfreich sein könnten bei ihrer Suche.«

Für einen Moment machte Lukas ein erstauntes Gesicht, um gleich darauf hämisch zu grinsen. »Du willst mir doch nicht allen Ernstes erzählen, dass es dir um diese Archäologin geht?«

»Natürlich.« Laura nickte. »Worum denn sonst?«

Der Bruder schnaubte verächtlich. »Du willst unter allen Umständen beweisen, dass deine fixe Idee richtig ist. Dass der Professor sich getäuscht hat und dieses Schwert tatsächlich etwas ganz Besonderes darstellt. Deshalb klammerst du dich an jeden Strohhalm, auch wenn du längst weißt, dass du dich auf dem Holzweg befindest.«

»Unsinn!«, zischte Laura wütend und wollte eben zu einer weiteren Erläuterung ansetzen, als ihr Blick aus dem Fenster fiel – und da meinte sie ihren Augen nicht zu trauen: Der Mann mit dem bleichen Gesicht und den feuerroten Haaren, der sich in den Eingang eines Gebäudes drückte, war unverkennbar Konrad Köpfer!

Der spurlos verschwundene Mörder.

Der Wiedergänger!

Kapitel 10 Finstere Gedanken

Alarik fand Morwena in der Kräuterküche der Gralsburg. Die Heilerin stand am Arbeitstisch vor dem offenen Fenster und zerkleinerte getrocknete Heilpflanzen – Hustenmiere, Tränenschreck und Wurmklee –, um Arzneitees daraus zu mischen. Das warme Licht der Frühlingssonne erhellte ihr hübsches Gesicht, das von kastanienfarbenem Haar gerahmt wurde. Rasch gesellte der Knappe sich zu ihr und sprach sie an. »Entschuldigt die Störung – aber dürfte ich Euch eine Frage stellen?«

Ohne ihre Arbeit zu unterbrechen, wandte die junge Frau ihm den Kopf zu. »Aber natürlich, Alarik. Nur wer wissbegierig ist, lernt dazu, und so ist Neugier das Privileg der Jugend.«

Alarik wusste ihr freundliches Lächeln nicht richtig zu deuten. Machte sie sich über ihn lustig? Oder wollte sie ihn nur ermuntern? Wie auch immer: Von Elysion einmal abgesehen würde nur die Heilerin ihm seine Frage beantworten können, und so fasste er sich ein Herz. »Äh … ist es richtig, dass wir den Bewohnern des Menschensterns mit Hilfe der Erleuchtlinge Botschaften übermitteln können?«

Morwena schien nun doch überrascht. Sie legte das Büschel Güldenkraut aus der Hand und blickte den Knappen forschend an. »Wieso möchtest du das wissen?«

»Ach – nur so«, antwortete Alarik gedehnt. »Es interessiert mich eben.« Dann fügte er verschmitzt hinzu: »Zudem ist Neugier das Privileg der Jugend.«

Mit gespieltem Ernst drohte Morwena ihm mit dem Finger. »Mach dich bloß nicht lustig über mich, du durchtriebener Kerl!«

»Wo denkt Ihr hin! Nun – ist es möglich oder nicht?«

»Natürlich ist es möglich.« Die Heilerin griff sich ein neues Kräuterbüschel, um es mit dem scharfen Messer zu zerhacken. »Schließlich ist das die ureigenste Aufgabe der Erleuchtlinge, die von den Traumspinnern gehegt und gepflegt werden.«

»Ihr meint die seltsamen Wesen, die im Traumwald leben?«

»Gewiss. Seit Anbeginn der Zeiten stehen sie im Dienste des Lichts. Es ist ihre Aufgabe, mit Hilfe dieser Erleuchtlinge den schlafenden Bewohnern unseres Schwestersterns Botschaften zu übermitteln, die von den Menschen ›Träume‹ genannt werden. Diese Träume sollen ihnen helfen, zu ihrem wahren Selbst zu finden und den Sinn des Lebens zu erkennen. Allerdings ist die Aufgabe der Traumspinner immer schwieriger geworden im Laufe der Zeit.«

»Warum denn das?«, wunderte sich der Junge.

»Immer weniger Menschen sind bereit, sich mit diesen echten Träumen zu beschäftigen. Sie begnügen sich lieber mit den vorgefertigten Träumen, die ihnen von ihresgleichen vorgegaukelt werden. Die erfordern nämlich kein langes Nachdenken und müssen nicht mühsam entschlüsselt werden, weil sie einfach und banal sind.«

»Und weiter?«

»Es liegt in der Natur der Erleuchtlinge, unstet und flüchtig zu sein. Und so kommt es häufig vor, dass sie unterwegs verloren gehen oder die Orientierung verlieren.«

»Aber einige Erleuchtlinge erreichen trotzdem ihr Ziel, oder?«

»Natürlich. Deswegen gibt es ja immer noch Menschen, die träumen, und ich bin sicher, dass sich daran auch bis zum

Ende der Welten nichts ändern wird. Schwierig wird es nur, wenn man einem bestimmten Menschen eine ganz bestimmte Botschaft übermitteln will.«

Unverständnis zeichnete das Gesicht des Jungen. »Und wieso?«

»Wie ich schon erwähnt habe: Nicht immer erreichen die Erleuchtlinge das richtige Ziel. Und deshalb müssen diese Botschaften stets verschlüsselt werden, was ebenfalls den Traumspinnern obliegt!«

»Verschlüsselt?«

»Ja. Es könnte doch sein, dass sie nicht bei unseren Verbündeten, sondern bei unseren Feinden landen. Nicht auszudenken, wenn diese so in den Besitz wichtiger Geheimnisse gelangen würden, oder?«

»Ach so.« Ein verständnisvolles Leuchten erhellte Alariks Miene. »Aus diesem Grunde also werden die Botschaften verschleiert?«

»Genau so ist es! Und zwar auf eine Weise, dass nur der richtige Empfänger sie auch richtig verstehen kann – was jedoch ein weiteres Problem mit sich bringt.«

Alarik ahnte, worauf Morwena anspielte, traute sich aber nicht, es auszusprechen.

»Nicht immer gelingt es den Menschen, ihre Träume richtig zu deuten. Sie verstehen sie falsch oder beachten sie nicht, und dann war alle Mühe vergebens.«

»Aber es kann auch gelingen?«

»Ja.« Morwena legte das Messer zur Seite und fuhr sich mit dem Handrücken über die Stirn, um ein paar Schweißperlen abzuwischen. »Hin und wieder geschieht es durchaus, dass die Erleuchtlinge denjenigen erreichen, für den ihre Botschaft bestimmt ist, und dieser sie auch richtig deutet. Aber das ist sehr, sehr selten.«

»Und warum –?«, hob Alarik an, um umgehend wieder abzubrechen. Sollte er Morwena anvertrauen, welcher Gedanke ihn bewegte? Warum eigentlich nicht? Allerdings würde er dadurch verraten, dass er ihr Gespräch mit Elysion und Paravain belauscht hatte.

Die Heilerin kam ihm zuvor. »Du willst Laura eine Botschaft schicken, habe ich Recht?«

»Äh … na… natürlich«, stotterte der Junge. »Haltet Ihr es nicht auch für angebracht, sie zu warnen?«

»Und wovor, wenn ich fragen darf?« Morwena blickte ihn mit ernster Miene an. »Dass sie Vorsicht walten und vor den Dunklen auf der Hut sein muss, das weiß sie doch längst!«

»Ja, schon. Aber diese Prüfung, von der die Wissenden Dämpfe gesprochen haben –«

»Niemand weiß, wie die aussehen wird«, fiel die Heilerin ihm ins Wort. »Wovor also sollen wir sie warnen?«

»Und was ist mit dem Orakel der Silbernen Sphinx?«

»Du hast uns belauscht!«

Alarik senkte den Kopf. Blut schoss ihm in die Wangen.

»Das ist kein Grund, sich zu schämen.« Mitfühlend legte Morwena ihm die Hand auf die Schulter. »Das zeigt nur, dass du um sie besorgt bist.«

Ein erleichtertes Lächeln erhellte Alariks Gesicht.

»Was die Silberne Sphinx betrifft: Elysion hat lediglich seinen innigsten Wunsch ausgesprochen, dass sie Laura erspart bleiben möge. Es ist ja noch längst nicht ausgemacht, dass Laura vor dem Orakel bestehen muss. Allerdings …«

Alarik bemerkte die Beunruhigung in Morwenas Stimme und das Herz wurde ihm bang. »Ja?«, fragte er bekümmert.

»Niemand kennt die Orakelfrage, weil noch keiner die Begegnung mit der Silbernen Sphinx überlebt hat. Wie sollten wir Laura da helfen können?«

Du spinnst, Laura!« Lukas wandte sich vom Busfenster ab und blickte die Schwester kopfschüttelnd an. »Da ist niemand – und schon gar kein Konrad Köpfer!«

»Bist du blind?«, giftete Laura und schaute wieder zum Eingang hinüber – aber da war in der Tat niemand zu sehen! Sollte sie sich wirklich getäuscht haben? Oder hatte der Feuerkopf sich nur ins Innere des Gebäudes verzogen? Für einen Moment erwog sie auszusteigen und nach ihm zu suchen. Aber das würde wohl aussichtslos sein. Zudem setzte sich der Bus bereits wieder in Bewegung, so dass Laura sich resigniert in den Sitz zurückfallen ließ, während Lukas sich erneut seiner Lektüre zuwandte.

Gelangweilt blickte das Mädchen sich um und studierte die Gesichter der anderen Fahrgäste. Die meisten trugen völlig ausdruckslose Mienen zur Schau. Nichts deutete darauf hin, was in ihren Köpfen vor sich ging.

Laura musste grinsen. Wenn die wüssten, dass ich Gedanken lesen kann!, dachte sie. Und das brachte sie auf eine Idee: Wenn ihre Übungsstunde mit Miss Mary Morgain schon ausfallen musste – gab es eigentlich eine bessere Gelegenheit, ihre fantastische Fähigkeit zu trainieren, als hier im Bus?

Sie nahm die junge Frau ins Visier, die ihr schräg gegenübersaß und laut schmatzend ein Kaugummi kaute. Sie war vielleicht achtzehn oder neunzehn Jahre alt und wirkte ziemlich abgemagert, fast schon knochig. Stumpfes, schlecht frisiertes Haar rahmte ihr pickeliges Gesicht. Ein bisschen Körperpflege würde ihr bestimmt nicht schaden, dachte Laura, bevor sie sich konzentrierte und in die Gedanken von Pickel-Face einzudringen versuchte. Auch wenn sie keinen direkten Augenkontakt herstellen konnte, war das gar nicht so schwer. Laura las die geheimen Gedanken der Kaugummi-Kauerin wie in einem aufgeschlagenen Buch: Er hat mich schon wieder nicht angeguckt. Aber kein Wunder, dass er keine Augen für mich hat. Wenn ich erst mal meinen neuen Busen und die Britney-Spears-Nase habe, dann wird sich das garantiert ändern. Dann wird er mich nicht länger übersehen und diese Schlampe aus der Buchhaltung wird sich grün und blau ärgern.

Du meine Güte!

Wie kann man nur so bescheuert sein!, dachte Laura erschrocken. Das ist ja nicht zu ertragen! Sie wandte sich ab, um ein neues Opfer zu suchen.

Es war ein Junge, der etwa so alt sein musste wie sie selbst. Lieber Gott, mach, dass Bayern München wieder Deutscher Meister wird!, flehte der im Stillen. Dann werd ich nie mehr im Kaufhaus klauen und auch meine Eltern nicht mehr belügen. Und wenn sie außerdem die Champions League gewinnen, will ich auch meine Schwester nicht mehr ärgern – oder höchstens noch ab und zu!

Laura schüttelte den Kopf. Was Jungen doch für Sorgen haben! Als ob es nichts Wichtigeres als Fußball gäbe auf der Welt – und der liebe Gott nichts anderes zu tun hätte, als sich ausgerechnet um Bayern München zu kümmern! Aber vielleicht glaubte der Typ ja tatsächlich an einen Fußballgott, der für einen solchen Schwachsinn zuständig war? Zuzutrauen wäre es ihm, überlegte sie grinsend.

Er ist schließlich ein Junge!

Aber das ist Mr Cool auch, kam es ihr da in den Sinn. Und Philipp ist bestimmt nicht so ein Schwachkopf – ganz bestimmt nicht! Eigentlich ist er ziemlich süß und außerdem …

Plötzlich merkte sie, wie ihr das Blut in die Wangen stieg. Bist du denn bescheuert, Laura?, schimpfte sie stumm mit sich selbst. Wie kommst du dazu, dich mit diesem Philipp zu beschäftigen? Wolltest du nicht deine besonderen Fähigkeiten trainieren?

Laura räusperte sich und sah geradeaus. Der nette junge Mann, auf den der Busfahrer gewartet hatte, kam in ihr Blickfeld. Okay, ein letzter Versuch noch, dachte sie, und dann lass ich's gut sein. Sie sammelte sich und versuchte die Gedanken des Blonden zu lesen. Überraschenderweise waren sie ziemlich finster. Ich will nur hoffen, dass die Tussi bald zu Potte kommt, brütete er vor sich hin. Und wenn sie mir Scherereien macht, dann muss sie eben dran glauben. Schließlich steht einiges auf dem Spiel!

Unwillkürlich zuckte Laura zusammen. Was hatten diese rätselhaften Überlegungen nur zu bedeuten? Wer war diese ›Tussi‹, die nicht in die Gänge kam? Und wie war dieses ›dann muss sie eben dran glauben‹ gemeint? Wie in einem Gangsterfilm vielleicht? Wollte er sie etwa umbringen? Aber das konnte doch nicht wahr sein! Dabei sah der Typ doch so nett aus – als ob er keiner Fliege was zu Leide tun könne!

Merkwürdig. *Höchst merkwürdig!*

Als Laura auf Burg Ravenstein in ihr Zimmer trat, hielt Kaja Minzi auf dem Arm und streichelte sie. »Wo bleibst du denn?« Vorwurfsvoll sah die Freundin sie an. »Ich bin schon kurz vorm Verhungern!« Die braunen Flecken an ihren Mundwinkeln und am Kinn bewiesen jedoch, dass das Pummelchen erst vor kurzem entsprechende Vorbeugemaßnahmen in Form von Schokolade ergriffen haben musste.

»Sorry.« Laura streckte die Hand nach dem Kätzchen aus und kraulte es hinterm Ohr. »Ich wechsle nur schnell meine Sachen, dann können wir sofort in den Speisesaal gehen!«

Während sie sich den dicken Pullover über den Kopf zog und ein Sweatshirt aus dem Kleiderschrank holte, warf sie Kaja einen fragenden Blick zu. »Ich will morgen nach Drachenthal und das Drachenmuseum besuchen. Wenn du Lust hast, kannst du ja mitkommen.«

»Oh, nö!«, antwortete Kaja gedehnt. »Du weißt doch: Dieser Museumskram ist nicht so mein Ding.«

»Denkst du vielleicht, ich bin scharf darauf?« Laura lächelte verständnisvoll. »Aber ich will ja auch keine Besichtigungstour machen, sondern nur im Archiv nachsehen, ob sich der Nachlass von Muhme Martha vielleicht unter dem alten Krempel befindet.«

Kaja rümpfte die Nase. »Und wozu soll das gut sein?«

»Ganz einfach: Vielleicht entdecke ich ja tatsächlich einige Dokumente, die Rika Reval die Suche nach dem Schwert erleichtern werden.«

Genervt verdrehte Kaja die Augen. »Als ob du nicht Wichtigeres zu tun hättest, als dich um dieses blöde Schwert zu kümmern!«, schimpfte sie.

»Erstens ist das Schwert nicht blöd«, protestierte Laura. »Und zweitens –«

»– hast du die Hausaufgabe für Schnuffelpuff immer noch nicht fertig«, wurde sie von der Freundin unterbrochen. »Außerdem kann es dir doch ganz egal sein, ob diese Archäologin das Schwert findet oder nicht. Ich versteh nicht, warum du dir so viele Gedanken darum machst. Selbst der Professor hat doch erklärt, dass es unwichtig für euch Wächter ist!«

»Ja, schon«, entgegnete Laura gequält, als Minzi ein klägliches Miauen hören ließ.

»Siehst du?« Kaja grinste und kraulte das Kätzchen am Hals. »Minzi ist offensichtlich der gleichen Meinung wie ich und hat bestimmt ebenso wenig Lust, in einem staubigen Museumskeller rumzustöbern. Stimmt's, Minzi?«

Das Miauen des Kätzchens klang nun geradezu herzerweichend.

»Tut mir leid«, sagte Kaja, während ihre Miene das genaue Gegenteil verkündete. »Wenn du unbedingt in dieses Museum willst, kann ich dich nicht abhalten. Aber auf unsere Begleitung musst du verzichten! Und jetzt mach endlich! Das Loch in meinem Magen ist schon so groß wie der Ngorongorokrater.«

»Bin ja schon fertig«, brummte Laura, bemüht, sich ihre Enttäuschung nicht anmerken zu lassen. »Ich will nur noch kurz lüften. Ist so verdammt stickig hier drin.«

Als sie das Fenster öffnete, war ihr, als wehe der Wind einen leisen Pfiff an ihr Ohr.

Kaja setzte das Kätzchen auf den Boden. »Du verkriechst dich unterm Bett, solange wir weg sind. Und mach bloß keinen Lärm!«, fügte sie mahnend hinzu.

Schon sah es so aus, als wollte das Kätzchen sich in sein Versteck verziehen, als es mit einem Satz auf Kajas Bett und von da aus auf die Bank des geöffneten Fensters sprang.

»Vorsicht!«, mahnte Laura noch, als das Tier einen weiteren Sprung machte – und wie ein Stein ins Leere fiel!

»Neeeinnn!«, schrie Kaja und stürzte zum offenen Fenster. Voller Entsetzen schauten die Freundinnen in die Tiefe. Die Dämmerung hatte bereits eingesetzt. Dennoch konnten sie unten auf dem Rasen den Katzenkörper erkennen, der lang ausgestreckt dicht vor den Grundmauern lag. Minzi regte sich nicht mehr. Laura musste gar nicht erst versuchen, Kajas Gedanken zu lesen. Sie wusste auch so, dass die Freundin das Gleiche dachte wie sie:

Minzi ist tot!

Ihre zarten Knochen waren bei dem Sturz aus dem dritten Stockwerk bestimmt zerschmettert worden. Dennoch wollte sie sich nicht in das Unvermeidliche fügen. »Komm.« Laura stieß Kaja an. »Vielleicht können wir ihr doch noch helfen!« Damit hetzten die Mädchen aus dem Zimmer, als wäre Borborons Schwarze Garde hinter ihnen her.

Es konnte kaum mehr als eine Minute verstrichen sein, bis die Freundinnen vor den mit Efeu bewachsenen Außenmauern der Burg standen. Dabei war Laura der Weg, der durch das Treppenhaus, die Eingangshalle und den Innenhof und schließlich um den nordöstlichen Burgtrakt herumführte, mindestens genauso weit erschienen wie die Entfernung zum Mond und zurück. Die Sorge um Minzis Leben hatte ihr das Urteilsvermögen geraubt. Deshalb glaubte sie zunächst an eine Halluzination, als sie nirgendwo eine Spur von dem Kätzchen entdecken konnte. Dabei befanden sie sich genau an der richtigen Stelle, wie ein Blick hoch zum dritten Stock zeigte, wo ihr die leere Öffnung ihres Zimmerfensters in der Burgfassade entgegengähnte.

»Oh, nö!« Kaja schien es ebenso wenig fassen zu können. Verwirrt sah sie sich um. »Das gibt's doch nicht. Sie … sie hat sich doch überhaupt nicht mehr bewegt. Nicht einen Mucks hat sie gemacht!«

Laura kniete nieder, um den Rasen näher in Augenschein zu nehmen. Doch nirgendwo waren Blutspuren zu finden, was darauf hindeutete, dass Minzi den Sturz zumindest ohne äußere Verletzungen überstanden hatte. Aber wo war sie nur? Hatte sie sich in die umstehenden Büsche verkrochen? Oder sich in einer durch den Sturz ausgelösten Panik in den angrenzenden Park geflüchtet?

Laura richtete sich wieder auf und spähte angestrengt in die weitläufige Grünanlage, die Burg Ravenstein umgab. Dunkelheit hatte sich bereits über das Land gesenkt – und dennoch hätte das schneeweiße Fell des Kätzchens weithin sichtbar sein müssen. Aber wohin Laura auch blickte – es war nicht die geringste Spur von Minzi auszumachen.

»Minzi!«, rief sie und lief ein paar Schritte in den Park hinein. »Miiinziiii – wo bist du?«

Die Freundin tat es ihr gleich. Laut rufend irrten die beiden durch den Park, bis sie schließlich einsehen mussten, dass alle Mühe vergebens war.

Niedergeschlagen machten sie sich auf den Rückweg zur Burg. Bis in die Eingangshalle wechselten sie nicht ein einziges

Wort. Stumm passierten sie Seite an Seite das alte Ölgemälde, das gegenüber dem Portal an der Wand hing, als Laura plötzlich Silvas Blick erhaschte: Die traurige Weiße Frau auf dem Bild hatte einen Schritt auf sie zugemacht, ihr den Kopf zugedreht und schaute sie nun vorwurfsvoll an.

Verwundert blieb Laura stehen. »Was ist denn los?«, fragte sie.

»Was soll denn los –«, hob Kaja gerade an, als ihr aufging, dass sie gar nicht gemeint war. Das Pummelchen verharrte an Ort und Stelle und musterte die Freundin mit verkniffenem Gesicht.

Laura nahm ihr das nicht weiter übel. Schließlich konnten nur sie und die anderen Wächter erkennen, wenn Silva oder der Wolf sich auf dem Ölgemälde bewegten. Für alle anderen Menschen war das Bild selbst dann noch völlig unverändert, wenn die beiden daraus hervortraten und leibliche Gestalt annahmen. Kein Wunder, dass Kaja die Freundin stets mit größter Skepsis beobachtete, wenn diese sich wieder einmal mit der geheimnisvollen Wolfsfrau unterhielt.

»Was ist denn los, Silva?«, wiederholte Laura. »Was habe ich denn jetzt schon wieder falsch gemacht?«

»Ach!« Die Frau auf dem Gemälde seufzte aus tiefstem Herzen. »Nicht schon wieder, Laura, sondern immer noch!«

Das Mädchen kniff die Augen zusammen. Was sollte das bloß bedeuten? Silva hatte ihr schon den einen oder anderen hilfreichen Tipp gegeben. Allerdings pflegte sie sich meist so orakelhaft auszudrücken, dass es manchmal ziemlich schwierig war, die Bedeutung ihrer Worte zu enträtseln. Wenn Silva doch nur ein einziges Mal klipp und klar sagen würde, was sie meinte!

Doch auch diesmal tat ihr die Weiße Frau den Gefallen nicht. »Wie mir scheint, hast du noch immer nicht gelernt, hinter die Oberfläche der Dinge zu blicken«, fuhr Silva mit traurigen Stimme fort. »Dabei müsstest du doch längst wissen, dass der äußere Schein meist nur dazu dient, den wahren Kern der Dinge zu verschleiern.« Silva schaute auf die Bestie zu ihren Füßen herab, als wolle sie die Meinung ihres Gefährten erfragen.

Und tatsächlich: Wie zur Zustimmung hob der schwarze Wolf den Kopf und stimmte ein Heulen an. Laura glaubte Sehnsucht nach Erlösung aus der schaurigen Weise herauszuhören.

»Ach, ach«, seufzte Silva und ihre Augen schimmerten tränenfeucht. »Wenn das nur gut geht! Wenn das nur gut geht!« Damit erstarrte sie und das Bild sah wieder aus wie zuvor.

»Und?« Kaja konnte ihre Neugier nicht länger bezähmen. »Was wollte Silva denn?«

Laura verzog gequält das Gesicht. »Wenn ich das nur wüsste«, antwortete sie nachdenklich. »Ihre Hinweise waren wieder mal so allgemein, dass nur ein Knobelgenie sie verstanden hätte. Aber sie wollte mich bestimmt vor etwas warnen. Irgendetwas braut sich gegen mich zusammen, da bin ich mir ganz sicher.«

»Aber was sollten eure Feinde denn von dir wollen?« Kaja schürzte die Lippen. »Die Dunklen wissen doch, dass du den Kelch der Erleuchtung längst nach Aventerra zurückgebracht hast.«

Mahnend hob Laura den Finger. »Vergiss nicht: Sie sind böse und bekämpfen die Sache des Lichts, wann immer es geht.«

Kaja jedoch schien immer noch nicht überzeugt. »Kann schon sein – aber sie sind bislang noch nie ohne besonderen Grund gegen dich vorgegangen.«

»Du hast Recht.« Laura meinte die Hilflosigkeit, die sie plötzlich befiel, fast körperlich zu spüren. »Aber dass wir den Grund nicht kennen, bedeutet noch lange nicht, dass es keinen gibt.« Sie sah die Freundin eindringlich an. »Ich hab das komische Gefühl, dass hier etwas im Gange ist, Kaja: Und vermutlich kommt es noch viel schlimmer als jemals zuvor!«

Im Büro des Direktors war es fast dunkel. Nur eine Kerze brannte auf dem Schreibtisch, so dass die drei Gestalten, die sich dort eingefunden hatten, nur Schemen glichen. Als Albin Ellerking seinen Bericht beendet hatte, erhob sich Quintus Schwartz aus dem Schreibtischsessel, trat auf ihn zu und klopfte ihm auf den Rücken.

»Gut gemacht, mein Lieber! Die große Meisterin wird sehr zufrieden mit dir sein.« Der Konrektor verzog die Lippen zu einem gönnerhaften Lächeln. Im matten Schein der Kerze schimmerten seine Zähne makellos weiß wie in einem Zahnpastawerbespot. »Wie es aussieht, verläuft alles genau nach Plan.«

Pinky Taxus, die dem Gärtner reglos gelauscht hatte, löste sich aus der Dunkelheit und näherte sich Albin lautlos wie ein Reptil. Die Flamme flackerte im Hauch ihrer Bewegung. Zuckende Schatten geisterten über ihr Gesicht, dem die schmalen Lippen, zu einem verkniffenen Grinsen geformt, das Aussehen einer angriffsbereiten Schlange verliehen. »Du hasst die beiden doch beobachtet, nicht wahr?«, zischte sie, während sie den Nachtalb lauernd musterte.

Ellerking nickte beklommen. »Na… natürlich.« Er trat einen Schritt zurück, denn die Nähe der Frau bereitete ihm körperliches Unbehagen. Die dunkle Energie, die von ihr ausging, schien immer stärker zu werden, und ihm war, als hinge ein leichter Schwefelgeruch in der Luft.

»Und?« Der Kopf der Taxus zuckte vor. »Glaubsst du, ssie haben Verdacht geschöpft?«

»Ne… ne… nein.« Die dünne Stimme des Gärtners klang noch piepsiger als sonst. »Sie ahnen nicht im Geringsten, was vor sich geht.«

»Ssuper!« Triumphierend strahlte Pinky Taxus den Konrektor an. »Meine Hochachtung, Quintuss! Ssieht ganz sso auss, alss würde diessmal alless exakt sso laufen, wie du ess dir vorgesstellt hasst.«

»Vielen Dank.« Dr. Schwartz deutete eine leichte Verneigung an. Nicht die kleinste Regung war in seiner Miene zu erkennen, so dass Albin sich nicht sicher war, ob er es spöttisch oder ehrlich meinte. »Bei der tollen Hilfe, die uns bei unserer Aktion zuteilwird, war das aber wirklich keine allzu große Leistung.« Damit griff der Mann mit dem Cäsarenkopf zum Telefon und wählte.

Albin Ellerking konnte die Stimme, die sich nach einer Weile meldete, nur gedämpft vernehmen. Dennoch war er sich sicher, sie erkannt zu haben.

Es war der Rote Tod.

Ihr Verbündeter. Und dennoch lief dem Nachtalb ein kalter Schauer über den Rücken.

Morwena sah von den Krankenblättern auf, die sie über jeden ihrer Patienten führte, und blickte Paravain mit verwundertem Kopfschütteln an. »Was ist heute bloß los? Du bist schon der Zweite, der mich nach den Erleuchtlingen fragt.«

»Der Zweite?« Der Ritter schien überrascht. »Wer wollte denn noch etwas über sie wissen?«

»Dein Knappe Alarik. Er hatte die fixe Idee, Laura mit ihrer Hilfe vor der Silbernen Sphinx zu warnen.«

»Oh.« Paravain verzog das Gesicht. »Einen solchen Einfall hätte ich dem Kerl gar nicht zugetraut.«

»Warum denn nicht?« Die Heilerin schob die Blätter zusammen und lächelte den Ritter an. »Schließlich hat er doch einen vorzüglichen Lehrmeister, oder nicht?«

»Natürlich.« Paravain grinste wie ein kleiner Junge. »Den besten, den man sich nur wünschen kann!«

»Ach, wirklich?« Ein schelmisches Lächeln nistete sich ein in Morwenas Gesicht. »Dann hättest du ihm besser auch beigebracht, dass man nur vor einer Gefahr warnen kann, die man auch kennt.« Damit erhob sie sich, ging um den Arbeitstisch herum und streckte dem Ritter die Hand entgegen. »Lass uns zum Brunnen gehen. Ich brauch dringend frische Luft nach den endlosen Stunden in der Krankenabteilung.«

Hand in Hand gingen die beiden auf den Ziehbrunnen zu, der am Rand einer ausgedehnten Grünfläche im Norden des Burghofes stand. Hier war das Reich der Wäscherinnen und Küchenmägde. Hemden und Gewänder flatterten auf den Leinen, Bettzeug lag zum Bleichen auf dem Gras, und auf niedrigen Schemeln saßen junge Frauen, die mit dem Putzen von Gemüse, dem Schälen von Kartoffeln, dem Rupfen von Gänsen oder dem Ausnehmen von Fischen beschäftigt waren.

Ein Paar weißer Tauben gurrte auf dem Brunnendach fröhlich vor sich hin. Morwena ließ sich auf der steinernen Brunnenmauer nieder und blinzelte schläfrig in die Sonne des späten Nachmittags. »Warum hast du mich eigentlich nach den Erleuchtlingen gefragt?«

»Weil ich auf die gleiche Idee gekommen bin wie Alarik«, antwortete der Ritter und setzte sich neben sie. »Auch ich möchte Laura eine Botschaft übermitteln.«

Die junge Frau sah ihn verwundert an. »Und warum?«

»Weil es sich genauso verhält, wie ich vermutet habe.« Paravains Gesicht wurde ernst. »Hellenglanz befindet sich tatsächlich nicht mehr in der Gralsburg. Und selbst Elysion befürchtet, dass unsere Feinde sich bereits auf die Suche nach dem Schwert gemacht haben.«

Morwena schien fassungslos. »Sag, dass das nicht wahr ist«, flüsterte sie.

»Leider.« Der Ritter seufzte. »Aber was noch viel schlimmer ist: Unsere Verbündeten scheinen nicht die geringste Ahnung davon zu haben. Wenn wir also nicht Gefahr laufen wollen, dass das Schwert des Lichts tatsächlich in die Hände der Dunklen fällt, dann müssen wir die Wächter alarmieren. Und die einzige Möglichkeit, die mir dazu einfällt, sind –«

»– die Erleuchtlinge«, fiel die Heilerin ihm ins Wort.

Paravain runzelte die Stirn. »Hältst du das für abwegig?«

»Nein.« Morwenas Wangen röteten sich. »Ganz im Gegenteil: Das ist eine vorzügliche Idee! Die Botschaft, die du Laura übermitteln willst, ist einfach zu entschlüsseln und völlig eindeutig. Und da die Traumspinner zu unseren treuesten Verbündeten zählen, müsste es mit ihrer Hilfe auch gelingen!«

Am nächsten Morgen war Minzi wieder da. Putzmunter und wohlbehalten saß sie vor der Zimmertür der Mädchen. Kaja und Laura freuten sich so über das unverhoffte Wiedersehen, dass sie zu spät zum Frühstück kamen. Als sie den Speisesaal betraten, hatte der sich bereits stark geleert. Nur noch wenige Plätze waren besetzt und ihr Tisch war verwaist.

»Hoffentlich ist noch genug zu essen da!«, sorgte sich Kaja. Dabei hatte sie sich erst auf dem Weg zum ehemaligen Rittersaal einen dicken Riegel Nussschokolade einverleibt.

»Keine Sorge, du verhungerst schon nicht«, beruhigte Laura das Pummelchen, während sie zum Ausgabetresen eilten. »Außerdem – hast du nicht neulich erst davon gesprochen, dass du eine Diät machen willst?«

»Ja, klar.« Hastig häufte Kaja Butter, Pflaumenmus sowie mehrere dicke Wurst- und Käsescheiben auf einen großen Teller, bevor sie ihn mit vier Brötchen garnierte. »Aber erst ab nächster Woche!« Mit breitem Grinsen schnappte sie sich zwei Schälchen mit Joghurt und marschierte zum Tisch.

Laura ließ Cornflakes in eine Schüssel rieseln, goss Milch darüber und füllte eine Tasse mit heißer Schokolade. Sie wollte sich eben zu Kaja setzen, als sie unversehens mit einem Jungen zusammenstieß.

Mit Philipp Boddin.

»Sorry, Laura«, sagte Mr Cool und lächelte sie so süß an wie eine ganze Boygroup in einem Musikvideo. »Hab dich gar nicht gesehen.«

»Ähm«, stotterte Laura. Mit einem Mal wurde ihr ganz flau im Magen und ihr Gesicht war glühend heiß.

Oh, nein!

Sie wurde doch hoffentlich nicht rot!

»Ähm«, wiederholte sie. »Dadadadada kannst du doch nichts dafür. Wawawawar doch meine Schuld.«

»Ist ja auch egal.« Wieder zeigte Philipp ein Lächeln, das selbst Brad Pitt hätte alt aussehen lassen. »Hauptsache, du hast dir nicht wehgetan?«

»Ü… ü… ü… überhaupt nicht!« Laura winkte ab und verzog den Mund zu einem übertriebenen Grinsen. »K… kein bisschen!«

»Na dann.« Philipp machte keine Anstalten, sich zurückzuziehen. Noch immer lächelte er sie an.

Wie blau seine Augen waren!

Bevor Laura wusste, wie ihr geschah, waren die Worte auch schon aus ihrem Mund: »Hä… hä… hättest du heute Nachmittag vielleicht Lust …?« War das denn möglich? Hatte sie ihn tatsächlich fragen wollen, ob er Lust hatte, sie nach Drachenthal zu begleiten?

Oh, nein!

Dabei wollte sie doch einen Ausritt auf Sturmwind machen – und Philipp hatte gar kein Pferd.

Wahrscheinlich konnte er noch nicht mal reiten.

»Ja, Laura?« Wie durch Watte drangen seine Worte an ihr Ohr. »Was wolltest du mich fragen?«

»Ähm.« Ihr Kopf war nun so glühend heiß, als habe sie fünfundvierzig Grad Fieber. »N… n… nichts«, stotterte sie. »Außerdem mu… mu… muss ich dringend frühstücken. Der Unterricht fängt doch gleich an.«

»Natürlich«, antworte Philipp verständnisvoll. »Einen schönen Tag noch, Laura.« Damit drehte er sich um und ging auf den Ausgang zu.

Laura aber schlich mit gesenktem Blick und hochrotem Gesicht auf ihren Tisch zu, wo Kaja vorwurfsvoll den Kopf schüttelte: *Aber, Laura! Wie kann man nur!*

Sturmwind scharrte mit den Hufen auf dem gepflasterten Boden und ließ ein ungeduldiges Wiehern hören. Der Schweif des Schimmels, der ebenso schwarz war wie seine Mähne, fegte unruhig hin und her, als wolle er lästige Bremsen verscheuchen.

»Es geht gleich los, mein Alter!« Laura klopfte dem Hengst auf den Hals. »Ich muss nur noch den Sattelgurt festziehen – oder willst du, dass ich stürze und mir das Genick breche?«

Sturmwind wurde augenblicklich still und verharrte fast reglos auf der Stelle. Neugierig drehte er dem Mädchen den Kopf zu und beobachtete, wie es sich bückte und den breiten Ledergurt durch die Schlaufe zog. Der Frühlingshimmel, über den einige Schäfchenwolken zogen, spiegelte sich in den dunklen Pferdeaugen. Nur seine aufgerichteten Ohren, die aufmerksam hin und her spielten, verrieten noch die Vorfreude auf den Ausritt.

Endlich war der Hengst fertig gesattelt. Laura wollte sich eben auf seinen Rücken schwingen, als sie eine tiefe Männerstimme in ihrem Rücken hörte.

»Wo soll's denn diesmal hingehen?«

Es war Nikodemus Dietrich, der Besitzer des Stalles, in dem Lauras Pferd untergestellt war. Wie sein Zwillingsbruder Kastor zählte auch Nikodemus zu den Wächtern. Der Mann war fast sechzig und von kräftiger Statur. Er trug einen blauen Arbeitskittel und eine abgewetzte Manchesterhose und musterte das Mädchen eindringlich. Aus der Pfeife in seinem Mundwinkel stiegen kleine Rauchwolken auf.

Laura schaute ihn überrascht an. »Woher wissen Sie denn, dass ich nicht die übliche Runde drehe?«

Der Bauer schmunzelte. »Nun: Du hast Sturmwind nicht nur äußerst sorgfältig gesattelt, sondern auch noch einen Proviantbeutel und zwei Saftpäckchen in die Satteltasche gesteckt. Von der Möhre und dem dicken Kanten Trockenbrot einmal abgesehen. Das alles deutet doch wohl darauf hin, dass du heute etwas weiter reiten willst als sonst.«

»Stimmt.« Das Mädchen zog eine Grimasse und ärgerte sich insgeheim. Hätte ich ja auch selber drauf kommen können! »Ich muss dringend nach Drachenthal, und da dachte ich, ich nutze die Gelegenheit …«

»Gute Idee!« Nikodemus Dietrich nickte. »Sturmwind wird sich freuen!«, setzte er hinzu und zog kräftig an der Pfeife.

Wie zur Bestätigung ließ der Hengst ein Wiehern hören.

Der Bauer trat einen Schritt auf Sturmwind zu. Mit seiner schwieligen Hand klopfte er ihm auf den Hals. »Pass gut auf Laura auf, mein Freund.«

Der Hengst schnaubte zustimmend. Laura fasste an den Sattelknopf, setzte den linken Fuß in den Steigbügel und schwang sich mühelos auf den Rücken ihres Pferdes. Leise schnalzte sie mit der Zunge.

Sturmwind trabte schon los, als Nikodemus Dietrich ihr noch hinterherrief: »Halt die Augen offen, Laura!«

Mit einem Schenkeldruck hielt das Mädchen das Pferd an,

drehte sich nach dem Bauern um und blickte ihn stirnrunzelnd an. »Warum sagen Sie das?«

»Einfach so«, antwortete Nikodemus. »Es kann doch nie schaden, vorsichtig zu sein – oder? Außerdem habe ich die Krähen wieder gesehen.«

Also doch!

Ihre Ahnung hatte sie nicht getrogen: Ellerkings Todesvögel waren wieder im Land!

Laura musste nicht nachfragen, denn Nikodemus' Gedanken waren einfach zu lesen: Ich habe leider auch keine Erklärung dafür, ging es dem Bauern durch den Kopf. Daraufhin gab das Mädchen die Zügel frei und der Schimmel fiel in Trab.

Nikodemus Dietrich aber sah der Reiterin nach, bis sie hinter der Ecke des Stallgebäudes verschwunden war. Eine bange Ahnung stand ihm ins Gesicht geschrieben, während er den Blick zum Himmel richtete, als erwartete er von dort Unheil.

Kapitel 11 ❧ Eine rätselhafte Entdeckung

Der Ritt pustete Laura die Trübsal aus dem Kopf. Während Sturmwind sie im Galopp durch die hügelige Landschaft trug, sanfte Kuppen erklomm und durch Täler und Senken preschte, war sie zum ersten Mal seit Tagen wieder frei von Sorgen. Unbeschwert jagte sie dahin und fühlte sich völlig eins mit ihrem Pferd. Nichts anderes existierte auf der Welt außer Sturmwind und ihr, und bald war ihr, als schwebe sie fast völlig schwerelos dahin. Die Landschaft wischte wie ein unscharfer Film an ihr vorbei, so dass es ihr für einige kurze Augenblicke so vorkam, als bewege sie sich durch den Lichttunnel der magischen Pforte in Richtung Aventerra.

Als sich die Talsenke, in die sich das malerische Drachenthal schmiegte, vor Laura öffnete, wusste sie dennoch nicht genau, wie viel Zeit seit ihrem Aufbruch am Dietrichs-Hof verstrichen war. Sturmwind war jedenfalls schweißnass und auch ihr Atem flog, ja, sie keuchte regelrecht. Der Ritt war wohl doch anstrengender gewesen, als sie ihn empfunden hatte. Das Mädchen zügelte den Schimmel, um die letzte Wegstrecke in einem leichten Trab zurückzulegen.

Lauras Ziel war ein Stall in der Nähe der Freilichtbühne. Er befand sich gleich neben der großen Halle mit den Büro- und Lagerräumen. Darin wurden die Pferde untergestellt, die beim Drachenstich zum Einsatz kommen sollten. Percy hatte Laura angeboten, ihn ebenfalls zu nutzen. Obwohl sie so schnell wie möglich ins Museum wollte, rieb sie den Schimmel erst sorgfältig ab, tränkte und versorgte ihn mit frischem Heu, bevor sie sich auf den Weg zum Bertrun-Tor machte.

Schon von weitem bemerkte sie die beiden Streifenwagen vor dem Eingang. Unwillkürlich blieb Laura stehen und zog die Stirn kraus.

Was hat das zu bedeuten?, ging es ihr durch den Kopf. Denn dass die Fahrzeuge nicht zufällig vor dem Drachenmuseum parkten, war ihr klar.

Was um alles in der Welt ging hier vor?

Alienor erspähte die Wunschgaukler vom Nordwest-Turm aus. Trotz der Nebelschwaden, die ständig um die Dunkle Festung drifteten, konnte sie die bunt berockten Männer auf den edlen Pferden schon von weitem erkennen, die sich vom Steinernen Forst her der Trutzburg des Schwarzen Fürsten näherten. In ihrem Schlepptau befand sich eine Gruppe von Kindern, die aus der Entfernung allerdings kaum mehr als undeutliche Schemen waren. Dennoch wusste das Mädchen, was das bedeutete: Die Verführer aus Deshiristan brachten Nachschub für Borborons seelenlose Kindersklaven. Sie eilte zur Treppe, um sich hinunter in den Burghof zu begeben und die Ankunft der Unglücklichen mit eigenen Augen zu beobachten.

Seit ihre Herrin Syrin, die sie zu ihrer persönlichen Sklavin auserkoren hatte, zu einer überstürzten Reise aufgebrochen und bislang noch nicht zurückgekehrt war, verfügte Alienor über reichlich freie Zeit. Nur hin und wieder wurde sie zum Dienst bei Borboron eingeteilt, doch da der Schwarze Fürst über eine ausreichende Anzahl von Dienern verfügte, hielt dieser sich in Grenzen. Die Sklavenaufseherin scheute sich offensichtlich, ihr niedere Tätigkeiten zuzuweisen. Sie fürchtete wohl, das Mädchen könne sich nach Syrins Rückkehr bei seiner Herrin darüber beschweren, und da die sprunghaften Launen der Magierin berüchtigt waren, wollte sie es sich nicht mit deren persönlicher Sklavin verderben.

Alienor machte von ihren Freiheiten – soweit man bei einer Sklavin davon sprechen konnte – reichlich Gebrauch. Sie erkundete die riesige Burg, durchstreifte Gänge und Flure und alle möglichen Räumlichkeiten von den höchsten Zinnen bis hinunter in die tiefsten Verliese. Mittlerweile kannten sie fast alle Wachen, und da selbst die finstersten Recken für ein freundliches Wort oder ein nettes Lächeln empfänglich waren, gewährten sie ihr fast überall Zutritt. Nur eines war Alienor bislang noch nicht gelungen: auch nur einen Schritt aus der Dunklen Festung zu setzen. Es war ihr schlichtweg unmöglich, die Tore zu passieren. Die Torwachen hatten strikte Anordnung, keinen Sklaven durchzulassen. Und da Borboron jeden Verstoß gegen seine Befehle streng bestrafte – meistens mit dem Tode –, hielten sich die Männer ausnahmslos daran. Sich heimlich davonzustehlen bedeutete den sicheren Tod. Jeder Flüchtling wurde unbarmherzig verfolgt und keiner war bislang den Häschern und ihren Hunden, die eigens für die Sklavenjagd abgerichtet worden waren, entkommen. Und so war Alienors innigster Wunsch, endlich die Freiheit wiederzuerlangen und nach Hellunyat zurückzukehren, bislang unerfüllt geblieben. Aber eines Tages würde ihr das schon gelingen, da war sie sich ganz sicher.

Als das blonde Mädchen in den Burghof hinaustrat, hielten die Wunschgaukler mit ihren Gefangenen gerade auf das Tor zu, das die schwarz uniformierten Wachen bereits geöffnet hatten.

Auch Borboron stand schon bereit, als könne er es gar nicht erwarten, die neuen Sklaven in Empfang zu nehmen. Dabei befanden sich bereits so viele Unglückliche in seiner Gewalt, dass sie sich zu zweit oder zu dritt die harten Holzpritschen in den Unterkünften teilen mussten.

Neugierig schlich Alienor näher an den Schwarzen Fürsten heran.

Die Männer in der traditionellen Tracht der Wüstenbewohner von Deshiristan – farbenprächtige Burnusse und bunte Turbane – zügelten ihre Vollblüter in angemessenem Abstand. Ihr Anführer, dessen linkes Ohrläppchen und Nase mit einem goldenen Ring verziert waren, saß ab und ging auf Borboron zu. Sein regenbogenfarbener Umhang war so lang, dass er fast auf dem Boden schleifte. Ohne die Kopfbedeckung abzunehmen, verneigte er sich vor dem Schwarzen Fürsten. »Seid mir gegrüßt, edler Herr«, sagte er und entblößte makellos weiße Zähne, während er freundlich lächelte.

Der Tyrann verzog keine Miene. Ausdruckslos musterte er das halbe Dutzend zerlumpter Jungen und Mädchen, die mit dumpfen Gesichtern und abwesendem Blick neben den Pferden standen und teilnahmslos ihres Schicksals harrten. »Wie ich sehe, Gramar, bringt Ihr uns neue Ware. Ich will doch hoffen, dass sie auch was taugt.«

»Aber natürlich, Herr!« Wieder verneigte sich der Wunschgaukler. »Nie würden wir es wagen, Euch minderwertige Qualität zu liefern. Aber bitte – überzeugt Euch selbst!«

Alienor musste an sich halten, sonst hätte sie vor Wut laut aufgeschrien, als der Schwarze Fürst nun durch die Reihen der Kinder schritt und sie begutachtete, als wären sie Vieh: Da prüfte er den Wuchs der Zähne, dort die Härte der Muskeln und bei einem Mädchen interessierte er sich gar für die Rundungen ihrer Hüften.

Dieser widerliche Kerl!

Offensichtlich war alles zu Borborons Zufriedenheit, denn er wurde schnell handelseinig mit Gramar. Daraufhin führte die Aufseherin die Unglücklichen sofort weg und brachte sie zu den Schmieden, die ihnen eiserne Fußfesseln anlegen würden.

Die Wunschgaukler wollten die Dunkle Festung schon wieder verlassen, als der Tyrann sie zurückhielt. »Nicht so eilig, Gramar«, sagte er mit einer Stimme, die keinen Widerspruch duldete. »Wollt Ihr und Eure Begleiter mir heute Nacht nicht Gesellschaft leisten?«

Der Wunschgaukler war überrascht. »Ich verstehe nicht, Herr …?«

»Ich habe etwas Wichtiges mit Euch zu besprechen.«

»Etwas Wichtiges?« Obwohl Gramar darauf bedacht schien, die freundliche Fassade zu wahren, bemerkte Alienor, dass er trotz der tiefbraunen Hautfarbe blass wurde. »Darf ich fragen, worum es geht?«

»Aber natürlich. Schließlich steht Ihr mir seit langem treu zur Seite!« Ein böses Grinsen verunstaltete das finstere Gesicht des Schwarzen Fürsten noch mehr und seine Augen leuchteten tiefrot auf. »Ich habe darüber nachgedacht, wie ich meinen Einfluss auf die Bewohner des Menschensterns mehren könnte – und Ihr mit Euren Verführungskünsten könntet mir dabei wertvolle Dienste leisten!«

Als Laura das Museum betrat, kamen ihr zwei Männer entgegen. Sie erkannte sie sofort: Bei dem älteren der beiden, einem bulligen, untersetzten Typen mit militärischem Haarschnitt und ergrautem Schnauzbart, handelte es sich um Kriminalkommissar Wilhelm Bellheim. Der jüngere, ebenso hager wie lang, war sein Assistent Anton. Laura kannte die Kripobeamten, weil sie die Ermittler im Mordfall Pater Dominikus waren.

Die Männer schienen Laura auf Anhieb wiederzuerkennen. Geradezu feindselig starrte der Kommissar sie an. »Du hast mir gerade noch gefehlt!«, knurrte er. »Das kann doch kein Zufall sein: Erst trifft man dich am Tatort eines äußerst mysteriösen Mordes und dann tauchst du ausgerechnet am Schauplatz eines nicht weniger geheimnisvollen Einbruchs auf.«

Laura runzelte die Stirn. »Was wollen Sie damit sagen?«

»Nichts.« Bellheim sah sie an wie eine bissige Bulldogge. »Nur dass du eine besondere Affinität zu rätselhaften Verbrechen zu haben scheinst – und das kommt mir langsam ziemlich merkwürdig vor.«

»Affini-was?«

»Affinität«, wiederholte der Kommissar knurrend.

»Und was soll das heißen?«

»Äh«, sagte Bellheim und winkte dann ab. »Ich hab wirklich Wichtigeres zu tun, als dir Nachhilfeunterricht zu erteilen!«

So ein überheblicher Affe!

Was bildete sich dieser Kerl bloß ein? Laura merkte, wie ihr das Blut in die Wangen stieg. Sie musste sich auf die Zunge beißen, damit sie sich keiner Beamtenbeleidigung schuldig machte.

Die unübersehbare Empörung des Mädchens perlte an dem Kommissar ab wie Regen an einer Schutzplane. »Komm schon, Anton«, schnauzte er seinen Gehilfen an. »Wir müssen weiter.« Ohne Laura eines weiteren Blickes zu würdigen, stapfte er davon.

Anton dagegen schenkte ihr ein freundliches Lächeln. »›Affinität‹ kommt aus dem Lateinischen und heißt so viel wie ›Wesensverwandtschaft‹«, flüsterte er ihr mit einem Augenzwinkern zu. »Womit mein Chef wohl sagen will, dass du mysteriöse Verbrechen geradezu anzuziehen scheinst – oder umgekehrt.«

»Verdammt noch mal, Anton, wo bleibst du denn?«, brüllte der Kommissar so laut, dass die Scheiben in den Fenstern klirrten.

Der junge Mann zog bedauernd die Schultern hoch und hastete davon.

Kopfschüttelnd sah das Mädchen ihm nach. Der arme Kerl! Auf Gedeih und Verderb war er den Launen seines mürrischen Chefs ausgeliefert.

Zum Glück kannte Laura die Museumsleiterin von früheren Besuchen her. Zudem war Frau Wegener eine gute Bekannte ihres Vaters. Marius Leander hatte sich vor seinem mysteriösen Verschwinden intensiv mit der Geschichte von Burg Ravenstein und ihrer Umgebung beschäftigt und häufig im Drachenthaler Museum recherchiert.

Die hagere Vierzigjährige mit der blonden Ponyfrisur und den grellroten Lippen und Fingernägeln war ziemlich durch den Wind. »Das gibt es doch nicht«, jammerte sie. »Das gibt es einfach nicht!« Dennoch gelang es Laura, ihr Einzelheiten über die Ereignisse der vergangenen Nacht zu entlocken – und die waren in der Tat mehr als merkwürdig.

Gegen vier Uhr war Frau Wegener, die allein in einem Haus ganz in der Nähe des Museums wohnte, durch ein Geräusch aus dem Schlaf geschreckt worden. Als sie der Ursache nachging, war urplötzlich eine Gestalt auf sie zugesprungen und hatte sie niedergeschlagen, so dass sie das Bewusstsein verlor.

Stunden später erst war die Museumsleiterin wieder zu sich gekommen – und hatte natürlich sofort das Schlimmste befürchtet: Sicherlich war der Einbrecher längst mit ihrer gesamten Habe auf und davon. Seltsamerweise jedoch fehlte nichts. Im ganzen Haus hatte er nicht ein Stück mitgehen lassen. Selbst der Original-Dalí, ihr Ein und Alles, den sie hütete wie einen kostbaren Schatz, hing unversehrt an der Wand im Wohnzimmer. War das nicht seltsam? Oder sollten die Spötter unter ihren Bekannten doch Recht haben, die immer wieder behaupteten, dass es sich bei der Grafik nur um eine billige Kopie handelte? Aber dann hätte der Dieb ja ein Kunstsachverständiger sein müssen!

Frau Wegener hatte deshalb darauf verzichtet, die Polizei zu alarmieren – was sich im Nachhinein als ein verhängnisvoller Fehler erwies. Denn als die Museumsleiterin ihr Haus verlassen wollte, um zur Arbeit zu gehen, musste sie zu ihrem Entsetzen feststellen, dass der nächtliche Eindringling doch etwas gestohlen hatte: die Schlüssel zum Museum! Noch im gleichen Augenblick war sie zum Telefon gestürzt und hatte die 110 gewählt.

»Und?« Laura blickte die Frau gespannt an. »Hat er viel geklaut?«

Frau Wegener riss die Augen auf wie ein erschrecktes Lama. »Aber das ist es ja!«, rief sie geradezu empört. »Es fehlt nichts. Absolut nichts!«

»Das heißt … er war gar nicht im Museum?«

»Doch, natürlich. Allerdings …«

»Ja?«

»Er hat nicht eines unserer Exponate angerührt. Und da sind einige darunter, die äußerst wertvoll sind!« Frau Wegener schüttelte das Blondhaar.

»Und was sollte dann das Ganze?«

»Weiß ich's?« Frau Wegener verzog das Gesicht, als wollte sie sagen: Kann ich hellsehen? »Der einzige Raum, in dem der Kerl sich zu schaffen gemacht hat, war das Lager im Keller, wo wir den alten Krempel aufbewahren. Wie es aussieht, hat er den gesamten Plunder durchwühlt – ziemlich gründlich sogar.«

Irritiert verzog Laura das Gesicht. Sie konnte sich auf das Geschehen ebenso wenig einen Reim machen wie die Museumsleiterin. »Und hat er wenigstens da was mitgenommen?«, wollte sie wissen.

Frau Wegener zog einen Flunsch und zuckte mit den Schultern. »Keine Ahnung! Das wertlose Zeug liegt doch schon ewig dort und ist noch nicht mal katalogisiert. Falls er tatsächlich was geklaut haben sollte, haben wir nicht die geringste Chance, das festzustellen.«

Plötzlich fiel Laura etwas ein. »Sie haben von einem Kerl gesprochen. Heißt das, Sie haben den Schlüsseldieb erkannt?«

»Ja, natürlich. Das ist es ja gerade.« Die Blonde war plötzlich wieder ganz aufgeregt. »Als er auf mich zugesprungen ist, stand ich direkt vorm Flurfenster – und im Mondschein konnte ich ihn deutlich sehen. Aber als ich ihn dem Kommissar beschrieben habe, hat der mich angeschaut, als wäre ich völlig verrückt!«

»Was?« Laura verstand nun überhaupt nichts mehr. »Wieso denn das?«

»Weil –« Frau Wegener brach ab und schnaufte empört. »Ich hab doch noch alle Sinne beisammen! Ich weiß doch genau, was ich gesehen habe: Der Kerl war groß und hager, hatte ein bleiches Gesicht wie ein Albino und feuerrote Haare wie ein Pumuckl.«

Da endlich begriff Laura: Die Beschreibung passte haargenau auf Konrad Köpfer.

Den Wiedergänger!

Kein Wunder, dass Kommissar Bellheim äußerst verstört auf Frau Wegeners Beschreibung reagiert hatte. Schließlich hatten Laura und auch Aurelius Morgenstern ihm den Feuerkopf als den Mörder von Pater Dominikus beschrieben – und dennoch hatte er bislang noch nicht eine Spur von ihm entdecken können. Dass dieser Konrad Köpfer nun auch noch einen Einbruch in das Museum begangen haben sollte, musste Bellheim sehr irritiert haben.

»Und Sie sind sich auch ganz sicher?«, fragte Laura mit gerunzelter Stirn.

»Völlig sicher!« Frau Wegener hob die rechte Hand, als wolle sie einen Schwur ablegen. »Der Mann, der mich überfallen und die Schlüssel zum Museum entwendet hat, sah exakt so aus, wie ich ihn beschrieben habe!« Einen Augenblick lang starrte die Frau nachdenklich vor sich hin, um dann ratlos den Kopf zu schütteln. »Wenn ich nur wüsste, was er hier gesucht hat.«

Laura zögerte für einen Moment, bevor sie ihren Verdacht aussprach: »Den Nachlass von Muhme Martha, vermute ich mal.«

Die Museumschefin kniff die Augen zusammen. »Weshalb sollte er ausgerechnet danach suchen?«

»Ähm«, brummte Laura. Sollte sie der Frau tatsächlich verraten, was Sache war? Lieber nicht! »Weil … ähm … weil …« Fieberhaft suchte sie nach einer Erklärung, die plausibel genug erschien, ohne allzu viel zu verraten. »Ach … das ist viel zu kompliziert, um es mit ein paar Worten zu erklären!«

»Tatsächlich?« Erneut zeigte Frau Wegener ein verkniffenes Lama-Gesicht und beäugte Laura misstrauisch, winkte jedoch schon bald ab. »Ist ja auch egal«, sagte sie. »Schließlich wäre all seine Mühe dann völlig umsonst gewesen.«

»Umsonst?«

Frau Wegener nickte.

»Und wieso?«

»Wegen des Brandes natürlich!«

Offensichtlich konnte Frau Wegener Laura ansehen, dass sie nicht im Geringsten verstand, worauf sie anspielte. »Anfang des letzten Jahrhunderts hat es hier im Museum einen verheerenden Brand gegeben«, fügte sie deshalb rasch hinzu. »Dabei sind zahllose Dokumente und Unterlagen vernichtet worden. Darunter der gesamte Bestand des Lagers und damit auch der komplette Nachlass von Muhme Martha, der dort aufbewahrt wurde. In den Ausstellungsräumen, besonders in den oberen Stockwerken, konnten zum Glück viele Exponate gerettet werden – aber das war nur diesem Mädchen zu verdanken!«

Laura kniff die Augen zusammen. »Welchem Mädchen denn?«

»Das Feuer brach mitten in der Nacht aus – und wurde zufällig von einem jungen Mädchen entdeckt. Wenn es nicht die Glocken geläutet und die Bewohner aus dem Schlaf gerissen hätte, wäre es mit Sicherheit zu einer Katastrophe gekommen. Die ganze Stadt hätte abbrennen können! Die Häuser standen eng beieinander und waren größtenteils aus Holz gebaut. Es war ein äußerst trockener Sommer, die Gebäude hätten gebrannt wie Zunder!« Plötzlich trat Frau Wegener einen Schritt zurück und musterte Laura eingehend von oben bis unten. »Merkwürdig«, murmelte sie dann. »Dass mir das jetzt erst auffällt.«

»Was denn?«

Frau Wegener atmete tief durch. »Leider existiert kein einziges Foto mehr von der Kleinen, die ihren mutigen Einsatz für ihre Mitbürger bedauerlicherweise mit dem Leben bezahlt hat. Sie ist damals in den Flammen umgekommen. Aber wenn die Beschreibungen in den alten Chroniken stimmen – dann muss sie ziemlich genau so ausgesehen haben wie du, Laura! Mehr noch: Sie war dir sogar so ähnlich wie eine Zwillingsschwester.«

Laura konnte Rikas Wagen schon von weitem sehen. Der Landrover parkte neben einem halben Dutzend anderer Fahrzeuge direkt neben dem Eingang zu der abgesperrten Ausgrabungsstätte. Ein gelangweilt Kaugummi kauender Hüne in einem schwarzen Blouson mit der Aufschrift *»Security«*, der eine dunkle Sonnenbrille auf der Nase trug, verweigerte Laura den Zugang. Selbst ihr Hinweis auf Rikas persönliche Einladung schien ihn wenig zu beeindrucken. Immerhin sah er sich dann aber doch bemüßigt, einige Worte in das Funksprechgerät zu knurren, das er in der Hand hielt. Laura konnte die knarzende Antwort nicht verstehen. Da die Miene des Zerberus jedoch ein wenig freundlicher wurde und er zur Seite trat, musste sie wohl zu seiner Zufriedenheit ausgefallen sein.

Auf den ersten Blick wirkte das Grabungsfeld ziemlich enttäuschend. Es war nichts weiter als ein Stück ödes Ackerland, vielleicht hundert mal zweihundert Meter groß, das von einem hohen Bretterzaun eingegrenzt war. An einer Seite waren dicht am Zaun drei große Zelte aus grünen Armee-Planen aufgeschlagen, deren Dächer Laura schon am Vortag von der Ruine aus bemerkt hatte. Eine Schar junger Leute, offensichtlich Studenten, ging dort ein und aus.

Der Acker selbst war von ein paar Gräben durchzogen, in denen Laura weitere Frauen und Männer entdeckte. Einige von ihnen trugen zaghaft dünne Erdschichten ab oder pinselten an Steinen und Scherben herum. Andere wiederum standen in einer tieferen Grube in der Mitte des Feldes und waren vorsichtig mit Aushubarbeiten beschäftigt. Zwei Männer bewegten sich langsam über das Gelände und suchten es mit Geräten ab, die an Metalldetektoren erinnerten.

Laura wollte eben nach Rika Reval Ausschau halten, als sie das Krächzen hörte. Verwundert schaute sie auf und erblickte eine einsame Krähe in einem der Bäume des Wäldchens, das das Grabungsfeld auf zwei Seiten säumte.

Der Vogel war riesig.

Seine schwarzen Knopfaugen schienen direkt auf die Besucherin gerichtet zu sein. Beklommen ließ Laura den Blick über die Baumwipfel schweifen, konnte aber keine weitere Krähe ausmachen. Es war auch kein anderes Gefieder zu sehen. Nur zahllose Mistelbüsche, die wie kleine grüne Monster auf den Ästen hockten.

Kapitel 12 – Ein perfider Plan

Laura schluckte. Verbargen sich dahinter tatsächlich Ellerkings Totenvögel? Und wenn ja – was oder wen bewachten sie eigentlich?

Da erst fiel ihr die Vogelscheuche auf. Mehr als hundert Meter entfernt stand sie am entgegengesetzten Ende des Ausgrabungsfeldes. Laura kam es so vor, als sei es dieselbe Scheuche wie die an der Alten Gruft. Auch diese hier schien einen Frack und einen Zylinder zu tragen, obwohl das auf die Entfernung nicht mit Gewissheit zu erkennen war.

Ein merkwürdiger Zufall – oder war es gar kein Zufall?

»Was ist denn mit dir los?« Eine Frauenstimme in ihrem Rücken ließ Laura herumfahren. Sie hatte gar nicht gehört, dass Rika Reval sich genähert hatte. Die Archäologin lächelte freundlich. »Du machst ja ein Gesicht, als hättest du ein Gespenst gesehen.«

»Ähm«, brummte das Mädchen und drehte sich noch einmal nach der Scheuche um, bevor sie sich wieder der Frau mit der Hornbrille zuwandte. »Es ist nichts«, sagte sie. »Oder vielleicht sehe ich so mürrisch aus, weil ich schlechte Nachrichten für Sie habe.«

»Schlechte Nachrichten?«

Laura nickte. »Ja. Ich war gerade im Museum, um nach Muhme Marthas Nachlass zu suchen.«

»Und?« Rika war die Spannung anzusehen. Die Augen hinter den Brillengläsern glänzten.

»Tut mir leid.« Laura zuckte bedauernd mit den Schultern. »Aber falls Papas Urgroßmutter tatsächlich Dokumente besessen haben sollte, die Ihnen näheren Aufschluss über Sigbert und sein Schwert liefern könnten, dann sind die längst verbrannt.«

»Schade«, sagte Rika. »Ist aber nicht weiter tragisch. Es sieht nämlich so aus, als würden wir auch ohne sie vor dem Durchbruch stehen!«

»Echt?«

Die Archäologin nickte. Ein zufriedenes Lächeln spielte um ihre Lippen.

»Ja. Komm mit, ich will dir was zeigen.« Sie steuerte auf die Grube in der Mitte des Feldes zu, die sich als knapp mannstief erwies. Drei Männer und zwei Frauen arbeiteten darin. Offensichtlich legten sie eine aus Feldsteinen gefügte Mauer frei. Verwundert blickte das Mädchen die Archäologin an. »Wie kommt die denn in die Erde?«

»Genau das haben wir uns natürlich auch gefragt.« Wieder lächelte Rika. »Und deshalb haben wir das Areal hier durchleuchten lassen.«

»Durchleuchten?«

»Vereinfacht ausgedrückt!«, erklärte die junge Frau. »Mit den Mitteln der modernen Wissenschaft ist es möglich, von einem bestimmten Gelände so etwas wie Röntgenaufnahmen anzufertigen. Dann kann man ohne einen einzigen Spatenstich erkennen, was unter der Erde verborgen ist.«

»Das ist ja super!« Laura klang beeindruckt. »Und erleichtert Ihre Arbeit natürlich ungemein.«

»Ja.« Rika deutete auf die Mauer in der Grube. »Deshalb vermuten wir auch ganz stark, dass es sich hier um die Außenwand einer alten Gruft handelt. Den Ausmaßen nach zu urteilen, müsste es die Grabstätte eines Herrschers sein. Erste Materialproben haben gezeigt, dass sie rund eintausendfünfhundert Jahre alt ist, und das bedeutet –«

»– dass es sich möglicherweise um das Grab von Sigbert dem Drachentöter handelt!« Auch Lauras Augen hatten nun einen ganz aufgeregten Glanz angenommen. »Habe ich Recht?«

»Stimmt!« Rika nickte. »Zumindest vermuten wir das. Vom Alter her würde es genau passen und außerdem liegt es auf dem Gelände der ehemaligen Burg, so dass wir uns begründete Hoffungen machen, tatsächlich das Grab des Drachentöters entdeckt zu haben. Zumal ja auch die Schwertspitze auf diesem Gelände gefunden wurde.« Dann aber schüttelte die junge Frau unwirsch den Kopf. »Was bin ich nur für eine schlechte Gastgeberin! Du hast doch bestimmt Hunger und Durst.«

Laura ließ sich auf eine Limonade einladen, die Rika ihr vor einem der Zelte servierte, das als Feldküche fungierte. Campingtische und -stühle waren darin und davor aufgestellt.

Das Mädchen wollte sich gerade setzen, als sein Blick wieder auf die Bäume fiel: Jetzt waren es schon fünf Krähen, die in den Wipfeln saßen und sie stumm zu beäugen schienen.

Laura schluckte. Sie griff nach dem Trinkbecher, bemüht, sich die Beklommenheit nicht anmerken zu lassen. »Liegt eigentlich der Laborbefund schon vor?«, fragte sie nach einem kleinen Schluck. »Für die Schwertspitze, meine ich?«

Rika setzte ihren Becher ab. »Ja«, sagte sie leise und starrte nachdenklich in die Ferne.

»Und?«, hakte Laura nach. »Was hat er denn ergeben?«

»Dass die Klinge mindestens zweitausend Jahre alt sein muss.«

Zweifel nisteten sich ein auf Lauras Miene. »Zweitausend Jahre?«, staunte sie. »Das ist ja unglaublich.«

»Stimmt.« Rika blickte immer noch versonnen vor sich hin. »Außerdem: Das Metall, aus dem sie geschmiedet ist, gibt den Wissenschaftlern im Labor einige Rätsel auf. Sie konnten es noch immer nicht eindeutig identifizieren.«

Lauras Kenntnisse über Archäologie waren ziemlich begrenzt. »Kommt so was öfter vor?«, fragte sie deshalb.

»Eben nicht!« Die Forscherin trank einen weiteren Schluck, bevor sie fortfuhr: »Die Zahl der Metalle auf unserer Erde ist begrenzt. Außerdem wissen wir inzwischen ziemlich genau, welche davon in welcher Legierung die Menschen der damaligen Zeit zum Waffenschmieden benutzt haben. Deshalb hat uns dieses Ergebnis ja auch so überrascht. Ganz besonders die Vermutung, die einer der Laborleute geäußert hat. Aber darüber zu sprechen ist noch verfrüht.«

Laura musterte die Archäologin nachdenklich. Vermutlich wäre es ein Leichtes, in Rikas Gedanken einzudringen. Zumal sich diese einzig und allein um die geheimnisvolle Schwertspitze zu drehen schienen. Aber Miss Mary und auch Professor Morgenstern hatten ihre Schülerin eindringlich davor gewarnt, ihre besonderen Fähigkeiten aus Selbstsucht zu gebrauchen. Sie durfte ihre Talente nur einsetzen, um der Sache des Lichts zu dienen; selbst das harmlose Training, wie sie es im Bus betrieben hatte, durfte nur darauf abzielen, sich für den Kampf gegen Borboron und seine Verbündeten fit zu machen.

»Aber beim Üben versuche ich doch auch, fremde Gedanken zu lesen«, hatte sie damals eingewandt, war aber sogleich eines Besseren belehrt worden.

»Das ist was anderes«, hatte Morgenstern sie beschieden. »Denn in einem solchen Fall willst du ja nichts Bestimmtes erfahren. Es steht keine bewusste Absicht hinter deinen Versuchen, und die Erkenntnisse, die du dadurch gewinnst, unterliegen keinem besonderen Zweck.«

Da hatte Laura verstanden. Deshalb entschied sie jetzt auch, auf das Gedankenlesen zu verzichten. »Was hat dieser Forscher denn vermutet?«, fragte sie stattdessen.

»Nun.« Rika atmete tief durch, als fiele es ihr schwer, das Geheimnis zu offenbaren. »Es klingt abwegig, aber er glaubt tatsächlich, Hinweise dafür gefunden zu haben, dass Teile der Legierung von einem fremden Planeten stammen könnten.«

Lauras Augen wurden groß. »Nein!«

Rika lächelte. »Ich war genauso skeptisch wie du. Und dennoch bleibt der Kollege bei seiner Behauptung. Er glaubt sogar, sie bald belegen zu können.«

»Aber …« Laura versuchte ihre Gedanken zu ordnen. »Das und auch das Alter des Schwertes würden Ihre schöne Hypothese doch über den Haufen werfen.«

Mit gerunzelter Stirn blickte die junge Frau sie an. »Wieso meinst du?«

»Ganz einfach: Wie Sie neulich erklärt haben, muss Siegfried oder sein reales Vorbild etwa zu Beginn des fünften Jahrhunderts gelebt haben – stimmt's?«

»Stimmt.«

»Das Nibelungenlied erzählt, dass Siegfried bei dem Schmied Regin in die Lehre gegangen ist und sich dort sein Schwert geschmiedet hat. Was bedeutet, dass sein Schwert nicht viel älter als eintausendfünfhundert Jahre sein kann und außerdem mit Sicherheit kein Metall von einem fremden Planeten enthält.«

Zu Lauras Verwunderung schüttelte die junge Frau den Kopf. »Nicht unbedingt«, erklärte sie. »Diese Darstellung ist nämlich nur eine von vielen verschiedenen Versionen, die von der Nibelungensage im Umlauf sind. Möglicherweise ist diese Regin-Episode erst später hinzugefügt worden und lediglich als Metapher zu verstehen.«

Laura zog eine Grimasse. »Tut mir leid, aber da kann ich Ihnen nicht folgen.«

»Dabei ist es doch ganz einfach: Vielleicht wollte einer der vielen Bearbeiter der Nachwelt ja durch seine Hinzufügungen nur deutlich machen, dass auch Helden nichts in den Schoß fällt; dass auch sie sich die besonderen Fähigkeiten, die ihnen später gute Dienste erweisen, erst mühsam aneignen müssen. Also ließ er den Helden Siegfried das Schwert selber schmieden, mit dessen Hilfe er später seine stärksten Feinde besiegte.«

Plötzlich begriff Laura, was Rika damit sagen wollte. »Ach so!«, erklärte sie staunend. So hatte sie die Dinge ja noch nie gesehen. Und plötzlich wurde ihr klar, dass es sich bei ihr ja nicht anders verhielt. Auch sie musste die ihr innewohnenden Fähigkeiten erst mühsam ausbilden und sie immer wieder üben, bevor sie sich ihrer richtig bedienen konnte.

»In anderen, weniger bekannten Versionen der Saga«, fuhr Rika fort, »wird dagegen davon berichtet, dass schon Siegfrieds Vater Siegmund ein mächtiges Schwert besessen habe. Vielleicht hat er es ja an seinen Sohn weitergegeben – womit sich erklären ließe, weshalb die Waffe älter ist als unser Held.«

»Schon möglich«, sagte Laura und nickte. »Klingt irgendwie einleuchtend.«

»Dieses Schwert wiederum soll einstmals der Göttervater Odin höchstpersönlich auf die Erde gebracht haben –«

»– was sowohl eine Erklärung für sein Alter wie auch für die unbekannte Legierung wäre, die möglicherweise aus einer fremden Welt stammt«, warf Laura aufgeregt ein.

»Warum nicht?« Rika Reval lächelte vieldeutig. »Schließlich lässt auch die Sigbertlegende eine ähnliche Interpretation zu. Über die Herkunft des Schwertes wird darin zwar nichts ausgesagt. Dafür aber wird berichtet, dass der Held aus fremden Landen nach Drachenthal kam – was ohne weiteres auch mit einer fremden Welt gleichgesetzt werden könnte.« Wieder lächelte Rika. »Wie du siehst, Laura: Es sind viele Deutungen möglich. Es ist entscheidend, aus welcher Sicht man die Dinge sieht. Mich zumindest bestärken diese Erkenntnisse in der Annahme, dass meine Hypothese stimmt und die von mir gefundene Schwertspitze tatsächlich zu dem Schwert des Drachentöters gehört. Zumal in einigen Fassungen der Nibelungensage auch die Rede davon ist, dass Odin selbst dafür gesorgt habe, dass das Heldenschwert zerbrach.«

»Wie das?«

»Zur Strafe; weil sein Besitzer es nicht für eine gerechte Sache eingesetzt hat, sondern nur zu seinem persönlichen Vorteil.«

»Und das war ihm verboten?«

»Natürlich!« Rika nickte. »Mit den wertvollen Gaben, die einem verliehen werden, sei es von den Göttern oder wem auch sonst, muss man verantwortungsvoll umgehen. Sie sind zu kostbar, als dass man sie einfach vergeuden dürfte.«

Das Mädchen antwortete nichts. Die Worte der Frau waren ihr nur allzu vertraut. Hatte nicht auch Professor Morgenstern auf ähnliche Weise von den besonderen Fähigkeiten gesprochen, die sie einem gnädigen Schicksal verdankte? Hatte er sie nicht auch gemahnt, diese stets für die richtige Sache einzusetzen? Erging es ihr demnach nicht ähnlich wie den Helden der alten Sagen und Legenden? Die Erkenntnis zauberte ihr ein Lächeln ins Gesicht.

Was Rika offensichtlich falsch interpretierte. »So ist's recht, Laura«, sagte sie. »Auch du hast allen Grund zur Freude, denn deine Vermutung war richtig.«

»Meine Vermutung?« Das Mädchen runzelte die Stirn. »Welche Vermutung denn?«

»Nun – dass es sich bei der Gravur auf dem Bruchstück um ein Rad der Zeit handelt«, erklärte die junge Frau. »Das zumindest steht nun einwandfrei fest.«

Also doch!

Da trat ein junger Mann zu der Archäologin und begrüßte sie mit einem Kuss auf die Lippen.

»Hallo, Liebes«, sagte er.

»Hallo.« Rika lächelte ihn verliebt an, bevor sie sich an Laura wandte. »Darf ich vorstellen: Das ist Thomas Zachner, mein Freund.« Dann deutete sie auf das Mädchen. »Thomas, das ist Laura Leander, die Tochter meines alten Studienkollegen Marius.«

Der Blonde nickte ihr freundlich zu. »Hallo, Laura.« Dann kniff er fragend die Augen zusammen. »Kann es sein, dass wir uns schon mal begegnet sind?«

Und ob sie sich schon begegnet waren!

Laura hatte den Mann sofort erkannt. Er war der Typ, der am Vortag an derselben Haltestelle wie Lukas und sie in den Bus gestiegen war und dessen finstere Gedanken sie gelesen hatte: Ich will nur hoffen, dass die Tussi bald zu Potte kommt. Und wenn sie mir Scherereien macht, dann muss sie eben dran glauben. Schließlich steht einiges auf dem Spiel! Genau das hatte der Kerl gedacht!

Laura musterte ihn so unbefangen wie möglich. Er durfte um Himmels willen nicht merken, dass er ihren Argwohn erregt hatte. Hatte er mit dieser »Tussi« etwa seine Freundin gemeint? Und wobei konnte Rika ihm Scherereien machen? War die Archäologin am Ende in Gefahr?

Laura konnte ihren Gedankengang nicht zu Ende bringen, denn Thomas Zachner beendete ihren Besuch abrupt, wenn auch auf durchaus charmante Weise. »Tut mir wirklich leid, Laura«, sagte er freundlich lächelnd. »Aber Rika und ich müssen dringend was besprechen.«

»Natürlich.« Augenblicklich erhob sich das Mädchen und schüttelte Rika die Hand. »Vielen Dank für Ihre Geduld und die interessanten Informationen.« Dann verabschiedete sie sich auch von Thomas. Seine Rechte war kalt wie ein Fisch. »Auf Wiedersehen.«

»Da bin ich ganz sicher«, erwiderte Thomas lächelnd und schaute ihr tief in die Augen. Sein Blick war ebenso stechend wie der von Dr. Schwartz.

Und ebenso eisig.

Laura war fast schon am Ausgang, als sie sich noch einmal umdrehte. Der Anblick traf sie wie ein Schock: Die Bäume hinter den Zelten waren schwarz von Vogelleibern. Hunderte, ja Tausende von Krähen bevölkerten die mächtigen Wipfel. Sie rührten sich nicht und gaben keinen Laut von sich – wie unheimliche Vorboten der Hölle.

Noch etwas Wein, Herr?« Alienor lächelte den Wunschgaukler freundlich an.

»Gern.« Bereitwillig hielt Gramar ihr den Trinkpokal entgegen. »Zu einem derart vorzüglichen Tropfen sage ich bestimmt nicht Nein.« Während das Mädchen das Gefäß füllte, beugte er sich vor und wandte sich an den Schwarzen Fürsten, der ihm am großen Esstisch im Thronsaal gegenübersaß und seinen Gast argwöhnisch musterte. »Ich verstehe nicht, warum Euch der Wein nicht munden will. Ihr wisst gar nicht, welcher Genuss Euch entgeht.«

Ob seine Sinne nun genug benebelt sind?, fragte Borboron sich insgeheim grimmig.

Der Wunschgaukler grinste selig und setzte den Pokal an die Lippen. Während er genießerisch schlürfte, glänzten seine vom Wein geröteten Wangen im Schein des Kaminfeuers. Zufrieden wischte er sich mit dem Handrücken über den Mund.

Der Schwarze Fürst sprach ihn mit herrischer Stimme an: »Ich bin müde und will nicht länger warten. Also hört mir gut zu, Gramar –«, als Alienor sich einmischte.

»Verzeiht mir, Herr«, sagte sie beklommen und hoffte, dass das aufgeregte Klopfen ihres Herzens ihre Absichten nicht verriet. »Wollt Ihr nicht am Kamin Platz nehmen? Dort habt Ihr es doch viel gemütlicher und ich würde Euch nicht stören, wenn ich die Tafel abräume.« Das würde Borboron nämlich nie erlauben, falls die Unterredung am Tisch stattfand. Er würde sie vielmehr hinausschicken und damit hätte sie keine Gelegenheit, die Männer zu belauschen. Wenn sich die beiden jedoch an den Kamin setzten, konnte sie vorgeben mit Abräumen beschäftigt zu sein und das Gespräch unbemerkt verfolgen.

Sie musste doch erfahren, welche Teufelei Borboron schon wieder ausgeheckt hatte! Nur deshalb hatte sie die für den Tischdienst eingeteilte Sklavin gebeten, für sie einspringen zu dürfen. Was diese freudig angenommen hatte.

Der Schwarze Fürst schien wenig angetan von ihrem Vorschlag. Bevor er ihn jedoch zurückweisen konnte, meldete sich sein Gast zu Wort. »Das ist eine wahrhaft vorzügliche Idee«, sagte er und lächelte Alienor trunken an. »Eine Sklavin, die mit so viel Bedacht handelt, ist wahrlich selten!« Er neigte sich seinem Gastgeber zu. »Wollt Ihr sie nicht an mich zurückverkaufen?«

»Schlagt Euch das aus dem Kopf!« Borboron erhob sich und trat zum Kamin. »Sie ist Syrins persönliche Sklavin, und die würde sich sicherlich bedanken, wenn sie die Kleine bei ihrer Rückkehr nicht mehr vorfindet.«

»Schade, wirklich schade!«, seufzte der Wunschgaukler und ließ sich neben dem Schwarzen Fürsten in einen Sessel nieder. Ein Schwall Rotwein schwappte aus dem Pokal in seiner Hand. »Aber vielleicht kann ich der Magierin ja den Wunsch ausreden, sie unbedingt behalten zu wollen.«

»Womit wir bei der Sache wären!«, stellte der Tyrann nüchtern fest.

Gramar zog die Brauen hoch. Er schien nicht zu verstehen, worauf Borboron anspielte.

Alienor verhielt sich so leise wie möglich. Stellte nahezu lautlos das gebrauchte Geschirr zusammen, sammelte das Besteck ein und hielt sich dabei immer auf der Tischseite, die dem Kamin am nächsten war. So hörte sie jedes Wort.

»Eure Verbündeten auf dem Menschenstern«, hob der Schwarze Fürst an. »Wie kommen die denn voran?«

»Bestens, wirklich bestens!« Der Wunschgaukler strahlte. »Sie verstehen sich genau wie wir auf die hohe Kunst, anderen die passenden Wünsche vorzugaukeln, so dass diese nicht einmal merken, dass es gar nicht mehr die eigenen sind, denen sie alsbald nachlaufen. Und so jagen immer mehr Menschen bereitwillig allem nach, was ihnen eingeredet wird, sei es auch noch so unsinnig.«

»Tatsächlich?« Borboron verzog das Gesicht, dass es grimmiger aussah als jemals zuvor. »Das erzählt Ihr mir jedes Mal, wenn ich Euch danach frage. Nur leider merke ich nichts davon!«

Gramar schien verwundert. »Wie meint Ihr das, Herr?«

»Ganz einfach: Noch immer gibt es mehr als genug dieser menschlichen Kreaturen, die für die Sache des Lichts eintreten und damit ganz offensichtlich den falschen Verlockungen widerstehen, mit denen Ihr und Euresgleichen sie zu umschmeicheln versucht.«

»Nun ja, Herr …« Der Wunschgaukler wand sich in seinem Sessel. »Manche Menschen sind überaus widerspenstig und beharren auf ihrem eigenen Willen.«

»Eben!« Der Finger des Tyrannen schoss vor und bohrte sich in die Brust seines Gegenübers. »Genau das meinte ich! Aber ich will, dass sich das ändert – und zwar schnell!«

»Das ist nicht so einfach, Herr!« Gramar wurde zusehends unwohler. »Glaubt mir: Wir geben uns die allergrößte Mühe. Aber leider fällt nicht jeder auf die Verlockungen herein, die wir ihm einzuflüstern versuchen – und klängen sie noch so vielversprechend.«

»Ihr sagt es.« Der Schwarze Fürst seufzte und strich sich nachdenklich über das kantige Kinn. »Aber wie wäre es denn – wenn Ihr Macht über die Träume der Menschen erlangen würdet?«

Die Augen des Wunschgauklers begannen zu leuchten. »Das wäre vortrefflich, Herr! Die Menschen sind doch überzeugt, dass die Träume einzig und alleine ihrem Inneren entspringen. Es würde ihnen niemals einfallen, dass ein anderer ihnen damit etwas einflüstern oder vorgaukeln will. Wenn wir die Macht über ihre Träume gewinnen, dann gewinnen wir gleichzeitig die Macht über sie selbst. Nur ...« Wie zum Bedauern hob Gramar die Hände. »Leider ist uns das nicht möglich. Nur die Traumspinner, die über die Erleuchtlinge gebieten, können den Menschen Botschaften im Schlaf übermitteln.«

Der Schwarze Fürst richtete sich in seinem Sessel auf und sah Gramar gespannt an. »Aber mit ihrer Hilfe könntet Ihr diesen Kreaturen sehr wohl Eure falschen Wünsche einflüstern und sie für unsere Sache gewinnen?«

»Natürlich! Nur ...« Er schüttelte betrübt den Kopf. »Die Traumspinner werden dabei nicht mitspielen. Sie stehen schon seit Anbeginn der Zeiten treu und fest auf der Seite des Lichts.«

»Ich weiß!« Ein böses Grinsen huschte über das Gesicht des Schwarzen Fürsten. »Aber wer sagt denn, dass das bis in alle Ewigkeit der Fall sein muss? Selbst wenn sie die Seiten nicht aus freien Stücken wechseln wollen – glaubt mir, ich kenne Mittel und Wege genug, um sie dazu zu zwingen!«

»Gut! Sehr gut!« Das Gesicht des Wunschgauklers hatte nun beinahe die Farbe des Getränks, dem er so eifrig zusprach. Doch plötzlich gefror sein weinseliges Lächeln. »Allerdings, Herr – wie wollt Ihr denn wissen, ob diese Traumspinner Euch nicht betrügen? Wir Aventerrianer sind im Gegensatz zu den Menschen doch des Träumens nicht mächtig und können deshalb nicht überprüfen, ob sie auch die richtige Botschaft auf den Weg bringen?«

»Meint Ihr wirklich, das hätte ich nicht bedacht?« Borborons Augen glimmten feuerrot. »Oder wusstet Ihr nur nicht, dass sich eine dieser Kreaturen vom Menschenstern schon seit langem der Angenehmlichkeiten meines Kerkers erfreut?« Dann fing er an zu lachen, dass es durch den ganzen Thronsaal hallte.

Als die Umrisse von Burg Ravenstein am fernen Horizont auftauchten, dämmerte es bereits. Der Ausflug nach Drachenthal hatte länger gedauert, als Laura geplant hatte. Es war bestimmt schon Zeit zum Abendessen. Dabei hatte sie noch nicht einmal ihre Hausaufgaben erledigt und musste auch den Schimmel noch in den Stall bringen.

Oh, Mann!

Ungeduldig trieb sie Sturmwind an. »Jetzt lauf doch, mein Alter. Lauf!« Dabei preschte der Hengst schon dahin wie von Furien gehetzt.

Unversehens tauchte der Wolfshügel auf der linken Seite auf. Im gleichen Augenblick irrlichterte der Gedanke an Konrad Köpfer durch Lauras Kopf. An den Wiedergänger, dessen Grab sich auf dem Alten Schindacker jenseits des Wolfshügels befand. Oder vielmehr das Grab des Henkers von Ravenstein, als der dieser vor Jahrhunderten in ungeweihter Erde verscharrt worden war und seither keine Ruhe mehr fand. Bevor das Mädchen merkte, was es tat, zog es die Zügel an und brachte Sturmwind zum Stehen.

Der Hengst schnaubte seinen Protest in die Abenddämmerung, allerdings vergebens.

Wie magisch angezogen, starrte Laura auf die kleine Erhebung. Im Schein der letzten Sonnenstrahlen lockte sie wie ein Versprechen. Sollte sie nicht diese Gelegenheit nutzen, um nachzusehen, ob Köpfers Grab wieder zugeschüttet war oder immer noch offen stand, wie bei ihrem letzten Besuch auf dem verfemten Friedhof? Mach es Laura!, flüsterte eine energische

Stimme in ihrem Kopf. Das kann doch nicht allzu lange dauern. Dann hast du wenigstens Gewissheit, ob der Untote sein Grab wieder verlassen hat oder nicht! Noch während Laura der Stimme lauschte, trieb sie Sturmwind mit leichtem Schenkeldruck an und lenkte ihn in Richtung Wolfshügel. Der Hengst gehorchte nur höchst widerwillig, trug seine Reiterin aber doch an die gewünschte Stelle.

Der Alte Schindacker lag in einer Senke, die von keinem Sonnenstrahl mehr erreicht wurde. Die Dämmerung hatte sich über das Ödland gesenkt, auf dem sich nur die dürren Zweige verkrüppelter Büsche und verwachsenen Gesträuchs emporreckten wie höhnische Schattengeister. Obwohl es bald Sommer war, konnte Laura nirgends eine Spur frischen Grüns entdecken. Die Vegetation war wie tot. Als hätte der unheimliche Flecken Erde ihr den Lebenssaft ausgesaugt.

Sturmwind schnaubte ungehalten und scharrte unruhig mit den Vorderhufen.

Laura jedoch beachtete die Warnung ihres Hengstes nicht und trieb ihn hinunter in die Senke. Als sie den mächtigen Wacholderbusch am Rande des Schindackers umrundete, war es, als marschiere eine Armee winziger Eistrolle über ihren Rücken. Gänsehaut überzog ihre Arme und die Härchen auf ihren Handrücken richteten sich auf.

Wie in Trance glitt Laura aus dem Sattel und näherte sich dem Grabstein von Konrad Köpfer. Der Erdhaufen, der sie damals auf das offene Grab aufmerksam gemacht hatte, war verschwunden. Offensichtlich war es damit gefüllt worden. Nichts mehr deutete darauf hin, dass es jemals geöffnet worden war.

Die Schatten um sie herum wurden dichter, doch Laura beachtete sie nicht. Nachdenklich starrte sie auf den eingeebneten Boden. Lag der Rote Tod wieder in seinem Grab? Oder war es leer und einfach nur zugeschüttet worden? Doch sosehr

Laura auch überlegte, sie kam zu keinem eindeutigen Schluss. Das gefüllte Grab bewies nichts, aber auch rein gar nichts! Weder dass Konrad Köpfer wieder unter den Toten weilte noch das Gegenteil. Sie hätte sich diesen Abstecher sparen können. Sie war einer fixen Idee aufgesessen, wer auch immer sie ihr eingepflanzt haben mochte.

Sturmwinds Wiehern ließ Laura zusammenfahren. Und da sah sie die Krähen. So weit das Auge reichte, schwammen sie gleich einem fliegenden Ölteppich über ihr und verwehrten ihr den Blick zum Himmel. Immer noch gaben die Totenvögel keinen Laut von sich. Dafür stanken sie so entsetzlich, dass Laura würgen musste. Während sie sich noch über die Ursache dieses Übelkeit erregenden Geruchs wunderte, riss der schwarze Vorhang urplötzlich auf und aus der Mitte des Krähenschwarms stieß ein Wesen nieder das alles an Grauen übertraf, was Laura jemals begegnet war.

Kapitel 13 Der Angriff der Harpyie

Wie gelähmt starrte Laura auf das geflügelte Ungeheuer, das wie ein riesiger Geier auf sie zustürzte. In einem Schwall pestartigen Gestanks rauschte es heran und das Mädchen erkannte mit Entsetzen, dass das Monster den Kopf und den Oberkörper einer ausgemergelten Greisin besaß.

Eine Harpyie!

Ein Sturmdämon! Die Augen des Ungeheuers funkelten blutrot, während Laura aus dem zahnlosen Mund ein irres Gelächter wie von einer Wahnsinnigen entgegenschlug.

Schon fuhr die Harpyie spitze Aasgeierkrallen aus, um ihrem Opfer das Gesicht zu zerfetzen, als Laura sich endlich rührte. Aber obwohl sie zurückwich, schien ihr Tod unausweichlich.

Es war der Grabstein des Henkers, der das Mädchen rettete. Der Sturmdämon kreischte schon triumphierend auf, spreizte die Krallen und wollte eben zuschlagen, als Lauras rechter Fuß an dem von Moos überwucherten Stein hängen blieb und sie ins Stolpern geriet. Gleichsam in Zeitlupe registrierte sie, dass der tödliche Hieb sie um Millimeter verfehlte, während die Harpyie, laut aufkreischend vor Wut und Enttäuschung, dicht über sie hinwegstrich. Laura schrie auf. Sie musste auf einen spitzen Stein gefallen sein, denn ihr war, als werde ihr ein Messer in den Rücken gerammt. Der Schmerz und der Gestank, den das Untier verbreitete, drohten ihr die Sinne zu rauben. Kleine Sterne blitzten vor ihren Augen auf. Hilflos wie ein auf dem Rücken liegender Käfer musste sie mit ansehen, wie das Ungeheuer sich zehn, zwanzig Meter in die Höhe schraubte und erneut zum Angriff ansetzte. Gleich einem gefiederten Geschoss brauste der Dämon unter wahnwitzigem Geschrei heran.

Laura keuchte und biss die Zähne zusammen. Ungeachtet aller Schmerzen wollte sie sich zur Seite rollen, doch es gelang ihr nicht. Ihr Körper wollte ihr einfach nicht gehorchen.

Das Ungeheuer stieß ein höhnisches Gelächter aus und hielt, die scharfen Geierfänge wie Speere vorgestreckt, geradewegs auf das Gesicht des Mädchens zu.

Das war das Ende!

Laura schloss die Augen. Das Flügelschlagen füllte ihre Ohren. Schon meinte sie die Krallen zu spüren, die sich in ihre Haut bohrten, als Sturmwind voller Wut aufwieherte. Im gleichen Augenblick noch hörte das Mädchen einen dumpfen Schlag, gefolgt von einem Schrei der Harpyie, in dem sich Schmerz und Verwunderung mischten. Überrascht schlug Laura die Augen auf. Das geflügelte Monster wurde durch die Luft gewirbelt und fiel schließlich ein geraumes Stück entfernt zu Boden. Der Hengst aber stand direkt neben Laura – offensichtlich hatte er die Attacke des Sturmsdämons durch einen kräftigen Huftritt abgewehrt.

Schon rappelte die Harpyie sich wieder auf. Blut strömte über ihre Greisinnenfratze, die Laura nun noch hässlicher vorkam. »Das wirst du mir büßen! Büßen! Büßen!«, kreischte sie mit schriller Altweiberstimme, während sie die gewaltigen Schwingen spreizte.

Wollte das Ungeheuer erneut angreifen?

Sturmwind wieherte lauthals, stieg auf die Hinterbeine und machte einen Galoppsprung auf das Monster zu. Er wirbelte herum und trat erneut aus.

Obwohl der Tritt ins Leere ging, ergriff die Harpyie die Flucht. Während sie sich in die Lüfte schraubte, gellte eine

Warnung aus ihrem Maul: »Freut euch nicht zu früh, ihr Narren! Ihr könnt mir doch nicht entkommen! Entkommen! Entkommen!« Kurze Zeit später verschwand sie im Pulk der Krähen, die immer noch lautlos am Abendhimmel kreisten und nun in Richtung Drachenthal davonflogen. Schon bald hatte die Dämmerung die Totenvögel mitsamt der Harpyie verschluckt.

»Eine Harpyie?« Lukas sah die Schwester an, als habe sie behauptet, eine Begegnung mit einem Außerirdischen gehabt zu haben. »Das ist völlig unmöglich, Laura! Harpyien sind reine Fabelwesen, die man nur in Mythen und Legenden findet.«

»Stimmt nicht.« Unbeeindruckt erwiderte das Mädchen den skeptischen Blick. »Oder hast du schon vergessen, dass auch Alarik von einer Harpyie angegriffen wurde?«

»Natürlich nicht!« Der Junge rümpfte verächtlich die Nase. »Zumal dieser Vorfall nur bestätigt, dass ich Recht habe.«

Laura warf ihm einen fragenden Blick zu. »Wieso?«

»Weil es auf Aventerra geschehen ist, und das wird bekanntlich auch ›die Welt der Mythen‹ genannt. Deshalb ist es auch nur normal, dass diese Welt von allen möglichen Fabelwesen bevölkert ist. Hier auf der Erde dagegen existieren solche Wesen nur in unserer Fantasie. In der Realität gibt es keine Harpyien, weshalb sie auch noch von keinem Menschen beobachtet wurden.«

»Dann bin ich eben die Erste, die eine gesehen hat«, entgegnete Laura kühl. »Und ich war bestimmt nicht scharf drauf, das kannst du mir glauben.«

Lukas ließ einen Seufzer hören und die Falte auf seiner Stirn war wieder verdächtig tief. »Ich habe ja schon so einiges mit dir erlebt, Laura, aber allmählich mache ich mir wirklich Sorgen um dich. Dass Statuen plötzlich lebendig werden oder Buchsbaumhunde zum Leben erwachen, lass ich ja noch gelten.

Schließlich gehören sie in ihrem ursprünglichen Zustand in unsere Welt. Dass nun allerdings auch reine Geschöpfe der Fantasie konkrete Gestalt annehmen sollen, geht mir echt zu weit.«

»Du glaubst also, ich spinne?« Laura musterte den Bruder und trat ganz dicht an ihn heran. »Ich kann dich ja verstehen«, sagte sie sanft. »Wenn du mir so was erzählen würdest, würde ich ja auch annehmen, dass du nicht mehr richtig tickst oder dass du mich auf den Arm nehmen willst. Und trotzdem, Lukas: Ich hab mir das bestimmt nicht eingebildet. Und falls du immer noch nicht überzeugt sein solltest …« Sie griff in die Jackentasche, zog eine schwarze Feder daraus hervor und hielt sie dem Bruder entgegen. »Hier!«

Der Junge schob die Brille von der Nasenspitze zurück und schaute sie überrascht an. »Was ist das?«

»Wonach sieht es denn aus, du Super-Kiu? Eine Harpyienfeder! Sie muss sie verloren haben, als Sturmwind ihr den rettenden Tritt verpasst hat.«

Lukas nahm seiner Schwester das Beweisstück aus der Hand und hielt es dicht vor die Nase, nur um angeekelt das Gesicht zu verziehen. »Iiih! Die stinkt ja ganz entsetzlich!«

»Was du nicht sagst!« Laura lächelte spöttisch. »Obwohl – im Vergleich zu dem pestartigen Gestank, den das Viech verströmt hat, riecht das Teil hier fast schon angenehm; jedenfalls keinen Deut schlechter als Pinkys Gruftie-Parfüm.«

Lukas starrte angestrengt auf die Feder. Es war deutlich, dass seine grauen Zellen auf Hochtouren arbeiteten. Dann musterte er die Schwester aus schmalen Augen. »Wenn du tatsächlich von einer Harpyie angegriffen worden sein solltest –«

»Das bin ich, Lukas«, fuhr Laura dazwischen. »Mit absoluter Sicherheit.«

»– dann kann es dafür nur eine einzige Erklärung geben.« Er machte eine kleine Pause, als wollte er Laura auf die Folter spannen.

»Und die wäre?«

»Die Dunklen müssen Hilfe aus Aventerra bekommen haben!«

Paravain trug nur ein einfaches Ledergewand. Sein Schwert war um seine Hüften gegürtet. Sein Schimmel stand gesattelt vor dem Stall im Innenhof der Gralsburg und wedelte unruhig mit dem Schweif, um lästige Fliegen zu vertreiben.

Morwena sah den Ritter ängstlich an. »Dann willst du es also tatsächlich wagen?«

Der Ritter nickte. »Es bleibt mir keine andere Wahl.«

Die Heilerin machte einen Schritt auf ihn zu, blickte ihm tief in die Augen und schloss ihn ganz fest in die Arme. »Pass gut auf dich auf, Paravain«, flüsterte sie beklommen. »Bitte, komme heil zu mir zurück.«

»Natürlich, das werde ich.« Sanft strich der junge Mann ihr über das Haar, das zu einem Knoten gebunden war. »Gräme dich nicht. Ich ziehe doch nicht in die Schlacht und die Traumspinner sind nicht unsere Feinde.«

»Gewiss.« Die Heilerin zwang sich zu einem Lächeln. »Aber der Weg bis zum Traumwald ist weit und voller Gefahren. Wer weiß, was dir alles zustoßen mag. Willst du zu deinem Schutz nicht doch lieber die Weißen Ritter mitnehmen?«

Der Blonde löste die Umarmung. »Eine große Gruppe erregt viel mehr Aufmerksamkeit als ein einzelner Reiter. Borborons Späher lauern doch überall.«

»Dann nimm wenigstens Alarik mit.«

»Auch das nicht, Morwena. Ich will ihn nicht unnötig in Gefahr bringen und nicht auch noch auf ihn aufpassen müssen. Ich habe schon genug damit zu tun, mich vor unseren Feinden zu verbergen. Sie brauchen doch nicht zu erfahren, was ich vorhabe. Lassen wir sie einfach in dem Glauben, dass wir nicht die geringste Ahnung haben, welche Drohung über uns schwebt. Und wenn wir Laura tatsächlich warnen können, dann ist unsere Sache vielleicht doch noch nicht verloren.«

»Ich hoffe so sehr, dass du Recht hast, aber …« Die junge Frau schluckte und wandte den Blick ab.

»Das sieht dir gar nicht ähnlich, Morwena.« Der Ritter fasste sie zärtlich am Kinn und zwang sie, ihn anzusehen. »Sonst ist es doch immer umgekehrt: Ich bin der Zweifelnde, während du auf die Kraft des Lichts vertraust.«

»Ich weiß.« Die Heilerin war kaum zu verstehen, so brüchig war ihre Stimme. »Aber diesmal … ich habe so eine seltsame Vorahnung, und das macht mir Sorgen.«

»Du brauchst dich nicht um mich zu sorgen. Wirklich nicht! Und jetzt – leb wohl.« Er drückte sie noch einmal ganz fest an sich und küsste sie.

Morwena erwiderte den Kuss, als gäbe es für sie sonst nichts mehr auf der Welt.

Endlich lösten sie sich voneinander. Paravain bestieg den Schimmel und ritt auf das Burgtor zu. Tränen strömten über die Wangen der Heilerin, die ihm nachsah, bis er ihrem Blick entschwunden war, bevor sie sich in den Krankentrakt zurückzog.

Eine schmächtige Gestalt trat hinter der Mauerecke des Pferdestalls hervor. Mit grimmiger Miene spähte Alarik, der Knappe, zum Tor. Deshalb also hatte Paravain so geheimnisvoll getan und ihm sein Vorhaben verschwiegen!

Weil er ihm nichts zutraute und ihn nur als Belastung empfand!

Der Junge seufzte enttäuscht.

Paravain sollte ihn kennenlernen!

Der würde Augen machen, wenn er im Traumwald eintraf und merkte, dass sein Knappe ihm zuvorgekommen war!

Die Vorfreude trieb Alarik ein Grinsen ins Gesicht.

Verwundert blickte Kaja Laura an. »Was hast du dort überhaupt gewollt?«, fragte sie, bevor sie sich auf den Rand des Billardtisches stützte, die Spitze des Queues auf ihre Hand legte und die weiße Kugel anvisierte.

Laura verstand nicht sofort, worauf Kaja anspielte. »Wo gewollt?«

»Auf dem Alten Schindacker natürlich«, antworte Kaja, ohne aufzublicken, und kniff das linke Auge zu. »Warum bist du überhaupt hingeritten?«

»Weil ich nachsehen wollte, ob Konrad Köpfer wieder in sein Grab zurückgekehrt ist – oder nicht.«

Da stieß das Pummelchen zu – aber der Stoß ging daneben. »Uups«, sagte Kaja nur.

»Pass doch auf!« Lukas, der die Mädchen ins Billardzimmer begleitet hatte, um eine Partie Pool mit ihnen zu spielen, schaute sie vorwurfsvoll an. »Der Tisch ist ganz neu. Wenn du ein Loch ins Tuch machst, wird Attila ausrasten!«

»Jaja«, antwortete Kaja leichthin und wandte sich wieder an Laura. »Ich verstehe nicht ganz, was du meinst.«

Laura setzte ihr Queue ab. Bei dem ständigen Geplapper der Freundin war es einfach unmöglich, sich zu konzentrieren. »Alles deutet doch darauf hin, dass es Konrad Köpfer war, der in das Drachenmuseum in Drachenthal eingebrochen ist!«

Das Pummelchen schien immer noch nicht zu verstehen. »Ja, und?«

»Ist das nicht naheliegend? Dieser Untote steht mit den Dunklen Mächten im Bunde. Alles, was er tut, ist gegen mich gerichtet. Der Einbruch könnte also in einem Zusammenhang mit den Plänen stehen, die sie diesmal gegen mich ausgeheckt haben. Und außerdem …«

»Ja?«

»Wenn Konrad Köpfer tatsächlich wieder unter den Lebenden weilt, dann besteht vielleicht die Chance, dass die Kripo ihn doch noch schnappt und Professor Morgenstern endlich diesen albernen Mordverdacht loswird. Dann könnte er sich wieder auf die Leitung des Internats konzentrieren und wir müssten Dr. Schwartz und Pinky nicht länger ertragen.«

»Ja, natürlich! Du hast Recht.« Kaja verdrehte die Augen und schlug sich mit der flachen Hand an die Stirn. »Dass ich Schussel nicht selbst darauf gekommen bin!« Dann schaute sie Laura gespannt an. »Und? Liegt Konrad wieder auf dem Alten Schindacker?«

»Das weiß ich eben nicht.« Laura verzog bekümmert das Gesicht. »Das Grab ist zwar zugeschüttet worden, aber das beweist leider gar nichts. Es ist möglich, dass Konrad tatsächlich wieder unter der Erde liegt. Wie du weißt, können Untote immer nur in das Grab zurückkehren, in dem sie beerdigt worden sind.«

»Genauso wie Vampire, stimmt's?«

»Stimmt.« Laura schmunzelte. Vom vielen Lesen war also doch etwas hängengeblieben bei Kaja. »Aber natürlich könnte das Grab auch leer sein. Wenn wir das mit letzter Sicherheit feststellen wollen, müssten wir es schon ausheben.«

»Oh, nö«, stöhnte Kaja erneut und es war ihr anzusehen, dass ihr der Sinn nach allem Möglichen stand, nur nicht nach einer Buddelei am Grab von Konrad Köpfer.

»Du irrst dich, Laura«, meldete sich da Lukas zu Wort. Er hatte sein Queue quer über die Schulter gelegt und schaute die Schwester nun mit überheblicher Professorenmiene an. »Das geht auch viel einfacher.«

Laura musterte ihn erstaunt. »Und wie?«

Der Junge lächelte nur still vor sich hin und stupste die Brille zurück, die ihm einmal mehr auf die Nasenspitze gerutscht war.

Lauras Gesicht verfinsterte sich, weil sie das hochnäsige Getue des Bruders auf den Tod nicht ausstehen konnte. Gleichzeitig war sie ungemein gespannt auf den Gedankenblitz, den Lukas offensichtlich hatte, und so schluckte sie den aufsteigenden Ärger hinunter. »Jetzt sag schon!«, drängte sie. »Wie sollen wir denn sonst noch überprüfen können, ob der Feuerkopf in die Welt der Lebenden zurückgekehrt ist?«

»Überlegt doch mal!« Lukas grinste. »Das ist doch gar nicht so schwer. Eigentlich müssten selbst Spar-Kius wie ihr auf die Lösung kommen!«

»Verflucht!«, zischte die Große Meisterin so aufgebracht, dass Albin Ellerking unwillkürlich zurückschreckte. »Pass auf, was du tust, du Tölpel!«

»Ver… Ver… Verzeihung, Herrin.« Die Hand des Gärtners mit dem blutigen Wattebausch zuckte von der Stirn der bleichen Frau zurück. »Ich wollte Euch wirklich nicht wehtun.«

»Tatsächlich?« Der Hohn in ihrer Stimme ätzte wie Salzsäure. »Dann ist dir das ebenso wenig gelungen, wie die Blutung zu stoppen.«

Ellerking errötete und zog den Hals ein wie eine Schildkröte. Nur dass er im Gegensatz zu dem Reptil keinen schützenden Panzer besaß. »I… i… ich habe Euch doch gleich gesagt, dass ich keine Ahnung habe, wie man eine Platzwunde versorgt. Aber vielleicht kennt Dr. Schwartz …?«

Wie aufs Stichwort öffnete sich die Tür und Dr. Quintus Schwartz betrat in Begleitung von Rebekka Taxus den nur schummrig beleuchteten Wohnraum des Gärtners. Betroffen blieb der Lehrer stehen. »Du meine Güte!«, flüsterte er und wechselte einen besorgten Blick mit seiner Begleiterin, bevor er auf die Verletzte zueilte. »Wie ist das denn passiert?«

»Als ob das von Belang wäre!«, herrschte die schwarzhaarige Frau den sich untertänig verneigenden Mann an, bevor sie etwas sanfter hinzufügte: »Ich bin selbst schuld. Ich war so gespannt auf das heutige Treffen, dass ich blindlings hierhergeeilt bin. In meiner Hast habe ich wohl einen herumliegenden Ast übersehen und bin zu Boden gestürzt. Unglücklicherweise direkt auf einen Stein.«

Dr. Schwartz sah den Gärtner vorwurfsvoll an und nahm ihm den Wattebausch aus der Hand. »Hast du die Wunde wenigstens desinfiziert?«, fragte er streng.

»Aber natürlich.« Ratlos hob Albin die breiten Schultern. »Ich hab sie mehrfach abgetupft. Aber sie hört einfach nicht auf zu bluten.«

Schwartz stellte sich auf die Zehenspitzen, um den klaffenden Spalt auf der Stirn der hochgewachsenen Frau besser in Augenschein nehmen zu können. »Der Riss ist verdammt tief«, murmelte er. »Er wird wohl genäht werden müssen.« Er setzte ein beruhigendes Lächeln auf. »Ich glaube, es ist besser, wenn wir einen Arzt aufsuchen.«

»Einen Arzt?« Die Große Meisterin taxierte ihr Gegenüber mit undurchdringlicher Miene. »Du bist wohl von Sinnen? Fällt dir denn nichts anderes ein?«

Das Lächeln auf den Lippen des Mannes erstarb. Verunsichert suchte er den Blick von Rebekka, die ihm aufmunternd zunickte. Lass dir bloß nichts gefallen von ihr, sollte das bedeuten. Da bemerkte Pinky, dass die Verletzte sie eindringlich musterte, und ihre Gesichtszüge froren ein.

Die Große Meisterin schob Ellerking zur Seite, durchmaß mit einer blitzschnellen Bewegung den Raum und stand nur einen Wimpernschlag später der Lehrerin von Angesicht zu Angesicht gegenüber.

Mit einem Aufschrei zuckte die Taxus zurück, was der anderen jedoch nur ein verächtliches Schnauben entlockte. »Du bist doch sicherlich bereit, alles auf dich zu nehmen, was unserer Sache dient?«

»Sse… sse… sselbsstversständlich«, stotterte Pinky, die ihr Unbehagen nicht länger verbergen konnte. Nicht nur der

Schwefelgeruch, den die hochmütige Frau verströmte, schlug ihr auf den Magen.

»Gut. Sehr gut!« Der beißende Unterton in der kehligen Stimme war nicht zu überhören und der stechende Blick der Verletzten schien sich direkt in Rebekkas Schädel zu bohren.

Quintus Schwartz ahnte, dass seiner Kollegin Ärger drohte, und versuchte das Unheil noch abzuwenden. Er hatte allerdings noch keine zwei Schritte auf die Frauen zugemacht, als der Kopf der Großen Meisterin herumflog und sie ihn wütend anstarrte. Das genügte, damit er in der Bewegung innehielt und sich mit gesenktem Haupt zurückzog.

Die bleiche Frau wandte sich erneut an Rebekka Taxus, die dem bohrenden Blick der Reptilienaugen standzuhalten versuchte. Das Gesicht der Großen Meisterin war von purem Hohn gezeichnet. Der klaffende Riss auf ihrer Stirn begann wieder stärker zu bluten. Rote Rinnsale liefen ihr über Nase und Wangen. »Dann bist du also gewillt, meine Wunde auf dich zu nehmen?«

»Eure Wunde? Ich versstehe ni–« Mitten im Wort brach Pinky ab. Es war ihr nicht entgangen, dass sich die schlitzförmigen Pupillen ihres Gegenübers bedrohlich verengten. »Aber na… na… natürlich«, stotterte sie ängstlich. »Sselbsstverständlich, Herrin. Alless, wass Ihr wünscht.«

»Ich habe nichts anderes von dir erwartet. Schließe deine Augen!« Während Rebekka widerspruchslos gehorchte, streckte die Große Meisterin die Arme aus und legte beide Hände auf den karminroten Haarschopf der Lehrerin. Dann warf sie den Kopf zurück, starrte zur Decke und murmelte Worte, die sich wie eine Beschwörung anhörten.

Dr. Schwartz und Albin Ellerking beobachteten die Frauen gebannt. Keiner von ihnen schien die seltsamen Worte zu verstehen oder zu ahnen, was das geheimnisvolle Gemurmel bewirken sollte.

Immer noch bewegten sich die Lippen der Großen Meisterin. Da versiegte der Blutfluss auf ihrer Stirn. Der klaffende Spalt schloss sich mehr und mehr, wie von Geisterhand versiegelt. Nur wenige Augenblicke später war der Riss vollständig verschwunden. Nicht einmal eine kleine Narbe deutete noch darauf hin, dass die Haut über ihren Augenbrauen jemals verletzt gewesen war, und selbst die kleinste Blutspur war aus ihrem Gesicht verschwunden.

Dafür strömten nun rote Rinnsale aus der Wunde, die sich auf Rebekkas Stirn geöffnet hatte! Obwohl diese unheimliche Verletzung höllisch schmerzen musste, unterdrückte die Taxus ein Stöhnen, als fürchtete sie, sich dadurch nur zusätzlichen Ärger einzuhandeln.

»Brav, meine Liebe!«, lobte die Große Meisterin und tätschelte Rebekka provozierend die Wangen. »Sehr brav! Wie tapfer du doch bist! Dennoch solltest du einen Arzt aufsuchen. Ich glaube, das ist besser so.«

»Natürlich«, zischte Pinky und biss sich auf die schmalen Lippen, ihren brodelnden Zorn nur mühsam im Zaum haltend. »Ihr habt Recht, Herrin. Doch zuvor möchte ich mir gerne anhören, wass unsser Verbündeter zu erzählen hat.« Sie machte einen tiefen Diener. »Sselbsstverssständlich nur, wenn Ihr ess erlaubt.«

»Aber ja doch!« Die Magierin gab sich nicht die geringste Mühe, ihren Spott zu unterdrücken. »Schließlich ist unsere Sache viel wichtiger als wir selbst, wie du eben eindrucksvoll unter Beweis gestellt hast.« Damit machte sie ein paar Schritte auf Quintus zu, der ängstlich zurückwich. »Wo bleibt dieser Kerl denn? Was fällt ihm ein, mich warten zu lassen?«

Der Lehrer wollte gerade antworten, als eine leise Stimme in seinem Rücken erklang.

»Wenn Ihr mich meinen solltet – ich bin längst hier!«

Die beiden Männer wirbelten herum und auch die Frauen

richteten ihren Blick in die entfernte Zimmerecke. Dort, im Schatten der Wand, stand ein hagerer Mann undefinierbaren Alters. Die blasse, fast weiße Haut ließ ihn kränklich aussehen und das rote Haar noch röter erscheinen.

Albin Ellerking war plötzlich ganz unwohl. Ein kalter Schauder lief ihm über den Rücken, denn er hatte den Mann auf Anhieb erkannt.

Es war der Rote Tod.

Die Bibliothek von Ravenstein war in tiefe Dunkelheit gehüllt. Wie bizarre Monster ragten die altertümlichen Bücherregale auf. Nur in einer entfernten Ecke des Raumes warf eine Schreibtischlampe einen schwachen Lichtkegel auf den Ausleihtresen. In der Wand dahinter befand sich eine Holztür, die weit offen stand. Gedämpfte Stimmen wurden hörbar, bevor Laura und Lukas im Türrahmen auftauchten.

Der Junge trug einen Pappkarton und stellte ihn auf den Ausleihtresen. »Hat doch seine Vorteile, wenn man sich gut mit der Bibliothekarin versteht, nicht wahr?«

»Jaja«, brummte Laura nur. Fräulein Amalie Bröselsam, die Bibliothekarin von Ravenstein, musste förmlich einen Narren an Lukas gefressen haben. Sie half ihm, wo immer sie nur konnte, und las ihm fast jeden Wunsch von den Augen ab. Und das alles nur, weil die alte Jungfer mit dem Hühnergeierblick seine bestechende Intelligenz und seinen unstillbaren Wissensdurst über die Maßen bewunderte. Von mir aus!, seufzte das Mädchen im Stillen. Soll sie doch einen Lukas-Fanklub gründen! Immerhin war es Amalies grenzenloser Bewunderung zu verdanken, dass sie nun zu fast mitternächtlicher Stunde nicht nur in die Bibliothek von Ravenstein gelangt waren, sondern auch in das Allerheiligste von Fräulein Bröselsam: das Burg-Archiv, das sie hütete wie einen kostbaren Schatz. Dabei fand Laura die staubigen Akten und Unterlagen alles andere als interessant.

Als der Bruder den Deckel des Kartons abnahm, beugte sich das Mädchen neugierig darüber. »Jetzt bin ich aber mal gespannt, ob du Recht hast.«

»Mit Sicherheit.« Lukas' Stimme ließ auf keinerlei Zweifel schließen. Er griff in den Pappbehälter und nahm zwei dicke Bündel zerfledderter Pergamente heraus. Sie wurden von Leinenbändern zusammengehalten. Laura wusste nur zu gut, was es mit den Dokumenten auf sich hatte: Es war eine alte Chronik von Burg Ravenstein, verfasst von einem ehemaligen Burgkaplan. Der brave Mann hatte vor rund neunhundert Jahren gelebt, zu der Zeit also, als der Grausame Ritter Reimar von Ravenstein die Burg errichten ließ. Der Priester war ein gebildeter Mann mit vielen Talenten gewesen, und so hatte er nicht nur alles aufgeschrieben, was er über Ravenstein und seine Geschichte in Erfahrung bringen konnte, sondern die Burg und ihre Bewohner auch in zahllosen Zeichnungen für die Nachwelt festgehalten. Die liebevolle Arbeit hatte zwar durchaus das Wohlwollen seines Herrn gefunden, den frommen Mann aber dennoch nicht vor dem Henkerstod bewahrt. Dabei hatte sein »Verbrechen« einzig und allein darin bestanden, Reimar von Ravenstein Vorhaltungen wegen seines wenig christlichen Lebenswandels zu machen – worauf dieser ihn kurzerhand dem Henker übergeben hatte. Mitleidslos hatte der Scharfrichter sein grausiges Werk erledigt und den Kaplan auf der Richtstätte in dem nahe der Burg gelegenen Wäldchen geköpft, das seit dieser Zeit »Henkerswald« genannt wurde.

Gespannt beobachtete Laura, wie der Bruder die Verschnürung löste. »Du bist also immer noch überzeugt, dass uns diese Schriften wirklich weiterhelfen?«

»Aber natürlich!« Wie ein ehrwürdiger Professor linste Lukas über den oberen Rand seiner Hornbrille. »Ein Blick genügt, um festzustellen, ob dieser Köpfer sich im Reich der Toten befindet oder wieder in unsere Welt zurückgekehrt ist.«

»Und wie, wenn ich fragen darf?«

»Sei doch nicht so ungeduldig!«, mahnte Lukas und begann hastig durch die Dokumente zu blättern. Nur Sekunden später hatte er gefunden, wonach er suchte. Er zog einen Bogen hervor und hielt ihn Laura vor die Nase. »Hier, bitte«, sagte er. »Wie du sehen kannst, befindet sich der Feuerkopf wieder unter den Lebenden.«

Laura nahm ihm das Pergament aus der Hand und musterte es eingehend. Eine Zeichnung war darauf zu sehen, die offensichtlich ein Porträt des Henkers von Ravenstein darstellen sollte. Die Unterzeile lautete nämlich »Der Rote Tod« – genau wie der Spitzname des damaligen Scharfrichters. Im Bildhintergrund war die mittelalterliche Burg Ravenstein zu erkennen, vor der sich ein Galgen und ein Richtblock mitsamt Schlinge und Henkersbeil erhoben. Nur vom Henker selbst war keine Spur zu entdecken. In der Bildmitte, wo sich das Abbild des Mannes hätte befinden müssen, prangte nur ein großer leerer Fleck. Laura ließ das Blatt sinken und blickte den Bruder verwundert an. »Ja, und? Was soll das beweisen?«

»Verstehst du denn nicht?« Lukas klang, als habe er eine Schwachsinnige vor sich. »Damals, in der Nacht vor dem Ostarafest, als wir zum ersten Mal in der Chronik geblättert haben, hat der Henker doch auch auf allen Zeichnungen gefehlt – stimmt's?«

»Stimmt.«

»Zu dem Zeitpunkt aber hat sich Konrad Köpfer noch leibhaftig in unserer Welt aufgehalten – erinnerst du dich?«

»Natürlich!« Laura zog die Augenbrauen hoch. »Schließlich hat er mir mehr als genug Ärger bereitet! – Und weiter?«

»In der Nacht darauf haben wir eine Kopie dieser Chronik in Hinterthur entdeckt, in der Wohnung von Konrad Köpfer, und darin war der Scharfrichter überall deutlich zu erkennen. Konrad selbst hingegen war spurlos verschwunden und die

Kripo hat noch nicht einmal einen Fingerabdruck von dem Kerl finden können.«

»Ja, schon«, maulte Laura. »Aber was –«

»Einen Moment noch«, fiel Lukas ihr ins Wort. »Wir wissen, dass Konrad Köpfer identisch ist mit Kons, dem Scharfrichter des Grausamen Ritters. Er fristet sein Dasein als Untoter, weil er im Jenseits keine Ruhe findet. Mal weilt er im Reich der Toten – nämlich immer dann, wenn er in seinem Grab liegt! –, mal kehrt er in die Welt der Menschen zurück. Dann ist sein Grab natürlich leer.«

»Ja, und?« Laura hatte immer noch keine Ahnung, worauf der Bruder hinauswollte.

»All die geschilderten Fakten lassen doch nur einen Schluss zu: Immer dann, wenn der Henker in seinem Grab liegt, ist er auch in der Chronik zu sehen. Aber sobald er in der Gestalt Konrad Köpfers unter uns wandelt, verschwindet sein Abbild aus den alten Dokumenten.«

Laura senkte den Blick auf das Blatt. »Und daraus, dass er hier nicht zu sehen ist, folgerst du also, dass er sich im Augenblick nicht in seinem Grab befindet?«

»Eine beachtliche Schlussfolgerung, zumindest für einen Spar-Kiu wie dich!«

Laura kommentierte die böse Bemerkung nicht. Konnte das tatsächlich stimmen, was Lukas da behauptete? Seine Argumentation klang durchaus überzeugend. Aber gab es nicht vielleicht doch eine andere Erklärung? Laura biss sich auf die Lippen und blickte den Bruder zweifelnd an. »Und was ist, wenn man das Bild des Henkers in dieser Chronik einfach entfernt hat – und in der Kopie eben nicht?«

Lukas' Antwort kam postwendend. »Quatsch!«, erklärte er vehement. »Wer sollte denn so etwas tun? Und aus welchem Grund?« Wieder blätterte er in den vergilbten Pergamenten. »Außerdem sind hier nirgendwo Kratzspuren zu erkennen.

Die wären bestimmt nicht zu übersehen, selbst wenn man sich noch so viel Mühe gegeben hätte. Du kannst mir wirklich glauben, Laura: Dieser Konrad ist aus dem Jenseits zurückgekehrt, weil er irgendwas gegen dich im Schilde führt. Wir müssen nur herausfinden, was.«

»Sag ich doch«, brummte Laura. Natürlich hatte Lukas Recht: Ihre Feinde waren wieder aktiv.

Was mochten die Dunklen Mächte diesmal vorhaben? Was hatte es mit diesem Schwert auf sich, nach dem sie offensichtlich suchten? Und wie passte die Waffe des Drachentöters, hinter der Rika Reval her war, in ihren Plan?

Ein überraschter Ausruf des Bruders unterbrach die Grübelei. »Das gibt's doch nicht!« Lukas starrte mit weit geöffneten Augen auf das Blatt in seiner Hand. »Das ist doch nicht zu fassen!«

»Was ist denn?«, wollte Laura wissen.

»Hier.« Lukas hielt ihr das abgegriffene Dokument entgegen. »Lies doch selbst. Das wird immer geheimnisvoller!«

Kapitel 14 Ein geheimnisvolles Schwert

So ein Misst!«, schimpfte Rebekka Taxus. Während sie eine bereits blutdurchtränkte Kompresse auf ihre Stirnwunde drückte, blickte sie aufgebracht in die Runde ihrer Verbündeten. Sie hatten am Esstisch von Albin Ellerking Platz genommen, um dem Bericht des Roten Todes zu lauschen. Nur die große Meisterin lehnte abseits an der Wand. Ihr Gesicht lag im Schatten, so dass niemand erkennen konnte, was darin vorging. »Dann hätten wir unss die ganze Aktion alsso ssparen können?«

»Das habe ich doch gleich gesagt«, antwortete der Angesprochene. »Aber ihr wolltet ja nicht auf mich hören.«

»Aus gutem Grund!«, meldete sich Quintus Schwartz zu Wort. »Schließlich hatten wir ernst zu nehmende Hinweise, dass sich der Einbruch ins Museum lohnen könnte – stimmt's, Albin?«

Mit einem Nicken stimmte der Nachtalb zu, worauf Dr. Schwartz sich wieder an den Rothaarigen wandte. »Wie du siehst, habe ich dich nicht einfach so –«

»Red Er doch keinen Unsinn!«, fuhr ihm der leichenfahle Mann über den Mund und verzog spöttisch die blutleeren Lippen. »Das ist ja das Schlimme an euch Menschen: Ihr wollt alle so überaus klug sein und schlagt deshalb die bestgemeinten Ratschläge in den Wind.«

Während Albin Ellerking verstohlen grinste, bedachte der Feuerkopf Quintus Schwartz mit einem lauernden Blick.

»Jetzt sprich endlich!« Mit einer blitzschnellen Bewegung, die für ein menschliches Auge kaum wahrnehmbar war, löste sich die Große Meisterin aus dem Schatten und baute sich vor dem Rothaarigen auf. »Woher hast du gewusst, dass du im Museum nichts finden würdest?«

Der Rote Tod hielt ihren durchdringenden Blicken stand. »Weil ich mit eigenen Augen gesehen habe, wie es in Flammen aufgegangen ist, damals, vor fast hundert Jahren«, sagte er und fügte mit fiesem Grinsen hinzu: »Ich habe es nämlich eigenhändig in Brand gesetzt.«

»Aber warum denn?« Dr. Schwartz war fassungslos. »Warum hast du das getan? Hast du nicht gewusst, dass diese Martha ...?«

»Natürlich!« Die Vorwürfe erzürnten den bleichen Mann mehr und mehr. »Aber ich konnte mich dem Befehl meines damaligen Meisters doch nicht widersetzen, oder? Als die Vermutung aufkam, diese Martha könne Dokumente hinterlassen haben, die Hinweise auf das Versteck des Schwertes enthielten, haben wir selbstverständlich alles versucht, sie in unseren Besitz zu bringen. Aber ihr Nachlass wurde in den Räumen des Museums überaus sicher verwahrt. Vor den Fenstern waren dicke Gitter angebracht und die Türen mit soliden Schlössern gesichert, so dass sämtliche Einbruchversuche ergebnislos verliefen. Was den Meister so in Rage versetzte, dass er mir befahl, das Museum anzuzünden. Wenn wir schon nicht in den Besitz des Schwertes kommen konnten, so seine Begründung, dann solle das auch niemand anderem gelingen. Alles Zureden half nichts und deshalb habe ich seinen Befehl ausgeführt.« Ein unfrohes Lachen entrang sich der Kehle des leichenfahlen Mannes. »Da ich meine Aufträge stets gründlich zu erledigen pflege, sind nahezu alle Dokumente ein Raub der Flammen geworden. Darunter natürlich auch jene Unterlagen, die das Schwert betrafen.« Er wandte sich der Frau mit den Reptilienaugen zu. »Wie ich häufig genug selbst erleben konnte, verfügt Ihr über gewaltige Kräfte, Herrin. Doch in der Zeit zurückzureisen, das vermögt Ihr sicherlich genauso wenig wie einer von uns anderen?«

»Du hast Recht«, antwortete die Frau mit tonloser Stimme und seufzte. »Dabei würde ich sonst was darum geben!«

»Dann ist es nicht mehr zu ändern: Was einmal dem Feuer zum Opfer gefallen ist, bleibt für immer verloren, und so wird niemand mehr diese Dokumente einsehen können«, fuhr der Albino fort. »Was allerdings auch nicht weiter schlimm ist, da das Schwert sicher bald gefunden wird.«

»In der Tat!« Pinky reckte stolz das Kinn. »Dass weißs ich auss ssicherer Quelle. Ess kann ssich nur noch um ein oder zwei Tage handeln!«

»Na also!« Der Albino unternahm nicht den geringsten Versuch, den Spott in seiner Stimme zu unterdrücken. »Dann ist ja alles in bester Ordnung – und sie muss nur noch aufpassen, dass sie nicht wieder von diesem kleinen Mädchen übertölpelt wird.«

Wütend schoss die Taxus auf ihn zu und zischte ihn an: »Passs bloßs auf, wass –«

»Hölle, Tod und Teufel!« Ein schwefliges Glühen trat in die Reptilienaugen der Großen Meisterin. »Wollt ihr wohl endlich Ruhe geben, ihr Elenden!« Dann wandte sie sich an Rebekka. »Habt ihr euch nicht schon des Öfteren dem Ziel nahe gewähnt – und dann hat dieses Balg im letzten Augenblick doch noch alles zunichtegemacht?«

Rebekka schaute nur betreten zu Boden. Auch Dr. Schwartz und Albin Ellerking wagten keinen Widerspruch. Der Rote Tod ließ ein hämisches Grinsen sehen.

»Wir müssen dafür Sorge tragen, dass sich Derartiges nie mehr wiederholt. Sollte dieses Schwert tatsächlich gefunden werden, müssen wir unter allen Umständen verhindern, dass es in ihre Hände gelangt!«

»Ihr habt natürlich Recht, Herrin.« Unterwürfig neigte Pinky den Kopf. »Und doch isst dass leichter gessagt alss getan. Vergessst bitte nicht, dasss die uralten Gessetze unss verbieten, perssönlich gegen noch nicht vollsständig aussgebildete Gegner wie diesse Laura vorzugehen.«

»Hältst du mich für so töricht, dass ich das nicht weiß?« Finster starrte die Große Meisterin die Taxus an. Mit einem Male jedoch erhellte sich ihr Gesicht und sie wandte sich an den Roten Tod. »Aber natürlich: Dieses Mädchen kann doch in der Zeit zurückreisen, nicht wahr?«

»Das stimmt.« Der Albino hob die hellblonden Brauen. »Schließlich bin ich Laura bereits vor längerer Zeit schon einmal begegnet – ebenso wie Ihr, Herrin.«

»Genau so ist es!« Die Große Meisterin grinste triumphierend. »Und warum sollte sich eine solche Begegnung nicht wiederholen? Am rechten Ort und zum richtigen Zeitpunkt?«

»Ich versstehe nicht«, unterbrach Rebekka Taxus und schaute konsterniert von einem zum anderen. »Ihr könnt doch unmöglich wollen, dasss dass Gör einen Blick in diesse wertvollen Dokumente wirft?«

»Doch – genau das will ich.« Pfeilschnell baute sich die Große Meisterin vor der Lehrerin auf. »Nur wird sie sich nicht lange daran erfreuen können!«

»Wie dass?« Pinkys Gesicht glich einem ungelösten Kreuzworträtsel.

Die Große Meisterin bedachte sie mit einem verächtlichen Blick. »Wie mir scheint, hat unsere Ausbildung bei dir nicht allzu viele Früchte getragen. Du hast doch gehört, dass die Fenster und Türen des Museums überaus gut gesichert waren, oder nicht? Deshalb wird das Mädchen nicht mehr entkommen können, wenn das Feuer ausbricht!«

Dr. Quintus Schwartz starrte sie mit offenem Mund an, bevor ein wissendes Lächeln sein Gesicht erhellte. »Genial. Einfach genial! Wenn Laura Leander ein Opfer der Flammen wird, dann ist das keineswegs unsere Schuld – und wir verstoßen damit nicht gegen das uralte Gebot.« Dann aber erstarb das Lächeln des Mannes, und er sah die Große Meisterin gespannt an. »Die Frage ist nur – wie wir sie dazu bringen, dass sie sich zum richtigen Zeitpunkt in den Räumen des Museums befindet?«

»Das, mein lieber Quintus …« – die Reptilienaugen der Großen Meisterin leuchteten auf vor freudiger Erregung – »… das lass ganz allein meine Sorge sein!« Damit wandte sie sich an den Roten Tod. »Ich hoffe, du erinnerst dich noch an das Datum jenes Tages, an dem du das Museum angezündet hast?«

»Natürlich.« Der Feuerkopf grinste. »Es war am 13. Juli des Jahres 1904. Wenige Augenblicke nach Mitternacht.«

Laura schaute immer noch verwundert auf das Blatt in ihrer Hand. Es hatte sie einige Mühe gekostet, die altertümliche Sprache, in der die Burgchronik verfasst worden war, in ein zeitgemäßes Deutsch zu übersetzen. Doch jetzt, nachdem sie den Bericht des Kaplans verstanden hatte, wusste sie nicht, ob sie sich freuen oder fürchten sollte. Freuen, weil sein Eintrag bestätigt hatte, dass es sich bei dem Schwert des Drachentöters in der Tat um eine ganz besondere Waffe handelte. Und fürchten, weil der Bericht deutlich machte, dass die Dunklen einen überaus wichtigen Grund haben mussten, ebenfalls in den Besitz dieses Schwertes zu gelangen, wie in der Burgchronik nachzulesen war.

Reimar von Ravenstein hatte seinem Kaplan in einem seiner wenigen umgänglichen Momente anvertraut, dass er während des Zweiten Kreuzzuges, der ihn ins Heilige Land geführt hatte, auf die Spur eines sagenhaften Schwertes gestoßen sei. Es habe einstmals zum Tempelschatz von Jerusalem gehört. Seine Herkunft sei jedoch ebenso rätselhaft wie die früheren Besitzer. Nicht wenige vermuteten damals, dass es dem Apostel Petrus gehört habe. Wie das Johannes-Evangelium berichtet, habe Petrus damit im Garten Gethsemane einem Diener des Hohepriesters ein Ohr abgeschlagen, um seinen Herrn Jesus Christus vor der Gefangennahme zu bewahren. Andere wiederum seien überzeugt, dass es sich um Excalibur handele, das sagenhafte Schwert von König Artus. Dritte dagegen verbreiteten, die Waffe habe dem berüchtigten Hunnenkönig Attila gehört, der damit Tausende von Feinden niedergemetzelt habe. Und nicht wenige glaubten darin das Schwert von Siegfried von Xanten zu erkennen, das ihn schier unbesiegbar gemacht habe. So unterschiedlich all diese Meinungen auch sein mochten, in einem waren sich die Kreuzfahrer einig: Die Waffe musste über ganz besondere Kräfte verfügen – und deshalb bedauerten sie es auch einhellig, dass das Schwert bereits vor längerer Zeit aus der Schatzkammer des Tempels geraubt worden war. Niemand wusste etwas über seinen Verbleib, bis Reimar von Ravenstein in einer kleinen Feste der Tempelritter auf ein Dokument stieß, das von einem jungen Recken berichtete. Seine Rüstung sei strahlender als das Licht und sein Schwert glänze heller als die Sonne, hieß es dort. Augenblicklich fiel dem Grausamen Ritter die alte Legende vom Drachentöter Sigbert wieder ein, die in seiner Heimat seit Jahrhunderten erzählt wurde. Die Erkenntnis traf ihn wie ein Blitz: Bei der Waffe des Drachentöters handelte es sich ganz offensichtlich um jenes sagenhafte Schwert aus dem Tempelschatz von Jerusalem – und alles sprach dafür, dass es sich immer noch im Besitz der Grafenfamilie von Drachenthal befand, die offensichtlich nichts von dem ungeheuren Wert des geheimnisvollen Artefaktes ahnte.

Der Grausame Ritter war kaum in die Heimat zurückgekehrt, als er mit einer Schar verwegener Strauchdiebe vor die Mauern der Drachenthaler Burg zog und die Herausgabe des Schwertes verlangte, die der Graf mannhaft verweigerte. Selbst eine monatelange Belagerung vermochte den Herrn von Drachenthal nicht umzustimmen. Was Reimar von Ravenstein derart in Wut versetzte, dass er die Burg stürmen und alle Bewohner töten ließ. Nur Bertrun, der jüngsten Grafentochter, gelang mit Hilfe ihrer alten Amme auf wundersame Weise die Flucht.

Reimar von Ravenstein ließ die gesamte Burg Drachenthal nach dem Schwert durchsuchen. Von den Zinnen bis in die tiefsten Kellerverliese wurde kein Winkel ausgespart, jede noch so kleine Nische wurde durchstöbert. Allein – der Grausame Ritter und seine üblen Kumpane konnten nirgends auch nur die geringste Spur der Waffe entdecken. Nach einigen Tagen schließlich gab er das fruchtlose Vorhaben auf, plünderte die Burg und setzte die einstmals stolze Festung in Brand, die bis auf kärgliche Überreste ein Raub der Flammen wurde. Den riesigen Goldschatz aber, den Sigbert aus der Höhle des Drachen Niflin geborgen hatte, nahm der Grausame Ritter an sich. Er ließ damit seine eher bescheidene Behausung getreu dem Vorbild der Feste Drachenthal zu einer stattlichen Anlage ausbauen, bis Burg Ravenstein ihr schließlich ähnelte wie ein Schwalbennest dem anderen.

»Unglaublich, was?«, fragte Lukas. Seine blauen Augen glänzten vor Aufregung. »Reimar von Ravenstein hat offensichtlich das gleiche Dokument entdeckt wie Rika Reval. Im Gegensatz zu ihr allerdings das vollständige und nicht bloß Fragmente!«

Laura schaute versonnen vor sich hin.

»Und damit ist eins sonnenklar: Die Dunklen scheinen tatsächlich hinter dem gleichen Schwert her zu sein wie Rika Reval«, fuhr Lukas fort.

»Sag ich doch!« Laura hob den Finger, als wolle sie ihre Behauptung unterstreichen. »Nur dass die nicht ahnt, dass sie heimliche Konkurrenten hat.«

»Dann sollten wir sie informieren!«, schlug der Bruder vor.

Laura musste nur eine Sekunde überlegen, bevor sie ablehnend den Kopf schüttelte. »Lieber nicht. Rika würde uns doch kein Wort glauben. Im Gegenteil, sie würde uns bestimmt auslachen, wenn wir behaupten, dass das Schwert aus Aventerra stammt.«

»Was immer noch nicht bewiesen ist«, stellte Lukas trocken fest.

»Auch wieder wahr.« Laura zog eine Schnute. »Am besten, wir behalten Rika ebenso im Auge wie die Dunklen – und versuchen gleichzeitig noch mehr über dieses mysteriöse Schwert rauszufinden. Bis wir ganz sicher wissen, was es damit wirklich auf sich hat.«

Im untersten Geschoss des Kerkers herrschte drückende Schwüle. Die Hitze schien selbst die beiden Trioktiden zu lähmen, die dort Dienst taten. Wie apathisch hingen der lange Hagere und der kleine Wuschelhaarige auf Holzschemeln vor dem Verlies von Marius Leander. Mit den Händen fächelten sie sich Luft zu, um sich wenigstens einen Hauch von Kühlung zu verschaffen. Doch es half nichts und so wurde ihre Laune immer schlechter, während sie hin und wieder einen Blick auf den Gefangenen warfen, der auf seiner Pritsche lag und vor sich hindöste.

Als Alienor erschien, schauten die Wächter überrascht auf. Das Mädchen hielt einen Krug in der einen und einen Strohbesen in der anderen Hand.

»Was ist los?«, fuhr der Hagere sie missgestimmt an. »Was hast du hier unten zu suchen?«

»Ich soll seine Zelle reinigen«, antwortete das Mädchen und deutete in das schummrige Loch.

»Tatsächlich? Sollst du das«, sagte der Hagere. »Dazu müssten wir sie ja aufschließen.«

»Ja, Herr. Ich bitte Euch darum.«

»Und? Wollen wir das?« Er schielte zu seinem Kollegen und grinste ihn an. Fast im Gleichklang schüttelten die beiden den Kopf, bevor der Lange sich wieder an das Mädchen wandte. »Nein, wollen wir nicht.« Sein Grinsen wurde breiter. »Dazu ist es heute viel zu heiß. Also lass uns gefälligst in Ruhe und scher dich zum Teufel!«

»Wie Ihr wollt«, sagte Alienor scheinbar gleichmütig. »Nur schade um den Wein.«

Wie zwei Springteufel fuhren die Kerkerknechte hoch. »Den Wein? Welchen Wein denn?«

Alienor hielt den Krug hoch. »Ich dachte, dass Ihr vielleicht Durst habt, und wollte Euch belohnen für die kleine Mühe.«

Der Wuschelkopf zog die Lippen breit. »Warum sagst du das nicht gleich?« Hastig löste er den Schlüsselbund vom Gürtel und schloss die Zelle auf.

Den Besen hin und her schwingend, näherte sich Alienor so unauffällig wie möglich dem Gefangenen. »Psst«, machte sie ihn auf sich aufmerksam. »Ich habe eine wichtige Neuigkeit für Euch.«

Verwundert hob Marius den Kopf. »Für mich?«

»Ja.« Das Mädchen trat noch näher an die Pritsche heran. »Stimmt es, dass man Euch Menschen beherrschen kann, wenn man Eure Träume beherrscht?«

Marius kniff die Augen zusammen. »Wer behauptet das?«

»Borboron!«

Für einen Moment blickte der Gefangene sinnierend vor sich hin. Dann nickte er. »Ich fürchte, er hat Recht.«

»Oh, nein!«, stöhnte das Mädchen. Trotz des Fackellichtes

war zu erkennen, dass es leichenblass geworden war. »Dann ist alles verloren!«

»Aber wieso denn?« Der Gefangene rang sich ein beruhigendes Lächeln ab. »So was ist zum Glück unmöglich. Die Träume eines jeden Menschen entspringen nämlich nur ihm selbst, so dass kein anderer sie beeinflussen kann. Denn das wäre in der Tat schrecklich.«

»Ich fürchte, Ihr täuscht Euch!« Alienor hörte auf zu fegen. »Die Traumspinner haben sehr wohl Einfluss auf Eure Träume – und der Schwarze Fürst will sie dazu zwingen, das zukünftig ganz in seinem Sinne zu tun.«

Mit einem jähen Ruck fuhr Marius auf. »Ist das wirklich wahr?«

»Ja.« Das Mädchen verzog gequält das Gesicht. »Und ich wüsste nicht, wer ihn daran hindern sollte.«

Marius erstarrte. »Oh, wie furchtbar«, murmelte er.

»Ihr sagt es!«, bestätigte Alienor. »Aber es kommt noch viel schlimmer: Ihr sollt ihm offensichtlich dabei helfen!«

»Ich?« Die Gesichtszüge des Gefangenen entgleisten. »Wie das?«

»Keine Ahn–«, hob das Mädchen an, als aus der Tiefe des Ganges schwere Schritte herandröhnten.

Es war Borboron, das erkannte Marius sofort. Klopfenden Herzens blickte er zur offenen Kerkertür, in der nur wenige Augenblicke später die hoch aufgeschossene Gestalt des Schwarzen Fürsten erschien. Ein mächtiges Schwert lugte unter seinem Umhang hervor, der fast bis zum Boden reichte. Mit zusammengekniffenen Augen blickte er den Gefangenen an. »Mitkommen!«, befahl er mit kehliger Stimme.

Und Marius Leander wusste, dass jeder Widerstand sinnlos gewesen wäre.

Das Monster kam näher. Immer näher. Wie dicke grüne Schlangen glitschten die Lianen von seinem silbernen Leib, während es sich aus der Deckung des Dschungels schob.

Laura ließ sich auf den Boden fallen, duckte sich hinter das fremdartige Gewächs, das sie an einen dichten Fächerfarn erinnerte, und rührte sich nicht. Sie wagte nicht einmal zu atmen. Noch immer hoffte sie, dass die ausladenden Wedel ihr ausreichend Deckung boten. Vielleicht würde die Sphinx sie ja nicht entdecken. Schließlich hielt das Monster die Augen immer noch geschlossen.

Der gewaltige Löwenkörper glitt unaufhaltsam auf das Mädchen in seinem Versteck zu. Er schien aus purem Silber zu bestehen – und war dennoch höchst lebendig. Fast mühelos bewegte er sich durch das Dickicht des Urwalds. Die mächtigen Schwingen auf dem Rücken stellten sich auf und fächelten Laura den strengen Modergeruch des Dschungels entgegen. Es war so heiß und feucht, dass Laura der Schweiß in Strömen über den Rücken lief, obwohl sie am ganzen Körper zitterte. Ihr war, als rinne flüssige Lava durch ihre Kehle, und ihre Lungen schienen zu brennen. Laura musste würgen und konnte das Husten nicht mehr länger unterdrücken.

Da öffnete die Sphinx die Augen. Sie funkelten rot wie Rubine und bildeten einen scharfen Kontrast zu dem Silberglanz, der das edle Antlitz der Kriegerin überzog. Die Silberlippen schienen sich eben zu einem Lächeln zu verziehen, als die Rubinaugen aufleuchteten und Laura Blitze aus purpurnem Licht entgegenschossen. Das Mädchen zuckte zurück und führte eine Hand vor die Augen, damit die laserartigen Strahlen es nicht blendeten.

Als wolle die Sphinx sich über Laura lustig machen, öffnete sie den Mund und lachte aus vollem Hals. Wie der Klang mächtiger Glocken übertönte dieses Lachen alle Geräusche des Dschungels: das Zwitschern der exotischen Singvögel, das

Krächzen der Papageien, das Keckern der Affen und auch das Fauchen der Raubtiere, die, auch wenn Laura sie nicht sehen konnte, ganz gewiss durch das Unterholz schlichen und jeden Moment über sie herfallen konnten.

Plötzlich begann die Sphinx zu sprechen. »Es hilft doch nichts, wenn du dich versteckst«, sagte sie sanft. »Du kannst mir doch nicht entkommen.« Die Stimme war überraschend angenehm. Wieder spielte ein Lächeln um ihren Mund. »Also sei nicht feige und erhebe dich!«

Laura gehorchte nicht. Im Gegenteil: Sie verkroch sich tiefer unter die Wedel, bis diese sie wie eine grüne Bettdecke verhüllten.

Die edlen Züge der Kriegerin verzerrten sich und nahmen einen zornigen Ausdruck an. »Steh endlich auf, Laura! Steh auf, sonst –«

»– kommen wir zu spät zum Frühstück!«

Laura schlug die Augen auf und schaute direkt in ein sommersprossiges Mädchengesicht, das von grellroten Korkenzieherlocken gerahmt wurde. Kaja Löwenstein. Laura sah sich verwirrt um. Sie lag im Bett und auf dem Rand saß ihre Freundin und starrte sie beunruhigt an.

»Was ist bloß los mit dir?«, wunderte sich das Pummelchen. »Erst bist du einfach nicht wach zu kriegen und dann glotzt du mich an, als wäre ich das Ungeheuer von Loch Ness. Hast du etwa wieder –?«

»Genau.« Laura nickte mit ernster Miene. »Ich hab wieder geträumt. Die Silberne Sphinx war wieder hinter mir her.«

Kaja verdrehte die Augen und zog eine Schnute. »Das ist doch nicht normal«, murmelte sie. »Das muss doch einen Grund haben, dass du dauernd von diesem komischen Wesen träumst.«

»Komisch ist gut!«, entgegnete Laura voller Sarkasmus, schlug die Decke zur Seite und schwang sich aus dem Bett.

»Mir war alles andere als komisch zu Mute bei ihrem Anblick. Ganz im Gegenteil: Ich hatte Schiss. So viel Schiss wie noch nie in meinem Leben.«

»Tatsächlich?« Kaja musterte sie stirnrunzelnd. »Dann muss es ja wirklich schlimm gewesen sein. Normalerweise bin ich es doch, die die Hosen voll hat.«

Laura verpasste ihr einen freundschaftlichen Klaps. »Lass das nur nicht Lukas hören, sonst zieht er dich nur wieder auf!«

»Das soll der Typ bloß nicht wagen!« Empört blies Kaja die Wangen auf. »Sonst …«

»Was sonst?«

»Sonst sorg ich dafür, dass Lukas einen Traumbesuch von dieser Silbertussi erhält. Dann muss er am nächsten Morgen garantiert die Bettwäsche wechseln!« Damit brach sie in ein schallendes Gelächter aus, das so ansteckend war, dass Laura einfiel.

Nachdem die Mädchen sich wieder beruhigt hatten, schaltete Laura das Radio an. Die sanften Töne eines Popsongs schmeichelten sich in ihr Ohr. Laura erkannte ihn sofort: *White Flag*, der zu ihren Lieblingssongs zählte.

Auch Kaja schien das Lied zu kennen. Sie summte es mit, während sie die Nachttischschublade aufzog und eine Tafel Schokolade hervorholte.

»Hey«, mahnte Laura und hob den Zeigefinger. »Wolltest du nicht Diät halten?«

»Natürlich.« Kaja brach ein großes Stück Schokolade ab. »Aber erst ab morgen.« Und schneller, als ein Frosch eine Fliege verschluckt, verschwand die Leckerei in ihrem Mund.

Laura schüttelte nur wortlos den Kopf. Diese Kaja! Einfach unverbesserlich!

Ungerührt packte das Pummelchen den Kulturbeutel, um zum Waschraum zu gehen, als Lauras Handy auf dem Schreibtisch summte. Eine SMS war eingegangen.

Wer um alles in der Welt schickte ihr so früh am Morgen eine Nachricht?

»Wer ist das denn?«, wollte Kaja wissen.

»Keine Ahnung.« Laura griff sich das Handy und blickte auf das Display. »Hast du Lust, mit mir ins Kino zu gehen? P.«, stand darauf zu lesen. Wer war denn »P.«? Plötzlich fiel es Laura ein. Das Blut schoss ihr in die Wangen und ließ sie glühen wie zwei Infrarotlampen. Ihr wurde heiß und kalt. Millionen von Ameisen wuselten in ihrem Bauch durcheinander und ihre Knie wurden weich.

»Was hast du denn?« Unbemerkt war Kaja näher gekommen. Sie tat ganz unschuldig, während sie auf das Display zu linsen versuchte. »Eine Message von … Mr Cool?«

»Du spinnst!«, blaffte Laura rüde und schob das Handy hastig unter ein Schreibheft. »Wie kommst du denn auf so einen Quatsch?«

»Nur so!«, flötete die Freundin. »Weil du vollkommen durch den Wind bist und dich aufführst wie ein verliebter Orang-Utan. Aber wahrscheinlich bilde ich mir das alles nur ein.« Mit zuckersüßem Lächeln ging sie zur Tür und stimmte in den Song ein: *»There will be no white flag above my door, I'm in love and always will be …«*

»Natürlich haben alle unsere Träume eine ganz besondere Bedeutung!« Lukas sah gelangweilt von seinem Frühstücksteller auf und schaute die Schwester von oben herab an. »Das ist seit langem wissenschaftlich bewiesen.« Er schob die Brille zurück und hob den Zeigefinger wie ein verknöcherter Oberlehrer. »Wie schon Professor Sigmund Freud, der nicht zu Unrecht als der Vater der modernen Traumdeutung gi–«

»Hey!« Laura schoss dem Jungen wütende Blicke zu. »Bitte verschon mich mit diesem Gefasel! Ich hab absolut keinen Nerv für deine Vorträge.«

Kaja stieß Lukas an. »Reg dich nicht auf! Wahrscheinlich ist ihr die SMS auf den Magen geschlagen«, sagte sie und kicherte wie ein aufgebrachtes Rotkehlchen.

»Das gilt auch für dich, Kaja.« Lauras Miene glich einer düsteren Gewitterfront, aus der Kaskaden von Blitzen zuckten. »Dein albernes Getue kann ich erst recht nicht ertragen. Und schon gar nicht am frühen Morgen. Also werd endlich wieder vernünftig – oder such dir einen anderen Platz.«

Kajas Gekicher erstarb und rote Flecken sprenkelten ihr Gesicht. »Oh, nö!« Sie schnaufte eingeschnappt. »Man wird doch noch einen Spaß machen dürfen, ohne dass du gleich ausflippst!«

»Kaja hat Recht«, schlug sich Lukas mit vorwurfsvoller Miene auf ihre Seite. »Schließlich wolltest du wissen, was ich von diesen immer wiederkehrenden Träumen halte.«

»Stimmt.« Die dunklen Wolken auf Lauras Gesicht hatten sich immer noch nicht verzogen. »Genau das wollte ich wissen. Allerdings kann ich mich nicht erinnern, dich um eine Vorlesung über die Grundlagen der Traumdeutung gebeten zu haben.«

»Ist ja schon gut«, antwortete der Bruder unwirsch. »Spiel dich bloß nicht so auf!«

Laura wollte schon aufgebracht antworten, als sie Philipp Boddin bemerkte. Mit dem Essenstablett in der Hand kam er den Gang entlang. In Höhe ihres Tisches angelangt, lächelte er sie freundlich an. Seine Lippen formten ein stummes Wort. Wenn Laura sich nicht täuschte, dann sollte es wohl »Okay?« bedeuten. Meinte er vielleicht: »Okay – kommst du mit ins Kino?«

Ohne dass sie sich dagegen wehren konnte, lief sie feuerrot an. Hastig drehte sie sich weg und wandte sich wieder Lukas zu.

Der Bruder hütete sich, auch nur ein Wort zu sagen. Doch

um seine Lippen spielte ein spöttisches Lächeln und auch in Kajas Augen war ein verdächtiges Funkeln zu erkennen.

Oh, Mann!

Der Blickwechsel mit Philipp war den beiden also nicht entgangen. Dabei hatte er nicht länger als den Bruchteil einer Sekunde gedauert. Nichts anmerken lassen, Laura!, ermahnte sie sich im Stillen. Bloß nichts anmerken lassen – und cool bleiben! »Ähm«, sagte sie und mühte sich um eine unbeteiligte Miene. »Ähm … Lukas, was meinst du also zu meinen wiederkehrenden Träumen?«

Der Junge wechselte einen verschwörerischen Blick mit Kaja. Während diese rasch den Kopf senkte, damit Laura ihr Grinsen nicht sehen konnte, biss Lukas in sein Marmeladenbrötchen und kaute in aller Seelenruhe, bevor er sich zu einer Antwort bequemte. »Nun«, hob er an, »für diese Träume gibt es meines Erachtens gleich mehrere Erklärungen. Die plausibelste zuerst: Offensichtlich liegt dir die Hausarbeit im Magen, die Schnuffelpuff euch aufgebrummt hat und die du immer noch nicht fertig hast, wenn ich richtig informiert bin.« Mit einem raschen Nicken bestätigte Kaja seine Vermutung, worauf Lukas sich wieder der Schwester zuwandte. »Diese Aufgabe belastet dich offenbar so sehr, dass sich dein Unterbewusstsein in Form dieser Sphinx-Träume zu Wort meldet und dir befiehlt, die Sache endlich zu erledigen.«

Laura war anzusehen, dass diese Erklärung sie wenig überzeugte. »Ist das alles, was dir dazu einfällt?«

»Natürlich nicht!« Pikiert rümpfte Lukas die Nase. »Es kann natürlich auch noch andere Gründe für diese Träume geben. Zum Beispiel hast du dich in letzter Zeit ja intensiv mit dieser Drachentöterlegende beschäftigt und auch das neue Drachenmodell schon mehrere Male bei der Probe beobachtet. Das könnte dich so beeindruckt haben, dass es sich in deinen Träumen niederschlägt. Schließlich sind sich Drachen und Sphingen ziemlich ähnlich, wenn nicht sogar verwandt.«

»Ich weiß nicht«, brummte Laura wenig begeistert. »Das erscheint mir doch etwas zu simpel. Hast du nichts Besseres zu bieten?«

»Eine Lösung muss doch nicht falsch sein, nur weil sie offensichtlich ist«, widersprach Lukas zwar, fühlte sich dann aber doch bemüßigt sein umfassendes Wissen auszubreiten. »Du hast diesen Traum ja schon häufiger gehabt«, erklärte er. »Deshalb hab ich einen Blick in ein Traumbuch geworfen, und darin steht, dass der Drache – und damit natürlich auch die drachenähnliche Sphinx – für die feurigen, nicht zu bändigenden Kräfte in uns Menschen steht.«

»Interessant«, antwortete Laura, auch wenn ihre Miene das genaue Gegenteil ausdrückte. »Und weiter?«

»Wer diese Kräfte in nützliche und sinnvolle Bahnen lenken kann, wird – zumindest laut Traumbuch – einen großen geistigen Schatz gewinnen.«

»Na also!« Laura grinste ihn fast provozierend an. »Wenn das stimmt, bin ich möglicherweise schon bald ein noch größerer Super-Kiu als du.«

»Außerdem ist der Drache ein Zeichen für das Unterbewusstsein des Träumenden.« Lukas tat, als tangiere ihn die Stichelei nicht im Geringsten. »Der Kampf mit dem Drachen symbolisiert somit den Kampf, den der Weg zum Unterbewusstsein darstellt. Auf dich angewandt, könnte das bedeuten, dass du aus dem Grunde von einer Begegnung mit dieser unheimlichen Sphinx träumst, weil du einerseits nicht genau weißt, was du willst, während dein Unterbewusstsein deine Wünsche ganz genau zu kennen scheint. Weshalb du andererseits wiederum Angst davor hast, dein Unterbewusstes zu entschlüsseln und diese Wünsche zu erkennen.«

»Ähm.« Laura machte ein ziemlich perplexes Gesicht und

blickte die Freundin Hilfe suchend an. »Muss man das verstehen?«

»Ja, klar.« Kaja musste sich offensichtlich sehr beherrschen, um nicht laut loszuprusten. »Das ist doch mehr als offensichtlich.« Erneut warf sie Lukas einen verstohlenen Blick zu.

Laura war verwirrt. Was hatten die beiden nur?

»Das finde ich auch«, fuhr der Bruder fort. »Zumal ich noch weitere interessante Dinge … Sorry. Du wolltest ja keine Vorlesung hören. Hatte ich ganz vergessen. Eine blöde Angewohnheit von mir. Tut mir wirklich leid, Laura.«

»Nein, nein«, entgegnete das Mädchen hastig. »Ist schon okay. Erzähl ruhig weiter.«

»Echt?« Lukas klang ungläubig. »Aber nur, wenn du auch wirklich willst.«

»Natürlich. Jetzt mach schon!«

»Okay.« Wieder wechselte er einen Blick mit Kaja, die sich ein Grinsen nicht länger verkneifen konnte.

Was ging hier vor, verdammt noch mal?

»Also.« Lukas legte den Kopf schief und schaute Laura mit gespielter Gleichmütigkeit an. »Wie der Autor schreibt, steht der Kampf mit dem Drachen auch für den Kampf des Träumers mit seiner erwachenden Se– … äh … nun … äh … wie soll ich es ausdrücken? Für den Kampf mit den allseits bekannten Trieben, die in allen jungen Menschen irgendwann erwachen. Für die Probleme und Unsicherheiten, die sich daraus ergeben. Bestimmt hast du in den letzten Tagen entsprechende Signale empfangen. Was dich zunehmend beschäftigt, auch wenn dir das gar nicht richtig bewusst sein mag …«

Da dämmerte Laura, worauf Lukas anspielte und weshalb Kaja die ganze Zeit so dämlich grinste: Sie meinten, dass zwischen ihr und Mr Cool …

Das Blut schoss ihr in den Kopf. »Ihr seid so was von bescheuert!«, schrie Laura und sprang auf. Ihre Stimme überschlug sich fast. »Damit ihr es wisst: Da läuft nichts zwischen Philipp und mir, das könnt ihr mir glauben.«

Weder Lukas noch Kaja erwiderten einen Ton. Ihr Grinsen wurde breiter.

Laura war, als würden rote Nebel vor ihren Augen kreisen. »Ihr … ihr … ihr könnt mich mal gernehaben, alle beide!« Damit griff sie nach ihrem Tablett und eilte davon.

Erst als sie auf die Geschirrrückgabe zuhastete, fiel ihr auf, dass es mucksmäuschenstill geworden war im Speisesaal. Alle Blicke – die der Lehrer und Schüler – waren auf sie gerichtet. Die meisten grinsten vieldeutig. Laura schaute zu Philipp hinüber. Er hatte den Kopf gesenkt, die Augen starr auf den Teller gerichtet.

Laura wäre am liebsten auf der Stelle im Erdboden versunken.

Kapitel 15 ❧ Der listige Knappe

Schnuffelpuff erwies sich als überaus großzügig. Auf Bitten mehrerer Schüler verlegte der Geschichtslehrer den Abgabetermin für die Hausarbeit über die Sphingen um einige Tage nach hinten. Auch Sachkundepauker Dschingis Wagner und Fräulein Edelgard Holunder, die spillerige Biologielehrerin, zeigten sich wohlwollend. Sie sprühten geradezu vor guter Laune. Dabei waren die beiden wegen ihrer unberechenbaren Stimmungsschwankungen gefürchtet. Und selbst Pinky Taxus, auf deren Stirn ein dickes Pflaster prangte, behandelte Laura ausnahmsweise mal gut, ja geradezu zuvorkommend. Sie ließ sich sogar zu einem freundlichen Lächeln hinreißen, das Lauras Argwohn erregte.

Laura klinkte sich unverzüglich in Pinkys Gedanken ein, konnte aber darin nicht die geringste Spur von Falsch entdecken. Die Taxus schien einzig und allein mit ihrer schmerzenden Stirn beschäftigt zu sein.

Eigenartig, oder?

Noch eigenartiger allerdings verhielten sich die Mitschüler der 7b. Sie waren es, die Laura den Vormittag gründlich vermiesten. Von der ersten Unterrichtsminute an hatte sie den Eindruck, als würden die Klassenkameraden sie permanent anstarren und wissend grinsen. Wann immer es ging, steckten sie die Köpfe zusammen, um zu tuscheln. Laura wusste, worüber sie sich die Mäuler zerrissen.

Der Einzige, der sie keines Blickes würdigte, war Philipp Boddin.

Mr Cool.

Laura konnte ihn nur zu gut verstehen. Wie hatte sie auch so dämlich sein können, auf Kajas und Lukas' plumpe Provokation hereinzufallen! Wie hatte sie nur laut bekunden können, dass zwischen Philipp und ihr nichts lief! Das hatte das Ganze doch nur noch schlimmer gemacht! Zum einen, weil nun jeder Ravensteiner erst recht vom Gegenteil überzeugt war. Und zum anderen, weil sie es sich dadurch wahrscheinlich ein für alle Mal mit Philipp verdorben hatte. Nie wieder würde er ihr eine SMS schicken. Und sie schon gar nicht ins Kino einladen. Dabei hatte sie sich bereits so darauf gefreut, auch wenn sie das niemals zugegeben hätte!

Natürlich nicht!

Schließlich ging es niemanden etwas an, dass sie Philipp toll fand.

Richtig süß sogar!

Nachdem Laura den Unterricht endlich überstanden hatte, war ihr der Appetit gründlich vergangen. Sie verspürte nicht den geringsten Hunger. Was Kaja natürlich nicht verstehen konnte. Laura schlug ihre Bitte, sie trotzdem in den Speisesaal zu begleiten, kurzerhand ab. Sie verspürte das dringende Bedürfnis, allein zu sein.

Nachdem das Pummelchen mit dem obligaten »Mein Magen ist so hohl, als ob ich seit Wochen nichts zu essen bekommen hätte« aus dem Zimmer gewalzt war, fläzte Laura sich aufs Bett, lehnte sich mit dem Rücken an die Wand, zog die Beine hoch und nahm Minzi auf den Schoß. Gedankenverloren stierte sie vor sich hin und streichelte über das seidenweiche Fell des Kätzchens, worauf dieses ein wohliges Schnurren hören ließ.

»Du hast es gut, Minzi.« Das Mädchen seufzte. »Du hast

niemanden, über den du dich ärgern musst. Brauchst dich nicht von einer doofen Freundin anmachen zu lassen und du musst auch keinen Bruder ertragen, der noch viel blöder ist!«

Das Kätzchen hob den Kopf und sah Laura sanftäugig an. Dann miaute es leise, als würde es ganz genau verstehen, was das Mädchen bewegte.

Wenigstens eine, die mit mir fühlt, kam es Laura in den Sinn. Mit einem Mal wurde ihr ganz wehmütig ums Herz. Ohne dass sie sich dagegen wehren konnte, füllten sich ihre Augen mit Tränen und dann rannen auch schon die Rinnsale über ihre Wangen.

Warum verstand sie nur niemand?

Warum hatte sie keinen, der ihren Kummer teilte?

Warum war sie nur so mutterseelenallein auf der Welt?

Die Konturen des Zimmers verschwammen hinter einem feuchten Schleier und das Gezwitscher der Vögel, das durch das offene Fenster drang, rückte in weite Ferne, bis es hinter einer Wand aus Kummer und Wehmut verklang.

Als Laura die Stimme ihrer Mutter hörte, meinte sie zunächst sich getäuscht zu haben. »Was ist denn los, mein Kind?«, fragte Anna Leander sanft.

Verwirrt zuckte das Mädchen zusammen, fuhr herum und blickte auf das Porträtfoto an der Wand. Es war einige Zeit vor dem tödlichen Unfall der Mutter aufgenommen worden. Mit ihren langen blonden Haaren, den blauen Augen und dem Grübchen am Kinn sah Anna aus wie eine ältere Ausgabe von Laura. Nur wirkte sie sehr viel ernster.

»Nicht doch, Laura.« Die Stimme erklang in ihrem Rücken. »Hier bin ich!«

Zögernd drehte Laura den Kopf – und wollte ihren Augen nicht trauen: Neben der Zimmertür lehnte eine Frau an der Wand.

Anna Leander, ihre Mutter, die seit vielen Jahren tot war!

Lauras Herz drohte zu zerspringen, so heftig schlug es. Ein Gefühlssturm brauste durch ihr Inneres. Sie spürte Freude und Schrecken, Jubel und Trauer zugleich. Mit aufgerissenem Mund starrte sie die Mutter an und wusste gar nicht, was sie sagen sollte. »A… a… aber, Mama«, stammelte sie. »Wi… wi… wie kommst du denn hierher?«

»Ganz einfach.« Die Frau lächelte sanft und deutete auf die Tür. »Sie war offen.«

»Das versteh ich nicht, du bist doch …« Sie brach ab, weil das schreckliche Wort einfach nicht über ihre Lippen wollte.

»Na und?« Anna sah sie aus tiefblauen Augen an. »Warum sollte das was ändern zwischen uns? Hab ich dir nicht versprochen, immer bei dir zu sein, wenn du mich brauchst?«

»Ja, schon.« Laura schluckte. »Und trotzdem: Wie ist es möglich, dass du …?«

»Bitte, Laura!«, unterbrach die Mutter. »Warum machst du immer wieder den gleichen Fehler? Warum glaubst du, dein kleiner menschlicher Verstand sei der Maßstab aller Dinge? Warum akzeptierst du nicht endlich, dass es eine Welt gibt, die jenseits allen menschlichen Wissens liegt?«

Laura antwortete nicht. Während sie die Mutter wortlos musterte, spürte sie, wie sich ihr Herzschlag normalisierte und das aufgewühlte Meer der Gefühle in ihrem Inneren sich allmählich beruhigte. »Dann bist du also gekommen, um mich zu trösten?«, fragte sie schließlich.

Anna Leander nickte. »Ja … und um dir zu helfen. Weil ich fühle, dass du im Augenblick jede Hilfe gut brauchen kannst!«

Erst jetzt bemerkte Laura, dass Minzi vom Bett gesprungen und auf ihre Mutter zugelaufen war. Mit sanften Miauen strich sie um deren Füße.

Anna bückte sich, um das Kätzchen zu streicheln. »Sieht ganz so aus, als würde es mich mögen.« Zufrieden lächelnd richtete sie sich wieder auf. »Sprich, Laura: Was hast du auf dem Herzen?«

Das Mädchen ließ sich nicht lange bitten. Es klagte der Mutter sein Leid und offenbarte ihr den Kummer, den ihm im Augenblick der Bruder, die Freundin und natürlich auch die Klassenkameraden bereiteten.

»Was kümmert es dich, was sie über dich reden? Sollen sie sich ruhig die Mäuler zerreißen. Das wird ihnen bald langweilig werden und dann hören sie von allein wieder auf. Viel wichtiger ist doch, dass du dich davon nicht ablenken lässt und deine große Aufgabe nicht aus den Augen verlierst. Du musst versuchen das Geheimnis dieses Schwertes zu lösen.«

Laura staunte die Mutter an. »Woher weißt du von dem Schwert?«

Anna schüttelte sanft lächelnd den Kopf. »Aber Laura«, sagte sie, »glaubst du wirklich, dass ich keinen Anteil daran nehme, was in deiner Welt vor sich geht?«

»Ja, doch. Aber …«

»Ich weiß immer, was dich bedrückt, Laura. Deshalb weiß ich, dass das Geheimnis dieses Schwertes dich im Augenblick über die Maßen beschäftigt. Was ich allerdings nicht so recht verstehe –« Sie brach ab, um bekümmert die Brauen hochzuziehen.

»Was denn, Mama?«, drängte das Mädchen. »Was verstehst du nicht?«

»Warum du dich nicht auf deine besonderen Fähigkeiten besinnst. Sie sind dir doch verliehen worden, damit sie dir bei der Erfüllung deiner Aufgabe helfen. Warum nutzt du sie nicht?«

Laura fühlte Verwirrung in sich aufsteigen. »Das tue ich doch … oder?«

»Tatsächlich?« Anna Leander blickte sie intensiv an. »Den Eindruck habe ich nicht.«

»Wie … meinst du das?«

»Nun – hast du nicht erwähnt, dass Muhme Martha möglicherweise nicht nur nähere Erkenntnisse über dieses Schwert besessen, sondern diese auch noch niedergeschrieben hat?«

»Ja, schon. Aber das hilft mir nicht weiter. Diese Aufzeichnungen sind doch verbrannt, und niemand …« Da ging ein Leuchten über Lauras Gesicht, denn es war ihr schlagartig klar geworden, was die Mutter meinte.

Natürlich! Das war die Lösung!

Sie sprang vom Bett auf, um auf Anna zuzueilen, als diese sie mit einer raschen Geste stoppte. »Moment!«, sagte sie und beugte sich zur Seite, um an der Tür zu lauschen. »Ich glaube, da kommt jemand! Es ist besser, wenn ich verschwinde!« Eilends griff sie zur Klinke. »Mach's gut, Laura!«, raunte sie ihrer Tochter noch zu und nur einen Wimpernschlag später war Anna Leander verschwunden.

Laura starrte auf die leere Wand, bevor sie sich wieder auf ihr Bett fallen ließ. Unglaublich!, ging es ihr durch den Kopf. Das Ganze war einfach unglaublich – und dennoch hatte sie die Mutter mit eigenen Augen gesehen!

Nur Augenblicke später kam Kaja herein. Den grünlichen Flecken auf ihrer Wange nach zu urteilen, hatte es Spinat gegeben.

Als sie Laura erblickte, rümpfte sie erstaunt die Nase. »Wie siehst du denn aus? Als ob du einen Geist gesehen hättest!«

»Ich wüsste nicht, was dich das angeht.« Lauras Miene verdüsterte sich. »Kümmere dich lieber um deinen eigenen Kram.«

»Was soll das denn jetzt wieder?« Kaja kniff die Augen zusammen, dass sie fast aussahen wie dunkle Gedankenstriche in ihrem sommersprossigen Gesicht. »Ich weiß gar nicht, warum du dich so aufspielst.«

»Ach, wirklich?« Laura ließ ein bitteres Lachen hören. »Und was war heute beim Frühstück?«

»Oh, nö, Laura!« Empört blies Kaja die Wangen auf. »Das war doch nur Spaß, weiter nichts! Und wenn du nicht ausgerastet wärst, hätte kein Schwein was davon mitbekommen. Ist doch alles nur deine eigene Schuld.«

Vor Überraschung klappte Laura der Unterkiefer herunter.

So war das also!

Sie hatte es sich also selbst zuzuschreiben, dass ihre Mitschüler sich über sie lustig machten!

Unglaublich!

Unwillkürlich schüttelte sie den Kopf. Das war doch einfach nicht zu fassen!

»Hattest du Besuch?« Die Frage der Freundin traf Laura völlig unvorbereitet.

»Besuch? Wieso meinst du?«

»Weil ...« Kaja blähte die Nasenflügel und schnupperte. »Weil es hier so merkwürdig riecht. Irgendwie so ... so ... gruftig.«

»Du spinnst ja!« Lauras Antwort fiel heftiger aus als gewollt. »Ich riech nichts«, fügte sie wesentlich sanfter hinzu.

»Nein?« Wieder bedachte Kaja sie mit einem forschenden Blick, bevor sie abwinkte. »Na ja, dann muss ich mich wohl täuschen«, sagte sie leichthin, zog die Nachttischschublade auf und holte einen Schokoriegel hervor.

Für einen Moment war Laura versucht, der Freundin vom Besuch der Mutter zu erzählen. Aber zum einen war sie immer noch sauer auf Kaja und zum anderen ging es diese ja absolut nichts an, dass Anna Leander sich ihr gezeigt hatte. Wahrscheinlich würde sie ihr ohnehin nicht glauben, dass diese Gestalt annehmen konnte.

Allerdings – etwas komisch war das schon.

Oder doch nicht?

Wie hatte Mama noch gesagt? »Warum akzeptierst du nicht endlich, dass es eine Welt gibt, die jenseits allen menschlichen Wissens liegt?« Sie hatte Recht – und so verscheuchte Laura die Zweifel und dachte lieber darüber nach, welcher Termin wohl der günstigste sein würde für ihr so überaus wichtiges Vorhaben. Wie hätte sie auch ahnen sollen, dass die Dunklen selbst vor der perfidesten List nicht zurückschrecken würden?

Alarik war fast schon am Wachhäuschen vorbei, als der Torwächter ihn doch noch entdeckte. »Halt, Alarik!«, rief er ihn an und trat mit gesenkter Lanze auf ihn zu. »Wohin des Wegs?«

Der Knappe blieb stehen. »Was soll der Unsinn, Galano?«, fragte er verwundert. »Es ist mitten am Tage – seit wann muss ich da einen Grund angeben, wenn ich die Gralsburg verlassen will?«

»Seit Ritter Paravain angeordnet hat, dass wir Wachen ein Auge auf dich haben sollen«, erklärte der Torwächter mit gewichtiger Miene. »Wir sollen darauf achten, dass du dich nicht heimlich davonmachst und ihm nachreitest! Genau das hat er uns befohlen!«

»Ach ja, tatsächlich?«, entgegnete der Knappe. »Hat er das?« Er konnte seine Enttäuschung nur mühsam verbergen.

»Ja, genau!« Unwillkürlich nahm Galano Haltung an. »Und wir Wachen pflegen die Befehle des obersten Ritters ernst zu nehmen.«

Alarik verdrehte die Augen. »Das solltet ihr auch. Sonst reißt euch mein Herr den Kopf ab!«

»Genau so ist es!«

»Aber dir, Galano ...« – anklagend reckte der Knappe ihm den Zeigefinger entgegen – »... dir wird er den Kopf abreißen, wenn er erfährt, dass er nur deinetwegen auf seine liebste Leckerei verzichten muss.«

»Hä?« Der Wächter machte ein Gesicht wie ein verdutzter Swuupie. »Ich verstehe nicht …«

»Nein? Du weißt doch, dass Ritter Paravain nichts mehr liebt als die köstlichen Auwaldbeeren?«

»Äh …«

»Sie sind reif und prall im Moment und müssen dringend geerntet werden, wenn sie nicht verderben sollen. Und deshalb …« – er deutete nach Osten, wo kaum hundert Schritte von der Burg entfernt der alte Auwald begann – »… habe ich beschlossen sie für meinen Herrn zu pflücken. Aber bitte, Galano, wenn du mich daran hindern willst, dann tu, was du nicht lassen kannst.«

»Nun ja«, sagte der Wächter gedehnt und strich sich übers Kinn. »Aber trotzdem – er hat es nun mal befohlen!«

»Ich weiß wirklich nicht, warum du dich so anstellst!« Alarik bemühte sich um ein unschuldiges Gesicht. »Oder siehst du hier irgendwo ein Pferd?«

»Äh … nein, natürlich nicht.«

»Na also!« Der Knappe lächelte. »Wie sollte ich Ritter Paravain da nachreiten können?«

»Äh … stimmt.« Die Züge des Wächters entspannten sich. Er blinzelte dem Knappen zu. »Na gut. Dann geh schon!«

»Danke, vielen Dank!« Alarik drehte sich um und machte, dass er davonkam. Allerdings war er kaum fünf Schritte gelaufen, als Galano ihn erneut anrief: »Halt!«

Beklommen schielte der Knappe zu dem Wächter zurück. »Ja?«

»Unsere kleine Plauderei, die bleibt aber unter uns, verstanden?«

»Aber natürlich, Galano.« Alarik atmete erleichtert auf. »Niemand wird davon erfahren, das verspreche ich dir. Und Paravain schon gar nicht!«

Er beschleunigte den Schritt und hielt direkt auf den Auwald zu. Wie gut, dass er das Steppenpony und den Proviantsack dort bereits am Vormittag nach dem täglichen Geländeritt mit den anderen Knappen zurückgelassen hatte. Niemandem war aufgefallen, dass er ohne seinen Braunen nach Hellunyat zurückgekehrt war. Keiner hatte bemerkt, dass er Schmatzfraß unter seinem Lederwams versteckt hatte – und niemand konnte ihn jetzt mehr daran hindern, sich auf den Weg zu den Traumspinnern zu machen.

Lukas stand das schlechte Gewissen förmlich ins Gesicht geschrieben, als er seiner Schwester am nächsten Tage in ihrem Zimmer gegenübersaß. Auch wenn er kein Wort darüber verlor, schien ihm dennoch bewusst zu sein, dass er zu weit gegangen war. Schließlich war es einfach unmöglich, dass er die Deutung ihrer seltsamen Träume dazu missbraucht hatte, sie wegen Philipp aufzuziehen.

Laura hatte lange gezögert, den Bruder um Hilfe zu bitten. Aber irgendjemand musste ja darüber wachen, dass ihrem in der Gegenwart zurückbleibenden Körper nichts zustieß, wenn sie ihre Traumreise in die Vergangenheit von Drachenthal antrat. An wen sonst hätte sie sich auch wenden sollen? Auf Kaja war sie immer noch sauer, stinksauer sogar. Die hatte den ganzen Trouble ja erst ausgelöst, indem sie Philipps SMS ausposaunt hatte. Ein Verrat, der wesentlich schlimmer war als die Frotzeleien des Bruders, mochten die auch noch so gemein gewesen sein. Nein, Kaja konnte ihr gestohlen bleiben! Für die nächste Zeit zumindest. Miss Morgain und Percy Valiant waren mit anderen Dingen beschäftigt. Die Proben für den Drachenstich und diese dämlichen Plattenaufnahmen, die wahrscheinlich ohnehin nicht zu Stande kommen würden, nahmen kein Ende. Und Professor Morgenstern hatte mit dem ungelösten Mordfall genug Ärger am Hals und gewiss Wichtigeres zu tun, als sich um Laura zu kümmern. Also war nur noch Lukas übrig geblieben.

»Hast du dir das auch gut überlegt?« In den Augen des Bruders waren ernste Zweifel zu erkennen. »Du hast doch schon mehrmals erlebt, welch schlimme Folgen deine Ausflüge in die Vergangenheit haben können.«

»Ich weiß. Aber diesmal ist es was anderes. Ich bleibe doch nur kurze Zeit und nicht über Nacht wie beim letzten Mal.«

Lukas schien immer noch nicht überzeugt. »Wer weiß, ob du überhaupt den richtigen Tag erwischst!«, brummte er wenig begeistert. »Vielleicht kommst du ja auch zu einem völlig falschen Zeitpunkt in der Vergangenheit an. An einem Tag vielleicht, an dem sich der Nachlass von Martha entweder noch nicht oder rein zufällig gerade mal nicht im Drachenmuseum befindet, weil ihn jemand mit nach Hause genommen hat, zum Beispiel.«

»Das ist völlig ausgeschlossen!« Laura grinste übers ganze Gesicht, zögerte aber ihren Trumpf auszuspielen, um den Bruder auf die Folter zu spannen.

»Und woher willst du das wissen?«

»Weil –« Wieder brach Laura ab.

»Ja?« Lukas war jetzt richtig hibbelig. »Nun mach schon!«

»Weil Frau Wegener vom Drachenmuseum mich vorhin angerufen hat. Sie hat noch mal in den alten Unterlagen geblättert und ist auf eine Inventurliste aus dem Sommer 1904 gestoßen.«

»Und?«

»Daraus geht hervor, dass sich Marthas Nachlass am Tage dieser Inventur – übrigens die letzte vor dem Brand! – noch im Museum befunden hat. Sogar der genaue Aufbewahrungsort war darin verzeichnet!«

»Echt?«

Laura strahlte bis über beide Ohren. »Ja.«

»Welcher Tag war das denn?«

»Der 12. Juli 1904.«

Lukas kniff die Augen zusammen und die Falte zeigte sich wieder auf seiner Stirn. »Komischer Tag für eine Inventur – findest du nicht auch?«

»Warum?« Beschwichtigend hob Laura die Hände. »Damals war doch alles ganz anders als heute. Aber wie auch immer: Mit Hilfe dieser Angaben kann ich die gesuchten Unterlagen doch in null Komma nichts finden. Und sobald ich Marthas Notizen über das Schwert gelesen habe, kehre ich auch sofort wieder zurück.«

»Na gut«, brummte Lukas missmutig. »Du bist schließlich alt genug und musst wissen, was du dir zutrauen kannst! Wie ich dich kenne, lässt du dich ja ohnehin nicht von deinem Vorhaben abbringen.«

»Wie klug du doch bist!« Laura grinste breit. »Fast könnte man meinen, du wärst ein echter Super-Kiu!« Dann aber wurde sie ernst und streckte sich auf ihrem Bett aus.

Lukas zog den Schreibtischstuhl näher heran und setzte sich dicht daneben. Laura wusste, dass er sie keine Sekunde aus den Augen lassen würde, solange sie in ihrer Traumgestalt auf Reisen war.

Das Mädchen wollte sich schon in Trance versetzen, als ihm noch was einfiel. Es richtete sich wieder auf und deutete auf das Kätzchen, das es sich auf Kajas Bett gemütlich gemacht hatte. »Pass bitte gut auf Minzi auf!«, mahnte es den Bruder. »Nicht dass sie wieder aus dem Fenster springt.«

»Klaromaro! Hältst du mich für doof oder was?«

Laura sparte sich die Antwort. Stattdessen legte sie sich wieder nieder, schloss die Lider und atmete tief durch. Das ausdauernde Üben schien endlich Früchte zu tragen. Jedenfalls bereitete es ihr nicht die geringsten Schwierigkeiten, sich in jenen Schwebezustand zu versetzen, der es den Wächtern schon seit Anbeginn der Zeiten ermöglichte, ihren Geist aus den Fesseln der Gegenwart zu befreien, damit er, losgelöst von allen

Beschränkungen der Materie, frei zwischen Raum und Zeit umherschweifen konnte. Fast ohne ihr Zutun kamen die uralten Verse über ihre Lippen:

»Strom der Zeit, ich rufe dich;
Strom der Zeit, erfasse mich!
Strom der Zeit, ich öffne mich;
Strom der Zeit, verschlinge mich!«

Noch ehe Laura wusste, wie ihr geschah, wurde sie von reinem Licht eingehüllt. Um sie herum wurde es überirdisch hell, so dass sie trotz der geschlossenen Augen geblendet wurde. Ein gewaltiges Brausen erfüllte ihre Ohren. Ein Wirbel aus Strahlen umkreiste sie, drehte sich schneller und schneller, bis sie unwiderstehlich in seine Mitte gesogen wurde – und da wusste sie, dass sie ihre Reise in eine Dimension angetreten hatte, die mit dem menschlichen Verstand nicht mehr zu erfassen war.

Kapitel 16 ❧ Ein verheerender Brand

Als das kreisende Licht erlosch und das Rauschen verstummte, öffnete Laura die Augen. Im ersten Moment erkannte sie – nichts. Nur ein beißender Geruch stieg ihr in die Nase: Es roch nach säuerlichem Schweiß und – Bohnerwachs, wenn sie sich nicht täuschte. Dann, allmählich, lösten sich die Konturen von Möbeln aus der Dunkelheit. Laura konnte Regale erkennen, einige Truhen und Glasvitrinen – offensichtlich war sie exakt am Ziel ihrer Traumreise angekommen: im großen Ausstellungsraum des Drachenmuseums von Drachenthal. Draußen, vor den beiden kleinen Fenstern, herrschte tiefe Finsternis. Die Nacht war bereits hereingebrochen, und da sich außer ihr niemand im Museum zu befinden schien, hatte es die Pforten wohl schon vor einiger Zeit geschlossen. Wenig wahrscheinlich also, dass ihr bei dem Abstecher in die Vergangenheit jemand in die Quere kommen würde. Laura atmete auf, auch wenn die alles entscheidende Frage noch immer nicht geklärt war: Hatte ihre Reise durch Zeit und Raum sie auch zum gewünschten Tag geführt? Zum 12. Juli 1904? Zumindest deutete die drückende Hitze, die trotz der späten Stunde immer noch in den Räumen lastete, darauf hin, dass es Hochsommer war und Laura zumindest die richtige Jahreszeit erwischt hatte.

Gespannt blickte das Mädchen sich um. Das Mobiliar wirkte altertümlich und entsprach in keiner Weise der Ausstattung des Museums, die Laura von ihrem letzten Besuch noch bestens in Erinnerung hatte. Die Möbel bestanden vornehmlich aus Holz und Glas und zeugten von ebenso schlichter wie solider Handwerksarbeit. Nirgendwo war auch nur eine Andeutung von Kunststoff zu entdecken. Anstelle der Neonlampen hingen zwei armselige Leuchten mit antiken Glasschirmen von der Decke. Die verrußten Kolben unter den Schirmen, die ebenfalls aus Glas gefertigt waren, ließen vermuten, dass es sich um Gaslampen handelte.

Der Fußboden bestand aus blanken Holzdielen. Sie waren dunkel gestrichen – braun vermutlich, auch wenn Laura das im schummerigen Licht des Mondes, das durch die kleinen Fenster fiel, nicht erkennen konnte. Allerdings hatte sie Wichtigeres zu tun, als sich Gedanken über die Farbe der Dielen zu machen. Rasch huschte sie zur Ausgangstür. Sie war aus massivem Holz getischlert. Laura stellte erleichtert fest, dass sie sich trotz heftigen Rüttelns nicht einen Millimeter bewegte. Wunderbar! Ohne Schlüssel würde niemand die Räume des Museums betreten können, während sie sich umsah!

Die einzigen Fenster befanden sich in der Stirnwand des Raumes und waren mit dicken Eisengittern gegen Einbruch geschützt. Als Laura einen Blick nach draußen warf, war sie im ersten Moment doch ein wenig überrascht, wie hoch die Stadtmauern links und rechts vom Museumsgebäude aufragten. Kleine Häuser schmiegten sich ganz eng nebeneinander an die stabile Mauer. Dicht vor den ärmlichen Behausungen lief ein schmales, mit Kopfstein gepflastertes Gässchen entlang, das auf der anderen Seite ebenfalls von schindelgedeckten Holzhäusern gesäumt wurde. Die Gasse war ebenso menschenleer wie der kleine Platz, der sich vor dem Museum öffnete. An seinem jenseitigen Ende erhob sich ein schlichtes Kirchlein, dessen Dach mit Holzschindeln gedeckt war. Im Turm konnte Laura die schemenhaften Umrisse zweier Glocken erkennen. Bei den schwarzen Fäden, die von ihnen herunterhingen, musste es sich um die Zugseile handeln, mit deren Hilfe sie geläutet wurden. Klar: Ein automatisches Läutwerk war damals vermutlich so gut wie unbekannt.

In unmittelbarer Nähe der Kirchentür stand eine einsame Gaslaterne, die ihr funzeliges Licht in die mondhelle Nacht schickte. Es reichte nicht weiter als ein paar Schritte – aber wem hätte es auch leuchten sollen? Den Ratten vielleicht, die schattengleich dicht an den Hausmauern entlangstrichen, um dann blitzschnell in einem der vielen mannshoch aufgeschichteten Holzstapel oder in den windschiefen Vorratsschuppen zu verschwinden? Oder den Katzen, die träge umherschlichen, als hätten sie ihren Hunger längst gestillt und würden nur noch auf den nächsten Tag warten, um diesen zu verdämmern? Der voll beladene Heuwagen jedenfalls, der so dicht vor einem Schuppen stand, als wolle er sich daran anlehnen, benötigte bestimmt kein Licht.

Drachenthal lag im tiefen Schlaf. So weit Laura auch blicken konnte, nirgendwo war eine Menschenseele zu entdecken und nicht eines der Fenster und keine der Luken war auch nur von mattem Lichtschein erhellt.

Gut so!

Die alten Dielen knarrten, während Laura suchend durch die Reihen der Exponate strich. Ihre Augen hatten sich an die Dunkelheit gewöhnt. Nicht lange, und Laura stand vor dem Regal, dessen Nummer sie sich gut eingeprägt hatte: C3. Wenn die Angaben in der Inventurliste stimmten, mussten die Aufzeichnungen von Muhme Martha im zweiten Fach zu finden sein. Zu ihrer Überraschung aber war es leer.

Eigenartig.

Laura wunderte sich. War der Eintrag falsch? Oder hatte Frau Wegener ihn nur nicht korrekt entziffert? Vielleicht hatte sie sich ja auch schlichtweg verhört? Schließlich war die Handyverbindung so schlecht gewesen, dass sie die Stimme der Museumsleiterin nur ganz verzerrt hatte hören können. Aber wie auch immer: Im zweiten Fach von Regal C3 war nichts zu finden.

Na super! Das fängt ja gut an!

Als Laura sich auf die Suche nach einer Kerze machte, entdeckte sie in der hintersten Ecke des Raumes einen einfachen Schreibtisch, auf dem eine Petroleumlampe stand. Zwar waren nirgendwo Streichhölzer oder sonstige Zündhilfen zu entdecken, aber das bekümmerte Laura nicht. Vorsichtig nahm sie den Glaskolben ab, der die Flamme vor Zugluft schützen sollte, öffnete die Zufuhr und starrte mit höchster Konzentration auf den mit Petroleum getränkten Docht. Nur Augenblicke später entzündete er sich mit einem leisen Knistern. Laura setzte den Kolben wieder auf und regelte die Flamme so, dass sie ein angenehm warmes Licht spendete. Schon griff sie zur Lampe, um die Suche zu beginnen, als ihr Blick auf alte Kladden fiel, die am Rande des Tisches aufstapelt waren. Auf dem Etikett des obersten Heftes stand ein Name. Nur mit Mühe konnte Laura die altertümliche Handschrift entziffern. Als ihr das endlich gelungen war, hätte sie am liebsten vor Freude aufgeschrien. »Martha Anderle«, stand da geschrieben. Und »Martha Anderle«, das war niemand anders als Muhme Martha, wie sie sich sofort erinnerte.

Papas Urgroßmutter!

Was nur bedeuten konnte, dass es sich bei den aufgetürmten Kladden um deren Nachlass handelte.

Aufgeregt eilte das Mädchen um den Tisch herum, um sich auf den dahinter stehenden Stuhl zu setzen. Da erst bemerkte es den Kalender an der vom flackernden Lichtschein erhellten Wand. Das Kalenderblatt zeigte, dass der erste Eindruck nicht getrogen hatte: Es war tatsächlich Hochsommer.

Juli – um genauer zu sein. *Der 12. Juli 1904* – um ganz genau zu sein.

»Ja!«, jubelte Laura und ballte die Faust. Ihre Traumreise hatte sie also nicht nur ans richtige Ziel geführt, sondern sie auch genau am gewünschten Tag ankommen lassen und ihr zudem die dringend benötigten Dokumente in die Hände gespielt!

Jetzt galt es nur noch, in dem guten Dutzend Hefte Muhme Marthas Notizen über das Schwert des Drachentöters zu finden. Was nicht so einfach war. Die engzeiligen Einträge in den Kladden waren allesamt in ihrer altmodischen Handschrift gehalten, und so dauerte es geraume Zeit, bis Laura endlich die sehnsüchtig gesuchten Abschnitte entdeckte.

Schon nach wenigen Zeilen jedoch dämmerte ihr, dass sie eine ungeheuerliche Entdeckung gemacht hatte. Marthas Nachforschungen hatten Dinge zu Tage gefördert, die all das, was Laura bislang über Burg Ravenstein und ihre Geschichte wusste, in einem ganz anderen Licht erscheinen ließen. Mit großen Augen und weit aufgerissenem Mund überflog sie Seite um Seite. Je mehr sie las, desto mehr Zusammenhänge erschlossen sich ihr, von denen sie bislang nicht das Geringste geahnt hatte. Muhme Marthas Erkenntnisse waren so aufregend, dass Laura in sie eintauchte wie in eine fremde faszinierende Welt und darüber alles um sich herum vergaß.

Ein Klirren ließ Laura hochschrecken. Verwirrt blickte sie sich um. Sie hatte keine Ahnung, wie lange sie schon an diesem Schreibtisch im Museum saß. Allerdings kam sie nicht dazu, weiter darüber nachzusinnen, denn noch im gleichen Augenblick bemerkte sie den brennenden Stofffetzen. Er lag am Fuße des Regals, das den Fenstern am nächsten stand. Die Flammen – dem Geruch nach zu urteilen, war der Lappen mit Petroleum getränkt – loderten hoch auf und leckten nach den Büchern und Pergamenten, die das Regal füllten.

Laura erkannte die Gefahr sofort: Es konnte nur noch Sekunden dauern, bis die leicht brennbaren Dokumente Feuer fingen. Sie sprang so plötzlich auf, dass der Stuhl polternd umkippte, und hastete quer durch den Raum auf das Regal zu. Noch im

Laufen bemerkte sie, dass ein großes Loch in der Scheibe eines Fensters klaffte. Jemand musste sie eingeschlagen haben, um den Brandsatz ins Innere des Museums zu schleudern!

Obwohl Laura sprintete wie von tausend Teufeln gehetzt, kam sie zu spät. Die Dokumente hatten bereits Feuer gefangen. Die alten Schwarten und Exponate brannten wie Zunder und boten den Flammen reichlich Nahrung. Angefacht von dem Luftzug, der durch das Fenster wehte, verbreiteten sie sich blitzschnell und sprangen auf andere Regale und auf Truhen und Vitrinen über. Schon bald loderten sie in allen Ecken.

Das Drachenmuseum war nicht mehr zu retten. Wie auch? Schließlich waren die verheerenden Folgen des Brandes in den Annalen von Drachenthal nachzulesen. Einmal Geschehenes konnte niemand mehr rückgängig machen. Selbst ein Wächter nicht, der im Zeichen der Dreizehn geboren war. Laura musste einsehen, dass sie keine Chance zum Eingreifen hatte. Sie konnte nur eines tun – sich so schnell wie möglich selbst in Sicherheit bringen.

Gerade wollte sie die Augen schließen, um sich in den Tunnel zu begeben – in jenen Trancezustand, der ihr die Rückkehr in die Gegenwart ermöglichte –, als ihr Blick noch einmal nach draußen fiel, auf die Holzhäuser mit den knochentrockenen Schindeldächern. Auf die dürren Holzstapel und die ausgedorrten Bretterwände der Schuppen. Und auf den hoch mit Heu beladenen Wagen. Jetzt, mitten in der sommerlichen Hitzeperiode, würde ein einziger Funke genügen, um sie allesamt in Brand zu stecken! Drachenthal stand vor einer schrecklichen Katastrophe – und keiner der Bewohner ahnte auch nur im Geringsten die tödliche Gefahr, in der sie alle schwebten. Wenn sie nicht umgehend alarmiert wurden, würden Hunderte, vielleicht sogar Tausende von Menschen im Schlaf sterben. Nein, sie durfte sich nicht einfach so aus dem Staub machen. Sie musste die Ahnungslosen warnen, und zwar so schnell wie möglich!

Im Museum war es bereits unerträglich heiß und stickig geworden. Hustend packte Laura einen Stuhl und stürzte damit zum Fenster. Sie wollte die Scheibe gerade vollends zerschmettern, als sie eine Gestalt über den Kirchplatz davonhasten sah.

Der Feuerteufel?

Eben lief er an der Gaslaterne vorbei, die sein Gesicht für wenige Augenblicke erhellte. Es war Konrad Köpfer!

Der Rote Tod!

Plötzlich blieb der Albino stehen, drehte sich um und schaute zu ihr herüber. Offenbar konnte er sie hinter dem vergitterten Fenster erkennen, denn ihr war, als balle er triumphierend die Faust, bevor er hinter der Kirche verschwand.

Die Scheibe ging schon beim ersten Schlag klirrend zu Bruch. Gleich einem Schalltrichter schloss Laura die Hände um den Mund und brüllte aus Leibeskräften: »Feuer! Feuer! Feuer!« Immer und immer wieder.

Nichts geschah. Offensichtlich hörte sie niemand.

Was sollte sie nur tun?

Das Prasseln der Flammen in ihrem Rücken wurde heftiger und ging in ein bedrohliches Fauchen über.

»Feuer!«, schrie Laura, bis sie heiser wurde. »Feuer! Feuer!«

Doch noch immer tat sich nichts.

Die Bürger von Drachenthal schienen allesamt über einen tiefen Schlaf zu verfügen. Verzweiflung befiel Laura. Was konnte sie sich denn noch einfallen lassen, um die Drachenthaler zu warnen? Eine Sirene gab es im Jahre 1904 mit Sicherheit nicht! Und selbst wenn: Wie hätte sie Alarm auslösen können? Damals warnte man die Menschen doch meistens durch Glockenge–

Natürlich!

Hinter Laura brannte es bereits lichterloh. Aus dem Fauchen des Feuers war ein Brüllen geworden. Schon standen die Deckenbalken in Flammen, die sich in ihrer unersättlichen Gier unaufhaltsam in das obere Stockwerk fraßen. In Lauras Rücken war es glühend heiß. Sie bekam kaum noch Luft und der Schweiß lief ihr aus allen Poren, während sie versuchte alle störenden Eindrücke und Empfindungen auszublenden. In höchster Konzentration starrte sie auf die Glocken im Kirchturm am anderen Ende des Platzes. Würde sie es schaffen, sie kraft ihrer Gedanken zum Schwingen zu bringen? Ihnen über eine Distanz von mehr als dreißig Metern ihren Willen aufzuzwingen?

Sie musste es einfach! Sonst waren die Menschen von Drachenthal hilflos dem Tod geweiht!

Eine Feuerwand wälzte sich unaufhaltsam auf Laura zu. Doch das Mädchen bemerkte das nicht: Die Augen zu schmalen Schlitzen verengt, fixierte es die Glocken im Kirchturm. »Läutet!«, befahl es ihnen.

»Läutet und schlagt endlich Alarm!«

Schon sah es so aus, als sei alle Mühe vergebens, als sich die Kirchenglocken doch noch in Bewegung setzten. Kaum wahrnehmbar zunächst, dann immer weiter und weiter, begannen sie zu schwingen, bis ihr mächtiges Geläut weithin über die Dächer der Stadt dröhnte.

»Ja!«, jubelte Laura, als die ersten Fenster und Türen geöffnet wurden und in Nachtgewänder gehüllte Menschen schlaftrunken ins Freie wankten.

Laura spürte die mörderische Hitze und gewahrte plötzlich, dass ihre Kleider schon ganz versengt rochen. Es konnte nicht mehr lange dauern, bis ihre Haare Feuer fingen. Wie ein Schwerthieb traf Laura die Erkenntnis: Es ist zu spät! Ich kann nicht mehr zurück! Bis ich mich in Trance versetzt habe, bin ich längst verbrannt!

Morwena stellte den Becher mit dem Schlaftee auf dem Tisch ab und wandte sich an den Hüter des Lichts. »Lasst ihn Euch munden, Herr.«

»Was führst du denn diesmal im Schilde?«, fragte Elysion streng und blickte die Heilerin eindringlich an.

Röte färbte die Wangen der jungen Frau. »Ich weiß, worauf Ihr hinauswollt, Herr«, sagte sie rasch. »Es tut mir leid wegen neulich. Aber der Tee hätte Euch bestimmt nicht geschadet, selbst wenn Ihr zwei Becher davon getrunken hättet.«

»Das habe ich aber nicht.« Elysion erhob sich. »Zum Glück! Sonst hätte ich wahrscheinlich nicht mitbekommen, was Paravain umtreibt. Und dich offensichtlich auch.«

Morwena senkte den Kopf und schwieg.

Der Hüter des Lichts trat dicht an sie heran. »Ist es nicht so, Morwena?«

Die junge Frau atmete tief durch, bevor sie gequält nickte. »Ja, Herr. Auch ich mache mir Sorgen. Darüber, was mit diesem Schwert auf dem Menschenstern geschehen wird, und darüber –«

»– wie es Paravain ergehen mag?«, fiel Elysion ihr ins Wort.

Morwena schnappte nach Luft. »Ihr wisst, Herr?«

»Natürlich! Oder hast du geglaubt, ihr könntet Geheimnisse vor mir haben?« Der greise Mann sah die Heilerin eindringlich an. »Glaubst du wirklich, ich wüsste nicht, was der Ritter vorhat? Er will diesem Mädchen eine Botschaft schicken, damit es sich auf die Suche nach Hellenglanz macht, nicht wahr?«

»Ja, Herr.« Die Heilerin fasste Mut. »Laura muss das Schwert vor unseren Feinden finden, sonst droht uns Unheil. Und deshalb muss er sie unbedingt warnen!«

Nachdenklich musterte Elysion die junge Frau. Kein Ton war zu hören im riesigen Thronsaal von Hellunyat, und selbst von draußen, vom Burghof her, erklang kein einziger Laut, bis der Hüter des Lichts erneut den Mund öffnete. »Und was wäre, wenn genau das Gegenteil einträfe?«

Morwena blieb stumm und wurde kreidebleich.

»Was wäre, wenn uns nur deswegen ein schreckliches Unheil droht, weil er sie zu warnen versucht?«

Die Heilerin schüttelte den Kopf. »Das übersteigt meine Vorstellungskraft.«

»Wirklich? Habe ich dir und Paravain nicht beigebracht, dass alles zwei Seiten hat? Dass das Gute nicht ohne das Böse existieren kann und das Licht nicht ohne das Dunkel vorstellbar ist?«

»Doch, natürlich!«

»Siehst du? Und so beinhaltet jede gute Absicht auch ihr genaues Gegenteil und es ist nicht immer ausgemacht, was am Ende überwiegt!«

»Ich –«, hob Morwena an, als sie wie vom Blitz gefällt zusammensackte und zu Boden ging. Ihr zierlicher Körper bäumte sich auf und begann zu zucken, mehr und mehr, bis er von wilden Krämpfen hin und her geworfen wurde.

Elysion fiel neben Morwena auf die Knie und barg ihren Kopf im Arm. Während er mit sanften Worten auf die Heilerin einsprach, trug er dafür Sorge, dass sie sich nicht auf die Zunge biss.

Der Anfall war so schnell vorüber, wie er gekommen war. Als Morwena die Augen aufschlug, fühlte sie sich benommen.

Der Hüter des Lichts lächelte ihr beruhigend zu. »Alles in Ordnung?«

Die Heilerin nickte. »Ich … ich hatte eine Vision.«

Wieder lächelte Elysion. »Ich weiß. Ich habe das schon bei vielen deiner Vorgängerinnen miterlebt. – Was hast du gesehen?«

»Es …« Morwena blickte ihn gequält an. »Es war alles so undeutlich.«

»Das ist es meistens. Versuche dich trotzdem zu erinnern.«

»Da war …« Der Blick der jungen Frau ging in die Ferne und wurde starr. »Da war ein Feuer. Ein mächtiges Feuer …«

»Und weiter?«

»Es brachte den Tod!«

»Wem, Morwena?« Der Hüter des Lichts packte sie hart an den Schultern. »Wem brachte es den Tod?«

Als litte sie unter heftigen Qualen, schüttelte die Heilerin den Kopf. »Ich weiß es nicht – wirklich nicht. Und dann war da ein Drache … und Angst und Schrecken brachen aus.«

»Und sonst? Hast du sonst noch was gesehen?«

»Ein Schwert … Da war noch ein Schwert … Aber es war zerbrochen.«

Elysion wurde blass. »Es war zerbrochen?«

»Ja – in drei Teile.«

»Oh, nein!« Der Hüter des Lichts stöhnte auf und schien wie zu Stein erstarrt, bis er plötzlich aufsprang und die Heilerin hochzog. »Schnell, Morwena!«, befahl er ihr. »Rufe Pfeilschwinge herbei! Wir müssen Paravain warnen, sonst wird Grauenvolles geschehen!«

Ein unscheinbarer Ofenschirm rettete Laura das Leben. Der fast mannshohe, aus Stahlblech gefertigte Paravent, der im Winter vor dem Kanonenofen postiert wurde, um die Menschen vor zu starker Hitze zu schützen, stand achtlos an der Wand. Blitzschnell rückte ihn das Mädchen ein Stück davon ab und verkroch sich dahinter. Das schmucklose Utensil erwies sich als wertvolle Hilfe. Es schützte Laura so lange vor der brüllenden Hitze, bis es ihr tatsächlich gelang, durch einen Tunnel aus purem Licht den Weg zurück in ihr Internatszimmer anzutreten.

Laura röchelte und hustete.

Dann schlug sie die Augen auf.

»Alles okay?« Besorgt beugte Lukas sich über die auf dem Bett liegende Schwester und rüttelte sie an den Schultern. »Kannst du mich hören, Laura? Bist du okay?«

»Keine Sorge«, krächzte sie. »Es geht mir gut!«

Eine schmierige Rußschicht bedeckte Lauras Gesicht. Mehrere Strähnen ihrer blonden Haare waren angesengt und stanken ebenso wie die Hose und das T-Shirt ganz entsetzlich nach Rauch.

»Oh, nö!«, stöhnte Kaja auf. »Was ist denn bloß passiert?«

Laura war versucht, eine böse Bemerkung vom Stapel zu lassen, doch der besorgte Ausdruck ihrer Freundin, die sich mit Minzi im Arm über sie beugte, stimmte sie versöhnlich. »Gleich«, sagte sie und rang nach Atem. »Wenn ich erst mal was zu trinken haben könnte?«

Während sie sich mühsam aufrappelte und sich erschöpft gegen die Wand lehnte, setzte Kaja Minzi aufs Bett, stürzte zu ihrem Nachttisch und griff sich die Flasche, die darauf stand. Noch im Gehen drehte sie den Verschluss auf und hielt Laura die offene Flasche entgegen.

»Hier bitte, trink«, sagte sie, als sie ins Stolpern geriet. Ein Schwall Saft schwappte aus dem Flaschenhals und ergoss sich über Lauras Hose. Minzi sprang zur Seite, sonst hätte sie mit Sicherheit etwas abbekommen. »Uups!« Kaja grinste verlegen. »Sorry, tut mir leid!«

Lukas schüttelte den Kopf. *Wie kann man nur so tollpatschig sein!*

Laura aber lächelte die Freundin nur milde an. »Kein Problem, Kaja. Die Hose ist eh hinüber!« Sie nahm ihr die Flasche aus der Hand, setzte sie an die Lippen und ließ den Apfelsaft in ihre ausgedörrte Kehle rinnen. Er schmeckte einfach köstlich! Viel besser als alles, was sie jemals getrunken hatte.

Mit einem leisen »Miau« kletterte das Kätzchen auf Lauras Schoß. Nur allzu bereitwillig ließ es sich kraulen, schloss dabei die Augen und schnurrte wohlig.

Lukas jedoch musterte die Schwester mit gefurchter Stirn.

»Wenn ich mir dich so ansehe, dann muss deine Reise ziemlich aufregend gewesen sein.«

Laura setzte die Flasche ab. »Und ob! Blöderweise habe ich ausgerechnet die Nacht des großen Brandes erwischt. Ihr wisst schon, damals, vor rund hundert Jahren, als das Museum fast vollständig abgebrannt ist.« Lauras Stimme zitterte.

»Komischer Zufall«, murmelte Lukas.

Laura gab ihm Recht. »So dankbar ich Frau Wegener vom Drachenmuseum auch bin, dass sie mich auf diese Inventurliste hingewiesen hat, so unverständlich ist mir, dass sie nicht erwähnt hat, dass das Museum noch in der gleichen Nacht abgebrannt ist.«

»Wieso sollte sie?«, warf Lukas ein. »Sie konnte doch nicht ahnen, dass du in der Zeit zurückreisen würdest.«

»Stimmt auch wieder.« Laura lächelte grimmig. »Immerhin ist mir jetzt klar, warum das Mädchen, das Drachenthal damals vor den Flammen gerettet hat, mir so verblüffend ähnlich sah – weil es sich nämlich um mich selbst gehandelt hat!«

»Klingt wie die Ankündigung eines Fantasy-Films!« Lukas grinste breit. »Mädchen aus der Zukunft verhindert verheerende Brandkatastrophe!«

»Klar!« Kajas Gesicht war vom Eifer gerötet. »Und der Filmtitel lautet: ›Laura Leander, Superstar‹.«

Die beiden kicherten, aber dann wurde Lukas wieder ernst. »Hat sich die Aufregung wenigstens gelohnt?«

»Und ob! Ihr werdet kaum glauben, was ich alles rausgefunden habe.« Laura setzte sich auf dem Bett zurecht, bettete Minzi auf den Schoß, während Lukas und Kaja sich neben ihr niederließen.

»Also – womit soll ich beginnen?«

Kaja bedachte sie mit einem schrägen Blick. »Mit dem … Anfang vielleicht?«

»Was du nicht sagst!« Laura grinste. »Also – Rika Reval hat

richtig vermutet: Muhme Martha hat alle Erkenntnisse, die sie über das Schwert des Drachentöters und die Geschichte von Drachenthal gewonnen hat, tatsächlich aufgeschrieben, und zwar in allen Einzelheiten.«

»Wie es sich für eine gute Bibliothekarin gehört!«, stellte Lukas fest.

»Ja, klar, du Super-Kiu!« Laura verpasste dem Bruder einen freundschaftlichen Klaps. Sie war viel zu froh über den glücklichen Ausgang ihres Abenteuers, als dass sie ihm seine Klugscheißerei ernsthaft verübelt hätte. »Wisst ihr eigentlich, wer hier auf Burg Ravenstein gelebt hat, nachdem der Grausame Ritter so qualvoll ums Leben gekommen ist?«

»Nö!« Kaja zuckte ratlos mit den Schultern und wandte sich dann an Lukas. »Du vielleicht?«

»Keine Ahnung. So gut bin ich mit der Geschichte unseres Internats auch wieder nicht vertraut.«

Der Junge zog ein betretenes Gesicht, als sei eine solche Wissenslücke schlichtweg unverzeihlich. Zu einem anderen Zeitpunkt hätte Laura dies mit Sicherheit schadenfroh gestimmt. Nun aber sah sie sich sogar veranlasst, den Bruder zu trösten. »Nicht mal ein Super-Kiu wie du kann alles wissen, Lukas.« Sie lächelte verschmitzt. »Also – als Ausgleich für ihre von Reimar zerstörte Feste«, fuhr sie fort, »fiel der gesamte Besitz des Grausamen Ritters nach seinem Tod in die Hände der Grafenfamilie von Drachenthal. Oder um genauer zu sein: an die einzige Überlebende des Massakers, das er unter ihnen angerichtet hatte – nämlich an Bertrun, die jüngste Tochter!«

»So was nenne ich ausgleichende Gerechtigkeit!«, kommentierte Lukas.

»Genau!« Kaja blies die Wangen auf. »Eine verdiente Strafe für seine Gräueltaten.«

»Dem Typen wird's egal gewesen sein.« Laura machte ein

skeptisches Gesicht. »Aber das soll uns nicht kümmern. Was nämlich viel, viel wichtiger ist: Martha hat auch rausgefunden, dass diese Bertrun zu den Wächtern gehört haben muss!«

»Oh, nö! Das glaub ich jetzt nicht!«

»Doch!«, bekräftigte Laura. »Mehr noch: Ganz offensichtlich war auch Bertrun im Zeichen der Dreizehn geboren.«

»Aber …« Lukas starrte seine Schwester unverwandt an. »Das bedeutet ja, dass …«

»… dass es sich bei den Grafen von Drachenthal um eine Familie von Wächtern gehandelt haben muss!«, ergänzte Laura. »Und zwar seit der Zeit, als der strahlende Recke Sigbert die holde Hilda zur Frau genommen hat.«

»Was wiederum bedeutet, dass der Drachentöter selbst zu den Wächtern gezählt hat!« Die Augen von Lukas leuchteten. »Was nicht nur seine Kühnheit erklären dürfte, sondern auch seinen bedingungslosen Einsatz für das Gute!«

»Natürlich!« Auch in Lauras Augen glühte das Feuer der Begeisterung. »Außerdem hat es sich bei seinem Schwert in der Tat um eine ganz besondere Waffe gehandelt, wie wir bereits vermutet haben. Laut Marthas Aufzeichnungen sind die Grafen von Drachenthal über Jahrhunderte im Besitz eines sagenumwobenen Schwertes gewesen. Es soll ihnen große Macht verliehen haben und wurde deshalb von Generation zu Generation weitergereicht, bis es eines Tages zu einer blutigen Freveltat missbraucht wurde.«

»Oh, nö! Was ist denn passiert?«, wollte Kaja wissen.

»Sein damaliger Besitzer – den Namen konnte ich leider nicht finden – hat es zu einem hinterhältigen Mord missbraucht. Dabei ist die Waffe in drei Teile zerbrochen und sie hat von da an nur Unglück über die Familie und ihre Nachfahren gebracht. Wovon auch die Grausamkeiten zeugen, die Reimar von Ravenstein viele Jahre später der Burg und ihren Bewohnern zugefügt hat.«

»Und die Bruchstücke des Schwertes?« Lukas konnte seine Neugier kaum zügeln. »Was ist damit geschehen?«

Laura gähnte ausgiebig, bevor sie fortfuhr: »Zunächst wurden sie von den Wächtern der Familie sorgsam gehütet. Nach der Zerstörung der Burg hat Bertrun die drei Teile jedoch heimlich an drei verschiedenen Orten versteckt. Sie hoffte damit weiteres Unheil abzuwenden. Da sie allerdings gleichzeitig um die besondere Kraft des Schwertes wusste, hat sie für die Nachwelt verschlüsselte Hinweise auf die Verstecke hinterlassen. Und das aus einem ganz besonderen Grund: ›Damit nur der das Schwert finden kann, der seiner würdig ist‹, wie sie in ihrem Tagebuch notiert hat!«

Lukas' Wangen röteten sich. »Ist dir klar, was das bedeutet?«

»Natürlich!« Laura fühlte sich plötzlich, als habe ein Vampir ihr den Lebenssaft ausgesaugt, und musste sich anstrengen, um ihre Worte zu formen. »Das bedeutet, dass es sich dabei durchaus um Hellenglanz, das Schwert des Lichts, handeln könnte. Warum sonst sollte eine Wächterin, und noch dazu eine im Zeichen der Dreizehn geborene, einen so großen Aufwand mit einem zerbrochenen Schwert treiben? Zumal das auch die Erklärung dafür liefern würde, weshalb der Kollege von Rika bei der Untersuchung der Schwertspitze auf unbekannte Metalle gestoßen ist.«

»Exakt!« Die Augen des Jungen leuchteten vor Aufregung. »Aber das bedeutet noch viel mehr: nämlich dass Rika Reval sich die Mühe sparen kann, diese alte Grabstätte in der Nähe der Ruine freizulegen.«

»Wieso?« Kajas Gesicht glich einem einzigen Fragezeichen.

»Weil sie darin das Schwert bestimmt nicht finden wird!«

Für einen Moment starrte das rothaarige Mädchen ihn ratlos an. Dann endlich schien Kaja ein Licht aufzugehen. »Aha«, sagte sie. »Weil sein Schwert von Generation zu Generation weitergegeben wurde?«

»Eben! Woraus zwangsläufig folgt, dass es sich unter keinen Umständen in der Grabstätte befinden kann. Und jetzt stellt sich natürlich die Frage: Sollen wir Rika Reval darüber informieren oder nicht?« Er wandte sich an seine Schwester, aber da schnarchte Laura bereits leise vor sich hin. Sie war nicht einmal mehr dazu gekommen, sich auszustrecken, und noch im Sitzen eingeschlafen.

»Ich kümmere mich schon um sie, Lukas.« Kaja nickte dem Jungen aufmunternd zu. »Wenn du in der Zwischenzeit vielleicht Milch für Minzi besorgen könntest?«

»Ja, klar!« Kaum hatte Lukas die Tür einen Spaltbreit geöffnet, als Minzi aufsprang und sich zwischen seinen Beinen hindurchwand.

»Vorsicht!«, schrie Kaja, aber da war es bereits zu spät: Das Kätzchen war auf den Flur hinaus entwischt. In einem verblüffenden Tempo huschte Minzi den Gang entlang und verschwand im Treppenhaus. Selbst Kajas aufgeregte Rufe konnten sie nicht zur Umkehr bewegen. »Dieses Dummerchen«, sagte sie kopfschüttelnd. »Hoffentlich passiert ihr auch diesmal nichts!«

Laura schlief zwei ganze Tage lang, volle achtundvierzig Stunden. Als sie am späten Sonntagnachmittag endlich aufwachte, war ihre Kehle trockener als eine Sandwüste und ihr Magen fühlte sich an wie ein leerer Stausee. Zum Glück war es bereits Zeit fürs Abendessen, wie ihr ein Blick auf den Wecker auf Kajas Nachttisch verriet. Von der Freundin war weit und breit keine Spur zu entdecken. Wahrscheinlich befand sich das unersättliche Fressmonster bereits im Speisesaal. Dafür aber hatte sich Minzi auf ihrem Bett ausgestreckt. Sanft schnurrend döste das Kätzchen vor sich hin.

Laura stieg so leise wie möglich aus dem Bett und holte sich etwas zum Anziehen aus dem Schrank – die Sachen, die sie auf der Traumreise getragen hatte, hatte Kaja ihr offensichtlich ausgezogen und bereits in den Wäschesack gesteckt – und kleidete sich geräuschlos an. Dann schlich sie auf Zehenspitzen hinaus.

Kaum hatte das Mädchen die Tür hinter sich ins Schloss gezogen, als das Kätzchen den Kopf zur Tür wandte. Fast schien es, als wolle es Laura hinterhersehen. Dabei hatte die das Zimmer bereits verlassen.

Laura hatte die große Eingangshalle fast vollständig durchquert, als sie mit einem Mal wie angewurzelt stehen blieb.

Die Wand gegenüber dem Eingangsportal war leer!

Das alte Ölgemälde mit der Weißen Frau und dem Wolf war verschwunden. Die Stelle, an der es gehangen hatte, war kahl, und nur der Staubrahmen, der die Umrisse des Gemäldes nachzeichnete, zeugte noch von dem Wandschmuck.

Unwillkürlich schüttelte Laura den Kopf. Was hatte das zu bedeuten? Was war mit dem Bild geschehen, das die Eingangshalle von Ravenstein laut Burgchronik schon seit Jahrhunderten zierte?

Der Speisesaal war nur spärlich besetzt. Die meisten Internatsschüler fuhren an den Wochenenden nach Hause. Auch Mr Cool zählte dazu, so dass Laura die Begegnung mit ihm erspart blieb.

Wäre auch zu peinlich gewesen!

Dafür saß Kaja, wie vermutet, bereits an ihrem Platz und stopfte begeistert Hähnchensticks und Pommes frites in sich hinein. »Hey, Laura«, begrüßte sie die Freundin. »Wurde ja auch höchste Zeit, dass du endlich aufwachst!«

Natürlich hatte das Pummelchen nicht die geringste Ahnung, was mit dem Gemälde geschehen war. Es war ihm noch nicht einmal aufgefallen, dass es nicht mehr am gewohnten Platz hing.

Lukas konnte sich lediglich daran erinnern, dass es bereits am Vortag, am Samstag, abgehängt worden sein musste. Als er sich zum Mittagessen begeben hatte, sei es schon nicht mehr da gewesen.

»Und?« Laura blickte ihn herausfordernd an. »Hast du dich wenigstens erkundigt, was damit geschehen ist?«

»Nein – warum sollte ich?«

»Mann!« Laura verdrehte die Augen. »Und wenn das Bild gestohlen wurde?«

»Dann hätte der Direktor mit Sicherheit die Polizei informiert und das wäre mir bestimmt nicht verborgen geblieben!«

Laura machte eine abwehrende Handbewegung. Der Kerl konnte sich doch immer herausreden! »Und wenn doch?«, fuhr sie den Bruder verärgert an. »Hast du schon mal darüber nachgedacht, was mit Silva und dem Wolf passiert, wenn das Bild woanders hingebracht wird? Vielleicht können sie ja nur zum Leben erwachen, solange sich das Gemälde hier in der Burg befindet? Schließlich ist der schreckliche Fluch, der Silva in der Nacht in einen Wolf verwandelt, hier auf Ravenstein über sie verhängt worden. Machst du dir überhaupt keine Gedanken um die beiden?«

»Weshalb denn?« Lukas winkte genervt ab. »Was soll ihnen schon passieren? Es gibt doch nur wenige, die um ihr Geheimnis wissen. Und wer sollte diesen ollen Schinken schon stehlen wollen? Man weiß doch noch nicht einmal, wer ihn gemalt hat – oder?«

Keines der Mädchen hatte eine Antwort auf diese Frage. Was Lukas durchaus zu befriedigen schien. Jedenfalls legte sich ein leicht spöttischer Zug um seine Lippen. »Na also!«, sagte er von oben herab. »Ich bin mir ganz sicher, dass es für das Verschwinden des Bildes eine ganz simple Erklärung gibt. Und ich weiß sogar, wer darüber Bescheid wissen müsste!«

Kapitel 17 ❧ Ein belauschter Streit

Paravain war auf der Hut. Nicht nur vor den Feinden, sondern auch vor Pfeilschwinge, dem Boten des Lichts. Schon bei der Planung seines Vorhabens war ihm bewusst: Sollte Elysion das Verschwinden seines obersten Ritters bemerken und ahnen, was dieser plante, würde er ihm den Adler nachschicken und ihm die Rückkehr nach Hellunyat befehlen. Der Hüter des Lichts würde nicht wollen, dass Laura eine Botschaft erhielt, denn sonst hätte er die längst selbst überbringen lassen. Schließlich wusste der Herrscher seit geraumer Zeit, dass die Dunklen Kenntnis davon hatten, dass das Schwert des Lichts sich auf dem Menschenstern befand und nicht im Labyrinth der Gralsburg, wie Elysion seiner Gefolgschaft vortäuschte! Deshalb spähte der Ritter auf seinem Weg zum Traumwald immer wieder zum Himmel.

Die Reise war weitaus beschwerlicher, als Paravain vermutet hatte, und so beschloss er an einem malerischen See eine Rast einzulegen. Flimmerschilf und Torkelweiden säumten die Ufer und dicht über dem frischen Grün der Entengrütze schwebten bunte Luftseerosen. Wie verzaubert saß der Ritter ab, ließ seinen Hengst im Schatten einer Weide grasen und kniete am Ufer nieder, um zu trinken. Während er sich wieder aufrichtete, hob er die Augen zum Himmel – und da erblickte er über der Bergkette am Horizont die Silhouette eines Raubvogels, der geschwind näher kam.

Pfeilschwinge – kein Zweifel!

Unverzüglich hechtete Paravain in den See, pflückte ein Seerosenblatt, schlüpfte in ein Schilfdickicht und ließ sich so weit unter die Wasseroberfläche sinken, bis nur noch sein Gesicht herausragte. Das bedeckte er mit dem großen Blatt.

Dennoch hatte der Adler des Lichts Verdacht geschöpft. Mehrere Male kreiste er über dem See, bevor er sich wieder höher schraubte und endlich abdrehte. Zur Sicherheit wartete Paravain noch eine geraume Weile, bis er sich zurück ans Ufer traute.

Geschafft!, dachte er, während er sich die nassen Kleider vom Leib zog. Elysion sollte nur nicht glauben, dass er ihn aufhalten konnte! Er würde den Traumwald erreichen – und wenn die Traumspinner mitspielten, würde er Laura eine Botschaft übermitteln, die das drohende Unheil vielleicht doch noch abwenden konnte.

Über dem weitläufigen Park von Burg Ravenstein war bereits die Nacht hereingebrochen. Die Dunkelheit machte Laura jedoch nichts aus. Mit Minzi im Arm ging sie unbeschwert den Kiesweg entlang, der sich zwischen Bäumen und Sträuchern hindurch zu Morduks Häuschen schlängelte. Selbst der geflügelte Schatten, der wie aus dem Nichts auftauchte und völlig lautlos über sie hinwegsegelte, konnte sie nicht erschrecken. Laura wusste, dass es sich um einen der beiden Steinkäuze handelte, die sich in der alten Eiche hinter der Turnhalle eingenistet hatten. Erst als das Standbild des Grausamen Ritters vor ihr auftauchte, verlangsamte sie unwillkürlich die Schritte und beäugte das granitgraue Denkmal argwöhnisch. Jedes Mal befiel sie beim Anblick des Steinernen Ritters auf seinem Pferd ein beklemmendes Gefühl. Kein Wunder! Schließlich hatte Reimar von Ravenstein ihr in den vergangenen Monaten schon mehr als einmal übel mitgespielt, und so war ihr erst wieder wohler, als sie das Rondell mit dem Monument endlich hinter sich gelassen hatte.

Im Wipfel der mächtigen Buche, die ihre Äste über das graue Feldsteinhäuschen des Hausmeisters spannte, hatten sich bereits die Schatten der Nacht eingenistet. Trotz der Dunkelheit konnte Laura erkennen, dass ihre Zweige ebenso wie der benachbarte Haselnussstrauch in sattem Grün standen.

Als Attila Morduk die Haustür öffnete, erkannte Laura sofort, dass er ziemlich schlecht gelaunt war.

»Was ist denn los?«, fragte sie ihn bekümmert, nachdem sie an dem Holztisch in seinem Wohnraum Platz genommen hatte.

Attilas ohnehin schon mürrisches Gesicht verfinsterte sich so, als wolle er sich um die Rolle des abscheulichsten aller Oberschurken bewerben. »Die beiden treiben mich noch in den Wahnsinn!«

»Wer denn bloß?«

»Ja, wer wohl?« Attila blaffte Laura an, als sei sie höchstpersönlich für seine miese Stimmung verantwortlich. »Dr. Schwartz und die Taxus natürlich – wer denn sonst?«

Hätte ich mir ja auch denken können!, fuhr es Laura durch den Kopf.

Solange Professor Morgenstern das Direktorenamt ruhen ließ, war Quintus Schwartz Attilas Vorgesetzter, und dass der Konrektor einem Untergebenen das Leben zur Hölle machte, konnte Laura sich lebhaft vorstellen.

»Dauernd fällt ihnen was anderes ein!«, wetterte der Zwergriese mit dem mächtigen Schädel. »Dauernd haben sie neue Aufträge für mich. ›Attila, mach dies! Attila, mach das!‹ So geht das von früh bis spät. Ununterbrochen kommandieren sie mich herum. Und was dem Ganzen die Krone aufsetzt: Neulich habe ich die vergammelten Ritterrüstungen, die du vor Weihnachten in der Alten Gruft entdeckt hast, zum Restaurator nach Hohenstadt bringen müssen, zu Meister Reginald Hörrich.«

»Den kenne ich«, warf Laura behutsam ein, um den aufgebrachten Morduk nicht noch mehr zu reizen. »Er lebt ziemlich zurückgezogen in einem umgebauten Bauernhof ganz in der Nähe von unserem Haus. Hörrich kriegt angeblich selbst die verkorkstesten Sachen wieder richtig gut hin.«

»Das mag ja sein«, brummte Attila bärbeißig. »Ich rege mich ja auch nur darüber auf, dass ich sie mitsamt der darin steckenden Knochen dorthin schaffen musste.«

»Was?« Laura traute ihren Ohren nicht. »Du meinst doch nicht etwa die Skelette der vier Ritter, die in der Gruft den Tod gefunden haben?«

»Doch! Genau die!«, ereiferte sich der Hausmeister. »Dr. Schwartz hat mich eigens darauf hingewiesen, dass auch die restauriert werden sollen.«

Laura schüttelte verwundert den Kopf. »Was soll denn der Quatsch?«

»Das frage ich mich auch!« Vor lauter Aufregung hatte Attilas Schädel die Farbe einer überreifen Tomate angenommen. »Das ist reine Willkür, sage ich dir. Nichts als Schikane!«

Laura konnte sich ein Schmunzeln nicht verkneifen. Attila wirkte unfreiwillig komisch in seinem Zorn. Wer kann ein wütendes Kuschelmonster schon ernst nehmen? »Bleib ganz cool, Attila!«, sagte sie deshalb. »Beruh–« Mitten im Wort brach sie jedoch ab und zuckte entsetzt zurück: Direkt vor ihr war der Kopf einer Boa aufgetaucht, die sie aus schlitzförmigen Pupillen gierig anstarrte, während die gespaltene Schlangenzunge aus dem Maul fuhr und auf Lauras Gesicht zuzischelte!

Minzi, die auf ihrem Schoß saß, miaute kläglich.

»Puuh – du bist das, Cleopatra!« Die angehaltene Luft strömte geräuschvoll aus Lauras Mund. Erleichtert streckte sie die Hand aus und fuhr der Würgeschlange, die gleich einem überdimensionalen Wollknäuel von einem der Holzbalken des deckenlosen Raumes baumelte, zärtlich über den keilförmigen Kopf. »Du hast mich ganz schön erschreckt! Tu so was bloß nie wieder!«

»Sei ihr bitte nicht böse«, ließ der Hausmeister sich vernehmen. »Mein Liebling hat einfach Langeweile. Was ja auch kein Wunder ist. Schließlich habe ich so gut wie keine Zeit mehr für sie. Auch daran sind diese feinen Herrschaften schuld!«

Laura verengte nachdenklich die Augen. Ein Gedanke war ihr gekommen. »Das bringt mich zum Grund meines Besuches: Könnte es sein, dass die beiden auch hinter dem plötzlichen Verschwinden des Gemäl–«

»Ja, natürlich, wer denn sonst! Gestern Morgen, gleich nach dem Frühstück, kam Quintus Schwartz zu mir und hat angeordnet, dass auch das Bild umgehend zu Reginald Hörrich gebracht wird!«

»Was?« Laura zog die Nase kraus. »Wieso das denn?«

»Weil es – angeblich! – umgehend restauriert werden muss! ›Im Laufe der Jahrhunderte …‹« – er äffte die Stimme des Konrektors und dessen überheblichen Gesichtsausdruck nach – »›… ist es verblasst und hat seinen Glanz verloren. Deshalb muss es wieder in seinen ursprünglichen Zustand versetzt werden, damit sich jeder an seiner Schönheit erfreuen kann.‹«

»Komisch.« Laura spielte nachdenklich mit Minzis Schwanz, die sich das geduldig gefallen ließ. »Für mich sah es noch tadellos aus.«

»Natürlich – und deshalb ist es auch Unfug, das Gemälde restaurieren zu lassen!« Attilas Gesicht verfinsterte sich immer mehr. »Seit ich es vor hunderteinundzwanzig Jahren zum ersten Mal zu Gesicht bekommen habe, hat sich daran auch nicht das Geringste verändert!«

Vor hunderteinundzwanzig Jahren?, überlegte Laura einen Moment. War das denn möglich? Aber da fiel ihr wieder ein, dass Zwergriesen ja rund dreimal älter werden als Menschen, und so gab es keinen Grund, an Attilas Aussage zu zweifeln.

»Irgendwas ist da faul«, sagte sie mit verkniffener Miene. »Der desolate Zustand ist bestimmt nur ein Vorwand, um das Ölgemälde aus Ravenstein fortzuschaffen. Was bezwecken die Dunklen bloß damit?«

Der Hausmeister legte die hohe Stirn in Falten und strich sich mit seiner Pranke über den Schädel. »Das ist eine gute Frage«, brummte er. »Auf die ich allerdings, ehrlich gesagt, keine Antwort weiß.« Damit wuchtete er sich ächzend von seinem Stuhl hoch und warf einen Blick auf die unzähligen Terrarien mit seinen Ekeltierchen – Spinnen, Skorpionen, Echsen und Schlangen aller Art –, die sich in einem hohen Wandregal aneinanderreihten. »Tut mir leid, Laura, aber ich muss dich jetzt rauswerfen. Erstens habe ich meine Lieblinge noch nicht gefüttert und zweitens bin ich so müde, dass ich danach umgehend ins Bett muss.« Er grinste. »Mit hundertsechsundvierzig ist man eben nicht mehr der Jüngste! Zerbrechen wir uns morgen den Kopf darüber, was unsere Gegner vorhaben. Und vielleicht könnten sich ja unsere jungen Herrschaften, Miss Morgain oder Monsieur Valiant, auch mal ein paar Gedanken machen! Aber die kriegt man ja gar nicht mehr zu Gesicht! Die haben nur noch diesen CD-Quatsch und den Drachenstich im Kopf, als ob sie das alles hier überhaupt nichts mehr anginge. Schöne Wächter sind mir das!«

»Nicht aufregen, Attila!«, sagte Laura besänftigend. »Das schaffen wir schon allein. – Könnte ich vielleicht noch was zu trinken bekommen, bevor ich gehe?«

Attila, der bereits vor dem Terrarium seiner Kobra stand, drehte sich um und warf ihr einen missmutigen Blick zu. »Was für eine törichte Frage! Du bist doch nicht fremd hier – also bedien dich einfach!«

Laura setzte Minzi auf dem Stuhl ab und huschte zum Kühlschrank, während Attila sich wieder seinen Tierchen zuwandte. Und so entging den beiden, dass das Kätzchen die Riesenboa ins Visier nahm und sie aus schmalen Pupillen anstarrte. Cleopatra fuhr zurück und verzog sich auf ihren Balken – gerade so, als habe sie Angst vor einer unsichtbaren Macht, der selbst sie mit ihren Kräften nicht gewachsen war.

Am Montag stand als Erstes Mathematik auf dem Stundenplan. *Ausgerechnet!* Als Laura auf das Klassenzimmer der 7b zueilte, sah sie schon von weitem, dass Philipp Boddin davorstand, wie immer die supercoole Strickmütze auf dem Kopf. Unwillkürlich verlangsamte sie den Schritt. Wartete Mr Cool etwa – *auf sie?*

Sie fühlte, wie sich ihr Herzschlag beschleunigte. Das Blut hämmerte durch ihre Adern, während sie sich dem Jungen näherte.

»Hey, Laura«, sagte Philipp lächelnd und nahm die Gucci-Sonnenbrille ab, die seine Augen verdeckte. Sie schimmerten wie zwei funkelnde Smaragde.

»He… he… hey, Phi… Phi… Philipp«, stammelte sie beklommen.

Wieder lächelte der Junge und ließ seine strahlend weißen Zähne sehen. »Was ich dir sagen wollte …«

Laura schluckte. »Ja …?« Ihre Wangen fühlten sich so heiß an wie brodelnde Vulkane.

»Hör auf, dich zu ärgern! Lass die Blödmänner nur reden. Die hören auch wieder auf.«

»Ähm«, machte Laura. »Du … du … du hast Re… Recht.«

»Bestimmt!« Mr Cool ließ ein so strahlendes Lächeln sehen, dass Leonardo DiCaprio darüber grün vor Neid geworden wäre. »Und was die Einladung zum Kino betrifft – die steht immer noch. Wie wär's mit ›Harry Potter und der Gefangene von Askaban‹?«

»Ähm … umpf«, antwortete Laura.

»Oder vielleicht könnten wir auch zusammen fechten?«

»Fechten?« Vor Überraschung riss Laura die Augen weit auf. »Sag bloß, du kannst …?«

»Natürlich nicht so gut wie du.« Noch immer lächelte Philipp das strahlendste Lächeln der Welt. »Und ich hab auch schon letztes Jahr mit dem Training aufgehört …«

»Ähm.«

»… aber Percy kommt ja im Moment nicht dazu – und da dachte ich, dass vielleicht wir beide …?

»Ähm … gu… gute Idee«, stotterte Laura. »Nur hab ich leider auch schlecht Zeit.«

»Denk einfach mal darüber nach«, bat Mr Cool, der Junge mit dem Superlächeln.

»Ma… mach ich«, antwortete das Mädchen, aber da stand wie aus dem Nichts Rebekka Taxus vor ihnen. Laura hatte sie gar nicht kommen hören.

»Ich sstöre ja ungerne eure Unterhaltung«, zischte sie. »Aber wenn ihr die großse Güte hättet, euch inss Klasssenzimmer zu begeben, könnte ich endlich mit dem Unterricht beginnen.«

Doch selbst Pinky konnte Laura die Stimmung nicht vermiesen. Wie auf Wolken schwebte sie zu ihrem Platz. Ronnie Riedels gehässige Bemerkung »Knutschen am Morgen befreit von Sorgen!« ignorierte sie ebenso wie das ausgestreckte Bein von Max Stinkefurz. Sie stieg einfach darüber hinweg und grinste ihn freundlich an, was seinem höhnischen »Vorsicht, nicht über die Steine bolpern!« die Wirkung nahm.

Die Typen konnten ihr doch gestohlen bleiben! Von denen ließ sie sich jedenfalls nicht die Laune verderben!

Ganz bestimmt nicht! Kaja musterte sie misstrauisch, hielt sich aber mit einem Kommentar vornehm zurück. Offensichtlich wollte sie keine neuerliche Missstimmung riskieren.

Es war Lukas, der seine Schwester von der rosaroten Wolke holte. Beim Körbewerfen auf dem Basketballcourt sah er sie nämlich mit gefurchter Stirn an und fragte: »Und? Zu welchem Schluss bist du gekommen?«

Laura hatte keine Ahnung, was der Bruder meinte.

»Dachte ich's mir doch!« Lukas grinste wie ein Feuermelder. »Du hast also nicht nur Schmetterlinge im Bauch, sondern auch noch ein Vakuum in der Birne.«

Peng!

Schon war Lauras gute Laune dahin. Das Blut stieg ihr in den Kopf und sie wollte den Bruder schon anblaffen, als sie sich an Philipps Worte erinnerte.

»Hey!«, sagte sie deshalb nur und atmete tief durch. »Was kann ich denn dafür, dass du in Rätseln sprichst? Würdest du bitte Klartext reden – vorausgesetzt natürlich, du bist dazu überhaupt in der Lage.«

Immer noch grinsend, wandte Lukas den Blick zu Kaja. Doch die reagierte nicht, sondern konzentrierte sich auf ihren nächsten Wurf. »Was ich dich fragen wollte, Laura: Wirst du Rika Reval über die Erkenntnisse, die du auf der Traumreise gewonnen hast, nun informieren oder nicht?«

»Ach – *das* meinst du.«

»Genau.« Lukas' Mundwinkel zuckten verdächtig. »Genau das.«

»Ähm«, sagte Laura und kratzte sich hinterm Ohr. »Ich … ähm … ich glaub eher nicht.«

»Würde der aber bestimmt 'ne Menge Arbeit ersparen.« Lukas' Miene war undurchdringlich. »Zumindest wüsste sie dann, dass sie in der Nähe des ersten Fundstückes nicht mehr zu graben braucht – weil Bertrun die Schwertteile ja an verschiedenen Stellen versteckt hat.«

»Stimmt«, sagte Laura. »Und leider wissen wir nicht, wie diese Hinweise aussehen, die sie hinterlassen hat. ›Damit nur der das Schwert finden kann, der seiner auch würdig ist‹ – du erinnerst dich doch an die Eintragung in ihrem Tagebuch?«

»Jetzt, wo du es sagst.« Noch immer zielte Kaja auf den Korb. »Wenn du diese Archäologin darüber informierst, könnte sie dir doch helfen, diese Hinweise zu finden. Und damit natürlich auch das Schwert.«

»Viel zu gefährlich«, antwortete Laura. »Wenn wir nämlich davon ausgehen, dass es sich bei dem Schwert des Drachentöters tatsächlich um Hellenglanz handelt …«

»Und weiter?«, drängte Lukas.

»… dann dürfte doch klar sein, dass wir unter allen Umständen verhindern müssen, dass es den Dunklen in die Hände fällt – richtig?«

»Das ist mehr als logosibel. So wie das Rad der Zeit Syrins Kräfte gestärkt hat, würde Hellenglanz auch dem Schwarzen Fürsten Borboron zusätzliche Macht verleihen.«

»Genau«, ergänzte Laura. »Und dann wäre es wohl so gut wie aussichtslos, Papa aus der Dunklen Festung zu befreien.«

»Klaromaro.« Ein Schatten legte sich auf das Gesicht des Jungen. »Aber was hat denn Rika Reval mit den Dunklen zu tun? Du willst doch nicht etwa behaupten, dass sie im Auftrag von Dr. Schwartz oder von Rebekka Taxus arbeitet?«

»Nein, natürlich nicht. Sonst hätte sie doch längst mit denen Kontakt aufgenommen.« Laura schüttelte den Kopf. »Aber was ist denn, wenn die Dunklen die Archäologin einfach ruhig gewähren lassen, bis sie endlich am Ziel ist – um dann blitzschnell zuzuschlagen und das Schwert in ihren Besitz zu bringen? Zumal es ganz danach aussieht, als hätten sie längst einen Verbündeten in ihr Team eingeschleust.«

»Einen Verbündeten?« Lukas war anzusehen, dass er der Schwester trotz seines Superhirns nicht folgen konnte. »Tut mir leid, aber du sprichst heute in Rätseln.«

»Dabei ist das alles doch mehr als offensichtlich!« Laura

freute sich diebisch, den neunmalklugen Bruder schon wieder auf dem falschen Fuß erwischt zu haben.

»Komm«, brummte Lukas scheinbar gleichgültig. »Jetzt spuck's schon aus!« Seine angespannte Miene jedoch ließ darauf schließen, dass es in seinem Inneren brodelte.

»Ich hab dir doch von diesem Thomas Zachner erzählt, ihrem angeblichen Freund? Und von den merkwürdigen Gedanken, die ihm im Kopf rumgegangen sind?«

»Ach – so!« Lukas war plötzlich ein Licht aufgegangen. »Du glaubst also, dass er seine Gefühle für Rika nur vortäuscht, um ihr Vertrauen zu gewinnen?«

»Na also, es geht doch! Und sogar ohne Publikums-Joker!« Die beiden Mädchen grinsten einvernehmlich, bevor Laura wieder ernst wurde. »Wäre das nicht ein ebenso cleverer wie gemeiner Schachzug? Da ahnt diese Rika nicht im Geringsten, dass sie als Werkzeug missbraucht wird. Aber kaum hat ihre Suche Erfolg – *wutsch!* –, schlägt der Typ zu. Und wenn sie das verhindern will, muss sie eben dran glauben!« Sie hob den Zeigefinger, um Lukas' Einwand zuvorzukommen. »Das ist keine Erfindung von mir, wie du weißt. Ich zitiere nur die Gedanken von diesem Kerl!«

Lukas schien sich immer noch nicht schlüssig zu sein, was er von Lauras Überlegungen halten sollte. »Und was sollen wir dann deiner Meinung nach tun?«, brummte er.

»Wenn wir ganz auf Nummer sicher gehen wollen, dann müssen wir unter allen Umständen verhindern, dass Rika Reval dieses Schwert findet!«

»Oh, nö!« Kaja ließ vor Schreck den Ball fallen und zog ein Gesicht, als habe Laura vorgeschlagen, die englischen Kronjuwelen zu klauen. »Wie willst du das denn anstellen? Du kannst ihr doch nicht verbieten, dass sie weiter danach sucht!«

»Natürlich nicht!« Laura verdrehte die Augen. »Deshalb ist es wichtig, dass niemand erfährt, was in Muhme Marthas Aufzeichnungen steht – weder Rika noch sonst jemand. Gleichzeitig sollten wir unbedingt versuchen das Schwert oder die noch fehlenden Teile selbst zu finden!«

»Wie soll das denn gehen?« Kaja rümpfte die Nase. »Wir haben doch keine Ahnung, wo die versteckt sind!«

»Stimmt«, erwiderte Laura. »Aber wir wissen doch jetzt, dass Bertrun Hinweise auf diese Verstecke hinterlassen hat. Und die brauchen wir nur zu finden, und schon … *bingo!*«

Der Wachmann in der schwarzen Uniform konnte sich offensichtlich noch gut an Laura erinnern. Er musterte sie zwar so grimmig wie ein Höhlentroll, bejahte jedoch ihre Frage, ob sich Frau Reval auf dem Gelände befinde, mit einem angedeuteten Kopfnicken und ließ sie anstandslos passieren.

Als Laura durch die Tür im Bretterzaun trat, war weit und breit kein Mensch zu entdecken. Die Ausgrabungsstätte wirkte wie ausgestorben. Sollte der bullige *Security*-Typ mir etwa eine falsche Auskunft gegeben haben?, wunderte Laura sich. Wenig wahrscheinlich, zumal Rikas Landrover vor dem Zaun parkte.

Suchend blickte sie sich um. Viel hatte sich nicht verändert seit ihrem letzten Besuch. Nur das große Loch in der Mitte des Feldes war größer geworden – viel größer.

Als das Mädchen sich der Vertiefung näherte, konnte es den Grund dafür erkennen: Auf dem Boden der Grube befand sich ein unscheinbares, kaum mannshohes Gebäude. Aus verwitterten Feldsteinen aufgeschichtet, wies es bis auf einen niedrigen Eingang keinerlei Öffnungen auf. Dem Archäologenteam war es offensichtlich gelungen, die Grabstätte aus dem fünften Jahrhundert freizulegen. Kein Wunder, dass Rika nicht zu sehen war: Wahrscheinlich befand sie sich gerade in der Gruft.

Laura wollte schon in die Grube hinabsteigen, als sie gedämpfte Stimmen vernahm, die aus dem letzten der drei Zelte zu ihr drangen. Die Archäologin machte sich also doch nicht in dem Grabmal zu schaffen, sondern war offenbar in ein Gespräch mit einem Mann vertieft. Laura kehrte auf der Stelle um und ging auf das Zelt zu.

Die Männerstimme erkannte sie schon von weitem: Sie gehörte Thomas Zachner, Rikas Freund, dessen finstere Gedanken vor Tagen Lauras Argwohn erregt hatten. Er schien wütend zu sein. Obwohl es Laura eigentlich zuwider war, Fremde zu belauschen, konnte sie dem Drang nicht widerstehen. Außerdem: Wenn der Typ wirklich gemeinsame Sache mit den Dunklen machte, dann konnte jede Information, die sie aufschnappte, wichtig sein.

Vielleicht sogar lebenswichtig!

Auf Zehenspitzen schlich Laura zur Rückwand des Zeltes. Rika und Thomas waren nun höchstens ein paar Schritte von ihr entfernt, so dass sie den Streit Wort für Wort mitbekam.

»Ich weiß gar nicht, was du hast?« Die junge Frau klang weinerlich. »Immerhin haben wir das Grab doch entdeckt!«

»Ja, toll! Super!« Die Stimme ihres Freundes troff vor Hohn. »Wie konnte ich das nur vergessen!«

»Genau! Schließlich ist das eine archäologische Sensation ersten Ranges!«, rechtfertigte sich Rika. »Und glaub mir, die Laboranalysen werden mit Sicherheit bestätigen, dass es sich tatsächlich um das Grab von Sigbert dem Drachentöter handelt.«

»Dieser Drachentöter interessiert mich doch nicht die Bohne! Und unseren Finanzier noch weniger!«, blaffte Thomas. »Oder ist dir schon entfallen, womit ich den Typen heißgemacht habe?«

»Nein, natürlich nicht.« Die Archäologin klang ziemlich kleinlaut, fast verzweifelt. »Aber …«

»Nichts aber!«, fuhr der Kerl ihr über den Mund. »Der hat die Kohle doch erst lockergemacht, als ich dieses Schwert erwähnt habe!«

»Ja, schon …«

»Da ist er doch erst so richtig hellhörig geworden und war plötzlich ganz wild darauf, dein Projekt zu finanzieren!«

»Ich weiß …«

»Und wo ist es, dieses Schwert, das du finden wolltest? War es vielleicht in dem beschissenen Grab, das wir die ganze verdammte Nacht über ausgebuddelt haben?«

»Thomas, bitte …«

Der Kerl schien sich so in Rage geredet zu haben, dass er nicht mehr zu bremsen war. »Nein, war es nicht! Dabei hast du immer behauptet, dass es mit Sicherheit dadrin sein muss! Aber es ist weg! Verschwunden! Hat sich einfach in Luft aufgelöst, oder was?«

»Wie sollte ich das denn ahnen?«, warf Rika ein. »Zur damaligen Zeit wurden fast alle Krieger mit ihren Waffen bestattet.«

»Und warum war dieses Schwert dann nicht in seinem Grab?«

»Ich weiß es nicht, Thomas, wirklich nicht.« Rikas Stimme wurde sanfter. »Aber wir haben doch wenigstens die Schwertscheide entde–«

»Ach, verdammt, wen interessiert denn das blöde Teil!« Thomas wurde immer lauter. »Mich jedenfalls nicht – und diesen Geldheini mit Sicherheit auch nicht! Der ist doch nur hinter diesem gottverdammten Schwert her. Was machen wir denn, wenn er jetzt seine Kohle zurückhaben will? Denkst du vielleicht, ich gehe zu ihm und sage: Tut mir leid, Verehrtester, wir haben das Schwert zwar nicht gefunden, aber machen Sie sich keine Sorgen, das wird schon noch. Da lacht sich dieser Lo–«

Das vielstimmige Krächzen, das in diesem Augenblick an Lauras Ohren drang, ließ sie erschrocken zusammenfahren. Es war so laut und so nahe, dass ihr Herzschlag aus dem Takt zu geraten drohte.

Im Innern des Zeltes war es augenblicklich still geworden.

Noch bevor das Mädchen sich umdrehte, wusste es, welcher Anblick es erwartete: Die Wipfel der Bäume, die sich hinter dem Bretterzaun erhoben, waren schwarz vor Krähen, die jeden Moment anzugreifen drohten.

Wie gebannt blickte Laura auf die Totenvögel. Die Furcht vor ihnen lähmte sie, so dass sie wie festgewurzelt auf der Stelle verharrte. Erst als sie spürte, dass jemand unmittelbar hinter ihr stand, löste sie sich aus ihrer Erstarrung. Aber da war es bereits zu spät, denn eine Hand legte sich auf ihre Schulter.

Malhiermalda war ziemlich übler Laune. Seit Tagen wanderte er nun schon im Zickzackkurs durch die Lande, mal nach hier, mal nach da gewandt, ganz wie es dem Wesen der Mutari entsprach, deren Volk er angehörte. Kein Wunder, dass Malhiermalda seinem Reiseziel nur mühsam näher gekommen war. »Oh, oh«, brabbelte er unablässig vor sich hin, während er bald nach links, bald nach rechts hüpfte. »Wo soll das nur enden, wo soll das nur enden?«

Die Mutari, die in manchen Gegenden auch »Platzwechsler« genannt wurden, waren entfernte Verwandte der Levatoren. Ähnlich wie diese lebten sie als einzelgängerische Nomaden, die es nie lange an Ort und Stelle hielt. In Ermangelung von Gesprächspartnern pflegten sie ständig mit sich selbst zu reden, was ihnen jedoch nicht bewusst war. Gelegentlich jedoch suchten sie die Gesellschaft anderer Wesen, und so hatte Malhiermalda bereits vor einiger Zeit beschlossen den Traumspinnern im Traumwald wieder einmal einen Besuch abzustatten. Mit Meister Orplid verband ihn eine enge Freundschaft und er war ein gern gesehener Gast in dessen Haus. Allerdings hatte es eine gewisse Zeit gedauert, bis insbesondere Madame Fantasa sich daran gewöhnt hatte, dass Malhiermalda ständig seinen

Platz zu wechseln pflegte. Wovon er natürlich auch während der Mahlzeiten nicht abließ und unablässig von einem freien Stuhl auf den anderen hüpfte, wie es nun mal seiner Art entsprach. »Von einem Levator würde ja auch niemand erwarten, dass er aufhört zu schweben, nicht wahr, nicht wahr?«, erklärte er stets, wenn sich jemand über sein seltsames Verhalten wunderte. In Orplids Haus war das zum Glück nicht mehr der Fall; und so freute Malhiermalda sich schon auf das Wiedersehen mit dem Meister und seiner Gattin sowie den Traumspinnerlehrlingen Glitsch, Glatsch, Glutsch und Gletsch. Er war gespannt wie ein Spinnfaden im Sturm, wen Orplid in diesem Jahr zu seinem neuen Lehrling ausgewählt hatte.

Wenn nur dieser vermaledeite Traumwald endlich in Sichtweite käme!

»Oh, oh«, brabbelte Malhiermalda, während er nach links hüpfte und dann nach rechts. »Wo soll das nur enden, wo soll das nur enden?«

Endlich jedoch zeichneten sich hohe Bäume am Horizont ab: der Traumwald, tatsächlich! Der Mutari machte einen Freudensprung nach vorn und dann nach hinten, als er plötzlich die Reiter entdeckte.

Es mochten gut zwei Dutzend sein. Sie waren ganz in Schwarz gerüstet und saßen auf mächtigen Streitrossen, die ebenfalls pechschwarz waren. Sie hatten feuerrote Augen wie die Recken und aus ihren Nüstern kam schwefliger Dampf. Nur zwei der Männer trugen keine Rüstung. Der eine war in Lumpen gehüllt und seine Hände schienen an den Sattelknopf seines fahlen Zossen gefesselt zu sein. Der andere, in einen farbenprächtigen Umhang gekleidet, ritt einen edlen Rappen.

Ängstlich suchte der Mutari unter einem dichten Busch Deckung und spähte zu dem Trupp, der geradewegs auf den Traumwald zuhielt. Eisige Kälte schlug Malhiermalda entgegen, als die schwarzen Männer an ihm vorüberritten. Da erkannte er den Anführer und seine zarten Knie begannen zu schlottern: Borboron, der Schwarze Fürst!

»Oh, oh!«, flüsterte Malhiermalda. »Übel, übel. Sogar sehr übel, sehr übel!« Damit machte er kehrt und hastete von dannen. Ausnahmsweise verzichtete er auf einen Sprung nach hinten, denn in Gefahr und höchster Not gilt auch für einen Mutari: Weg, nur weg – und zwar so schnell es geht!

Was treibst du hier, verdammt noch mal?« Mit finsterer Miene starrte Thomas Zachner das Mädchen an. »Schnüffelst du etwa hinter uns her?«

»Ähm«, stotterte Laura. »Ne… nein, natürlich nicht!«

»Was machst du dann?« Der Griff seiner Hand wurde fester. Seine Fingerspitzen bohrten sich schmerzhaft in ihre Schulter. »Los, rede – wird's bald!«

»Ich … ähm … ich wollte Rika besuchen.«

»Ach ja?« Seine kalten Augen fixierten sie erbarmungslos. »Dann hast du wohl völlig übersehen, dass sich der Eingang auf der anderen Seite des Zeltes befindet, was? Oder hast du vielleicht den Hintereingang gesu–?«

»Es ist genug, Thomas.« Rikas Stimme klang müde. »Lass sie endlich los.«

Zachner sah seine Freundin wütend an. Zu Lauras Überraschung hielt die junge Frau dem Blick jedoch stand. »Wie du meinst«, sagte der Blonde. »Du wirst schon sehen, was du davon hast!« Er löste den Klammergriff und hastete davon. Während Laura sich die schmerzende Schulter rieb, beobachtete sie, wie er vom Ausgrabungsgelände stiefelte.

»Du darfst ihm das nicht übel nehmen, Laura.« Das Lächeln der Archäologin wirkte gequält und ihre Augen hatten einen feuchten Schimmer. »Thomas ist einfach nur enttäuscht.

Und wenn ich ehrlich bin, kann ich ihn sogar verstehen.« Wieder bemühte sie sich zu lächeln. »Kann ich dir was zu trinken anbieten auf diesen Schreck?«

»Ja, gerne.«

Bevor Laura Rika Reval ins Zelt folgte, warf sie noch einen schnellen Blick auf die Bäume: Die Krähen waren verschwunden, nur Misteln saßen auf den Ästen. Was Laura allerdings nur wenig beruhigte. Im Gegenteil: Die an Gremlins gemahnenden grünen Kugeln wirkten eher noch unheimlicher als die gefiederte Brut.

»Thomas hat das ganze Projekt doch erst ermöglicht«, erklärte Rika, während sie Lauras Glas mit Limonade füllte. »Und jetzt ist er natürlich furchtbar enttäuscht, dass wir das Schwert nicht gefunden haben. Schließlich habe ich fest damit gerechnet. Wenn wir die Grabstätte von Sigbert dem Drachentöter entdecken, habe ich ihm immer vorgeschwärmt, dann finden wir mit Sicherheit auch sein Schwert.«

Einen Moment spielte Laura mit dem Gedanken, Rika zu erzählen, dass sie sich mit ihrer Vermutung völlig auf dem Holzweg befunden hatte und die Waffe gar nicht in der Grabstätte gewesen sein konnte. Dann jedoch beschloss sie die gewonnenen Erkenntnisse lieber für sich zu behalten. Sicher ist sicher! Sie trank einen Schluck und gab sich unwissend. »Das heißt also, dass Sie das Schwert nicht gefunden haben?«

»Nein.« Das Bedauern in Rikas Stimme war nicht zu überhören. »Wir haben nur die dazugehörige Scheide entdeckt.« Erstmals erhellte ein Anflug von Freude ihr bekümmertes Gesicht. »Ein wirklich schönes Stück! Sie ist bestens erhalten und stimmt in den Ausmaßen exakt mit der Schwertspitze überein.«

»Reicht das denn als Beweis?« Laura legte die Stirn in Falten. »Könnte nicht auch ein anderes Schwert zu dieser Scheide gehört haben, das rein zufällig genauso groß war?«

»Theoretisch schon. Ich bin aber sicher, dass wir das so gut wie ausschließen können.«

»Und wieso?«

»Weil darauf ebenfalls ein Rad der Zeit eingraviert ist.« Die Archäologin hob den Zeigefinger, als wolle sie die Bedeutung ihrer Bemerkung unterstreichen. »Es ist vollkommen identisch mit der Gravur auf der Klinge.« Rika Reval beugte sich vor. »Diese Schwertspitze gehört eindeutig zur Waffe des Drachentöters, Laura. Und ich weiß, dass auch der Rest des Schwertes hier irgendwo zu finden sein muss!«

Da summte Lauras Handy. Eine SMS von Lukas war eingegangen: »Komm so schnell wie möglich zurück! Hab was Aufregendes entdeckt!«

Kapitel 18 ❧ Latus und Lateris

Die Dämmerung senkte sich schon über das Internatsgebäude, als Laura auf Ravenstein eintraf. Als sie in Lukas' Zimmer trat, wurde sie bereits von ihrem Bruder und Kaja erwartet.

»Was gibt es denn so Aufregendes?«, fragte Laura nach der Begrüßung. »Was hast du entdeckt?«

Der Junge sah sie über den Rand seiner Brille an und wandte sich Kaja zu, die auf seinem Bett saß und Minzi auf dem Schoß hielt. »Sollen wir es ihr verraten – oder lassen wir sie lieber noch ein bisschen zappeln?«

»Am besten, du sagst es gleich.« Kaja stopfte einen Riegel Schokolade in den Mund. »Wonst wird wie wur wieder wauer!«

»Haha!«, sagte Laura, plumpste neben die Freundin aufs Bett, streckte die Hand aus und streichelte das Kätzchen. »Also, Lukas – schieß los!«

Der Junge fuhr seinen Computer hoch, der vor ihm auf dem Schreibtisch stand. »Während du dich in Drachenthal vergnügt hast und Kaja es sich hier gemütlich gemacht hat –«

»Hey!« Das Pummelchen sah ihn entrüstet an. »Ich sollte doch Schwartz und die Taxus im Auge behalten – und die haben Ravenstein nicht für eine Sekunde verlassen!«

»– habe ich den ganzen Nachmittag mit Recherchen verbracht«, fuhr er ungerührt fort und blickte auf den Bildschirm. »Ich habe versucht so viel wie möglich über diese Bertrun von Drachenthal in Erfahrung zu bringen.«

»Und?« Laura wurde kribbelig.

»Allzu viel habe ich nicht herausgefunden«, antwortete Lukas, während er auf die Tastatur einhackte. »Aber das wenige ist ungemein interessant!« Auf dem Monitor baute sich das Abbild eines altertümlichen Ölgemäldes auf, das eine junge Frau von vielleicht zwanzig Jahren zeigte. Das blonde Haar war streng zu einem Knoten gekämmt. »Hier – das ist das einzig erhaltene Porträt von Bertrun. Die biografischen Daten, die ich mir aus den Universitätsarchiven verschiedener historischer Fakultäten zusammengesucht habe, sind alles andere als spektakulär: Sie wurde 1140 geboren, und zwar am fünften Dezember, wie wir schon wissen.«

»Stimmt«, bestätigte Laura. »Schließlich war ja auch sie im Zeichen der Dreizehn geboren.«

»Anfang 1153, als Reimar von Ravenstein unmittelbar nach seiner Rückkehr vom Kreuzzug die Burg ihrer Eltern belagerte und schließlich niederbrannte, war Bertrun also gerade mal zwölf Jahre alt. Und wie wir ebenfalls schon wissen, sind nur sie und ihre alte Amme dem blutigen Massaker entkommen, das der Grausame Ritter unter den Burgbewohnern anrichten ließ.«

Laura beugte sich vor, um das Porträt näher in Augenschein zu nehmen. Bertruns ernstes Gesicht erinnerte sie unwillkürlich an ihre Mutter. »Die Arme!«, sagte sie. »Erst zwölf und schon Vollwaise. Wo hat sie denn die folgenden Jahre verbracht?«

»Das ist eine interessante Frage!« Ein wissendes Lächeln spielte um die Lippen des Jungen. »Nachdem sie Reimar entkommen waren, hat die Amme sich mit ihrem Schützling zu ihrem Bruder geflüchtet, auf dessen kärglichem Bauernhof sie Unterschlupf fanden. Dieser Bruder aber war niemand anders als … Silvas Vater!«

»Was?« Lauras Augen wurden groß. »Das gibt's doch nicht!«

»Interessant, was?« Lukas schob die Brille zurück. »Das bedeutet, dass Bertrun Silvas tragische Liebesgeschichte und auch den bösen Fluch, mit dem der abgewiesene Reimar ihre Nichte bestraft hat, aus nächster Nähe miterleben musste.«

»Ja, klar – und weiter?«

»Nach Reimars Tod ist Bertrun auf seine Burg gezogen, aber das wussten wir ja schon. Sie war äußerst wohltätig und hat sich der Armen, der Witwen und Waisen angenommen, die unter dem Grausamen Ritter so sehr leiden mussten. Ihre Großmut war legendär und wurde weithin gerühmt. In der wenigen freien Zeit, die ihr noch blieb, widmete sie sich ihren Liebhabereien. Wie es sich für eine Dame von adligem Geblüt geziemte, musizierte Bertrun viel, schrieb Gedichte und widmete sich der Malerei. Allerdings hatte sie auch einige eher ungewöhnliche Interessen: Sie liebte zum Beispiel die Mathematik –«

»Oh, nö!«, stöhnte Kaja. »Wie kann man nur!«

»– und verstand sich zudem aufs Tischlern, was mehr als merkwürdig ist für eine Frau der damaligen Zeit.«

»Das ist es doch heute auch noch«, warf Laura ein.

Kaja rümpfte die Nase. »Na ja, wer will sich schon dauernd Holzsplitter einfangen!«

»Und weiter?«, drängte Laura.

»Nichts weiter«, sagte der Bruder und grinste breit.

Laura merkte, wie es in ihr zu gären begann. Das konnte doch nicht wahr sein! Hatte er sie etwa nur deshalb zur sofortigen Rückkehr veranlasst, um sie mit ein paar dürftigen Informationen abzuspeisen und sie danach so dümmlich anzugrinsen wie ein Ochsenfrosch auf Brautschau? Sie kniff die Augen zusammen. »Und das ist alles, Lukas? Das ist doch wohl nicht dein Ernst!«

»Wieso?«, fragte Lukas mit Unschuldsmiene, um dann so zu tun, als fiele ihm doch noch etwas ein: »Ach so, beinahe hätte ich es vergessen. Es gibt da doch noch was.«

»Was denn?« In Laura brodelte es bereits. Dass Kaja nur still vor sich hingriente, ärgerte sie noch mehr. Offensichtlich hatte der Bruder sie bereits eingeweiht. »Jetzt sag endlich!«

»Das Ölbild von Silva und dem Wolf, das seit Jahrhunderten die Eingangshalle von Burg Ravenstein ziert, hat niemand anderes als Bertrun von Drachenthal gemalt. ›Der Nachwelt zum Ewigen Gedenken an das traurige Schicksal der armen Maid Silva‹, wie in einer Chronik zu lesen ist.«

Laura kratzte sich hinterm Ohr. »Das haben wir bislang zwar nicht gewusst, aber ich weiß nicht, wie uns das weiterhelfen soll?«

»Wirklich nicht?« Der Junge schielte sie über den Brillenrand hinweg an. »Bertrun hat dieses Gemälde nicht nur gehütet wie ihren Augapfel, sondern in ihrem Testament auch ausdrücklich verfügt, dass es für immer und ewig in der Halle von Burg Ravenstein hängen soll – und das muss doch einen Grund haben, oder?«

»Stimmt.« Laura verengte die Augen und legte die Hand ans Kinn. »Sag bloß, du hast ihn herausgefunden.«

Lukas grinste erst wie ein bekiffter Breitmaulfrosch, hatte dann aber ein Einsehen und spannte die Mädchen nicht länger auf die Folter. Er erzählte ihnen von einem Fernsehbeitrag über Leonardo da Vinci, den er am Freitag am späten Abend gesehen hatte: einen Filmbericht über die geheimen Botschaften, die viele seiner Gemälde enthielten. Der große Meister habe einer Loge von Freimaurern angehört, die von der katholischen Kirche bekämpft und verfolgt wurde. Aus diesem Grund, so wurde behauptet, habe Leonardo verschlüsselte Botschaften in seine Bilder eingefügt, die von normalen Betrachtern kaum wahrgenommen würden, von seinen Logenbrüdern jedoch ganz genau verstanden worden seien. Mehr noch: Laut Filmbericht hatten Röntgenaufnahmen seiner Gemälde erst kürzlich zu Tage gefördert, dass er einige Bilder sogar mit ganz konkreten Anweisungen versehen und diese dann übermalt habe, damit unbedarfte Betrachter sie nicht auf Anhieb entdecken konnten. Dass ausgerechnet diese Stellen von Farbschichten unterschiedlichen Alters bedeckt waren, ließ jedoch darauf schließen, dass Eingeweihte sie mehrmals freigekratzt hatten, nur um sie dann wieder neu zu überpinseln und Leonardos Botschaften zu verbergen.

Da fiel es Laura wie Schuppen von den Augen. »Nein«, stammelte sie. »Ich fasse es nicht! Dass wir da nicht eher darauf gekommen sind!«

Lukas verzog missmutig das Gesicht.

Wieder und wieder schüttelte Laura den Kopf. »Unfassbar – und dabei so naheliegend!«

Kaja kniff irritiert die Augen zusammen und schaute die Geschwister finster an. »Würdet ihr mir vielleicht erklären, wovon ihr redet?«

»Aber Kaja!« Laura musterte sie verwundert. »Verstehst du das denn nicht?«

»Oh, nö!« Beleidigt wandte das Pummelchen sich ab. »Jetzt machst du wohl auch schon einen auf Super-Kiu!«

»Sorry, ist ja gut!« Laura legte ihr beschwichtigend die Hand auf den Arm. »Dann mal ganz langsam: Wir haben doch rausgefunden, dass Bertrun von Drachenthal die drei Teile des Schwertes an verschiedenen Orten versteckt hat – richtig?«

»Ja, klar!«

»Und wir wissen außerdem, dass sie für die Nachwelt Hinweise auf diese Verstecke hinterlassen hat – auch richtig?«

Kaja zog ein Gesicht, als wolle sie sagen: Hältst du mich für blöd? »Und weiter?«

»Wenn Bertrun dieses Bild also nicht nur selbst gemalt, sondern auch dafür gesorgt hat, dass es der Nachwelt erhalten blieb – muss man da nicht vermuten, dass sie diese Hinweise höchstwahrscheinlich auf diesem Gemälde versteckt hat? Genauso wie Leonardo da Vinci es zu seiner Zeit angeblich auch getan hat?«

Einen Moment starrte Kaja die Freundin begriffsstutzig an, bevor sie das Gesicht verzog und grinste. »Ja, klar. Ist doch offensichtlich, oder?«

Lukas rümpfte zwar die Nase über diese Unverfrorenheit, sparte sich aber einen Kommentar. Stattdessen sagte er nur: »Das scheint in der Tat offensichtlich zu sein – und doch gibt es einen kleinen Haken bei der Sache.«

»Einen Haken?« Lauras Stimme verriet Aufregung.

»Bekanntlich zeigt das alte Ölgemälde im Hintergrund Burg Ravenstein. Wenn es also Hinweise auf die Verstecke enthält, müssten diese sich demnach auf dem Gelände der Burg befinden, oder?«

»Ja, und?«

»Die Schwertspitze wurde aber in Drachenthal entdeckt, nahe der Burgruine – und das scheint mir doch ein Widerspruch zu sein.«

Laura grübelte vor sich hin. Endlich erwiderte sie: »Dafür kann es mehrere Erklärungen geben.« Sie kaute auf der Unterlippe. »Erstens ist es durchaus denkbar, dass sie im Laufe der Jahrhunderte rein zufällig entdeckt wurde und dann irgendwie in die Nähe der Burgruine gelangt ist.«

»Ich dachte, Zufälle gibt es nicht«, entgegnete der Bruder spitz. Seine Mundwinkel zuckten verdächtig. »Allerdings muss ich zugeben, dass deine Vermutung gar nicht so abwegig klingt.«

»Nicht wahr?« Laura hob den Zeigefinger, um ihre Worte zu unterstreichen. »Und zweitens: Dass die Hinweise auf die Verstecke in dem Gemälde verborgen sind, bedeutet doch noch lange nicht, dass sich die Verstecke auf dem dargestellten Areal befinden müssen. Wer behauptet denn, dass es sich um eine Schatzkarte wie bei den Piraten handelt, die ihre verborgenen

Schätze durch Kreuze gekennzeichnet haben? Diese Hinweise können doch auch ganz anderer Natur sein.«

»Nicht übel, Laura!« Die Augen hinter Lukas' Brillengläsern wurden groß. »Besonders für einen Spar-Kiu. Kein Wunder, dass sich auch die Dunklen plötzlich für das Gemälde interessieren. Oder glaubst du, es ist Zufall, dass Dr. Schwartz es gleich am Morgen nach dem TV-Bericht zum Restaurator schaffen ließ?«

»Nein – weil es so etwas wie den Zufall tatsächlich nicht gibt …« Laura lächelte spitzbübisch. »Eins ist allerdings schleierhaft.«

Lukas senkte den Kopf und schaute die Schwester über den Rand seiner Brille an. »Und das wäre?«

»Es ist durchaus möglich, dass die Dunklen schon vor uns wussten, von wem das Gemälde stammt«, erklärte Laura. »Aber dass Bertrun die Schwertteile versteckt und Hinweise darauf hinterlassen hat, das konnten sie unmöglich wissen! Das habe ich doch erst auf meiner Traumreise erfahren und euch nach meiner Rückkehr erzählt.« Mit ernster Miene sah sie die Freunde an. »Ihr habt das doch niemandem verraten, oder?«

»Oh, nö!« Kaja pustete die Wangen auf. »Wie kannst du so was überhaupt nur denken!«

Auch Lukas legte die Stirn in Falten. »Hältst du uns für total bescheuert? Natürlich haben wir kein Wort gesagt – zu niemandem!«

»Aber wieso dann das plötzliche Interesse der Dunklen an dem alten Gemälde? Vorher haben sie sich doch nie darum gekümmert.« Versonnen starrte Laura vor sich hin und strich über das weiche Fell von Minzi. »Dafür muss es doch eine Erklärung geben.«

»Die gibt es bestimmt, Laura!« Lukas schaltete den Computer aus und erhob sich. »Und deshalb dürfen wir keine Zeit mehr verlieren. Wir müssen dieses Ölbild schleunigst unter die Lupe nehmen. Und zwar am besten noch gleich heute Nacht!«

Minzi ließ plötzlich ein klägliches Miauen hören, so dass Laura nicht anders konnte, als sie zärtlich zu streicheln. »Tut mir leid«, sagte sie. »Aber du kannst uns leider nicht begleiten. Wird auch so schon gefährlich genug!«

Lauras Plan war einfach: Zusammen mit Lukas wollte sie sich gegen Mitternacht von Attila Morduk nach Hohenstadt fahren lassen – Percy Valiant war auf Grund einer Probe wieder einmal verhindert –, um dort mit Hilfe seines wundersamen Dietrichs, dem kaum ein Türschloss widerstehen konnte, in die Werkstatt des Restaurators einzudringen. Attila sagte auch sofort seine Unterstützung zu, und so kroch Laura gleich nach dem Abendessen ins Bett, um vor dem mitternächtlichen Abenteuer noch ein paar Stunden Schlaf zu finden.

Ein Klopfen an der Zimmertür holte Laura aus dem Schlummer. Sie wusste nicht, wie spät es war. Noch während sie sich schlaftrunken im Bett aufrichtete, wurde die Tür geöffnet und der Hausmeister tappte in den Raum. Seine Miene ließ nichts Gutes ahnen. »Was ist denn los, Attila?«, fragte sie, ein Gähnen nur mühsam unterdrückend, während sie eher beiläufig registrierte, dass Kaja tief und fest schlief. »Ist denn schon Mitternacht?«

»Nein, noch nicht«, brummte der letzte der Zwergriesen und fuhr sich verlegen mit der Pranke über den kahlen Schädel. »Aber es ist trotzdem zu spät!«

»Zu spät?« Laura verzog verwundert das Gesicht. »Wie meinst du das?«

»Die Dunklen sind uns zuvorgekommen.« Im Flüsterton erzählte Attila, was geschehen war: Vor einer Viertelstunde habe er sich in das Sekretariat des Internats begeben, um die

Deckenlampe zu überprüfen, die offensichtlich einen Wackelkontakt hatte, und habe ein Gespräch von Dr. Schwartz und Rebekka Taxus im angrenzenden Direktorenbüro belauscht, das sich um einen Anruf von Reginald Hörrich drehte. Der Restaurator habe offenbar etwas entdeckt, was er seinen Auftraggebern umgehend zeigen wolle. Er, Attila, habe sich sofort hinter dem Schreibtisch der Pieselstein versteckt, zum Glück, denn die beiden Dunklen hätten das Büro sofort verlassen. Vermutlich seien sie mit dem Auto von Quintus nach Hohenstadt gefahren. Worauf er selbst umgehend herbeigeeilt sei, um Laura zu alarmieren. »Damit ist alles verloren!«

»Ähm.« Lauras vom kurzen Schlaf gezeichnetes Gesicht glich gleich mehreren Fragezeichen. »Wieso?«

Schwerfällig ließ Attila sich auf ihr Bett plumpsen. Unter seinem Gewicht erzitterte es wie bei einem mittleren Erdbeben. »Das ist doch offensichtlich: Wenn der Restaurator tatsächlich Hinweise auf dem Ölgemälde entdeckt hat, dann wird er die doch nicht nur einfach wieder übermalen, nachdem er sie den beiden gezeigt hat. Dr. Schwartz und die Taxus werden ihn vielmehr anweisen, die Hinweise unkenntlich zu machen. Damit keiner von uns sie entdecken kann, da bin ich mir ganz sicher!«

Laura fühlte, wie ihr Herz einen Sprung tat.

Attila hatte Recht!

Wenn sie nicht an die Hinweise von Bertrun gelangten, dann hatten sie nicht die geringste Chance, das Schwert vor den Dunklen zu finden. Hellenglanz würde also ihren Feinden in die Hände fallen, und dann – Laura schwindelte bei dem Gedanken – würde deren Macht so gestärkt, dass es wohl auf immer unmöglich sein würde, ihren Vater zu befreien, der in der Dunklen Festung von Borboron gefangen gehalten wurde!

»Wir müssen ihnen zuvorkommen«, rief das Mädchen, plötzlich hellwach. »Wir müssen vor Schwartz und Pinky in der Werkstatt des Restaurators sein!« Damit sprang es aus dem Bett und streifte hastig Jeans und einen Pullover über den Pyjama.

Attila machte ein bekümmertes Gesicht und sah nun wieder ganz so aus wie Shrek, das Kuschelmonster. »Aber das ist unmöglich!« Vergrämt kratzte er sich das Kinn. »Sie sind bestimmt schon seit zehn Minuten unterwegs und der Wagen von Schwartz ist dreimal schneller als die lahme Schüssel des Professors!«

»Na und?« Laura beäugte den Hausmeister missmutig, während sie in Strümpfe und Stiefel schlüpfte. »Streng deinen Kopf doch mal ein bisschen an! Groß genug ist er ja!«

Im Traumwald war nächtliche Stille eingekehrt. Die Siedlung der Traumspinner lag im Schein der beiden Monde. Wie an jedem anderen Abend trat Meister Orplid vor seine Hütte, um sich noch ein wenig die Beine zu vertreten, bevor er sich zur Ruhe legte. Ein kurzer Spaziergang an der frischen Luft war dazu angetan, die Sorgen und Kümmernisse des Tages aus dem Kopf zu vertreiben und der Seele die Ruhe zu schenken, die Voraussetzung war für einen erholsamen Schlaf.

Bedächtigen Schrittes hielt der Traumspinner auf den Pfad zu, der nah am Waldrand um das kleine Dorf herumführte. Der Rundgang dauerte für gewöhnlich nicht länger als eine Viertelstunde, und wenn er dann wieder vor seiner Behausung angelangt war, fühlte Orplid sich stets wie befreit und gerüstet für die Nacht.

An diesem Abend jedoch waren die Gedanken des Meisters schwer. Wenn Somni nur wüsste, wie viel Kummer er ihm bereitete! Gewiss: Der Junge war der begabteste Traumspinnerlehrling, der ihm je unter die Augen gekommen war. Nach kaum sechs Monden Ausbildung verstand er sich schon viel besser auf diese schwierige Kunst als Glutsch oder Gletsch nach einem oder zwei Sommern. Doch trotz all seines Talents war Somni noch immer ein Eleve. Zum Meister fehlte ihm noch vieles, und so hätte er sich niemals erdreisten dürfen, eigenmächtig Erleuchtlinge auf den Weg zu schicken. Und schon gar keine, die zu einer solch entsetzlichen Botschaft zusammengesponnen waren.

Aber vielleicht hatten die Erleuchtlinge die Grenzen von Aventerra ja gar nicht überschritten und irrten nur orientierungslos in der Gegend umher, so dass sie kein Unheil anrichteten.

Hoffentlich!

Unversehens stand Meister Orplid wieder vor seiner Hütte. Schon wollte er die Tür öffnen, als er ein Geräusch aus dem Wald hinter sich vernahm. Der Traumspinner drehte sich um und erblickte Schemen, die mit der Schwärze des Waldes zu verschmelzen schienen. Feuerrote Augenpaare leuchteten ihm entgegen wie glühende Kohlen. Ein schwefliger Hauch schlug ihm ins Gesicht. Plötzlich schossen teuflisch schwarze Wesen aus dem Wald hervor – und ein Inferno brach los.

Wie ein silbriger Schleier lag das Mondlicht über dem Innenhof von Burg Ravenstein. Eilige Schritte, die über die breite Freitreppe nach unten polterten, brachen die nächtliche Stille: Den müden Bruder im Schlepptau, eilte Laura auf die beiden geflügelten Löwen zu, die den Fuß der Treppe zierten.

Die marmornen Leiber von Latus und Lateris schimmerten matt. Der Steinerne Riese Portak, der, gebannt in seine Säulengestalt, das Vordach über der Eingangstreppe trug, beobachtete das Geschehen erstaunt. Doch Laura hatte keinen Blick für den Giganten, der ihr schon so manch wertvollen Dienst geleistet hatte. Sie scheuchte Lukas auf den Rücken der linken Löwenskulptur, während sie sich selbst auf den rechts stehenden Latus schwang, legte eine Hand auf das mächtige Haupt der Marmorfigur und zeigte mit der anderen auf den Kopf seines steinernen Bruders. Dann sprach sie die alte Beschwörungsformel, die im Kreis der Wächter seit Anbeginn der Zeiten weitergegeben wurde: »Hört zu, ihr Löwen rechts und links, die ihr die Brüder seid der Sphinx; in dieser Stunde größter Not, auch ihr gehorcht des Lichts Gebot und löst euch nun aus totem Stein, damit ihr könnt behilflich sein!«

Unverzüglich erwachten die geflügelten Löwenbrüder aus ihrem Schlaf. Laura meinte die kräftigen Muskeln unter der Marmorhaut von Latus zu spüren, während er die Schwingen weit ausbreitete und sie sachte bewegte, als wolle er prüfen, ob sie ihm immer noch gehorchten. Ein Lufthauch fuhr in Lauras Haar und wirbelte es auf, während die Flügel fast geräuschlos auf und ab schwangen.

Lateris tat es seinem Bruder Latus gleich. Er bewegte die Flügel, wiegte den imposanten Löwenkopf, so dass die Mähne wehte, wedelte mit dem Schwanz und hob abwechselnd die kräftigen Tatzen vom Steinsockel. Der Junge auf seinem Rücken war aschfahl. Obwohl Lukas das Geheimnis der Fabeltiere längst kannte, schien er deren wundersame Verwandlung immer noch nicht so richtig fassen zu können. Wie sollte er auch? Wie sollte sein Geist, der in logischem Denken geschult war, auch akzeptieren, dass es eine Wirklichkeit jenseits des menschlichen Verstandes gab, selbst wenn diese sich direkt vor seinen Augen eröffnete?

Amüsiert registrierte Laura den skeptischen Blick des Bruders. »Hab keine Angst, Lukas! Auf Lateris' Rücken bist du genauso sicher wie in einem Flugzeug.«

»Umso schlimmer«, seufzte der Junge und verzog gequält das Gesicht. »Du weißt doch, dass ich Flugangst habe.«

Bevor Laura antworten konnte, meldete sich Latus zu Wort.

»Wenn Ihr mir eine Bemerkung gestatten würdet, *Madame*?«, warf er mit ausgesuchter Höflichkeit ein. »Aber mir will scheinen, dass die Zeit drängt!«

Lauras Lippen verzogen sich zu einem Lächeln. »Dann lasst uns nicht länger zögern. Wenn dein Bruder und du uns also bitte nach Hohenstadt tragen würdet?«

»Mit dem größten Vergnügen.« Seine tiefe Löwenstimme schnurrte. »Allerdings habt Ihr etwas Wichtiges vergessen!«

Ja, natürlich, dachte Laura. Wie konnte sie nur so schusselig sein! Augenblicklich kamen ihr Portaks Worte wieder in den Sinn: »Der Löwe bleibt ein braves Tier, krault hinterm linken Ohr ihn Ihr!«

»Tut mir leid!« Rasch beugte sie sich vor und streichelte Latus hinter der linken Ohrmuschel. »Ist es recht so?«

»Sehr recht«, schnurrte der Löwe. »Ihr macht das ganz fantastisch, *Madame*!«

»Vielen Dank für das Kompliment.« Laura schmunzelte. »Wisst ihr beiden denn, wie man nach Hohenstadt kommt?«

»Wollt Ihr uns beleidigen?« Latus drehte ihr den Kopf zu und rollte die dunklen Augen. Die Scheibe des Mondes spiegelte sich darin. »An Euch war noch lange nicht zu denken, *Madame*, da haben Lateris und ich uns bereits dorthin auf den Weg gemacht!«

»Ist ja schon gut!«, sagte Laura beschwichtigend. »Ich wollte nur verhindern, dass es unterwegs wieder Streit gibt.«

»Bewahre!« Das Flugtier klang beleidigt. »Nur weil dieser Dickkopf hin und wieder anderer Meinung ist als ich und partout nicht einsehen will, dass ich Recht habe, heißt das noch lange nicht, dass wir uns streiten.«

»Na dann!« Laura zwinkerte dem Bruder aufmunternd zu, der sich ängstlich an Lateris' Mähne klammerte. »Dann erhebt euch also und fliegt mit den Windgeistern um die Wette!«

»Ganz wie Ihr befehlt, *Madame*! Ganz wie Ihr befehlt!«

Die Löwen breiteten ihre Flügel aus, knickten leicht mit den Hinterbeinen ein – und sprangen ab. Wie ein Pfeil von der Sehne schnellten sie hinaus in die milde Luft. Mühelos, als hätten sie nicht die geringste Last zu tragen, schraubten sie sich mit kräftigen Schwingenschlägen in die Höhe. Rasend schnell versanken die Gebäude der Burg unter ihnen, wurden kleiner und kleiner, bis sie Laura wie putzige Modellhäuser in einer Miniaturlandschaft erschienen. Dann war nur noch das Dunkel der Nacht um sie herum, das hier und da von flackernden Gestirnen erhellt wurde.

Dicht nebeneinander glitten Latus und Lateris mit dem Wind dahin. Die erfrischende Brise fuhr dem Mädchen ins Gesicht und ließ sein Blondhaar gleich einem Schweif wehen. Laura wurde von einem Gefühl der Schwerelosigkeit und grenzenloser Freiheit erfasst. Gab es etwas Herrlicheres, als auf dem Rücken eines Fluglöwen dahinzugleiten? War das nicht sogar schöner als ein wilder Ritt auf dem Rücken von Sturmwind?

Als Laura den Kopf zur Seite drehte, merkte sie, dass ihr Bruder die Reise weitaus weniger genoss als sie. Völlig verkrampft klebte Lukas an Lateris' Hals und war dabei ganz grün im Gesicht. Es sah ganz so aus, als müsse er sich jeden Moment übergeben.

Oh, nein! Bitte nicht!

Mit Spucktüten konnte ein Fluglöwe nicht aufwarten!

Zum Glück war Hohenstadt nicht mehr weit. Am Horizont schimmerten schon die Lichter des Städtchens auf. »Halte durch, Lukas!«, schrie sie dem Bruder durch den Wind zu. »Wir sind gleich da.«

Der Junge nickte nur schicksalsergeben.

Während die geflügelten Löwen tiefer gingen, entdeckte Laura unter sich das Scheinwerferlicht eines einsamen Autos, das sich dem Städtchen auf der Landstraße näherte. Es war in der Dunkelheit nicht zu erkennen, aber Laura war fest davon überzeugt, dass es sich um den Wagen von Quintus Schwartz handelte. Wer sonst sollte sich zu dieser nachtschlafenden Zeit auf den Weg nach Hohenstadt machen, wo das Leben nach Einbruch der Dunkelheit fast vollständig zum Erliegen kam? Die arbeitsamen Bewohner des Städtchens pflegten besonders an Wochentagen so früh zu Bett zu gehen, dass gespöttelt wurde, in Hohenstadt würden spätestens um zweiundzwanzig Uhr die Bürgersteige eingerollt und die Straßenbeleuchtung ausgeschaltet. Was eine maßlose Übertreibung war. In Wahrheit geschah das erst eine halbe Stunde später, und so brannten jetzt nur noch die Laternen an den wichtigsten Plätzen und Kreuzungen.

»Wir haben es geschafft, Lukas!« Laura deutete auf die Scheinwerferfinger in der Tiefe, die hinter ihnen zurückblieben. »Wir haben sie tatsächlich überholt!«

»Jaja«, gab der Junge einsilbig zurück, sorgsam vermeidend, den Blick nach unten zu richten.

»Madame?« Mit schnurrender Stimme meldete sich Latus zu Wort. »Darf ich Euch bitten, uns das genaue Ziel Eurer Reise zu nennen?«

Kapitel 19 Versteckte Zeichen

Am Stadtrand, nicht weit vom Bungalow der Familie Leander entfernt, lag das Anwesen des Restaurators inmitten eines ruhigen Wohnviertels, in dem um diese Uhrzeit kaum ein Mensch unterwegs war. Reginald Hörrich hatte den Bauernhof schon vor vielen Jahren gekauft und gründlich umgebaut. Die frühere Scheune diente ihm nun als Werkstatt. Dahinter befand sich ein weitläufiger Garten mit prächtigen alten Obstbäumen, der Laura als Landeplatz für die Fluglöwen wie geschaffen schien.

Nahezu geräuschlos gingen Latus und Lateris dort nieder. Laura wies die beiden an, sich im Schutz der Bäume versteckt zu halten und sich nicht von der Stelle zu rühren, bis Lukas und sie zurückkehrten.

»Was Ihr nicht sagt, *Madame*!« Latus klang gekränkt und wandte sein Mähnenhaupt dem Bruder zu. »Eigentlich wollten wir uns heimlich davonmachen und Euch im Stich lassen, nicht wahr, Lateris?«

»Genau!« Das breite Grinsen, das um das Löwenmaul des Fabeltieres spielte, verriet jedoch, dass es nur scherzte. »Übrigens: Die Eingangstür zur Werkstatt befindet sich auf der linken Seite des Gebäudes, wie ich beim Landen gesehen habe.«

»Unsinn!«, fauchte sein Bruder ihn an. »Sie ist rechts! Eindeutig auf der rech–«

»Wollt ihr wohl still sein!«, fiel Laura den Streithammeln

ins Wort. »Versteckt euch lieber und passt auf, dass ihr nicht entdeckt werdet.«

»Genau das würde ich Euch auch empfehlen, *Madame*!«, maulte Latus noch, duckte sich dann aber doch mit dem Bruder ins hohe Gras hinter dem Stamm eines ausladenden Apfelbaumes.

Gefolgt von Lukas, der sie mit seinem algengrünen Gesicht an einen Wassermann erinnerte, schlich Laura um die ehemalige Scheune herum und gelangte auf den Hof. Er war mit groben Kopfsteinen gepflastert und wurde auf drei Seiten von Gebäuden begrenzt: dem Wohnhaus, einer Doppelgarage und eben der Werkstatt. Zur Straße hin erhob sich eine hohe Einfriedungsmauer, in die ein großes Holztor und eine kleinere Eingangspforte eingelassen waren. Vorsichtig spähte Laura um die Ecke: Kein Mensch war zu sehen und keine Lampe sorgte für störendes Licht. Auch hinter den Fenstern der Werkstatt war es dunkel. Nur in einem Zimmer des Wohnhauses war ein heller Schein zu erkennen: Offensichtlich wartete Reginald Hörrich dort auf seine Besucher.

Der Eingang zur Werkstatt befand sich weder auf der linken noch auf der rechten Seite des Gebäudes, sondern exakt in der Mitte der hofseitigen Wand. Die schlichte Holztür war zwar abgeschlossen, doch das Riegelschloss bot Attilas Zauberschlüssel nicht den geringsten Widerstand, und so standen die Geschwister schon Augenblicke später im Inneren der ehemaligen Scheune.

Der Geruch von Farben, Terpentin und Firnis stieg Laura in die Nase. Auch die Aromen von Leder, Leinwand und altem Holz lagen in der Luft. Fürs Erste verzichtete sie darauf, die mitgebrachte Taschenlampe einzuschalten. Der Schein könnte sie verraten, und bevor sie das Gemälde nicht entdeckt hatten, war es unnötig, sich diesem Risiko auszusetzen. Es dauerte dann auch nicht lange, bis sich Lauras Augen an die Dunkelheit gewöhnt hatten. Die Konturen von Schränken, Regalen und Arbeitstischen tauchten vor ihr auf. Das Mädchen konnte die Umrisse von Staffeleien erkennen, von Kommoden, Truhen und anderen Möbelstücken, die Reginald Hörrich zur Aufarbeitung anvertraut worden waren. Leinwände und Rahmen, Stoff- und Tuchballen der mannigfaltigsten Art waren in den Regalen gestapelt. Daneben wurden dicke und dünne Rollen von Borten, Schnüren, Seilen und Tauen in jeglicher Stärke verwahrt. Und überall standen Bilder in unterschiedlichsten Größen, Holz- und Steinskulpturen und andere Kunstgegenstände herum.

Als Lukas Laura auf die Schulter tippte, erschrak sie. »Schau mal«, flüsterte der Bruder beklommen und deutete auf die Wand hinter sich. Daran lehnten die Ritterrüstungen aus der Alten Gruft, je zwei rechts und links von der Eingangstür. Laura konnte die Skeletthände und -füße erkennen, die aus den Arm- und Beinscharnieren ragten. Obwohl die Ritter schon seit mehreren Jahrhunderten tot waren, richteten sich die Härchen in Lauras Nacken auf und ihr war, als trippele eine ganze Armee winziger Eisgnome über ihren Rücken.

Auch Lukas war anzusehen, dass ihm der schaurige Anblick nicht gerade Wohlbehagen bereitete.

Laura fasste sich jedoch rasch. »Die Gruselbande kann uns zum Glück nichts anhaben«, flüsterte sie. »Lass uns lieber nach dem Gemälde suchen!« Damit packte sie ihn am Pulli und zog ihn tiefer in die Werkstatt hinein. »Los – du schaust dich auf der linken Seite um, ich auf der rechten.« Sie hatte den Bruder noch nicht losgelassen, als sie ein Motorengeräusch hörte, das rasch näher kam. »So ein Mist!«, zischte sie ärgerlich. »Wir müssen uns verstecken, schnell!«

Hastig sah Laura sich um. Ihr Blick fiel auf das Regal mit den Stoffballen und Schnurrollen. Es war so vollgepackt, dass man sie dahinter wohl kaum entdecken würde. Zumal die

Dunklen sie mit Sicherheit nicht in der Werkstatt vermuteten. Sie stieß den Bruder an und deutete auf das Regal. »Los, wir verstecken uns dort. Von da haben wir einen guten Überblick!«

Kaum hatten sie sich hinter zwei dicke Tuchballen gequetscht, als die Tür aufgerissen wurde und drei Gestalten in die Werkstatt traten. Nur einen Augenblick später flammte die Neonlampe an der Decke auf und tauchte den Raum in ein helles Licht. Die Geschwister duckten sich tiefer. Mit angehaltenem Atem spähten sie durch die Lücken zwischen den Stoffballen. Laura hatte richtig vermutet: Hinter einem kleinen Mann, der fast so breit wie groß war, betraten Dr. Quintus Schwartz und Rebekka Taxus die Werkstatt. Ein grauer Vollbart zierte das gerötete Gesicht des vielleicht fünfzigjährigen Reginald Hörrich. Seine ebenfalls graue Haarmähne verlieh ihm das biblische Aussehen eines Moses-Darstellers in einem Hollywood-Schinken. Was durch sein dunkles, kaftanähnliches Gewand, das fast bis zum Boden reichte, nur noch unterstrichen wurde. Nur die runde Nickelbrille, die auf seiner roten Knollennase glänzte, wollte nicht so recht in dieses Bild passen. Und wahrscheinlich hätte man den Moses in Hollywood auch mit einem Schauspieler ohne Kugelbauch besetzt. Der Restaurator deutete auf eine Staffelei, die nur gut drei Meter von dem Versteck der Geschwister entfernt stand. »Hier ist das gute Stück!«

Ohne auch nur ein einziges Mal in die Richtung von Laura und Lukas zu blicken, gingen die drei darauf zu. Das Bild auf dem Holzgestell war durch ein weißes Tuch verhüllt. Es handelte sich tatsächlich um das Ölgemälde von Silva und dem Wolf, wie Laura sofort erkannte, als der Restaurator die schützende Hülle abzog. Bedauerlicherweise jedoch bauten sich die Dunklen und er genau in ihrem Blickfeld auf, so dass sie neben deren Rücken kaum etwas von dem Gemälde selbst sehen konnte.

»Sieh an, sieh an!« In der Stimme von Dr. Schwartz schwangen Stolz und Erregung mit. »Dann war meine Vermutung also goldrichtig!«

»Sstimmt, mein Lieber«, lispelte Pinky Taxus. »Aber vergisss nicht: Ohne die Erkenntissse, die diesse Göre gewonnen hat, wärsst du doch niemalss auf diesse Idee gekommen!«

Laura wechselte einen überraschten Blick mit dem Bruder. Das gibt es doch nicht!, stand ihr ins Gesicht geschrieben. Woher können die denn wissen, was ich rausgefunden habe?

Lukas' Schulterzucken zeigte, dass auch er sich keinen Reim darauf machen konnte.

Wieder war es Dr. Schwartz, der ihre Aufmerksamkeit auf sich lenkte. »Wie auch immer«, entgegnete er leichthin auf Pinkys unterschwelligen Vorwurf, »Hauptsache, wir haben endlich entdeckt, wonach wir schon so lange suchen.« Damit wandte er sich dem Restaurator zu. »War es schwierig, die verborgenen Stellen zu finden?«

»Nicht im Geringsten! Vorausgesetzt natürlich, man weiß, wie man so was anzustellen hat.«

»Dieser Angeber!«, flüsterte Lukas der Schwester zu. »Er hat es geröngt – was denn sonst!«

»Psst!«, mahnte Laura.

Ihre Vorsicht erwies sich allerdings als überflüssig. Die beiden Dunklen lauschten so gebannt dem Bericht des Restaurators, dass sie nur Augen für ihn und das Gemälde hatten.

Lukas hatte richtig vermutet: Reginald Hörrich hatte das Bild tatsächlich einer Röntgenuntersuchung unterzogen. Da er selbst nicht über die dafür erforderliche Apparatur verfügte, war er am Vormittag zum Kunsthistorischen Institut gefahren, wo ein alter Bekannter von ihm das Gemälde untersucht hatte. »Es hat nicht lange gedauert, bis wir die Stellen entdeckt haben. Allerdings handelt es sich nicht um drei, wie Sie vermutet haben, sondern um vier.«

»Um vier?«, wiederholte der Angesprochene erstaunt. »Seltsam – wozu braucht es vier Hinweise, um drei Verstecke zu kennzeichnen?«

»Das werden Sie schon herausfinden, da bin ich mir ganz sicher. Jedenfalls waren sie unter diesen Steinen dort verborgen.« Damit deutete er auf das Bild. Leider konnte Laura nicht sehen, wohin er zeigte, da die drei immer noch in ihrem Blickfeld standen. »Hier, sehen Sie selbst. Interessanterweise sind alle vier größer als die anderen neun. Als hätte die Malerin schon dadurch ihre besondere Bedeutung unterstreichen wollen. Im Laufe des Nachmittags und Abends habe ich diese Bereiche freigelegt ...« Wieder deutete er auf das Bild. »... und nun wissen wir, was darunter verborgen war.«

Rebekka Taxus trat näher an die Staffelei heran. »Interesssant, interesssant!«, zischelte sie. »Auch wenn ssich mir noch nicht erschließst, wass diesse sseltssamen Zeichen zu bedeuten haben.«

»Wer hätte das gedacht!«, antwortete Quintus Schwartz höchst vieldeutig. Dabei wandte er Pinky das Gesicht zu, in dem Laura ein abfälliges Lächeln zu erkennen glaubte.

Bevor die Taxus zu einer wütenden Entgegnung ansetzen konnte, ging Reginald Hörrich dazwischen. »Zugegeben: Diese Hinweise mögen auf den ersten Blick verwirrend erscheinen. Mit einigem Nachdenken jedoch müssten sie zu entschlüsseln sein.« Er kratzte sich am Hinterkopf und blinzelte Pinky durch seine Nickelbrille an. »Für Sie als Mathematik- und Physiklehrerin dürfte das doch kein Problem sein, oder?«

»Das wäre sehr schön«, meinte Dr. Schwartz. »Denn wir müssen die fehlenden Schwertteile schnellstens finden.«

Während die Taxus finster vor sich hinbrütete, deutete der Restaurator erneut auf das Gemälde. »Ich habe die vier Zeichen fotografiert, damit Sie sich in aller Ruhe damit beschäftigen können.«

»Gut gemacht, Reginald!« Anerkennend klopfte Dr. Schwartz dem Mann auf die Schulter. »Das war wirklich gute Arbeit. Unser Chef wird es Ihnen danken, da bin ich mir ganz sicher.«

»Das werde ich zu schätzen wissen, auch wenn es nicht vonnöten ist.« Der Restaurator deutete eine Verbeugung an. »Es ist mir immer wieder eine große Freude, wenn ich unserer gemeinsamen Sache einen Dienst erweisen kann.«

»Das hört man gerne«, antwortete der Dunkle, um sich dann mit maliziösem Grinsen an seine Begleiterin zu wenden. »Nicht wahr, Rebekka?« Damit starrte er auf die Narbe auf ihrer Stirn.

»Sselbsstverssständlich!«, zischte Pinky zurück, klang dabei aber alles andere als begeistert.

»Und nun?« Reginald Hörrich blickte den ihn um Haupteslänge überragenden Schwartz fragend an. »Was soll nun mit dem Gemälde geschehen?«

»Ganz einfach: Machen Sie diese geheimen Hinweise unkenntlich«, befahl Quintus. »Danach stellen Sie einfach den alten Zustand des Bildes wieder her. Keinem Betrachter darf auffallen, dass Sie sich daran zu schaffen gemacht haben – oder ist das ein Problem?«

»Nicht das geringste!«, antwortete Hörrich. »Ich fange gleich morgen damit an; spätestens übermorgen können Sie es wieder abholen lassen.«

»Wunderbar!« Erneut klopfte Schwartz dem Nickelbrillen-Moses auf die Schulter und wandte sich zur Tür. Rebekka Taxus folgte ihm. Nachdem der Restaurator die Schutzhülle wieder über das Bild gezogen hatte, schritt auch er zum Ausgang, löschte das Licht und verließ die Werkstatt.

Nachdem die nächtlichen Besucher davongefahren waren, warteten die Geschwister zur Sicherheit noch eine Weile, bevor sie aus ihrem Versteck zum Gemälde huschten. Während

Lukas die Hülle abzog, holte Laura die Taschenlampe hervor, schaltete sie ein und richtete den Lichtstrahl auf das Gemälde. Jetzt erst verstand sie, wovon der Restaurator gesprochen hatte: Obwohl sie das Bild schon viele Male betrachtet hatte, waren ihr die zahlreichen Findlinge nicht weiter aufgefallen, die zwischen den Bäumen des Waldes verstreut lagen. Sie hatte ihre Aufmerksamkeit ja auch meistens auf Silva und den Wolf gerichtet, die auf der Waldwiese im Bildvordergrund standen. Für den Wald selbst, der sich zwischen der Wiese und der Burg im Hintergrund erstreckte, hatte sie nur selten ein Auge gehabt. Es waren insgesamt dreizehn Feldsteine, von denen zwölf fast exakt kreisförmig um einen zentralen Stein verteilt waren. Wie Hörrich richtig bemerkt hatte, waren vier der Findlinge, der mittlere und drei auf der Kreislinie, deutlich größer als die anderen. Ihre graue Steinfarbe war weitgehend abgetragen worden, so dass an diesen Stellen der Malgrund zu Tage trat, auf dem vier seltsame Zeichen hervorstachen.

Staunend deutete Laura auf den linken Stein. »Was ist das, Lukas?« Sie meinte ein Quadrat, das in sechzehn kleinere Quadrate unterteilt war. In den sechzehn Feldern standen die Zahlen eins bis sechzehn geschrieben, ganz offensichtlich in willkürlicher Reihenfolge.

»Das sieht man doch auf den ersten Blick!«, entgegnete der Junge mürrisch und legte die Stirn in Falten. »Das ist ein magisches Quadrat. Ein panmagisches sogar, wenn ich mich nicht täusche.«

»Ein panmagisches Quadrat? Was soll das denn wieder bedeuten?«

»Das erkläre ich dir später.« Lukas sah die Schwester über den Rand seiner Brille an. »Schließlich sind wir ja nicht hergekommen, damit ich dir Nachhilfeunterricht erteile!«

Laura verengte die Augen, sagte aber nichts. So ganz Unrecht hatte Lukas ja nicht. Sie wandte sich der freigelegten

Stelle auf der rechten Seite des Steinkreises zu. Drei Lettern waren dort auf die Leinwand gezeichnet: ein großes L, ein großes I und ein großes V. »Und was bedeuten diese Buchstaben?«, fragte sie. »L, I und V? Könnten das vielleicht die Initialen der Malerin sein?«

Wieder kerbte sich die Falte in Lukas' Stirn. Nur Augenblicke später schüttelte er kurz entschlossen den Kopf. »Das halte ich für ausgeschlossen.«

»Und warum?«

»Weil sonst ein B für Bertrun darunter sein müsste«, erklärte er, über den Rand seiner Hornbrille schauend. »Aber siehst du hier irgendwo eins?«

Laura musste sich geschlagen geben. Unter den Buchstaben fand sich kein B.

Das Mädchen wandte sich der dritten Stelle zu. Ganz in der Nähe der Lichtung, auf der Silva stand, war ein rechteckiger Holzrahmen gezeichnet, der durch eine Querleiste in zwei ungleich große Bereiche unterteilt war: Der untere war rund doppelt so groß wie der obere. In senkrechter Richtung verliefen fünf dünnere Stangen über die ganze Breite des Rahmens, auf denen im unteren, größeren Teil je fünf Kugeln und im oberen Bereich je zwei Kugeln aufgezogen waren. Das seltsame Gerät kam Laura irgendwie bekannt vor, auch wenn ihr nicht einfiel, worum es sich handelte.

Lukas dagegen wusste auf Anhieb Bescheid. »Das ist ein Abakus«, sagte er. »Eine antike Rechenhilfe, die früher weit verbreitet war. Auch heute wird sie noch gelegentlich benutzt. In den ländlichen Regionen des Vorderen Orients, zum Beispiel, oder in einigen Gebieten Asiens. Obwohl das Teil sehr einfach aussieht, sind damit verblüffend komplizierte Rechenoperationen möglich.«

»Warum hat Bertrun diesen Abakus bloß dahin gemalt?«

»Darüber nachzudenken macht jetzt keinen Sinn«, maßregelte der Bruder sie. »Lass uns erst mal alle Fakten sammeln, bevor wir Schlüsse ziehen.«

Laura war genervt, zwang sich aber zur Ruhe. Nur nicht aufregen!, befahl sie sich im Stillen. Sie atmete tief durch und sagte: »Okay, bleibt nur noch die Stelle hier in der Mitte.«

Das zentrale Zeichen erschien ihr als das rätselhafteste von allen: ein Labyrinth in Miniatur. Doch so geheimnisvoll der Irrgarten auch wirkte, er war Laura merkwürdig vertraut. Aber es wollte ihr partout nicht einfallen, wieso.

Auch Lukas erweckte nicht gerade den Eindruck, als könne er sich einen Reim auf dieses Zeichen machen. Im Gegenteil: Er stupste seine Brille von der Nasenspitze zurück und kratzte sich ratlos am Kopf.

»Okay«, sagte Laura deshalb. »Lass uns abhauen und in Ruhe darüber nachdenken. Wir kriegen schon noch raus, was das bedeuten soll!«

»Ganz meine Meinung«, stimmte Lukas ihr zu. »Aber zur Sicherheit sollten wir diese Hinweise ebenfalls fotografieren.«

»Was? Hast du etwa eine Kamera dabei?«

»Nö – aber das hier!« Mit breitem Grinsen fasste er in die Tasche und holte sein neues Fotohandy hervor. »Zu irgendwas muss der technische Fortschritt doch gut sein, oder?« Als er Lauras Verblüffung gewahrte, grinste er noch breiter. »Wenn du mir bitte mal leuchten würdest? Die Aufnahmen sollen doch schön scharf werden, nicht wahr?«

Laura tat wie geheißen und ihr Bruder schoss zur Sicherheit gleich mehrere Bilder von den freigelegten Stellen. Danach schaltete er das Handy wieder aus und ließ es in der Hosentasche verschwinden. »Also gut, nichts wie weg!«

»Wird ja auch Zeit«, antwortete das Mädchen und drückte auf den Schalter der Lampe. Genau in diesem Augenblick dröhnte eine tiefe Stimme in seinem Rücken: »Daraus wird wohl nichts!«

Laura erkannte diese Stimme sofort: Sie gehörte Bardolf dem Starken, dem wildesten der wüsten Kumpane von Reimar von Ravenstein. Bardolf, dessen Bekanntschaft sie auf einer Traumreise in die Zeit des Grausamen Ritters gemacht hatte, was sie um ein Haar das Leben gekostet hätte.

Alles Blut wich aus Lauras Gesicht. Ihr Kopf fühlte sich hohl an. Langsam, ganz langsam drehte sie sich um – und sah keine zehn Schritte von sich entfernt den berüchtigten Raubritter in der Werkstatt stehen. Oder vielmehr sein Skelett, das in einer Ritterrüstung steckte. Das Knochengerippe musste auf geheimnisvolle Weise zum Leben erwacht sein, denn Bardolf hatte sich bereits einige Meter von der Wand entfernt, an der er gelehnt hatte. Sein fahler Totenschädel grinste sie durch das geöffnete Visier des Helmes an. »Da staunst du, Laura! Oder soll ich lieber Laurenz zu dir sagen?« Obwohl ihre erste Begegnung schon Hunderte von Jahren zurücklag, hatte Bardolf offenbar nicht vergessen, dass Laura sich damals auf ihrer Traumreise als Junge ausgegeben und Laurenz genannt hatte.

Bardolf wartete ihre Antwort gar nicht ab. »Wie auch immer«, höhnte er, während sich sein wurmzerfressener Unterkieferknochen mit den verfaulten Zahnstummeln auf und ab bewegte. »Heute wirst du uns nicht entkommen!« Damit hob er die Hand – und die drei anderen Rüstungen regten sich. Die Skelette seiner Kumpane wankten scheppernd auf Bardolf zu und stellten sich neben ihm auf. Auch ihre gebleichten Schädel waren von einem gespenstischen Grinsen gezeichnet.

Bardolf schaute sie auffordernd an. »Seid ihr bereit, Kameraden?«

»Immer bereit!«, antworteten sie mit dumpfer Stimme.

»Nun denn, beim Teufel – bringen wir es hinter uns!«

Bardolfs Skeletthand fuhr zum Griff seines Schwertes. Die dürren Fingerknochen schlossen sich darum und schon glitt die rostige Waffe aus der Scheide.

Seine Kumpane taten es ihm gleich – und da wusste Laura, dass es wohl kein Entrinnen geben würde.

Ein zuckender Feuerschein tanzte über die blassgrünen Gesichter der verängstigten Traumspinner, die von der Schwarzen Garde auf dem Dorfplatz inmitten der Siedlung zusammengetrieben worden waren. Die schmächtigen Gestalten zitterten vor Angst und beobachteten mit Entsetzen, wie die Holzhütte, die Borboron höchstpersönlich in Brand gesetzt hatte, ein Raub der Flammen wurde.

Mit regloser Miene saß der Schwarze Fürst auf seinem Streitross und überwachte seine Schwarzen Reiter auf ihren furiengleichen Pferden, die die Traumspinner umkreisten wie bissige Hunde eine eingeschüchterte Herde, während andere immer mehr Unglückliche herbeiführten. Die meisten Bewohner waren offensichtlich aus dem Schlummer gerissen worden, denn sie trugen lediglich Nachtgewänder und Schlafhauben.

»Habt ihr endlich alle beisammen?«, herrschte der Tyrann den Anführer der Garde an.

»Ja, Herr«, antwortete der Ritter hastig. »Wir haben sämtliche Hütten durchsucht, und ich bin sicher, dass wir nicht eine dieser lächerlichen Kreaturen übersehen haben.«

»Gut!« Der Schwarze Fürst bedeutete ihm wegzutreten. Dann trieb er sein Pferd mit einem Schenkeldruck an und lenkte es auf die rund sechs Dutzend Traumspinner zu, die sich dicht aneinanderdrängten.

Todesangst war in ihren Augen zu lesen. Die Kinder weinten und schrien. Auch die meisten Frauen hatten Tränen in den Augen, während die Männer darum bemüht waren, Haltung zu bewahren, obwohl das nicht allen gelang.

Mitleidslos ließ Borboron seinen Blick über die verängstigte Menge schweifen. »Wer von euch ist der Beste eurer Zunft?«

Niemand rührte sich. Nur Schluchzen war die Antwort.

»Seid ihr taub?« Die Feueraugen des Schwarzen Fürsten glühten auf vor Wut. »Ich will wissen, wer von euch der Beste ist – und zwar plötzlich!«

Fast schien es, als werde er wieder nur Schweigen ernten, als aus der Mitte der Gruppe eine dünne Stimme zu vernehmen war: »Meister Orplid.« Nach und nach fielen andere ein: »Ja, Meister Orplid!« »Orplid! Orplid!« Mit einer raschen Geste gebot Borboron ihnen zu schweigen. »Und wer von euch ist dieser – Meister Orplid?«

Anstelle einer Antwort wichen die Traumspinner zur Seite, bis der Gesuchte sichtbar wurde. Er hatte den Arm schützend um Madame Fantasa gelegt und seine Lehrlinge dicht um sich geschart.

Borboron grinste. »Du also bist der, den sie Orplid nennen?«

»Ja, Herr«, antwortete der Traumspinner, um Fassung bemüht.

»Und du bist auch der Beste eurer Zunft?«

»Wenn alle es behaupten, Herr …« Orplid verneigte sich in Bescheidenheit. »… dann mag das wohl so sein.«

»Sehr schön!« Ein Leuchten ging über das Gesicht des Tyrannen. »Komm her zu mir, Orplid!«

Fantasa wollte ihren Gatten zurückhalten, doch der machte sich von ihr los. »Lasst bitte gut sein, Madame.« Aufmunternd lächelte er seine Frau an. »Es nützt ja doch nichts.«

»Wenn der Kerl Euch was antut, Meister«, flüsterte Somni mit ernster Miene, »dann bekommt er es mit mir zu tun, das verspreche ich Euch.«

»Natürlich!« Orplid wuschelte dem Dreistängelhoch durchs Haar, bevor er in typischer Traumspinnermanier auf den Schwarzen Fürsten zutänzelte.

Das Streitross des Tyrannen überragte seine zerbrechliche

Gestalt um Längen. »Was kann ich für Euch tun, Herr?«, fragte Orplid höflich und verneigte sich erneut.

Borboron schien amüsiert. »Es stimmt doch, dass du den Menschen Botschaften schicken kannst, die diese im Schlaf empfangen?«

»Gewiss, Herr. Aber das gelingt nicht immer, weil viele der Erleucht–«

»Ich weiß!«, schnitt der Tyrann ihm das Wort ab. »Dann könntest du den Bewohnern des Menschensterns also auch eine Botschaft von mir übermitteln?«

Der Meister lächelte sanft. »Auch das wäre sicherlich möglich …«

Die schmalen Lippen des Schwarzen Fürsten verzogen sich zu einem triumphierenden Grinsen.

»… nur würde ich das niemals tun!«

Schlagartig gefroren die Züge des Tyrannen. »Du wagst es, dich mir zu widersetzen?«

»Mir bleibt keine andere Wahl, Herr.« Orplid zeigte keinerlei Anzeichen von Furcht. »Wir Traumspinner stehen seit Anbeginn der Zeiten auf der Seite von Elysion und haben geschworen, unsere Kunst ausschließlich in den Dienst des Lichts zu stellen. Diesen Schwur muss jeder erneuern, wenn er zum Meister ernannt wird. Deshalb muss ich Euer Ansinnen abschlagen.«

Wutentbrannt richtete sich der Schwarze Fürst im Sattel auf. »Dann musst du sterben, du Hund!«, brüllte er.

»Wenn es denn unumgänglich ist.« Meister Orplid blieb völlig ruhig. »Lieber will ich mich in mein Schicksal fügen als den Schwur brechen, den mein Volk und ich geleistet haben.«

Borboron führte die Hand an sein Schwert – als er es sich doch anders überlegte. Er holte eine kleine Pfeife unter seinem Umhang hervor, setzte sie an die Lippen und stieß einen schrillen Pfiff aus. Dann legte er den Kopf in den Nacken und schaute hoch zum nächtlichen Himmel, zu dem Funken und Rauchwolken emporstiegen.

Die überraschten Traumspinner hoben den Blick. Es dauerte nicht lange, bis in der Ferne ein Rauschen anhob, das sich schnell näherte. Ein großer geflügelter Schatten wurde sichtbar, der immer mächtiger wurde und sich schließlich auf die Lichtung senkte.

Der Anblick, der sich den Traumspinnern im Feuerschein darbot, war so furchterregend, dass sie vor Panik laut aufschrien und entsetzt zurückwichen.

Kapitel 20 Der Kampf mit den Skelettrittern

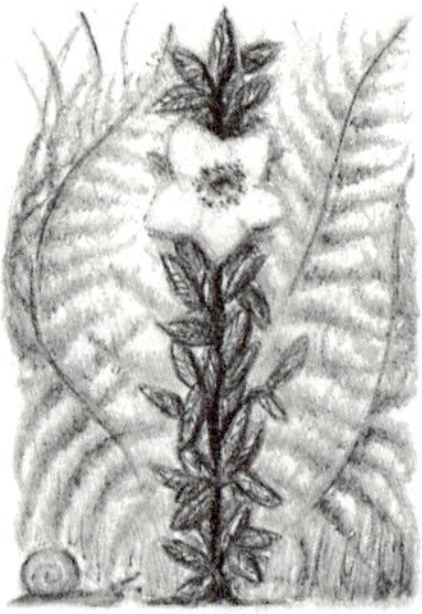

Immer näher rückten Bardolf und seine Knochenmänner. Mit ungelenken Bewegungen wälzten sie sich auf die Geschwister zu, die verrosteten Schwerter in den bleichen Krallenhänden.

Unwillkürlich kamen Laura die Krummsäbel schwingenden Skelette aus den alten »Sindbad«-Filmen in den Sinn. Die hatten sich ähnlich unbeholfen bewegt wie die rachsüchtigen Ritter – und dennoch eine tödliche Gefahr bedeutet. Während sie an der Seite des Bruders immer weiter zurückwich, schaute sie sich fieberhaft nach einem Fluchtweg um. Vergeblich! Der Weg zum einzigen Ausgang war durch die vorrückenden Skelettritter versperrt und in der Rückwand der Werkstatt befand sich nicht ein einziges Fenster. Die Fenster in den Seitenwänden waren vergittert, so dass ein Entkommen unmöglich war.

»Laura, tu doch was, bitte!«, flehte Lukas.

»Aber was?«

»Egal! Hauptsache, es rettet uns vor diesen Monstern.«

Unerbittlich wankten die vier Skelette heran. Die knochigen Schädel in den Helmen zeigten ein hämisches Grinsen, als würden sie sich an der Todesangst der Geschwister weiden.

In ihrer Not griff sich Laura eine Vase von einem Werktisch und schleuderte sie Bardolf entgegen. Sie traf ihn genau am Helm, wo sie scheppernd zerschellte.

Der Recke zeigte sich völlig unbeeindruckt. Das Wurfgeschoss vermochte ihn nicht aufzuhalten. Nicht einen Millimeter.

»Jetzt tu doch endlich was, Laura!« Lukas schien kurz davor zu sein loszuheulen.

»Was denn, verdammt noch mal?« Laura merkte, dass sie wütend wurde. Sie schleuderte einen Tonkrug auf die Monster und dann noch einen. »Wir sind hier doch nicht bei Harry Potter, wo man den passenden Zauberspruch murmelt und *eins, zwei, drei* ist die Gefahr vorbei! Das funktioniert hier nicht! Wir sind hier nicht in der Fabelwelt von Hogwarts, sondern in der blutigen Realität!«

Sie stieß einen Tisch um, der voller Farbtöpfe und Malerutensilien war. Die Töpfe und Gerätschaften kullerten über die Steinfliesen und brachten die Skelettritter aus dem Tritt. Doch das verzögerte ihren Vormarsch nur so lange, bis sie schwerfällig über das Durcheinander gestiegen waren.

Schon befanden sie sich direkt neben dem Regal, hinter dem die Geschwister sich versteckt hatten – und da kam Laura eine Idee. »Halt sie irgendwie auf, Lukas, nur für einen kurzen Moment«, zischte sie. »Dann haben wir vielleicht doch noch eine Chance!«

Lukas reagierte schnell. Hastig nahm er eine Tuchrolle nach der anderen aus dem Regal und schleuderte sie der feindlichen Meute entgegen. Lauras Beispiel folgend, stürzte er Tische, Hocker und Staffeleien um, wodurch sich der Vormarsch der Angreifer verzögerte.

Das Mädchen aber hatte sich in die hinterste Ecke des Raumes zurückgezogen. Es konzentrierte sich und verbannte alle störenden Gedanken aus dem Kopf. Laura dachte nicht mehr an den Bruder, nicht mehr an die Angreifer und schon gar nicht an ihren Vater oder das zu findende Schwert. Ihre Gedanken galten einzig und allein den Stoffballen und Seil- und Taurollen in dem Regal neben den Rittern. Wie gebannt starrte sie auf die Tücher und Borten, um der leblosen Materie ihren Willen aufzuzwingen. »Gehorcht mir!«, befahl sie im Stillen. »Fügt euch der Macht des Lichts und unterwerft euch der Kraft meiner Gedanken!«

Bardolf und seine Kumpane waren kaum mehr als zwei Schwertlängen von ihnen entfernt, als es endlich geschah: Wie von Geisterhand bewegt, kam Leben in die Ballen. Lauras fantastischen Kräften gehorchend, entrollten sich die Stoffe, schwebten durch den Raum und schlangen sich um die Rüstungen. Die Stricke und Seile, Borten und Taue taten es ihnen gleich. Wie dicke Luftschlangen zischten sie auf die Skelettritter zu, schlängelten sich zwischen deren Beinen hindurch, wickelten sich um die Rüstungen und die Schwertarme. Nicht lange und die vier waren in ein heilloses Durcheinander verstrickt. Ihre Bewegungen erstarben. Schließlich verloren sie das Gleichgewicht und stürzten zu Boden, wo sie mit dumpfem Scheppern auf den Steinfliesen landeten.

»Klasse, Laura! Superklasse!«, jubelte Lukas. »Du hast es geschafft! Du hast sie besiegt!«

Laura war zu erleichtert, um zu antworten. Sie fühlte sich erschöpft, leer und ausgelaugt. »Komm«, brachte sie nur hervor. »Nichts wie weg!«

Sie machten einen weiten Bogen um die sich am Boden windenden Skelettritter. Obwohl die Schurken verzweifelt bemüht waren, sich ihrer Fesseln zu entledigen, würde es sicherlich noch einige Zeit dauern, bis sie sich befreit hatten. Bis dahin konnten Bardolf und seine wüsten Kumpane ihnen nicht mehr gefährlich werden.

Bardolf der Starke musste sich damit begnügen, ihnen eine Drohung hinterherzuschreien. »Glaubt bloß nicht, dass ihr mir entkommen könnt, ihr verdammten Bälger!«, tönte es aus seinem hohlen Schädel. »Wir werden uns wiedersehen – und dann werde ich dich kaltmachen, so wahr mir der Teufel helfe!«

Zitternd wie Blätter im Wind starrten die Traumspinner auf den geflügelten Drachen mit zwei Köpfen, der fauchend auf dem Dorfplatz thronte. Von seinem Rücken glitt der scharlachrot gewandete Fhurhur herab und hastete eilfertig auf den Schwarzen Fürsten zu, der ihn ungeduldig erwartete.

Auch der Schwarzmagier verneigte sich vor seinem Herrscher. »Zu Diensten, Herr!«

»Es wurde auch höchste Zeit«, erklärte Borboron grimmig, bevor er sich wieder dem Meister zuwandte und mit einer Kopfbewegung auf Madame Fantasa und die Lehrlinge deutete. »Sind das deine Eleven?«

Zum ersten Male ließ Orplid eine Gefühlsregung erkennen: Seine Augenlider flatterten. »Wieso wollt Ihr das wissen?«

Die Augen des Tyrannen wurden schmal. »Antworte!«, donnerte er.

»Ja, Herr.«

»Welcher ist dir der liebste von allen?«

»Der liebste?« Orplid schien darüber nachzusinnen, was Borboron im Schilde führte. »Das zu entscheiden ist mir unmöglich, Herr«, sagte er schließlich. »Sie sind mir nämlich alle gleich lieb.«

Der Schwarze Fürst verzog das Gesicht. »Dann will ich es dir leichter machen: Welcher geht am längsten bei dir in die Lehre, und welcher zeigt die größte Begabung?«

»Nun …« Der Meister deutete auf den ältesten seiner Zöglinge. »Glitsch dort ist der erfahrenste und Somni der mit den meisten Talenten.« Womit er auf den Dreistängelhoch zeigte.

»Gut!« Borboron erteilte dem Fhurhur einen Wink. »Zeig ihnen, was du Gurgulius beigebracht hast.«

Der Mann im scharlachroten Kapuzenmantel schritt auf Madame Fantasa und die Lehrlinge zu und wandte sich an Glitsch und Somni. »Du und du, gebt mir euer Gewand!«

Die beiden Lehrlinge zogen gehorsam die Schlafanzugjacken

aus und reichten sie dem Magier. Blassgrüne Gänsehaut überzog ihre schmächtigen Oberkörper.

Während der Fhurhur auf den Drachen zuschritt, steckte er eine der Jacken unter seinen Umhang. Die andere hielt er den beiden Köpfen des Untiers entgegen, die mit geblähten Nüstern gierig daran schnupperten. Als wecke der Geruch seinen Blutdurst, brüllte Gurgulius laut auf und spreizte die Schwingen.

Die Traumspinner schrien auf und wichen zurück.

Der Fhurhur hob die Hände gegen den Himmel. *»Ashtarar ut Tramixor!«*, befahl er dem Ungeheuer. *»Tramixor! Tramixor!«*

Der Drache folgte aufs Wort, schwang sich zum nächtlichen Himmel empor, um gleich darauf wieder auf die Traumspinner herabzustoßen. In ihrer Panik versuchten sie zu fliehen, wurden von der Schwarzen Garde aber daran gehindert. Das schreckliche Schauspiel währte nur wenige Augenblicke: Gurgulius schoss zielsicher auf Madame Fantasa und die Lehrlinge zu. Die beiden Köpfe zuckten vor, die mit Reißzähnen gespickten Mäuler schnappten zu – und rissen Glitsch vom Boden. Noch während der Drache sich erneut in die Höhe schraubte, erstarben die Todesschreie des Unglücklichen.

Die Traumspinner verstummten und blickten wie erstarrt zum Himmel, wo nur noch das Rauschen von Schwingen zu hören war und das Knacken von Knochen. Somni aber senkte den Kopf und harrte seines Schicksals, das unausweichlich schien.

Der Schwarze Fürst ließ sein Ross auf Orplid zutänzeln, der wie versteinert wirkte. »Ich hoffe, du hast gut aufgepasst«, sagte er maliziös lächelnd.

Der Meister schwieg.

»Gurgulius ist unersättlich.« Mit der Stiefelspitze hob Borboron das Kinn des Traumspinners und zwang ihn, ihm in die Augen zu blicken. »Soll ich ihm noch einen weiteren Leckerbissen zukommen lassen? Oder hast du es dir anders überlegt und bist nun endlich bereit, mir zu Diensten zu sein?«

Meister Orplid drehte sich um und schaute zu dem Dreistängelhoch, der reglos vor Madame Fantasa stand. Tränen liefen über das Gesicht der Frau, die ihrem Gatten einen flehenden Blick zuwarf.

»So sei es also, Herr«, sagte Orplid tonlos. »Was verlangt Ihr von mir?«

»Na, also – warum denn nicht gleich so.« Mit hämischem Gelächter drehte Borboron sich zu einer abseits gelegenen Hütte um, die vom Schein der Flammen nicht erreicht wurde. Auf seinen Wink hin löste sich eine Gestalt aus dem Schatten und kam langsam auf ihn zu.

Es war ein Mann in einem farbenprächtigen Burnus. Auf dem Kopf trug er einen Turban, goldene Ringe glänzten an Ohr und Nase. Demütig verneigte er sich vor dem Schwarzen Fürsten.

Der Tyrann wies auf Meister Orplid. »Er steht zu Euren Diensten, Gramar. Macht ihm klar, welche Botschaft er zum Menschenstern schicken soll!«

Früh am Morgen wurde Laura von ungewohntem Lärm aus dem Schlaf gerissen. Der Wecker auf Kajas Nachttisch zeigte erst kurz nach sechs. Laura richtete sich auf und schaute sich um. Der Krach schien von draußen zu kommen, vom Parkgelände nördlich der Burg. Motorengeräusche mischten sich mit lautem Rufen, Klopfen und Hämmern.

Was ging da vor?

Laura schlug die Decke zurück, stieg aus dem Bett und stolperte zum Fenster. Als sie den Vorhang zur Seite zog, sah sie, dass sie sich nicht getäuscht hatte: In einiger Entfernung zur Burg machte sich tatsächlich ein Bautrupp im Park von

Ravenstein zu schaffen. Mit laufendem Motor standen dort zwei Lastwagen, von denen Männer in Arbeitskleidung und mit gelben Helmen großflächige Bretterteile luden, um diese unter einer alten Buche aufzustapeln. Andere waren mit dem Entladen von Stützpfosten, Holzlatten und weiteren Materialien beschäftigt, während zwei Arbeiter ganz offensichtlich das Gelände vermaßen. Einer von ihnen hielt eine Messlatte, während ein Kollege ihn durch ein kameraähnliches Gehäuse auf einem dreibeinigen Stativ anpeilte. Auch wenn Laura die genaue Bezeichnung nicht kannte, wusste sie, dass es sich um ein Messinstrument handelte, wie es beim Straßen- und Gebäudebau verwendet wurde.

»Was ist denn los?« Kajas schlaftrunkene Stimme drang an Lauras Ohr. Die Freundin hatte sich im Bett aufgerichtet und blinzelte.

»Gute Frage«, antwortete Laura und kniff die Augen zusammen. »Sieht so aus, als ob im Park irgendwelche Bauarbeiten im Gange wären.«

»Wieso das denn?«, sagte Kaja und gähnte wie ein Nilpferd. »Hast du was davon gehört, dass Neubauten geplant sind?«

»Nicht dass ich wüsste. Das Internat ist groß genug. Außerdem würde bei den knappen Finanzen das Geld dazu fehlen.« Laura klang nachdenklich. »Aber wenn ich mich nicht täusche, geht es hier auch gar nicht um neue Bauten …«

»Sondern?«

»… sondern vielmehr darum, dieses Parkstück für die Öffentlichkeit zu sperren!«

»Hä?« Kaja sah sie mit offenem Mund an. »Muss ich das jetzt verstehen?«

»Gedulde dich bis zum Frühstück.« Laura lächelte grimmig. »Ich muss nur noch schnell was überprüfen. Zur Sicherheit.«

Kaja ließ sich ins Bett zurückfallen und zog sich mürrisch die Decke über den Kopf.

»Du hast vollkommen Recht, Laura. Die Sache ist mehr als eindeutig.« Während Lukas einen großen Klecks Erdbeermarmelade auf sein Brötchen häufte, deutete er auf das Internatsjahrbuch, das vor Laura auf dem Tisch im Speisesaal lag. Auf der Seite, die sie aufgeschlagen hatte, war eine Reproduktion des alten Ölgemäldes mit Silva und ihrem Wolf zu sehen. »Sie sperren exakt das Areal ab, auf dem die dreizehn Findlinge lagen oder vielleicht immer noch liegen. Und was Dr. Schwartz und Pinky damit bezwecken, dürfte doch klar sein, oder?«

»Natürlich.« Mit grimmiger Miene rührte Laura in ihrer Cornflakes-Schüssel herum. »Sie wollen ungestört nach den Schwertteilen suchen und gleichzeitig verhindern, dass ihnen jemand zuvorkommt.«

»Völlig logosibel!« Lukas hob zustimmend den Zeigefinger und biss dann so gierig in sein Brötchen, dass ihm die Marmelade aus beiden Mundwinkeln troff.

»Oh, nö!« Kaja rümpfte die Nase. »Das ist unfair. Wenn ihr mir jetzt bitte erklären könntet, wovon ihr die ganze Zeit redet?«

Mit wenigen Worten berichtete Laura der Freundin, was sie bei ihrem nächtlichen Besuch in der Werkstatt des Restaurators herausgefunden hatten.

Ganz gegen ihre sonstige Art schien Kaja sogar auf Anhieb zu verstehen, was das bedeutete. »Dann müssten diese Schwertteile also irgendwo da draußen im Park vergraben sein?«

Lukas wischte sich die Marmelade vom Kinn. »Nicht irgendwo, du Spar-Kiu, sondern in der näheren oder meinetwegen auch weiteren Umgebung der Steine, unter denen Bertrun Zeichen angebracht hat. Die Dunklen lassen das Gebiet jedenfalls ziemlich weitläufig absperren.«

»Diese Mistbande!«, sagte Kaja so grimmig, dass Laura lächeln musste. Dann verzog das Pummelchen wieder das Gesicht. »Heißt das, dass sie die Hinweise schon entschlüsselt haben?«

Während Laura unschlüssig die Schultern hochzog, legte Lukas die Stirn in Falten. »Kann ich mir nicht vorstellen. Das würde doch bedeuten, dass es ziemlich einfach ist. Und das glaube ich nicht.« Hintergründig lächelnd fügte er hinzu: »Wenn es sich wirklich um das Schwert Hellenglanz handelt, wovon wir inzwischen fest überzeugt sind, dann werden Bertruns Hinweise doch nicht derart simpel sein, dass jeder Spar-Kiu sie entschlüsseln kann!«

Kaja pustete die Wangen auf. »Ich weiß gar nicht, warum du ausgerechnet mich dabei angrinst«, empörte sie sich. »Du hast sie doch auch noch nicht gelöst, oder?«

»Eben!«, antwortete Lukas so bestimmt, als würde allein das beweisen, dass er Recht hatte. »Aber es wird nicht mehr lange dauern, verlass dich drauf.« Es war ihm anzusehen, dass er daran nicht die geringsten Zweifel hatte.

»Eines versteh ich immer noch nicht –«, hob Kaja gerade an, als sie vom Bimmeln einer Glocke unterbrochen wurde.

Augenblicklich ebbte der Lärm im Speisesaal ab. Das Klappern von Geschirr und Besteck verstummte und die Gespräche der Internatszöglinge erstarben. Alle richteten ihre Aufmerksamkeit auf den Tisch der Lehrer, der auf einem niedrigen Holzpodest an der Stirnseite des Saales stand.

Quintus Schwartz hatte sich aus dem Direktor-Stuhl mit der hohen Lehne erhoben und schwang eine Glocke in der rechten Hand. Mit zufriedenem Lächeln ließ er den Blick durch den Speisesaal schweifen, während er wartete, bis auch der letzte Laut wie ein Rinnsal im weichen Sand versickert war. Der amtierende Direktor schien die Aufmerksamkeit zu genießen, die auf ihn gerichtet war. Dass nicht wenige der Schüler und auch einige der Kollegen, insbesondere Miss Mary und Percy Valiant, ihn eher skeptisch musterten, störte ihn offensichtlich nicht im Geringsten.

Endlich war es so still, dass nur noch das Brummen einer

Fliege zu hören war, die über Pinkys Haupt kreiste. Quintus Schwartz erhob die Stimme. »Keine Angst, ich will euch nicht mit einer langen Rede nerven«, sagte er mit einem Lächeln, das durchaus charmant gewesen wäre, wenn seine eiskalten Augen diesen Eindruck nicht umgehend zunichtegemacht hätten. »Wie die meisten sicherlich schon bemerkt haben, wird gerade ein großes Areal in unserem Park abgesperrt. Der Grund ist ganz einfach: Eine international renommierte Archäologin glaubt ernsthafte Hinweise gefunden zu haben, dass auf diesem Gelände möglicherweise bedeutende und überaus wertvolle historische Relikte vergraben sind, die uns Aufschluss über die Geschichte unserer Gegend liefern könnten. Deshalb wird sie mit ihrem Team dort umgehend mit Ausgrabungsarbeiten beginnen. Sicherlich wird jeder von euch verstehen, dass der abgesperrte Bereich wegen der großen wissenschaftlichen Bedeutung des Unternehmens ab sofort von keinem Unbefugten mehr betreten werden darf. Das Archäologenteam besitzt das Hausrecht für das Gelände und wird notfalls auch davon Gebrauch machen – und wir werden jeden Verstoß gegen das Verbot gemäß der Schulordnung ahnden, die jedem von euch ja hinlänglich bekannt sein dürfte.« Dr. Schwartz lächelte und richtete den Blick genau auf Laura, als wolle er sagen: Das betrifft insbesondere dich! Dann fügte er, immer noch lächelnd, hinzu: »Allerdings vertraue ich auf eure Einsicht und eure Vernunft und hoffe, dass wir zu derlei Maßnahmen nicht gezwungen sein werden. Vielen Dank!«

»Nä, ne!«, machte Franziska Turini sich am Nachbartisch Luft. »Der Typ hat vielleicht Sorgen! Was soll ich denn ausgerechnet im ödesten Teil des Parks!«

»Sie hat Recht!« Magda Schneider, die an Lauras Tisch saß, beugte sich zu den Geschwistern herüber. »Was gibt es da schon groß zu sehen, zum Geier? Ein paar Bäume und Büsche und sonst nichts als langweiligen Rasen. Nee – da kann ich gerne drauf verzichten!« Damit wandte das Mädchen, das fast ebenso blond wie Laura war, sich wieder dem Frühstück zu.

Den übrigen Schülern schien es ähnlich zu gehen. Wohin Laura auch schaute: Nicht einer schien sich über die Ankündigung des Direktors zu ärgern, alle waren längst zur Tagesordnung übergegangen.

Auch am Lehrertisch war nicht eine Spur von Verwunderung zu entdecken. Selbst Mary Morgain und Percy unterhielten sich angeregt und schienen sich keinerlei Gedanken über die Worte des Dunklen zu machen. Offensichtlich empfanden sie nicht den leisesten Argwohn.

Seltsam, dachte Laura. Warum verhalten sich die beiden diesmal so passiv? Als hätten die Dunklen aufgehört zu existieren. Als sei die Gefahr, die von ihnen ausgeht, bereits gebannt. Als hätte Borboron seinen immerwährenden Kampf gegen die Krieger des Lichts eingestellt. Und warum lässt Professor Morgenstern sich überhaupt nicht mehr blicken? Warum verhält er sich so widersprüchlich? Warum hatte er ihrem Verdacht, dass die Dunklen einmal mehr Böses im Schilde führten, zwar zugestimmt, unterstützte sie aber dennoch nicht im Geringsten? Ganz im Gegensatz zu früher, als er ihr mit seinem Rat zur Seite gestanden hatte, wo und wann immer es ging. War auch er blind geworden für das Unheil, das sich über ihnen zusammenbraute?

Das konnte doch nicht sein – oder?

»Hallo!« Lukas wedelte mit einer Hand vor ihrem Kopf herum. »Ist da jemand zu Hause?«

Laura zuckte zusammen. »Sorry! Ich war in Gedanken. Was hast du gesagt?«

Der Bruder schenkte ihr einen schrägen Blick. »Ich habe vorgeschlagen, dass wir uns nach dem Unterricht bei mir treffen, um uns mit Bertruns Hinweisen zu beschäftigen.« Er grinste. »Oder wolltest du lieber ins Kino gehen? Mit Mr Cool?«

»Blödmann!«, herrschte Laura ihn an, konnte aber nicht verhindern, dass ihr das Blut in den Kopf schoss. Wie von selbst wanderte ihr Blick zu Philipp, der zwei Tische entfernt saß. Als er merkte, dass sie ihn anschaute, lächelte er und machte ein unauffälliges Handzeichen. Hallo, Laura!

Sofort wandte sie sich ab. »I… i… ist okay, Lukas!«, stotterte sie schnell. »Nach dem Unterricht bei dir.« Dann löffelte sie sich Cornflakes in den Mund.

Am Lehrertisch hob Rebekka Taxus den Kopf und sah Philipp Boddin aus schmalen Augen an. Dann nahm sie die zwei Tische von ihm entfernt sitzende Laura ins Visier. Plötzlich lächelte die Dunkle und ein Ausdruck der Zufriedenheit erhellte ihr Gesicht.

Alarik war der Verzweiflung nahe. Er hatte die Orientierung verloren und nicht die blasseste Ahnung, wohin der schmale Pfad führte, dem er nun schon seit Stunden folgte. Um ihn herum war nichts als Wald. Die dicht belaubten Kronen der Baumriesen versperrten den Blick in den Himmel und ließen das Sonnenlicht nur spärlich durch. Mit Ausnahme mannshoher Farne, deren graugrüne Wedel zwischen den Stämmen aufragten, gediehen nur Moose und Flechten im Zwielicht.

Der Knappe hatte dafür jedoch keinen Blick. Müde hing er auf dem Rücken seines Steppenponys, das sich kraftlos dahinschleppte. Die Vorräte des Jungen waren längst aufgebraucht und so wurde er von Hunger und Durst gequält. Viel schlimmer aber war das Gefühl der Verzweiflung, das sich wie ein lähmendes Tuch auf ihn gelegt hatte und ihn zu ersticken drohte. Er hatte versagt und war vom Weg abgekommen. Er würde den Traumwald bestimmt nicht erreichen.

Niemals!

Und Laura würde die Nachricht nicht erhalten, die ihr vielleicht das Leben retten konnte: Bereite dich vor auf das Orakel der Silbernen Sphinx, denn bald wirst du vor der Bestie stehen!

So und nicht anders hatte die Botschaft der Wissenden Dämpfe gelautet, da bestand für Alarik gar kein Zweifel. Warum wollten Morwena und Paravain das nur nicht verstehen? Und warum war selbst der Hüter des Lichts davon nicht zu überzeugen?

Gab es denn eine andere Prüfung, die noch niemand überlebt hatte? Alarik hatte in der ganzen Gralsburg herumgefragt, doch keiner der Weißen Ritter hatte ihm auch nur eine nennen können. Auch Eileena nicht, die Küchenmagd, die im Laufe ihres langen Lebens schon weit herumgekommen war in Aventerra. Und selbst Morwena und Paravain hatten keine Antwort gewusst.

Warum also war ihre einzige Sorge, dass Laura sich unbedingt auf die Suche nach diesem Schwert machte? So mächtig Hellenglanz auch sein mochte – es konnte das Mädchen doch mit Sicherheit nicht vor den Fängen der Silbernen Sphinx bewahren! Warum sahen die Erwachsenen das bloß nicht ein?

Das Schnauben des Steppenponys riss Alarik aus den Gedanken. Der Braune war stehen geblieben und scharrte mit den Vorderhufen. Die Nüstern waren gebläht und die Ohren spielten unruhig hin und her, als wittere er Gefahr.

Schmatzfraß war unter der Jacke des Jungen hervorgekrochen und fiepte wie ein waidwundes Reh.

»Was habt ihr denn?« Der Knappe schaute sich forschend um, konnte aber nichts Verdächtiges entdecken. Nichts rührte sich – bis auf den Farn neben ihm. Obwohl sich kein Lüftchen regte, bewegten sich die Wedel, die mit winzigen Widerhaken besetzt waren, kaum wahrnehmbar hin und her, was Alarik jedoch nicht einmal auffiel.

Wieder schnaubte der Braune.

Auch der Swuupie gab ängstliche Laute von sich.

Der Knappe verzog missmutig das Gesicht. »Still, ihr beiden«, raunte er. »Es gibt keinerlei Grund zur Beunruhigung. Ihr seid nur übermüdet und seht deshalb bereits Gespenster.«

Genau das musste es sein! Es war höchste Zeit für ein paar Stunden Schlaf, auch wenn der mit knurrendem Magen wohl nur schwer zu finden sein würde. Alarik ließ sich vom Rücken seines Ponys gleiten. Kurz darauf war der Braune abgesattelt. Während er gierig an der Rinde der Bäume nagte, swuupte Schmatzfraß aufgeregt zwischen den Stämmen umher.

Der Knappe breitete seine Decke im Schutz eines Farnes aus und ließ sich darauf nieder. Zu seiner Freude entdeckte er einen kärglichen Rest Duftapfel im Proviantbeutel. Ausgehungert, wie er war, wollte er schon hineinbeißen, als er es sich anders überlegte. Er brach das Kerngehäuse in der Mitte durch und hielt eine Hälfte dem Swuupie entgegen. »Komm her, Schmatzfraß, ich hab was für dich.«

Das Tierchen stellte die Fledermausflügel auf, fiepte panisch und starrte mit schreckgeweiteten Knopfaugen auf die Farnwedel, die sich seinem Herrn ganz langsam entgegenreckten. Erneut stieß Schmatzfraß einen Warnlaut aus.

Doch Alarik bemerkte die Gefahr nicht, in der er schwebte. Er zuckte nur ratlos mit den Schultern, steckte beide Bissen in den Mund und streckte sich auf der Decke aus.

Er war todmüde.

Die Spitzen der graugrünen Farntentakel tasteten bereits nach dem Rand der wollenen Unterlage.

Der Knappe rollte sich zur Seite und wollte gerade die Augen schließen, als er ein dünnes Stimmchen vernahm: »Oh, oh! Übel, übel!«

Kapitel 21 ❧ Die Schlingfarne

Percy Valiant schritt unruhig im Wohnzimmer von Professor Aurelius Morgenstern auf und ab. »Verste'en Sie miisch bitte niischt falsch, 'err Direktor.« Mit besorgtem Gesicht wandte er sich an den Mann mit der grauen Löwenmähne, der kerzengerade auf einem Stuhl am runden Tisch saß. »Aber allmä'liisch frage iisch miisch, ob wir niischt lieber eingreifen und Laura unterstützen sollten.« Er blickte die junge Frau an, die dem Professor gegenübersaß. »Was meinst du, 'olde Mary?«

Miss Mary Morgain nickte zustimmend. »Ich weiß, wir haben uns das alles gut überlegt und sind einstimmig zu der Überzeugung gelangt, dass Laura diesmal möglichst ohne uns auskommen sollte. Allerdings hätte ich mir nie träumen lassen, dass sie sich so schwertut mit ihrer Aufgabe. Mit ansehen zu müssen, wie sehr sie auf der Stelle tritt, bricht mir fast das Herz. Und deshalb meine ich, wir sollten unsere Entscheidung noch einmal überdenken.«

Der Professor seufzte, während er sich erhob. Er stützte die Hände auf den Tisch und starrte eine Weile nachdenklich auf das Rad der Zeit. »Ich weiß, wenn man einen Menschen gernhat, möchte man ihm beistehen, wann immer man kann.«

»Fürwa'r, I'r sprecht mir aus der Seele«, rief Percy Valiant aus. »Und deswegen sollten wir Marys Vorschlag –«

Eine rasche Geste des Professors schnitt ihm das Wort ab. »Auch mir fällt es nicht leicht, tatenlos hinzunehmen, dass

Laura mit schier unüberwindlichen Schwierigkeiten zu kämpfen hat. Und dennoch: Wir dürfen unseren Kurs nicht ändern. Wir würden ihr damit keinen Gefallen erweisen. Sie muss lernen auf sich selbst zu vertrauen und auf die Kräfte, die ihr verliehen wurden. Aber das kann sie nur, wenn wir uns so lange wie möglich zurückhalten.«

»Aber …« Miss Mary schluckte. »Was machen wir denn, wenn sie überhaupt nicht weiterkommt? Wie es jetzt aussieht, haben die Dunklen diesmal wirklich leichtes Spiel mit ihr.«

»Wie wa'r, wie wa'r!«, kommentierte der Sportlehrer bitter. »Iisch kann die Visage von Quintus Schwartz, die vor Selbstgefälliischkeit nur so strotzt, kaum noch ertragen. Und Pinkys über'ebliisches Grinsen schon gar niischt. Des'alb plädiere iisch dafür, diesen Kreaturen umge'end eine Lektion zu erteilen, die sie bis an i'r Lebensende niischt me'r vergessen werden.«

»Als ob das so einfach wäre!« Der Professor schaute die jungen Leute eindringlich an. »Seid ihr wirklich davon überzeugt, dass wir nicht die gleichen Schwierigkeiten hätten wie Laura und ihre Freunde?«

Miss Mary strich sich das kastanienfarbene Haar aus der Stirn. »Acht Augen sehen doch mehr als zwei, und vier Hirne arbeiten besser als eines.«

»Insbesondere, wenn man siisch gegenseitiisch unterstützt, die unterschiedliischsten Kenntnisse und Fä'iischkeiten bündelt und sie einem gemeinsamen Ziel unterordnet«, ergänzte Percy.

»Natürlich.« Morgensterns zerfurchtes Gesicht zeigte ein wissendes Lächeln. »Versteht mich bitte nicht falsch: Jedem von euch steht die Entscheidung frei. Wenn ihr Laura unbedingt helfen wollt, dann will ich euch das nicht verbieten. Ihr solltet dabei nur bedenken, dass ihr dem Mädchen damit ganz bestimmt keinen Gefallen tut. Wenn Laura diese Aufgabe nicht lösen kann, dann wird sie der weit größeren, die ihr bevorsteht, erst recht nicht gewachsen sein. Und bei der kann ihr wirklich keiner von uns zur Seite stehen – selbst wenn wir uns das noch so sehr wünschen würden.«

Überrascht fuhr Alarik hoch – und da erst bemerkte er den Farnwedel, der sich wie der Arm eines Kraken um seinen Knöchel geschlungen hatte.

»Schnell weg, schnell weg!«, befahl ihm das gellende Stimmchen.

Der Knappe sprang auf und wollte flüchten, doch der graugrüne Fangarm hielt ihn unerbittlich fest. Mit ungeahnten Kräften zog er ihn in die Richtung der anderen Wedel, die gierig nach ihm fingerten. Schon wollten auch sie zupacken, als Alarik den Dolch aus dem Gürtel zog und mit einem schnellen Hieb die Fessel durchtrennte. Hastig sprang er zur Seite und beobachtete mit maßlosem Schrecken, wie seine Decke von den Wedeln gepackt wurde und blitzschnell in ihrem Inneren verschwand. Unmittelbar darauf war lautes Schmatzen zu vernehmen.

»Oh, oh!«, erklang da erneut das Stimmchen in Alariks Rücken. »War das knapp, war das knapp!«

Der Junge fuhr herum und erblickte das seltsamste Wesen, das ihm jemals begegnet war. Es stand keine Sekunde still, sondern hüpfte unablässig hin und her. Zunächst glaubte Alarik einen blauen Ball mit dünnen Beinchen vor sich zu haben. Beim näheren Hinsehen jedoch bemerkte er, dass es sich bei dem Ball um einen Kopf handelte. Der Rumpf, an dem sechs Sprungbeine und zwei Arme saßen, war im Vergleich dazu so winzig, dass er ihm beim ersten Anblick gar nicht aufgefallen war. Der Knappe sperrte den Mund auf vor Staunen. »Wer bist du denn?«, fragte er.

»Oh, oh«, antwortete das Männchen mit einem Knicks, bevor es nach links und nach rechts sprang und danach umgekehrt. »Malhiermalda werde ich genannt.«

»Malhiermalda? Was für ein seltsamer Name!«

»Findest du?« Die winzigen Augen in dem blauen Ballon blinzelten verwundert. »Für einen Platzwechsler ist er genauso normal wie Zweischrittvorzweizurück zum Beispiel oder Hüpfmalhinhüpfmalher, um nur die gebräuchlichsten unserer Namen zu erwähnen.«

Der Junge schüttelte nur stumm den Kopf.

»Oh, oh«, fuhr der Platzwechsler fort, während er auf Alarik zusprang und dann wieder zurück. »Du bist meinesgleichen wohl noch nie begegnet und auch nie zuvor im Dämmerwald gewesen?«

»Im Dämmerwald?«, wiederholte der Junge mit staunendem Blick. Ihm wurde fast schwindelig angesichts des springenden Irrwischs.

»Jaja. Sonst hättest du bestimmt gewusst, dass man den Schlingfarnen nicht zu nahe kommen darf!«

Alariks Augen wurden noch größer. »Den Schlingfarnen?«

»Ja. Sie ernähren sich von Lebewesen und verschlingen alles, was sie mit ihren Wedeln packen können.« Malhiermalda hüpfte auf die Farne zu und wieder zurück. »Oh, oh! Sie müssen ganz schön ausgehungert sein, dass sie sich diese alte Decke einverleibt haben.«

Der Knappe zog ein grimmiges Gesicht. »Kannst du nicht endlich mal still stehen?«

»Geht nicht.« Der Platzwechsler sprang auf und ab. »Es liegt nun mal in der Natur der Mutari, dass wir keinen festen Standpunkt einnehmen können. Erzähl mir lieber, was dich in den Dämmerwald führt.«

»Eigentlich nichts.« Alarik kratzte sich am Kopf. »Ich habe mich hierher verirrt. Mein Ziel sind die Traumspinner im Traumwald.«

»Oh, oh!« Malhiermalda hüpfte noch aufgeregter herum. »Übel, sehr übel! Auf diesem Weg wirst du niemals dorthin gelangen.«

»Was du nicht sagst!«, brummte der Knappe missmutig. »Dann willst du also behaupten, dass du dich hier auskennst, was?«

»Genau, genau! Dieser Pfad hier führt nämlich ... Oh, oh! Übel, übel!« Zum ersten Male verharrte der Platzwechsler an Ort und Stelle, wenn auch nur für einige Augenblicke. »... geradewegs zu dem verwunschenen Dschungel, in dem diese Bestie ihr Unwesen treibt – die Silberne Sphinx!«

Rika Reval stürmte in das Zelt und eilte auf Thomas Zachner zu, der hinter seinem improvisierten Schreibtisch saß und über einige Papiere gebeugt war. »Was soll der Quatsch?«, fuhr sie ihn wütend an. »Wie kannst du dir anmaßen anzuordnen, dass die Suche nach dem Schwert abgebrochen wird?«

Der junge Mann hob den Kopf. »Das ist nicht korrekt«, sagte er vorwurfsvoll. »Ich habe lediglich angeordnet, die Suche *hier* abzubrechen!«

»Wie bitte?« Die junge Frau schien verwirrt zu sein. »Warum das denn?«

Thomas erhob sich, ging zum offen stehenden Zelteingang und zog die Plane sorgfältig zu, bevor er wieder zu seiner Freundin trat. »Weil wir hier nichts finden werden – deshalb, verdammt noch mal!«, erklärte er eindringlich. »Weißt du, warum du das Schwert nicht in Sigberts Grab gefunden hast, obwohl du fest davon überzeugt warst? Ich will es dir sagen, Rika: weil die Teile ganz woanders versteckt sind. Auf Ravenstein nämlich!«

»Was?« Die Archäologin lächelte ungläubig. »Wie kommst du denn auf diesen Unsinn?«

Thomas Zachner schnaubte beleidigt. »Das ist kein Unsinn! Ganz im Gegenteil: Es gibt sogar ziemlich konkrete Hinweise darauf, die wir nicht ignorieren sollten. Deshalb habe ich angeordnet, die Grabungen hier einzustellen und nach Ravenstein umzuziehen!«

»Welche Hinweise denn?«

Aufmerksam lauschte die Archäologin den Worten ihres Freundes. Als Thomas geendet hatte, schüttelte sie ungläubig den Kopf. »Das kann doch nicht dein Ernst sein? Weißt du, wie sich das anhört? Wie eine Passage aus einem Abenteuerroman. Woher hast du diese Informationen überhaupt?«

»Von unserem Finanzier. Er behauptet, dass sie verlässlich sind, und erwartet, dass wir ihnen unverzüglich nachgehen.«

Rika schüttelte den Kopf. »Alles was recht ist, Thomas, aber da mach ich nicht mit. Er kann diese abstruse Geschichte ja gerne glauben, wenn er will, aber ohne mich! So was hat doch mit seriöser wissenschaftlicher Arbeit nicht das Geringste zu tun.«

»Und wenn schon!« Der Blonde klang gequält. »Ich dachte, du willst dieses Schwert finden?«

»Natürlich will ich das!« Die Archäologin ereiferte sich so sehr, dass die Hornbrille auf ihrer Nase zitterte. »Und deshalb denke ich auch nicht daran, obskuren Hinweisen nachzugehen! Schließlich bin immer noch *ich* die Leiterin der Ausgrabung und damit die Einzige, die hier Anordnungen erteilen kann. Und deshalb –« Das Klingeln ihres Handys ließ sie abbrechen. Sie fischte das Telefon aus der Tasche ihres Parkas und meldete sich eine Spur zu laut, bevor sie dem Anrufer lauschte. Er schien schlechte Nachrichten zu haben, denn plötzlich wich das Blut aus ihren Wangen. »Was?«, hauchte sie entsetzt, während sie ihren Freund aus großen Augen anstarrte. »Äh … natürlich … natürlich war ich darüber infor… Ja, klar … keine Sorge, ich werde darauf achten, dass es nicht wegkommt.« Sie beendete das Gespräch, steckte das Handy weg und erhob sich hastig. »Hast du sie noch alle?«, herrschte sie ihren Freund an. »Oder bist du jetzt komplett verrückt geworden?«

Thomas tat unwissend. »Wovon sprichst du?«

»Wovon ich spreche?« Die Adern an Rikas Schläfen verdickten sich. »Du fährst ins Institut, lässt dir die Schwertspitze aushändigen und fragst, wovon ich spreche?« Rika holte tief Luft, bevor sie fortfuhr: »Und du hattest auch noch die Frechheit zu behaupten, dass ich dir den Auftrag dazu erteilt hätte?« Rika ereiferte sich immer mehr. »Was geht hier vor, Thomas? Was läuft hier ab?«

Der Blonde räusperte sich. »Äh … tut mir leid, aber ich bin nicht befugt, dir Näheres zu erzählen«, sagte er mit unsicherem Grinsen. »Der Typ mit der Kohle will das so. Und glaub mir – es ist nur zu deinem Besten, wenn du genau das machst, was ich dir sage!«

»Ich denk ja nicht daran!« Rikas Gesicht war finster wie ein Gewitterhimmel. »Und du erzählst mir jetzt endlich, wer dieser geheimnisvolle Mensch ist und was hier eigentlich gespielt wird. Aber vorher gibst du mir diese Schwertspitze zurück, und zwar plötzlich, wenn ich bitten darf!«

Immer noch lächelnd, schüttelte der Blonde den Kopf. »Bedaure, Rika, aber das ist ausgeschlossen. Er hat die Ausgrabung nur unter der Bedingung finanziert, dass ich seine Identität unter keinen Umständen preisgebe.«

Die Archäologin erstarrte. »Ist das dein letztes Wort?«, stieß sie endlich hervor. Ihre Stimme zitterte.

Ihr Gegenüber senkte den Kopf und schwieg beharrlich.

»Wie du willst. Dann werde ich umgehend das Institut informieren, dass du vollkommen eigenmächtig gehandelt hast. Und danach erstattete ich Anzeige gegen dich wegen Diebstahls.«

Thomas' Mundwinkel zuckten. »Wenn ich dir einen Rat geben darf: Ich würde das nicht tun an deiner Stelle!«

»Willst du mir drohen?« Die Archäologin lachte lauthals. »Du glaubst doch nicht, dass ich Angst vor dir habe?«

»Bitte, Rika!« Thomas hatte einen merkwürdigen Ton angeschlagen. Er klang plötzlich besorgt. »Überleg es dir noch mal, bitte!«

Rika hielt seinem flehenden Blick stand. »Ich denke ja gar nicht daran!«

Ein glasiger Glanz trat in die Augen des Blonden. »Sorry«, sagte er leise. »Aber dann kann ich dir auch nicht mehr helfen.«

»Was soll das denn nun wieder heißen? Ich brauche deine Hilfe nicht!«

»Leb wohl«, sagte der junge Mann nur, wandte sich abrupt ab und verließ das Zelt so schnell, als sei er auf der Flucht.

Ungläubig schaute Rika Reval ihm nach. Was war nur in Thomas gefahren? Wie hatte er so etwas tun können? Und warum hatte er sich in der letzten Zeit so verändert? Das war nicht mehr der junge Assistenz-Professor, in den sie sich verliebt hatte. Er war kaum noch wiederzuerkennen. Er kam ihr nahezu wie ein Fremder vor.

Die junge Frau drehte sich um – und fuhr noch im gleichen Moment mit einem lauten Aufschrei zusammen: Vor ihr stand, wie aus dem Boden gewachsen, eine Frau in einem smaragdgrünen Gewand. Das Gesicht unter dem tiefschwarzen Haar war leichenfahl. Die Blicke ihrer gelben Reptilienaugen waren eiskalt.

»W… w… wer sind Sie?«, stammelte Rika. Das Herz in ihrer Brust schlug ein wildes Stakkato. »Was wollen Sie von mir?«

»Du hättest auf seine Warnung hören sollen.« Als die Frau den ungläubigen Blick der Archäologin bemerkte, grinste sie.

»Aber du musstest ja unbedingt deinen Willen haben.« Plötzlich sprach sie mit der Stimme von Thomas Zachner. »Tut mir leid, Rika, aber jetzt kann ich dir auch nicht mehr helfen.« Ihr Lächeln erstarb.

Ganz langsam hob sie die Krallenhände.

Zur Silbernen Sphinx?« Mit schreckgeweiteten Augen starrte Alarik den Platzwechsler an. »Bist du dir ganz sicher?«

»Natürlich, natürlich!« Malhiermalda hüpfte nach links und dann nach rechts.

Schmatzfraß versuchte es ihm gleichzutun, verlor aber schnell die Lust und swuupte auf die Schulter seines Herrn, der den Mutari fragend anblickte. »Dann hast du sie also schon mal gesehen?«

»Oh, oh!«, seufzte der Platzwechsler und sprang vor und zurück. »Dann würde ich wohl kaum vor dir rumhüpfen. Keiner, den der Blick ihrer rubinroten Augen erfasst, kann ihr entkommen, es sei denn, er löst ihr Rätsel. Aber – oh, oh! – das hat bislang noch niemand geschafft.«

»Als ob ich das nicht wüsste«, brummte der Knappe und kratzte sich nachdenklich hinterm Ohr, während der Swuupie seine Wange leckte. Als er sich wieder an Malhiermalda wenden wollte, stand der nicht mehr vor, sondern hinter ihm. »Wenn du diese Gegend so gut kennst, könntest du mich dann nicht zu den Traumspinnern führen?«

»Könnte ich, könnte ich.« Der Platzwechsler sprang auf und ab. »Nur würde ich dir dringend empfehlen, dich von ihnen fernzuhalten!«

Alarik zuckte zusammen. »Warum?«

»Weil – übel, übel! – sie Besuch bekommen haben: von Borboron und seinen Schwarzen Reitern. Und mit denen ist nicht zu spaßen. Man geht ihnen am besten aus dem Weg.«

»Oh, nein!«, stöhnte der Knappe auf. Seine rechte Hand schnellte vor und packte den Platzwechsler. »Du musst mich zu ihnen führen, Malhiermalda, so rasch wie möglich!«

Der Mutari zappelte mit seinen sechs Beinchen und wandte sich beleidigt ab.

»Bitte!«, flehte Alarik. »Es ist äußerst wichtig. Sie brauchen ganz bestimmt Hilfe – und zwar dringend!«

Lukas hatte schon alles vorbereitet, als Laura und Kaja in seinem Zimmer eintrafen. Die Fotos, die er mit dem Handy geschossen hatte, lagen ausgedruckt vor ihm auf dem Schreibtisch. Kaja ließ sich auf sein Bett plumpsen und holte Minzi unter ihrer Jacke hervor. Als die Mädchen ihr Zimmer verlassen wollten, hatte das Kätzchen so herzzerreißend miaut, dass Kaja es nicht über sich gebracht hatte, es allein zurückzulassen.

Laura angelte sich einen Stuhl und ließ sich neben ihrem Bruder nieder. »Dann schieß mal los! Wie ich dich Super-Kiu kenne, hast du bestimmt schon einiges herausgefunden.«

»Ist doch logosibel. Übrigens: Diese Bertrun muss eine ziemlich intelligente Frau gewesen sein. Ihre Hinweise sind ziemlich raffiniert.« Lukas griff sich zwei der Digitalfotos und hielt sie so, dass auch Kaja einen Blick darauf werfen konnte. »Besonders diese beiden.«

Mit Verwunderung erkannte Laura das Quadrat mit den Zahlen und das merkwürdige Recheninstrument auf den Fotos. »Erklär's mir!«

»Nun – es gibt viele Gemälde oder Zeichnungen, auf denen ein magisches Quadrat zu sehen ist. Das berühmteste Beispiel dafür ist wohl der Kupferstich von Abrecht Dürer mit dem Titel ›Melancolia I‹. Und da allgemein bekannt war, dass die Mathematik zu Bertruns besonderen Interessen zählte, dürfte sich kaum jemand gewundert haben, ein Zahlenquadrat und einen Abakus auf ihrem Bild zu finden.«

»Schon möglich.« Laura musterte den Bruder aus schmalen Augen. »Aber, ehrlich gesagt, ich verstehe nicht so ganz, was du damit andeuten willst?«

»Du auch nicht?« Das galt Kaja, die das Kätzchen hingebungsvoll streichelte.

»Nö.« Das Pummelchen schüttelte den Kopf.

Lukas verdrehte die Augen. »Dabei ist das doch *sooo* simpel. Was ich meine, ist: Selbst wenn jemand rein zufällig die Farbe abgekratzt und dadurch die verborgenen Zeichnungen entdeckt hätte, wäre er wohl kaum auf den Gedanken gekommen, dass es damit eine ganz besondere Bewandtnis hat. Möglicherweise ist das auch der Grund, weshalb sie so leicht zu entschlüsseln sind, zumindest die ersten beiden hier.«

»Ach ja?« Laura schaute Kaja Hilfe suchend an. Doch die Freundin zuckte nur mit den Schultern.

Lukas gab vor, die Ratlosigkeit der Mädchen nicht zu bemerken. Nur das schmale Lächeln, das um seinen Mund spielte, zeigte, dass er seine Überlegenheit genoss. »Fangen wir mit dem Quadrat an.« Er deutete auf die Aufnahme in seiner linken Hand. »Wie auf Anhieb zu erkennen ist, handelt es sich um ein Quadrat der Ordnung vier.« Als er den mürrischen Gesichtsausdruck der Mädchen bemerkte, fügte er rasch hinzu: »Weil es waagerecht in vier Reihen und senkrecht in vier Spalten unterteilt ist, deshalb! So ein Quadrat wird ›magisch‹ genannt, wenn die Ziffern in den sich ergebenden kleinen Feldern so angeordnet sind, dass ihre Summe in jeder Reihe und in jeder Spalte, aber auch in jeder der beiden Hauptdiagonalen immer denselben Wert ergibt. Diese Summe bezeichnet man auch als ›magische Konstante‹.«

»Oh, nö«, sagte Kaja. »Hat das was mit Zauberei zu tun?«

Lukas sparte sich die Antwort, sondern schenkte dem Pummelchen nur einen strafenden Blick. Wie kann man nur so dämlich sein!

»Was ist denn mit diesen Hauptdiagonalen gemeint?«, wollte Laura wissen.

Wieder nahm Lukas zur Erklärung das Foto zu Hilfe. »Das sind die Kästchen hier, die schräg von unten links nach oben rechts verlaufen und umgekehrt von oben links nach unten rechts. Die Summe der Zahlen darin beträgt …«

»Vierunddreißig«, kam Laura ihm zuvor.

Lukas stieß einen anerkennenden Pfiff aus. »Nicht schlecht für einen Spar-Kiu«, sagte er anerkennend.

Laura überhörte die Stichelei. »Hast du in der Nacht nicht von einem ›panmagischen‹ Quadrat gesprochen?«

»Stimmt. Es handelt sich dabei um eine Sonderform der magischen Quadrate. Ein ›panmagisches‹ Quadrat liegt immer dann vor, wenn nicht nur die Hauptdiagonalen die gleiche Summe wie die Reihen und Spalten ergeben, sondern auch die Nebendiagonalen, wie das bei Bertruns Zeichnung der Fall ist. Unter Nebendiagonalen verst–«

»Ist schon okay, Lukas«, unterbrach ihn die Schwester rasch. »Erspar uns die Erklärung, wir glauben dir auch so.«

»Genau!«, bekräftigte Kaja. »Aber Hauptdingsbums her, Nebendingsbums hin – was hat Bertrun mit diesem panmagischen Quadrat bezweckt?«

Der Junge legte die Stirn in Falten und atmete tief durch. »Ist das nicht offensichtlich? Sie hat die sechzehn Zahlen so angeordnet, dass sie so oft wie möglich die gleiche Summe ergeben. Nämlich …?« Er schaute Laura fragend an.

»Die Vierunddreißig!«, antwortete sie.

»Ja, klar«, fügte Kaja hinzu. »Ist doch logisch, oder?«

Während Laura still vor sich hinschmunzelte, verzog Lukas sichtlich genervt das Gesicht. »Stimmt«, sagte er. »Sie will uns also zu verstehen geben, dass uns die Zahl vierunddreißig zum ersten Versteck führt. Es könnte also zum Beispiel sein, dass ein Schwertteil genau vierunddreißig Schritte vom Findling entfernt im Boden liegt.«

»Gut möglich – fragt sich nur, in welcher Richtung? Im Norden, Süden, Osten oder Westen? Oder vielleicht auch irgendwo dazwischen?« Laura klang mutlos.

Lukas schaute sie über den Rand seiner Brille an. »Darüber können wir im Moment nur spekulieren. Beschäftigen wir uns also lieber mit den konkreten Anhaltspunkten.« Er deutete auf das zweite Foto. »Etwa mit diesem Abakus hier.«

Kaja war anzusehen, dass sie sich die Frage verkniff, worum es sich dabei nun schon wieder handelte.

»Wie ihr bereits wisst«, erklärte der Junge da auch schon, »kommt diese altertümliche Rechenhilfe auch heute noch gelegentlich zum Einsatz.«

»Echt?«, wunderte sich Kaja. »Und wozu gibt's dann Taschenrechner?«

»Erstens kann sich den nicht jeder leisten.« Der Vorwurf in Lukas' Blick war nicht zu übersehen. »Besonders nicht in den ärmeren Ländern unserer Welt. Und zweitens kann ein Geübter mit einem Abakus mindestens ebenso schnell multiplizieren wie mit einem Taschencomputer.«

Kaja rümpfte nur stumm die Nase, als glaube sie ihm nicht.

»Wenn ihr wollt«, hob der Junge an, »dann kann …?«

»Vielen Dank.« Laura winkte ab. »Aber du brauchst uns wirklich nicht zu demonstrieren, wie man mit diesem Abakadabra rechnet. Sag uns lieber, was Bertrun uns dadurch mitteilen wollte.«

»Das sieht man doch sofort!« Lukas grinste herausfordernd. »Habt ihr das wirklich nicht erkannt?«

Weder Laura noch Kaja hatten auch nur den Hauch einer Ahnung.

»Okay.« Lukas wirkte enttäuscht. »Wie schon bei dem panmagischen Quadrat hat Bertrun auch hier eine ganz bestimmte Zahl dargestellt. Und wenn ich euch erkläre, wie das bei einem Abakus geht, kommt ihr bestimmt von alleine darauf.«

Er deutete auf die fünf senkrechten Stäbe, auf denen unterhalb der Mittelleiste jeweils fünf Kugeln und oberhalb davon je zwei Kugeln steckten. »Der Stab ganz rechts steht für die Einer, der links daneben für die Zehner, der weiter links für die Hunderter und so weiter. Jede Kugel in der unteren Hälfte bedeutet eine Einheit, die in der oberen je fünf Einheiten. Gezählt werden immer nur die Kugeln, die zum Mittelstab hin geschoben sind. Also, Laura.« Er sah die Schwester auffordernd an und deutete auf den senkrechten Stab ganz rechts. »Hier siehst du, dass von den fünf Kugeln unten vier zum Mittelstab geschoben sind, und von den zwei oberen nicht eine. Und das ergibt welche Zahl?«

»Die Vier«, antwortete Laura, ohne lange nachzudenken.

»Na, geht doch!« Lukas grinste erleichtert. Dann blickte er Kaja an. »Auf dem Zehnerstab links daneben verhält es sich genauso. Was bedeutet …?«

»… die Zahl Vierzig«, rief Kaja stolz. »Ist doch pippieinfach!«

»Klaromaro! Wem sag ich das«, spottete der Junge, um dann wieder ernst zu werden. »Die Vierzig und die Vier ergeben zusammen Vierundvierzig – und genau das ist die Zahl, auf die Bertrun uns hinweisen will!«

»Gut! So weit klingt das ganz einleuchtend.« Laura nahm den dritten Print vom Schreibtisch und musterte ihn. »Fragt sich nur, was diese drei Buchstaben hier bedeuten sollen: das L, das I und das V?«

»Darüber hab ich mir auch schon den Kopf zerbrochen.« Lukas nahm die Brille von der Nase und rieb sich die Augen. »Dass es sich nicht um die Initialen von Bertrun handelt, haben wir ja bereits gestern Nacht festgestellt. Es muss also etwas anderes sein.«

»Ja, klar, natürlich – ich weiß, was das ist.« Kaja zappelte mit einem Mal ganz aufgeregt auf dem Bett herum. »Das ist bestimmt eine Abkürzung!«

Lukas runzelte die Stirn. »Und welche?«

»Nun … na ja … vielleicht für … für …« Ein Strahlen ging über ihr Sommersprossengesicht. »Ja, genau: eine Abkürzung für ›Liegt im Verlies‹!«

»Liegt im Verlies?« Der Junge verdrehte ungläubig die Augen. »Das ist ja ein Super-Hinweis auf ein Versteck. Einfach megatoll! Und vor allen Dingen so ungemein präzise! Aber wie wäre es denn mit …« – er grinste breit – »… ›Laura ist verknallt‹?«

»Blödmann!« Laura verpasste ihm einen Stoß in die Rippen. »Dann schon eher ›Lukas ist verkalkt‹! Das würde es viel besser treffen.« Beleidigt wandte sie sich wieder dem Foto zu und musterte es eingehend. »Ich glaube nicht, dass es sich um eine Abkürzung handelt«, sagte sie nach einer Weile. »Dann gäbe es nämlich viel zu viele Lösungsmöglichkeiten. Wie du eben schon erwähnt hast: Wenn Bertruns Hinweise zu den jeweiligen Verstecken führen sollen, dann müssen sie eindeutig sein.«

»Ganz deiner Meinung.« Lukas schaute ebenfalls konzentriert auf die Abbildung.

Kaja jedoch schien sich nicht mehr im Geringsten für Bertruns geheimnisvolle Zeichen zu interessieren. Sie hatte sich wieder Minzi zugewandt. Unablässig streichelte sie ihr weiches Fell.

Plötzlich stieß Laura den Bruder an. »Findest du das nicht eigenartig?«, fragte sie.

»Eigenartig? Was meinst du denn?«

»Na ja – dass die beiden ersten Hinweise von Bertrun auf

Zahlen beruhen, während es sich beim dritten hier um Buchstaben handelt. Das ist doch komisch, oder?«

Der Unterkiefer von Lukas klappte herunter. Mit offenem Mund starrte er die Schwester an, als sei sie ein prämiertes Mondkalb. Dann klopfte er sich mit der flachen Hand an die Stirn. »Ich Idiot!«, rief er. »Ich hirnverbrannter Idiot!«

»Ähm?«, machte Laura und schob das Kinn vor.

Kaja ließ Minzi vor Überraschung vom Schoß plumpsen.

»Dass ich da nicht eher draufgekommen bin!« Wieder und wieder schüttelte Lukas den Kopf.

»Worauf denn, Lukas?«

»Darauf, was diese ›Buchstaben‹ bedeuten. Dabei ist das so offensichtlich!«

Kapitel 22 Das Gespräch mit dem Wunschgaukler

Albin Ellerking grinste über das breite Nachtalbengesicht. Seine Mundwinkel reichten fast bis an die spitzen Ohren, mit denen er angestrengt lauschte. Der Gärtner kniete auf dem Dachboden vor der geöffneten Schornsteinfegerklappe des Kamins. Ohne es zu merken, schüttelte er den Kopf. Diese törichten Blagen! Da bildeten sie sich wer weiß was auf ihre Schlauheit ein, ahnten aber nicht einmal, dass jedes ihrer konspirativen Gespräche in Lukas' Zimmer abgehört wurde. Und dass es der Großen Meisterin sogar gelungen war, einen Spion in ihre Reihen einzuschmuggeln, darauf waren sie auch noch nicht gekommen.

Grinsend rückte der Gärtner noch dichter an die Öffnung, damit ihm nicht ein Wort von dem entging, was in dem Zimmer unter ihm gesprochen wurde.

Aufgeregt deutete Lukas auf die drei Buchstaben auf dem Foto. Die Augen hinter den Brillengläsern funkelten. »Das sind gar keine Buchstaben, sondern Ziffern – römische Ziffern!«

Ein nachsichtiges Lächeln spielte um Lauras Lippen. »Und selbst ein Spar-Kiu wie ich weiß, was die bedeuten: LIV bedeutet vierundfünfzig. Ist doch ganz einfach.«

»Sag ich doch!« Kaja konnte sich einfach nicht verkneifen, ihren Senf dazuzugeben. »Das hätte ich euch schon viel früher sagen können!«

Natürlich!

Lukas wollte sich gar nicht beruhigen, dass er so begriffsstutzig gewesen war. »Ich Idiot!«, sagte er immer und immer wieder, während er sich an die Stirn klopfte, als gelte es, ein eingerostetes Räderwerk in Gang zu bringen.

Laura grinste. »Hab ich's nicht vorhin gesagt? ›Lukas ist verkalkt!‹« Dann aber legte sie ihm beschwichtigend die Hand auf die Schulter. »Mach dir nichts draus. Wir sind ja trotzdem draufgekommen.« Sie nahm die drei Ausdrucke in die Hand. »Wir haben also drei Zahlen entdeckt: die Vierunddreißig, Vierundvierzig und die Vierundfünfzig. Was sagt uns das?«

»Na ja.« Kaja blickte sie unsicher an. »Vielleicht, dass die Schwertteile jeweils die entsprechende Anzahl von Schritten von den Steinen entfernt liegen?«

»Das glaube ich nicht«, gab Lukas nachdenklich zurück. »Das wäre viel zu simpel. Jeder auch nur halbwegs intelligente Mensch ist doch in der Lage, diese drei Zahlen herauszufinden.«

»Wenn du das sagst!«, entgegnete Kaja spitz. »Aber dann kennt er immer noch nicht die richtige Richtung.«

»Und wo ist das Problem?« Lukas hob beschwörend beide Hände. »Er bräuchte doch nur in der jeweiligen Entfernung kreisförmig um den Stein zu graben und würde über kurz oder lang fast zwangsläufig auf diese Schwertteile stoßen.«

»Lukas hat Recht«, warf Laura ein. »Bertrun war viel zu schlau, um das so einfach zu machen. Probieren wir es also mal anders.« Sie sah den Bruder an. »Weisen diese drei Zahlen irgendwelche Besonderheiten auf? Außer dass sie den gleichen Einer besitzen und die Differenz zwischen ihnen jeweils zehn beträgt?«

»Nicht dass ich wüsste. Zumindest nicht auf den ersten Blick. Es handelt sich um ganz normale natürliche Zahlen ohne besondere Eigenschaften.« Lukas schüttelte den Kopf. »Nein, Laura, diese Zahlen alleine führen uns bestimmt nicht weiter. Sie sind mit Sicherheit nur ein Teil des Codes. Um ihn zu knacken, benötigen wir noch den richtigen Schlüssel. Irgendetwas, was uns die wahre Bedeutung dieser drei Zahlen erschließt.«

Laura musterte den Bruder verstohlen. Lukas sah ziemlich unglücklich aus. Dass er Bertruns Hinweise nicht auf Anhieb enträtseln konnte, schien ihm gegen die Ehre zu gehen. Sie griff sich den vierten Print. Er zeigte das seltsame Zeichen, das unter dem Findling im Mittelpunkt des Steinkreises verborgen gewesen war. »Wenn du Recht hast, dann müsste das hier also der Schlüssel sein?«

»Eigentlich ja.« Lukas ließ die Mundwinkel hängen. »Allerdings gibt mir genau dieses Zeichen die meisten Rätsel auf.«

»Echt?« Laura blickte auf das Gewirr von Linien. »Was ist daran so rätselhaft?«

»Das ist es ja.« Der Bruder nahm ihr das Foto aus der Hand. »Eigentlich nichts – zumindest nicht auf den ersten Blick. Ich habe auch problemlos herausgefunden, worum es sich handelt – nämlich um ein keltisches Labyrinth.«

»Ein keltisches Labyrinth?« Laura staunte. »Ich wusste gar nicht, dass es verschiedenartige gibt?«

»Klaromaro! Das Labyrinth kommt in ganz unterschiedlichen Kulturen als Symbol vor, in der griechischen, der römischen, aber auch in der indianischen und noch vielen anderen.«

»Und welche Bedeutung hat es bei den Kelten?«

»Die ist fast überall die gleiche, so dass man fast von einem universellen Symbol sprechen könnte. Dabei meint das Labyrinth keineswegs einen Irrweg, wie häufig angenommen wird, sondern bezeichnet vielmehr den verschlungenen Pfad, der zur wahren Mitte, zum eigentlichen Ziel, führt.«

»Und was nutzt uns das?« Laura verzog gequält das Gesicht. »Unser Ziel ist es, die Schwertteile zu finden. Aber ich sehe nicht, wie dieses Labyrinth uns da hinführen könnte.«

»Ich auch nicht.« Lukas wirkte niedergeschlagen. »Auf der einen Seite haben wir drei konkrete Zahlen, auf der anderen ein symbolisches Zeichen. Keine Ahnung, wie das zusammenpassen soll. Ich weiß nur eins: Wenn wir das Rätsel nicht lösen, werden unsere Feinde die fehlenden Teile vor uns finden.«

»Ach, die haben doch bestimmt mit den gleichen Problemen zu kämpfen wie wir«, erklärte Laura unbekümmert.

»Erstens wissen wir nicht, welche Informationen sie vielleicht noch zusätzlich besitzen. Und zweitens spielt das auch keine Rolle.« Lukas schaute seine Schwester besorgt an. »Wenn die beiden fehlenden Schwertteile tatsächlich auf dem abgesperrten Areal versteckt sind, dann wird das Archäologenteam sie mit Sicherheit finden. Dazu müssen sie nicht mal Bertruns Hinweise entschlüsseln. Sie verfügen doch über modernste technische Hilfsmittel wie Metalldetektoren oder Bodenscanner oder was es sonst noch so alles gibt.«

Da wurde Laura der Ernst der Lage voll und ganz bewusst. Lukas hatte Recht! Sie selbst konnten sich höchstens heimlich und nur für kurze Zeit Zugang zu dem abgesperrten Gelände verschaffen – wenn überhaupt. Um unter solch widrigen Umständen die Schwertteile zu finden, müssten sie die Verstecke schon ganz genau kennen. Andernfalls war das Vorhaben aussichtslos. Sie senkte den Blick. Je länger sie das seltsame Labyrinth anstarrte, umso sicherer wurde sie, dass sie dieses Zeichen schon einmal gesehen hatte.

Aber wann oder wo?

Doch sosehr Laura sich auch das Gehirn zermarterte und bis in die tiefsten Schichten ihres Gedächtnisses grub, es wollte ihr einfach nicht einfallen. Dafür kam ihr etwas anderes in den Sinn. Sie wandte sich an den Bruder. »Dann bist du also inzwischen auch davon überzeugt, dass die Dunklen Rika Reval als ihr Werkzeug missbrauchen?«

»Ja, klar!« Lukas hob den Zeigefinger an seine Nase und

stupste die Brille zurück. »Eine andere Erklärung gibt es doch gar nicht. Rika hätte ihre Arbeit in Drachenthal doch niemals abgebrochen, wenn sie nicht sichere Hinweise darauf hätte, dass sich die fehlenden Teile hier befinden. Und da sie Schwartz & Co offensichtlich nicht kennt – andernfalls hätte sie sich doch gleich an sie gewandt –, kann sie die Information nur von jemandem erhalten haben, dem sie fest vertraut.«

»Schön, dass du das endlich einsiehst, du Super-Kiu!« Die Empörung färbte Lauras Wangen rot. »Ihr Freund Thomas steckt mit Sicherheit mit diesen Typen unter einer Decke. Und die arme Rika scheint nicht im Geringsten zu ahnen, welch übles Spiel der Kerl mit ihr treibt.«

»Dabei ist das doch meistens umgekehrt.« Lukas grinste. »Dass die Frauen den Kerlen übel mitspielen, mein ich!«

»Oh, nö!«, protestierte Kaja.

Laura ging auf die dumme Bemerkung des Bruders gar nicht ein. »Ich wette, sobald Rikas Suche erfolgreich war, schlagen die Dunklen zu und krallen sich die Teile. Wenn es sein muss, auch mit Gewalt.« Grübelnd blickte sie die Freunde an. »Was meint ihr: Soll ich Rika nicht doch einweihen und ihr erzählen, was es mit diesem Schwert wirklich auf sich hat?«

»Und was soll das bringen?« Lukas' Stirn war von mehreren Falten durchfurcht. »Selbst wenn sie dir glaubt, wird sie dir die Teile niemals überlassen. Dieses Schwert ist ein überaus kostbares archäologisches Fundstück, um das sich jedes Museum reißen wird!«

»Sie hat doch behauptet, dass Papa und sie enge Freunde waren. Vielleicht ändert sie ja ihre Meinung, wenn sie erfährt, wie wichtig Hellenglanz für ihn ist? Dass sich die Chancen auf seine Rettung erhöhen, wenn es wieder an die Krieger des Lichts zurückfällt? Doch selbst wenn nicht: In einem Museum wäre es immer noch besser aufgehoben als bei unseren Feinden! Deshalb werde ich Rika warnen, sobald sie mit ihrem

Team hier aufkreuzt. Dass sie sich vor ihnen in Acht nimmt – und natürlich auch vor Thomas, ihrem sauberen Freund!«

Marius Leander traute dem Frieden nicht. Ihm ging es so gut wie schon lange nicht mehr. Zwar musste er ständig Fesseln tragen und Borborons Schwarze Garde wechselte sich in seiner Bewachung ab, so dass er nicht einen Augenblick unbeaufsichtigt blieb. An Flucht – wie er anfangs noch gehofft hatte – war überhaupt nicht zu denken. Ansonsten aber wurde er überaus zuvorkommend behandelt, erhielt ausreichend zu essen und zu trinken und war bisher nicht ein einziges Mal mit Schlägen traktiert worden, wie ihm das im Verlies widerfuhr, wenn die Trioktiden schlechter Laune waren. Das Beste war jedoch, dass er nicht mehr den feucht-schwülen Gestank des Kerkers atmen musste, sondern sich an der köstlichen frischen Luft erfreuen durfte.

Das Lager der Schwarzen Garde befand sich am Rand einer großen Waldlichtung, an deren anderem Ende Marius einige Holzhüttchen erkennen konnte. Er hatte nicht die geringste Ahnung, was Borboron dazu bewogen hatte, ausgerechnet zu diesem Ort zu reiten, der irgendwo in den westlichen Regionen von Aventerra gelegen sein musste. Dass der Schwarze Fürst jedoch keinen Freundschaftsbesuch im Sinn hatte, war Marius spätestens dann klar geworden, als eine der Hütten in Flammen aufgegangen war und die Schwarzen Krieger die seltsamen Bewohner der Siedlung unter Schlägen zusammengetrieben hatten. Was dann geschehen war, hatte Marius nicht mitbekommen, aber das plötzliche Auftauchen dieses grauslichen Drachen mit den zwei Köpfen konnte bestimmt nichts Gutes bedeuten. Noch mehr aber als das Schicksal der Dorfbewohner beschäftigte ihn die Frage, weshalb Borboron ihn überhaupt mitgenommen hatte auf diesen Ausflug.

Was hatte der Schwarze Fürst nur mit ihm vor?

Und wozu brauchte er diesen Mann im regenbogenfarbenen Burnus, der ständig einen Turban trug? Gramar, wie er von allen genannt wurde, legte ein überaus angenehmes Wesen an den Tag, lächelte Marius stets freundlich an und wechselte hin und wieder sogar ein paar Worte mit ihm. Soeben sprengte er auf seinem Rappen ins Lager.

Obwohl Marius nicht viel von Pferden verstand, wusste er, dass es sich um einen Vollblüter handelte. »Alles, was recht ist«, sprach er zu Gramar, »ich habe selten ein solch edles Pferd gesehen wie das Eure.«

»Auch wenn Ihr nur ein Erdenmensch seid, scheint Ihr ein gutes Gespür zu besitzen.« Sichtlich geschmeichelt gesellte sich Gramar zu dem Gefangenen. »Deshiristan, mein Heimatland, ist seit alters her bekannt für seine Vollblüter. Schon unsere Vorfahren verstanden sich auf die Zucht dieser schönen Tiere, die in allen Regionen Aventerras heiß begehrt sind.«

»Zu Recht, Herr, völlig zu Recht!« Marius deutete eine Verbeugung an. Für einen Augenblick zögerte er, die Frage zu stellen, die ihm auf der Zunge lag. Dann überwand er sich doch. »Wisst Ihr eigentlich, warum wir uns hier aufhalten?«

»O ja – sehr gut sogar!« Die weißen Zähne des Mannes blitzten im Sonnenlicht.

»Und? Würdet Ihr es mir auch verraten?«

Nachdenklich rieb Gramar sich das Kinn, bevor sich neuerlich ein Lächeln auf sein Gesicht legte. »Warum eigentlich nicht? Ihr werdet es ohnehin in Kürze erfahren, so dass ich es Euch ebenso gut erzählen kann.« Mit gekreuzten Beinen setzte er sich neben Marius nieder und fing an zu plaudern.

Je mehr Gramar redete, desto blasser wurde der Gefangene. »Die Träume der Menschen werden von Aventerra aus beeinflusst?«, fragte er, als der Mann mit dem Turban geendet hatte.

»Natürlich. Seit Anbeginn der Zeiten schon. Oder habt Ihr vielleicht geglaubt, Ihr Menschen würdet selbst über Eure Träume bestimmen?«

»Eigentlich schon.« Marius schüttelte den Kopf. »Und jetzt will Borboron Macht über unsere Träume gewinnen?«

»Genau so ist es – weil er damit gleichzeitig Macht über Euch gewinnt!«

Marius versuchte sich seine Bestürzung nicht anmerken zu lassen. »Ach ja?«, sagte er leichthin. »Dann müsste die Botschaft, die er zum Menschenstern schicken will, ja überaus verlockend sein.« Wie beiläufig schaute er Gramar an. »Wie lautet sie denn?«

»Tut mir leid!« Gramars unterdrücktes Grinsen verriet, dass sein Bedauern nur geheuchelt war. »Aber das kann ich Euch wirklich nicht verraten. Schließlich will der Schwarze Fürst mit Eurer Hilfe überprüfen, ob der Traumspinner ihn betrügt oder nicht.«

»Überprüfen?« Marius runzelte die Stirn. »Wie sollte das denn möglich sein?«

»Ganz einfach: Wenn man von diesen Traumspinnern einmal absieht, dann seid nur Ihr Menschen in der Lage, die Botschaften der Erleuchtlinge zu entschlüsseln. Deshalb könnte Meister Orplid Träume zusammenspinnen, gerade wie es ihm beliebt.«

Langsam glaubte Marius zu verstehen.

»Im Gegensatz zu uns könnt Ihr jedoch seine Botschaften deuten. Und so werden wir Euch gleich am nächsten Morgen, nachdem der Traumspinner die Erleuchtlinge losgeschickt hat, nach Euren Träumen befragen, um auf diese Weise festzustellen, ob Orplid auch gehorsam war.«

»Und wenn nicht?«

»Dann, so fürchte ich, wird Borboron den Allesverschlinger ein weiteres Mal füttern müssen – und zwar so lange, bis der

Meister ihm endlich gehorcht.« Gramar lächelte verbindlich. »Versteht Ihr jetzt, weshalb ich Euch diese Botschaft nicht verraten kann? Nur so viel kann ich Euch sagen: Sie ist leicht zu verstehen und überaus verlockend – zumindest für die meisten Menschen!«

Es war gar nicht so einfach, an Rika Reval heranzukommen. Mehrere Male marschierte Laura zum abgesperrten Gelände, ohne sie dort anzutreffen. Nicht einmal über Handy war die Archäologin zu erreichen. Jedenfalls antwortete sie nicht auf Lauras Nachrichten. Schließlich versuchte Laura es unter der Nummer in der Universität. Dort meldete sich Thomas Zachner. Zunächst wollte er sie abwimmeln. Als sie allerdings erwähnte, dass sie wichtige Neuigkeiten für Rika habe, kam das Treffen endlich zu Stande. Aber nun hatte es ganz den Anschein, als sei alle Mühe vergeblich gewesen, denn Rika sah Laura mit maßlosem Erstaunen an.

»Erwartest du tatsächlich, dass ich dir das glaube?«

»Ähm.« Unsicher musterte das Mädchen die junge Frau mit der Hornbrille, die ihm an dem Campingtisch im Zelt gegenübersaß. »Ich weiß, dass das vollkommen schwachsinnig klingt, und trotzdem ist jedes Wort wahr, das ich Ihnen erzählt habe.«

»Sei mir bitte nicht böse, Laura.« Rika lächelte gequält. Sie wirkte ganz anders als sonst. Irgendwie unruhig, als fühle sie sich nicht wohl in ihrer Haut. Aber natürlich: Was Laura ihr berichtet hatte, war auch nicht einfach zu verdauen. Besonders für einen Menschen, der es gewohnt war, in streng wissenschaftlichen Kategorien zu denken. »Es fällt mir wirklich schwer, deine Geschichte ernst zu nehmen. Aventerra, der Hüter des Lichts, die Wächter und die Dunklen, der Kelch der Erleuchtung und das Schwert Hellenglanz – das alles hört sich verdächtig nach einem Fantasy-Märchen an.«

Laura beugte sich vor. Sie war leichenblass. »Ich kann Sie ja verstehen. Aber wenn Papa und Sie wirklich so gut befreundet waren, wie Sie behaupten, dann denken Sie bitte noch mal über alles nach. Nicht meinetwegen, sondern ihm zuliebe.« Sie schluckte. »Wenn dieses Schwert unseren Feinden in die Hände fällt, dann kommt er nie mehr zu uns zurück – und dann –« Ein feuchter Glanz trat in Lauras Augen, während sie dem musternden Blick der Archäologin standhielt.

Die junge Frau schien nachdenklich geworden zu sein. Nach einer Weile erhob sie sich, ging um den Tisch herum und trat ganz dicht an Laura heran. »Gut«, antwortete sie mit belegter Stimme. »Ich werde mir die Sache noch mal durch den Kopf gehen lassen und dich auf alle Fälle benachrichtigen, sobald ich etwas finde.«

Lauras Gesicht erhellte sich. »Und Sie werden auch aufpassen …?«

»Natürlich«, fiel die junge Frau ihr ins Wort. »Ich werde aufpassen, dass das Schwert nicht in die falschen Hände gerät, das verspreche ich dir ganz fest! Aber was Thomas betrifft …«

»Ja?«

»Ich glaube, du tust ihm Unrecht. Thomas ist ein lieber Kerl, der mir alle Probleme vom Halse hält. Ich wüsste gar nicht, wie ich ohne ihn zurechtkommen sollte. Er hat nicht nur das nötige Geld für die Grabungskampagne besorgt, sondern ist auch auf das entscheidende Dokument gestoßen, durch das uns klar geworden ist, dass sich die Schwertteile hier befinden müssen.« Die junge Frau seufzte. »Kein Wunder, dass wir in Drachenthal nichts gefunden haben!«

»Das Dokument?«, fragte Laura. »Haben Sie es zufällig hier?«

»Nein, leider nicht!« Rika lächelte. »Es befindet sich gar nicht in Deutschland. Thomas pflegt einen regen Austausch mit einem Kollegen in Jordanien, und der ist auf diese Quelle gestoßen.«

Wenn das nicht verdächtig klingt, kam es Laura in den Sinn.

Megaverdächtig sogar!

»Ähm«, sagte sie gedehnt und erhob sich. »Ich muss zurück zu meinen Hausaufgaben.« Sie hatte sich bereits zum Zeltausgang begeben, als sie stehen blieb und schnupperte – wie ein Tier, das einen Feind witterte. »Komisch«, sagte sie mit gerunzelter Stirn.

»Was denn?« Rika zog die Brauen hoch. »Was meinst du, Laura?«

»Diesen Geruch. Es riecht hier so eigenartig – nach Schwefel oder so ähnlich.«

»Findest du?« Die junge Frau schnupperte nun ihrerseits und drehte sich dabei im Kreis, um ja keine Richtung auszulassen. Dann schüttelte sie den Kopf. »Ich glaube, du täuschst dich. Ich rieche nichts.«

»Nein?« Laura zuckte mit den Schultern. »Was soll's! Ist ja auch nicht wichtig.« Dann fiel ihr noch was ein. »Thomas hat neulich einen Finanzier erwähnt, der Sie unterstützt. Können Sie mir sagen, wer das ist?«

»Tut mir leid.« Rika bemühte sich um ein Lächeln. »Aber ich habe nicht die geringste Ahnung. Um diese Sachen hat sich ausschließlich Thomas gekümmert.« Sie blickte auf die Armbanduhr. »Ich fürchte, ich muss unser Gespräch jetzt beenden. Ich muss nämlich schleunigst ins Institut zurück. Dort hat sich eine ganze Menge dringender Schreibkram angesammelt.« Die junge Frau seufzte. »Zum Glück sind meine Mitarbeiter ja an selbstständiges Arbeiten gewöhnt!«

Als Laura aus dem Zelt trat, war das Archäologenteam bereits bei der Arbeit. Zwar hatte es noch nicht mit Grabungsarbeiten begonnen, dafür aber vier Punkte des abgesperrten Geländes mit Stangen markiert. Die Stellen stimmten exakt mit den Liegeplätzen der vier größeren Findlinge auf Bertruns

Gemälde überein. Konnte es also noch den geringsten Zweifel daran geben, dass die Dunklen Thomas die entsprechenden Hinweise zugespielt hatten? Allerdings hatten sie das Rätsel um die Verstecke wohl auch noch nicht gelöst, denn weitere Markierungen waren nicht zu entdecken. Dafür aber schritten einige von Rikas Mitarbeitern das Areal mit eigenartigen Gerätschaften ab – Detektoren wahrscheinlich, die sie auf die Spur der Schwertteile führen sollten. Wie lange es noch dauern mochte, bis sie etwas finden würden?

Grübelnd ging Laura auf den Ausgang im Bauzaun zu. Die Abgrenzung war so hoch, dass sie ohne Leiter kaum zu überwinden war. Als reiche das noch nicht aus, war sie oben zusätzlich mit Stacheldraht gesichert, was dem Ganzen den Anstrich eines Hochsicherheitslagers verlieh. Bereits auf dem Hinweg war Laura aufgefallen, dass auch der Wachschutz verstärkt worden war. Der schwarze Hüne am Eingang hatte zwei Kollegen bekommen, die ständig um das Areal herumstrichen und darauf achteten, dass sich niemand dem Zaun näherte.

Laura hatte den Ausgang schon fast erreicht, als sie die merkwürdige Vogelscheuche entdeckte, die ihr bereits auf dem Ausgrabungsgelände in Drachenthal aufgefallen war. Warum hatten die Archäologen die bloß mitgebracht? Aber das befrackte Gestänge war nicht der Grund, warum Laura plötzlich ein kalter Schauer über den Rücken lief: Es waren vielmehr die unzähligen Mistelbüsche, die in den Wipfeln der umstehenden Bäume wuchsen. Laura hätte wetten können, nicht einen davon gesehen zu haben, bevor sie das Zelt betrat. Jetzt aber waren die Baumkronen geradezu übersät von den grünen Kugeln, deren Geheimnis sie nur allzu gut kannte. Ellerkings unheimliche Totenvögel hatten das Gelände also unter ständiger Beobachtung – was ein unbefugtes Betreten vollkommen unmöglich machte. Selbst wenn wir das Rätsel von Bertruns Hinweisen lösen, werden wir die Teile niemals unentdeckt ausgraben können, dachte Laura beklommen. Was für ein Glück, dass Rika Reval sich einsichtig gezeigt hat! Wenn sie Wort hält, ist die größte Gefahr fürs Erste gebannt und wir können in aller Ruhe abwarten, bis die Archäologin die Schwertteile gefunden hat. Laura seufzte. Das wird sicherlich noch einige Zeit dauern!, überlegte sie. In der Zwischenzeit kann ich mich endlich wieder auf andere Dinge konzentrieren. Auf die Schule zum Beispiel. Und sicherlich bleibt auch noch genügend Zeit für einen Kinobesuch.

Vielleicht sogar mit – Philipp?

Bei dem Gedanken spürte Laura ein Kribbeln im Bauch und es wurde ihr ganz warm im Gesicht. Sollte sie Ja sagen, wenn Mr Cool sie das nächste Mal fragte? Wieso eigentlich nicht? Was die anderen dazu meinten, konnte ihr doch piepegal sein! Und ihre große Aufgabe vernachlässigte sie dadurch doch auch nicht! Im Gegenteil: Ihre Freunde und sie selbst würden schon die Augen offen halten und aufpassen, dass Rika Reval sich nicht doch noch von den Dunklen übertölpeln ließ!

Aber wie hätte Laura in diesem Moment auch ahnen sollen, dass das längst geschehen war – und noch weit Schlimmeres.

Rebekka Taxus trat ans Fenster des Lehrerzimmers und schaute hinunter in den Innenhof von Burg Ravenstein. Es war gerade große Pause und deshalb wimmelte es dort von Schülern. Pinky entdeckte Laura Leander, die sich in der Nähe der Freitreppe mit anderen Mädchen unterhielt: Kaja Löwenstein, Magda Schneider und Franziska Turini. Die vier schienen bester Stimmung zu sein.

Als Quintus Schwartz neben sie trat, verzog Pinkys Mund sich zu einem zufriedenen Grinsen. Mit einem schnellen Blick vergewisserte sie sich, dass die Kollegen sie nicht belauschen konnten, und beugte sich dicht an ihren Komplizen heran. »Ssieht ganz sso auss, alss wäre dass Gör tatssächlich darauf hereingefallen?« Ein fiebriger Glanz trat in ihre Augen und überstrahlte die Blässe ihres Gesichts.

»Stimmt.« Auch der amtierende Direktor flüsterte, damit kein Dritter mithören konnte. »Alles läuft nach Plan. Genauso, wie die Große Meisterin es vorhergesehen hat. Laura hat jedes Wort geglaubt und scheint sich in Sicherheit zu wiegen. Wie unsere Spione berichten, hat sie seit dem Gespräch vor einer Woche nichts mehr in Sachen Schwert unternommen. Wozu auch? Sie glaubt die Archäologin auf ihrer Seite und hat deshalb nicht mehr den geringsten Grund, selbst nach den Schwertteilen zu suchen.«

»Aber wass isst mit den anderen?« Es sah fast so aus, als sorge die Taxus sich ernsthaft. »Den anderen Teammitgliedern zum Beisspiel? Wird ihnen nicht auffallen, wass Ssache isst?«

»Wieso sollte es?« Quintus Schwartz schaute die Kollegin aufmunternd an. »Wäre doch nicht das erste Mal, dass die Teamleiterin sie für ein paar Tage allein lässt. Und falls sie doch unruhig werden sollten, kann Rika ja jederzeit wieder auftauchen.« Seine Augen leuchteten rot auf. »Dafür wird die Große Meisterin schon sorgen, verlass dich drauf!«

Pinky Taxus gelang es nicht, ein höhnisches Lachen zu unterdrücken. Schnuffelpuff, der in der Nähe am Tisch saß und Arbeiten korrigierte, schaute sie denn auch ganz pikiert an. Rebekka verzog entschuldigend das Gesicht und wandte sich dann wieder an Schwartz. »Einen Nachteil hat die Ssache aber doch«, flüsterte sie.

Quintus legte die Cäsarenstirn in Falten. »Und der wäre?«

»Wenn Laura nicht sso ssicher wäre, dasss wir die Schwertteile nicht bekommen werden, würden ihr Bruder und ssie doch auch weiterhin verssuchen, die Hinweisse diesser Bertrun zu entschlüssseln.« Pinky seufzte. »Wer weißs: Vielleicht hätten die beiden ja mehr Erfolg alss wir? Ess kann noch eine ganze Weile dauern, biss wir endlich auf die Versstecke sstoßsen.«

»Und wenn schon?« Der schwarzhaarige Mann legte ihr wie zur Beruhigung die Hand auf die Schulter. »Noch sind wir nicht in Eile. Noch sind es zwei Wochen bis zur Sommersonnenwende und bis dahin werden wir die fehlenden Teile mit Sicherheit entdecken.«

»Dass will ich hoffen, Quintuss.« Wieder seufzte die Lehrerin. »Für dich und für mich. Denn ssonsst müsssen wir unss auf einigess gefassst machen. Bessonderss wenn diessess Gör unss doch noch einen Sstrich durch die Rechnung machen ssollte!« Damit deutete sie hinaus auf den Hof, wo Laura vermutlich über einen Witz von Franziska Turini lachte.

Der Konrektor legte die Stirn in Falten. »Das verstehe ich jetzt nicht. Ich dachte, du hast dir einen Plan zurechtgelegt, um sie endgültig auszuschalten?«

»Sselbsstverssständlich!«, zischte Pinky. »Trotzdem – bei ihr kann man doch nie wisssen.« Aus schmalen Augen starrte sie hinunter auf das Mädchen, das nicht einmal zu ahnen schien, dass es beobachtet wurde. Dann drehte Rebekka Taxus den Kopf. Ihr Blick fiel auf den Jungen mit der modischen Strickmütze, der an der großen Säule lehnte. Philipp Boddin. Eine Gucci-Sonnenbrille verbarg seine Augen. Obwohl er ziemlich gelangweilt tat, entging Pinky nicht, dass er in regelmäßigen Abständen verstohlen zu Laura hinüberschielte. Und die Schülerin linste immer mal wieder zu ihm, stets darauf bedacht, das vor ihren Freundinnen zu verbergen. Rebekka Taxus entspannte sich. Quintus Schwartz hatte Recht: Alles verlief genau nach Plan. Es musste schon mit dem Teufel zugehen, wenn doch noch etwas schiefgehen sollte.

Kapitel 23 ❧ Eine verhängnisvolle Verabredung

Lauras Herz begann schneller zu schlagen, als sie die SMS las, und ihr wurde abwechselnd heiß und kalt. Schnell lugte sie zu Kaja hinüber. Doch die Freundin saß an ihrem Schreibtisch und war in die Hausaufgaben vertieft. Dabei vertilgte sie völlig geistesabwesend eine Riesentafel Vollmilchschokolade. Gut so – dann hatte sie das Summen des Handys bestimmt nicht mitbekommen, das den Eingang der Nachricht angekündigt hatte. Dennoch zog Laura sich in die äußerste Ecke ihres Bettes zurück und schirmte das Display mit ihrer Hand ab, bevor sie die SMS ein zweites Mal las: »Lust auf ein kleines Fechttraining? Heute Abend neun Uhr Turnhalle? Habe Schlüssel organisiert! Philipp.«

Ihr Herz galoppierte so schnell, dass ihr Pulsschlag bestimmt bis auf den Burghof zu hören war. Mann – das hätte sie Mr Cool gar nicht zugetraut! Dass er sich heimlich den Hallenschlüssel besorgte, damit sie wieder zum Fechttraining kam.

Quatsch!, meldete sich da eine Stimme in ihr zu Wort. Damit er mit dir allein sein kann – deshalb! Allein in der Turnhalle. Wo weit und breit kein anderer ist! Schon gar nicht um diese Zeit!

Unwillkürlich zuckte Laura zusammen. Das Quietschen der Matratze lenkte Kaja ab. Sie drehte sich um. »Ist was?«

»Ähm.« Laura räusperte sich. »Was soll denn sein?«

Kaja runzelte die Stirn. »Genau das frage ich ja.«

»Ähm … nein, nichts.«

»Na dann«, murmelte Kaja, wenig überzeugt, bevor sie sich wieder ihren Aufgaben zuwandte.

Leise atmete Laura auf. Das hätte ihr gerade noch gefehlt, dass Kaja mitbekam, was sie vorhatte! Schon beim Frühstück würde die komplette 7b darüber Bescheid wissen, wenn nicht sogar das ganze Internat.

Dann willst du dich tatsächlich mit ihm treffen?, bohrte die innere Stimme weiter.

Wieso denn nicht?

Und wenn er es nicht ernst meint und gar nicht erst kommt?

»Quatsch!«, sagte Laura laut, ohne es zu wollen. Als Kaja ihr erneut einen verwunderten Blick zuwarf, grinste Laura nur verlegen. Dass ihre Wangen mit Sicherheit die Farbe reifer Tomaten angenommen hatten, schien der Freundin zum Glück nicht aufzufallen.

Kurz vor neun wurde Kaja allerdings doch noch misstrauisch. Als Laura die Fechtsachen aus dem Kleiderschrank holte, sah sie von dem dicken Schmöker auf, mit dem sie sich auf ihr Bett gehockt hatte. »Was soll das denn werden?«, fragte sie überrascht.

»Wonach sieht's denn aus?« Lauras Antwort war schroffer als gewollt.

»Oh, nö!« Kaja schüttelte ungläubig den Kopf. »Du willst doch nicht etwa zum Fechten? Jetzt noch, um diese Zeit?«

»Ähm.« Laura suchte nach einer plausiblen Erklärung. »Percy … Ähm … Du weißt doch, dass er mit den Proben zum Drachenstich ganz schön eingespannt ist.«

»Ja, und?«

»Tagsüber hat er einfach keine Zeit für mich. Deshalb musste das Training schon so oft ausfallen. Und bevor ich ganz aus der Übung komme …«

Kaja schüttelte erneut den Kopf. »Wie kann man nur so verrückt sein! Aber trotzdem – viel Spaß!«

»Den werde ich bestimmt haben.« Erleichtert lächelte Laura die Freundin an. Aber das bekam die schon gar nicht mehr mit. Sie hatte sich bereits wieder in das Buch vertieft und schob sich eine dicke Praline zwischen die Zähne.

Jedem, wie es ihm gefällt, dachte Laura erleichtert, weil sie Kajas Misstrauen zerstreut hatte, ohne zu einer Lüge greifen zu müssen.

Die Turnhalle war tatsächlich nicht abgeschlossen. Philipp hatte also Wort gehalten! Siehst du?, sagte Laura zu ihrer inneren Stimme, als sei diese eine zweite Person. Du immer mit deinem albernen Misstrauen!

Sie ging in den Umkleideraum der Mädchen und schlüpfte hastig in den Fechtanzug. Nur Augenblicke später trat sie in die Halle, die Fechtmaske unter dem Arm und das Florett in der Hand. Ein Geruch nach abgestandenem Schweiß stieg Laura in die Nase. Wahrscheinlich hatte es Percy nach dem Unterricht so eilig gehabt, dass er vergessen hatte zu lüften. Von Mr Cool war weit und breit nichts zu sehen. Wahrscheinlich war er noch beim Umziehen. Schon tastete Lauras Hand nach dem Lichtschalter, als sie im letzten Moment innehielt. War vielleicht besser, die Beleuchtung nicht einzuschalten. Wenn jemand sah, dass um diese Zeit Licht in der Halle brannte, schöpfte er bestimmt Verdacht. Außerdem war es draußen noch hell. Das Licht, das durch die Fenster fiel, war allemal ausreichend für ein Training. Länger als eine halbe Stunde würde Philipp ohnehin nicht durchhalten.

Oder doch?

Laura rollte die Planche aus und machte einige Dehn- und Aufwärmübungen, während sie wartete.

Wo blieb Mr Cool nur?

Endlich ertönten Schritte draußen im Gang, die sich langsam näherten. Allerdings klangen sie recht merkwürdig: *»Tok!*

Tok! Tok!« Als würde ein Einbeiniger mit Holzbein auf die Turnhalle zuhumpeln.

»Tok! Tok! Tok!« Immer wieder.

Erlaubte sich Philipp einen doofen Scherz mit ihr?

»Tok! Tok! Tok!«

Wollte er ihr vielleicht Angst einjagen?

»Tok! Tok! Tok!«

Was war das, verdammt noch mal?

Da wurde die Tür aufgestoßen – und Laura glaubte ihren Augen nicht zu trauen: Das war nicht Philipp, der da in die Halle trat.

Das war überhaupt kein Mensch!

Im Türrahmen stand vielmehr die unheimliche Vogelscheuche, die sie bereits mehrfach gesehen hatte. An der Alten Gruft; auf der Ausgrabungsstätte in Drachenthal und erst am Nachmittag im Burgpark, auf dem Areal der Archäologen.

Als der Frackmann mit dem aufgemalten Totenschädel-Gesicht näher kam, erkannte Laura, dass es die senkrechte Stange des hölzernen Gerüstes war, die das Geräusch erzeugte.

»Tok! Tok! Tok!«

Den Griff ihrer Waffe fester umklammernd, wich Laura unwillkürlich zurück. Eigentlich wirkte die befrackte Strohpuppe mit dem Zylinder auf dem Kopf nicht sonderlich gefährlich, aber einer Vogelscheuche, die sich bewegen konnte, waren noch ganz andere Dinge zuzutrauen.

Ganz schreckliche Dinge sogar!

Endlich hielt die unheimliche Gestalt. Die aufgemalten Augen waren auf das Mädchen gerichtet, während der Mund zu einem breiten Grinsen verzogen war.

Laura nahm all ihren Mut zusammen. »Hey, Grinsegesicht«, rief sie der Scheuche zu. »Was willst du von mir? Und was hast du mit Philipp angestellt?«

Der befrackte Gesell antwortete nicht, sondern verbeugte

sich nur ganz tief vor Laura. Als er sich wieder aufrichtete – Laura wollte ihren Augen nicht trauen! –, bewegten sich seine Arme. Unförmige Finger griffen an die Revers des Fracks und zogen ihn so weit auseinander, dass der Kugelbauch der Strohpuppe zu Tage trat. Fassungslos beobachtete Laura, wie sich in Nabelhöhe eine trichterförmige Öffnung bildete – und eine riesige Fledermaus daraus hervorschlüpfte!

Und noch eine und noch eine!

Ein Tier nach dem anderen breitete die Hautflügel aus und schon kreiste ein lautloser Schwarm über der Scheuche, der ständig wuchs.

Die kleinen Köpfe mit den spitzen Ohren und stumpfen Nasen erinnerten Laura an die bissiger Hunde. Blutrote Augen fixierten sie. Reißende Zähne blitzten in den Mäulern auf.

Vampirfledermäuse!, kam es Laura in den Sinn. Riesige Vampirfledermäuse! Erst kürzlich hatte sie gelesen, weshalb die Viecher so genannt wurden: weil sie sich von Blut ernährten, von Tierblut normalerweise. Aber in der Turnhalle gab es kein Tier …

Augenblicklich ging Laura die tödliche Gefahr auf, in der sie schwebte. Wie ein gehetzter Schneeleopard jagte sie zum Notausgang in der hintersten Ecke, um sich ins Freie zu retten. Zu ihrem Entsetzen jedoch war die Tür verschlossen!

Das war nicht möglich!

Der Notausgang musste doch immer zu öffnen sein. Von innen zumindest! Doch sosehr Laura auch ruckelte und rüttelte, die schwere Stahltür bewegte sich nicht einen Millimeter.

Im selben Augenblick schlug die Ausgangstür am anderen Ende der Halle zu und das Geräusch eines Schlüssels, der sich im Schloss drehte, wurde hörbar, unmittelbar bevor draußen im Gang ein unheimliches Gelächter ertönte.

Laura erschauderte, denn sie hatte das Lachen sofort erkannt: So grässlich lachte nur Syrin, die unberechenbare

Schwarzmagierin im Dienste des Schwarzen Fürsten. Aber das war doch nicht möglich! Syrin hielt sich doch in Aventerra auf! Wie konnte sie gleichzeitig auf Ravenstein sein?

Laura kam nicht dazu, darüber nachzusinnen. Der Bauch der Vogelscheuche hatte offenbar das letzte Flattertier ausgespuckt. Es mochten mittlerweile hundert, vielleicht auch zweihundert sein, die als riesige schwarze Wolke über dem Zylinder schwebten. Blutgier spiegelte sich in ihren Augen. Die spitzen Zähne waren entblößt, als könnten die Vampire es gar nicht abwarten, sie in das zarte Fleisch ihres Opfers zu schlagen.

Da hob der Lattenmann den rechten Frackarm und senkte ihn sogleich wieder – das Signal zum Angriff! Schon schwirrte der unheimliche Schwarm auf Laura zu, ebenso lautlos wie unaufhaltsam. Und so fieberhaft sie auch nachdachte, ihr wollte einfach nicht einfallen, wie sie den Biestern entkommen könnte.

Oh, oh! Übel, übel!«, murmelte der Platzwechsler, während er aufgeregt hin und her hüpfte. »Ich gehe nicht einen Schritt mehr weiter!«

Alarik konnte Malhiermalda nur allzu gut verstehen. Hinter einem Baumstamm versteckt, spähte der Knappe hinaus auf die große Lichtung mit den Holzhütten, die nur von einem mächtigen Feuer beleuchtet wurde. In seinem Schein waren Männer in schwarzen Rüstungen zu erkennen. Offensichtlich hielten sie Wache, denn sie marschierten unablässig auf und ab und ließen ihre Blicke aufmerksam in die Runde schweifen. Wen mochten sie bloß bewachen?, fragte sich Alarik und wandte sich an den Gefährten, der ihn zielsicher zum Traumwald geführt hatte. »Hör zu«, flüsterte er dem Platzwechsler ins Ohr. »Du rührst dich ausnahmsweise mal nicht von der

Stelle, auch wenn dir das noch so schwerfallen mag. Und ich versuche herauszufinden, was hier vor sich geht.«

»Wenn du meinst, wenn du meinst«, entgegnete Malhiermalda und sprang eilends hinter einen Busch.

Alarik spähte nach allen Seiten, bevor er sich tief gebückt zur nächstgelegenen Hütte schlich. Alle Knappen von Hellunyat mussten während ihrer Ausbildung das heimliche Anschleichen an den Feind üben, und so bereitete es ihm nicht die geringste Mühe, unbemerkt bis zum Dorfplatz vorzudringen. Dort verbarg er sich hinter einer Hütte. Nun konnte er die Traumspinner erkennen, die, an Händen und Füßen gefesselt, in der Mitte ihrer Siedlung lagerten. Und die Männer, die um sie herumstrichen, gehörten zu Borborons Schwarzer Garde!

Alariks Blick schweifte zum Ende der Lichtung. Auch dort loderte ein Feuer, dem die Schwarzen Ritter jedoch keine Beachtung schenkten. Das ließ nur einen Schluss zu: Dort mussten Verbündete von ihnen lagern, wenn nicht gar Komplizen – und vielleicht sogar der Schwarze Fürst!

Oh, oh!, dachte Alarik beklommen. Die viele Tage währende Gesellschaft des Platzwechslers hatte bei ihm Spuren hinterlassen. Was Borboron wohl im Schilde führen mag?

Trotz heftigen Grübelns fand Alarik keine Antwort darauf, und so beschloss er in den Schutz der Bäume zurückzukehren, um das Geschehen aus der sicheren Deckung zu beobachten. Den Blick auf die wachhabenden Schwarzgardisten gerichtet, zog Paravains Knappe sich Schritt für Schritt zurück. Erst in unmittelbarer Nähe des Waldrandes drehte er sich um – und erschrak beinahe zu Tode: Direkt vor ihm stand ein Recke in schwarzer Rüstung, der ihn grimmig anstarrte.

»Sieh an, sieh an!« Die Stimme des dunklen Schergen triefte vor Hohn. »Wenn das nicht eine von Elysions erbärmlichen Kreaturen ist!«

Die Hand des Recken fuhr zum Schwert, das an seiner Seite baumelte, und bevor der Knappe wusste, wie ihm geschah, blitzte die blanke Klinge vor ihm im Mondlicht auf. Der Ritter hob das Schwert über den Kopf.

Die geflügelten Monster waren schon fast heran, als Laura sich die Fechtmaske über den Kopf zog. Zumindest ihr Gesicht war damit vor den spitzen Zähnen geschützt, und auch die wattierte Fechtjacke würde einige Angriffe überstehen, bevor die blutrünstigen Tiere ihr ernsthafte Wunden zufügen konnten. Außerdem würde sie sich nicht kampflos ergeben.

Bestimmt nicht!

Entschlossen umklammerte Laura das Florett und hieb wie von Sinnen auf die Angreifer ein. In ihren Ohren dröhnte und sirrte es wild. Die peinigenden Geräusche mussten von den hochfrequenten Tönen der Fledermäuse herrühren, die für menschliche Ohren normalerweise nicht hörbar waren, sich nun aber so überlagerten, dass sie schrille Dissonanzen erzeugten.

Wieder und wieder hieb das Mädchen mit der Waffe um sich. Doch für jeden der Beißer, den es niederstreckte, griffen mindestens zwei weitere an. Die getroffenen Tiere stürzten zu Boden, wo sie sich augenblicklich in eine zähflüssige, pechartige Masse auflösten, die einen üblen Gestank verbreitete. Laura registrierte das nur am Rande, denn sie kämpfte um ihr Leben. Gleich einem Berserker ließ sie die Klinge wirbeln – aber es waren einfach zu viele Angreifer, als dass sie ihrer hätte Herr werden können. Sie waren überall. Dutzende der Biester hatten sich in ihre Maske verbissen, während andere die Zähne in ihren Körper schlugen. In Arme und Beine und wo immer sie nur zupacken konnten. Schon nach kurzer Zeit wusste Laura nicht mehr, wohin sie das Florett führen sollte, denn sie war über und über mit rasenden Fledermäusen bedeckt und wie von einem Bienenschwarm eingehüllt.

Lauras Kräfte schwanden. Das Gewicht der unzähligen Tiere, die an ihr hingen, zwang sie zu Boden. Das schmerzhafte Sirren in ihren Ohren wurde übertönt von Biss- und Reißgeräuschen, mit denen sich die fliegenden Piranhas mehr und mehr durch ihre Schutzkleidung fraßen. Schon schmerzten die ersten Wunden an Armen und Beinen. Und der Geruch und der Geschmack des Blutes steigerte die Angriffslust der Biester. Wie Irrwische schlugen sie mit den Flügeln, während sie gierig auf Laura niederstießen. Ihr schwanden bereits die Sinne, als sie wie aus weiter Ferne eine Stimme hörte:

»*Parbleu!* I'r sollt miisch kennenlernen, i'r Teufelspack! Iisch werde eusch Mores le'ren, eusch 'öllenbrut!«

Percy Valiant!

Sekunden später vernahm Laura ein Zischen – und eine schaumige Masse ergoss sich über sie. Die Fledermäuse ließen blitzartig von ihr ab und ergriffen die Flucht. Wohin sie verschwanden, bekam Laura gar nicht mit. Bis sie sich aufgerichtet, die Fechtmaske heruntergezogen und den Schaum abgewischt hatte, war keine Spur mehr von ihnen zu sehen.

Auch die Vogelscheuche war verschwunden.

Dafür stand Percy Valiant vor ihr. Mit einem Feuerlöscher in der Hand blickte er sie kreidebleich an. »Bist du wo'lauf, *Mademoiselle*? 'aben diese Kreaturen noch was übriisch gelassen von dir?«

Laura atmete schwer und holte tief Luft. Dann sah sie an sich hinab. Trotz des Löschschaums, mit dem sie zum Teil bedeckt war, konnte sie erkennen, dass ihre Kleidung von unzähligen kleinen Löchern übersät war. Selbst im dichten Metallgitter der Fechtmaske klafften Risse. Percy war offensichtlich nicht eine Sekunde zu früh gekommen. Etwas später nur und die scharfen Gebisse der Flugmonster hätten sie zerfetzt. »Mann, das war knapp!«, keuchte das Mädchen und zwang sich zu einem zaghaften Lächeln. »Zum Glück hatten diese Viecher keinen Appetit auf Kunstschnee. Dabei schmeckt der doch bestimmt köstlich.«

»Du sagst es!« Der Sportlehrer erwiderte ihr Lächeln. Die Erleichterung stand ihm ins Gesicht geschrieben. »Sonst 'ätte iisch auch nisscht gewusst, wie iisch i'rer 'ätte 'err werden sollen.«

Percy holte ein Handtuch aus seinem Umkleideraum. Während Laura sich damit den Schweiß und den Löschschaum abwischte, kniete er nieder und nahm die klebrige Masse auf dem Boden in Augenschein. »Pfui, Teufel!«, schimpfte er. »Das stinkt fürwa'r ganz ekel'aft.«

»Stimmt«, bestätigte Laura grimmig. »Genauso wie damals, als sich der Lemur in der Fallgrube aufgelöst hat. Du erinnerst dich doch?«

Der Sportlehrer richtete sich wieder auf. »Als ob dieses un'eimliische Erlebnis meinem Gedäschtnis jemals wieder entschwinden könnte! Diese Fledermäuse 'ier waren offensiischtliisch ebenso das Werk dunkler Mäschte wie das 'orrible *monstre* damals.«

»Natürlich!« Das Gesicht des Mädchens wurde noch finsterer. »Oder hast du vielleicht erwartet, dass unsere Feinde uns in Frieden lassen würden?« Ein unausgesprochener Vorwurf klang in Lauras Stimme mit.

Percy entgegnete nichts, sondern schaute das Mädchen nur betroffen an.

»Aber wieso bist du so spät noch in die Turnhalle gekommen?« Laura klang bereits versöhnlicher.

»Eine glückliische Fügung, wie mir scheint«, erklärte der Blonde. »Die Proben für den Drachenstiisch neigen siisch dem Ende zu, und da wollte iisch es natürliisch niischt verabsäumen, diisch zur Generalprobe einzuladen, die in Kürze über die Bü'ne ge't.«

»Das ist nett von dir, Percy.«

»Als iisch in dein Zimmer kam, 'at Kaja miisch angese'en, als käme iisch geradewegs vom Mars. Auf meine Frage nach dem Grund für i'r 'öchst verwunderliisches Ver'alten 'at sie mir eröffnet, dass du in der Turn'alle wärst, um mit mir ein Feschttraining zu absolvieren. Und da schwante mir augenblickliisch, dass 'ier etwas niischt stimmen konnte.«

»Wie Recht du doch hattest!« Nachdenklich kniff Laura die Augen zusammen.

Percy Valiant machte einen Schritt auf das Mädchen zu. »Sag an: Aus welschem Grunde bist du nun wirkliisch 'ier?«

Laura antwortete nicht. Sie kniff die Lippen zusammen und ihre Wangenmuskeln zuckten. »Na warte. Der kann was erleben«, knurrte sie nur, bevor sie den überraschten Sportlehrer stehenließ und aus der Turnhalle stürmte.

Wie gelähmt starrte Alarik auf das mächtige Schwert, das über seinem Kopf schwebte. Es konnte sich nur noch um Momente handeln, bis der grimmige Recke ihm den Schädel spalten würde! Der Ritter grinste schon voller Vorfreude, als er plötzlich die Augen verdrehte und in sich zusammensackte.

Wie aus dem Nichts wuchs ein Schatten hinter ihm aus dem Boden. »Paravain!«, stieß Alarik hervor. »Habt Dank, Herr. Ihr habt mir das Leben gerettet.«

»Nicht der Rede wert«, wehrte der Weiße Ritter ab, während er sein Schwert, dessen Knauf er dem Schwarzgardisten an die Schläfe geschmettert hatte, in die Scheide zurücksteckte. »Obwohl du das bestimmt nicht verdient hast.«

Während Paravain den Knappen zu dem Versteck führte, aus dem er schon seit geraumer Zeit das unselige Treiben der Schwarzen Ritter beobachtete, redete er beschwörend auf ihn ein: »Schon einmal hast du dich mutwillig in Gefahr begeben und bist nur deshalb mit dem Leben davongekommen, weil Silvan dich im letzten Augenblick gerettet hat. Auch jetzt hat nicht viel gefehlt und dieser üble Kerl hier hätte dir den Garaus gemacht.« Eindringlich blickte Paravain seinen Knappen an. »Merke dir eins, Alarik: Das Glück ist nicht unerschöpflich. Also fordere es nicht wieder heraus! Es könnte dir zum Verhängnis werden!«

Laura war nicht aufzuhalten. Weder von Schnuffelpuff, der an diesem Abend Aufsicht hatte, noch von Max Stinkefurz, der ihr im Flur begegnete. Der Fettwanst war bereits im Pyjama und trug einen Waschbeutel unter dem Arm. Er baute sich mitten im Gang auf und blaffte: »Hey! Hier sind die Jungenschlafräume. Mädchen haben um diese Zeit hier nichts mehr zu suchen!«

Lauras Augen wurden zu schmalen Schlitzen. »Aus dem Weg, Stinkefurz, sonst kannst du was erleben!«

Der Fleischklops schien ihr anzusehen, dass sie es ernst meinte, und trat augenblicklich zur Seite.

Ohne anzuklopfen, stürmte Laura in das Zimmer, das Philipp Boddin gemeinsam mit Alexander Haase bewohnte. Alex hockte vor dem Computer und war mit einem *Adventure-Game* beschäftigt, während Mr Cool auf dem Bett saß und ein Buch in der Hand hielt.

Hoppel fuhr auf seinem Stuhl herum und stierte Laura an. Mehr als ein verwundertes »Was'n jetzt los?« brachte er nicht hervor.

Laura eilte direkt auf Philipp zu. Er hatte »Tintenherz« vor Überraschung zugeschlagen.

»Du mieses Schwein!« Laura war kurz davor, die Beherrschung zu verlieren. »Warum machst du so was? Los, sag schon!«

»Was?« Mr Cool schien völlig entgeistert. »Was … meinst du, Laura?«

»Jetzt tu doch nicht so!« Das Mädchen schnaubte. »Du weißt ganz genau, was ich meine!«

»Nein.« Ein verschüchtertes Lächeln schlich sich in das Gesicht des Jungen. »Wirklich nicht. Und wie siehst du überhaupt aus?«

Laura ging auf die Frage, die ihrem zerfetzten Fechtanzug galt, nicht mit einem Wort ein. »Das habe ich gerne!« Verächtlich schüttelte sie den Kopf. »Erst lockst du mich in eine gemeine Falle – und dann bist du auch noch zu feige, es zuzugeben. Was haben sie dir denn versprochen, du Judas? Geld? Gute Noten? Oder sonst was?«

»Tut mir leid.« Philipp hob beschwörend die Hände. »Aber ich habe keine Ahnung, wovon du sprichst.«

»Tatsächlich?« Dass der Typ so hartnäckig leugnete, brachte Laura zur Weißglut. »Dann willst du also abstreiten, dass du mir eine SMS geschickt hast? Dass du mich in die Turnhalle gelockt hast? Weil du angeblich mit mir trainieren wolltest?«

»Nein, Laura. Ich habe dir keine SMS geschickt. Wirklich nicht.«

Laura war kurz vorm Platzen. Sie musste an sich halten, um Philipp nicht mitten ins Gesicht zu schlagen. »Weißt du was, du mieser Feigling?«, zischte sie in ohnmächtiger Wut. »Sprich mich bloß nicht wieder an. Am besten, du gehst mir ganz aus dem Weg! Und vor allen Dingen – schick mir nie wieder eine SMS!«

Damit stürmte Laura aus dem Zimmer und schlug die Tür so heftig hinter sich ins Schloss, dass die Bilder an den Wänden wackelten.

Philipp sah ihr nur kopfschüttelnd nach und Hoppels Mund stand immer noch offen.

Kapitel 24 ❧ Die Botschaft der Mutter

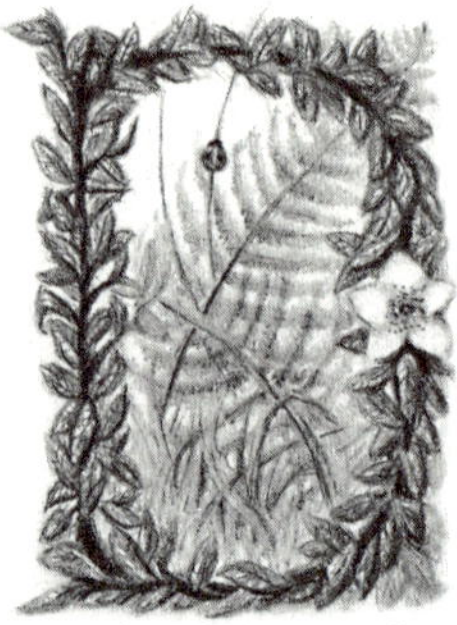

Die Sache schmerzte Laura ganz schrecklich. Nicht die Wunden, welche die Fledermäuse ihr zugefügt hatten. Die waren zum Glück nicht allzu tief. Sie hatte sie desinfiziert und auf die größeren Pflaster geklebt. Schon in ein paar Tagen würde nichts mehr davon zu sehen sein. Der Schmerz, den Philipp Boddin ihr bereitet hatte, saß allerdings tiefer. Viel tiefer! Wie hatte der Typ nur so gemein sein und sie in eine teuflische Falle locken können? Wie konnte er sich nur auf die Seite der Dunklen schlagen?

Oder war er am Ende sogar einer von ihnen?

Wie dieser Kevin damals, der sich ihr Vertrauen erschlichen hatte, nur um ihr ganz übel mitzuspielen. Hatte Philipp alles von Anfang an so geplant und einzig und allein aus diesem Grunde Interesse an ihr geheuchelt? Bei diesem Gedanken war Laura zum Heulen zu Mute. Sollte das wirklich so sein?

Während des gesamten nächsten Vormittags schenkte sie Philipp nicht einen Blick. Sie tat, als wäre er Luft.

Kaja bestärkte sie in ihrem Verhalten. »Oh, nö! An deiner Stelle würde ich den hinterhältigen Typen auch nicht mehr anschauen. Die Biester hätten dich doch töten können! Wie kann man nur so gemein sein. Aber dieser Kerl war mir ja von Anfang an nicht geheuer!«

Laura ersparte sich jeden Kommentar. Es reichte, dass sie sich mies fühlte. Da musste sie nicht auch noch Kaja die Stimmung verderben.

Beim Mittagessen jedoch wurde sie ganz schön verunsichert. Lukas schlug sich nämlich auf Philipps Seite.

»Das glaube ich einfach nicht, dass Mr Cool so was macht«, erklärte er im Brustton der Überzeugung.

»Und wieso nicht?«

»Ich verfüge zwar nicht über deine fantastischen Fähigkeiten, aber ein bisschen Menschenkenntnis reicht aus, um zu wissen, dass Philipp ein ziemlich netter Kerl ist. So eine Gemeinheit traue ich ihm einfach nicht zu.«

»Bei Kevin damals hast du das auch nicht gedacht, oder?«

»Schon.« Lukas schnitt eine verlegene Grimasse. »Aber da lag die Sache ganz anders. Außerdem habe ich den nicht so lange gekannt wie Mr Cool. Den kenne ich doch schon seit Jahren.«

»Ich auch«, brummte Laura. »Zumindest habe ich das geglaubt.«

»Außerdem«, fuhr der Bruder bedächtig fort, »kannst du doch ganz leicht nachprüfen, ob er die Wahrheit sagt oder nicht.«

Laura war perplex. »Wie denn?«

Ein wissendes Grinsen spielte um die Lippen des Jungen. »Hast du seine SMS gelöscht?«

»Ja.« Sie hatte schließlich unter allen Umständen verhindern wollen, dass die Freundin von der Verabredung Wind bekam. Bei Kajas Neugier konnte man ja nicht ausschließen, dass sie ab und an einen Blick auf fremde Handys warf.

»Schade.« Lukas machte ein enttäuschtes Gesicht. »Sonst hättest du nämlich sehen können, ob die Nachricht tatsächlich von Philipps Handy abgeschickt worden ist. Denn anders als bei einem Anruf kann der Absender bei einer SMS seine Rufnummer nicht unterdrücken. Sie erscheint immer im Display des Empfängers und wird auch gespeichert – vorausgesetzt, der ist nicht so bescheuert und löscht sie!«

Der Gedanke, dass sie Philipp vielleicht doch Unrecht getan hatte, ließ Laura nicht mehr los. Obwohl Kaja mit aller Macht versuchte sie zum Skaten zu überreden, blieb sie am Nachmittag auf dem Zimmer. Außerdem gingen ihr immer wieder Bertruns Hinweise durch den Kopf, die sie noch nicht vollständig gelöst hatten. Gut – wenn Rika Wort hielt, dann war das vielleicht nicht so wichtig. Andererseits musste es doch eine Erklärung für dieses merkwürdige Labyrinth geben, das sie auf dem Gemälde versteckt hatte.

Der Eintrag unter net-lexikon.de half ihr aber nicht weiter. »Das Labyrinth bezeichnet den Weg eines Individuums nach innen, zu sich selbst und wieder zurück in die Welt«, las Laura vom Monitor ab. »Dieser Weg führt den Suchenden in schwierige Situationen … aber nichts geschieht ohne Sinn, jede Begegnung enthält eine Lernaufgabe.« Und weiter: »Bleibt er bei der Sache, lässt sich nicht beirren und kehrt nicht um, so führt ihn der eingeschlagene Weg irgendwann zum Zentrum – zur eigenen Mitte und zur Quelle der eigenen Kraft oder der Erde.«

Hä?

Laura rümpfte die Nase. Musste man das verstehen?

Eher nicht!

Resigniert schaltete sie den Computer aus, setzte sich auf ihr Bett, nahm Minzi auf den Schoß und grübelte vor sich hin.

Warum hatte sie es denn so schwer? Warum konnte sie nicht einfach sein wie andere Mädchen? Warum musste sie sich mit einer Aufgabe herumschlagen, die schon für einen Erwachsenen kaum lösbar war? Wofür machte sie das eigentlich? Was war der Lohn für ihre Mühe?

Dass Einzige, was dabei herauskam, war, dass sie die Schule vernachlässigte. Und dass sie anderen, völlig Unschuldigen, die übelsten Sachen zutraute.

Wie Philipp zum Beispiel!

Vielleicht hatte Lukas ja Recht. Vielleicht hatte Mr Cool die SMS gar nicht geschickt. Vielleicht war den Dunklen wie so vielen anderen aufgefallen, wie nett sie Philipp fand – und sie hatten das eiskalt für ihre Zwecke ausgenutzt.

Wäre doch möglich, oder?

Sollte das denn immer so weitergehen?

Sollte diese große Aufgabe ihr gesamtes Leben bestimmen, so dass sie für andere Dinge gar keine Zeit mehr fand?

Nicht einmal für sich selbst?

War sie denn nicht wichtiger als dieses Schwert? Wichtiger als der Kelch der Erleuchtung? Oder sogar die Sache des Lichts?

»Ich verstehe dich nur zu gut, Laura«, sagte da eine Stimme.

»Mama!« Laura drehte den Kopf und blickte auf Annas Porträtfoto, das schräg über ihr an der Wand hing.

Die blonde Frau, die wie eine ältere Ausgabe von Laura aussah, schaute sie mit sanftem Lächeln an.

»Du weißt, wie ich mich fühle, Mama?« Laura legte ihre Hand auf das Foto und meinte menschliche Wärme durch das Glas zu spüren.

»Selbstverständlich. Mir sind die gleichen Gedanken durch den Kopf gegangen, als ich so alt war wie du. Und später natürlich auch noch. Ich habe mich auch gefragt, was wichtiger ist: die Aufgabe, die einem übertragen wurde und für die es sich zu kämpfen lohnt, weil wir die Welt so ein Stückchen besser machen können, oder wir selbst.«

»Obwohl du kein Wächter warst?«

»Ja, Laura. Jeder Mensch stellt irgendwann seine Pflichten in Frage.«

Ein Lächeln legte sich auf Lauras Gesicht. Es war, als strahle das Foto eine seltsame Ruhe aus, die sich auf sie übertrug. Der Gedankenwirbel in ihrem Kopf verflüchtigte sich und eine sanfte Gelassenheit stieg in ihr auf.

»Erst spät habe ich gemerkt, dass kein Widerspruch zwischen dir und deiner Aufgabe bestehen muss. Sie ist ein Teil von dir. Du kannst nur du selbst werden, wenn du sie auch annimmst und alles dafür tust, um sie zu erfüllen. Nur dann kannst du zu deinem wahren Selbst finden. Denke immer daran, Laura. Wenn du zaghaft wirst, zum Beispiel, oder wenn du den Mut verlierst und mit deinem Schicksal haderst wie jetzt. Die Aufgabe, das bist du selbst! Also nimm sie an und stelle dich ihr, so wie das schon unzählige Generationen von Wächtern vor dir getan haben. Unterbrich die Kette nicht, die vom Anfang bis zum Ende aller Zeiten für die Kraft des Lichts geschmiedet wurde, denn sonst werden die Mächte der Dunkelheit die Oberhand gewinnen und das Ewige Nichts die Herrschaft erlangen.« Noch einmal lächelte Anna Leander ihrer Tochter liebevoll zu. Dann erstarrten ihre Gesichtszüge und alles auf dem Foto sah wieder ganz genauso aus wie zuvor.

Laura atmete tief durch. Die Worte der Mutter hatten ihr aufgewühltes Gemüt besänftigt. Anna hatte ja so Recht! Sie, Laura, war doch nicht die Einzige auf der Welt, die im Dienste des Lichts stand. Auch ihr Vater und die vorangehenden Generationen hatten ihre Aufgabe angenommen und sich der guten Sache nicht verweigert. Ihre Großmutter war sogar ebenso im Zeichen der Dreizehn geboren wie sie selbst und hatte deshalb nicht nur ihre fantastischen Fähigkeiten an ihre Enkeltochter weitergegeben, sondern auch das Rad der Zeit. Dieses kostbare Amulett aus purem Gold, von dem nur zwei Exemplare existierten. Zu Anbeginn der Welten waren sie von Lichtalben aus dem gleichen Gold geschmiedet worden, aus dem auch der Kelch der Erleuchtung gefertigt war. Eines davon befand sich im Besitz von Elysion, das andere war vor undenklichen Zeiten auf den Menschenstern gebracht worden. Über unzählige Generation hatten es die Wächter, die im Zeichen der Dreizehn geboren waren, an ihresgleichen weitergereicht. Auf diese

Weise war es schließlich auch in Lauras Hände gelangt, bis sie es in der Nacht zu ihrem dreizehnten Geburtstag durch unglückliche Umstände an Syrin, die unheimliche Gestaltwandlerin im Dienste des Schwarzen Fürsten, verloren hatte. Seitdem trug diese es stolz um den Hals, wie Laura auf einer Traumreise nach Aventerra zu ihrem großen Entsetzen hatte feststellen müssen. Die schwarzen Kräfte der unheimlichen Frau waren dank des wertvollen Artefakts nur noch gestärkt worden. Laura dagegen war nichts weiter geblieben als das Kästchen, das seit unzähligen Generationen zur Aufbewahrung des Amuletts diente.

Da fuhr Laura wie von einem Katapult geschleudert hoch und starrte geistesabwesend vor sich hin.

Minzi zuckte zurück und verkroch sich unter Kajas Bett. Offensichtlich hatte Lauras plötzliche Bewegung ihr einen Mordsschrecken eingejagt.

In diesem Moment trat Kaja in das Zimmer, ihre Rollerblades über der Schulter. Als sie die wie zu einer Salzsäule erstarrte Freundin erblickte, blieb sie überrascht stehen. »Was ist denn los?«, fragte sie. »Was hast du denn, Laura?«

Endlich kam wieder Leben in das Mädchen. Wie ein beutehungriger Falke stürzte Laura auf ihren Kleiderschrank zu. »Schick Lukas ’ne SMS«, herrschte sie Kaja an. »Er soll sofort herkommen!« Dann riss sie die Schranktür auf und begann wie im Fieber in einer Schublade zu wühlen.

Lukas machte nicht gerade ein begeistertes Gesicht, als er wenig später in das Zimmer der Mädchen trat. »Ich hoffe, es ist wichtig!«, maulte er. »Im Science-Forum läuft nämlich gerade ein Internet-Chat mit Stephen Hawking, an dem ich wahnsinnig gerne teilnehmen wollte. Also, was gibt’s?«

Laura tauschte einen verschwörerischen Blick mit Kaja, die Minzi auf dem Arm hielt, und strahlte dann den Bruder an, als habe sie eben eine Goldmedaille im Fechten gewonnen. »Das hier ist los!«, sagte sie und hielt Lukas ein Holzkästchen entgegen. Es maß etwa dreizehn mal neunzehn Zentimeter bei einer Höhe von rund drei Zentimetern. Der Junge hob verwundert den Kopf. »Das Schmuckkästchen, in dem Papa das Rad der Zeit für dich aufbewahrt hat«, sagte er. »Na und? Was soll ich damit?«

»Schau es dir doch mal genauer an.« Immer noch lächelnd, drückte Laura ihm das Behältnis in die Hand. »Dann wirst du sofort kapieren, was ich meine.«

Lukas musste nur einen kurzen Blick auf den Deckel werfen, um zu verstehen. »Ich fass es nicht«, sagte er und fuhr vorsichtig über die Intarsien aus hellem Edelholz, mit denen die Oberseite des Kästchens verziert war. »Das ist ja –«

»– ein keltisches Labyrinth«, beendete Laura seinen Satz.

Lukas nickte mit offenem Mund. Der Schmuckbehälter war zwar ziemlich abgegriffen, so dass Teile des fremdartigen Musters nicht mehr deutlich zu erkennen waren, dennoch handelte es sich dabei zweifelsfrei um ein keltisches Labyrinth. Es entsprach exakt dem Zeichen, das Bertrun unter dem Findling im Zentrum des Steinkreises versteckt hatte. Und da wurde dem Jungen plötzlich alles klar. »Klaromaro!«, rief er aufgeregt. »Bertrun hat dieses Kästchen angefertigt, und das bedeutet –«

»– dass sich der entscheidende Schlüssel zu ihren Hinweisen wahrscheinlich dadrin befindet«, unterbrach die Schwester ihn. »Das ist doch ganz offensichtlich.«

»Oh, nö!« Kaja rollte die Augen. »Und wieso, wenn ich fragen darf?«

»Du darfst!« Lukas grinste. »Als Spar-Kiu steht dir dieses Recht schließlich zu.« Ungeachtet ihres Protestgeschnaubes fuhr er fort: »Bertrun war doch ebenfalls im Zeichen der Dreizehn geboren. Sie wusste also, dass das Rad der Zeit immer an besonders fähige Wächter weitergereicht wird.«

»Genau!«, bestätigte Laura aufgeregt. »Und da sie sich aufs Tischlern verstand, hat sie dieses Schmuckkästchen angefertigt und den entscheidenden Hinweis auf die Schwertteile darin versteckt. Weil sie sicher sein konnte, dass er auf diese Weise immer in die richtigen Hände gerät.«

»Ist doch klar!« Kaja nickte, als sei das die größte Selbstverständlichkeit der Welt. »Hätte ich genauso gemacht an ihrer Stelle!«

»Tatsächlich?« So viel Unverfrorenheit ärgerte Laura nun doch. »Und warum hast du uns dann nicht eher auf die Idee gebracht?«

»Pah!« Kaja schnaubte. »Muss ich denn hier alles allein machen?«

Lukas hielt sich mit einem Kommentar zurück. Er wandte sich an die Schwester. »Und? Hast du schon was gefunden?«

Anstelle einer Antwort klappte Laura den Deckel des Kästchens auf und nahm das Kissen aus blauem Samt heraus, auf dem das goldene Amulett mitsamt der Schlangenkette geruht hatte. Auf dem Holzboden, der darunter zum Vorschein kam, war eine Zeichnung zu erkennen, darunter ein Vers in einer altertümlichen Schrift.

Dargestellt waren zwölf kleine Kreise, die wie Planeten rings um einen sonnenähnlichen Kreis in der Mitte schwebten. Im zentralen Kreis befand sich ein keltisches Labyrinth, während die zwölf äußeren Kreise jeweils Rechenzeichen enthielten: ein Plus, ein Minus oder das Zeichen für das Multiplizieren oder Dividieren. Jedes Zeichen kam dreimal vor. In ihrer Abfolge jedoch war keinerlei sinnvolle Ordnung zu erkennen. Erst folgte auf ein Plus ein Minus, dann wieder ein Mal-Zeichen, und mit den anderen Zeichen verhielt es sich genauso.

»Eines dürfte wohl logosibel sein.« Lukas' Stimme überschlug sich fast vor Eifer. »Die dreizehn Kreise stehen für die Findlinge auf Bertruns Bild.« Dann jedoch umwölkte sich seine Stirn. »Fragt sich nur, welche Bedeutung diese Rechenzeichen haben?«

»Ich hoffe doch, dass uns der Vers darüber Auskunft gibt.« Laura las vor:

»Wende stets dich hin zum Licht,
erkenn, was manche Stunde schlägt.
Und wenn's Verborg'ne öffnet sich,
dein Schritt ans richt'ge Ziel dich trägt.«

»Na toll!« Kaja zog eine Schnute und schaute die Geschwister ratlos an. »Nichts gegen einen Code, aber etwas deutlicher hätte diese Bertrun ja schon sein können. Wie sollen wir bloß rausfinden, was dieser Vers bedeutet?«

Als Marius Leander die Augen aufschlug, sah er dem Schwarzen Fürsten direkt ins Gesicht. Erschrocken fuhr er von seinem Lager auf, und da erst gewahrte er im Hintergrund Gramar. Neben ihm stand der Traumspinner, der von zwei Schwarzen Rittern festgehalten wurde.

»Nun?« Borboron beugte sich über sein Lager. »Was hast du geträumt, du Menschenwurm?«

Marius versuchte sich zu erinnern, doch es wollte ihm nichts einfallen – absolut nichts. Ihm war, als hätte er nicht einen einzigen Traum gehabt während der vergangenen Nacht. Was natürlich nicht möglich war, wie er wusste. Jeder Mensch wurde von Träumen heimgesucht im Schlaf, auch wenn die meisten sich nicht daran erinnern konnten. Und so musste natürlich auch Marius geträumt haben.

Nur – was?

Aber sosehr er sich auch die vergangene Nacht ins Gedächtnis zurückzurufen versuchte – sein Kopf blieb leer wie ein Fass ohne Boden. »Tut mir leid, Herr«, sagte er schließlich, »aber ich erinnere mich nicht.«

Der Schwarze Fürst verengte die Augen. »Wirklich nicht?«

Marius schüttelte nur wortlos den Kopf.

»Schade.« Borboron seufzte theatralisch. »Dann kann ich wohl nicht umhin, Gurgulius zu rufen.« Er fasste in seine Tasche und holte die kleine Pfeife heraus.

Marius erschrak. Durfte es denn sein, dass jemand sterben musste, nur weil er sich nicht richtig erinnern konnte? Wie sollte er weiterleben mit dem Gedanken, sich am Tod eines anderen mitschuldig gemacht zu haben? »Einen Moment noch, Herr!«, flehte er den Schwarzen Fürsten an. »Vielleicht fällt es mir ja noch ein?«

»Wirklich?« Borborons Augen glühten auf. »Du hast nicht länger als drei Herzschläge!«

Marius atmete tief ein. Konzentriere dich, befahl er sich im Stillen.

»Noch zwei«, sagte Borboron.

Reiß dich zusammen – bitte! Es geht um ein Leben!

»Noch einen!«

Da endlich erinnerte sich Marius an die Botschaft, die er im Traum empfangen hatte.

Sie war so entsetzlich, dass ihm schwarz vor Augen wurde.

Lukas sah Kaja mit gespitzten Lippen an. »Du meinst also, Bertrun hätte den Hinweis präziser formulieren sollen?«

»Ja, klar!«, antwortete das Mädchen im Brustton der Überzeugung.

»Verstehe.« Der Sarkasmus in Lukas' Stimme war nicht zu überhören. »Damit jeder Idiopf ihn auch auf Anhieb kapiert, nicht wahr?«

»Idiopf?« Kajas perplexes Gesicht verlieh ihr eine verblüffende Ähnlichkeit mit einem orientierungslosen Lama. »Was soll das denn wieder heißen?«

Laura musste grinsen. »Ist doch nicht so schwer: Ein Idiot, gepaart mit einem Schwachkopf, ergibt einfach einen Idiopf!«

»Genau!«, knurrte Lukas. »Aber zurück zu diesem Vers: Hast du schon eine Idee, was der dir sagen soll, Laura? Denn dass du damit gemeint bist, beziehungsweise alle im Zeichen der Dreizehn geborenen Wächter vor dir, dürfte wohl klar sein.«

»Das sehe ich genauso.« Das Mädchen kniff die Augen zusammen. »Mehr ist mir aber auf Anhieb auch nicht eingefallen. Und ganz so Unrecht hat Kaja ja nicht: So richtig deutlich ist dieser Vers wirklich nicht.«

»Na, dann müssen wir wohl kapitulieren, oder?«

»Quatsch!« Laura schoss Lukas wütende Blicke zu. »Das hab ich damit doch gar nicht behauptet. Du weißt doch: ›Nur wer aufgibt, hat schon verloren!‹ Hat Papa immer gesagt. Stimmt ja auch.«

»Da bin ich aber erleichtert.«

Während der Junge vor sich hin schmunzelte, ärgerte Laura sich im Stillen, dass sie einmal mehr auf seine Provokation hereingefallen war. Dabei hätte sie doch wissen müssen, dass Lukas kaum etwas mehr liebte, als sie aufzuziehen und auf die Palme zu bringen. Aber immer wieder ging sie ihm auf den Leim! Das Mädchen zwang sich zur Ruhe und atmete tief durch. »Versuchen wir es doch mal mit System – wie bei einer Gedichtinterpretation im Deutschunterricht.«

»Oh, nö!« Kaja stöhnte laut auf. »Wenn es etwas gibt, was ich abgrundtief hasse, dann ist das die Interpretation von Gedichten.«

»Du kannst ja schon essen gehen, wenn du keine Lust dazu hast«, schlug Lukas ihr vor. Aber das wollte Kaja natürlich auch nicht. Ihre Neugier war eben manchmal noch um einiges größer als ihre Verfressenheit.

»Überspringen wir einfach die ersten beiden Zeilen!« Lukas deutete auf die dritte. »Schließlich dürfte klar sein, was mit dem ›Verborg'nen‹ gemeint ist: die drei Zahlen, die Bertrun unter den Findlingen versteckt hatte.«

»Bestimmt!« Laura nickte eifrig. »Aber auch die zweite erscheint mir nicht allzu schwierig: ›Erkenn, was manche Stunde schlägt.‹ Die Zeichnung ähnelt doch nicht nur einem Planetensystem, sondern erinnert noch viel stärker an das Zifferblatt einer Uhr!«

»Jetzt, wo du es sagst!« Lukas hob anerkennend die Brauen.

»Und wenn die Kreise für die jeweilige Uhrzeit stehen«, fuhr Laura fort, »könnte die Zahl der Glockenschläge gemeint sein, die zur entsprechenden Stunde erklingen.«

»Hey, gar nicht so schlecht«, lobte der Bruder. »Du bist auf der richtigen Spur, auch wenn es offensichtlich noch nicht ganz richtig ist. Sonst hätte Bertrun doch ›hör‹ geschrieben und nicht ›erkenn‹. Was nicht daran liegen kann, dass das Versmaß sonst nicht gestimmt hätte.«

Kaja war anzusehen, dass sie nicht den blassesten Schimmer hatte, was Lukas meinte. »Versmaß?«, fragte sie. »Seit wann misst man Verse?«

Der Junge schlug die Hände vors Gesicht und stöhnte theatralisch auf. »Ich fass es nicht!«

Laura stieß ihn mit dem Ellbogen an. »Krieg dich wieder ein«, sagte sie streng und konzentrierte sich auf die Zeichnung. »Dieses ›erkenn‹ bezieht sich dann vielleicht auf die Rechenzeichen, oder? Hier zum Beispiel, auf der rechten Seite: Bertrun hat in den Stein, der genau auf drei Uhr liegt, ein Divisionszeichen gemalt. Die Zahl, die darunter verborgen war, ist die Vierundfünfzig. Wenn man das durch drei dividiert, also um die Anzahl der Schläge um diese Uhrzeit, erhält man exakt die Achtzehn.«

Lukas staunte sie mit heruntergeklappter Kinnlade an. »Genial, Laura, einfach genial. Das muss es sein!« Er deutete auf den Stein auf der Sechs-Uhr-Position. »Hier drunter war die Vierundvierzig. Minus sechs ergibt achtunddreißig. Und hier links, auf neun Uhr, war die Vierunddreißig verborgen. Multipliziert mit neun ergibt das dreihundertundsechs! Klaromaro: Diese Zahlen entsprechen offensichtlich der Anzahl der Schritte, die uns ans richtige Ziel tragen – womit auch die Bedeutung der vierten Verszeile geklärt sein dürfte.«

»Genau!« Laura nickte eifrig. Ihre Wangen glühten nun vor Aufregung. »Jetzt fehlt uns nur noch die Richtung, die wir aus der ersten Zeile erfahren müssten. ›Wende dich stets hin zum Licht.‹«

»Gut möglich.« Lukas kniff nachdenklich die Augen zusammen. »Zuerst dachte ich ja, dieser Satz würde bedeuten, dass man sich immer für die Sache des Lichts einsetzen soll. Aber das ist eigentlich so selbstverständlich, dass Bertrun keinen Grund hatte, eigens darauf hinzuweisen. Das Licht hier muss also eine andere Bedeutung haben.«

»Vielleicht …?« Kaja warf die Lippen auf. »Vielleicht ist ja die Sonne damit gemeint, das Himmelslicht?«

»Hey, Kaja!« Laura sah die Freundin überrascht an. »Das ist gar nicht so blöd! Schließlich steht die Sonne zu den verschiedenen Uhrzeiten an unterschiedlichen Stellen – und könnte damit die Richtung anzeigen.«

»Sag ich doch!«, antwortete das Pummelchen und grinste wie ein personifizierter Smiley.

Lukas jedoch schien die Begeisterung der Mädchen nicht zu teilen. Er wiegte bedächtig den Kopf. »Das ist nur bedingt richtig. Der Sonnenstand verändert sich nämlich im Laufe eines Jahres – und so müsste man schon den genauen Tag wissen, um die Richtung exakt bestimmen zu können. Aber einen entsprechenden Hinweis kann ich beim besten Willen nicht entdecken.«

Laura zog eine Grimasse und kratzte sich am Kopf. Wo Lukas Recht hatte, hatte er nun mal Recht! Was also konnte noch mit dieser Verszeile gemeint sein? Ratlos warf sie einen Blick aus dem Fenster, wo die tiefer stehende Spätnachmittagssonne die Schatten länger werden ließ – und da fiel es ihr ein.

Jetzt mach schon!« Der Schwarze Fürst war kurz davor, die Geduld zu verlieren. »Sag uns endlich, was du geträumt hast!«

Bevor Marius antwortete, blickte er zu dem schmächtigen Traumspinner, der sich in der Gewalt der Schwarzen Ritter befand. Die Augen in seinem schmalen Gesicht glichen einem einzigen Flehen. Bitte sage es ihnen, schien sein Blick zu bedeuten, denn sonst muss einer von uns sterben!

Marius räusperte sich. »Nun«, hob er an.

Borboron reckte das Kinn vor. »Ja?«

»Ich habe geträumt«, fuhr Marius fort, »dass mir eine Frage gestellt wurde …«

»Nämlich?«

»Ähm … die Frage: ›Was ist das Wichtigste im Leben?‹«

»Ach?« Das finstere Gesicht des Schwarzen Fürsten hellte sich auf. »Und was hast du geantwortet?«

»Ich selbst bin das Wichtigste in meinem Leben«, antwortete Marius ohne langes Nachdenken, »und außer mir zählt nichts!«

Borboron grinste. »Wie wahr, wie wahr«, sagte er. »Warum denn nicht gleich so?« Er wandte sich ab und ging auf Gramar zu, der sich vor dem Tyrannen verneigte. »Das habt Ihr wirklich gut gemacht«, lobte ihn der Schwarze Fürst und schaute dann den Traumspinner an. »Alles, was recht ist, Meister Orplid: Ihr scheint in der Tat der Beste Eurer Zunft zu sein!«

Der Traumspinner antwortete nicht, sondern schlug nur die Augen zu Boden, als schäme er sich.

Marius Leander wurde blass, als er begriff, was er soeben gesagt hatte. Das Herz in seiner Brust galoppierte und die Gedanken in seinem Kopf überschlugen sich. Welch eine perfide Botschaft, die Borboron da ausgesandt hatte! Nicht auszudenken, wenn es ihm tatsächlich gelang, sie den Menschen einzupflanzen. Wenn jeder nur noch an sich selbst dachte und keine Rücksicht mehr nahm auf seine Mitmenschen, wenn jeder nur noch den eigenen Vorteil im Sinn hatte und sich nicht mehr um andere kümmerte, dann steuerte die Welt geradewegs auf den Untergang zu!

›Du selbst bist das Wichtigste in deinem Leben – und außer dir zählt nichts!‹ Wenn dieser teuflische Gedanke sich auf Erden verbreitete, dann würden die Dunklen siegen und die Herrschaft des Ewigen Nichts war nicht mehr aufzuhalten.

Von niemandem – nicht einmal von Laura.

Kapitel 25 Ein gescheitertes Unternehmen

Laura deutete auf den zentralen Kreis der Zeichnung. »Wenn ich hier stehe und mich dann jeweils den Steinen zuwende, die etwas ans Licht gebracht haben, dann sehe ich genau nach Osten, Süden und Westen. Dorthin, wo auch die Sonne, also das Licht, am Morgen, am Mittag und am Abend steht. ›Wende dich stets hin zum Licht‹ kann deshalb wohl nur bedeuten, dass man von den Steinen in die Richtung gehen soll, die ihrer Position auf einem Kompass oder auf der Windrose entspricht – und mit der entsprechenden Anzahl von Schritten kommt man dann dorthin, wo Bertrun die Schwertteile versteckt hat.«

»Klingt einleuchtend, zumindest in der Theorie.« Lukas schielte sie über den Rand seiner Brille an. »Am besten, wir prüfen so schnell wie möglich nach, ob das auch praktisch stimmt.«

»Aber …« Laura machte ein entgeistertes Gesicht. »Wie stellst du dir das denn vor?«

»Genau!« Kajas Miene war ein einziger Vorwurf. »Wir kommen doch niemals unbemerkt auf das Gelände! Und ich hab absolut keine Lust, mich wieder von diesen Krähenbiestern piesacken zu lassen.«

»Das musst du auch nicht«, entgegnete Lukas trocken und zeigte nach draußen, wo der massige Bauzaun des Ausgrabungsgeländes zu sehen war. »Oder habt ihr noch nicht bemerkt, dass sich eines der Verstecke gar nicht auf dem abgesperrten Areal befindet?« Er wandte sich wieder der Zeichnung auf dem Boden des Schmuckkästchens zu und deutete auf den Kreis auf der Neun-Uhr-Position. »Wenn man von da aus nämlich dreihundertundsechs Schritte nach Osten macht, ist man ein ganzes Stück davon entfernt.« Dann ging er zum offenen Fenster, kniff die Augen zusammen und spähte hinaus in den Park, über den sich allmählich die Dunkelheit senkte. »Seht ihr die große Eiche dort, ganz in der Nähe von Attilas Häuschen?«

Laura stellte sich neben den Bruder und schaute ebenfalls nach draußen. Der Baum mit der mächtigen Krone war nicht zu übersehen. »Was ist damit?«

»Ich schätze, dass es bis dorthin ungefähr dreihundert Schritte sind. Aber das werde ich natürlich noch ganz exakt berechnen. Attila Morduk besitzt doch bestimmt eine maßstabsgetreue Karte vom Burggelände, und damit ist das überhaupt kein Problem.«

»Du meinst es also tatsächlich ernst, Lukas?«

»Natürlich, Laura.« Der Junge schloss das Fenster. »Wir haben doch keine Zeit zu verlieren, wenn wir den Dunklen zuvorkommen wollen. Deshalb werden wir dort graben – und zwar gleich heute Nacht! Okay?«

»Okay.« Laura fühlte Erleichterung in sich aufsteigen. Es war schließlich höchste Zeit, dass sie etwas unternahmen!

Lukas verabschiedete sich und ging zur Tür. »Vorsicht«, rief Kaja ihm noch zu, aber da war es bereits zu spät: Wie ein Wiesel wischte Minzi durch den Türspalt nach draußen und zischte den Gang entlang, als seien Dämonen hinter ihr her.

»Oh, nö! Nicht schon wieder!« Kaja schnaubte und eilte unter lauten »Minzi! Minzi!«-Rufen dem Kätzchen hinterher.

»Wenn das mal gut geht!« Lukas verdrehte die Augen und wandte sich an die Schwester. »Weißt du, was mich wundert? Dass noch kein Lehrer entdeckt hat, dass ihr die Katze in eurem Zimmer versteckt haltet.«

»Wir haben eben einfach Glück gehabt«, kommentierte Laura lapidar. »Die meisten interessiert das ohnehin nicht. Und Quintus und Pinky haben im Moment mit Sicherheit etwas anderes zu tun, als Verstöße gegen die Hausordnung aufzuspüren.«

»Sieht ganz so aus.« Vor der Tür drehte Lukas sich noch einmal zu der Schwester um. »Das wird bestimmt eine ordentliche Plackerei heute Nacht«, sagte er. »Könnte also nicht schaden, wenn wir einen Helfer bekommen würden, der kräftig zupacken kann.«

»Ich denke, das lässt sich einrichten.« Laura zwinkerte dem Bruder zu. »Portak wird sich bestimmt freuen, dass er endlich wieder was zu tun kriegt. Der langweilt sich sicher schon.«

Der nächtliche Himmel über Ravenstein war von Wolken verhangen. Mond und Sterne hatten keinerlei Chance, die dicke Decke mit ihrem Licht zu durchdringen. Was den Freunden nur recht war. Im Schutze der Dunkelheit war ihr Treiben bestimmt viel schwieriger zu entdecken als bei Mondschein. Die Turmuhr schlug Mitternacht, als das Eingangsportal der schlafenden Burg lautlos geöffnet wurde. Laura und Lukas – Kaja hatten sie mit der Aufgabe zurückgelassen, sie sofort über Handy zu warnen, falls sie etwas Verdächtiges wahrnehmen sollte – schlüpften aus dem Gebäude und huschten die Freitreppen hinunter. Am Sockel der steinernen Säule, die das Vordach trug, hielten die Geschwister an. Während der Junge wartete, beugte das Mädchen die Knie, legte die offene Fläche der rechten Hand auf den Granitblock, atmete tief durch und rieb dreimal kreisförmig über den Stein.

Augenblicklich war ein dumpfes Grollen und Knirschen zu hören. Laura trat hastig zurück und beobachtete aus sicherem Abstand, wie die gigantische Säule zu zittern anhob. Unmerklich zunächst, dann heftiger, als sprenge eine gewaltige Kraft die steinernen Fesseln. Schon erwachte der Säulenriese zum Leben. Portak ruckte und zuckte und gab ächzende Laute von sich. Die Hände des Giganten lösten sich vom Vordach, und er begann zu schrumpfen, immer mehr und mehr.

Laura und Lukas hatten die wundersame Verwandlung schon mehrere Male beobachtet. Dennoch verfielen sie auch diesmal in fassungsloses Staunen, als die geheime Welt hinter den Dingen sich ihnen erneut offenbarte. Mit geöffneten Mündern standen sie da, bis der Säulenmann endlich auf eine menschliche Größe geschrumpft war. Allerdings maß er selbst dann noch weit über zwei Meter und hätte mit seiner mächtigen Statur wahrscheinlich selbst einem Boxweltmeister im Superschwergewicht Respekt eingeflößt.

Portak grinste die Geschwister freundlich an, streckte die langen Arme zum Himmel und dehnte seine Glieder, um sie von der Steife des Steins zu befreien, in die sie für lange Wochen gebannt gewesen waren. Schließlich wandte er sich Laura zu und machte einen tiefen Diener vor ihr, der jeden Lakaien an einem königlichen Hof vor Neid hätte erblassen lassen.

»Verehrtes Fräulein, sagt schnell an, wie Reimund diesmal helfen kann.« Die Stimme des Hünen klang so sanft und melodisch wie die eines Rezitators einfühlsamer Liebesgedichte. »Wie Ihr bin ich ein Freund des Lichts, bekämpfe stets das kalte Nichts, das un'sre Welten wird zerstör'n, wenn alle nur aufs Dunkle schwör'n.«

Laura sah den Bruder mit einem verschwörerischen Augenzwinkern an. Ganz schön redselig heute, dieser reimende Riese! Aber konnte man ihm das wirklich verübeln? Es war schließlich geraume Zeit vergangen, seit Portak zuletzt aus seinem steinernen Schlaf geweckt worden war. »Vielen Dank für das freundliche Angebot«, sagte sie deshalb schnell. »Du wirst uns sicherlich eine große Hilfe sein bei unserem Unternehmen. Wenn du also so freundlich wärst uns zu folgen.«

Erneut verbeugte sich der Gigant, auch wenn sein Diener auf Grund seiner granitenen Natur recht ungelenk war. »Ich will Euch stets gehorsam sein, wenn Ihr mich löst aus kaltem Stein. Und werd Euch jeden Dienst erbringen, den Teufel selbst würd' ich bezwingen.«

»Mein Gott, Laura, wo soll das nur hinführen?« Lukas konnte sich ein Grinsen nicht verkneifen.

»Hinführen?«

»Na, sieht ganz so aus, als hättest du jetzt auch noch Portak den Kopf verdreht.«

»Was heißt hier *auch noch*, du Blödiot, du!« Laura schoss dem Bruder wütende Blicke zu, bevor sie sich umdrehte und aufgebracht davonlief. Der Steinerne Reimund stapfte augenblicklich hinterdrein. Sein Gang wirkte eckig und schwerfällig. Dafür aber machte er so gewaltige Schritte, dass Lukas sich mächtig anstrengen musste, um mit ihm und seiner sportlichen Schwester mitzuhalten.

Attila Morduk erwartete das ungewöhnliche Trio bereits unter der großen Eiche. Lukas hatte sehr gut geschätzt: Seine Berechnungen anhand des Geländeplans hatten ergeben, dass Bertrun einen Teil des Schwertes in der Tat direkt unter der ausladenden Krone des Baumes vergraben haben musste. Attila hatte die Stelle durch einen Holzpflock markiert und das benötigte Handwerkszeug mitgebracht: Hacken, Pickel und Schaufeln. Und natürlich auch einige Siebe, mit denen das ausgehobene Erdreich auf vergrabene Gegenstände untersucht werden konnte. Selbst an eine Laterne, die für das nötige Licht sorgen sollte, hatte er gedacht.

Von der schien Lukas jedoch nicht gerade begeistert zu sein. »Hältst du das für eine gute Idee? Wenn die Dunklen das Licht bemerken, schicken sie doch umgehend Ellerking los, damit der hier nach dem Rechten sieht.«

Morduk kratzte sich am kahlen Schädel. »Schon möglich«, brummte er. »Aber wahrscheinlich schlafen die doch längst. Und außerdem sollte doch Kaja …«

»Ja, schon«, unterbrach ihn der Junge. »Aber das ist mir trotzdem zu unsicher.« Die Falte auf Lukas' Stirn wurde tiefer. »Die Typen sollen doch nicht erfahren, dass wir Bertruns Hinweise geknackt haben. Ich würde das gerne vor ihnen verheimlichen, so lange es nur geht, und deshalb sollten wir auf die Laterne verzichten.«

»Wie stellst du dir das denn vor?« Attila Morduk klang ein bisschen beleidigt. »Hier ist es doch so duster, dass wir uns am Ende noch gegenseitig verletzen. Ein bisschen Licht brauchen wir schon.«

»Wenn's weiter nichts ist!«, meldete sich da Laura zu Wort.

Lukas und Attila, die sich wie zwei kampfbereite Ziegenböcke angestarrt hatten, wandten sich überrascht dem Mädchen zu. Auch der Steinerne Riese Portak sah es erwartungsvoll an.

»Ihr habt wohl ganz vergessen, dass wir noch über einen weiteren Helfer verfügen, der uns wertvolle Dienste leisten kann!« Damit griff Laura in die Tasche und holte ein unscheinbares Fläschchen hervor. Sie zog den Korken aus dem Flaschenhals und blickte erwartungsvoll auf die dunkle Öffnung. Doch nichts geschah. Enttäuscht rümpfte das Mädchen die Nase. »Das darf doch nicht wahr sein! Immer wenn man den Kerl braucht, pennt er.« Laura schnippte mit dem Zeigefinger gegen das Glas. »Hey, Rauenhauch. Hallooo!«, flötete sie. »Aufwachen, bitte. Es gibt Arbeit für dich.«

Für einen Moment hatte es den Anschein, ihr Weckruf würde folgenlos verhallen. Dann aber war ein leises Gähnen zu vernehmen, das dem eines asthmatischen Löwen ähnelte. Ein Zischen ertönte und dann stieg Rauch aus dem schmalen Flaschenhals. Eine weiße Nebelwolke, die sich langsam um die eigene Achse drehte und dabei größer und größer wurde, bis sie selbst den steinernen Giganten um einen guten Meter überragte.

Verwunderung stand in Portaks granitgraues Gesicht geschrieben. Offensichtlich hatte er ein derartiges Wesen noch nie erblickt. Als auch noch eine flüsternde Stimme aus der dunstigen Säule kam, wich er zurück, als fürchte er sich vor der seltsamen Erscheinung.

»Was von mir Ihr wollt, Herrin – von mir Ihr wollt?« Die Stimme schwoll an und ab und klang merkwürdig verhallt, als spreche sie ihr eigenes Echo mit. »Was ist Euer Begehr – Euer Begehr?«

Die übertriebene Dienstbeflissenheit ließ Laura lächeln. »Nichts Besonderes, Rauenhauch«, sagte sie. »Tue einfach nur das, was deiner Natur entspricht. Leg bitte einen Ring aus dichtem Nebel um uns herum, damit wir nicht entdeckt werden können.«

»Wenn's weiter nichts ist, Herrin – weiter nichts ist!«, flüsterte Rauenhauch heiser, bevor ein erneutes Zischen zu hören war. Mehr und mehr Dampf quoll aus dem Flaschenhals, wirbelte um Laura und ihre Freunde herum und verteilte sich um die Eiche, bis sie in weißen Nebel eingehüllt waren.

Laura schnitt dem Bruder eine Grimasse. »Zufrieden?«

»Sehr sogar.« Lukas tätschelte ihr gönnerhaft die Schulter. »Manchmal bist du doch zu gebrauchen!«

Attila Morduk hängte die Arbeitslampe an einen Ast und schaltete sie ein. Ein heller Lichtkegel beleuchtete den Boden unter der Eiche. Schon wollte der Hausmeister zu einer Schaufel greifen, als Portak ihn zurückhielt. »Mein werter Herr, lasst das nur sein, das schaff ich schon von ganz allein. Nicht einer von Euch soll sich plagen, dann über Muskelkater klagen.« Damit packte der Steinerne Riese eine Schippe und fing an zu graben. In seinen gewaltigen Pranken glich sie eher einem Spielzeug denn einem unhandlichen Utensil. Auch die Arbeit schien für ihn kaum mehr als ein Kinderspiel zu sein, so flott ging sie ihm von der Hand. Scheinbar mühelos trieb Portak ein Loch in den Boden, das nur Minuten später zwei Meter Durchmesser besaß. Er kam so schnell voran, als wäre er ein Bagger. Wenn nicht sogar noch schneller. Die Freunde jedenfalls kamen mit dem Sieben der aufgeworfenen Erde kaum nach, so geschwind schaufelte der Gigant Nachschub herbei.

Trotz der tatkräftigen Unterstützung entwickelte sich das Unternehmen zu einem einzigen Reinfall. Zwei Stunden später war das Loch bereits drei Meter tief. Portak, der darin stand, war schon gar nicht mehr zu sehen. Nur an den mächtigen Brocken Erde, die in regelmäßigen Abständen daraus geflogen kamen, war zu erkennen, dass dort jemand arbeitete. Doch alle Anstrengung war vergebens: Ein Teil eines Schwertes war nicht zu entdecken. Noch nicht einmal eine winzige Spur davon.

Schließlich hatte Laura genug. Enttäuscht ließ sie das Sieb fallen. »Lass gut sein, Portak«, rief sie dem Hünen zu und wischte sich mit dem Handrücken den Schweiß von der Stirn. Ein breiter Schmutzstreifen blieb darauf zurück. »Wenn wir bislang nichts gefunden haben, dann finden wir jetzt erst recht nichts mehr.«

»Ich glaube, du hast Recht.« Schwer atmend setzte sich Lukas auf den frisch aufgeworfenen Haufen Erde. Auch sein Gesicht war schweißüberströmt. »So tief hat Bertrun die Teile mit Sicherheit nicht verbuddelt. Dann hätte sie sie nämlich auch gleich einschmelzen können.«

»Und was bedeutet das für uns?« Laura sah ihn ratlos an. »Haben wir vielleicht einen Fehler gemacht bei der Entschlüsselung ihrer Hinweise?«

»Nicht unbedingt«, antwortete Lukas, bevor er zur Saftflasche griff, die Attila Morduk ihm reichte. In weiser Voraussicht hatte der Hausmeister Getränke mitgebracht. Der Junge trank mit gierigen Schlucken, bevor er die Flasche an die Schwester weiterreichte. Dann fuhr er fort: »Es könnte doch durchaus sein, dass die Schwertspitze an dieser Stelle vergraben war, oder?«

Laura setzte die Flasche ab. »Ja, und?«

»Wie du bereits selbst vermutet hast, könnte sie doch durch irgendeinen Zufall entdeckt und dann nach Drachenthal gebracht worden sein.«

»Stimmt. Jetzt, wo du es sagst!«, antwortete Laura und wollte das Getränk fast automatisch an Portak weiterreichen, als ihr einfiel, dass der Steinerne Riese weder Essen noch Trinken benötigte.

Natürlich nicht!

Außerdem zeigte der Hüne nicht die Spur von Erschöpfung. Im Gegenteil: Er stieg so frisch und ausgeruht aus dem Loch, als habe er die letzten beiden Stunden im Schlaf verbracht. Auf seinem Steingesicht allerdings war Enttäuschung zu erkennen. »Zu gerne hätte ich's geschafft und dieses Teil ans Licht gebracht«, sagte er zu Laura geneigt. »Drum hurtig, Fräulein, saget an, was ich für Euch noch tuen kann.«

»Schon okay.« Ein dankbares Lächeln erhellte Lauras Miene. »Und mach dir keine Vorwürfe. Ist doch nicht deine Schuld, dass wir nichts gefunden haben.« Sie deutete auf den riesigen Haufen neben der Grube. »Aber wenn du so lieb wärst, das Loch wieder zuzuschütten?«

Wieder verbeugte sich der Gigant aus Granit. »Es soll mir eine Freude sein, drum füll ich schnell die Erde ein.« Damit machte er sich an die Arbeit. Er war wieder so eifrig bei der Sache, dass Lukas hastig aufspringen musste, um nicht mit in das Loch befördert zu werden.

Während der Junge sich den Schmutz vom Hosenboden

klopfte, wandte er sich an die Schwester. »Wenigstens wissen wir jetzt, wo die beiden restlichen Teile liegen müssen: nämlich auf dem abgesperrten Areal. Wir müssen unbedingt versuchen unbemerkt dort reinzukommen. Fragt sich nur wie?«

»Ich bin sicher, dir fällt da noch was ein.« Laura meinte das nicht eine Spur ironisch. »Nicht umsonst bist du ja ein Super-Kiu, oder?«

Der Junge war sich offensichtlich nicht im Klaren, was er von dem Spruch halten sollte, denn er reagierte eher verhalten.

Nachdem die Grube wieder gefüllt war, verteilten die Freunde die vorher ausgestochenen Grassoden sorgfältig darüber, damit ihr nächtliches Treiben nicht auf Anhieb auffiel. Attila sammelte das Werkzeug wieder ein und machte sich auf den Weg zu seinem Häuschen. Laura bedankte sich bei Rauenhauch und ließ ihn in sein Fläschchen zurückkehren. Der Flüsternde Nebel war kaum im Flaschenhals verschwunden, als das wohlbekannte Schnarchen wieder erklang. Laura verkorkte den Glasbehälter und steckte ihn in die Tasche zurück, bevor sie in Begleitung von Lukas und Portak in Richtung Burg hastete. Die Geschwister hatten es so eilig, wenigstens noch ein paar Stunden Schlaf zu erhaschen, dass sie weder nach rechts noch nach links sahen. Deshalb fiel ihnen die unheimliche Gestalt nicht auf, die aus dem Gebüsch hervortrat und ihnen so lange mit gelben Reptilienaugen folgte, bis sie im Burghof verschwunden waren.

Am nächsten Vormittag wollte Laura gerade mit Kaja hinaus in den Hof zur großen Pause gehen, als Lukas den Gang entlanggeeilt kam und ihr aufgeregt zuwinkte. »Laura, Laura!«, schrie er ihr schon von weitem zu. Es musste etwas Schreckliches geschehen sein, denn er war käsebleich im Gesicht. Beunruhigt blieb sie stehen und prompt wurde sie von dem hinter ihr gehenden Stinkefurz angerempelt.

»Hey!«, sagte der Fettwanst mit dämlichem Grinsen. »Du vockierst den Blerkehr!« Er war der Einzige, der über den Spruch lachen musste.

»Und du hast Kroh im Stopf«, gab Laura kühl zurück. Es dauerte eine Weile, bis Stinkefurz kapierte. Sein wieherndes Eselslachen erstarb, während er sich an Laura vorbei zur Treppe drängte.

Lukas war völlig außer Atem, als er bei den Mädchen ankam. Er keuchte und schüttelte immer wieder den Kopf. »Es ist unfassbar. Es ist einfach unfassbar.«

»Was denn, Lukas?«

»Ihr schaut es euch am besten selber an.« Damit zog er die beiden mit sich fort.

Am Ende des Flurs öffnete Lukas das Fenster und deutete hinunter auf den nördlichen Teil des Parkgeländes, der vom obersten Stock aus gut zu überschauen war. Auch das Grabungsgelände war trotz des hohen Sperrzauns fast vollständig einzusehen. »Kapiert ihr, was ich meine?«

Laura lehnte sich an die Fensterbrüstung und ließ ihren Blick über das Areal schweifen. Es dauerte nicht lange, bis sie es entdeckt hatte. »Nein!«, stöhnte sie entsetzt auf und schlug die Hand vor den Mund.

»Oh, nö!« Entrüstet wandte Kaja sich an die Geschwister. »Darf ich vielleicht auch erfahren, was hier vor sich geht?«

»Aber sicher!« Lukas sparte sich einen spöttischen Kommentar und zeigte auf das eingezäunte Areal. »Siehst du die vier Markierungsstangen dort? Die rot-weiß geringelten?«

»Ja, klar. Ich bin doch nicht blind!«

»Wer hätte das gedacht«, murmelte Lukas, bevor er fortfuhr: »Dann hast du bestimmt auch schon bemerkt, an welchen Stellen sie stehen?«

»Ja, klar!« Kaja schnitt ihm eine Grimasse. »Genau dort, wo sich auf Bertruns Bild die vier großen Felsbrocken befinden, unter denen die Hinweise versteckt waren.«

»Super, Kaja! Ich bin beeindruckt.« Es war nicht auszumachen, ob Lukas das Lob ernst meinte oder nicht. »Aber die beiden anderen Stangen.« Wieder deutete er auf das Gelände. »Die schwarz-weißen da und dort – welche Stellen markieren die wohl?«

»Pah«, schnaufte das Mädchen. »Woher soll ich das denn wissen?«

Lukas wandte sich an Laura. »Aber du hast das schon rausgefunden, nehme ich an?«

»Ja.« Laura war blass geworden. »Sie stehen genau dort, wo sich die beiden restlichen Schwertteile befinden müssen. Vorausgesetzt, wir haben die Hinweise in dem Kästchen richtig entschlüsselt.«

»Das haben wir, unter Garantie!« Mit grimmiger Miene starrte der Junge aus dem Fenster.

»Aber das ist doch nicht möglich!« Kaja pustete entrüstet die Wangen auf. »Außer uns dreien kennt doch niemand die Hinweise auf dem Kästchenboden, oder?«

Laura war nicht anzusehen, was in ihr vorging. »Nicht dass ich wüsste.«

»Wie konnten die dann auf diese beiden Stellen kommen? Offensichtlich wissen sie genau, was es damit auf sich hat, sonst hätten sie sie bestimmt nicht extra markiert.«

»Genau das würde ich auch gerne wissen«, sagte Lukas düster. »Brennend gerne sogar.«

Für einen Moment noch starrte Laura sinnierend vor sich hin. »Wisst ihr, was?«, sagte sie dann. »Ich gehe heute Nachmittag zu Rika und frage sie einfach!«

Weder Rika Reval noch Thomas Zachner waren auf dem Ausgrabungsgelände zu finden. Einer ihrer Mitarbeiter, ein junger Schnösel mit gegelter Frisur, der gerade einen Hamburger in sich hineinstopfte, bequemte sich erst nach langem Zögern zu einer Auskunft. Die beiden seien schon seit Tagen am Institut unabkömmlich, beschied er Laura.

»Und wann kommen sie wieder zurück?«, fragte das Mädchen.

»Keine Ahnung«, antwortete der Typ schulterzuckend, während er die Tüte des Fast-Food-Lieferservice zerknüllte und achtlos auf den Boden warf. »Ich nehme an, sobald wir was Wichtiges entdecken. Jedenfalls hat Rika uns das ausrichten lassen.«

»Aber das haben Sie noch nicht? Was Wichtiges entdeckt, meine ich?«

»Nein, noch nicht.« Der Typ schien kurz davor, die Geduld zu verlieren.

»Und von wem haben Sie die Angaben über die beiden Stellen, die frisch markiert sind?«

»Jetzt ist es aber genug. Ich wüsste nicht, was dich das angeht, du Rotznase.« Gierig biss er in seinen Burger. Fettige Fleischteile quollen zwischen den pappigen Brötchenhälften hervor und bekleckerten seine Jeans.

Laura ließ sich nicht provozieren. »Rika ist eine enge Freundin meines Vaters«, erklärte sie ruhig. »Sie hat mir angeboten, sie jederzeit zu besuchen.«

»Okay, okay, ist ja schon gut.« Mit dem Handrücken wischte er sich Fettspuren vom Kinn. »Wir haben die Anweisung heute früh per E-Mail erhalten. Von Thomas. Aber wenn du noch mehr wissen willst, rufst du wohl besser Rika an. Wenn ihr beide euch so gut kennt, wie du behauptest, dann wirst du doch auch ihre Telefonnummern haben, oder?« Damit ließ er Laura stehen und gesellte sich zu seinen Kollegen.

Per Handy war die Archäologin nicht zu erreichen. Nur ihre Mobilbox war eingeschaltet. Eine Computerstimme bat darum, eine Nachricht zu hinterlassen. Als Laura aber genau das tun wollte, musste sie feststellen, dass die Box voll war. Es gab keinen freien Speicherplatz mehr für weitere Mitteilungen.

Also versuchte sie es unter der Institutsnummer, die auf Rikas Visitenkarte stand. Es klingelte ewig, bis jemand ans Telefon ging. Zu Lauras Enttäuschung war es jedoch nicht Rika selbst, sondern eine Sekretärin. Frau Professor sei nicht da, ließ sie Laura wissen.

»Und wo ist sie?«

»Keine Ahnung«, antwortete die Frau. »Ich hab sie jedenfalls seit Tagen nicht mehr gesehen. Dabei wird sie dringend gesucht.«

Laura kniff die Augen zusammen. »Gesucht? Wieso das denn?«

»Weil wir gerne wissen möchten, was sie mit dem Fundstück gemacht hat!«

Jetzt verstand Laura überhaupt nichts mehr. »Sie meinen die Schwertspitze, die sie in Drachenthal ausgegraben hat?«

»Genau die! Seit Thomas Zachner ihr die letzte Woche übergeben hat, haben wir keinen Ton mehr von der Frau Professor gehört. Und gesehen haben wir sie auch nicht mehr. Also, in deren Haut möchte ich jetzt nicht stecken. Die wird ganz schön was zu hören bekommen, wenn sie wieder hier auftaucht. Der Institutsdirektor ist auf hundertachtzig! Der schmeißt sie bestimmt raus, wenn sie das Teil nicht bald wieder zurückbringt.«

Laura bedankte sich höflich für die Auskünfte und beendete nachdenklich das Gespräch.

Klingt reichlich mysteriös, dachte sie. Wenn Rika nicht am Institut ist, warum befindet sie sich dann nicht vor Ort? Und was hat sie bloß mit der Schwertspitze vor? Wozu braucht sie die eigentlich?

Da stimmte doch etwas nicht!

»Und ob da was nicht stimmt!« Lukas, der am Denkmal des Grausamen Ritters auf die Schwester gewartet hatte, kickte einen Kieselstein vom Parkweg. »Das ist sogar oberfaul, das wette ich!«

»So weit war ich auch schon!«, antwortete Laura missmutig, während sie an der Seite des Bruders zur Burg zurückging. »Die Frage ist nur – was ist hier faul?«

»Gehen wir's doch einfach systematisch an«, schlug Lukas vor. »Das Team hat also die Angaben von Zachner erhalten – was haargenau zu unserer Hypothese passt, dass der Kerl mit den Dunklen unter einer Decke steckt. Vermutlich hat er von ihnen erfahren, wo Bertrun die Schwertteile versteckt hat. Was ich allerdings überhaupt nicht verstehe …« Er blieb stehen und sah die Schwester an. »Wie sind Schwartz & Co bloß darauf gekommen? Ohne den Vers und die Zeichnung auf dem Kästchenboden kann man die Verstecke doch nicht finden. Und außer Kaja, dir und mir kennt die niemand. Oder hast du deinen Wächterfreunden davon erzählt?«

»Nein«, antwortete Laura niedergeschlagen. »Die sind so mit sich selbst beschäftigt, dass sie für mich keine Zeit mehr zu haben scheinen.«

»Stimmt.« Eine Spur von Mitgefühl lag in der Stimme des Jungen. »Außerdem hätten sie das bestimmt nicht verraten.« Lukas schüttelte den Kopf. »Nicht einmal Attila haben wir eingeweiht. Woher, zum Henker, wissen dann unsere Feinde darüber Bescheid?«

In diesem Augenblick kam Minzi aus der Tiefe des Parks gelaufen und sprang fröhlich auf die Burg zu. »Da ist ja die

Ausreißerin«, sagte Laura mit freudigem Lächeln, als ihre Gesichtszüge plötzlich entgleisten. Sie stand da wie vom Donner gerührt. Ihre Kinnlade klappte hinunter. »Nein!«, stöhnte sie. »Das kann nicht sein! Das ist doch nicht möglich!«

»Was meinst du?« Lukas schien keine Ahnung zu haben, was die Schwester beschäftigte. »Was hast du denn?«

»Ja, verstehst du denn nicht?« Lauras Wangen röteten sich vor Aufregung. »Minzi!«

»Minzi?«

»Ja, Minzi!«, bestätigte das Mädchen. »Sie hat uns an die Dunklen verraten!«

»Ich bitte dich, Laura!« Lukas zog ein pikiertes Gesicht. »Das ist doch Unsinn. Wie soll so was denn gehen?«

»Keine Ahnung!« Laura hob genervt die Arme. »Ich weiß nur, dass es keine andere Erklärung gibt. Alles spricht dafür.« Zum Aufzählen der Fakten nahm sie die Finger zu Hilfe. »Erstens: Minzi war dabei, als ich Kaja erzählt habe, dass ich im Museum nach dem Nachlass von Muhme Martha suchen würde!«

»Ja, und?« Lukas schien immer noch nicht zu verstehen, worauf die Schwester hinauswollte.

»Unmittelbar darauf ist Minzi aus dem Fenster gesprungen – und komischerweise überfällt Konrad Köpfer noch in der gleichen Nacht die Museumsleiterin, raubt ihr den Schlüssel und sucht ganz offensichtlich ebenfalls nach diesem Nachlass!«

»Na ja. Könnte ein Zufall gewesen sein.«

»Ein Zufall, soso!« Lauras Grinsen war mehr als gequält. »Dann also zweitens: Außer euch war wieder nur Minzi dabei, als ich erzählt habe, was ich auf der Traumreise zurück ins Museum herausfinden konnte. Und prompt am nächsten Tag lassen die Dunklen Bertruns Ölgemälde zum Restaurator bringen, damit der es auf versteckte Hinweise untersucht. Was nur dann Sinn machte, wenn sie auch wussten, dass es diese Hinweise überhaupt gab!«

Nachdenklichkeit hatte sich in Lukas' Gesicht geschlichen. »Das ist nicht von der Hand zu weisen. Und weiter?«

»Drittens«, hob Laura gerade an, als ihr noch etwas einfiel. »Warte mal – vielleicht war es ja auch kein Zufall, dass ich ausgerechnet in der Nacht des Brandes im Museum gelandet bin. Hast du die Nummer des Drachenmuseums im Kopf?«

»Rein zufällig, ja.« Grinsend linste Lukas über den Rand seiner Brille. »Wie noch Hunderte andere!«

Frau Wegener, die Museumsleiterin, nahm das Telefongespräch höchstpersönlich entgegen. »Ach, du bist's, Laura. Gibt's was Neues?«

»Nein«, antwortete das Mädchen. »Mir ist nur gerade eingefallen, dass ich mich noch gar nicht bei Ihnen bedankt habe.«

»Bedankt?« Frau Wegener klang mehr als überrascht. »Wofür das denn?«

»Dafür, dass Sie mich damals angerufen und mir von der alten Inventurliste erzählt haben, auf der Muhme Marthas Nachlass verzeichnet war. Sie erinnern sich doch?«

»Nein, Laura, beim besten Willen nicht«, antwortete die Frau mit ehrlicher Überzeugung. »Du musst dich irren. Ich habe dich nicht angerufen, ganz bestimmt nicht.«

»Nein? Ähm … dann muss ich wohl was verwechseln. Tut mir leid.«

Nachdem Laura ihr Handy wieder verstaut hatte, wandte sie sich mit Glanz in den Augen an den Bruder. »Na bitte! Hab ich mir doch gedacht! Der Anruf damals kam nicht aus dem Museum! Willst du jetzt immer noch behaupten, ich hätte Unrecht? Minzi hat doch ebenfalls mitgekriegt, dass ich eine Traumreise zurück in die Anfangsjahre des Museums geplant habe. Sie hat die Dunklen mit Sicherheit auch darüber informiert. Durch den gefakten Anruf haben die dann dafür gesorgt, dass ich ausgerechnet in der katastrophalen Brandnacht dort gelandet bin. Was sie damit bezweckten, dürfte ja wohl klar sein, oder?«

»Diese Mistbande!« Das Gesicht des sonst so bedächtigen Jungen war von Zorn gerötet. »Die schreckt ja vor gar nichts zurück.«

»Als ob das was Neues wäre!« Das Mädchen lachte bitter. »Und schließlich viertens: Gestern Nachmittag, als wir das Geheimnis des Kästchens entdeckt haben, war Minzi ebenfalls dabei – und danach ist sie umgehend abgehauen. Was meinst du denn, warum?«

»Um die Dunklen zu informieren, denkst du?«

»Genau!« Laura nickte bekräftigend. »Genauso muss es sein!«

»Das klingt plausibel, nur …« Lukas brach ab und blickte die Schwester hilflos an. »Wie soll das denn gehen? Katzen können nun mal nicht reden – und schreiben schon gar nicht!«

»Stimmt. Aber irgendwie muss sie sich ihnen mitteilen können.« Laura starrte nachdenklich vor sich hin, bis plötzlich ein freudiger Schimmer über ihr Gesicht ging. »Ich weiß, wie wir das rausfinden können. Und dabei schlagen wir auch noch zwei Fliegen mit einer Klappe!«

»Zwei Fliegen?« Die Falte auf Lukas' Stirn war abgrundtief. »Und wie, wenn ich fragen darf?«

»Wart's einfach ab!« Laura strahlte förmlich. »Und gräm dich bitte nicht! Auch Super-Kius können schließlich nicht alles verstehen!«

Kapitel 26 ❧ Der Flug der Schwalben

Paravain blickte den Traumspinner ungläubig an. »Das ist ja entsetzlich! Wenn Laura meine Botschaft nicht erhält, sind wir in größter Gefahr. Und der Menschenstern auch. Wenn sie nicht verhindert, dass das Schwert des Lichts in die Hände unserer Feinde fällt, ist die Herrschaft des Ewigen Nichts kaum mehr aufzuhalten!«

»Ich bin zu Tode betrübt, Herr.« Meister Orplid, dessen Gesicht vor Kummer fahlgrün geworden war, sah zu dem Weißen Ritter auf, der mehr als doppelt so groß war wie er. »Aber leider kann ich Euch nicht helfen. Ich verfüge nämlich über keinen einzigen einsatzfähigen Erleuchtling mehr!«

Paravain wollte noch nicht aufgeben. Er straffte die Schultern und wies auf die anderen Behausungen, die im hellen Sonnenlicht lagen. »Und was ist mit Euren Kollegen?« Die ganze Siedlung schien auf den Beinen zu sein. Geschäftig wuselten die Traumspinner zwischen ihren Hütten umher und auf dem Dorfplatz war eine ganze Schar damit beschäftigt, die niedergebrannte Hütte wieder aufzubauen.

Orplid hob bedauernd die Arme. »Bei denen steht es nicht anders. Borboron hat sie gezwungen mir ihre Vorräte auszuhändigen, damit ich seine schreckliche Botschaft gleich massenweise zusammenspinnen und losschicken konnte.« Ein tiefer Seufzer kam aus seiner schmächtigen Brust. »Mittlerweile wird sie sich wohl überall auf dem Menschenstern verbreitet haben.«

Paravain war wie benommen. In fiebriges Nachdenken versunken, schritt er vor dem Häuschen des Traumspinners auf und ab und konnte doch keinen klaren Gedanken fassen. Der Meister selbst hockte wie ein Häufchen Elend auf der Holzbank neben der Eingangstür. Natürlich hatte er auch dem Gast einen Platz angeboten, doch die Tische und Bänke der Traumspinner waren viel zu klein für den hochgewachsenen Ritter.

Madame Fantasa trat aus der Hütte und hielt Paravain einen Tonkrug entgegen. »Darf ich Euch eine kleine Erfrischung offerieren? Morgentausaft mit Wipfelnektar, den es nur im Traumwald gibt. Er erfrischt und beruhigt zugleich.«

»Danke, das ist sehr aufmerksam von Euch.« Der Ritter nahm den Krug und leerte ihn in einem Zug. »Er schmeckt köstlich«, sagte er, auch wenn seine Miene eher das Gegenteil ausdrückte. Dann blickte er sich verwundert um. »Wo ist denn Alarik? Und dieser Platzwechsler mit dem merkwürdigen Namen?«

»Malhiermalda meint Ihr wohl«, sagte Fantasa und lächelte mild. »Sie sind in guter Gesellschaft. Sie streichen mit Somni im Wald herum.«

»Dass der Junge mir bloß keinen Unfug anstellt!« Meister Orplid klang beunruhigt.

»Seid unbesorgt! Somni hat seine Lektion gelernt«, beruhigte ihn seine Frau, bevor sie sich wieder zurückzog.

Paravain setzte sich ins Gras nieder, so dass sein Gesicht sich beinahe auf gleicher Höhe mit dem des Traumspinners befand. »Wie lange wird es denn dauern, bis neue Erleuchtlinge herangereift sind?«

Gequält zog Meister Orplid die fast haarlosen Augenbrauen hoch. »Bis die neue Brut ausschlüpft, werden rund zwei Monde vergehen, fürchte ich.«

»Zwei Monde?« Das blanke Entsetzen stand dem Ritter ins

Gesicht geschrieben. »Aber das ist doch viel zu spät! Dann ist die Mittsommernacht doch längst vorbei!«

»Ich weiß, Herr.« Der Traumspinner zuckte bedauernd mit den Achseln. »Aber mit Borborons Überfall haben wir nicht gerechnet. Es war das erste Mal, dass er hier aufgetaucht ist, um uns in seine Dienste zu zwingen.« Mit flehendem Blick wandte er sich dem Ritter zu. »Glaubt mir, Herr, hätte dieses Drachenungeheuer nicht Somnis Leben bedroht, hätte ich dem Schwarzen Fürsten niemals gehorcht.« Er senkte den Kopf. »Ich hoffe, der Hüter des Lichts verzeiht mir, dass ich den uralten Schwur gebrochen habe«, flüsterte er mit erstickter Stimme.

Mitleid stieg in Paravain hoch, als er das Ausmaß der Verzweiflung erkannte, die den Traumspinner befallen hatte. Der Gedanke, den bösen Plänen der Dunklen Mächte gedient zu haben, schien ihm schier unerträglich zu sein. »Elysion wird Euch mit Sicherheit vergeben. Jedes Leben unter der Sonne ist ihm heilig, und so wird er bestimmt verstehen, dass Ihr alles zur Rettung Eures Eleven unternommen habt.«

Die beiden ungleichen Männer schwiegen sich eine Weile an, beide in tiefes Nachdenken versunken. Schließlich ergriff der Ritter das Wort: »Vielleicht ist alles ja auch nur halb so schlimm, wie wir befürchten? Vielleicht haben die Erleuchtlinge den Menschenstern gar nicht erreicht? Vielleicht sind sie vom Weg abgekommen und schwirren orientierungslos auf Aventerra herum?«

»Es ist sehr großmütig von Euch, dass Ihr mich trösten wollt«, erklärte Meister Orplid mit müdem Lächeln. »Aber von den zahlreichen Erleuchtlingen, die ich ausgesandt habe, werden genug ihr Ziel finden. Dieser Wunschgaukler versteht sich außerdem ganz ausgezeichnet auf sein Geschäft. Er wusste ganz genau, dass eine Botschaft, die den Menschen erreichen soll, äußerst knapp gehalten sein muss. Sehr allgemein formuliert, leicht verständlich – und gleichzeitig verlockend. Und so hat sie sich mit Sicherheit bei vielen Erdenbewohnern festgesetzt.«

Da fiel Paravain etwas ein. »Borboron hat Euch also nicht aufgetragen, eine spezielle Nachricht zu schicken? Für einen seiner Verbündeten vielleicht? Oder sogar für Laura?«

Wieder schüttelte Orplid den schmalen Kopf. »Nein. Ich musste nur diesen einen schrecklichen Gedanken zusammenspinnen: ›Du selbst bist das Wichtigste in deinem Leben – und außer dir zählt nichts!‹« Resigniert schaute er den Ritter an. »Wir kennen die Menschen doch lange genug, um zu wissen, wie ungemein verführerisch diese Vorstellung für viele von ihnen sein muss. Deshalb werden sich immer mehr Bewohner des Menschensterns nach diesem Leitsatz verhalten, so schreckliche Folgen das für sie – und andere natürlich! – auch haben mag.«

Laura duckte sich tiefer in das Gebüsch. »Bereit?«, flüsterte sie.

»Klar.« Lukas spähte durch die Zweige zur Eingangstür des Gärtnerhäuschens, das im Zwielicht der hereinbrechenden Dämmerung lag. »Von mir aus kann es losgehen.«

Das Mädchen holte sein Handy aus der Tasche und drückte einen Kurzwahlknopf. »Kaja? Wir sind so weit. Du kannst sie jetzt aus dem Zimmer lassen.« Während Laura das Mobiltelefon in der Tasche verschwinden ließ, knurrte sie: »Bin mal gespannt, wie lange das Mistvieh braucht.«

Es dauerte nicht einmal zwei Minuten, bis das Kätzchen auftauchte. Mit seinem schneeweißen Fell sah es von Ferne aus wie ein zu groß geratener Hermelin. Minzi hielt schnurstracks auf die Eingangstür von Albin Ellerking zu, verharrte direkt davor und ließ ein lautes Miauen hören.

»Offenbar hast du richtig vermutet«, flüsterte Lukas. »Und …«

»Pssst!« Laura legte den Zeigefinger vor den Mund. Schließlich waren sie kaum fünf Meter von der Tür entfernt, hinter der bereits die schlurfenden Schritte des Gärtners zu hören waren.

Beim Anblick des Kätzchens ging ein Strahlen über Ellerkings Gesicht. Er bückte sich behände und nahm es auf den Arm. »Nanu? Da bist du ja schon wieder.« Er wiegte das Tier wie ein Kleinkind und streichelte es zärtlich. »Es gibt also Neuigkeiten?«

Minzi miaute.

»Da bin ich aber gespannt!« Der Nachtalb küsste Minzi auf das rosarote Schnäuzchen, verbarg sie dann unter seinem weiten Arbeitskittel und spähte nach allen Seiten, bevor er in Richtung Henkerswald davonhuschte.

Laura und Lukas folgten ihm in sicherem Abstand, immer darauf bedacht, in der Deckung der Büsche und Bäume zu bleiben.

Als Ellerking am Saum des Wäldchens angekommen war, hielt er inne und setzte Minzi auf den Boden. Dünne Nebelschleier drifteten hinter ihm.

Die Geschwister verbargen sich in einem dichten Haselnussstrauch in ihrer Nähe. »Langsam ahne ich, was hier vor sich geht«, flüsterte Lukas. »Weißt du, was es mit diesem Platz auf sich hat?«

»Nein. Was denn?«

»Früher sollen sich dort die Hexen getroffen haben, um zu feiern und zu tanzen, bis sie völlig in Ekstase gerieten. Dann konnte ihr Geist die körperlichen Schranken überwinden und Verbindung mit den Dunklen Mächten aufnehmen. Aus diesem Grunde sind an diesem Ort auch ganz besondere Kräfte wirksam. Jedenfalls behauptet man das.«

Laura runzelte nur die Stirn. Hexen! Die gibt es doch nur im Märchen!, dachte sie, ohne Ellerking aus den Augen zu lassen.

Der Gärtner griff in seine Tasche und holte einen kleinen Glasbehälter daraus hervor.

Eine Phiole!

Verwundert kniff Laura die Augen zusammen. Erinnerte diese Phiole nicht an die des unheimlichen Fhurhurs, in der er das schreckliche Elixier aufbewahrt hatte? Das Teufelszeug, mit dem er ihren Vater auf Aventerra in die Todesstarre gebannt hatte? Es lief Laura kalt den Rücken herunter. Instinktiv kroch sie tiefer in das Buschwerk. Von wegen Hexen! Hier waren Kräfte am Werk, die ganz anderer Natur waren. Übermächtige dunkle Kräfte, die ihren Weg aus Aventerra auf die Erde gefunden hatten!

Albin Ellerking öffnete den Verschluss des kleinen Glasbehälters und ließ ein, zwei Tropfen einer giftig gelben Flüssigkeit auf die Zunge des Kätzchens perlen, während er einen Spruch in einer Sprache murmelte, die Laura völlig unbekannt war.

Plötzlich – Laura lief ein eisiger Schauer über den Rücken und auch Lukas zuckte zusammen – geschah Ungeheuerliches: Rauch stieg auf aus Minzis Maul und die possierliche Katze verwandelte sich in ein räudiges Vieh mit struppigem schwarzem Fell, ein Monster, das nur ein Auge hatte: Groll, der längst verendete Kater von Albin Ellerking, war wieder zum Leben erweckt worden!

Aufgeregt fauchend und buckelnd, richtete Groll sein schwefelgelbes Teufelsauge auf den Nachtalb, der vor ihm in die Knie gegangen war.

»Schön dich wiederzusehen, mein Freund.« Albins dünne Stimme klang sanft, beinahe zärtlich. »Sprich: Was hast du mir diesmal zu berichten?«

»Dieses Balg, Herr, der Teufel soll es holen«, sprach Groll mit der gleichen Stimme wie sein Herr. »Es macht sich lustig über Euch!«

»Lustig?« Die grünen Nachtalbaugen funkelten.

Groll knurrte. »Ihr wärt dümmer als eine Strohpuppe, hat sie zu ihren Freunden gesagt und behauptet, dass sie sich längst in den Besitz der Schwertspitze gebracht hätte – und Ihr, Ihr hättet das noch nicht mal gemerkt!«

»Sie lügt!« Albins Stimme bebte vor Wut. »Laura kann doch gar nicht wissen, wo sie versteckt ist! Ich habe doch sorgfältig darauf geachtet, dass mir niemand folgt!«

Der Kater schnurrte, dass die langen Barthaare zitterten. »Dann ist's ja gut, Herr, andernfalls …«

»Ja?«

»Andernfalls müsste ich mir Sorgen um Euch machen.« Groll legte den Kopf schief und schnurrte: »Der Großen Meisterin würde ganz und gar nicht gefallen, wenn Laura ihren Plan durchkreuzen würde. Und Ihr, Ihr müsstet das dann ausbaden – bestimmt!«

»Unsinn! Dazu gibt es überhaupt keinen Grund. Komm, mein Freund, ich werde dir beweisen, dass die Göre gelogen hat!« Er bückte sich, so dass das Katzenvieh auf seine linke Schulter springen konnte, und erhob sich. Nur wenige Augenblicke später war der Nachtalb zwischen den Bäumen des Henkerswaldes verschwunden.

Laura stieß den Bruder an. »Genau wie ich vermutet habe. Minzi ist nichts weiter als eine zweite Gestalt von Groll. Nur muss sie erst in diesen zurückverwandelt werden, um mit ihrem Herrn sprechen zu können. Das Vieh hat alles verraten, was es von uns erfahren hat. Und dass die Dunklen hinter dem Verschwinden der Schwertspitze stecken, habe ich auch richtig vermutet.«

»Was so schwierig ja auch wieder nicht war!« Lukas schob

die Äste des Haselbusches auseinander und trat hervor. »Wer sonst außer den Dunklen sollte sich dafür auch interessieren?«

»Ist ja gut.« Verärgert, weil der Bruder ihren Geistesblitz als beiläufig abtat, folgte Laura ihm. »Sehen wir lieber zu, dass Ellerking uns nicht entwischt. Obwohl ich schon ahne, wo der hinwill. Nämlich –«

»– zur Alten Gruft, nicht wahr?«, fiel der Bruder ihr ins Wort.

»Wie schlau du doch bist. Einfach oberschlau!«, sagte Laura und streckte ihm die Zunge raus.

Ellerking eilte tatsächlich schnurstracks zum Mausoleum, und so hatten Laura und Lukas keinerlei Probleme, ihm auf den Fersen zu bleiben. Zum Glück waren rings um das verfallene Gemäuer weder Misteln noch die unheimliche Vogelscheuche zu entdecken. Offensichtlich hatten sie genug damit zu tun, die Ausgrabungsstätte zu bewachen. Ohne sich auch nur einmal umzublicken, verschwand der Gärtner im Dunkel des Ganges, der ins Innere der Grabstätte hinabführte. Groll hockte immer noch auf seiner Schulter, als sei er dort festgewachsen.

Lukas schaute die Schwester fragend an. »Sollen wir ihm nicht folgen?«

»Nein.« Laura schüttelte den Kopf. »Zu gefährlich! Wenn die Schwertspitze tatsächlich in der Gruft verwahrt wird, werden wir sie auch so finden. So viele geeignete Verstecke gibt es darin ja nicht.«

Sie zogen sich hinter eine riesige Buche zurück und warteten. Es dauerte nicht lange, bis der Gärtner wieder ins Freie trat. »Genau vier Minuten«, sagte Laura, die auf die Uhr geschaut hatte.

Ellerking war offensichtlich höchst zufrieden. »Siehst du, mein Freund«, erklärte er in überschwänglichem Ton, »du hast dir unnötig Sorgen gemacht. Aber ich habe ja gleich gewusst, dass sie gelogen hat!«

»Ihr habt Recht, Herr.« Groll maunzte unterwürfig. »Tut mir leid, dass ich Euch unnötig in Aufregung versetzt habe. Aber ich hielt es für meine Pflicht, Euch zu warnen. Schließlich kann man nie wissen ...«

»Aber natürlich, mein Lieber!« Ellerking nahm das Katzenvieh auf den Arm und kraulte zärtlich das räudige Fell. »Das hast du sehr gut gemacht. Man kann nie vorsichtig genug sein. Und bei dieser Laura schon gar nicht! Deshalb sollst du auch deine verdiente Belohnung kriegen, bevor du wieder zu ihnen zurückkehrst.«

»Davon träumt der wohl«, zischte Lukas im Versteck und sah die Schwester an. »Ihr werdet das Vieh doch hochkant aus eurem Zimmer schmeißen!«

»Das wäre das Dümmste, was wir tun könnten.« Laura hob den Zeigefinger. »Dadurch würden die Dunklen doch nur erfahren, dass wir ihnen auf die Schliche gekommen sind. Wer weiß, wozu Minzi uns noch nützlich sein kann. Wir müssen in Zukunft lediglich darauf achten, dass sie nur das hört, was sie auch erfahren soll!«

»Klingt logosibel«, knurrte der Junge, offenbar verärgert, weil ihm das nicht eingefallen war.

Laura schenkte dem keine Beachtung. »Ellerking wird höchstens eine Minute gebraucht haben, um sich zu vergewissern, dass sich die Schwertspitze noch in ihrem Versteck befindet«, rechnete sie dem Bruder vor. »Bleiben noch rund drei Minuten – und das bedeutet, dass sie in der Grabkammer versteckt sein muss!«

»Klingt ebenfalls logosibel«, muffelte Lukas. Dass Laura zunehmend kombinatorische Fähigkeiten bewies, schien ihm gar nicht zu behagen.

Die Geschwister warteten noch so lange, bis das Dunkel

des Waldes die Umrisse von Ellerking und Groll verschluckt hatte. Dann huschten sie hinter der Buche hervor und betraten die Gruft.

Laura schaltete die Taschenlampe ein, die sie vorsorglich eingesteckt hatte, und leuchtete in den Gang hinein. Alles sah noch genauso aus, wie sie es vom letzten Besuch in Erinnerung hatte: die grob behauenen Steine, aus denen die Wände aufgeschichtet waren, und die ausgetretenen Bodenplatten. Obwohl es kaum sechs Monate her war, dass eine riesige Flutwelle den Gang durchspült hatte, waren Decke und Wände bereits wieder von unzähligen Spinnennetzen bedeckt. Die fetten Krabbelviecher ergriffen die Flucht, sobald der Lichtkegel nach ihnen haschte.

Auch der grässliche Lemurenkopf war noch an Ort und Stelle. Kaum zehn Meter hinter dem Eingang hing er in einer Nische an der Wand. Da es windstill war, gab die Fratze diesmal jedoch nicht jene schaurigen Töne von sich, die bereits beim geringsten Lufthauch aus dem weit aufgesperrten Maul drangen und nicht nur schreckhafte Naturen in Panik versetzten.

Nur eine gute Minute später standen die Geschwister vor der mächtigen Tür aus maltesischem Marmor, die die Grabkammer des Grausamen Ritters verschloss. Laura erinnerte sich noch bestens an den verborgenen »Türöffner«. Sie ließ den Lichtkegel über die Steinreihen gleiten, bis sie das kreisrunde Relief entdeckte, das nur wenige Zentimeter vom rechten Rand entfernt in Kniehöhe eingemeißelt war: das Siegel der Tempelritter. Laura bückte sich und drückte auf das Relief – und schon schob sich das steinerne Eingangsportal unter lautem Rumpeln und Rumoren zur Seite und verschwand fast vollständig in der linken Wand.

Der Weg ins Herz des Mausoleums war frei.

Der Lichtkegel der Taschenlampe fiel in die weitläufige

Grabkammer. Obwohl sie Dutzenden von Särgen Platz geboten hätte, stand nur ein einziger Sarkophag darin: die letzte Ruhestätte von Reimar von Ravenstein. Die zahlreichen Nischen und Vertiefungen in den Marmorwänden waren allesamt leer.

Langsam, als scheuten sie sich, den ewigen Schlaf des ruchlosen Ritters zu stören, schritten Laura und Lukas auf den mannshohen Steinsarg zu, der aus dem gleichen Material wie die Wände gefertigt war. Kunstvolle Reliefs mit Szenen des höfischen Lebens und die Wappen und Insignien derer von Ravenstein zierten die Seiten. Kurz verweilte der Lichtschein auf der Inschrift mit den Lebensdaten des Grausamen Ritters: »Geboren im Jahre des Herrn 1111, gestorben Anno Domini 1155«.

»Eigentlich gibt es hier nur einen einzigen Ort, an dem Ellerking die Schwertspitze versteckt haben kann.« Laura richtete die Taschenlampe auf den steinernen Deckel des Sarkophags.

»Ich fürchte, du hast Recht.« Trotz der Zustimmung klang Lukas alles andere als begeistert. Dass sie den Sarg öffnen und in sein Inneres blicken mussten, schien ihm nicht gerade zu behagen.

»Uns wird wohl nichts anderes übrig bleiben!«

»Vielleicht ist der Deckel viel zu schwer für uns.« Lukas klang ziemlich kleinlaut. Hoffte er etwa, dass ihm die schauerliche Prozedur erspart bliebe?

»Nichts da!«, erklärte die Schwester entschlossen. »Was Ellerking kann, das können wir allemal!«

Sie sollte Recht behalten. Es kostete zwar einige Mühe, aber schon nach wenigen Minuten hatten die beiden den Marmordeckel so weit zur Seite geschoben, dass Laura hineinleuchten konnte. Ein Schwall muffiger Luft waberte ihr entgegen, jedoch zu ihrer Verwunderung keinerlei Verwesungsgeruch. Mit angehaltenem Atem beugte das Mädchen sich vor, um über den Rand des Sarkophags zu schielen. Dass der Bruder blass wurde und sich abwandte, merkte es gar nicht.

Langsam ließ Laura den Lichtkegel in Richtung Sargboden wandern. Gleich musste das Skelett des Ritters sichtbar werden. Tiefer und tiefer senkte sich der Strahlenfinger in den Sarkophag – aber keine Spur von dem Grausamen Ritter!

Seltsam! Was war bloß mit Reimars sterblichen Überresten geschehen?

Maßlos erstaunt wandte Laura sich dem Bruder zu – und musste plötzlich grinsen. »Hey!« Sie stieß Lukas an. »Du kannst die Augen wieder aufmachen. Es gibt keine Leiche! Noch nicht einmal ein Knöchelchen!«

Lukas murmelte unverständliche Worte, die nach Ausflucht klangen, riskierte aber schließlich doch einen Blick in den steinernen Sarg. Er war leer – bis auf ein schmales Stück Metall. »Du hast tatsächlich Recht gehabt, Laura«, brachte er aufgeregt hervor. »Da ist ja das gesuchte Teil!«

Es handelte sich unverkennbar um die Schwertspitze, die Rika Reval in Drachenthal gefunden hatte. Das Rad der Zeit, dessen bruchstückhafte Gravur sich auf der Klinge befand, bewies das eindeutig.

»Und jetzt?« Lukas sah die Schwester fragend an. »Nehmen wir sie an uns?«

»Natürlich nicht!«

»Hab ich's mir doch gedacht.« Der Junge feixte. »Sonst würden die Dunklen doch merken, dass wir hinter ihr Geheimnis gekommen sind.«

Laura erwiderte das Grinsen. »Genau. Und deshalb bleibt die Spitze, wo sie ist. Wahrscheinlich werden sie auch die anderen Teile – falls sie sie finden, natürlich! – hier drin verstecken, um sie dann in der Nacht der Sommersonnenwende zu ihren Verbündeten nach Aventerra zu schaffen. Aber leider …« – Laura seufzte theatralisch und hob wie zum Bedauern die Hände – »… wird daraus nichts werden.«

»Natürlich nicht!« Im Licht der Taschenlampe sah der grinsende Junge aus wie ein Kobold.

»Weil wir nämlich kurz vorher zuschlagen werden!« Lauras diebische Freude war nicht zu überhören. »Bevor die merken, was los ist, bringe ich die Schwertteile zu den Kriegern des Lichts. Und dann werde ich Papa mit ihrer Hilfe aus der Dunklen Festung befreien. Was hältst du von meinem Plan, Lukas?«

»Klingt super!« Der Junge zeigte ihr den Daumen. »Einfach phänotastisch!«

Als die Geschwister den schweren Deckel wieder zurückschoben, ahnten sie nicht, dass es ganz anders kommen würde als geplant.

Alarik war bitter enttäuscht. Schließlich hatte er sich so darauf gefreut, endlich die Erleuchtlinge zu sehen. Somnis Einwand, dass das nur den Traumspinnern möglich sei, hatte er gar nicht ernst genommen. Jetzt aber stand er in einem der nestähnlichen Verschläge, die sich hoch über dem Boden in die Wipfel der Traumwaldbäume schmiegten, blickte ratlos auf die bienenkorbähnlichen Behältnisse, die darin aufbewahrt wurden, und sah – nichts. Natürlich konnte er die Waben darin erkennen. Sie erinnerten ebenfalls an die von Bienen, nur dass sie nicht acht, sondern dreizehn Ecken aufwiesen. Diese dreizehneckigen Waben aber waren leer. »Wo sind die Larven denn?«, fragte er Somni verwundert, und auch Schmatzfraß, der auf seiner Schulter saß, machte ein ratloses Gesicht. »Ich kann nicht eine davon sehen!«

»Hab ich dir doch gleich gesagt!« Der Dreistängelhoch grinste über das ganze grüne Gesicht. »Aber du wolltest mir ja nicht glauben. Dabei sind die Waben voller Larven. Es wimmelt nur so darin. Sobald sie herangereift sind, schlüpfen Geschöpfe aus reinem Licht daraus hervor – die Erleuchtlinge! Habe ich Recht, Malhiermalda?«

Gleich einem Floh in einer Streichholzschachtel hüpfte der Platzwechsler unruhig in dem Verschlag herum. »Wird wohl so sein, wird wohl so sein«, krähte er und sprang von der linken Wand zu rechten. »Bin allerdings keiner von euch, und so hab ich auch noch nie eines der Geschöpfe zu Gesicht gekriegt, die ihr da heranzüchtet.«

»Siehst du!«, sagte Somni beinahe vorwurfsvoll. »Malhiermalda hat es verstanden – nur du scheinst etwas länger zu brauchen.«

Alarik wollte schon zu einer Erwiderung anheben, als die Stimme von Paravain zu ihm heraufschallte. »Alarik! Kommst du? Es ist Zeit zum Aufbruch!«

Der Ritter hatte sein Pferd und das Steppenpony des Knappen bereits gesattelt, und so verabschiedeten sich Paravain und Alarik von Meister Orplid und Madame Fantasa, von Glatsch, Gletsch, Glutsch und Somni und natürlich auch von Malhiermalda. »Willst du nicht mitkommen?«, erkundigte sich der Knappe bei ihm. »Ich glaube kaum, dass du noch länger hier verweilen wirst, so unstet, wie du bist.«

»Soso«, antwortete der Platzwechsler und sprang auf und ab. »Glaubst du das?« Er klang leicht verstimmt. »Aber du hast Recht – ich muss weiter, immer weiter. Obwohl …« Ausnahmsweise verharrte er für einige Momente an Ort und Stelle. »Manchmal bedauere ich es schon, keinen festen Standpunkt haben zu können und mich mal hierhin und mal dorthin wenden zu müssen, gerade so, wie es erforderlich ist. Aber – übel, übel! – es liegt nun mal in der Natur von uns Mutari, dass wir uns nicht festlegen können und kein bestimmtes Ziel haben. Und so werde ich mir in der Tat etwas Neues suchen.«

»Dann begleitest du uns also doch nach Hellunyat?«

»Oh, oh!« Malhiermalda hüpfte wieder los. »Ist mir viel zu weit, viel zu weit! Ich begebe mich zu den Tosenden Wassern am Unterlauf des Donnerflusses und besuche die Nebelflößer, die dort zu Hause sind.«

»Die Nebelflößer?« Alarik erbleichte. »Was willst du denn bei diesen unheimlichen Wesen?«

»Keine Zeit, keine Zeit!«, antwortete der Platzwechsler hastig. »Muss los, schleunigst los!« Und bevor der Knappe sich versehen hatte, war Malhiermalda zwischen den Bäumen des Traumwaldes verschwunden.

Paravain und Alarik schwangen sich auf den Rücken ihrer Reittiere und gaben ihnen die Sporen. Wenig später schon hatten sie die Lichtung der wunderlichen Traumspinner hinter sich gelassen.

Der Weg zurück nach Hellunyat lag bereits zur Hälfte hinter ihnen, als Alarik von seinem Herrn erfuhr, dass es Meister Orplid unmöglich gewesen war, Laura auch nur die kleinste Botschaft zu schicken. »Dann war unser Ausflug also völlig umsonst?«

»Leider«, erwiderte sein Herr.

Alarik zügelte den Braunen. »Aber … was können wir denn jetzt noch für Laura tun?«

Auch Paravain hielt seinen Schimmel an. »Nichts mehr, fürchte ich. Das Schicksal der Welten liegt nun einzig in Lauras Hand und sie ist ganz alleine auf sich selbst gestellt.«

Schweigend ritten der Weiße Ritter und sein Knappe weiter und fast sah es so aus, als hätte aller Mut sie verlassen.

Zehn Tage später hatte das Archäologenteam noch immer nichts entdeckt. Rika Reval war nicht wieder aufgetaucht. Laura machte sich langsam Sorgen um die Archäologin, aber mehr noch um die Schwertteile. Täglich stand sie am Fenster im obersten Stock – mal in Begleitung der Freunde, mal ganz allein –, um den Fortgang der Ausgrabungsarbeiten zu beobachten. Doch obwohl das Team an den richtigen Stellen suchte – Lukas hatte das mit Hilfe der Geländekarte noch einmal überprüft –, blieb die Arbeit ohne Erfolg.

»Ich versteh das nicht.« Laura schaute den Bruder, der neben ihr auf dem Bootssteg am Drudensee saß, mit verkniffener Miene an. Die Nachmittagssonne spiegelte sich auf dem Wasser und ließ es aussehen wie flüssiges Blei. »Irgendetwas stimmt da nicht. Es ist mir unerklärlich, warum sie immer noch nichts gefunden haben. Dabei sind die Löcher, die sie gebuddelt haben, riesig.«

»Stimmt.« Lukas sah den Schwalben nach, die dicht über der gleißenden Wasserfläche dahinstrichen und Jagd auf Insekten machten. Die kleine Kolonie nistete in den Nestern, die sie kunstvoll unter die Vorsprünge der Burgdächer geklebt hatten. Auch am Wohngebäude der Lehrer und an den Häuschen im Park hatten sie Quartier bezogen. »Und immer wieder setzen sie Detektoren ein. Was sie bestimmt nicht machen würden, wenn sie bereits Erfolg gehabt hätten.«

Laura grübelte so sehr, dass sie keinen Blick hatte für den Flug der Vögel. »Außerdem wären Quintus und Pinky dann bestimmt viel besser gelaunt. Aber das Gegenteil ist der Fall. Sie sind mit jedem Tag übler drauf. Besonders die Taxus. Die ist kaum noch zu ertragen. Ein Glück, dass es bald Ferien gibt.«

Lukas nickte wortlos. Die Geschichte schien ihm wirklich Kopfzerbrechen zu machen. Er sah so gequält aus, als bereite das ungelöste Rätsel ihm körperliche Schmerzen. »Wäre es denn schlimm, wenn du am einundzwanzigsten Juni ohne die Schwertteile nach Aventerra reisen müsstest?«

»Was heißt schlimm?« Laura wirkte für einen Moment hilflos. »Mit Sicherheit wäre es keine Katastrophe. Wie es aussieht, befindet sich Hellenglanz – oder besser, die Teile, in die das Schwert zerbrochen ist – bereits seit Jahrhunderten auf unserer Erde, ohne dass die Dunklen daraus einen Vorteil hätten gewinnen können. Andererseits …«

»Ja?«

»… müssten wir dann ständig mit der Gefahr leben, dass unsere Feinde die Waffe doch noch entdecken – und das wäre wirklich schlimm.« Ihre Stimme bebte. »Außerdem: Wenn ich das Schwert mit nach Aventerra nehmen könnte, wäre unsere Chance, Papa endlich zu befreien, bestimmt größer!«

»Dann sollten wir hier nicht länger rumsitzen. Schließlich haben wir nur noch drei Tage Zeit!« Lukas verzog die Lippen wie ein grinsender Breitmaulfrosch. »Lass uns die Sache einfach mal der Reihe nach durchdenken. Irgendwo müssen wir einen Fehler gemacht haben, auch wenn ich nicht die leiseste Ahnung habe, wo!« Er erhob sich und klopfte sich den Hosenboden ab. Eine Schwalbe segelte so dicht über seinen Kopf hinweg, dass er sich unwillkürlich duckte. Versonnen schaute er dem Vogel nach, der in wendigen Kurven über das Wasser dahinflog und immer wieder nach Beute schnappte. »Weißt du, was ich gerne wissen möchte, Laura?«

Das Mädchen blickte ihn verständnislos an.

Lukas machte eine Kopfbewegung in Richtung Burg. »Die Nester, die sie unters Dach gebaut haben, sehen doch alle gleich aus.«

»Ja, und?« Laura wusste nicht, worauf er hinauswollte. »Die Jungen lernen den Nestbau von den Eltern – deshalb ist es doch nicht verwunderlich, wenn ihre Bauten genauso aussehen wie das Vorbild.«

»Das meine ich doch nicht!« Der funkelnde See spiegelte sich in Lukas' Brille. »Ich frage mich nur, wie sie sie auseinanderhalten können bei der Ähnlichkeit?«

»Ach so!« Lauras Mundwinkel verzogen sich gelangweilt. »Irgendwie wird es da schon –« Urplötzlich brach sie ab. Ihr Unterkiefer klappte herunter, während sie, wie vom Blitz gerührt, vor sich hinstarrte, als sei ihr ein Gespenst erschienen. »Nein«, stammelte sie. »Nein, das gibt es doch nicht!«

»Hey!« Der Junge stupste seine Schwester an. »Was hast du denn?«

Laura schüttelte nur den Kopf. »Nein«, hauchte sie wieder. »Das gibt es doch nicht. Wie kann man nur so bescheuert sein? Und noch viel blinder als der blindeste Maulwurf?«

Lukas war pikiert. »Jetzt komm endlich zur Sache!«, maulte er.

Laura klopfte sich mit der flachen Hand gegen die Stirn und schaute den Bruder entgeistert an. »Wir haben uns völlig dämlich angestellt – und zwar alle beide!«

»Es reicht, Laura! Sag endlich, was du meinst, und hör auf zu nerven.«

»Dabei ist es doch so einfach!« Laura ließ ein gequältes Lachen hören. »Ich könnte mir in den Hintern beißen, dass ich nicht schon früher drauf gekommen bin. Eine andere Erklärung kann es nämlich gar nicht geben!«

Kapitel 27 Trügerische Ruhe

Mit einem Freudenschrei eilte Morwena auf Paravain zu und flog ihm in die Arme. »Endlich!«, rief sie wie befreit aus. »Du weißt ja gar nicht, wie viel Sorgen ich mir um dich gemacht habe!« Dann küsste sie ihn so überschwänglich, dass Alarik sich peinlich berührt abwandte.

Diese Erwachsenen mit ihrem kindischen Getue! Was fanden sie nur dabei, sich gegenseitig abzuschlabbern!

Schon wollte er sein Steppenpony in den Stall führen, als er Elysion gewahrte. Der Hüter des Lichts war ebenfalls in den Hof der Gralsburg getreten und beobachtete die Heilerin und den Ritter mit mildem Lächeln, bevor er auf den Knappen zutrat.

»Ich freue mich, dass auch du unbeschadet zurück bist«, sagte er. »Aber beim nächsten Mal würde ich dich bitten, nicht mehr derart unüberlegt zu handeln. Oder genügt es dir nicht, dass deine Schwester sich bereits in ihrer Gewalt befindet?«

Alarik hob den Blick. »Ich verstehe nicht, Herr?«

»Du weißt doch, dass mit unseren Feinden nicht zu spaßen ist«, erklärte der Hüter des Lichts. »Sie lauern überall. Du hättest ihnen leicht in die Hände fallen können. Je mehr von uns sie in ihrer Gewalt haben, desto größer ist der Druck, den sie auf uns ausüben können. Und deswegen bitte ich dich in Zukunft vorsichtiger zu sein, Alarik.«

»Ja, Herr.« Beschämt schlug der Junge die Augen nieder. Elysion hatte ja Recht. Sein Handeln war reichlich unbedacht gewesen – und noch dazu ohne jeden Erfolg.

Bedächtigen Schrittes näherte sich der Hüter des Lichts dem jungen Paar, das sich endlich voneinander gelöst hatte. »Nun, Paravain.« Seine Stimme klang angespannt. »War deine geheime Mission erfolgreich?«

Der Ritter suchte Morwenas Blick, bevor er sich seinem Herrn zuwandte. »Ich fürchte nicht … leider.«

Zu seiner Überraschung aber legte sich ein freudiger Schimmer auf Elysions Gesicht. »Da bin ich ja beruhigt!« Er klang beinahe fröhlich. »Ich habe schon das Schlimmste befürchtet, als Pfeilschwinge mir berichtet hat, dass er dich nirgends entdecken konnte.«

Verwundert blickte Paravain die Heilerin an, die ihren Arm um seine Hüften geschlungen hatte. Doch auch Morwena zeigte nur ein ratloses Gesicht. »Ihr sprecht in Rätseln, Herr.«

Elysion lächelte leicht. »Das kann ich verstehen. Folgt mir in den Thronsaal. Ich muss euch etwas erzählen.«

Ratlos betrachtete Lukas das Gemälde in der Eingangshalle. »Tut mir leid, Laura, aber ich komme nicht drauf.«

»Nein?« Ein kaum wahrnehmbares Lächeln spielte um die Lippen des Mädchens. So ganz konnte Laura sich die Freude darüber doch nicht verkneifen, dass sie den Super-Kiu von Bruder einmal mehr übertrumpft hatte. »Du erinnerst dich doch bestimmt an die Burgchronik?«

»Natürlich. Ich erinnere mich an jedes Wort.«

»Tatsächlich?« Laura spitzte spöttisch die Lippen. »Dann weißt du ja auch noch, was passiert ist, nachdem Reimar von Ravenstein die Grafenfamilie von Drachenthal massakriert und ihre Festung in Brand gesteckt hatte?«

»Ja, klar. Er hat mit dem Goldschatz von Niflin den Umbau seiner bescheidenen Feste finanziert …«

»… und diese getreu dem Vorbild der Drachenthaler Burg

ausbauen lassen.« Laura schaute sich verstohlen nach ungebetenen Zuhörern um. »›So dass sie sich glichen wie ein Schwalbennest dem anderen‹!«, fuhr sie dann mit gedämpfter Stimme fort. »So steht es wortwörtlich in der Chronik. Oder willst du zur Sicherheit noch mal nachschlagen?«

»Nein!«, hauchte Lukas fassungslos. »Das würde ja bedeuten …«

»Ja, genau!«

»Das bedeutet ja …« Jetzt war es der Junge, der sich an die Stirn klopfte. »Wir Idioten! Wir hirnvernagelten Idioten! Das bedeutet ja …«

»… dass es sich bei der Burg, die Bertrun auf dem Bild verewigt hat, gar nicht um Burg Ravenstein handelt …«

»… sondern um die Festung von Drachenthal«, ergänzte Lukas.

»Endlich hast du es verstanden.« Ein Anflug von Stolz schwang in Lauras Stimme mit. »Die Sehnsucht nach der Festung, auf der sie aufgewachsen ist, bis sie daraus vertrieben wurde, war offensichtlich so groß, dass Bertrun die Burg ihrer Familie gemalt hat. Was uns nicht sofort aufgefallen ist, weil der Grausame Ritter sie exakt nachgebaut hat – als wolle er seine Opfer damit noch nachträglich verhöhnen!«

»Und wir haben immer gedacht, Bertrun hätte Burg Ravenstein abgebildet. Kein Wunder, dass die Archäologen hier nichts gefunden haben!«

»Eben! Weil Bertrun die Teile in Drachenthal vergraben hat!« Laura atmete tief durch. »Endlich! Endlich haben wir das Rätsel gelöst!«

»Und jetzt?« Der Bruder sah sie fragend an. »Was machen wir jetzt?«

Professor Morgensterns Wohnzimmer war in helles Licht getaucht. Laura breitete eine Geländekarte von Drachenthal auf dem zentralen Tisch aus. Lukas hatte sie besorgt und die drei entscheidenden Stellen darauf markiert. Das Mädchen deutete auf einen Punkt, der ein geraumes Stück abseits der Burgruine lag. »Hier, sehen Sie.«

Aurelius Morgenstern beugte sich vor und blickte mit gespannter Miene auf den Plan. Miss Mary Morgain und Percy Valiant, die Laura ebenfalls zu der Besprechung gebeten hatte, taten es dem alten Herrn gleich.

»Genau hier hat Rika Reval vor einiger Zeit die Schwertspitze entdeckt«, erklärte Laura den Wächter-Kollegen. »Sie fand sich am weitesten vom Steinkreis und der Ruine entfernt – genau dreihundertundsechs Schritte von dem Findling oberhalb der Freilichtbühne, auf dem ein Rad der Zeit eingraviert ist. Lukas und ich haben das vorhin noch mal überprüft.«

»Verstehe.« Aurelius wiegte bedächtig den Kopf. »Das erklärt auch, warum die Archäologen die anderen Teile auf dem Ausgrabungsgelände nicht finden konnten – weil die beiden anderen Verstecke gar nicht innerhalb des abgegrenzten Areals liegen!«

»Genauso ist es!« Lauras Wangen kribbelten nun vor Aufregung.

»Wenn ich dich recht verstehe, dann bist du also fest davon überzeugt, dass die fehlenden Bruchstücke …« – Miss Mary deutete auf die entsprechenden Kreuze auf der Karte – »… da und dort vergraben sind?«

»Absolut!«

»Parbleu!« Percy trat einen Schritt zurück und kratzte sich am Kopf. »Dann 'ast du ein Problem, fürschte iisch!«

»Ein Problem?« Laura war verwundert. »Wieso?«

Der Zeigefinger des Blonden wanderte zu einem der Kreuze. »Weil siisch *exactement* an dieser Stelle 'ier die 'alle mit dem Organisationsbüro, den Umkleide- und Sanitärräumen für den Drachenstiisch befindet. Zudem ist dort na'ezu alles gelagert, was wir für die Auffü'rung benötiischen. Die Kostüme, die Requisiten – und natürliisch auch Niflin, unser Drachenbaby!«

»Umso besser, Percy!« Lauras Stimmung hellte sich wieder auf. »Dann können die Dunklen auch nicht ungestört dorthin gelangen. Und mir einen Schlüssel für das Gebäude zu besorgen sollte für dich doch kein Problem sein, oder?«

»Niischt das allergeringste!« Percy ließ sich auf einem Stuhl nieder.

»Super!« Das Mädchen lächelte ihn dankbar an. »Zum Glück befindet sich das Versteck in ›Niffis Garage‹, wie du das nennst. Die hat ja keinen festen Boden, so dass man da problemlos buddeln kann.«

Auch Professor Aurelius Morgenstern nahm nun am Tisch Platz. Nur Mary Morgain stand noch über die Karte gebeugt. »Wenn ich dich recht verstehe, Laura«, sprach der Direktor, »dann planst du also, die beiden Schwertteile auszugraben und sie zusammen mit der Spitze nach Aventerra zu bringen?«

»Natürlich!«, antwortete Laura eifrig. »Wenn es sich tatsächlich um Hellenglanz handelt, wird das eine große Hilfe bei der Befreiung von Papa sein!«

»Hast du dir das auch gut überlegt?« Aurelius Morgenstern war anzusehen, dass er sich Sorgen machte.

»Sehr gut sogar.« Laura lächelte voller Zuversicht. »Die Aktion ist bestimmt weit weniger gefährlich, als es sich anhört. Vorausgesetzt natürlich, wir gehen mit Bedacht vor.« Mit glühenden Wangen erläuterte sie den Wächtern den von Lukas und ihr ersonnenen Plan: Entscheidend war, die Dunklen so lange wie möglich über ihre Absichten im Unklaren zu lassen, um ihnen keinerlei Chancen zu Gegenmaßnahmen oder Störmanövern zu bieten. Sie wollte deshalb die Spitze erst in der Nacht vor der Sommersonnenwende aus der Gruft holen und das erste Teil in Drachenthal ausgraben, um dann beide in dem Geheimversteck in Lukas' Schrank zu verwahren. In der nächsten Nacht würde sie dann das letzte Schwertteil besorgen, das innerhalb des Lagergebäudes vergraben war, und die wertvollen Fundstücke auf dem Rücken ihres Schimmels durch die magische Pforte nach Aventerra bringen. »Und?« Das Mädchen blickte die Wächterkollegen gespannt an. »Was haltet ihr von dem Plan?«

»Nun …« Wieder wiegte der Professor das eisgraue Haupt. »Er klingt wohldurchdacht. Die Frage ist nur, ob er auch aufgehen wird.«

»Das wird er, ganz bestimmt sogar.« Laura klang überzeugt. »Besonders, wenn ihr uns dabei ein wenig unterstützt.«

Schweigen machte sich breit im Zimmer, während die drei Erwachsenen sich betreten anblickten.

»Iisch bin wirkliisch untröstliisch, Laura«, brach Percy als Erster die Stille, »aber iisch fürschte, dass du niischt auf miisch zä'len kannst!« Ausgerechnet an diesen beiden Abenden sei er unabkömmlich: Am zwanzigsten Juni tagte das Organisationskomitee des Drachenstichs, um die letzten Einzelheiten für die wenige Tage später stattfindende Premiere durchzusprechen. Und am einundzwanzigsten Juni gab es eine Pressekonferenz, zu der sich eine große Journalisten-Meute angekündigt hatte. Als Regisseur des Spektakels musste Percy an beiden Veranstaltungen teilnehmen. »Einerseits ist das zwar Pesch für diisch, andererseits wiederum aber auch ein glückliischer Umstand.«

»Hä?« Laura machte ein Gesicht, als fühle sie sich auf den Arm genommen. »Wieso?«

»Ganz einfach.« Der Sportlehrer lächelte ihr aufmunternd zu. »Die Pressekonferenz findet in der Stadt'alle statt. Za'lreische Fernse'teams 'aben siisch angesagt, und so wird siisch niemand die Gelegen'eit entge'en lassen, seine Visage in die Kamera zu 'alten, und sei es auch nur für wenige Sekunden. Was gleichzeitiisch bedeutet, dass siisch kein Mensch bei der 'alle an der Freiliischtbü'ne auf'alten wird – und somit ist der Weg frei für diisch und dein Unterne'men – auch wenn iisch dir dabei, wie bereits erwä'nt, leider niischt zur Seite ste'en kann.«

»Na gut«, antwortete Laura mit gespielter Gleichmütigkeit. Die Enttäuschung war ihr allerdings anzusehen. Sie wandte sich an Miss Mary Morgain. »Und was ist mit dir?«

Die zierliche junge Frau seufzte gequält. »Ich fürchte, ich muss dir ebenfalls eine Enttäuschung bereiten. Mein Konzert, das für die CD mitgeschnitten wird, findet ausgerechnet am Einundzwanzigsten statt. Und am Vorabend haben wir Generalprobe, so dass ich dir leider auch nicht helfen kann.«

Professor Morgenstern brauchte Laura erst gar nicht zu fragen. Sie ahnte, dass auch er ihr einen Korb erteilen würde.

»Bitte zieh nicht so ein Gesicht, Laura«, sagte der Direktor. »Attila Morduk ist doch auch noch da. Und du kannst doch auf deine Freunde zählen.«

»Natürlich, aber ...«

»Außerdem hast du deine letzte Aufgabe auch ohne unsere Hilfe gelöst. Percy und Mary waren auf Klassenfahrt und ich wurde sogar in einem Bunker gefangen gehalten – erinnerst du dich nicht mehr?«

»Ja, schon. Aber trotzdem ...«

Der Professor ließ sie nicht zu Wort kommen. »Du hast es ganz allein geschafft. Weil du an dich geglaubt hast und deine Freunde dich unterstützt haben. Warum sollte es diesmal anders sein?«

Laura schwieg. Professor Morgenstern hatte Recht. Außerdem hatten Lukas und sie auch noch ein Täuschungsmanöver für ihre Feinde inszeniert: In Minzis Gegenwart hatte Laura Kaja erzählt, dass sie die Suche nach den Schwertteilen endgültig aufgegeben habe und ohne sie nach Aventerra reisen werde. Scheinbar zufällig hatte sie danach die Zimmertür offen stehen lassen. Worauf das Kätzchen auch prompt verschwunden war. Wenn die Dunklen Minzis Bericht glaubten – was sie bislang anscheinend immer getan hatten –, dann würden sie die Freunde nicht länger überwachen. Deshalb hoffte Laura in der kommenden Nacht ungestört agieren zu können. Natürlich würden die Dunklen mit aller Macht zu verhindern suchen, dass Laura in der Mittsommernacht nach Aventerra gelangte. Aber auch dagegen hatten sich die Freunde eine Finte ausgedacht, die noch genialer war als die List mit dem Kätzchen. Dennoch hatte Laura ein mulmiges Gefühl. Dabei hätte sie nicht einmal sagen können, warum.

Sie spürte einfach, das sich etwas gegen sie zusammenbraute.

Paravain war blass geworden. Fast ohne es zu merken, griff er zu dem Becher mit dem roten Wein und trank einen kräftigen Schluck.

Auch Morwena, die neben ihm an dem großen Tisch im Thronsaal der Gralsburg saß, sah mitgenommen aus.

Nur Elysion wirkte gefasst. Trotz der unzähligen Jahre, die er die Krieger des Lichts nun schon anführte, stand er aufrecht wie im besten Mannesalter und beobachtete die jungen Leute. Er wirkte ungebrochen und keine Spur von Müdigkeit war in seinem faltigen Gesicht zu erkennen.

Der Weiße Ritter atmete tief durch, erhob sich und ging unruhig auf und ab. »Ihr seid also davon überzeugt, Herr, dass Eure Vermutung zutrifft?«, fragte er.

»Ja«, antwortete Elysion ruhig. »Die Vision, die Morwena befallen hat, lässt keinen anderen Schluss für mich zu.«

»Und Ihr seid ganz sicher?«

Der Hüter des Lichts sah den Ritter eindringlich an. »Du weißt, dass Visionen ebenso rätselhaft sind wie die Botschaften der Wissenden Dämpfe. Es ist nicht immer leicht zu erkennen, was sie uns mitteilen wollen. Dennoch glaube ich fest daran, Morwenas Eingebung richtig gedeutet zu haben.«

»Das wäre ja schrecklich!« Paravains Augen flackerten.

»Stimmt!«, entgegnete Elysion ruhig.

Zaghaft meldete sich die Heilerin zu Wort. »Du scheinst die Vermutung unseres Herrn nicht zu teilen?«, fragte sie leise.

»Nun, wenn ich ehrlich bin …«

»Ich bitte dich darum, Paravain«, forderte der Hüter des Lichts ihn auf. »Jeder von uns ist gehalten, stets zu seiner Überzeugung zu stehen.«

»Ich weiß, Herr.« Das Lächeln des Ritters allerdings wirkte unsicher. Er atmete tief durch, als müsse er Mut schöpfen. »Nun – im Gegensatz zu Euch befürchte ich, dass Hellenglanz unseren Feinden in die Hände fallen wird. Keiner der Wächter ahnt, dass sich das Schwert des Lichts auf dem Menschenstern befindet, und gegen eine unbekannte Gefahr kann niemand etwas ausrichten. Selbst Laura nicht.«

»Und weiter?«

»In der Mittsommernacht werden die Dunklen das Schwert nach Aventerra bringen und Borboron überreichen, und der wird umgehend gegen uns in den Kampf ziehen, was wohl das Ende bedeuten wird.«

Elysions wasserblaue Augen verengten sich. »Wie kommst du zu dieser Überzeugung, Paravain?«

»Nun, der vereinten Macht von Hellenglanz und Pestilenz kann niemand widerstehen. Schließlich gilt seit Anbeginn der Zeiten: In den Händen des Feindes wird selbst das mächtigste Schwert des Lichts zu einer schrecklichen Waffe der Finsternis.«

»Wohl wahr.« Der Hüter des Lichts machte einen Schritt auf seinen Ersten Ritter zu. »Aber es heißt ebenso: Wer sich eines Schwerts in frevelhafter Weise bedient, gegen den wird es sich am Ende richten.«

Paravain schwieg betreten.

Morwena erhob sich, gesellte sich zu ihm und ergriff seine

Hand, als wollte sie ihn trösten. »Und?«, sprach sie den Hüter des Lichts an. »Was bedeutet das jetzt für uns?«

»Das Gleiche wie immer: dass wir auf alles vorbereitet sein müssen! Wir müssen uns wappnen sowohl für den Fall, dass Paravain Recht behält, als auch dafür, dass meine Befürchtungen sich bewahrheiten – mit all ihren schrecklichen Folgen. Deshalb habe ich Pfeilschwinge bereits auf den Weg zu den Nebelflößern geschickt, damit sie Laura zur Seite stehen, wenn es so weit kommen sollte.«

»Zu den Nebelflößern?«, wiederholte Morwena tonlos. »Ist das nicht zu gefährlich? Wenn man ihre Dienste in Anspruch nimmt, ist der Preis dafür manchmal doch recht hoch.«

Der Hüter des Lichts schwieg einen Augenblick und starrte in die Ferne. Dann nickte er. »Ich weiß, Morwena. Doch wenn ich deine Vision richtig gedeutet habe, dann wird dieses Opfer wohl unumgänglich sein. Anderenfalls wäre alles verloren.«

Zunächst ging alles gut am zwanzigsten Juni. Viel zu gut vielleicht. Am Vormittag gab Schnuffelpuff endlich die Hausaufgabe über die Sphingen zurück. Die 7b konnte mit dem Ergebnis sehr zufrieden sein. Der Lehrer hatte weder eine Fünf noch eine Sechs vergeben. Selbst Max Stinkefurz schien sich besonders angestrengt zu haben, denn er bekam eine Drei, was höchst selten war. Auch Laura hatte eine tolle Note erzielt: Die Zwei minus war weit mehr, als sie erhofft hatte. Wegen der Suche nach den Schwertteilen hatte die Arbeit ziemlich gelitten, so dass sie wirklich nicht meckern konnte, zumal ihre Versetzung damit so gut wie sicher war. Es sei denn, Pinky würde ihr in Physik keine Vier erteilen, wie es der Durchschnittsnote ihrer Tests entsprach, sondern ebenfalls eine Fünf wie in Mathe. Die hatte Laura nämlich trotz all ihrer Anstrengungen nicht vermeiden können. Aber die zwei Fünfen würde sie durch ihre guten Zensuren in Deutsch, Biologie, Sachkunde und nun noch Geschichte bestimmt ausgleichen können.

Kaja beglückwünschte ihre Freundin denn auch schon zur Versetzung. »Jetzt kannst du die fünf Tage bis zum Ferienbeginn ja ruhig schwänzen«, flüsterte sie ihr zu. »Und wenn deine Stiefmutter dir eine Entschuldigung schreibt, kann gar nichts mehr schiefgehen.«

»Klappt leider nicht«, wisperte Laura. »Sayelle ist wieder mal im Ausland und kommt erst übermorgen zurück.«

Kaja zog die Augenbrauen hoch. »Dann kannst du dich ja gar nicht von ihr verabschieden, bevor du morgen nach Aventerra aufbrichst.«

»Da leg ich auch keinen gesteigerten Wert drauf«, erwiderte Laura. »Ganz bestimmt nicht.« Dennoch fühlte sie ein brennendes Gefühl in der Magengrube und Bitterkeit stieg in ihr hoch. Auch wenn Sayelle nur ihre Stiefmutter war, hätte sie sich ruhig mehr um ihren Bruder und sie kümmern können. Und Marius schien sie schon ganz vergessen zu haben. Sie hat Papa doch mal geliebt, dachte Laura verzweifelt. Sonst hätte sie ihn bestimmt nicht geheiratet. Wie ist es da möglich, dass sie ihn nicht so sehr vermisst wie Lukas und ich? Diese Gedanken waren jedoch das Einzige, was diesen Tag trübte.

Eine Stunde vor Mitternacht drang Laura mit Lukas in die Alte Gruft ein. Ohne Probleme gelangten sie in die Grabkammer und holten die Schwertspitze aus dem Sarkophag des Grausamen Ritters. Auf dem Rückweg jagte ihnen der Lemurenkopf, der urplötzlich ganz schauerlich zu heulen begann, zwar einen ordentlichen Schrecken ein, der aber bald verwunden war. Weitere Zwischenfälle ereigneten sich nicht. Die Dunklen schienen auf das Täuschungsmanöver hereingefallen zu sein, denn keiner von ihnen ließ sich blicken. Völlig ungehindert brachten die Geschwister das wertvolle Bruchstück in Lukas' Zimmer und verbargen es im Geheimfach seines Kleiderschrankes.

Anschließend fuhr Attila Morduk die Geschwister mit der altersschwachen Limousine des Professors nach Drachenthal. Laura hatte zwar mit dem Gedanken gespielt, zu ihrer Unterstützung den Steinernen Riesen Portak mitzunehmen, die Idee jedoch gleich wieder verworfen. Der Ausflug würde bestimmt länger dauern, und so bestand die Gefahr, dass die Dunklen das Fehlen der Säule bemerkten und doch noch Misstrauen schöpften. Außerdem erinnerte Laura sich an die Aussage von Rika Reval, dass die Spitze nur einen knappen Meter unter der Erde gelegen habe. Warum sollte Bertrun die beiden anderen Teile tiefer vergraben haben? Somit war die Hilfe von Reimund Portak wohl entbehrlich.

Die Vermutung hatte Laura nicht getrogen. Das zweite Schwertteil – nahezu die gesamte Klinge – fand sich tatsächlich in nur rund achtzig Zentimeter Tiefe. Die Stelle, die Lukas errechnet hatte, stimmte exakt, und so hielten sie das Bruchstück nach kaum einer Viertelstunde Buddelei in den Händen.

Attila Morduk schien kaum glauben zu können, dass die Aktion so reibungslos verlief. »Hoffentlich ist das auch ein Teil vom richtigen Schwert«, sagte er, während er sich den Schweiß vom kahlen Schädel wischte.

»Was denn sonst?«, entgegnete Laura unwirsch. Dennoch hielt auch sie den Atem an, bis sie Gewissheit hatte. Fast hektisch säuberte sie das Fundstück mit einem Tuch – und sah endlich, dass sie sich nicht getäuscht hatte: Am unteren Ende des Klingenstücks war eine bruchstückhafte Gravur zu erkennen – ein Rad der Zeit. Was endgültig bewies, dass die Spitze und dieses Stück Klinge zum selben Schwert gehören mussten.

Zu Hellenglanz, dem Schwert des Lichts!

Auf dem Rückweg zum Auto, das Attila auf einem nahe gelegenen Feldweg im Schutze einer großen Weide geparkt hatte, schaute Laura sich immer wieder um. Doch sosehr sie ihre Augen auch anstrengte – sie konnte keinen der Feinde entdecken. Dabei war es eine mondhelle Nacht, in der selbst der geschickteste Beschatter es schwer gehabt hätte, sich gänzlich zu verbergen.

Lukas blieb die Unruhe der Schwester nicht verborgen. »Du musst dir wirklich keine Sorgen machen. Sie sind auf unsere List reingefallen, ganz bestimmt. Sonst hätten sie uns doch schon an der Alten Gruft abgefangen!« Er blieb stehen und verpasste Laura einen beruhigenden Klaps. »Glaub mir: Sie werden uns auch morgen auf den Leim gehen und erst viel zu spät merken, was Sache ist. Aber dann bist du längst schon auf dem Weg nach Aventerra.«

Sie bestiegen die altertümliche Limousine. Attila startete und fuhr mit stotterndem Motor davon. Kaum waren die Lichter des Wagens in der Dunkelheit verschwunden, da trat eine hagere Gestalt aus dem Busch hervor.

Es war der Rote Tod.

Ein Lächeln legte sich auf sein Gesicht, während er in die Ferne starrte, als könne er das entschwundene Auto mit den Geschwistern immer noch sehen.

Am nächsten Vormittag im Matheunterricht versuchte Laura die Gedanken von Pinky Taxus zu lesen. Die Lehrerin nahm das Duell an. Du brauchst gar nicht so hämisch zu grinsen, Laura, ließ sie das Mädchen durch die Kraft ihrer Gedanken wissen. Du freust dich, dass wir das Schwert nicht entdeckt haben, stehst aber selbst mit leeren Händen da!

Na und?, übermittelte das Mädchen der Lehrerin. Selbst wenn Hellenglanz für alle Zeiten unter der Erde ruhen sollte, ist das immer noch besser, als wenn es euch in die Hände fällt!

Freu dich bloß nicht zu früh!, gab Pinky zurück. Und wenn du denkst, dass wir dich nach Aventerra reisen lassen, hast du dich getäuscht.

Abwarten!, dachte Laura nur, klinkte sich aus den Gedanken der Lehrerin aus und schirmte ihr Bewusstsein gegen sie ab.

Die Taxus gab es denn auch auf, Lauras Gedanken lesen zu wollen, und widmete sich wieder dem Unterricht.

Laura senkte den Kopf, damit Pinky ihr erleichtertes Grinsen nicht bemerkte. Sie haben alles geschluckt, dachte sie zufrieden, und haben noch nicht einmal den geringsten Verdacht geschöpft. Nur schade, dass ich Pinkys Gesicht nicht sehen kann, wenn ihr endlich aufgeht, dass ich sie reingelegt habe!

Am späten Nachmittag klopften Professor Morgenstern und Percy Valiant an Lauras Zimmertür, um ihrer Schülerin für die nächtliche Aktion Glück zu wünschen und sich von ihr zu verabschieden.

Der Direktor schloss Laura in die Arme und drückte sie fest an sich. »Habe keine Angst«, murmelte er, während seine Augen verdächtig feucht schimmerten. »Ich bin sicher, die drei Monate auf Aventerra werden wie im Fluge vergehen. Du bist dort in allerbesten Händen. Elysion und seine Getreuen werden alles in ihrer Macht Stehende tun, um dir bei der Befreiung deines Vaters zu helfen. Glaube fest an die Kraft des Lichts, dann wird dir das auch gelingen!«

Danach drückte Percy Laura Küsschen auf die Wangen. »Bereite uns bloß keine Schande, *Mademoiselle*!« Sein verschämtes Grinsen verriet, dass das nicht ernst gemeint war. »Und entbiete deinem Papa die aller'erzliischsten Grüße von mir. Iisch freue miisch schon darauf, miisch wieder im Schach mit i'm zu messen!« Anschließend übergab er ihr den Schlüsselbund für die Halle an der Freilichtbühne. »Vorsiischts'alber 'abe iisch alle Schlüssel daran gelassen. Vielleischt musst du ja doch in einem der anderen Räume graben und niischt in Niflins guter Stube, wie dein Bruder ausgereschnet 'at.«

»Lass das bloß Lukas nicht hören!« Laura zwinkerte Percy

zu. »Der kann es gar nicht ab, wenn man seine Fähigkeiten bezweifelt.«

»Iisch weiß!« Percy lächelte. »*Monsieur* Süper-Kiü ist se'r empfindliisch!« Dann schärfte er Laura ein, den Schlüsselbund keinesfalls mit nach Aventerra zu nehmen. »Gib i'n deinem Bruder oder deiner Freundin, bevor du dursch die magiische Pforte reitest. Iisch benötiische i'n nämliisch dringend!«

»Natürlich!«, versprach Laura und umarmte den Sportlehrer ein letztes Mal.

Die Lehrer waren kaum verschwunden, als Attila Morduk auftauchte. Laura konnte ihm ansehen, dass etwas Unvorhergesehenes geschehen war. »Was ist denn passiert?«, fragte sie beklommen.

Der Hausmeister polterte sofort los. »Diese Mistbande, diese elende! Der Teufel soll sie holen!«

Während er berichtete, was geschehen war, lief sein Schädel rot an, so dass er am Ende beinahe einem knallroten Luftballon glich. Dr. Schwartz und Pinky Taxus hatten ihn beauftragt, eine Beschallungsanlage zu besorgen, weil die Schulabschlussfeier einschließlich der Zeugnisvergabe nicht wie üblich im Speisesaal, sondern in der Turnhalle stattfinden sollte.

»Aber meinst du, die leihen die Anlage in Hohenstadt oder Drachenthal?«, ereiferte sich Attila, während sein Ballongesicht zu platzen drohte. »Nein, natürlich nicht! Ich muss sie aus zweihundert Kilometern heranzukarren! Und das auch noch heute – ausgerechnet!«

»Klar!«, kommentierte Laura trocken. »Sie wollen dich weglocken, damit du mir nicht helfen kannst, nach Aventerra zu reisen.«

»Aber ich kann dir ebenso wenig in Drachenthal zur Seite stehen!«

»Stimmt – aber dass konnte diese Mistbande ja nicht ahnen.« Laura klopfte ihm auf die Schulter, als wolle sie den letzten der Zwergriesen trösten. »Mach dir keinen Kopf, Attila. Das kriege ich auch so hin!« Mit einer Umarmung verabschiedete sie sich auch von ihm.

Kurz darauf tauchte auch noch Miss Mary auf, um Laura Lebewohl zu sagen. Als sie von Attilas Auftrag erfuhr, fragte sie: »Wann wolltest du deine Aktion starten?«

»Um Mitternacht. Selbst wenn die Suche nach dem Schwertteil länger dauern sollte als erwartet, bleibt mir dann immer noch ausreichend Zeit, zur magischen Pforte auf der Insel im Drudensee zu reiten.«

»Um Mitternacht?« Grübelnd verzog die zierliche Lehrerin das Gesicht. »Eigentlich müsste das gehen.«

»Was gehen?«, wunderte sich Laura.

»Das Konzert dauert bestimmt nicht länger als bis zehn«, erklärte Miss Mary. »Danach muss ich noch ein bisschen bleiben und Small Talk machen – das Übliche halt. Aber bis Mitternacht müsste ich es schaffen.« Sie nahm die Schülerin an der Hand. »Weißt du was? Ich bin heute Nacht um zwölf an der Halle. Dann hast du wenigstens *eine* Hilfe.«

»Super!« Laura freute sich. »Wenn ich ehrlich bin, war mir schon etwas mulmig bei dem Gedanken, alles ganz alleine machen zu müssen.« Sie umarmte die Lehrerin dankbar – und dann konnte sie es schon gar nicht mehr erwarten, bis es endlich Nacht wurde.

Als Marius Leander die Schritte des Schwarzen Fürsten durch das Verlies heranhallen hörte, wusste er, dass die Nacht der Sommersonnenwende angebrochen war. Denn nach der Rückkehr aus dem Traumwald hatte Borboron ihm ein Wiedersehen für diesen Zeitpunkt angekündigt, bevor die Trioktiden den Gefangenen wieder in Empfang nahmen. Sein kehliges Lachen, in das er daraufhin ausgebrochen war, hatte nichts

Gutes verheißen, und so erhob Marius sich verängstigt von seinem Lager.

Da tauchte Borboron auch schon vor dem Eisengitter auf. Der hagere Kerkerwärter hatte die Zellentür bereits geöffnet, so dass der Tyrann unverzüglich eintreten konnte.

»Nun?« Wie fast immer stand ein Grinsen im fahlen Gesicht des Dunklen Herrschers. »Du hast in der Zwischenzeit bestimmt darüber nachgesonnen, was mich zu dir führen mag, habe ich Recht?«

»Natürlich«, antwortete Marius und auch um seine Lippen spielte ein spöttisches Lächeln. »Meine Tochter wird heute nach Aventerra zurückkehren und versuchen mich zu befreien. Und da Ihr zu Recht fürchtet, dass sie Euch besiegen und Euch bestrafen wird für Eure Missetaten, wollt Ihr mich freilassen, um Euch Lauras Milde zu erkaufen und ihrem Zorn zu entgehen!«

Borborons Gesicht verfinsterte sich schlagartig. Angespannte Stille herrschte in dem verpesteten Verlies. Nur das Schmauchen der Fackel im Gang war zu hören. »Alles, was recht ist«, sagte der Schwarze Fürst endlich. »Du besitzt sehr viel Mut, auch wenn es sich dabei nur um den Mut der Verzweiflung handeln kann. Dennoch: Nur wenige haben bislang gewagt, mir Derartiges ins Gesicht zu sagen.« Seine Mundwinkel zuckten. »Aber bedauerlicherweise weilt keiner von ihnen mehr unter uns.«

»Ich habe nichts anderes erwartet«, entgegnete Marius. »Ich bin lange genug Euer Gast und glaube Euch inzwischen recht gut zu kennen.«

»Ach, ja? Dann weißt du also auch, was ich von dir will?«

Auch darüber hatte Marius sich längst den Kopf zerbrochen. Er hatte ja sonst nichts zu tun während der endlos langen Tage. Trotzdem war er zu keinem Ergebnis gelangt. »Nein, Herr«, gab er also unumwunden zu. »Ich habe keine Ahnung.«

Borboron streckte ihm auffordernd die Hand entgegen. »Dein Gewand!«, sagte er dumpf.

»Was?« Marius glaubte sich verhört zu haben. »Was wollt Ihr?«

»Gib mir dein Gewand«, wiederholte der Tyrann ruhig, die Hand immer noch ausgestreckt.

»Aber …« Die Augen des Gefangenen wurden groß. Ungläubig starrte er sein Gegenüber an.

»Wird es bald!« Der Schwarze Fürst gab sich keine Mühe, seine Ungeduld zu verbergen.

Marius gehorchte und zog das zerlumpte Hemd aus, das er schon seit seiner Ankunft in der Dunklen Festung trug. Der Fetzen war starr vor Schmutz und Blut und stank ganz fürchterlich nach Schweiß. »Was wollt Ihr mit diesem Lumpen?«, fragte er, während er ihn Borboron reichte. »Er riecht doch meilenweit gegen den Wind!«

»Ebendrum!« Wieder grinste Borboron. »Deswegen wird es Gurgulius ganz leichtfallen, sich den Geruch der Menschen einzuprägen!« Damit drehte er sich um und verließ ohne ein weiteres Wort die Zelle.

Während die Schritte des Tyrannen in der Ferne verklangen, stand Marius noch eine Weile reglos da. Wozu benötigte dieser schreckliche Drache sein Gewand? Sollte er ihn vielleicht ebenso zerreißen wie seinen Mitgefangenen Silvan, von dessen traurigem Schicksal Alienor, dieses Mädchen, ihm berichtet hatte? Aber dann hätte Borboron ihn doch bestimmt nicht im Verlies gelassen, sondern gleich mitgenommen. Wozu also sollte Gurgulius den menschlichen Geruch kennenlernen? Außer ihm gab es doch keinen Menschen auf Aventerra, nur Laura würde –

Plötzlich verstand Marius Leander. Seine Knie begannen so heftig zu zittern, dass er sich setzen musste, um nicht zu Boden zu stürzen. Übelkeit stieg auf in Marius und die Zelle begann sich vor seinen Augen zu drehen. Dann wurde es dunkel.

Kapitel 28 Eine grauenvolle Verwandlung

Die Burg Ravenstein war gänzlich in Schwärze getaucht. In keinem der zahlreichen Fenster war ein Lichtschein zu erkennen. Finstere Wolkenberge türmten sich am Himmel auf und verbargen den Mond und die Sterne. Ein leichter Wind wehte, der für die Jahreszeit überraschend kühl war.

Eine halbe Stunde vor Mitternacht verließ ein schlaksiger Junge die Burg. Trotz der Dunkelheit trug er eine Sonnenbrille auf der Nase. Eine modische Strickmütze bedeckte seinen Kopf. Auf seiner Jacke prangte unübersehbar die Wolfstatze von Jack Wolfskin. Auf dem Rücken hing ein Rucksack.

Beschwingt, beinahe sorglos, tänzelte er die breite Freitreppe hinunter, leise die Titelmelodie von *Star Wars* vor sich hin pfeifend. Achtlos lief er vorbei an den geflügelten Löwen, die die letzte Stufe flankierten. Auch den Steinernen Riesen, der das Vordach trug, beachtete der Junge nicht. Deshalb fiel ihm auch nicht auf, dass Portak das Granitgesicht verzog und ihn nachdenklich beobachtete, bis der dunkle Durchgang ihn verschluckt hatte, der aus dem Innenhof hinausführte. Dann wandte der reimende Reimund den Blick wieder in die Ferne. Fast sah es so aus, als kneife er die Augen zusammen und runzele besorgt die Stirn.

Als kaum zwanzig Minuten später das große Portal erneut geöffnet wurde, rissen die Wolken etwas auf, so dass das Mondlicht zwei Mädchen und einen Jungen mit Professorenbrille auf der Nase in fahles Licht tauchte. Das größere der Mädchen war hoch aufgeschossen und von athletischer Statur. Die schulterlangen Haare leuchteten blond. Die Begleiterin war einen Kopf kleiner und pummelig. Ihre Locken schimmerten rötlich.

Ganz anders als der Junge vor ihnen bewegten die drei sich mit äußerster Vorsicht. Tief geduckt schlichen sie am äußersten Rand der Treppe, der im Schlagschatten der Burggebäude lag, hinunter in den Hof. Auch dort waren sie darauf bedacht, sich dicht bei den Mauern zu halten, wo ihre Schemen mit der Dunkelheit verschmolzen.

Den Augen von Rebekka Taxus entgingen sie trotzdem nicht. Pinky stand hinter dem Fenster des Lehrerzimmers, das sich auf den Innenhof hin öffnete, und starrte hinunter auf die drei Ausreißer, die offensichtlich nicht ahnten, dass sie beobachtet wurden. Ein spöttisches Lächeln lag auf ihrem Gesicht, als sie sich an den Mann wandte, der direkt neben ihr stand. Für einen Moment hatte es den Anschein, als würde sich ein Dutzend kleiner Vipern um ihren Kopf ringeln. »Diesse törichten Bälger«, lispelte sie. »Ssie glauben wohl tatssächlich unss übertölpeln zu können.«

»Sieht ganz so aus!«, antwortete Dr. Quintus Schwartz. Sein kantiges Gesicht lag im Dunkeln. Die Augen darin leuchteten rot wie glühende Lava. »Zu dumm, dass sie uns unterschätzt haben. Sie haben ihre Rechnung ohne uns gemacht – und deshalb wird dieses Gör seinem Schicksal diesmal nicht entgehen. Sie hat noch immer nicht gemerkt, mit wem sie es zu tun hat. Mit einer Gegnerin, die weit mächtiger ist als sie! Laura hat ihre Meisterin gefunden und der Sieg ist unser! Und nichts, Rebekka, nichts wird die Herrschaft des Ewigen Nichts jetzt noch abwenden können!«

»Du hasst Recht!« Pinky Taxus trat ganz dicht an ihn heran

und schmiegte sich eng an ihn. Ihr Gesicht war von Triumph gezeichnet. »Ssollen wir ihnen nicht folgen?«

Quintus Schwartz schüttelte kaum merklich den Kopf. »Hast du die Worte der Großen Meisterin schon vergessen? Sie will den Moment, in dem sie mit Laura Leander abrechnet, ganz alleine auskosten. Und ehrlich gesagt …« Ein Seufzer entrang sich seiner Brust. »Du weißt doch: Sie ist so furchterregend in ihrer Wut, dass ich nicht darauf erpicht bin, dabei zu sein!«

Als Laura die Umrisse von Sturmwind aus der Dunkelheit vor sich auftauchen sah, wusste sie, dass alles gut werden würde. Nikodemus Dietrich hatte den Hengst an den verabredeten Treffpunkt gebracht, der auf halbem Weg zwischen seinem Hof und Burg Ravenstein gelegen war.

Der Bauer lehnte am Gatter einer Viehweide und hielt die Zügel des gesattelten Schimmels in der Hand. Er schaute Laura einen Moment so verwundert an, als sei sie eine Fremde, bevor sich ein Grinsen auf sein Gesicht legte. »Meine Güte«, sagte er. »Ich hätte dich fast nicht erkannt. In diesen Klamotten könntest du glatt für einen Jungen durchgehen.«

Laura wusste nicht, ob sie das als Kompliment auffassen sollte oder nicht. »Danke«, sagte sie mit leicht säuerlichem Grinsen und nahm die Sonnenbrille ab. »Philipp Boddin hat fast die gleiche Statur wie ich und war zum Glück bereit, mir zu helfen.«

Es hatte sie einige Überwindung gekostet, Philipp um Hilfe zu bitten. Mr Cool war tief gekränkt gewesen über die Vorwürfe, die Laura ihm an den Kopf geworfen hatte. Dass er gemeinsame Sache mit den Dunklen gemacht und sie in eine gemeine Falle gelockt hätte! Mit klopfendem Herzen hatte sie ihn in seinem Zimmer aufgesucht und sich für ihr unmögliches Verhalten entschuldigt. Er hatte die Entschuldigung zwar angenommen, aber gleichzeitig dämmerte Laura, dass sie sein Vertrauen verloren hatte, eine Einsicht, die ihr einen Stich ins Herz versetzt hatte.

Dennoch hatte Philipp ihr bereitwillig seine Klamotten zur Verfügung gestellt, damit sie die Dunklen hinters Licht führen konnte.

Laura setzte die Strickmütze ab. Sie hatte ihr langes Haar zu einem Knoten binden müssen, um es darunter verstecken zu können. Erleichtert trat sie dicht an den Schimmel heran und schlang die Arme um seinen Hals. »Bist du bereit, mein Alter?«

Sturmwind wieherte.

»Ich habe ihn ordentlich gefüttert und getränkt«, erklärte Nikodemus, »er müsste problemlos bis morgen früh durchhalten. In den Satteltaschen findest du Proviant – für dich und für ihn.« Er senkte die Stimme. »Hast du die Teile dabei?«

Das Mädchen deutete auf den Rucksack. »Sie sind dadrin, und alles, was ich sonst noch brauche.«

»Dann kann ich dir nur noch viel Glück wünschen.« Der Bauer umarmte Laura und strubbelte ihr dann mit seiner schwieligen Rechten durch das Haar. »Du wirst es schon schaffen, Mädchen, da bin ich ganz sicher.« Schnell drehte er sich weg, um seine Tränen zu verbergen. Noch bevor Laura sich in den Sattel schwingen konnte, hatte das Dunkel der Nacht ihn verschluckt.

Miss Mary erwartete Laura schon. Sie lehnte an der Eingangstür, die in das große Tor der Halle eingelassen war, und lächelte ihr freudig entgegen.

Das Mädchen saß ab und verpasste Sturmwind einen Klaps. Der Hengst trollte sich zur Seite und begann Gras zu rupfen.

»Wie war dein Auftritt?« Laura zog den Schlüsselbund aus der Jacke und fingerte nach dem passenden Schlüssel, den Percy mit einem roten Ring gekennzeichnet hatte.

»Einfach fantastisch!« Die Erinnerung ließ Marys Augen aufleuchten. »Das Publikum war begeistert – und der Produzent war ebenfalls angetan.«

»Toll! Das freut mich für dich!«

Laura drehte den Schlüssel herum, öffnete die Tür und schlüpfte in die Lagerhalle. Miss Mary Morgain folgte ihr dicht auf dem Fuß.

Obwohl so viel Vorsicht wahrscheinlich nicht nötig gewesen wäre, verzichteten sie auf Licht. Lauras Augen gewöhnten sich schnell an die Dunkelheit. Den zahllosen Kostümen, die auf Kleiderstangen aufgereiht waren, schenkte sie ebenso wenig Beachtung wie den Unmengen an Waffen, Rüstungen und sonstigen Utensilien für den Drachenstich, die in den Regalen lagerten und aus Kartons und Kisten hervorquollen. Zielstrebig eilte sie auf die von Lukas errechnete Stelle zu. Der Bruder hatte sich eigens die Mühe gemacht, sie in den von Percy organisierten Hallenplan einzuzeichnen. Sie befand sich in dem seitlichen Anbau, in dem das riesige Drachenmodell untergebracht war. Niflin sah einfach schaurig aus. Das Mondlicht, das durch die Fenster flutete, ließ seinen geschuppten Leib in einem giftigen Grün schimmern. Die Augen in seinem mächtigen Haupt glänzten ebenso schweflig gelb wie seine Nüstern.

»Hey«, flüsterte Laura. »Ganz schön gruselig, was? Man könnte glatt Angst bekommen.«

»Du sagst es«, antwortete die junge Frau, bevor sie den Blick von dem Monster abwandte. »Weißt du, wo wir graben müssen?«

»Dort drüben, dicht vorm Fenster.«

Percy hatte Wort gehalten. Vor Beginn der Pressekonferenz hatte er Schaufeln und Hacken in der Halle deponiert, damit Laura sich nicht damit abplagen musste. Das Mädchen griff sich eine Schippe und fing an zu graben. Miss Mary tat es ihrer Schülerin gleich.

Sie hatten den Rücken dem Drachen zugewandt, so dass keine von ihnen bemerkte, dass Niflin langsam den Kopf hob, die Augen grimmig auf die beiden Frauen gerichtet.

Drei Gestalten standen am Ufer des Drudensees und blickten hinüber zu der kleinen Insel in seiner Mitte. Der Mondschein tauchte sie in ein mattes Licht, in dem die Konturen der Büsche und Bäume, die das Eiland bewuchsen, aufschimmerten wie ein Heer schläfriger Orks.

Magda Schneider, die Lauras Kleidung trug, schüttelte unwirsch das blonde Haar, das ebenso lang war wie das von Laura, und blickte Lukas empört an. »Habt ihr nichts von einer magischen Pforte erzählt, die sich auf der Insel befinden soll?«

Die typische Falte erschien auf der Stirn des Jungen. »Ja und?«

»Was heißt hier ›Ja und‹, zum Geier?« Magdas Stimme wurde schrill. »Kannst du vielleicht eine Pforte sehen? Oder sonst irgendwas? Ich jedenfalls nicht!«

Kaja kam Lukas mit der Antwort zuvor. »Das ist doch nicht verwunderlich, du Spar-Kiu!«, ereiferte sich das Pummelchen. »Weil du kein Wächter bist – deshalb!«

Magda war anzusehen, dass sie rein gar nichts verstand.

»Nur wer zu den Wächtern gehört, kann die Dinge erkennen, die der Welt jenseits der unseren angehören«, erläuterte Lukas. Dabei wusste er, dass das nicht ganz stimmte. Ihm selbst und auch Kaja offenbarten sich zumindest einige der fantastischen Phänomene – wie der Steinerne Riese Portak oder die geflügelten Löwen Latus und Lateris, auf deren Rücken er schon geflogen war. Aber Magda Schneider zu erklären, wie das alles zusammenhing, führte nun doch zu weit. Außerdem würde sie das ohnehin nicht verstehen. »Deshalb ist es auch ganz normal, dass du diese magische Pforte genauso wenig sehen kannst wie Kaja und ich. Und trotzdem ist sie da, das kannst du mir glauben, Magda!«

»Das ist gar nicht so einfach, zum Geier«, murmelte das Mädchen, während es unverwandt zur Insel hinüberstarrte, als könne es die Pforte dadurch bewegen, sich ihm zu offenbaren. »Auf der anderen Seite muss ich dir ja glauben – sonst müsste ich mir nämlich ernsthaft Sorgen um deinen Geisteszustand machen!«

»Haha!« Lukas schien gar nicht zum Spaßen zu Mute. »Ich habe ganz andere Sorgen«, sagte er nachdenklich. »Ich frage mich, warum sich keiner von unseren Feinden hier blickenlässt.«

»Vielleicht haben sie nicht bemerkt, wie wir die Burg verlassen haben?«, sagte Kaja.

»Quatsch!« Lukas verzog das Gesicht. »Die Umrisse von Pinky waren deutlich hinter dem Lehrerzimmerfenster zu erkennen. Und wenn ich mich nicht getäuscht habe, stand Quintus direkt neben ihr.«

»Und warum sind sie uns dann nicht gefolgt?«

»Genau das ist ja die Frage!« Lukas steckte die Daumenspitze in den Mund und begann am Nagel zu knabbern. »Irgendwie habe ich das saublöde Gefühl, dass hier irgendwas faul ist. Aber was?«

Der Schwertgriff lag nur einen halben Meter tief. Laura beugte sich hastig in die ausgehobene Grube und kratzte die letzten Krümel Erde mit den Händen zur Seite, bevor sie das Bruchstück packte und neben das Loch legte. Dann öffnete sie den Rucksack und nahm ein Tuch mit den übrigen Schwertteilen heraus. Nachdem sie den Griff gesäubert hatte, legte sie die Fundstücke auf den Boden und fügte sie an den Bruchstellen aneinander. Sie passten so exakt zusammen, dass das Schwert fast unbeschädigt wirkte.

Hellenglanz, das Schwert des Lichts!

Es war eine mächtige Waffe, wenn auch nicht ganz so riesig, wie Laura sie sich vorgestellt hatte. Ihre Länge betrug rund einen Meter und zwanzig Zentimeter, während die Klinge an der breitesten Stelle höchstens zehn Zentimeter maß. Laura wusste jedoch, dass der äußere Anschein trügen konnte. Auf den kam es meistens gar nicht an. Entscheidend war vielmehr die den Dingen innewohnende Kraft, auch wenn die nicht auf Anhieb zu erkennen war. Fast ehrfürchtig starrte sie auf das Schwert am Boden, unfähig, den Blick abzuwenden. »Elysion wird sich bestimmt freuen, wenn ich Hellenglanz zu ihm zurückbringe, meinst du nicht auch, Mary?«

»Ganz gewiss. Nur wird der alte Narr es niemals in seinen Händen halten!« Die Stimme der Lehrerin klang mit einem Male so dumpf und kehlig, als käme sie aus den tiefsten Schlünden der Hölle.

Lauras Gesichtszüge entgleisten. Langsam, ganz langsam drehte sie sich um – und dann erlebte sie den entsetzlichsten Anblick ihres jungen Lebens.

Lukas und die beiden Mädchen waren fast schon an der Burg angelangt, als sie auf der nahe gelegenen Landstraße Scheinwerfer bemerkten. Der Wagen näherte sich rasch, bog in die Auffahrt zur Burg ein und hielt auf den Lehrerparkplatz zu.

»Hey?« Ein halbes Dutzend Fragezeichen erschienen auf dem Gesicht des Jungen. »Ist das nicht die Ente von Miss Mary?«

»Klar!« Kaja schob die Unterlippe vor. »Dann sind Laura und sie also schon fertig mit Graben.«

»Quatsch!«, entgegnete Lukas. »Das ist unmöglich! Dann müsste sie mit ihrem Auto von Drachenthal hierher geflogen sein!«

Mary Morgain schloss gerade den Wagen ab, als die drei zu ihr traten. »Nanu?«, wunderte sie sich. »Ich dachte eigentlich, dass ihr Laura helfen würdet.«

»Genau das dachten wir von Ihnen!« Lukas blickte die Lehrerin vorwurfsvoll an. »Zumindest haben Sie ihr das heute Nachmittag versprochen!«

»Ich?« Mary Morgain schien perplex. »Ich soll ihr was versprochen haben?«

»Dass Sie nach Ihrem Auftritt zur Halle an der Freilichtbühne kommen, um ihr zu helfen!«

»Das kann nicht sein, Lukas«, entgegnete die junge Frau. Ihr war anzusehen, dass sie es ernst meinte. »Ich war während des gesamten Nachmittags nicht hier. Ich war im Club und habe letzte Vorbereitungen für meinen Auftritt getroffen.«

»Was?« Lukas riss die Augen so weit auf, dass sie beinahe so groß waren wie Untertassen. Ihn schwindelte. »Sie waren heute Nachmittag nicht …?«

Mary Morgain schüttelte den Kopf. »Ganz bestimmt nicht.«

»Oh, nein!« Lukas schlug die Hände vors Gesicht. »Das ist ja entsetzlich.« Er war kreidebleich geworden. Denn er wusste: Laura war in größter Gefahr.

In Lebensgefahr!

Triumph verzerrte die Züge der Frau, die Laura höhnisch anstarrte. Das Mädchen hatte sie sofort erkannt: Es war Syrin, die ihr gegenüberstand.

Die unheimliche Schwarzmagierin in Borborons Diensten!

Die Miss Marys Gestalt angenommen hatte, um Laura in die Falle zu locken! Und vorher die von Rika Reval, nachdem sie die Archäologin vermutlich getötet hatte. Und offensichtlich hatte sie sich vor einigen Wochen sogar für Anna, Lauras Mutter, ausgegeben und sie zu der Traumreise zurück ins Museum verleitet!

Laura wurde beinahe schwarz vor Augen bei diesen entsetzlichen Gedanken!

»Damit hast du wohl nicht gerechnet?« Die Reptilienaugen in dem zur Fratze verzerrten Gesicht leuchteten auf. »Und dabei habe ich dir doch prophezeit, dass du mir nicht entgehen wirst! Ha, du bist so leicht hinters Licht zu führen, Laura Leander!«

Die Gedanken überstürzten sich in Lauras Kopf. Sie wirbelten so wild durcheinander, dass ihr schwindelig wurde. Wie ist Syrin nur auf die Erde gelangt? Wieso haben wir sie nicht eher bemerkt? Wie kann ich ihr entkommen? Und was kann ich tun, damit Hellenglanz nicht in ihre Krallen fällt?

»Mach dir bloß keine falschen Hoffnungen!«, fauchte die schwarzhaarige Frau. Sie hatte Lauras Verwirrung ausgenutzt, um ihre Gedanken zu lesen. »Diesen Ort wirst du nicht mehr verlassen – zumindest nicht lebend!«

Laura straffte sich. Auch wenn sie kaum eine Chance hatte gegen die übermächtige Magierin, sie würde keine Schwäche zeigen! »Freut Euch bloß nicht zu früh!«, stieß sie hervor, um Fassung bemüht, konnte aber nicht verhindern, dass ihre Stimme zitterte. »Auch wenn Ihr mich tötet, werdet ihr niemals siegen gegen die Krieger des Lichts!«

Damit blickte Laura zur Hallendecke, an der Neonröhren hingen. Sie konzentrierte sich, so gut sie konnte, und verbannte alle Gedanken aus ihrem Kopf. Nur die Lampen, die in tausend Teile zersplitterten, hatten darin noch Platz. Und wirklich: Wenige Augenblicke später ertönte ein lauter Knall, die Deckenleuchten barsten eine nach der anderen, und ein Regen aus feinsten Glasscherben ging auf die Magierin nieder.

Syrin schien das allerdings nicht im Geringsten zu beeindrucken. Die messerscharfen Splitter konnten ihr nichts anhaben. Wie durch ein Wunder blieb sie unverletzt. Amüsiert legte sie den Kopf in den Nacken und stieß ein kehliges Gelächter aus.

Die Härchen auf Lauras Armen richteten sich auf und Tausende von Brennnesseln schienen über ihren Rücken zu streichen.

Die Gestaltwandlerin schob das Kinn vor und fixierte das Mädchen mit eisigem Blick. »Du Närrin! Glaubst du wirklich, dass du es mit mir aufnehmen kannst?« Sie spitzte die Lippen und blies.

Der Sturm, der Laura entgegenbrauste, fegte sie von den Beinen. Sie wurde so heftig gegen die Wand geschleudert, dass ihr die Sinne zu schwinden drohten.

Syrin schien keinerlei Mitleid für das vor Schmerzen stöhnende Mädchen zu haben. »Glaubst du, ich mache mir die Hände schmutzig an dir?«, höhnte sie. »Du kümmerliches Balg bist meiner nicht würdig! Gegen mich kannst du nicht mehr ausrichten als ein jämmerlicher Straßenköter – und deshalb werde ich dich meinem Geschöpf überlassen!«

Damit drehte die Gestaltwandlerin sich um, hob die Hände weit über den Kopf, wies mit den Krallenfingern auf den Drachen und stieß die Worte aus, die Laura schon einmal gehört hatte: *»Ashtarar ut tramixor!«* – »Erhebe dich und töte!«

Sofort kam Leben in den Drachen. Er reckte den Kopf und spreizte die Flügel, auch wenn er sie in der Halle nicht ganz ausbreiten konnte. Dann öffnete er das Maul und begann zu brüllen, dass die Wände wackelten und die Scheiben in den Fenstern erzitterten. Schwefliger Rauch drang aus seinen geblähten Nüstern.

»Tramixor!«, schrie die Schwarzmagierin und deutete auf die benommen daliegende Laura. *»Tramixor! Tramixor!«*

Erneut brüllte Niflin auf. Dann hob er schwerfällig die rechte Vordertatze und machte einen Schritt auf sein Opfer zu. Da wusste Laura, dass ihr Ende nahe war.

»Fahr schneller, Mary!« Die Stimme von Lukas überschlug sich fast. »Gibt doch endlich Gas!«

»Tut mir leid.« Die Lehrerin schaute ihn gequält an. Die Sorge um Laura hatte ihr Gesicht leichenblass werden lassen. »Aber eine Ente ist nun mal kein Ferrari!«

Die Finger des Jungen klammerten sich in den verschlissenen Bezug des Beifahrersitzes. Die Haut über den Knöcheln wurde weiß. Unverwandt stierte er auf die Landstraße, die ihnen im Scheinwerferlicht entgegenflog. Lukas aber kam es so vor, als krieche die Ente nur so dahin.

Auch die Gesichter der Mädchen im Fond waren blass. Kaja und Magda starrten ebenfalls nach vorn in die Dunkelheit, wo Drachenthal auftauchen musste.

Drachenthal, wo Laura bestimmt gerade um ihr Leben kämpfte.

Benommen starrte Lukas auf die Harpyienfeder in seiner Hand. Warum waren sie bloß nicht schon damals auf die Idee gekommen, dass Syrin sich auf die Erde begeben hatte, um die Dunklen zu unterstützen? Dann wäre ihnen bestimmt vieles erspart geblieben – und Laura müsste jetzt nicht um ihr Leben fürchten!

Endlich leuchtete ein Schild im Scheinwerferlicht auf. Obwohl es schnell vorbeiwischte, konnte Lukas die Aufschrift lesen: »Drachenthal 10 Kilometer«.

Aus! Vorbei! Schluss!, schoss es dem Jungen durch den Kopf. Das war viel zu weit. Es würde viel zu lange dauern, bis sie die Halle erreichten.

Lukas spürte einen Kloß im Hals. Er schloss die Augen, um seine Tränen zu verbergen, denn er wusste, was das bedeutete: Sie würden Laura nicht mehr helfen können.

Laura versuchte sich aufzurappeln, während sie Niflin voller Angst entgegensah. Was war aus dem mechanischen Drachen geworden? Hatte er sich in ein Wesen aus Fleisch und Blut verwandelt? Aber was war dann mit all den Motoren, Hydraulik-Pumpen und Steuerelementen geschehen, die in seinem gewaltigen Leib versteckt waren? Oder hatte sie ein Mischwesen vor sich? Einen Drachen-Cyborg, der sowohl aus mechanischen wie aus lebendigen Teilen bestand?

Syrin schritt dicht vor dem Drachen und feuerte ihn an. *»Tramixor!«*, schrie sie. *»Tramixor! Tramixor!«*

Was hatte sie eigentlich vor? Sollte Niflin Laura verschlingen – oder einfach nur zertrampeln? Oder hatte sie noch etwas anderes im Sinn?

Schon öffnete der Drache das Maul und eine gewaltige Feuerzunge schoss Laura entgegen. Erst im letzten Moment konnte sie sich zur Seite rollen. Während der Schmerz durch ihren Körper flutete, stieg ein leichter Brandgeruch in ihre Nase. Offensichtlich hatten die Flammen ihre Haare versengt oder vielleicht auch ihre Jacke erwischt.

Syrin lachte hell auf, als sie das gepeinigte Gesicht des Mädchens bemerkte.

Das also hast du vor!, schoss es Laura durch den Kopf. Du willst mich bei lebendigem Leibe rösten!

Und richtig: Wieder öffnete der Drache das Maul und spuckte ihr einen höllischen Feuerstrahl entgegen. Diesmal erfasste die Lohe ihren Arm. Der Jackenärmel begann zu brennen. Der Gedanke, der ihr in diesem Moment kam, war so absurd, dass sie beinahe lachen musste. Wenn sie den Flammenwerfer aktivieren kann, der sich in Niflins Leib befindet, könnte sie jetzt ruhig auch den Feuerlöscher betätigen, der ebenfalls darin verborgen ist.

Aber nein! Syrin doch nicht! Die weidete sich lieber an ihren Qualen!

In der Tat lobte die ihr gehorsames Geschöpf: »Gut gemacht, mein lieber Niflin! Auf dich ist immer noch so viel Verlass wie in alter Zeit! Nur weiter so!«

Mit Entsetzen beobachtete Laura, wie Syrin erneut mit den

Krallenfingern auf sie deutete. »*Tramixor! Tramixor! Tramixor!*«, kreischte die Magierin – als Laura einfiel, wie sie ihr vielleicht doch entkommen könnte!

Laura schloss die Augen und sammelte ihre Gedanken, bis sich nur noch ein einziges Bild in ihrem Kopf befand: das des Steuerpultes im Inneren des Drachen. Die Hebel, mit denen die Gliedmaßen von Niflin gesteuert wurden: der Schwanz. Die Flügel. Die Beine.

Und der Kopf!

Nur an diesen tückischen Hebel, der ihr einmal beinahe zum Verhängnis geworden wäre, dachte Laura. Unterwerfe dich der Kraft des Lichts!, flehte sie. Gehorche meinem Willen – und bewege dich!

Und da geschah es: Wie ein Stein fiel der Drachenkopf zu Boden und begrub die Schwarzmagierin unter sich. Nur die hässlichen Krallenhände ragten noch unter dem mächtigen Schädel hervor.

Mühsam rappelte Laura sich auf und schleppte sich zu Niflin. Vor seinem Schädel blieb sie stehen und starrte, als könne sie immer noch nicht glauben, was geschehen war, auf den Drachen. Alles Leben schien aus ihm gewichen. Er rührte sich nicht mehr. Nur eine kleine Rauchwolke stieg noch aus seinen Nüstern auf – und dann war auch damit Schluss.

Laura wandte sich ab, klaubte die drei Schwertteile zusammen, verstaute sie in ihrem Rucksack und rannte, so schnell es ihre schmerzenden Glieder erlaubten, aus der Halle.

Erst als Sturmwind auf sie zutrabte und ihr freudig entgegenwieherte, wurde ihr so richtig bewusst, was geschehen war.

Sie hatte es geschafft!

Sie hatte Syrin besiegt!

Und sie hatte Hellenglanz vor dem Zugriff der Dunklen Mächte bewahrt!

Der Weg nach Aventerra war nun frei – und niemand würde

mehr verhindern können, dass sie auf dem Rücken von Sturmwind den Weg durch die magische Pforte antrat!

Über dem Tal der Zeiten stand die riesige Lichtsäule, die Aventerra in den Nächten der großen Sonnenfeste mit dem Menschenstern verband. Borboron drehte sich um und ließ den Blick über die endlosen Reihen der Schwarzen Krieger schweifen, die auf den südlichen Hügeln am Rande des Tales Aufstellung bezogen hatten. Ungestüme Kampfeslust spiegelte sich in den roten Augen der furchtlosen Männer. Das Heer, das größte, das er jemals zusammengezogen hatte, schien es gar nicht mehr abwarten zu können, den Knechten des Lichts endlich ein Ende zu bereiten. Und genau diesen Befehl würde er ihnen erteilen, sobald Syrin mit Hellenglanz aus der magischen Pforte trat – und das konnte nicht mehr allzu lange dauern!

»Seid Ihr sicher, Herr, dass sie auch kommen wird?«, fragte der Anführer der Schwarzen Garde, der auf dem Streitross neben ihm saß.

»Ganz sicher.«

»Und wenn doch nicht? Schließlich warten wir schon geraume Zeit.«

»Dann ist das auch nicht weiter schlimm«, entgegnete der Tyrann. »Was immer auch mit diesem Schwert geschehen sein mag – es wird Elysion zum Verhängnis werden. Hat Syrin es tatsächlich gefunden, wird es unsere Kräfte so sehr stärken, dass wir die Gralsburg überrennen und sie dem Erdboden gleichmachen werden. Die Herrschaft des Ewigen Nichts wird dann nicht mehr zu verhindern sein. Doch selbst wenn es diesem Balg tatsächlich gelungen sein sollte, Syrin zu entgehen, wird dem alten Narr das nicht viel nutzen.« Borboron legte den Kopf in den Nacken und starrte empor zum hell erleuchteten Himmel, wo der zweiköpfige Drache über seinem Heer schwebte, gelenkt von dem Fhurhur auf seinem Rücken. »Sobald Laura aus der Pforte tritt und Hellenglanz in der Hand hält, werde ich dem Fhurhur das vereinbarte Zeichen geben – und Gurgulius wird sich auf sie stürzen und sie mitsamt Schwert zu mir bringen!«

Mit angehaltenem Atem rannte Lukas in die Halle hinein. Miss Morgain und die beiden Mädchen folgten ihm dicht auf dem Fuß. Immer wieder blieb der Junge stehen und lauschte. Doch es war nichts zu hören. Kein Laut regte sich.

War Laura schon weg, wie der fehlende Sturmwind vermuten ließ, oder war sie schon – tot?

Das Licht in »Niffis Garage«, wie Percy Valiant den Teil der Halle nannte, in dem der Drache untergestellt war, ließ sich nicht einschalten. Aber genau hier wollte Laura doch nach dem letzten Schwertteil graben!

Das Herz in Lukas' Brust hämmerte wie wild, als er in den riesigen Raum trat. Als er bemerkte, dass der Drache sich ein gutes Stück vom üblichen Platz entfernt hatte, befürchtete er das Schlimmste. Und dass der tonnenschwere Kopf auf dem Boden lag, war auch kein gutes Zeichen.

Ganz bestimmt nicht!

Mit weichen Knien ging der Junge darauf zu – und erblickte die beiden Hände, die darunter hervorragten. Lukas jubelte laut auf: »Jaaaa! Sie hat es geschafft! Sie hat es geschafft! Laura hat Syrin besiegt!«

Er eilte auf den Drachenkopf zu und deutete auf die Krallenhände. »Seht ihr? Die Gestaltwandlerin ist von Niffi zerschmettert worden!«

»Oh, nö!«, stöhnte Kaja und verzog angewidert das Gesicht. »Wie grauslich.«

»Ja, zum Geier«, gab Magda Schneider ihr Recht. »Mir wird gleich schlecht.«

Miss Mary atmete erleichtert auf. »Ein Glück«, sagte sie. »Ist wohl doch noch mal gut gegangen.«

»Klaromaro!« Lukas ließ einen Seufzer hören. »Obwohl ich das nicht mehr zu hoffen gewagt hatte, wenn ich ganz ehrlich bin.«

»Wieso das denn?« Kaja sah den Jungen vorwurfsvoll an. »Ich habe immer gewusst, dass Laura es schaffen wird!«

Natürlich!

Lukas verdrehte nur die Augen. Wozu sollte er sich noch aufregen? Schließlich konnte nun niemand mehr verhindern, dass Laura durch die magische Pforte nach Aventerra reiten würde – und das war wichtiger als alles andere.

»Lasst uns gehen«, sagte er deshalb nur. »Sooo schön ist es hier ja auch wieder nicht!«

Lukas drehte sich um und verließ, gefolgt von Miss Mary und den Mädchen, die finstere Halle.

Kaum waren sie verschwunden, als die Krallenhand sich plötzlich bewegte. Finger um Finger zuckte, bis es so aussah, als würden beide Hände nach etwas greifen und für immer festhalten wollen.

Kapitel 29 Die Nebelflößer

Rebekka Taxus ließ das Nachtsichtglas sinken und wandte sich beunruhigt an Quintus Schwartz, der neben ihr auf dem Bootssteg am Drudensee stand. Hinter ihnen, über der kleinen Insel, türmte sich eine endlose Lichtsäule auf. Albin Ellerking saß bereits in dem Kahn, mit dem er die Große Meisterin zur magischen Pforte hinüberrudern wollte.

»Ich verssteh dass nicht«, lispelte Pinky. »Wo ssie bloßs bleibt? Ess wird doch nichtss schiefgegangen ssein?«

»Werde bloß nicht albern, Rebekka«, fauchte der Konrektor. »Auch wenn Laura eine ernst zu nehmende Gegnerin ist – mit der Großen Meisterin kann sie es ganz gewiss nicht aufnehmen!«

»Hoffentlich hasst du Recht«, murmelte die Taxus und schritt dann wieder ungeduldig auf und ab. Plötzlich verharrte sie, hob das Nachtglas vor die Augen und spähte in die Ferne. »Wass isst dass denn?«, kreischte sie. »Wie kommt Laurass Schimmel denn hierher? Und wiesso ssitzt Philipp Boddin auf sseinem Rücken?«

»Philipp Boddin?«, fragte Quintus überrascht. »Wie kommst du darauf, dass er das Pferd reitet?«

»Weil ich ihn an der Wolfsstatze auf sseiner Jacke erkenne, desshalb!«, zischte Pinky, bevor sie laut aufschrie: »Hey – und wiesso hat der Kerl die Haare zu einem Knoten gebunden?«

»Zu einem Knoten?«, fragte Quintus Schwartz verwundert. Aber dann stieß er auch schon einen wüsten Fluch aus: »Oh, verdammt! Das ist gar nicht Philipp! Das ist dieses verfluchte Gör! Laura hat uns hereingelegt – und die Große Meisterin offensichtlich auch. Wir müssen sie aufhalten, schnell!«

Pinky wirkte völlig panisch. »Aber wie denn?«, keifte sie. »Wie ssollen wir ssie denn aufhalten? Mit bloßsen Händen vielleicht?«

Auch Dr. Schwartz war kurz davor, die Nerven zu verlieren. Zumal ihm klar geworden war, dass er mit seinen telekinetischen Kräften Laura niemals aus dem Sattel werfen könnte.

Wer oder was sollte das Balg also noch stoppen?

Nur Albin Ellerking bewahrte Ruhe. Der Nachtalb steckte die Finger in den Mund – und ein Pfiff schrillte durch den nächtlichen Park!

Als Laura den Pfiff hörte, wusste sie sofort, was er bedeutete: Albin Ellerking hatte Dragan und Drogur aus ihrem Schlaf geweckt. Die lebendig gewordenen Buchsbaumhunde sollten sie daran hindern, zur magischen Pforte zu gelangen!

Was denn sonst?

Da tauchten die riesigen Doggen auch schon aus dem Dickicht auf und flogen gleich schwarzen Geschossen heran. Wenn sie Sturmwind in vollem Lauf ansprangen, würden sie ihn bestimmt zu Fall bringen können!

Panik befiel Laura. »Schneller, Sturmwind, schneller!«, schrie sie dem Hengst ins Ohr. Allerdings hätte es ihres Ansporns gar nicht bedurft. Der Schimmel beschleunigte von sich aus und stürmte nun wie der Wind dahin. In wahnwitzigem Galopp hielt er auf die Lichtsäule zu, die vor ihm über dem See aufragte.

Die Doggen kamen näher, immer näher.

Sie waren kaum mehr als fünfzig Meter entfernt, als Laura klar wurde, dass Sturmwind das Ufer nicht mehr vor ihnen erreichen konnte! Alles war verloren, es sei denn …

Aber da sprang der Hengst schon ab und löste sich weit, weit vom Rand des Sees entfernt vom Boden, wie von einer Feder katapultiert. Laura schloss die Augen – und sah das Licht. Willenlos überließ sie sich den Kräften jenseits von Raum und Zeit, die mit dem menschlichen Verstand nicht zu begreifen waren. Jede Erdenschwere hatte sich von ihr gelöst und sie fühlte sich leicht und frei. Als sie einen kaum wahrnehmbaren Ruck spürte, wusste sie, dass sie auf der Insel angekommen war. Laura öffnete die Augen – und sah die magische Pforte vor sich. Ohne auch nur einen Augenblick zu zögern, lenkte sie Sturmwind mitten hinein.

Seht Ihr, Herr?« Paravain deutete auf die Legionen der Schwarzen Reiter, die sich auf den Kämmen jenseits des Tales aufgereiht hatten. »Borboron denkt genau wie ich. Er hätte doch niemals so viele Krieger aufmarschieren lassen, wenn er nicht fest davon überzeugt wäre, dass er noch heute in den Besitz von Hellenglanz gelangt. Und danach wird er uns angreifen!«

»Warten wir es ab«, antwortete Elysion mit ruhiger Stimme.

Morwena blickte verängstigt auf das Häufchen Weißer Ritter, kaum mehr als ein Dutzend, die am Eingang des Tals der Zeiten zurückgeblieben waren. Warum hatte der Hüter des Lichts außer seiner Leibwache keine Krieger mitgenommen? Alarik, der sich ebenfalls in ihrem Gefolge befand, war ja nur ein Knappe und kaum als Kämpfer zu betrachten. Paravain hatte Elysion doch prophezeit, dass der Schwarze Fürst mit einem riesigen Heer aufmarschieren würde! Warum nur hatte der Hüter des Lichts nicht auf den Rat seines Ersten Ritters gehört und nicht ebenfalls eine Streitmacht zusammengetrommelt, auch wenn diese sicherlich weit geringer ausgefallen wäre als die des Dunklen Herrschers?

Ein heiseres Brüllen riss die Heilerin aus ihren Gedanken. Erschrocken schaute sie zum Himmel auf, wo das zweiköpfige Drachenungeheuer kreiste und beinahe mit Pfeilschwinge kollidiert wäre, dem Boten des Lichts, der als Wächter der magischen Pforte ebenfalls über dem Tal der Zeiten schwebte. Es war derselbe Drache, der sie bereits am Ostarafest in Angst und Schrecken versetzt hatte.

Und den Hüter des Lichts ebenfalls, selbst wenn er das vor ihr verbergen wollte!

Wieder erbleichte Elysion, versuchte aber auch diesmal sich nichts anmerken zu lassen. Morwena jedoch konnte er nicht täuschen: Er machte sich Sorgen.

Große Sorgen sogar!

Plötzlich entstand Unruhe unter den feindlichen Heerscharen. Im gleichen Augenblick begann die Lichtsäule zu flimmern – und ein Reiter auf einem Schimmel schoss daraus hervor.

»Wer ist denn das?«, rief Paravain verwundert aus.

»Wer ist das?«, fragte auch der Anführer der Schwarzen Garde.

»Woher soll ich das wissen!«, bellte Borboron, der seine maßlose Enttäuschung nicht verbergen konnte. »Wer auch immer das sein mag – Hellenglanz hält er nicht in der Hand.«

»Und was sollen wir jetzt machen, Herr?«

»Warten wir einfach ab«, knurrte der Schwarze Fürst und seine Augen glühten rot vor Zorn.

Elysion erkannte Laura, noch bevor sie heran war und den Haarknoten löste. Die blonde Mähne ergoss sich auf ihre Schultern.

Paravain jedoch staunte. »Aber … das … das ist ja Laura«, stammelte er.

»Wie ich vorausgesagt habe«, beschied ihn der Hüter des Lichts mit bekümmerter Miene. »Aber du wolltest mir ja nicht glauben. Und du auch nicht, Morwena!« Dabei sah er die Heilerin tadelnd an.

»Verzeiht mir, dass ich gezweifelt habe«, flüsterte die junge Frau, während sie gespannt auf das Mädchen blickte, das seinen Schimmel direkt vor ihnen anhielt.

»Seid gegrüßt«, sprach Laura in die Runde, bevor sie Elysion anblickte. »Ich bin zurückgekommen, um gemeinsam mit Euch meinen Vater aus der Dunklen Festung zu befreien – wie Ihr es mir versprochen habt in der Ostaranacht.«

»Willkommen, Laura. Ich habe nichts anderes erwartet«, antwortete der Hüter des Lichts, während er das Mädchen angespannt musterte.

Laura bemerkte das nicht. »Ich habe Euch etwas mitgebracht«, sagte sie mit glücklichem Lächeln. »Sicherlich habt Ihr es schon vermisst.« Noch während sie aus dem Sattel rutschte, nahm sie den Rucksack vom Rücken, schnürte ihn eilends auf und holte die drei Schwertteile daraus hervor. Freudestrahlend hielt sie Elysion die Bruchstücke entgegen. »Hier, Herr! Nun müsst Ihr Hellenglanz nur noch zusammenschmieden lassen, dann kann das Schwert des Lichts uns wieder unterstützen im Kampf gegen unsere Feinde.«

Elysion schlug die Augen nieder. »O weh«, murmelte er. »Genau das habe ich befürchtet.«

»Oh, nein!«, stöhnte auch der Weiße Ritter auf und erbleichte.

Morwena blieb stumm. Doch der Schrecken, der sie erfasst hatte, stand ihr deutlich ins Gesicht geschrieben.

Laura war wie vor den Kopf gestoßen. Alles hätte sie erwartet, nur nicht eine solche Reaktion! Warum erschraken Elysion und seine Vertrauten beim Anblick der Schwertteile?

Warum nur?

Warum freuten sie sich nicht, dass es ihr gelungen war, den Dunklen das Schwert des Lichts abzujagen? Sie hatte sich in allerhöchste Gefahr begeben und sogar ihr Leben riskiert, damit es nicht in deren Hände geriet – und zum Dank dafür zeigten Elysion und seine Helfer sich entsetzt, als hätte sie einen Fehler begangen.

Das konnte doch nicht sein?

Oder – hatte sie vielleicht doch etwas falsch gemacht?

»Ich verstehe nicht, Herr …?« Laura klang völlig verwirrt. »Habt Ihr nicht selbst gesagt, dass es mächtige Waffen gibt im Kampf gegen das Böse, die selbst den stärksten Gegner zu besiegen vermögen?«

»Das stimmt. Aber damit habe ich gewiss kein Schwert gemeint, sondern die Waffen des Geistes und der Herzen, die viel stärker sind als das schärfste Schwert.«

»Und jetzt?«

»Warte, Laura.« Elysion wirkte plötzlich um Jahre gealtert. Er klang müde. »Ich werde es gleich erklären.« Er wandte sich zum Schwarzen Fürsten, der an der Spitze seines Heeres auf dem Hügel jenseits des Tales Stellung bezogen hatte. Der Hüter des Lichts legte die Hände wie einen Schalltrichter an den Mund und schleuderte seinem Widersacher Worte entgegen, die laut über das Tal der Zeiten hallten: »Leere Hand! Leere Hand!«

Borboron fuhr zusammen und seine Augen glühten erneut vor Wut. »Verflucht!«, schrie er auf. »Ich habe es befürchtet!«

»Was hat das zu bedeuten, Herr?« Der Anführer der Schwarzen Garde schaute den Tyrannen fragend an.

Der Schwarze Fürst schnaubte. »Das Gebot der leeren Hand stammt aus den unseligen Zeiten, als alles noch eins war und kaum ein Gegensatz herrschte zwischen Gut und Böse. Es dient dem Schutz der armseligen Kreaturen vom Menschenstern, die uns weit unterlegen sind, und besagt, dass wir alle für die Dauer eines Mondes die Hände leeren und die Waffen ablegen müssen. Wir dürfen weder dieses Menschenkind noch uns gegenseitig angreifen, wenn die Voraussetzungen für die ›Leere Hand‹ gegeben sind.«

»Was? Heißt das, wir können diese Hunde nicht angreifen?«

Mit hasserfülltem Blick schüttelte Borboron den Kopf. »Ja. Das uralte Gebot besitzt noch immer Gültigkeit.«

»Und Ihr wollt Euch daran halten?«

Der Tyrann verengte die Augen zu schmalen Schlitzen. »Natürlich«, sagte er. »Schließlich könnte der Zeitpunkt kommen, an dem auch wir das Recht der ›Leeren Hand‹ in Anspruch nehmen müssen. Und deshalb: Erteile den Befehl zum Rückzug!«

»Aber …« Der Anführer schien die Welt nicht mehr zu verstehen. »Dann wird dieses Balg uns wieder entgehen – und auch das Schwert des Lichts!«

Ein hämisches Grinsen verunstaltete das Antlitz des Schwarzen Fürsten. »Könnte es nicht sein, dass ich mich noch anders besinne? Das Gebot gilt außerdem nur für uns Krieger – aber nicht für die Geschöpfe, die in unseren Diensten stehen!« Damit blickte er zum Himmel empor und sein kehliges Lachen hallte weithin über das Tal.

Laura hatte sich mit Elysion, Paravain und Morwena zu den Weißen Rittern gesellt, die am Eingang des Tales lagerten. Alarik begrüßte sie mit einem freundlichen Winken und auch Schmatzfraß, sein gefräßiger Swuupie, erkannte sie offensichtlich wieder, denn er gab aufgeregte Fieplaute von sich.

Elysion, der sich gegenüber von Laura im Gras niedergelassen hatte, schaute sie mit ernster Miene an. »Ich nehme an, du weißt, weshalb Hellenglanz zerbrochen ist?«

»Natürlich! Der Wächter, dem es anvertraut war, hat es zu einer blutigen Freveltat missbraucht und damit schwere Schuld auf sich und das Schwert geladen – deshalb ist es zersprungen.«

»So war es.« Elysion nickte bedeutungsschwer. »Es war ein großer Fehler, dass ich Hellenglanz unseren Verbündeten auf dem Menschenstern überlassen habe – aber damals glaubte ich nicht anders handeln zu können. Ich bedaure, Laura, dass nun ausgerechnet du die Folgen meines unbedachten Handelns tragen musst!«

»Die Folgen? Welche Folgen denn?«

»Der Schwertträger musste damals einen heiligen Eid ablegen, Hellenglanz nur im Dienste des Lichts einzusetzen und wohlbehalten wieder nach Aventerra zurückzubringen …«

»Ja, und?«

»… und selbst dafür einzustehen, dass dieser Schwur nicht gebrochen wird.«

Langsam begann Laura zu verstehen und ein unheimliches Kribbeln überzog ihren Körper.

»Du hast das Schwert nach Aventerra zurückgebracht«, fuhr Elysion fort, »und bist damit zum Schwertträger geworden. Deshalb musst du nun auch den Schwur erfüllen und dafür sorgen, dass Hellenglanz von dem unschuldig vergossenen Blut gereinigt wird. Das ist eine äußerst schwierige und ungemein gefährliche Aufgabe.«

»Aber warum muss denn ausgerechnet ich das tun?« Laura konnte ihre Empörung nicht verhehlen. »Das ist doch ungerecht! Ich kann doch nichts dafür, dass dieser Wächter damals Mist gebaut hat. Ich kenne noch nicht mal seinen Namen!«

»Das stimmt, Laura – und ändert trotzdem nichts. Hellenglanz wird uns erst wieder zu Diensten stehen, wenn dieser Frevel gesühnt ist. Dafür kann nur der Schwertträger sorgen – und das bist nun einmal du, Laura!«

Fast verzweifelt schüttelte das Mädchen den Kopf. »Dann wäre es ja besser gewesen, wenn ich nicht danach gesucht hätte?«

»Vielleicht«, antwortete der Hüter des Lichts vieldeutig. »Aber du hast nur das getan, was du tun musstest.«

Laura merkte, wie es in ihr zu brodeln begann. »Und was passiert, wenn ich die Aufgabe verweigere?«

»Dann wird das Schwert des Lichts nutzlos sein für uns und wir werden deinen Vater wahrscheinlich niemals befreien können.«

In Lauras Kopf drehte es sich. Sie wusste überhaupt nicht mehr, was sie denken sollte. Sie wusste nur, dass das eine verdammte Ungerechtigkeit war! Wütend sprang sie auf. »Aber warum soll denn ich für die Schuld eines anderen Menschen büßen? Ich hab doch nichts Unrechtes getan!«

Elysion blieb gelassen. »Bitte beruhige dich wieder, Laura«, sagte er. Als das Mädchen wieder Platz genommen hatte, fuhr er fort: »Keiner von uns kann allein bestehen. Wir alle sind auf die Unterstützung anderer angewiesen. Nur gemeinsam können wir überleben. Deswegen dürfen wir nicht nur an uns denken. Ohne die anderen wären wir nichts. So verhält es sich seit Anbeginn der Zeiten – und so wird es immer sein. Jeder von uns ist nur ein Glied in der endlosen Kette, die vom Anfang bis zum Ende reicht. Wenn ein Glied zerbricht, sprengt das auch die stärkste Kette. Deswegen müssen wir auch für die einstehen, die zu schwach sind und ihrer Aufgabe nicht gerecht werden. Wir müssen auch die Schuld annehmen, die andere auf sich geladen haben.«

Plötzlich verstand Laura. Ihre Mutter hatte ihr doch das Gleiche erzählt an jenem Nachmittag, als sie mit ihrem Schicksal gehadert hatte – und da wusste sie, dass sie keine andere Wahl hatte. Sie straffte sich. »Was … muss ich tun, um die Schuld zu sühnen?«

Zu ihrer Verwunderung zuckte der Hüter des Lichts mit den Schultern. »Das weiß ich nicht, Laura. Nur der See, der aus der Quelle gespeist wird, aus der auch das Wasser des Lebens sprudelt, kennt dieses Geheimnis. Sobald du an seine Ufer gelangst, wirst du es erfahren.«

»Und wo finde ich diesen See?«

»Er liegt in einem verwunschenen Dschungeltal des Fatumgebirges, das im nordöstlichen Grenzland zwischen der Wüste von Deshiristan und dem Hochland von Karuun gelegen ist. Es ist nicht leicht zu finden, was allerdings nicht das größte Problem darstellt.«

»Sondern?«

»Der Eingang zu diesem Tal wird von einer monumentalen Silbernen Sphinx bewacht, die nur dem Zutritt gewährt, der ihre Orakelfrage richtig beantwortet.«

»Und wie lautet diese Frage?«

»Das weiß niemand, weil …« Der Hüter des Lichts brach ab, als brächte er es nicht übers Herz weiterzusprechen.

»Weil?«

Elysion seufzte, bevor er fortfuhr: »Weil noch niemand die Begegnung mit der Silbernen Sphinx überlebt hat. Eine falsche Antwort bedeutet unweigerlich den Tod und der Unglückliche wird von der Bestie zerrissen.«

»Oh, nein!« Die Gedanken drehten sich in Lauras Kopf. Diese Silberne Sphinx – war das etwa die gleiche Sphinx wie in ihren Albträumen? Schließlich hatte die ihr richtig Angst eingejagt! Und wenn es noch niemandem gelungen war, an ihr vorbeizukommen, wieso sollte dann ausgerechnet sie das schaffen? Bestürzt starrte sie den Hüter des Lichts an. »Ihr und Euer Gefolge werdet mich doch sicherlich dorthin begleiten und mir helfen?«

»Nein, Laura, das werden wir nicht. Es ist uns strengstens untersagt.«

»Untersagt? Wieso das denn?«

»Weil das Gebot der ›Leeren Hand‹ es so verlangt. Es besagt, dass einem Bewohner des Menschensterns, der einen Gegenstand missbraucht, der von großer Bedeutung ist für Aventerra …«

»Wie das Schwert des Lichts zum Beispiel?«

»Genau!« Elysion lächelte. »Dass dieser Mensch also für die Dauer eines Mondes die Chance erhält, diesen Frevel wiedergutzumachen, ohne von Borboron und seinen Verbündeten angegriffen zu werden. Voraussetzung ist allerdings …«

»Ja?«

»… dass auch wir Krieger des Lichts uns in keiner Weise einmischen – und deshalb musst du diese schwere Aufgabe ganz allein auf dich nehmen.«

Verzweiflung stieg in Laura auf. Wie sollte sie das schaffen? Auf sich selbst gestellt – und das in einer völlig fremden Welt?

»Aber ich, ich könnte Laura doch helfen?«, ertönte plötzlich eine helle Knabenstimme. Laura und Elysion fuhren überrascht herum – und bemerkten Alarik, der sich leise genähert hatte. Der Swuupie saß reglos auf seiner Schulter.

»Du?«, fragte der Hüter des Lichts.

»Ja, Herr. Ich bin noch kein fertig ausgebildeter Krieger, sondern nur ein Eleve genau wie Laura. Deshalb darf ich sie unterstützen, ohne dass unsere Feinde mir etwas anhaben können.«

»Das stimmt.« Elysion lächelte wohlwollend. »Aber vergiss nicht, Alarik: Es ist durchaus möglich, dass Borboron und seine Brut sich nicht an das Gebot halten. Und für die Geschöpfe des Schwarzen Fürsten gilt es ohnehin nicht – genauso wenig wie auf dem Menschenstern. Was die Sache äußerst gefährlich macht.«

»Nicht gefährlicher als für Laura auch«, entgegnete der Junge mit einem gequälten Lächeln. »Wie soll sie denn ohne Hilfe ins Fatumgebirge gelangen? Sie kennt sich hier doch gar nicht aus!«

»Er hat Recht, Herr!« Die Aussicht auf Alariks Unterstützung ließ Laura Hoffnung schöpfen.

»Nun, daran habe ich natürlich auch schon gedacht«, erwiderte Elysion. »Deshalb habe ich die Nebelflößer gebeten, Laura bis zu den Tosenden Wassern zu bringen. Von dort aus ist es nur ein Tagesritt bis zum Fatumgebirge. Das verwunschene Tal mit dem kleinen See wird sie dann leicht selber finden. Und vielleicht trifft sie unterwegs auch jemanden, der den Weg dorthin kennt!«

Plötzlich fiel Alarik etwas ein. »Trotzdem möchte ich Laura gerne Gesellschaft leisten«, sagte er rasch. »Damit sie es einfacher hat.«

»Ja, bitte!«, meldete das Mädchen sich zu Wort. »Bitte erlaubt Alarik mich zu begleiten.«

Der Hüter des Lichts bedachte sie mit einem musternden Blick. Dann wandte er sich wieder dem Knappen zu. »Es ist nicht ganz ungefährlich, sich den Nebelflößern anzuvertrauen.«

»Ich weiß«, antwortete Alarik unbeirrt. »Ein Grund mehr, Laura nicht allein ziehen zu lassen!«

Schmatzfraß ließ einen fiependen Laut hören, als wolle er sich der Bitte seines Herrn anschließen.

Noch schien der Hüter des Lichts unentschlossen, dann aber nickte er. »Gut, so sei es! Die Nebelflößer erwarten euch am Oberlauf des Donnerflusses, wo er eine große Schleife um das Rollende Steinmeer macht. Du weißt, wie du dort hinkommst?«

»Natürlich, Herr!«

Dann wandte Elysion sich an Laura. »Die Aufgabe, die dir bevorsteht, ist weit schwerer als alle, die du jemals bewältigen musstest. Und dennoch: Vertraue auf die Kraft des Lichts und auf dich selbst, dann wird es dir auch diesmal gelingen.«

Kaum eine Viertelstunde später waren Laura und Alarik bereit zum Aufbruch. Sturmwind und das Steppenpony waren gefüttert und getränkt; Satteltaschen und Wasserschläuche barsten fast vor Vorräten. Auch die Taschen von Philipps Jacke, die Laura immer noch trug, füllte sie mit Proviant. Dann verabschiedeten sich die beiden von Elysion und seiner Gefolgschaft, saßen auf und ritten davon.

Der Hüter des Lichts sah ihnen lange nach und seinem Mienenspiel war anzusehen, dass ihn Furchterregendes bewegte.

Bald schon hatten die Reiter die Hügel überquert, die das Tal der Zeiten säumten, und das Ufer des Rollenden Steinmeeres erreicht. Am Horizont schimmerte Buschwerk auf und in der Ferne war ein Rauschen zu vernehmen.

Laura richtete sich im Sattel auf. »Ist das dort hinten der Donnerfluss?«

»Ja.« Alarik lächelte. »Ich hab dir doch gesagt, dass es nicht weit bis zum Treffpunkt ist.«

Für eine Weile ritten sie schweigend nebeneinanderher. Laura ließ den Blick immer wieder über die öde Landschaft schweifen, die sich westlich von ihnen erstreckte. Die Steine, die sie bedeckten, schienen stetig auf und ab zu wogen, so dass der Eindruck entstand, als würden steinerne graue Wellen über die Ebene hinwegrollen.

Eigenartig!

Aber war nicht alles in Aventerra eigenartig? Zumindest nach menschlichen Maßstäben?

Laura wandte sich wieder zu dem Knappen an ihrer rechten Seite. »Bist du diesen Nebelflößern jemals begegnet?«

»Natürlich. Schließlich bin ich in dieser Welt hier zu Hause!«

Laura musste lächeln über Alariks empörtes Gesicht. »Wer oder was sind das denn, diese Nebelflößer?«

»Sie gehören zu den geheimnisvollsten Geschöpfen von ganz Aventerra. Sie bewegen sich zwischen Traum und Tag dahin.« Der Junge schien es zu genießen, dass er mehr wusste als Laura. »Du hast doch bestimmt schon die flüchtigen Schatten bemerkt, die häufig während der Dämmerung wie Nebelschlieren über die Flüsse und Seen streichen?«

»Natürlich!« Laura erwiderte sein Lächeln. »Aber dafür gibt es doch eine ganz einfache Erklärung, wie Lukas …«

»Ich weiß«, fiel Alarik ihr ins Wort. »Dein Bruder kann eben nicht hinter die Oberfläche der Dinge blicken, und deshalb behilft er sich mit diesen vermeintlichen Erklärungen. Sonst würde er wissen, dass sich im geheimnisvollen Zwielicht hinter den Dunstschleiern das Reich der Nebelflößer verbirgt. Sie kennen als Einzige die uralten Wasserpfade, die von den Wassergeistern angelegt worden sind, und können mit ihren Flößen in kürzester Zeit große Entfernungen zurücklegen. Insbesondere natürlich auf einem derart reißenden Strom wie dem Donnerfluss. Deshalb hat Elysion sie ja auch um Hilfe gebeten.«

»Und? Wie sehen sie denn aus?«

»Warte es doch ab, Laura«, sagte der Junge. »Du wirst sie schon bald treffen.« Damit gab er dem Braunen die Sporen und sprengte davon. Laura folgte ihm, und Sturmwind hatte nicht die geringsten Probleme, das Steppenpony einzuholen.

Die Nebelflößer waren die seltsamsten Geschöpfe, die Laura jemals unter die Augen gekommen waren. Dabei hätte sie die fast durchscheinenden Wesen beinahe übersehen und sie für nichts weiter als Nebelschleier gehalten, die über den Donnerfluss dahindrifteten, dessen Wasser bereits am Oberlauf mit mächtigem Rauschen strömte. Aber sie hatte zwei Stimmen vernommen, die wie von weit her durch ihren Kopf hallten.

»Das müssen die Fahrgäste sein, die Pfeilschwinge uns angekündigt hat«, sagte die eine. »Wurde auch Zeit«, brummte die andere.

Als Laura daraufhin genauer hinblickte, gewahrte sie die beiden diffusen Schemen, die im Dunst über dem Fluss aufragten und ständig neue Formen annahmen. Sie waren mehr als mannshoch und in lange graue Umhänge gekleidet, die bis zur Wasseroberfläche reichten. Kapuzen hüllten die Häupter der Nebelflößer ein, so dass die Gesichter nicht zu erkennen waren.

»Siehst du sie jetzt?«, flüsterte Alarik. Die schattenhaften Wesen schienen ihn nicht gerade fröhlich zu stimmen.

»Ja.« Auch Laura flüsterte. »Aber – wo ist ihr Floß?«

»Es ist eins mit den Wellen und deshalb nicht auszumachen. Und dennoch kann es große Lasten tragen.«

Laura runzelte die Stirn. »Auch uns und unsere Pferde?«

Alarik nickte. »Ja, und noch viel mehr! Du musst nur daran glauben!«

»Und wenn nicht?«

Der Junge zog ergeben die Schultern hoch. »Dann wirst du untergehen!«

Laura wollte gerade antworten, als sie erneut eine Stimme hörte. »Worauf wartet ihr noch? Kommt endlich an Bord, wir haben es eilig!«

Als habe Alarik ihre Gedanken erahnt, erklärte er: »Die Nebelflößer sprechen nicht. Sie unterhalten sich nur mit Hilfe ihrer Gedanken.«

»Echt?« Laura staunte. »Und das geht?«

»Natürlich! Oder hast du sie etwa nicht verstanden?« Alarik wirkte verstimmt. Er schnalzte mit der Zunge und lenkte sein Pony in den Fluss hinein. Der Braune tauchte in den Dunst. Laura kam es so vor, als habe auch er eine diffuse Form angenommen. Er schien nun direkt auf dem Wasser zu stehen.

Auch Alarik war kaum mehr als ein undeutlicher Schemen. Hätte Laura nicht genau hingeschaut, wäre er ihr im Zwielicht bestimmt nicht aufgefallen. Der Junge glitt aus dem Sattel und legte die Hände trichterförmig an den Mund. »Laura!«, hallte es wie aus weiter, weiter Ferne an das Ohr des Mädchens. »Jetzt komm endlich!«

Da fasste Laura sich ein Herz und trieb Sturmwind an. Als sie in den Nebelschleier eintauchte, verschwamm die Welt um sie herum. Dafür konnte sie Alarik und sein Pony nun wieder klar und deutlich sehen. Nur die Nebelflößer waren genauso diffus wie zuvor. Das Rauschen des Flusses aber war nur noch gedämpft zu hören.

»Es geht los!«, tönte eine Stimme durch Lauras Kopf.

Sie stieg ab und fürchtete schon im Wasser zu landen. Zu ihrer Überraschung jedoch spürte sie festen Boden unter den Füßen, auch wenn dieser auf und ab schwankte und sich dem Spiel der Wellen anpasste. Dann spürte Laura einen Ruck – und bewegte sich plötzlich mit zunehmender Fahrt über den Fluss dahin.

Immer schneller und schneller!

Alarik grinste sie an. Die Verwunderung des Mädchens schien ihn zu erheitern. »Warum setzt du dich nicht?«, wollte er wissen.

»Setzen?« Laura sah ihn ungläubig an. »Auf das Wasser?«

»Nein. Auf das Floß!«

Ganz vorsichtig ließ sie sich nieder – und spürte tatsächlich festen Untergrund. Als sie sich mit den Händen aufstützte, wurden die nicht ein bisschen nass! Dabei hatte es ganz den Anschein, als berührten sie das Wasser!

»Na, siehst du?« Noch immer grinste Alarik. »Wie ich dir gesagt habe – es ist alles nur eine Frage des Glaubens!«

Die Floßfahrt verging wie im Fluge. Die Landschaften, die links und rechts vorüberhuschten, glichen einer fremden Welt hinter einem grauen Schleier. Wenn Laura Einzelheiten erkannte, dann nur, weil Alarik sie darauf aufmerksam machte. Er zeigte ihr die satten Wiesen des Auenlandes – auch wenn

Laura kaum mehr als schemenhaftes Grün wahrnahm –, wies sie auf die Glimmerwüste hin, die auf dem linken Ufer in der Ferne aufflimmerte, und kannte sogar die Namen einzelner Flüsse, die, vom Sternenmeer kommend, in den Donnerfluss mündeten. Schließlich behauptete der Knappe, dass weit im Norden die schneebedeckten Gipfel des Schneegebirges leuchteten. Als Laura in die angezeigte Richtung spähte, sah sie nicht mehr als ein schwaches Weiß.

Die Nebelflößer verharrten während der gesamten Fahrt an der gleichen Stelle: der eine am Bug, der andere am Heck des Floßes. Hin und wieder tauschten sie knappe Kommentare aus, wiesen sich gegenseitig auf Stromschnellen und Untiefen hin oder riefen sich Wasserstände und Steuerkommandos zu. Ihren Fahrgästen jedoch schenkten sie keinerlei Beachtung.

Der Fluss war inzwischen viel breiter geworden. Dennoch glitt das Floß mit unveränderter Geschwindigkeit dahin. Am rechten Ufer ragten nun schroffe Felswände empor.

Alarik wandte sich dem Mädchen zu. »Wir sind bald da«, sagte er. »Wir haben die Tosenden Wasser fast schon erreicht!«

»Was? Jetzt schon?«, wunderte sich Laura. »Aber wir haben doch gerade eben erst abgelegt!«

»Langsam gebe ich die Hoffnung auf.« Alarik schüttelte resigniert den Kopf. »Du scheinst immer noch nicht zu verstehen, dass das Leben auf Aventerra ganz anderen Gesetzen gehorcht als auf eurem Menschenstern.«

Wenig später gelangten sie in einen Talkessel, der fast vollständig von Steilwänden eingeschlossen war. Gewaltige Wasserfälle stürzten sich von den Felsen in den Fluss. Ihr Donnern war selbst noch in den Nebelschleiern des Floßes zu vernehmen. Am Ende des Tales ballte sich eine riesige Dunstwolke am linken Ufer.

Aufgeregt deutete der Junge darauf. »Siehst du! Das ist der Hafen der Nebelflößer! Dort werden wir an Land gehen!« Er erhob sich und schwang sich auf den Rücken seines Ponys. Auch Laura stand auf und stieg in den Sattel.

Schon machten die Nebelflößer am Ufer fest. Laura musste genau hinsehen, um die verschwommenen Gestalten zu bemerken, die dort warteten – Nebelflößer allesamt. Ob es sich um junge oder alte, Männer oder Frauen handelte, wagte sie nicht zu sagen.

»Was sind wir Euch schuldig?«, fragte Alarik die Steuerleute.

Die Antwort, die durch Lauras Kopf driftete, versetzte sie in Erstaunen: »Nichts für den Moment. Und wenn es so weit ist, werdet ihr es schon merken.« Verwundert wandte sie sich an Alarik: »Was will er damit sagen?«

»Ach, nichts weiter«, wiegelte der Junge ab. »Die Aussage ist genauso nebulös wie der Kerl.« Damit trieb er das Pony an und verließ das Floß.

Seite an Seite ritten Laura und Alarik durch die schemenhafte Siedlung, die vom Tosen der Wasserfälle erfüllt war. Die Behausungen der Nebelflößer waren genauso unbeständig und durchscheinend wie die Gestalten, die durch die Straßen schwebten. Als Laura bemerkte, dass der Junge sich immer wieder neugierig umschaute, zügelte sie ihr Pferd. »Warum halten wir uns eigentlich in dem Dunst hier auf? Suchst du vielleicht was?«

»Nein!« Alarik grinste. »Ich habe es bereits gefunden!« Dann wandte er sich ab und rief etwas in den Dunst hinein, das Laura Zweifel an seinem Verstand eingab. »Malhiermalda!«, rief der Junge. »Malhiermalda!«

Kapitel 30 Das Orakel der Silbernen Sphinx

Oh, oh!«, schimpfte der Platzwechsler, während er den schmalen Gebirgspfad entlanghüpfte und mal links, mal rechts davon landete. »Warum habe ich mich nur überreden lassen, euch den Weg zur Silbernen Sphinx zu zeigen?«

»Weil du keinen festen Standpunkt hast«, rief ihm Alarik vom Rücken seines Braunen zu, »und heute mal das sagst und morgen mal was anderes!«

»So sind wir nun mal, wir Mutari!« Der seltsame Wicht sprang auf den Rücken von Sturmwind, um gleich darauf auf das Steppenpony zu hüpfen. »Und wir können ebenso wenig gegen unsere Natur an wie ihr.«

»Das mag wohl sein«, entgegnete der Junge. »Aber deine ewige Herumwuselei treibt mich langsam in den Wahnsinn.« Damit packte er den Platzwechsler und hielt ihn eisern fest, ohne sich von dessen heftigen Protesten und seiner wilden Zappelei beeindrucken zu lassen. »Wir machen jetzt eine kurze Rast und wenigstens dabei will ich meine Ruhe haben. Deshalb werde ich dich solange festbinden!«

»Oh, oh! Übel, übel!«, jammerte Malhiermalda. »Nur das nicht! Stillhalten ist doch das Allerallerschrecklichste für mich.«

Alarik blieb ungerührt.

»Bitte, bitte!«, flehte der Platzwechsler. »Lasst mich gehen. Ihr braucht mich doch gar nicht mehr. Ihr müsst nur weiter diesem Pfad folgen, dann findet ihr die Silberne Sphinx.«

»Wer weiß, wer weiß«, äffte der Knappe ihn nach.

»Ach, Alarik!« Laura sah den Jungen bittend an. »Warum lassen wir den armen Kerl nicht einfach gehen? Wenn es stimmt, was er sagt, dann kommen wir doch auch ohne ihn aus.«

»Und wenn es nicht stimmt?«

Darauf wusste Laura nichts zu erwidern.

»Wir sollten lieber auf Nummer sicher gehen«, fuhr der Junge fort. »Die paar Minuten der Ruhe wird Malhiermalda schon überstehen.«

Am Rande des Dschungels, der sich auf der Hochebene vor ihnen ausdehnte, hielten sie an. Ringsum am Horizont reckten sich die schroffen Gipfel des Fatumgebirges dem Himmel entgegen. Elysion hatte Recht behalten. Sie waren noch keinen ganzen Tag unterwegs und ihr Ziel lag dennoch fast greifbar nahe. Irgendwo in dem Dschungel vor ihnen musste sich das Tal mit dem kleinen See verbergen, der das Geheimnis des Lebens kannte. Und die furchterregende Sphinx, die den Eingang des Tales bewachte.

Lauras Vorschlag, ein Feuer zu machen und Tee zu kochen, lehnte Alarik ab. »Das würde zu viel Zeit in Anspruch nehmen. Es wird bald dunkel und deshalb habe ich auch nur von einer kurzen Rast gesprochen.« Er holte einige Duftäpfel und Königsfrüchte aus der Satteltasche. »Erst wenn wir an der Silbernen Sphinx vorbei sind, haben wir Zeit, uns länger auszuruhen.«

»Das schafft ihr nie, das schafft ihr nie!«, krähte der Platzwechsler, den Alarik an dem Baum hinter sich festgebunden hatte. »Weil es nämlich noch keiner geschafft hat.«

Der Junge warf ihm einen grimmigen Blick zu. »Du wirst schon sehen! Und jetzt sei endlich still – oder soll ich dich auch noch knebeln?«

»Oh, oh! Übel, übel!« Das Ballongesicht wurde blassblau. »Alles, nur das nicht!«

Alarik setzte sich in den Schatten einer großen Palme und biss in einen Duftapfel. Auch Schmatzfraß, der auf den niedrigsten Ast geswuupt war, kaute laut schmatzend auf einem Apfel herum.

Laura setzte sich neben den Jungen und ließ sich eine Königsfrucht schmecken.

»Oh, oh – wie das duftet«, seufzte Malhiermalda hinter ihnen.

Das Mädchen drehte sich um und sah, dass der Wicht voller Gier auf die Königsfrucht starrte. »Wollen wir ihm nicht eine abgeben?«, fragte es Alarik.

»Später – sonst müssten wir ihn ja wieder losbinden.«

Schweigend kauten die beiden vor sich hin. »Was ich dich schon die ganze Zeit fragen wollte …«, sagte Laura schließlich.

»Ja?«

»Als du den Nebelflößer nach dem Fahrpreis gefragt hast – was hatte seine seltsame Antwort denn zu bedeuten?«

»Oh, oh«, flüsterte Malhiermalda beklommen.

Sturmwind scharrte unruhig mit den Hufen.

»Ach«, sagte Alarik beiläufig. »Das ist nicht weiter wichtig.«

»Oh, oh.« Der Platzwechsler wurde lauter.

Sturmwind schnaubte.

»Dann kannst du es mir ja auch verraten, oder?«

»Ach, es ist nur …«, hob der Junge bedächtig an. »Man … man sagt …«

»Ja?«

»Man sagt, wer sich den Nebelflößern anvertraut, stirbt vor der Zeit.«

Lauras Augen wurden groß vor Entsetzen. »Was?«

»Ja. Weil sie sich zwischen Tag und Traum dahinbewegen, wo die Zeit viel schneller verrinnt als anderswo.«

»Aber das ist ja …«, sagte Laura mit offenem Mund.

»… nichts weiter als ein törichter Aberglaube«, erklärte Alarik. »Ganz bestimmt sogar.«

»Oh, oh!«, kreischte Malhiermalda wie von Sinnen.

Sturmwind stieg auf die Hinterbeine und wieherte aufgeregt.

Noch im gleichen Moment vernahm Laura das Rauschen, das sich rasend schnell näherte. Sie hob den Blick zum Himmel – und sah den Drachen, der mit wildem Flügelschlag direkt auf sie zuhielt.

Der Junge neben ihr sprang auf und starrte ebenfalls auf das Untier. Er wusste sofort, dass Gurgulius es auf Laura abgesehen hatte und nicht auf ihn.

Natürlich!

Nur Laura konnte erreichen, dass Hellenglanz wieder zu einer mächtigen Waffe des Lichts wurde – und genau das wollte Borboron verhindern!

Laura stand wie erstarrt. Der Drache war nun schon so weit heran, dass beide Köpfe deutlich zu erkennen waren. Und auch die mächtigen Reißzähne, die in den weit geöffneten Mäulern aufblitzten.

Die Worte des kleinen Traumspinners kamen dem Knappen in den Sinn. »Gurgulius ist blind, erkennt seine Beute aber unfehlbar am Geruch!«, hatte er ihm zugeflüstert. Und plötzlich wusste Alarik, was er tun musste. »Deine Jacke, Laura!«, schrie er das Mädchen an.

»Meine … Ähm … Aber wieso denn?«

»Gib schon her!« Alarik schien wie von Sinnen. »Mach schon! Schnell!«

In seiner Hast packte er selber zu, zog dem Mädchen die Jacke vom Leib und warf sie sich über die Schulter. Dann stürmte er dem Monstrum entgegen. »Hier bin ich!«, schrie er. »Hier! Hier! Hier!«

Nur Augenblicke später stieß Gurgulius auf Alarik hinab,

packte ihn mit einem der Mäuler und riss ihn vom Boden. Der Junge schrie und zappelte – und konnte sich doch nicht aus dem eisernen Griff des Drachengebisses winden.

Reglos blickte Laura ihm nach, unfähig, einen klaren Gedanken zu fassen. Tränen stiegen in ihr auf.

Schmatzfraß aber stieß einen derart jammervollen Klagelaut aus, dass er damit selbst ein versteinertes Herz erweicht hätte.

Da sank Laura kraftlos zu Boden und ließ ihren Tränen freien Lauf.

Nach einer Weile fiepte Schmatzfraß nur noch leise. Er gesellte sich zu Laura und leckte ihr die nassen Wangen ab.

Als sie sich endlich beruhigt und die Tränen getrocknet hatte, war der Tag übergangslos zur Nacht geworden. Ein silbriger Mond stand am wolkenlosen Himmel über dem Fatumgebirge und tauchte das ganze Land in hellen Glanz. Laura aber war nur von einem einzigen Gedanken beseelt: Weg! Schnell weg!

Schon wollte sie in den Sattel ihres Pferdes springen, um in wilder Flucht davonzujagen, als wie aus dem Nichts die Worte ihres Vaters durch ihren Kopf hallten: »Nur wer aufgibt, hat schon verloren!«

Und da wusste sie, dass sie nicht davonlaufen durfte.

Jetzt nicht mehr!

Alarik hatte sich geopfert, nur damit sie ihre Aufgabe erfüllen konnte. Schon ihm zuliebe musste sie der Silbernen Sphinx entgegentreten. Ja, sie würde es wagen. Sie musste ihren Vater retten!

»Bitte, bitte!« Die Stimme des Platzwechslers störte Lauras Überlegungen. »Binde mich los, bitte, dann führ ich dich zur Sphinx.«

Das Mädchen ging auf den Baum zu. »Versprichst du das?«

»Natürlich, natürlich!« Malhiermalda zappelte mit den

sechs Beinchen und sah sie schräg an. »Das bin ich dem Jungen doch schuldig.«

»Wirklich?«

Der Mutari wiegte den Ballonkopf. »Wenn ich's dir doch sage.«

»Gut.« Damit löste Laura seine Fesseln.

Sie schwang sich auf den Rücken von Sturmwind, nahm den Braunen – an dessen Mähne sich ängstlich der Platzwechsler klammerte – am Zügel und ritt los. Schmatzfraß hatte sich unter Alariks Lederwams verkrochen, das Laura nun anstelle von Philipps Jacke trug.

Wie flüssiges Silber flutete das Mondlicht in den Dschungel, der immer dichter wurde. Der Pfad wurde immer schmaler. Die Luft war feucht und heiß wie in einem Dampfbad, so dass Lauras Schweiß in Strömen floss. Unheimliche Laute drangen aus dem Dickicht zu ihr, doch sie zwang sich, nur das Zwitschern der Singvögel, das Krächzen von Papageien und das Keckern von Affen zu vernehmen. Dennoch entging ihr das Fauchen der Raubtiere nicht. Keines dieser Wesen zeigte sich. Die von Lianen, Moosen, Flechten und Orchideen überwucherten Urwaldriesen reckten sich fast endlos in den Himmel. Mannshohe Farne breiteten ihre Wedel aus. Üppige Blüten leuchteten im Mondlicht auf und verströmten einen betörenden Duft. Über allem aber hing der schwere, süßliche Geruch von Tod und Verwesung.

Je tiefer Laura in den dampfenden Dschungel vordrang, desto beklommener wurde ihr zu Mute. Würde sie jemals wieder lebend daraus zurückkehren? Würde sie ihren Vater, würde sie Lukas, Philipp und Kaja jemals wiedersehen – oder würde auch sie ein Opfer der Silbernen Sphinx werden? Laura spürte Wehmut aufsteigen und schob die Gedanken schnell beiseite. Sie musste sich auf das Bevorstehende konzentrieren!

Wie konnte die Orakelfrage bloß lauten, die noch keiner richtig beantwortet hatte?

»Oh, oh! Übel, übel!«, stöhnte da der Platzwechsler auf dem Pony neben ihr. »Bis hierher und keinen Schritt weiter!«

»Dann ist es also nicht mehr weit bis zu der Bestie?«, flüsterte Laura beklommen.

»Ja, ja«, antwortete Malhiermalda und deutete nach vorn, wo der Pfad in etwa zwanzig Metern einen scharfen Knick nach rechts machte. »Gleich hinter dieser Biegung dort – oh, oh! Übel, übel! –, da lauert die Silberne Sphinx!«

Wie eine heimtückische Natter schlich sich die Angst wieder in Lauras Gemüt. Sie begann zu zittern. »Wi… willst du mich nicht doch noch ein Stück begleiten?«, fragte sie.

»Damit es mir genauso ergeht wie Alarik, was?«, ereiferte sich das Kerlchen. »Wenn die roten Augen der Sphinx dich erblicken, dann kannst du ihr nicht mehr entkommen – weil es dich lähmt. Und – oh, oh! – das will ich wirklich nicht riskieren!«

»Na dann«, seufzte das Mädchen. »Hab vielen Dank, dass du mich hierhergeführt hast.«

»Bitte, bitte!«, antwortete Malhiermalda, sprang vom Steppenpony und war kurz darauf verschwunden.

Laura saß ab und tätschelte Sturmwind den Hals. »Warte hier auf mich, mein Alter«, sagte sie.

Der Hengst schmiegte sich an Laura und wieherte leise. Auch er schien zu ahnen, dass seiner Herrin eine schwere Prüfung bevorstand.

Laura griff unter das Wams, zog den Swuupie daraus hervor und setzte ihn auf Sturmwinds Rücken. »Und du bleibst auch hier, Schmatzfraß. Rühr dich nicht von der Stelle, bis ich wieder da bin.« Falls ich überhaupt zurückkomme, ging es ihr durch den Kopf, bevor sie den schrecklichen Gedanken wieder verscheuchte.

Dann drehte sie sich um, atmete tief durch – und ging los. Entschlossen näherte sie sich der Biegung. Da jedoch verlangsamte sich ihr Schritt. Ihre Beine wurden bleischwer und ihre Füße schienen im Dschungelboden zu versinken.

Weiter, Laura, weiter!, trieb eine innere Stimme sie voran.

Ihre Knie zitterten und trotz der Hitze überzog Gänsehaut ihren Körper, während sie um die Ecke bog. Der Dschungel wurde noch dichter, der Geruch unerträglich. Ausgebleichte Knochen und Schädel leuchteten plötzlich immer wieder auf inmitten des Grüns – ein Menetekel jener Unglücklichen, die der Sphinx bereits zum Opfer gefallen waren. Alles in Laura schrie nach Flucht – und dennoch zwang sie sich, ruhig weiterzugehen und an die Worte ihres Vaters zu denken:

Nur wer aufgibt, hat schon verloren!

Hinter der nächsten Biegung reckte sich zu ihrer Linken eine schlanke Steinnadel empor: ein Obelisk. Laura wunderte sich noch über die zahllosen kleinen Lichtkugeln, die, Glühwürmchen gleich, um das Monument kreisten, als sie eine Bewegung bemerkte. Eine unheimliche, mächtige Gestalt schimmerte im Dickicht auf. Lianen glitschten wie lauernde Schlangen vom silbernen Rumpf des Monsters, während es sich aus der Deckung schob.

Laura erstarrte. Die Sphinx ähnelte haargenau der, die ihr des Nachts Albträume eingejagt hatte: Sie besaß den Leib eines geflügelten Löwen, während Oberkörper und Kopf eine furchterregende Kriegerin darstellten. Am unheimlichsten aber waren die Augen. Sie glühten feuerrot wie zwei riesige Rubine!

Laura ließ sich zu Boden fallen, duckte sich hinter einen dichten Farn und rührte sich nicht.

Doch der gewaltige Löwenleib glitt unaufhaltsam auf ihr Versteck zu. Fast mühelos bewegte er sich durch das Dickicht. Die mächtigen Schwingen stellten sich auf und fächelten

Laura den strengen Modergeruch des Dschungels entgegen. Ihr war, als rinne flüssige Lava durch ihre Kehle, und ihre Lungen schienen zu brennen. Sie musste würgen und konnte das Husten nicht länger unterdrücken.

Da leuchteten die Rubinaugen auf und schossen Laura Blitze aus purpurnem Licht entgegen. Das Mädchen zuckte zurück, führte eine Hand vor die Augen, um nicht von den Strahlen geblendet zu werden, und wollte fliehen – konnte sich aber nicht bewegen.

Nicht einen Millimeter!

Als wolle die Sphinx sich über ihr Opfer lustig machen, öffnete sie den Mund und lachte aus vollem Hals, so laut, dass ihr Gelächter gleich dem Geläut mächtiger Glocken alles ins Vibrieren brachte und alle Geräusche des Dschungels übertönte. Dann begann sie zu sprechen.

»Es hilft doch nichts, wenn du dich versteckst, Laura«, erklärte sie sanft. »Keiner, auf den der Blick meiner Rubinaugen gefallen ist, kann mir jemals entkommen.« Ihre Stimme war überraschend angenehm. Wieder spielte ein Lächeln um ihren Mund. »Also erhebe dich und löse meine Orakelfrage, sonst wirst du niemals an den See gelangen, der das Geheimnis des Lebens birgt!«

Laura wusste, dass ihr keine andere Wahl mehr blieb. Sie erhob sich, kam hinter dem Farn hervor und trat vor das Ungeheuer hin. »Worauf wartet Ihr dann?«, sagte sie trotzig. »Nur deswegen bin ich ja gekommen. Also lasst endlich hören!«

Die Sphinx verzog die silbernen Lippen zu einem wissenden Lächeln. »Du kannst es wohl gar nicht mehr erwarten, in den Tod zu gehen? Doch bevor ich dir die Frage stelle, solltest du eines wissen: Du hast nur eine Antwort! Eine einzige! Also überlege wohl, was du sagst. Aber auch nicht zu lange – denn keine Antwort ist genauso schlecht wie eine falsche und kostet dich ebenfalls das Leben, verstanden?«

Laura nickte nur, krampfhaft bemüht ihr Zittern zu unterdrücken. »So schwer war das nun auch wieder nicht. Fangt endlich an!«, murmelte sie schließlich.

Wieder lächelte die Sphinx. »Wie du willst – dann höre also gut zu: ›Es kann dir zum größten Feind werden – oder zum besten Freund. Du kannst ihm niemals entfliehen, wohin du auch gehen magst. Du kannst es nicht sehen, und dennoch bestimmt es dein Leben. Doch erst, wenn du es erkennst, verhilft es dir zum wahren Glück.‹ Was mag das wohl sein, Laura?«

Welch seltsames Rätsel!

Ratlos starrte das Mädchen vor sich hin. Was sollte das alles nur bedeuten? Dann wiederholte es die Frage für sich in Gedanken: ›Es kann dir zum größten Feind werden – oder zum besten Freund. Du kannst ihm niemals entfliehen, wohin du auch gehen magst. Du kannst es nicht sehen, und dennoch bestimmt es dein Leben. Doch erst, wenn du es erkennst, verhilft es dir zum wahren Glück.‹ – Was, in aller Welt, konnte damit nur gemeint sein?

Laura grübelte und grübelte, aber es war wie verhext: Es wollte ihr einfach nichts einfallen, was auf diese Frage gepasst hätte.

»Warum antwortest du denn nicht, Laura?«, meldete sich die Sphinx mit der einschmeichelnden Stimme zu Wort. »Deine Zeit ist gleich um – oder willst du aufgeben?«

»Nein, nein – natürlich nicht!«, rief Laura schnell und dachte angestrengt nach. Doch ihr Kopf war so leer wie eine gelöschte Festplatte. Nicht eine vernünftige Antwort kam ihr in den Sinn. Zu allem Überfluss schwebten die Lichtkugeln, die um den Obelisken gekreist waren, nun auch noch auf sie zu und schwirrten um ihren Kopf.

Als ob es im Moment nichts Wichtigeres gäbe!

»Laura, antworte, sonst werde ich dich zerreißen!«, mahnte die Sphinx.

Außer dir zählt nichts, kam es Laura unvermittelt in den Sinn. Sie schüttelte sich. Wie kam sie bloß auf diesen dummen Gedanken? Ausgerechnet jetzt? Und warum ließen diese Lichterscheinungen nicht von ihr ab?

»Deine Zeit ist um!«, verkündete die Sphinx.

Die edlen Züge der Kriegerin verzerrten sich im Zorn. Sie riss den Mund ganz weit auf – und noch im gleichen Moment verformten sich ihre Zähne zu einem furchterregenden Raubtiergebiss. Die Zunge schnellte aus dem Maul, verwandelte sich in eine glitschige Schlange und züngelte bereits vor Laura – als plötzlich ein Stimmchen in Lauras Rücken krähte:

»Nein, nein!«, schrie es. »Ich will die Frage beantworten, ich!« Und schon hüpfte Malhiermalda vor der Silbernen Sphinx auf und ab, hin und her.

Die Schlangenzunge glitt zurück in das Maul und wieder lächelte die Sphinx. »Nun denn, du Wicht«, sagte sie, »wenn es dich drängt, vor deiner Schicksalsgenossin in den Tod zu gehen, dann sei es dir gewährt. Willst du die Frage noch einmal hören?«

»Nein, nein«, krähte der Platzwechsler und sprang hin und zurück. »Nicht nötig, schließlich ist sie ja so was von leicht! Obwohl …« Er hielt für einen Augenblick inne. »Wenn Ihr sie vielleicht doch noch mal wiederholen könntet? Nur zur Sicherheit, meine ich.«

Da ging Laura auf, was Malhiermalda mit seiner wahnwitzigen Aktion bezweckte: Er wollte ihr Zeit zum Nachdenken verschaffen! Er setzte sein Leben aufs Spiel, nur damit sie die Orakelfrage vielleicht doch noch lösen konnte!

Überlege, Laura!, hämmerte es ihr durch den Kopf, während die Sphinx ihre Frage wiederholte. Streng dich an! Doch alles, was ihr einfiel, war: Du selbst bist das Wichtigste.

Was für ein Blödsinn! Wie kam sie bloß auf diesen grässlichen Gedanken, der nur von einem Egoisten stammen konnte?

Wie wild fuchtelte sie mit den Händen vor ihrem Gesicht herum, um die tanzenden Lichter zu vertreiben, die nicht von ihr ablassen wollten. Doch es gelang ihr einfach nicht.

»Nun, du Wicht«, hörte sie die Stimme der Silbernen Sphinx. »Wie lautet die Antwort?«

»Oh, oh! Übel, übel!«, sagte Malhiermalda nur und verharrte zitternd an Ort und Stelle. »Die Antwort … natürlich … die Antwort, die lautet … nun, ja … die lautet: … das Licht! Ja, genau: das Licht!«

»Das Licht?«, wiederholte die Sphinx. Dann lächelte sie wieder. »Nun, du Wicht, das ist gar nicht mal so schlecht – aber leider falsch!« Damit schoss die Zunge aus ihrem Maul und schlang sich um den Platzwechsler. Nur einen Herzschlag später war Malhiermalda im Schlund des Untiers verschwunden.

Oh, nein!

Laura schloss die Augen.

Du selbst bist … diese Worte drifteten schon wieder durch ihre Gedanken – und mit einem Mal erschloss sich ihr alles! Sie verstand, warum Bertrun das Zeichen des Labyrinths ausgewählt hatte – weil das Labyrinth den Weg zum Selbst bezeichnete! Auch die Sätze der Mutter an jenem Nachmittag ergaben plötzlich einen ganz anderen Sinn: »Die Aufgabe, das bist du selbst. Nur wenn du sie annimmst, kannst du du selbst werden!« Da wusste sie plötzlich, wie die Antwort auf das Orakel der Silbernen Sphinx lautete!

Als das Untier das Lächeln auf Lauras Gesicht bemerkte, verzerrte sich das edle Antlitz der Kriegerin. »Du hast genug Zeit gehabt«, grollte sie. »Sprich – oder stirb!«

»Gern«, sagte Laura. »Die Antwort auf Eure Frage lautet: Ich selbst. Und zwar das wahre Selbst, das jeder Mensch besitzt, auch wenn er das nicht weiß. Man muss es erst mühsam finden und erkennen, weil es hinter der Oberfläche verborgen ist und sich niemandem von allein erschließt. Diesem wahren

Selbst kann man niemals entfliehen, denn es steckt in jedem Menschen. Wenn man es nicht erkennt, steht man sich dauernd selbst im Weg und wird sich damit selbst zum größten Feind. Und natürlich kann man das wahre Selbst nicht sehen, und trotzdem bestimmt es unser Leben. Denn nur wer zu sich selbst findet, wird wahrhaft glücklich werden! Habe ich Eure Frage damit richtig beantwortet?«

Die Silberne Sphinx blieb stumm. Ihre Züge erstarrten. Endlich war ein Grollen aus ihrem Inneren zu vernehmen, das immer mehr anschwoll. Ihre mächtige Gestalt wurde von einem Zittern erfasst, das so heftig wurde, dass auch der Boden unter Lauras Füßen bebte – und dann zerbarst die Sphinx in einer Kaskade von rubinroten Blitzen und silbernen Fontänen in Tausende und Abertausende von Teilen. Silberstücke aller Größen regneten über das verwunschene Tal im Fatumgebirge hernieder.

Laura Leander beobachtete das Schauspiel mit einem glücklichen Lächeln. Noch immer zitterten ihr die Knie, doch sie wusste: Es war geschafft! Der Weg zu dem kleinen See, der das Geheimnis des Lebens barg, war endlich frei. Dort würde sie erfahren, wie Hellenglanz wieder zusammengeschmiedet werden konnte. Und das Schwert des Lichts würde ihr helfen ihren Vater zu befreien und mit ihm auf die Erde zurückzukehren – und nicht einmal ein geflügelter Drache mit zwei Köpfen würde sie noch aufhalten können.

E * N * D * E